BETTINA HENNIG

Friederike. Prinzessin der Herzen

GOLDMANN
Lesen erleben

Buch

Berlin zu Weihnachten 1793: Während in Frankreich die Revolution tobt, ist im traditionsbewussten Preußen in diesen Tagen alle Aufmerksamkeit auf ein feierliches Großereignis gerichtet. König Friedrich Wilhelm II. hat zu einer prunkvollen Doppelhochzeit geladen, nachdem er für seine Söhne, Kronprinz Friedrich Wilhelm und Prinz Ludwig, als Ehefrauen die Prinzessinnen von Mecklenburg-Strelitz ausgewählt hat. Am Hof spricht man von nichts anderem mehr als von den beiden Schwestern: Außergewöhnlich schön und liebenswert sollen die lebensfrohe siebzehnjährige Luise und die kluge jüngere Friederike sein. Völlig hingerissen sei der König von seinen Schwiegertöchtern, ganz besonders von Friederike. Und als diese – zwei Tage nach dem glanzvollen Hochzeitsfest von Luise und dem künftigen König Friedrich Wilhelm – erwartungsvoll zum Traualtar schreitet, erobert sie auf Anhieb die Herzen der adeligen Gäste. Nur einen der Anwesenden lässt der Liebreiz der Braut unberührt – ihren Verlobten Ludwig. Es beginnt eine Ehe voller Demütigungen und Betrug. Verzweifelt erduldet die zutiefst enttäuschte Friederike ihr Schicksal. Doch dann stirbt Ludwig unerwartet. Befreit von der Tortur ihres kaltherzigen Ehemannes sieht sich Friederike endlich in der Lage, das Leben in vollen Zügen auszukosten. Denn die leidenschaftliche junge Frau sehnt sich nach Liebe und Glück – selbst wenn dies bedeutet, mit der strengen höfischen Etikette zu brechen ...

Weitere Informationen zu Bettina Hennig
sowie zu lieferbaren Titeln der Autorin
finden Sie am Ende des Buches.

Bettina Hennig

Friederike. Prinzessin der Herzen

Historischer Roman

GOLDMANN

Dieses Buch ist auch als E-Book erhältlich.

MIX
Papier aus verantwortungsvollen Quellen
FSC® C014496

Verlagsgruppe Random House FSC® N001967
Das für dieses Buch verwendete FSC®-zertifizierte Papier *Pamo House*
liefert Arctic Paper Mochenwangen GmbH.

1. Auflage
Originalausgabe Februar 2015

Umschlaggestaltung: UNO Werbeagentur, München
Umschlagmotiv: bpk / Nationalgalerie, SMB / Karin März;
FinePic®, München
Redaktion: Eva Wagner
KS · Herstellung: Str.
Satz: Buch-Werkstatt GmbH, Bad Aibling
Druck und Bindung: GGP Media GmbH, Pößneck
Printed in Germany
ISBN: 978-3-442-48022-7
www.goldmann-verlag.de

Für Andreas und
Oma Olga

»Ich habe immer das Glück gesucht
und ersehnt, zu lieben und geliebt zu werden.«

Friederike von Mecklenburg-Strelitz

Prolog

»Er liebt mich, er liebt mich nicht, er liebt mich …«

»Was machst du da?«

Die Prinzessin Luise setzte sich neben ihre jüngere Schwester Friederike auf die samtene, aber an den Ecken schon reichlich abgestoßene Ottomane, die in einer Kammer neben den Kammern der Dienstmädchen stand. Der kleine, ungastliche Raum war eigentlich ein Dachboden. Er war nicht ausgebaut, und zwischen den rohen Holzplanken des Gebälks lagerten Möbel, die man nicht brauchte. Leuchter, Kommoden, Vasen, Plastiken – alle waren mit Tuch aus unbehandelter Baumwolle abgedeckt, sodass sie, wie jetzt in der Dämmerung, einer Gruppe Gespenster glichen, die hier auf ihren mitternächtlichen Einsatz warteten, um dann ordentlich herumzuspuken.

Dieser etwas schaurige und unbeheizte Ort war ein heimlicher Treffpunkt der beiden Prinzessinnen geworden, wohin sie sich immer dann zurückzogen, wenn sie Kummer hatten und in der Einsamkeit Trost suchten. Denn sie konnten sichergehen, dass sich hierhin niemand so schnell verirrte.

So manches Mal hatte die eine Schwester die andere hier vorgefunden – hoch oben über den feinen Salons in der Beletage und weit weg von dem geselligen Treiben, das allgemein im Darmstädter Schloss herrschte –, wie sie ein Kissen umarmte und weinte.

Dann schluchzte die eine, und die andere versuchte, sie wieder zum Lachen zu bringen. Meist ging es um kleine Verbote, Vergehen oder Strafen, etwa wenn die Großmutter – bei der die beiden Prinzessinnen wohnten, nachdem ihre Mutter viel zu früh verstorben war – Luise ohne Essen zu Bett geschickt hatte, weil sie sich wieder einmal heimlich in die Küche geschlichen und dort die Mädchen um ein Stück Brot mit Butter gebeten hatte.

»Sie solle' doch zwische' den Mahlzeite' nichts esse'. Wie oft hab' ich Ihne' des schon gesagt?«, hatte die Großmutter dann in ihrer breiten hessischen Mundart geschimpft, ohne freilich auf Antwort zu warten, und ihrer Enkelin eine heftige Ohrfeige versetzt.

Doch als Luise ihre Schwester Friederike heute hier entdeckte, sah sie sofort, dass es sich um ein viel größeres Leid handelte als um eine Ohrfeige, die schnell verschmerzt war. Es war die erbarmungswürdige Haltung, die Friederike auf der Ottomane angenommen hatte. Sie umschlang ihre Knie mit den Armen, und in der Hand hielt sie eine der Rosen, die der Gärtner in der Orangerie züchtete. Ihr Kopf hing genauso herab wie der von Friederike. Luise näherte sich ihrer Schwester und drückte sie an sich.

»Aber du weißt doch, dass er dich liebt. Das ist doch gar keine Frage. Er liebt dich. Man braucht doch nur zu sehen, wie er dich ansieht.«

Luise, die ein großes Talent für Imitation und Komik hatte, blickte ihre Schwester mit dem milden, etwas runden und wohlmeinenden Gesichtsausdruck an, den der Prinz Solms immer dann aufsetzte, wenn er bei ihren Teenachmittagen Friederike ansah, mit ihr sprach oder mit ihr eine Partie Écarté spielte – also eigentlich immer. Denn der Prinz Solms ließ keinen Augenblick aus, Friederike seine allertiefste Verehrung zu bezeugen. Fröstelte sie etwa, legte er ihr sofort und ohne auf die Etikette zu achten, seine Jacke um und setzte sich damit dem Spott der restlichen Gesellschaft aus, die es unangenehm fand, dass ein Mann – ein Offizier zumal – die Form nicht wahrte und sich in der Öffentlichkeit so entblößte. Und tatsächlich: In seinem Hemd gab er einen seltsamen Anblick inmitten der aufgeputzten Runde ab. Aber in Richtung Friederike tat er genau das Richtige. Sie wollte keine Decke, sie wollte Solms' Jacke, die noch warm von seinem Körper war und nach ihm roch, und das war alles, worauf es Solms ankam.

Luises Versuch, ihre Schwester wie üblich, wenn sie in der gespenstischen Kammer zusammensaßen, durch einen kleinen Witz aufzuheitern, scheiterte. Statt dass sie lachte, sammelten sich in Friederikes Augen die Tränen.

»Aber wenn er mich liebt, warum darf er dann nicht wiederkommen? Er hat mir heute gesagt, dass er nicht mehr kommen wird. Ich verstehe das nicht. Bin ich denn nicht gut genug für ihn?«

»Ach, meine Liebe.« Luise drückte die Schwester noch enger an sich. »Er darf nicht wiederkommen? Das ist doch närrisch. Das kann ich einfach nicht glauben. Ich verspreche dir: Das war ein Missverständnis, das kann nur ein Missverständnis sein. Und schon morgen wird er wieder hier sein, wie er jeden Tag hier ist, und alles ist gut.«

»Wird er nicht.« Friederike weinte so sehr, dass ihre ganzen Wangen benetzt waren.

Luise, die wie immer kein Taschentuch dabeihatte, riss kurzerhand ein Stück ihres ohnehin alten Unterkleides ab und reichte es der Schwester zum Trocknen ihrer Wangen.

»Er hat gesagt, es ist für immer.« Nachdem Friederike sich die Nase geputzt hatte, überwältigte sie ein neuer Anfall von Trauer.

Luise strich ihrer Schwester mit der Hand über den Rücken und drückte sie an sich. Als sie merkte, wie kalt ihr kleiner, zarter Körper war, nahm sie eines der Tücher, die zum Abdecken der Möbel dienten, und legte es ihr über.

»Wie kommt er nur darauf?«, fragte sie.

Noch während sie auf eine Antwort wartete, kam ihr in den Sinn, dass Solms' Abschied mit dem Brief ihres Onkels Georg zu tun haben könnte, den ihr die Großmutter gerade vorgelesen hatte und dessentwegen sie, in völliger Erregung, das ganze Schloss nach Friederike abgesucht hatte. Seit es nämlich ihrem Onkel Georg mit seiner Hessisch-Darmstädter Reiterei gelungen war, die erste der Schlachten um Frankfurt für die Koalitionsarmee zu entscheiden, war er zum Günstling des dicken Preußenkönigs aufgestiegen, der sich so sehr nach militärischen Ehren sehnte. Und so hatte Georg heute mit Stolz und großer Zuversicht der Großmutter Scho'sch geschrieben, dass der König ganz begierig darauf sei, die beiden Prinzessinnen Friederike und Luise einmal kennenzulernen; und dass die Großmutter sich darauf einstellen solle, bei nächster Gelegenheit ihre beiden Enkelinnen dem König präsentieren zu können. Es hieß:

... Ich nehme an, dass wir ein Treffen in Frankfurt arrangieren. Wichtig ist nur, dass es wie zufällig erscheint, denn auch andere hegen Ambitionen. Die Familie Bentheim macht sich schon große Hoffnungen, auch sie hat zwei schöne Töchter. Deshalb und zu unser aller Wohle, verehrte und geliebte Mutter, wartet also auf Nachrichten und haltet Euch bereit.
Mit innigem Gruß an meine himmlischen Nichten grüßt der stets Ihrige Prinz Georg.

Dieser Brief, der Luise in so große Erregung versetzt hatte, dass sie, aufgescheucht wie ein Schwarm Gänse, durch alle Flügel, Säle, Kammern und Winkel des Schlosses eilte, um ihre Schwester zu finden und über ihre gemeinsamen Pläne zu reden, musste auf die verliebte Friederike eine gänzlich gegenteilige Wirkung haben. Deshalb saß sie hier wie ein Häufchen Elend und war so untröstlich, wie Luise sie vorher noch nie gesehen hatte.

Das wurde Luise jetzt bewusst. Sie kaute auf ihrer Unterlippe, streichelte aber weiter den Rücken ihrer schluchzenden Schwester, die sich überhaupt nicht beruhigen konnte.

Denn dem König präsentiert zu werden bedeutete nichts Geringeres, als dass er nach geeigneten Kandidatinnen für seine Söhne suchte, die beide im heiratsfähigen Alter und noch nicht vergeben waren. Das würde Friederikes Pläne mit Solms durchkreuzen. Und nun verstand Luise, warum ihre Schwester so untröstlich war, und wünschte, es wäre nur eine Ohrfeige der Großmutter gewesen oder ein Verbot auszureiten, was sie hierhergeführt hatte. Aber es war schlimmer.

»Es ist der Brief, nicht wahr? Der Brief macht dich so traurig.«

Friederike nickte und brach wieder in Schluchzen aus. Luise wunderte sich, woher ihre Schwester vor ihr von dem Brief gewusst hatte, aber das war jetzt angesichts ihrer Not ganz gleich.

»Und wenn sie ganz nett sind?«

»Ach, was nützt mir das?« Friederikes Lippen bebten, und sie verfiel wieder in ein erbärmliches Weinen. »Ich will Solms.«

»Aber sie sollen sehr gut erzogen sein. Und sie sehen stattlich aus, sagt Georg. Der eine, der Ältere, hat ein feines Gesicht und ist von edler Gesinnung, und von dem Jüngeren sagt man, er sei kräftig und schön, ein guter Militär.«

»Aber warum darf es denn nicht Solms sein? Wenn er mich liebt, dann würde er um mich kämpfen. Er würde zur Großmutter gehen und um meine Hand anhalten, dann könnte es mir gleich sein, ob die Prinzen stattlich sind oder von guter Gesinnung. Ich mag darüber gar nicht nachdenken.« Friederike setzte sich auf und nestelte an ihrem weißen Fetzen aus Luises Unterrock, der ihr als Taschentuch diente. Sie drehte sich zu Luise hin. »Vor einer Woche noch haben wir Pläne geschmiedet. Er hat die Position als *chef d'escadron* in Colmar in Aussicht. Du weißt ja, er ist schon Offizier.« Aus ihrer Stimme klangen Liebe und Stolz. »Er wollte ein Regiment befehligen, und ich wäre mit ihm gegangen, und wir wären glücklich gewesen. Kinder wollten wir haben und glücklich sein.«

Luise sah ihre Schwester unvermittelt an. »Colmar. Wo ist

das denn? Ich meine, das kennt doch niemand. Und das hätte dir gereicht?«

»Ja. Was ist daran falsch?«

»Es klingt so klein und bescheiden. Du bist Prinzessin und kannst mehr haben. Das meine ich. Du kannst auch mit einem Preußenprinzen Kinder haben, und du wirst vielleicht eine bedeutende Dame. Ich denke: Colmar, ein kleines Regiment – das ist doch nichts. Da wirst du doch vor Langeweile vergehen. Du brauchst doch deine Bücher, du brauchst Gesellschaft, du brauchst doch Menschen, mit denen du über das, was du liest, reden kannst. In Colmar hast du jeden Tag die gleichen Gesichter, und alle Gesichter sind nur Militärs und ihre langweiligen Frauen. Und wenn du anspannen lässt und losfährst, bist du gleich an der Grenze des Ortes angelangt und kannst wieder zurück. Es ist mir unverständlich, was du mit deinen Anlagen dort willst.«

Friederike formte aus dem Tuch, das Luise ihr gegeben hatte, ein Kissen und lehnte sich damit an die Wand. Sie zog die Beine an und hörte Luise zu.

»Willst du denn nicht bei Hofe sein? An einem großen Hof, der bedeutend ist, wo man regieren kann und einen eigenen Hofstaat hat? Damen, mit denen man den Tag verbringt, und endlich genug Geld für die schönsten Kleider der Welt!«

»Aber unsere Kleider sind doch schön.«

Sie sahen an Luise herunter, und tatsächlich, Friederike lachte. An Luises Kleid waren die Ärmel mehrfach verlängert worden, ebenso der Saum, was man mit nur kümmerlichem Ergebnis durch Borten und Bänder zu vertuschen suchte. Der Stoff war an manchen Stellen wenn schon nicht abgewetzt, so doch ausgeblichen. Der Schnitt kam aus der vorletzten Saison und war *à la mode* gewesen, als ihre Mutter debütiert hatte. Beide Schwestern trugen seit Kindesbeinen die Kleider ihrer Mutter oder ihrer beiden älteren Schwestern Therese und Lolo – die eigentlich Charlotte hieß – auf, und ihre Garderobe als »schön«

zu bezeichnen war mehr als eine Schönfärberei. Es war eine Lüge.

»Nein, schön sind sie wirklich nicht.« Friederike lächelte und drückte ihren Kopf in das improvisierte Kissen.

»Bei Hofe, na ja, da ist doch alles ganz anders. Stell dir doch nur die Gesellschaften vor, die wir dort haben können. Wenn uns jemand gefällt, dann laden wir ihn ein. Und gerade du mit deinen Büchern! Stell dir vor, du kannst dir jeden Dichter einladen, den du verehrst. Nach Colmar würde doch niemand kommen. Aber nach Berlin! Nach Berlin kommen alle. Wir könnten richtig etwas bewirken.«

»Was willst du denn als Prinzessin bewirken?«

»Doch nicht als Prinzessin. Als Königin«, erwiderte Luise.

»Du willst Königin werden?«

»Du denn nicht? Warum soll ich einen bedeutungslosen Tropf heiraten, wenn ich den Prinzen eines großen Hofes haben kann? Vielleicht sogar einen Kronprinzen.«

»Du bist ehrgeizig, weil du noch nie geliebt hast. Denn das mit dem bedeutungslosen Tropf ist doch ganz einfach. Wenn du ihn liebst, dann ist es gleich, ob er Prinz ist oder König. Dann ist er *dein* Prinz oder *dein* König, in deinem Herzen«, sagte Friederike zu ihrer Schwester.

»Ich hätte nie gedacht, dass du so verträumt bist.«

»Und ich nie, dass du so große Ambitionen hast. Königin Luise.« Friederike lachte. »Na ja, das klingt ganz gut.« Sie stand auf und machte vor ihrer Schwester einen Knicks.

Auch wenn Luise froh war, dass ihre Schwester nicht mehr weinte, war ihr dieses Schauspiel von Ehrerbietung peinlich. Außerdem fürchtete sie, dass sich Friederike erkältete. Sie streckte ihr beide Hände entgegen und zog sie zu sich.

»Komm her, damit du nicht auch noch krank wirst. Das kannst du nun am wenigsten gebrauchen und wir alle auch nicht.« Sie legte beide Arme um sie. »Ja, ich wäre gerne Königin. Ich sehe nicht, warum es nicht mit einem Prinzen von Hofe gut sein könnte. Die Liebe, die kommt doch. Das sagen doch alle. Die Großmutter und auch der liebe Papa. Er hat seine beiden Frauen so geliebt, dass er nun nie wieder heiraten will. Ist das nicht der beste Beweis?«

Friederike wollte einwenden, dass ja diese beiden nicht an einen großen Hof geheiratet hatten, mit seiner Günstlingswirtschaft, seinen Intrigen und den hohen Erwartungen, die man an eine eingeheiratete Prinzessin hatte; sondern dass deren Liebe eher auf dem Niveau eines provinziellen Glücks hatte fruchten können, so wie sie sich das mit Solms vorstellte.

Aber Luise unterbrach sie, bevor sie ansetzen konnte. »Und wenn die Liebe geht, dann ist man wenigstens wer und hat Einfluss.« Sie streichelte Friederike über die Wangen. »Und du? Willst du wirklich nicht an den Hof? Keine Kleider, keine Feste, keinen Hofstaat, keine Repräsentation, keine Cour und keine Etikette, und wie diese Dinge alle heißen?«

»Nein, Luise, wirklich nicht. Das Einzige, was ich suche, ist das Glück. Ich ersehne mir nur, zu lieben und geliebt zu werden. Das ist es, was ich suchen will. Mehr will ich gar nicht.«

»Aber ich liebe dich doch, Friederike.«

»Ich dich doch auch, meine Luise, meine liebe Königin Luise.«

Sie hatten beide nicht den Wunsch zu lachen, sondern wärmten sich an ihrer Freundschaft. Sie saßen lange eng umarmt da, Luise den Arm um Friederikes Schultern, Friederikes Arm um Luises Taille. Friederike legte den Kopf in die Achsel ihrer älteren Schwester und hielt die Hand, die sie ihr über die Schulter gelegt hatte. Beide wiegten sich hin und her, als ob ihnen ein Lied gesungen würde.

Und irgendwann stimmten sie tatsächlich ein Lied an. Sie sangen es immer, wenn sie so vertraut und innig beisammen waren wie jetzt. Eine schlichte Volksweise, die von Sehnsucht sprach, von Heimat und Liebe und von der Rückkehr. Draußen war es jetzt schon dunkel, und die weißen Überzüge schienen im matten Mondlicht nun wirklich die Gestalt von Gespenstern anzunehmen.

Nun drückte sich Luise enger an ihre Schwester.

»Das Einzige, was mir Angst macht, ist, dass sie uns trennen könnten«, sagte sie zu Friederike. »Ohne dich ist alles nichts, auch ich bin dann nichts. Ich brauche dich.«

»Sie werden uns nicht trennen. Niemals.«

Erster Teil

Das Versprechen

1

Frankfurt am Main, im März 1793

»Dann spielen wir eben drum!«

Kronprinz Friedrich Wilhelm sah in die metallisch glänzenden Augen, die so typisch für seinen jüngeren Bruder Ludwig und dessen Wesen waren. »Wie meinst du das?«, fragte er.

»Na, genau so, wie ich es sage.«

»Ähm, ähm …« Friedrich Wilhelm suchte nach Worten, da knallte Ludwig schon den Würfelbecher auf die rohen Tischplanken des Wirtshauses »Zur Römerschanze«.

Die schlichte Schenke in der Münzgasse war, gleich nachdem der Preußenkönig Frankfurt am Main zum Hauptquartier der Koalitionsarmee ausgerufen hatte, vom Proviantmeister zum Kasino ernannt worden. Die preußischen Offiziere nahmen es, trotz der eintönigen Kost, die hier geboten wurde, mit Freude auf. Denn hier durfte man – ganz im Gegensatz zur Heimat, wo der öffentliche Genuss von Tabak verboten war – rauchen. Oberst Massenbach hatte schon eine Kiste Zigarren verteilt, und nun paffte man den Tabak, den die Prinzen Solms und Hessen in die Runde geworfen hatten. In den Qualm mischte sich der Geruch von Schweiß, Leder, Frosch-, Brat- und Kragenfett, Puder und Pomade, feuchtem Holz, befleckten Röcken und Apfelmost sowie die beißende Note von Urin. Es war März und die Straßen voller Unrat. Die Tür zur Küche gab den Blick auf einen Bratrost frei, an dem Enten rotierten. Feuer und Hitze zogen in die Gaststube, ebenso das herbe Aroma von Beifuß. Johanna und Margarethe, die beiden Töchter des Wirts – den alle spöttisch »Meister« Jockel nannten, da er als Wirt nichts gelernt hatte und keinem ehrenvollen Handwerksberuf nachging –, hatten große Mühe, die Krüge durch die Menge zu balancieren. Immer wieder wischten sie sich mit der Schürze, die ihre Kleider aus gewöhnlichem Leinen zusammenhielt, die Tränen aus den Augen.

»So! Dann wollen wir doch mal nachsehen.« Der schmale Ludwig, der kurzzeitig abgelenkt gewesen war von den gesunden Formen der beiden Schwestern, wandte sich wieder dem Würfelbecher zu und fing an, den Wurf zu sortieren: »Schau, schau: Eine Drei, eine Vier und eine Sechs, ja, und, das ist ja fantastisch: Zwei Mal eine Eins.« Er legte den Pasch zur Seite und steckte die verbliebenen drei Würfel zurück in den Becher. »Schon mal nicht schlecht.«

Das Klackern ging im Lärm unter.

»Wie, nicht schlecht? Ludwig, hör auf. So geht das nicht. Du kannst doch nicht … Nicht in diesem Fall …« Friedrich Wilhelm knöpfte seine Uniform auf.

»Weißt du denn einen besseren Rat?«

»Ja, nein, ja … Weiß nicht …«

»Na also. Dann lass uns doch ein Spielchen wagen.«

Als Ludwig diese Worte aussprach, erhob sich Prinz Louis Ferdinand vom Nachbartisch und steuerte auf seine beiden Neffen zu, die zur großen Verwunderung der Kameraden separat Platz genommen hatten.

»Was höre ich da? Ein Spielchen? Famos! Da bin ich dabei. War heute schon im schönen Homburg vor der Höhe im Taunus und hatte einen guten Lauf.« Er klopfte auf seine pralle Börse.

»Nein, lieber Onkel, heute nicht.« Der schmale Ludwig wedelte mit seiner freien Linken.

»Wie? Heute nicht?« Louis Ferdinand lachte und blickte über die Schulter zu den anderen, um sich zu versichern, dass die das Sonderbare an dieser Situation ebenfalls wahrnahmen.

Aber dort erregte gerade die schmale Margarethe Aufsehen,

die mit zarter Hand gleich vier große Krüge Most in der Tischmitte abstellte. Graf Medem versuchte ihr etwas zuzustecken, aber das Mädchen eilte mit gesenktem Haupt davon.

Louis Ferdinand wandte sich wieder den beiden Prinzen zu: »Na denn, was ist mit Euch? Sonst seid Ihr doch auch immer zu einem Spielchen bereit! Oder neidet Ihr mir mein Glück?« Er drängelte sich zu seinen Neffen an den Tisch, schubste Ludwig leicht in die Seite und zwinkerte ihm zu.

Sultan, der Weimaraner des Kronprinzen – ein Geschenk seines Kameraden Carl August von Sachsen-Weimar – richtete sich unvermittelt auf und knurrte Louis Ferdinand an.

»Hey, alter Junge, ruhig! Mach mal Platz. Ruhig! Ruhig!«

Doch als Louis Ferdinand versuchte, ihn am Kopf zu tätscheln, fing das Tier an, drohend zu bellen.

Mit leicht erhobenen Mundwinkeln sagte der Kronprinz: »Nun seht, lieber Onkel: Das geschieht dem, der nicht weiß, wann er nicht erwünscht ist.« Währenddessen schob er Sultan wieder unter den Tisch und flüsterte ihm zu: »Brav, Junge. Gut gemacht.«

»Nicht erwünscht?« Louis Ferdinand, der sich überall willkommen fühlte, spürte, wie sich seine Augenbrauen zusammenzogen. »Wie kann man denn bei einem Spiel nicht erwünscht sein?« Er wollte dem schmalen Ludwig gerade die Würfelbecher aus der Hand reißen, da traf ihn unter dem Tisch ein Tritt. Erstaunt drehte er sich nach links.

Ludwig sah ihn warnend an.

»Ich bitte Euch, lieber Louis Ferdinand!« Friedrich Wilhelms Lippen spitzten sich unter seinem schmalen Schnurrbart. »Bitte nehmt wenigstens heute Abstand von Euren schlechten Gewohnheiten.«

»Seid wann ist ein Spiel eine schlechte Gewohnheit? Wo Ihr doch selber diesem Laster frönt. Nun sagt schon: Was ist der Einsatz?« Louis Ferdinand lachte und schüttelte den Würfelbecher mit beiden Händen. Er wollte nicht verstehen, dass der

Kronprinz auf seine Angewohnheit anspielte, sich jeder Runde ungefragt zuzugesellen.

Da platzte Ludwig heraus: »Es geht … es geht … Es geht um Frauen!«

»Um Frauen? Und da wollt Ihr mir von schlechten Angewohnheiten sprechen? Pah.«

»Hal… Hal… Haltet ein!« Die Stimme des Kronprinzen zitterte.

Er konnte Louis Ferdinand, der – obwohl zwei Jahre jünger als er – sein Onkel war, nicht leiden. Denn in allem versuchte dieser, ihm den Rang streitig zu machen, besonders seinen Rang als Kronprinz. Während es ihm, Friedrich Wilhelm, schwerfiel, die richtigen Worte zu finden, sprach Louis Ferdinand flüssig und mit fester Stimme. Konnte er sich bei den Truppen lediglich seiner Disziplin rühmen, wurde sein Onkel vom ganzen Heer abgöttisch geliebt. Und war er selbst hochgewachsen, von kräftiger Statur und durfte feine Züge sein Eigen nennen, war Louis Ferdinand in allem noch eine Spur größer, kräftiger und feiner. Besonders aber missfiel Friedrich Wilhelm, dass sein Bruder Ludwig mit dem Onkel fraternisierte. Als Nachgeborener hatte dieser stets große Anstrengungen darauf verwandt, sich Anerkennung zu verschaffen. Aber Louis Ferdinand, dessen Auftreten dem kleinen Bruder imponierte, war dafür ein denkbar schlechtes Vorbild: Denn der Onkel hatte Schulden und Frauen im ganzen Land, einen Sohn mit dem Kammermädchen und als Diener einen Mohren. Und ehe der Kronprinz seinen Bruder vor diesem Beispiel hatte warnen können, hatte auch Ludwig beachtliche Schulden, ebenso beachtliche Weibergeschichten, und – das war ihm erst vor wenigen Tagen zu Ohren gekommen – er war Vater eines runden, schönen Mädchens. Die alte Berlinger, die immer für die Wäsche sorgte, hatte ihm das gesteckt. Die Mutter des Kindes war die Nichte der Berlinger.

»Ihr spielt also um Frauen?« Louis Ferdinand lachte. »Da kann ich doch helfen. Warum wollt Ihr mich wegschicken? Jeder weiß: Frauen sind mein Metier!« Er sah den Kronprinzen mit arroganter Miene an.

»Ich glaube kaum, dass Ihr in diesem Fall helfen könnt, lieber Onkel«, presste der Kronprinz aus seinen schmalen Lippen hervor. »Denn um solche Frauen, wie Ihr sie kennt, handelt es sich nicht …«

Aber aus Ludwig brach es schon heraus: »Es geht um *unsere* Frauen!«

Louis Ferdinands Stimme klang dünn. »Um Eure Frauen? Das wird ja immer schöner. Herrlich. Seit wann habt Ihr denn Frauen? Ihr seid doch Junggesellen, wie wir alle hier! Und wir wollen das mal loben. Haha!« Um die letzten Worte, die er lauter ausgesprochen hatte, zu unterstreichen, hob er seinen Becher in die Runde.

Und tatsächlich drehten sich Massenbach, Medem, Kümmelmann und Prinz Georg zu dem Prinzen herum und prosteten ihm zu. Sadowski zupfte den jungen Keith, der gerade über die Ähnlichkeiten der beiden Zwillingsschwestern staunte, am Ärmel seiner Uniformjacke und sagte: »Hey, Schotte – schau!« Sie drehten sich ebenfalls dem Prinzentrio zu.

Aber Friedrich Wilhelm schickte einen strengen Blick zum Nebentisch. Die Offiziere kuschten und taten so, als ob sie nie etwas bemerkt hätten. Denn niemand wagte es, dem Kronprinzen ein Wort entgegenzusetzen.

Nur Louis Ferdinand nutzte seine hohe Position aus und hakte nach. »Ihr werdet also heiraten, nicht wahr? Ja, Gratulation! Endlich wird es wieder ein großes Fest geben in unserer Familie. Wer ist denn die glückliche Madame? Die Bentheim? Die Sternberg? Oder gar die … ach, wie war noch ihr Name?« Unterm Tisch verpasste er diesmal Ludwig einen Tritt, der die Anspielung verstand, zurücktrat und nun auf seinen Bruder starrte, der einen weiteren Knopf seiner Uniform öffnete.

»Keine davon.« Friedrich Wilhelms Blick verengte sich. »Es sind die Mecklenburg-Schwestern.«

Louis Ferdinand pfiff durch die Zähne. »Ei, ei, ei! Das nenne ich mal Glück!«

»Ihr kennt sie?«, fragte Ludwig.

»Na, wer kennt sie nicht?« Louis Ferdinand stand auf, setzte sich rittlings auf den Stuhl und beugte seinen Kopf zu den beiden Neffen. »Sie sind das Gesprächsthema in allen Kasinos.«

»Himmelherrgott, ich muss doch bitten! Wie könnt Ihr über diese Mesdames so reden?«

»Aber alle wollen sie kennenlernen! Und wer dieses Glück einmal hatte, der kommt aus dem Schwärmen nicht mehr heraus. Graf Medem, Solms und Massenbach haben sie vor drei Tagen in der Komödie getroffen. Seitdem reden sie über nichts anderes.« Louis Ferdinand sah kurz zu den Offizieren am Nebentisch hinüber. Die aber steckten ihre Köpfe zusammen und taten so, als ob sie den Prinzentisch vergessen hätten, obwohl natürlich alle so still waren, damit sie das, was da gesprochen wurde, mithören konnten. Er räusperte sich. »Ich hatte kurz bei Olenschlägers Déjeuner das Vergnügen, sie kennenzulernen. Und bei Gontard war ich spät dran, weil ich aus Homburg kam.« Er klopfte abermals auf seine Börse. »Aber das, was ich von ihnen gesehen habe, das reicht, um alles, was gesprochen wird, Lügen zu strafen. Sie sind noch viel besser, als man sagt. Diese Augen, diese Haare, diese Haut! Schöne Zähne, das Lachen … ach, herrlich! Und diese Proportionen. Und Ihr wollt mich glauben machen, ich verstehe nichts von Frauen? Ha, diese Mesdames sind doch gar nicht misszuverstehen.« Er schnalzte mit der Zunge und formte mit beiden Händen einen weiblichen Torso nach. »Aber halt! Wer wird welche nehmen?«

»Ähm …«

»Nun …«

»Ähm …«

»Mir fatal.« Kronprinz Friedrich Wilhelm ließ die Schultern fallen. Er kannte seinen Onkel und wusste, dass der keine Ruhe geben würde, bis er alles in Erfahrung gebracht hatte. Er deutete ihm an, die ganze Sache erzählen zu wollen, da nutzte der schmale Ludwig die Gelegenheit, das Terrain für sich zu behaupten. Er klatschte in die Hände und sagte:

»Kein Grund, Trübsal zu blasen. Lasst uns uns erst einmal stärken, bevor wir weiterreden.« Er drehte sich zur Küche um und rief: »Hei, Jockel, Bratkoch der Küchenhölle! Willst du uns hier verhungern lassen?«

Meister Jockel wischte sich die Hände an der Schürze ab und eilte zu dem Tisch, an dem die drei Prinzen saßen.

»Jockel! Was hat Er zwei Herren zu bieten, die eine Frage des Lebens zu klären haben, und einem Mann …«, diesmal stieß er Louis Ferdinand in die Seite, »… der glaubt, darin Rat geben zu können?«

Meister Jockel verschränkte die Finger ineinander und setzte eine gewichtige Miene auf. »Ich empfehle den Herren meine Ente mit Beifuß.«

»Und für ihn?«, fragte Ludwig, indem er auf Louis Ferdinand zeigte.

»Ente mit Beifuß. Dazu für alle einen ordentlichen Krug Most!« Der Wirt stürzte in die Küche.

Während sie auf ihren Imbiss warteten, lockerte der Kronprinz den dritten Knopf seiner Uniform.

»Ähm, ja, fatale Sache. Wir sollen heiraten. Nun ist es heraus. Der König hat so befohlen.« Dann sprach er davon, wie der König sie noch am Abend des Besuchs im Komödienhaus zu sich gerufen und ihnen die Order gegeben hatte, die beiden Mecklenburg-Schwestern, die ihm kurz zuvor präsentiert worden waren, kennenzulernen. »Ihr kennt den König, Onkel!«, sagte er, und keiner am Tisch wunderte sich, dass er vom König und nicht von seinem Vater sprach – das Verhältnis zwischen Vater und Sohn war kühl. »Er ist kein Mann der großen Worte. Er ließ uns rufen und verkündete: ›Ich habe die Nichten der Königin von England gesehen, sie sind Engel und beide wohl und gut. Ich wünschte, Ihr würdet Euch in sie verlieben und heiraten.‹«

Er imitierte dabei den Habitus des Königs, der den Kopf immer leicht nach hinten beugte und dadurch jedem das Gefühl gab, er sähe auf ihn herab. Diese Haltung rührte nicht daher, dass er sich Respekt verschaffen wollte – dafür reichte sein Maß. Er war groß und stämmig wie eine Eiche. Sondern diese absonderliche Haltung diente dazu, die viel zu kleine Stutzperücke, die er seit seiner Jugend trug, auszubalancieren, damit sie ihm nicht vom Kopf rutschte.

Als alle schmunzelten, wurde der Kronprinz wieder ernst: »Und, werter Onkel, Ihr wisst: Das war kein Wunsch, das war eine Order.«

»Ja, aber doch eine sehr glückliche Order!« Louis Ferdinand drehte den Stuhl herum, auf dem er rittlings saß, und ließ sich in die Lehne fallen. Er blickte verträumt ins Leere. »Beide Damen sind ganz formidable Persönchen.«

»O ja, in der Tat«, sagte der Kronprinz.

»Pah«, seufzte Ludwig.

»Wieso pah? Dann stimmt es also, was man sich erzählt?«

Dem schmalen Ludwig stieg die Hitze in den Kopf, denn sowohl Louis Ferdinand als auch der Kronprinz richteten ihre Augen auf ihn. »Was soll denn stimmen?«

»Na, die Sache mit der kleinen – wie heißt sie noch? – B… B… So helft mir doch!«

Der Kronprinz spreizte die Hände. »Bitte, Onkel, so lasst ihn bitte.« Ihm war es unangenehm, dass dieser Fauxpas seines Bruders schon die Runde gemacht hatte.

Aber der schmale Ludwig richtete sich auf, sprach jedoch mit gedämpfter Stimme, weil er der Neugierde der Kameraden am Nebentisch keine neue Nahrung geben wollte. »Nein, du brauchst mich nicht zu verteidigen, Bruder. Ich will gern sagen, wie es ist. Ja, ich habe die Kleine gehabt, und, ja, ich bin Vater.« Er stieß mehrmals mit dem Zeigefinger auf den Tisch. »Und: Ja, ich freue mich sehr. Ich habe eine Schwäche für das Mädchen, und mir ist es gleich, ob sie von Stand ist oder nicht. In Frankreich gehen sie auf die Barrikaden, und wir müssen hier die alten Sitten bewahren? Wohin wird das führen? Wir sind doch eine aussterbende Gattung. Früher oder später wird man auch uns überrennen und alle Grenzen auflösen. Da wird es doch höchste Zeit, dass wir den neuen Sitten folgen …«

»Ludwig! Das ist Landesverrat und Majestätsbeleidigung! Solange der König … Ich verbiete dir …«

»Nein, lass mich reden, Bruder! Warum soll ausgerechnet ich die Tradition wahren? Ich bin nachgeboren, habe aber die Pflichten eines Ersten: Im Krieg darf ich nicht kämpfen, weil man mich schonen will. Was bleibt mir, als viel Zeit und wenig Plaisir? Ich bin verdammt zur Langeweile. Aber ich bin jung, ich will mich zeigen. Seht Louis Ferdinand an. Er ist ein Held, er kann sich brüsten. Das Heer liebt ihn. Aber ich …« Er seufzte selbstmitleidig. »Ach, wenn ich schon nicht darf, wie ich will, so mag ich mir wenigstens nicht sagen lassen, wem mein Herz gehört. Ich will nicht heiraten. Und ich werde mich dieser Last mit aller Macht entgegensetzen. So sieht es aus.«

Der Kronprinz und Louis Ferdinand blickten einander in seltener Einigkeit an. Doch bevor jemand etwas sagen konnte, stellte Meister Jockel drei Bratenten auf den Tisch und schob den hohen Gästen die Teller zu. Margarethe folgte und servierte einen hohen Krug mit Most. Der schmale Ludwig legte ihr die Hand auf den Hintern, als ob er damit seine Freiheit in Frauenfragen demonstrieren wollte.

Doch da trat Meister Jockel noch einmal an den Tisch und fragte mit ernster Miene: »Haben die hohen Herren noch Wünsche?« Sein strenger Blick traf den schmalen Ludwig.

»Ich danke Ihm, Meister. Nein, danke«, antwortete der Kronprinz.

Kaum war der Wirt gegangen, legte Louis Ferdinand den Arm um Ludwig und drückte ihn an sich. »Ihr seid mir ja ein Gernegroß! Wie wollt Ihr denn dem König trotzen, wenn Euch ein Meister Jockel schon das Fürchten lehrt?« Er lachte und schlug sich dabei mehrmals mit der flachen Hand auf den Oberschenkel.

Ludwig schmollte. Er nahm einen großen Schluck aus seinem Becher, zündete sich eine Pfeife an und drehte sich weg.

»Ach, lasst ihn.« Friedrich Wilhelm winkte ab. »Er hat ja recht. Er will einfach nicht. Und ich: Ich muss und würde zu gerne.«

»Was meint Ihr damit: Ihr würdet zu gerne?«

»Nun, mir ist die eine so lieb wie die andere. Mir wird die Wahl zur Qual. Seit Tagen überlege ich, welche mir als die Bessere erscheint. Und ich kann mich nicht entscheiden … Die Ältere, Luise, erscheint mir gut und fromm und heiter.«

»Sie ist doch die Jüngere?«, warf Louis Ferdinand ein.

»Nein, sie ist die Ältere!«

»Mit Verlaub, aber …«

»Nein, sie ist die Ältere, obwohl sie nicht so deutlich – wie soll ich es sagen?« Er formte mit den Händen eine weibliche Brust, lief dabei aber gleich rot an, weil er in den delikaten Sachen eher zurückhaltend war. »Also, na ja, Luise ist noch nicht so formiert wie die Kleine, obwohl sie älter ist. Bei Olenschläger hielt ich die Jüngere auch für die Ältere. Aus dem gleichen Grund, aber ich wurde schnell eines Besseren belehrt. Die Ältere erscheint mir fröhlich, aber die Jüngere …«

»Friederike.« Louis Ferdinand rückte mit dem Kopf näher an seinen königlichen Neffen heran, damit dieser nicht so laut sprechen musste.

»Genau, Friederike! So heißt sie. Sie spricht sehr gut. Sie erscheint mir klug und reif. Aber ich muss schon sagen: Sie hat auch etwas sehr Séduisantes, etwas sehr Verführerisches … Beide sind sie gut, aber mein … Wie soll ich es sagen? … Sie ist so schön. Ja, mein Herz geht mehr … es geht mehr nach Friederike.«

»Euer Herz?! Soso.« Louis Ferdinand versteckte ein Schmunzeln hinter seiner Hand. Denn es war deutlich, dass eine ganz andere Region als das Herz gemeint war.

Aber Friedrich Wilhelm antwortete nicht, sondern blickte in die Ferne. Der schmale Ludwig schmollte immer noch. Vom Nebentisch kam Gegröle. In der Bratküche brutzelten die Enten. Der Wirt klapperte mit den Tonkrügen. Die Zwillingsschwestern flüsterten sich etwas zu.

Erst nach mehreren Minuten nahm Louis Ferdinand das Gespräch wieder auf. »Und nun? Worum wolltet Ihr nun spielen?«

Seine Frage wäre beinahe im Gejohle über den Witz untergegangen, den Oberst Massenbach gerade erzählte. Doch beide Brüder streckten bei diesem Stichwort ihren Rücken.

»Ich wollte nicht …« Friedrich Wilhelm wehrte ab, aber Ludwig platzte heraus:

»Ja, wer entscheiden muss! Derjenige, der gewinnt, der muss sich eine wählen.« Er schmauchte einen Rauchring über den Tisch und verschränkte die Arme vor der Brust.

Louis Ferdinand schwieg. Er sah von einem Neffen zum anderen. Seine Stirn schlug Falten. Erst nach einem Moment sagte er: »Meine Herren, das ist kühn. Außerordentlich kühn.« Er schüttelte den Kopf. »Es wird doch wohl eine Chance geben, diese Frage nicht Fortuna zu überlassen.«

»Ja, was schlagt Ihr denn vor?« Die Stimmen der beiden Brüder kamen gleichzeitig.

Dann neigte sich der Kronprinz vor: »Ihr hattet doch Eure Hilfe offeriert. So denn! Dann will ich einmal hören, was Ihr zu bieten habt. Nur zu, nur zu!«

»Ja, ähm …?« Louis Ferdinand dachte laut nach. Er rieb sich das Kinn und strich sich danach mit dem Zeigefinger an der Nase. »Also ich würde … Sie sind ja beide ganz schön … Andererseits: Wenn Ihr, lieber Ludwig, nicht wollt …« Er sah seinen Neffen direkt an. »Also, wenn Ihr nicht wollt, dann … Das ist natürlich so eine Sache …«

Wieder wurden die Worte von Oberst Massenbachs dröhnender Stimme übertönt. Louis Ferdinand sah zum Nebentisch, pochte mit den Handknöchel auf die rohen Planken, tippte sich an die Stirn und sagte: »Ich bitte mich zu entschuldigen.« Dann eilte er zu den anderen, wo er mit kräftigem Schulterklopfen und Gejohle empfangen wurde.

Ludwig und Friedrich Wilhelm blickten ihm mit offenen Mündern hinterher. Sultan, der unter dem Tisch hervorgesprungen war, bellte ihm nach.

»Sapperlot! Das ist ja unerhört.« Ludwig schüttelte den Kopf. »Unerhört! Da siehst du nun, was du von deinem *Freund* hast.« Er sprach das Wort »Freund« mit einer seltsamen Betonung aus. »Kommt hierher, macht sich breit, tut groß. Und was ist damit gewonnen? Ein Mausedreck ist damit gewonnen!« Er hob den leeren Krug in die Höhe. »Meister Jockel! Euer Most!«

Diesmal servierte der Wirt die Bestellung persönlich. Dabei sah er den schmalen Ludwig streng an.

Die beiden Brüder tranken den Krug stumm aus. Sie blickten sich an, scharrten mit den Füßen auf dem Boden. Der schmale Ludwig trommelte mit den Fingern auf den Tisch. Einmal winselte Sultan und schlug mit seiner Rute auf den Boden, er musste raus. Als der Kronprinz den Wirt anwies, mit dem Tier kurz vor die Tür zu gehen, orderte er gleich einen neuen Krug Most. Dann starrten sich die Brüder wieder an. Vom Nebentisch tönten das kehlige Lachen Massenbachs und das Geklapper der Becher, die mit Wucht aufgesetzt wurden. Der Tabakqualm mischte sich mit dem Rauch aus der Küche.

Langsam richtete sich Friedrich Wilhelm auf, zog den Würfelbecher, der immer noch vor Ludwig stand, zu sich und fing an zu schütteln. Das Geklapper zog das Interesse des Nebentisches auf sich.

»Nun spielen sie doch«, kommentierte Louis Ferdinand mit gesenkter Stimme.

Prinz Georg zog die Augenbraue hoch, Keith stieß Sadowski in die Rippe, und Graf Medem tat so, als ob er seine Tabakdose suchte, spitzte aber die Ohren.

»Ach«, seufzte Prinz Solms. »Ich kannte mal die Prinzessin Friederike …«

»Woher?« Alle blickten ihn verwundert an.

»Wir sind im letzten Jahr einander präsentiert worden. Ich habe, ich habe … ja, um sie angehalten, beziehungsweise ich wollte um sie anhalten. Ihr Einvernehmen hatte ich, aber da hat mir die Großmutter, die alte Scho'sch, zu verstehen gegeben …«

»Ach ja!« Prinz Georg runzelte die Stirn. Da er der jüngste Sohn der Großmutter George und somit Onkel der Mecklenburg-Prinzessinnen war, glaubte er kurz, die Ehre seiner Mutter verteidigen zu müssen. Aber dann lenkte er ein: Er kannte den Ehrgeiz der Alten. Ebenso ihre Autorität.

»Nun, ich bin nur ein einfacher Rittmeister, meine Revenuen sind winzig.« Solms zeigte seine leeren Hände. »Wenn sie einen Prinzen haben kann, einen preußischen zumal – wer will ihr das verdenken? Von solchen Mesdames werde ich in meinem Leben wohl nur träumen dürfen.« Sein hängender Kopf spiegelte sich in seinem Becher.

Alle wussten, was nun drohte: Solms' entwürdigendes Lamento. Niemand wollte es mehr hören. Massenbach gab Louis Ferdinand ein Zeichen. Sie standen auf und empfahlen sich. Die Uhr ging bereits auf halb zwei zu, und sie wollten noch einmal bei der kleinen Baberini vorbeisehen. Graf Medem schloss sich ihnen an.

Der schmale Ludwig betrachtete seinen Wurf und zählte das Ergebnis. Er schüttelte den Kopf, schob die Würfel zusammen und hob den Becher abermals an. Friedrich Wilhelm fixierte ihn mit seinen Augen. »Warum hast du es nicht gelassen?«

»Es könnte noch schlechter kommen.« Ludwig grinste.

Weil beide Brüder die Last der Wahl nicht auf sich nehmen wollten, wenn auch aus verschiedenen Gründen – der eine konnte sich nicht entscheiden, der andere wollte gar nicht –, waren sie darin übereingekommen, dass nicht derjenige, der gewann, sich würde entscheiden müssen, sondern derjenige, der verlor.

Nach ein paar Runden beschlossen sie, ein paar weitere Runden dranzuhängen. Denn jeder, der verlor, forderte den anderen zu einem neuen Spiel, und die Ehre gebot es, dem stattzugeben.

Die Wirtsstube, die vor wenigen Stunden noch so drückend voll gewesen war, dass man nur mit Mühe atmen konnte, war nun gespenstisch leer. Nach und nach hatte sich die Runde aufgelöst. Sadowski und Keith waren die Letzten vom Offizierstisch, die gingen. Sie warfen ein paar Münzen auf den Tisch, nahmen ihre Hüte und empfahlen sich zu den Prinzen hin mit schwerer Zunge. Als sie die Stube verließen, ließ ein Windzug die Lichter aufflackern. Die Zwillingsschwestern nutzten die Gelegenheit, sich von ihrem Vater zu verabschieden.

Erneut hallte das Klackern durch den Raum.

»Noch eine Runde?«

»Eine noch, dann muss Schluss sein.«

»Aber was ist, wenn du gewinnst?«

»Dann hast du verloren!«

So spielten sie Runde um Runde. Als die Kerze auf ihrem Tisch heruntergebrannt war, wollten sie den Wirt rufen. Doch der saß breitbeinig auf einem Schemel, ließ den Köpf hängen und gab ein gleichmäßiges Grunzen von sich.

Der schmale Ludwig sah sich um, schnappte sich seinen Hut, sprang auf und raste zum Ausgang. »Wer zuerst am ›Roten Haus‹ ist, hat gewonnen!«

Kronprinz Friedrich Wilhelm konnte nicht schnell genug folgen und verlor wertvolle Augenblicke. Er stieß den Tisch um, gab Sultan einen kräftigen Klaps, hechtete zum Ausgang, griff nach seinem Roquelor und verließ das Haus, ohne die Zeche bezahlt zu haben.

Draußen raubte ihm die kalte Luft fast den Atem. Er blinzelte, die Nacht war kurz vor Neumond. Er sah sich um, suchte

Ludwig. Endlich: Von rechts hörte er die Schritte seines Bruders, der beim Laufen über das nasse Kopfsteinpflaster schlitterte. Er war schon gut hundert Fuß entfernt. Friedrich Wilhelm hatte nur eine Chance.

»Fass, Sultan! Fass!«

Während sein Hund losschoss, jagte er selbst mit Riesenschritten hinterher. Er sprang über eine Pfütze, rutschte über ein Büschel Unkraut, das zwischen den Fugen herauswuchs, strauchelte, holte aber schnell auf. Neunzig Fuß, achtzig Fuß, bald vierzig Fuß. Sein Puls pochte, der Atem galoppierte. Seine Schritte knallten auf die Straße. Vor sich hörte er lautes Kläffen und Knurren. Nur noch wenige Fuß. Er meinte, Ludwig fast eingeholt zu haben, da zischte der Knall einer Pistole durch die Nacht.

»Ludwiiiig!«

Sultan lief ihm winselnd entgegen. Doch von seinem Bruder war nichts zu sehen. Wenn er es richtig in Erinnerung hatte, führte die Münzgasse geradewegs zum Alten Markt, wo das »Rote Haus« stand, ihrer beider Quartier. Einen Umweg würde Ludwig nicht riskiert haben, wenn er gewinnen wollte. Wo war er? War er verletzt? Friedrich Wilhelm lief weiter, war aber nachtblind. Sultan hielt sich eng neben ihm, spitzte dabei die Ohren. Fachwerkhäuser rahmten die schmale Straße. Friedrich Wilhelm passierte den Kornmarkt, hetzte über den Römer. Im Lauf blickte er nach links und rechts in die Tore und Erker, um zu erahnen, ob sein Bruder sich da versteckt hielt. Aber er war verschwunden.

Endlich am Ende der Gasse angelangt, sah er schon den ochsenblutfarbenen Putz des »Roten Hauses« und die massiven, antiken Eichenpfeiler, die das Gebäude – das zu schweben schien – stützten. Er drehte sich noch einmal um die eigene Achse, spähte dabei in alle Winkel und trabte dann, als er einsah, dass seine Suche ohne Erfolg war, die letzten Schritte zum Quartier.

Auch da: nichts. Er blieb stehen, beugte sich nach vorne, stützte die Arme auf die Oberschenkel und atmete mehrfach tief durch. Langsam beruhigte sich sein Herzschlag. Als er wieder hochsah, stand da mit einem Male Ludwig vor ihm und lachte:

»Ich hab gewonnen. Und du musst wählen!«

Ohne auf Friedrich Wilhelms Replik zu warten, wandte sich Ludwig ab und nahm die Stiege, die zu den Zimmern führte, mit drei Stufen pro Schritt.

»Das war's«, dachte Friedrich Wilhelm. »Das war's.«

Er verharrte lange in dieser Haltung. Die Nacht war immer noch dunkel. Den Mond konnte er wegen der Häuser, die eng standen, nicht sehen. Wie spät mochte es sein? Vier, fünf Uhr? Oder erst drei?

Ja, dachte der Kronprinz, ich muss wählen. Er zählte an den Fingern ab und flüsterte zu sich: Fünf Katastrophen können eine junge Prinzessin heimsuchen. Offener Ehebruch, eheliche Kälte, Kinderlosigkeit, Schläge und Tod. Drei davon, so viel ist gewiss, werden der Braut, die ich Ludwig überlasse, widerfahren.

Er machte sich gerade wie zu einem Opfergang und ging nach oben.

2

Ganz Berlin hatte sich wieder im Weißen Saal des Berliner Schlosses versammelt, wo schon zwei Tage zuvor, am Heiligen Abend, die Hochzeit des Preußenprinzen glanzvoll gefeiert worden war. Manche Blumen in den Gestecken ließen die Köpfe hängen, und so mancher Gast konnte die Strapazen der ausufernden Festlichkeiten nur schwer kaschieren. Die Hofdame Viereck trug eine doppelte Portion Puder, und ihr Bruder, der neue Hofmarschall des Kronprinzenpaares, zeigte sich mit einem Bartschatten. Dennoch glänzten wieder die Epauletten, strahlten die Diademe und raschelten die Seidenröcke ihr Frou-Frou. Die feine Gesellschaft war neugierig auf die Braut, die schöne Friederike, die jüngere der beiden Mecklenburg-Schwestern, die heute verheiratet werden sollte. Denn es gab da Gerüchte.

»Der König hat ihr einen eigenen Hofstaat genehmigt«, wusste die Brühl, die Hofmeisterin von Friederike werden würde.

»Ja, und ein eigenes Palais! Direkt gegenüber vom Zeughaus.« Die Gräfin Viereck glühte vor Neid. Ihr Ehrgeiz in Richtung der Preußenprinzen war schon Jahre zuvor erstickt worden. Aber in ihrer Position als neue Hofdame würde sie sich schon ihr Stück vom Kuchen sichern.

»Nicht nur das: Für die Haushaltung hat er ihr Chorin gegeben! Sie ist so reich dadurch, reicher als ihre Schwester. Chorin – es hat eine so bedeutende Glashütte, und Uhren sind so in Mode«, fügte die alte Voß hinzu.

»Chorin! Nein, wirklich?« Die Waldeck tupfte sich die Nase. Es war wirklich ein exorbitantes Hochzeitsgeschenk, das der König der kleinen Friederike gemacht hatte, und weit über dem, was allgemein als angemessen erschien.

»Ob er da nicht selbst …?«, flüsterte die alte Voß. »Zuzutrauen wäre es ihm. Sein Benehmen ist unverzeihlich. Er folgt ihr immerzu mit den Augen und spricht fast nur mit ihr.«

Das Gespräch der Damen prasselte wie Feuer, und jede Einzelheit der großen heiligen Handlung, der beizuwohnen sie eingeladen waren, wurde darin verbrannt.

Etwas abseits und zudem alleine saß die Prinzessin Louise, die Tante der beiden Preußenprinzen und Schwester von Prinz Louis Ferdinand. Es war ungewöhnlich, dass sie alleine saß, denn sie war sonst immer umschwärmt von Kavalieren. Sie war die Schönste der Preußenprinzessinnen, aber in einer

Nebenlinie geboren, wodurch sie sich gröblich beleidigt fühlte. Dank der hohen Meinung, die sie von sich selbst hatte, ihrer angenehmen Reize und ihres klugen Kopfes sah sie sich auf den Thron gehörig und war ganz in Anspruch genommen von den »beiden Novizinnen« am Hofe – wie sie sich ausdrückte – sowie den Veränderungen, die das für ihren Machthunger bedeutete. Sie öffnete die Arme, als sie ihren Bruder auf sich zukommen sah.

»Oh, wir haben es verdorben, Louis Ferdinand. Was wird nun aus uns?« Sie faltete ihren Fächer zusammen und tippte ihm damit auf den Unterarm.

»Ach, Schwester. Wir werden einen anderen Weg finden. Noch ist nichts beschlossen.«

»Nichts beschlossen? Die Prinzen haben Bräute. Und ich bin keine von ihnen. So viel steht fest. Nun wird unsere Linie nie die Krone tragen, und wir müssen weiterhin zusehen, wie diese einfältigen Brüder sich der Macht entgegensehnen. Ich hätte dich sofort zu meinem Minister ernannt. Aber nun? Wir werden von Dummköpfen regiert werden, und du mit deiner Klugheit, deiner Schönheit, deiner Eleganz hast das Nachsehen. Und ich auch. Ach, ich könnte weinen.« Sie fächerte sich Luft zu.

»Selbstmitleid steht dir nicht, mein Schwesterchen. Es macht dich fad.« Er zwickte ihr in die Wange.

»Aber was tun?«

»Liegt es nicht auf der Hand?«

Ihre Augen waren groß, als sie zu ihm hochblickte.

»Na, du kommst nicht drauf? Ich hätte mehr von dir erwartet.« Sein Lachen kratzte im Hals. »Nun, da du derzeit ausgespielt hast, bin ich am Zuge.« Dabei deutete er mit beiden Daumen auf sich. »Versteh doch! Du weißt, was den neuen Prinzessinnen widerfährt, wenn sie sich außerhalb ihres Terrains ein wenig Plaisir verschaffen? Denk nur an die erste Frau des Königs, die Prinzessin Elisabeth. Man hat sie fortgejagt, weil man sich nicht sicher sein konnte, von wem ihr Kind ist.

Du verstehst, was ich meine? Man wusste nicht, wer da den … ähm, die Finger im Spiel hatte … Und so komme ich auf den Plan. Ich bin ein wenig galant.« Er machte vor seiner Schwester einen Diener. »Ein wenig charmant.« Er deutete einen Handkuss an. »Ein wenig oh-là-là.«

»Ja, aber Louis Ferdinand!« Sie legte sich die Hand vor den Mund und sah sich um, um sicherzugehen, dass niemand sie belauschte. »Du willst doch nicht …?«

»Na ja, sie sind doch nicht übel.« Er zwinkerte ihr zu.

»Ach, was du nicht sagst. Schau sie dir doch an! Diese Luise, die Ältere, sie trägt heute – ausgerechnet heute! – ein Kleid in Bleu mourant. Wenn sie wüsste, wie lächerlich sie sich damit macht.«

»Oh, du neidisches kleines Biest. Ich liebe dich, wenn du so bist. Da kommen deine Grübchen so schön zur Geltung!«

Louise zupfte an ihrem Kleid.

»Es geht doch nur darum, die Verhältnisse zu verrücken. Sieh mal: Sie werden nicht glücklich sein. Der Kronprinz ist dumm und hat seine Pflichten, und der schmale Ludwig hat ein Kind.«

»Ist das wahr?«

»Ach, wusstest du das nicht? Ja, er hat ein Kind. Mit der, ach wie heißt sie noch, B… B… Sei's drum!« Er beugte den Kopf zu seiner Schwester hinunter und flüsterte: »Aber das ist unser Schlüssel. Frauen wollen häusliches Glück, das ist ihre Natur. Das aber wird es nicht geben.« Louises Augen verengten sich, aber Louis Ferdinand fuhr fort: »Sie werden traurig und einsam sein im kalten Preußen. Sie kommen aus Hessen. Da ist man fröhlicher. Und dann komme ich! Ich spende Trost und bin ein Freund.« Louis Ferdinand machte eine Geste, die andeutete, dass er die ganze Welt umarmen könnte.

»Aber das ist doch gefährlich – auch für dich.«

»Nicht doch. Ich habe Freunde, die dieses frivole Amt übernehmen werden.«

Louise lachte in ihre kleine Faust. »Und was für Freunde! Und was für Freunde!« Sie sah sich um, ob sie Oberst Massenbach oder andere aus Louis Ferdinands illustrer Clique sehen konnte – und erblickte sie am Ende des Raumes, wo sie den Mecklenburger Damen den Hof machten. Bei ihnen stand auch Prinz Solms, der angeregt mit der Prinzessin Luise parlierte, die zwei Tage zuvor geheiratet hatte und nun eine Prinzessin von Preußen war, wobei er immer wieder katzbuckelte, während sie kokett den Kopf zur Seite neigte.

»Es geht doch nur darum, die Reputation ein wenig zu besudeln. Damit sind wir wieder beim Beispiel Elisabeth. Der König wird verärgert sein, und er wird handeln. Und fort sind sie! Dann gibt es freies Geleit. Und du, liebes Schwesterherz, kommst wieder ins Spiel. Fragt sich nur, wen der beiden Prinzen du lieber hättest? Den Prinzen Infinitiv oder den kleinen Prinzen Gernegroß – nur damit wir wissen, wo wir ansetzen müssen.« Er rieb sich das Kinn.

Prinzessin Louise antwortete ihrem Bruder mit einem Lächeln.

»Schlauer wäre es, liebes Schwesterchen, gleich den Prinzen Infinitiv zu nehmen. Er ist der Kronprinz, und du bist gleich am Ziel. Aber ich könnte verstehen, wenn du den Gernegroß lieber nähmest. Er hat seine Reize.« Wieder klang sein Lachen rau.

»Du Teufelskerl!«

»Nun, ich muss los.« Er gab ihr einen Handkuss und empfahl sich. »Ich bin Hochzeitsmarschall. Ich muss meine Pflichten bei dem Brautpaar tun. Und du? Sei den Mecklenburgerinnen eine liebe Freundin. Kümmere dich, ja? Und geh zur Entkleidung und erzähl mir, wie sie ist.«

Als er winkend in der Menge verschwand, nickte er einer Runde Damen zu, die sofort die Köpfe zusammensteckten und heftig schnatterten. Prinzessin Louises Blick folgte ihrem Bruder und ging dann ins Leere.

Lange starrte sie ins Nichts, bis sie endlich die Bewegungen in der Menge wahrnahm. Sie sah, wie sich Kameraden und Verwandte, die lange Zeit nur über Briefe Kontakt gehalten hatten, freudig begrüßten und Neuigkeiten austauschten. Die Hessens waren da, die Brandenburgs, die Weimaraner, die Sachsens, die Kurländer, die Coburger, die Hildburghausener, die Oranier, wohin die Prinzessin Mimi eingeheiratet hatte, sowie natürlich die Engländer, die mit dem Brautvater Herzog Carl von Mecklenburg-Strelitz verschwägert waren und sich in imposanten Gala-Uniformen zeigten. Denn Herzog Carls Schwester war die Königin von England, und man musste reichlich repräsentieren. Und, ja, sogar die Thurn und Taxis, von denen man wegen ihres bürgerlichen Ehrgeizes allgemein nicht viel hielt, die aber mit den Mecklenburgerinnen verschwägert waren, hatten es hierhergeschafft.

»Postadel«, murmelte die Gräfin Waldeck im Vorbeigehen.

»Ach, diese neuen Sitten«, pflichtete ihr die Tauentzien bei. »Es ist überhaupt erstaunlich, dass die Hochzeit auf den Abend gelegt wurde. Das machen doch nur die Kaufleute.«

»Aber es ist doch hübsch! Die ganzen Kerzen!« Die Voß, die als neue Oberhofmeisterin vom dicken König engagiert und von ihm im gleichen Zuge über Friederikes Ehe mit dem Prinzen Ludwig aufgeklärt worden war, wurde milde in der Stimme. Sie dachte daran, wie sie selbst einst ihrer großen Liebe, dem Prinzen August Wilhelm von Preußen, dem Vater des dicken Königs, entsagen hatte müssen und – um einen Skandal zu vermeiden – ihren eigenen Cousin geheiratet hatte. Ihr Hochzeitstag war der entsetzlichste, den sie verlebt hatte, und nur die Aussicht, als Dame am Preußenhofe bleiben zu können und damit in der Nähe ihres Geliebten, hatte ihr das Leben erträglich gemacht. Aber sie kannte auch gute Beispiele und war deswegen nicht ohne Hoffnung.

»Die Braut muss nur zuerst unter den Baldachin treten«, rief sie unvermittelt aus. »Dann wird es eine glückliche Ehe. Wir müssen darauf achten, dass die Prinzessin zuerst unter den Baldachin tritt. Sagt ihr das!«

Die Brühl eilte davon.

»Ach, wenn sie nur einmal kommen würde!«

»Die kommt schon, seid Euch dessen gewiss. Das ist keine, die desertiert. Die Mecklenburg-Schwestern sind so eng verbunden, die würden sich um nichts in der Welt trennen. Da kann die eine nicht ohne die andere.«

»Ach«, pflichtete die Kammerfrau Medem bei. »Es ist ja auch so verständlich, dass sie aneinander hängen. Ihnen ist nicht viel geblieben außer ihrer Freundschaft. Die Mutter früh gestorben, die Stiefmutter ebenfalls. Der Vater immerzu weg, der Bruder ebenso. Und die älteren Schwestern früh verheiratet. So viel Unglück in nur fünfzehn Jahren Leben. Ach, die arme Prinzessin Friederike. Es ist so traurig.«

Die anderen Damen sahen sich pikiert an.

»Pah!«, erwiderte die Voß. »Hinter diesem Arrangement steckt kein Gefühl. Das ist reiner Ehrgeiz! Die Großmutter! Die Prinzessin Scho'sch. Sie jubiliert darüber, ihre Enkelinnen zwei so glänzenden Partien zugeführt zu haben. Zwei Preußenprinzen, das ist doch formidabel. Das wird sie sich nicht verderben lassen.«

Es hatte sich schon herumgesprochen, dass die Voß, die die beiden Mecklenburg-Schwestern beaufsichtigen sollte, auf die Prinzessin Georg, bei der die Schwestern aufgewachsen waren, nicht viel gab. Sie war empört über ihr leutseliges Wesen und überhaupt über ihre gänzlich provinzielle Art.

»Außerdem …« – die alte Voß pausierte kurz, um die Wirkung der folgenden Worte zu verstärken –, »… außerdem, und das habe ich gestern erst gehört, ist die Prinzessin Friederike ganz verliebt in ihren Bräutigam.«

»Verliebt? In ihren Mann? Aber das ist ja köstlich. Einfach köstlich.« Die Augen der Reichsgräfin Callenberg blitzten wie bei einer Katze.

Die Gruppe schnatterte halblaut.

»Oh, meine Güte, meine Güte.«

»Aber sie kennt ihn doch gar nicht.«

»Aber sie hat ihn gesehen, und er ist ja schon recht stattlich.«

»Oh, dass sie bloß nicht den Fehler begeht, ihm das zu zeigen«, warf die Prinzessin Schwarzburg-Rudolstadt ein. »Denn wenn sie glücklich werden will, muss sie sich gleichgültig gegen ihren Mann geben. Und wenn sie gar verliebt ist, darf sie es ihm nie zu offen eingestehen. Denn wird sie einmal kälter gegen ihn, wird er sich das gleich zunutze machen.«

Die Voß drehte nervös an ihrem Stock, die Viereck kontrollierte ihre Maniküre, der Rest der Damen sah in die Luft.

»Ach, und habt Ihr schon die Prinzessin Louise, also die von Bellevue, gesehen? Die macht schon den ganzen Tag eine Miene wie vergorene Milch.«

»Sie hat ihre Gründe.« Die Damen kicherten.

»Ach«, sagte die Gräfin Tauentzien. »Und wir dachten schon, dass es mit den beiden Mecklenburgerinnen langweilig würde, so bieder, wie sie aussehen. Besonders die Ältere, diese Luise. Habt Ihr das Kleid gesehen? Bleu mourant! … Aber ich glaube, sie werden uns eine Menge vergnüglicher Stunden bereiten.«

»In der Tat.«

»Gewiss.«

»O ja!«

»Hauptsache, die Braut geht zuerst unter den Baldachin!«, sagte die Voß in einem Anflug von Besorgnis und pochte mehrmals mit ihrem Stock auf das Parkett. »Das ist die Hauptsache.« Und dann gab sie den Damen mit einer ausladenden Handbewegung zu verstehen, dass sich am Ende des Saales die Menge teilte. Alle reckten ihre Köpfe.

Kronprinz Friedrich Wilhelm und sein Bruder Ludwig standen an der großen, mit Gold umrahmten Eingangstür. Die beiden Brüder, die einander Trauzeugen waren, sprachen miteinander. Die Gräfin Viereck sah, dass der Kronprinz die Handschuhe aus Muschelseide in der Hand hielt, die bei Preußenhochzeiten das Festgewand des Bräutigams vervollkommneten, und war irritiert. Wird er beide nehmen?, fragte sie sich. Ihr war da etwas zu Ohren gekommen.

Ratsuchend sah sie sich um. Doch dann gab Friedrich Wilhelm die kostbaren Stücke an seinen kleinen Bruder weiter, welcher sie überstreifte. Anschließend gingen beide gemäßigten Schrittes zum Altar mit dem roten Samt-Baldachin, auf dem zwei goldene Kronen prangten. Der Chor setzte mit einem feierlichen Psalm ein, bei dem Alt und Mezzosopran auf komplizierte Weise miteinander wechselten.

Als die beiden Brüder am Altar angekommen waren und die Sängerinnen in den höchsten Tönen jubilierten, erschien endlich, endlich an der Hand des Herzogs Carl – die kleine Friederike.

Das Brummen, das durch die Menge vibriert war wie bei einem Bienenschwarm, setzte nun innerhalb eines Wimpernschlags aus.

»Pst«, forderte die Gräfin Brühl und stellte sich auf die Zehenspitzen.

Alle starrten zur Braut.

Friederike hatte nicht die klassischen Züge ihrer Schwester. Ihr Gesicht hatte von allem etwas zu viel: Die Augen waren größer, der Mund voller, die Wangen runder und höher. Ihr Ausdruck war unregelmäßig und lebhaft. Und ihre Wimpern auffällig lang. Ihr scheuer Blick, der eine Aura von Unschuld vermittelte, stand im Gegensatz zu ihrer ausgeprägten Silhouette, die das Kleid aus weißem Seidencrêpe delikat in Szene setzte. Ihre Haut war frisch und rein, und ihre Haare waren zu einem Turm aus Hunderten von Löckchen aufgebaut. Ihre feinen, etwas langen Gliedmaßen und ihr verspielter Gesichtsausdruck gaben ihr das Aussehen einer Katze, die noch nicht ganz ausgewachsen war. Sie hielt den Kopf leicht geneigt, sodass sich eine Strähne gelöst hatte und ihr Gesicht zart umspielte.

Bei jedem Schritt, den die Braut auf den Baldachin zuging, schauten unter dem schweren Stoff ihre zarten Füße hervor. Die Königin sowie die Königinwitwe eskortierten nach preußischer Tradition die Braut und gingen hinter ihr her. Als die alte Witwe einmal strauchelte und beinahe auf die schwere Schleppe trat, gab das Kleid kurz den Blick auf die Fesseln der Braut frei.

»Ui, dies himmlische Schauspiel kenne ich schon vom Feldlager in Bodenheim«, seufzte Prinz Louis Ferdinand, womit er auf eine ähnliche Begebenheit anspielte, bei der er sogar einen Blick auf Friederikes Wade hatte erhaschen können.

Prinzessin Louise, die neben ihrem Bruder stand, verzog die Lippen zu einem Strich, aber Oberst Massenbach zwinkerte Louis Ferdinand zu. Und Prinz Solms seufzte voller Sehnsucht.

Da die Prinzen so laut geflüstert hatten, dass sie alle Aufmerksamkeit auf sich zogen, hatte niemand mitbekommen, ob nun Friederike oder der schmale Ludwig zuerst unter den Baldachin getreten war, als der Hofprediger Sack das Brautpaar zu sich gebeten hatte.

Die alte Voß schickte Louis Ferdinand einen bösen Blick zu, den er mit einem Augenzwinkern parierte.

Der Hofprediger begann die üblichen Worte zu sprechen und fragte, ob es Einwände gegen diese Ehe gäbe, und auch, ob sie zuvor schon einem anderen die Ehe versprochen hätten.

Der schmale Ludwig räusperte sich.

Doch als keine Antwort kam, fuhr der Prediger fort. Nachdem er der Braut ihr Eheversprechen abgenommen hatte, wandte er sich dem Bräutigam zu und bat ihn, ihm das Gelöbnis nachzusprechen. »Wollt Ihr …?«, hob er an und zählte dann erst die Vornamen und Titel des Bräutigams auf und dann die der Braut und endete mit der feierlichen Frage nach dem Ja.

Es dauerte mehrere Atemzüge, bis die Gesellschaft bemerkte, dass der schmale Ludwig nicht antwortete. Diejenigen, die hinten standen, dachten, sie hätten ihn schlicht überhört. Aber diejenigen, die in der Nähe des Brautpaares platziert waren, merkten sehr deutlich, was passiert war, und hielten den Atem an. Denn mit jeder Sekunde, die das Schweigen andauerte, näherte man sich einem Skandal.

Die alte Voß und die Großmutter Georg sahen sich mit offenen Mündern an und fächerten sich Luft zu. Der Kronprinz, der Trauzeuge war, versuchte seinen Bruder durch ein Hüsteln zu ermahnen. Und Prinzessin Luise, die Schwester der Braut, wandte sich angesichts der Demütigung, die ihrer Schwester gerade widerfuhr, mit flehendem Blick an ihren Schwiegervater, den dicken König, der auch der Schwiegervater ihrer Schwester werden sollte.

Der aber stand bewegungslos da wie ein Gardeoffizier. Er war so zornig über den Ungehorsam seines Sohnes, dass die Knöchel seiner Hände, die er unentwegt knetete, schon ganz weiß waren. Er schien nachzudenken. Dann straffte er mit einem Mal seinen ohnehin baumhohen Körper, ging schweren Schrittes auf den Altar zu, stellte sich hinter seinen Zweitgeborenen und versetzte Ludwig – für die Gäste verdeckt durch sein eigenes stattliches Maß – einen leichten Hieb auf den Hinterkopf.

Sack verstand dieses erzwungene Nicken als Jawort und sprach den Segen: »Im Namen des Vaters, des Sohnes und des Heiligen Geistes erkläre ich Euch hiermit zu Mann und Frau.«

Sofort stimmte der Chor ein *»Jauchze! Jauchze!«* an. Der feierliche Jubel erstickte jegliches Missverständnis, und die Gäste fanden langsam zu ihrer Fassung zurück. Als der Gesang, nachdem er sich abwechselnd in kunstvolle Höhen und dunkle Tiefen geschraubt hatte, endlich abschwoll, erhob Sack seine Stimme zum Gebet. Er sprach von dem gesegneten Bündnis der Ehe als einem Abbild des Bündnisses zwischen Christus und seiner

Gemeinde. Und dass dieses Bündnis vom Weib Gehorsam forderte, so wie Christus von der Gemeinde Gehorsam fordere, und er sprach davon, dass dem Manne die heilige Pflicht auferlegt sei, sein Weib so zu lieben, wie Christus seine Gemeinde geliebt habe. Dabei sah er den schmalen Ludwig mit gütigem Lächeln an.

»Männer, liebt Eure Frauen, und Frauen, ehrt Eure Männer!«, donnerte er, indem er auf den heiligen Apostel Paulus verwies. Dann ging er dazu über, über die Freuden der heiligen Ehe zu sprechen, auf die die Pflicht zum Gehorsam und die Pflicht zur Liebe folgen würden. Sack betete dafür, dass Gott dem Paar den Samen und die Fruchtbarkeit der biblischen Väter und Mütter geben möge, aus denen ein ganzes Volk erwachsen war, und dass dem Paar die Freude gegeben sei, den der Anblick zahlreicher Töchter und Söhne biete. Dann schloss er mit den Worten: »Möge Gott Euch den Segen zuteilwerden lassen, noch die Söhne Eurer Söhne zu erschauen.« Dann gratulierte er den Neuvermählten und forderte sie auf, sich einander zuzuwenden. Mit trockenen Lippen sprach er:

»Küsst Euer Weib! Küsst Euren Mann!«

Friederike sah den Mann an, der nun ihr Ehemann war. Seine Augen blitzten so stählern wie ein blankes Messer. Statt seiner Schönheit, die sie so beeindruckt hatte, sah sie jetzt nur seine Arroganz. Wo sie Einigkeit zu finden hoffte, spürte sie Zwietracht, wo sie Wärme gefühlt hatte, kroch ihr eine bittere Kälte entgegen. Das Gefühl der Freude war dem der Enttäuschung gewichen, die während der ganzen Trauungszeremonie so stark geworden war, dass es ihr unmöglich war, dem zuzuhören, was er ihr nun zu sagen versuchte. Stattdessen bemerkte sie, dass er nach Champagner und blumigem Parfum roch.

Er wird doch nicht am Tag seiner Hochzeit …?, dachte sie. Sie merkte, dass ihr Glaube an ein freudiges Leben an seiner Seite und in der Nähe ihrer geliebten Schwester zerborsten war wie die Flaschen, die sie am Vorabend zur Feier ihrer Hochzeit zertrümmert hatten. Angst ergriff ihre Seele, aber gleichzeitig versuchte sie sich mit dem Gebet des Predigers Sack Mut zuzusprechen.

Eine Frau soll ihren Mann ehren, dachte sie, und daran, dass sie als Frau Gehorsam leisten musste. Denn das war ihre Pflicht, und sie hatte es gelobt. »Auch wenn er mich nicht liebt: Ich werde meinem Mann folgen«, sagte sie zu sich.

In dem Augenblick spürte Friederike, wie der Prinz sich ihrem Gesicht noch weiter näherte, und dachte schon, dass ihre Fügsamkeit Früchte tragen und er sie küssen würde. Doch dann hörte sie, was er ihr stattdessen ins Ohr flüsterte.

»Ihr habt mich um das Einzige gebracht, was mir lieb ist: meine Freiheit. Nun werde ich mir das Einzige holen, was mich an Euch reizt.«

Dann packte er sie am Handgelenk und zog sie aus dem Saal hinaus in die Richtung, wo das Gemach zu ihrer Hochzeitsnacht hergerichtet worden war. Ihrer beider Schritte waren gemäßigt, aber sein Griff war fest. Die Minister hatten sich schon ganz in der Tradition zahlreicher Preußenhochzeiten zum Fackeltanz aufgestellt, um die Braut zu begrüßen. Doch der schmale Ludwig bedeutete ihnen, dass die Sache diesmal schnell, also quasi im Vorbeigehen, zu geschehen hatte, und ließ die Gesellschaft hinter sich.

Friederike versuchte, zu ihrem Mann aufzuschließen, aber ihr Kleid war so geschnitten, dass sie nur in kleinen Schritten vorankam. Sie sah über die Schulter hinweg, ob die Damen, die sie nach altem Brauch ins Gemach zu begleiten und zu entkleiden hatten, ihr folgten, und war erleichtert, als sie die Königin, die Voß, die Viereck, die Brühl, die Ingenheim, sogar die Berg und einige andere Mesdames, die sie nicht kannte, hinter sich hereilen sah. Im gleichen Augenblick strauchelte die alte Königinwitwe schon wieder, und die Damen sahen sich gezwungen, ihr auf die gebrechlichen Beine zu helfen – immerhin war sie die im Range zweithöchste Dame des Hofes und mit ihren achtundsiebzig Jahren so alt, dass sie wohl keiner Hochzeit mehr würde beiwohnen können. So wollte man ihr die Aufgabe des Ehrengeleits keineswegs verwehren.

Ludwig zerrte Friederike die Treppen hoch, wobei er, wie üblich, mit einem Schritt zwei oder gar drei Stufen nahm. Er ließ erst von dieser Gewohnheit ab, als Friederike ihn anflehte, langsamer zu gehen. Gereizt blickte er zurück. Dann aber rutschte sie von einer Stufe ab. Er versuchte, sie aufzufangen, konnte aber nicht verhindern, dass sie abglitt und ihr Kleid einriss.

»So gebt doch acht!«, raunzte er sie an und zog sie am Arm wieder auf die Beine.

Friederike biss sich auf die Lippen vor Schmerz, ihr Knöchel pochte, doch Ludwig eilte weiter in Richtung des Traktes mit den Gemächern.

In der Zwischenzeit hatten die Ehrendamen aufgeholt, und da das Paar wegen Friederike, die leicht hinkte, seine Gangart zu verlangsamen gezwungen war, kamen beide Parteien – das Paar und die Damen – zur gleichen Zeit vor dem Hochzeitsgemach an.

»Ihr müsst dorthinein«, wies Ludwig seine Frau an.

Er selbst begab sich nach alter Sitte in den Nebenraum, wo schon seine Leibdiener mit Erfrischungen und Handtüchern auf ihn warteten und wo bald seine Freunde und Kumpane eintreffen würden, deren Aufgabe – ebenfalls nach alter Sitte – es war, den frisch Vermählten mit allerlei Obszönitäten auf seine Aufgabe vorzubereiten.

Friederike aber wurde, kaum dass sie ihr Hochzeitsgemach betrat, sofort umringt von den Damen, die alle an ihr zerrten. Etwa dreißig Personen drängten sich in dem schmalen Raum, niemand öffnete ein Fenster. Das Feuer und der schwere Ambra-Duft raubten ihr den Atem. Gerade weil sie nichts tun durfte und ihr Schicksal jetzt in den Händen von anderen lag, fühlte sie sich hoffnungslos überfordert. Ihre Erziehung verbot es ihr aufzubegehren, aber am liebsten wäre sie an den unbeschwerten Ort ihrer Kindheit zurückgekehrt. Erinnerungen stiegen in ihr auf, in denen sie sich und ihre Schwester Luise über die Sommerwiese im wilden Park von Schloss Braunshardt toben sah. Oder die Großmutter Georg, die ihr das Knie pustete, als sie beim Federballspielen hingefallen war und sich verletzt hatte. Oder die zärtliche Umarmung ihres Bruders Georg, der sie tröstete, als ihr mitgeteilt wurde, dass sie den Prinzen Solms nicht heiraten durfte.

Mit ihm wäre alles anders geworden. Mit ihm wäre ich glücklich.

Während Friederike sich an einen anderen Ort wünschte, nahm man ihr den Diamantreif ab, der ihr Haar schmückte, dann den Schleier, dann die Schleppe, man löste ihr Haar, knöpfte ihr Kleid auf und zog ihr die Schuhe aus. Die Königinwitwe verlangte nach einer Schere, mit der sie, wie es Brauch war, die Strumpfbänder durchschneiden wollte, doch da sie fast erblindet war, leuchtete man ihr mit einer Kerze. Dabei fing der Spitzenärmel des Fräuleins von Wangenheim Feuer, und Friederike, die sich ohnehin überrollt sah von ihren Ängsten, den Ereignissen und den vielen heftig agierenden Menschen um sie herum, wäre beinahe vor Schreck in Ohnmacht gefallen. Die Prinzessin Mimi aber klopfte ihr auf die Wangen, während die Berg das Feuer mit dem bereitstehenden Wasser aus dem Waschgeschirr löschte. Dann wurde das Strumpfband in Stücke zerschnitten und verteilt. Diejenigen, die eins dieser Souvenirs ergattert hatten, empfahlen sich schnell und dankbar wieder in den Weißen Saal, wo die Gesellschaft immer noch feierte. Die, die leer ausgegangen waren, folgten wenige Augenblicke später und stürzten sich ebenfalls in das Getümmel. Bald war das Gemach leer.

Nur die Prinzessin Louise blieb zurück. Sie streifte Friederike das Hemd ab, bevor sie sie auf das Hochzeitsbett bettete, wo die Neuvermählte auf ihren Mann zu warten hatte. Sie blickte an ihr herunter und begutachtete ihren nackten Körper. Friederike fröstelte trotz der dicken, warmen Luft, die im Raum stand, und schlang die Arme um sich. Doch die Prinzessin Louise fasste sie am Handgelenk und fuhr mit dem Zeigefinger zwischen ihren bloßen Brüsten langsam in Richtung Bauchnabel. Dabei sah sie ihr direkt in die Augen und kostete das Zittern in Friederikes Blick aus.

Friederike spürte, wie sie diese ungebetene Zärtlichkeit erregte. Ihre Brustwarzen verhärteten sich.

Als die Prinzessin Louise das sah, näherte sie sich Friederikes Gesicht wie zum Kusse und flüsterte: »Euer Körper ist wie geschaffen für die Wollust.« Sie sog den Atem durch die Lippen. »Der kleine Gernegroß wird seine Freude an Euch haben.«

In dem Moment hörten sie die Männerstimmen aus dem Nebenzimmer und Gerumpel. »Er wird bald zu Euch kommen! Ich gebe ihm Bescheid.«

Dann stieß sie Friederike auf das Ehebett und verschwand, nachdem sie durch ein Klopfzeichen den Herren im Nebenraum zu verstehen gegeben hatte, dass die Braut gebettet war.

Die Kerzen blakten, vom Nebenraum tönten die Stimmen mehrerer Männer. Friederike zog sich das Laken über den Körper. Sie wagte kaum zu atmen.

Sie hatte gedacht, wenn jemand so schön war wie ihr Mann, dann müsse er auch gut sein. Sie hatte gedacht, wenn sie ihre Schwester Luise nach Berlin begleitete, könne ihr nichts mehr passieren. Stattdessen hatte sie einen Rohling geheiratet, und ihre Schwester hatte so viel mit sich selbst und ihrer neuen Rolle als Kronprinzessin zu tun, dass Friederike sich ein wenig vergessen fühlte. Langsam faltete sie die Hände zum Gebet.

»Ich werde folgsam sein«, sagte sie leise zu sich. »Folgsam, wie der Hofprediger Sack es verlangt hat. Aber ich bitte um einen Sohn.« Einen Sohn. Einen Sohn. Einen Sohn. Einen Sohn … Sie war in Gedanken weit weg, als sie eine Hand auf ihrem Körper spürte.

»Ludwig?«

»Seid still, dumme Gans.«

Er steckte ihr die Zunge in den Mund und schlabberte dabei wie ein Hund das Wasser.

Friederike würgte. Sein Atem roch nach Schnaps.

Ludwig riss das Laken weg, das sie bedeckte, und presste seinen Körper gegen ihren. Dabei knetete er mit rohen Händen ihr Fleisch. Er fing an zu keuchen, während er seinen Unterleib an ihrem Schenkel rieb. Sein Hemd war hochgerutscht. Sie hustete, um ihren Würgereiz zu beherrschen.

»He, gefällt es dir etwa nicht?«

Er ließ davon ab, sie zu küssen, und wanderte mit dem Mund zu ihren Brüsten. Er saugte an ihnen und quetschte sie dabei mit beiden Händen wie Brotteig. Dabei röchelte und keuchte er wie einer dieser alten Männer in den Rauchsalons.

Friederike war froh, seine Zunge nicht mehr im Mund zu spüren. Himmel, lass es bald vorbei sein.

Da aber fing Ludwig erst richtig an. Er zog sich wieder hoch, zwängte seine Zunge abermals in ihren Mund, rotierte darin und drängte sein Bein zwischen ihre Schenkel. Dann löste er sich von seiner Frau, nahm zwei Finger, lutschte mehrmals kräftig daran, um sie zu befeuchten, und rammte sie in sie hinein. Er fing heftig an zu arbeiten.

Friederike schluchzte.

»Das gefällt dir wohl? Hm, das gefällt dir. Ja, das gefällt dir, hmm. O ja, ich geb es dir. Ich geb es dir …«

Während er die Worte ununterbrochen wiederholte, öffnete er ihre Beine, zwängte sich zwischen sie und drang in sie ein.

Es tat nicht so weh, wie sie gedacht hatte. Aber es war auch nicht das, was andere – nach allem, was sie gehört hatte – daraus machten. Sie ließ ihn gewähren und war froh, dass er damit so beschäftigt war, dass er sie nicht mehr küsste. Sein schwerer Körper nahm ihr den Atem.

Friederike gab einen Seufzer von sich, um ihn zu beruhigen.

Sofort fing er wieder an zu reden. »Ja, das gefällt dir, was? Ja, das gefällt dir! O ja, hmm! O ja, o ja … Ja, Ja …«

Sein Keuchen wurde heftiger und heftiger. Er war kurz davor zu schreien. Dann stieß er noch zwei, drei Mal in sie, gab ein lautes Grunzen von sich und rollte sich anschließend von ihr herunter.

Es war ruhig. Ludwig lag neben ihr wie ein nasser Sack.

Erst nach wenigen Augenblicken, nach einer Minute vielleicht, wagte Friederike es, sich ihm zuzudrehen. Sie sah das schweißnasse Hemd, das an seinem Rücken klebte.

Von draußen kam das Flüstern zweier Damenstimmen.

»Es ist vollbracht.«

»Ja, es hört sich so an. Lasst uns zum König gehen und es ihm sagen.« Friederike hörte, wie sich Schritte entfernten.

Es ist vollbracht, dachte sie. Sie drehte sich enttäuscht auf die Seite und legte eine Hand unter ihre Wange. Dabei starrte sie zu Ludwig, der sich mit einem plumpsenden Geräusch auf den Bauch gedreht hatte. Sein Körper hob und senkte sich regelmäßig. Sie behielt ihn fest im Blick, so wie sie das von der Jagd kannte, wo man nicht von dem Wild überrascht und überrannt werden wollte.

Vorsichtig, um ihn nicht aufzuwecken, griff sie nach unten. Sie war noch warm und feucht von seinem Samen und ihrem Blut.

Alle haben gesagt, dass es mehr ist als das, dachte sie. Aber was ist es dann? Ich werde lernen, mehr daraus zu machen. In anderen Nächten werde ich mehr daraus machen. Dann wird es schön sein, und wir werden uns lieben, wie Mann und Frau sich lieben. Wie es die Tante und die anderen Damen erzählt haben, als wir bei den Maultieren waren …

In anderen Nächten? Friederike kamen die Tränen, obwohl

sie versuchte, sie zu unterdrücken. O Gott!, dachte sie und faltete die Hände zum Gebet. Bitte mach, dass es keine anderen Nächte mehr gibt. Und schenk mir einen Sohn. Ich bete für einen Sohn. Dann wird es keine anderen Nächte mehr geben.

Doch als zwei Wochen später der Mond wieder voll war, blutete sie wie eh und je, und sie wusste, dass ihre Gebete nicht erhört worden waren.

Die alte Voß aber, die das Ehrenamt innehatte, vor der Tür des Brautgemachs zu warten, schrieb noch am Abend der Hochzeit in ihr Tagebuch:

> *»Wäre sie doch zuerst unter den Baldachin getreten. Es ist ein so schlechtes Omen. Wie rein sie doch war, die Prinzessin Ludwig. So unschuldig wie ein Opferlamm. Und wie tapfer sie wird sein müssen. Ich bete für sie. Wir armen Frauen, wir sind doch zu bedauern.«*

Und Friedrich Wilhelm, der von Oberst Massenbach und Köckeritz über die Ereignisse unterrichtet worden war, beriet sich umgehend mit seinem Vater, dem König.

Er selbst jedoch ließ Friederike einen Topf mit einer großen Palme schicken, die sich, wie er fand, gut in ihren Räumen ausmachen würde, in denen ein geschickter Malermeister das Panorama einer romantischen Landschaft nachempfunden hatte, die in satter Blüte stand.

Als Friederike das prachtvolle Gewächs in Empfang nahm, war sie so verlegen, dass sie errötete, obwohl niemand sie sah. Denn ihr war dieses Geschenk so bedeutend lieber als die Morgengabe von tausend Talern, die ihr Mann ihr nach der Hochzeitsnacht auf den Bettkasten gelegt hatte.

3

Auch in den nächsten Wochen erduldete Friederike die intimen Angelegenheiten, die sie zu erfüllen hatte, klaglos. Ludwig nahm sie von hinten wie eine Stute, um sie dabei nicht ansehen zu müssen. Friederike war es recht, so musste sie seinen Atem nicht riechen. Seine Hände waren rau, und meist machte er sich nicht einmal die Mühe, die Hose seiner Hofuniform auszuziehen. Sie starrte an die Wand oder auf den wippenden Pegel der halbleeren Schnapsflasche, die ihr Mann auf dem Nachttisch aus Nussbaumholz abgestellt hatte.

Ludwig verrichtete seine Pflicht mit spärlicher Zärtlichkeit und so wie eine Notdurft. Es war immer schnell vorbei. Nachdem ihr Mann sich erleichtert hatte, raffte er seine Sachen zusammen, nahm die Flasche und verließ Friederikes Gemach mit knappem Gruß. Sie wusste nicht, wohin er ging und wo er seine Nächte verbrachte. Aber sie war froh, dass er nicht bei ihr blieb, und hoffte, dass seine Besuche bald nachlassen würden, wenn ihre Bestimmung, Nachwuchs zu zeugen, endlich erfüllt war.

In diesen Wochen, in denen sie diese lästige Pflicht duldsam auf sich nahm, hatte sie mehrmals versucht, ihre Schwester allein zu sprechen. Aber die ganzen Cours, Déjeuners, Assemblées und Gesellschaften, die sie zu besuchen verpflichtet waren, nahmen den Schwestern jegliche Möglichkeit für Zweisamkeit oder gar Intimität.

Dann wollte Luise unbedingt Friederikes Rat zu einem neuen Kleid hören und zu dem Stoff, den sie wählen sollte, und schickte deswegen – und auch, weil alles schnell gehen musste – einen Lakaien zu ihr.

Als Friederike das erste Mal die Gemächer ihrer älteren Schwester betrat, blieb sie mit offenem Mund stehen. Schon ihre Zimmer überstiegen jeden Traum, den sie in Darmstadt zu träumen gewagt hatte, aber bei Luise war alles noch eine Spur würdevoller. Als Kronprinzessin würde sie auf solche Dinge geachtet haben, dessen war sich Friederike gewiss. Die Räume waren hoch und licht und gleichzeitig von einer Schlichtheit, die jedes Zeichen eines lenkenden Händchens leugnete. Man kam sich vor wie in einer Gartenlaube. Die Fenster öffneten sich zur großen Lindenallee hin und gaben den Blick auf das Zeughaus frei. Nach rechts hin gab es ein Fenster, von dem man bis zum großen Schloss sehen konnte und – stellte man sich auf die Zehenspitzen – sogar bis zum Lustgarten. Zwischen den Fenstern stand ein Bücherschrank, daneben ein Canapé, mehrere Stühle und ein Tisch – alle aus poliertem Kirschbaum, und die Polster waren mit einem Stoff überzogen, in den eine ganze Schar exotischer Vögel eingewoben war. Die Wände zierte eine lindgrüne Seidentapete, dazwischen hingen Tableaus mit ländlichen Szenen: eine dralle Winzerin, die mit nackten Beinen den Wein stampfte, und ein Winzer, der ihr wonnig zuprostete. Eine Schäferin, die auf einer grünen Wiese lag, während sie an einem Halm kaute und dem Schäfer zuhörte, der auf einer Flöte spielte.

Friederike strich gerade mit ihrer behandschuhten Rechten über die Bilder, als Luise in einem prächtigen neuen Kleid hineingerauscht kam, bei dem die Ärmel fehlten.

»Oh, du bist schon da?« Sie küsste Friederike auf beide Wangen. »Danke, dass du sofort gekommen bist. Es ist so wichtig! Und ich hoffe, ich habe dich nicht allzu lange warten lassen. Na, wie findest du es?« Noch bevor Friederike antworten konnte, drehte Luise sich um ihre eigene Achse und präsentierte ihr Kleid, das in Bleu mourant gehalten war. »Es ist von Quittels, stell dir vor! Madame Quittels war den ganzen Morgen hier. Sie hatte drei ihrer Mädchen dabei, damit nur alles mit rechten Dingen zugeht. Ach, ich bin so froh, dass dich meine Nachricht noch erreicht hat. Was sagst du? Das Blau ist der letzte Schrei. Man lässt jetzt auch die Krinoline weg und macht es wie die Bürgersfrauen.« Sie hielt sich ein Stück gestreiften Stoffes an den Arm. »Soll ich diesen hier nehmen? Oder lieber diesen?« Nun zeigte sie ihr einen Streifen Seidenmoiré.

Friederike wiegte den Kopf hin und her und entschied schließlich: »Diesen! Die Seide. Das passt besser.«

»Das hatte ich auch gedacht. Aber ohne deinen Rat wollte ich es nicht in Auftrag geben. Es ist ja doch so, dass wir das alles nicht gewohnt sind … Na ja, in Darmstadt hätten wir das nicht einmal geahnt. Ist das nicht herrlich? Ach, was ist es doch schön, hier in Berlin zu sein! Es ist ein großes Glück.«

Als Friederike nicht antwortete, wies Luise das Mädchen an, ihnen Tee und einige Erfrischungen zu servieren, und schickte sie dann weg. Endlich waren sie allein.

»Wie geht es dir?« Luise setzte sich neben Friederike aufs Canapé.

»Ach, gut. Ich will nicht klagen. Wenn du glücklich bist, dann bin ich es doch auch.«

»Und es ist das schönste Glück für mich, dass wir nun gemeinsam hier sind und uns nichts und niemand mehr trennen kann.«

Luise nahm eine kandierte Erdbeere von der Etagere und steckte sie Friederike in den Mund. »Hier, probier mal! Sind die nicht köstlich? Ach, ich bin so froh.«

Friederike versuchte gerade, die passenden Worte für ihre Lage zu finden, ohne ihre Schwester mit ihrem Elend zu brüskieren, da schnitt diese ihr das Wort ab.

»Und das Beste ist: Wir sind keine kleinen Mädchen mehr, die nichts von der Welt wissen. Wir sind jetzt richtige Ehefrauen.«

»Ja.«

Luise rückte näher an ihre Schwester heran. »Oh, ich hätte ja nie gedacht, dass es so ist. Weißt du noch, auf unserer Brautfahrt, wie uns Tante Anna Amalia zu diesem Maultiergestüt geführt hat, um uns zu zeigen, wie es geht? Und wie diese dumme Stute immer nach dem Esel ausgeschlagen hat? Es sah so anders aus, ich habe gar nicht begriffen, was daran sein soll.« Sie strich sich mit dem Finger über den nackten Arm und küsste sich auf die Schulter. »Aber nun ist es doch so himmlisch.«

Friederike atmete tief durch. »Luise, ich muss dir …« Sie versuchte, Luises Blick zu halten, doch diese streichelte versonnen weiter ihren Arm.

»Sprich nur weiter, ich höre dir zu.«

»Luise, also wenn wir beieinander sind …«

»Ja, was ist?«

»Ja, also, wenn er zu mir kommt …«

»Nun, was denn?«

»Es ist …«

Jetzt erst begriff Luise und legte eine Hand auf Friederikes Schulter: »Gefällt es dir nicht?«

Friederike nickte, auch wenn Luise den Kern nicht traf. Aber sie genierte sich, ins Detail zu gehen, weil sie glaubte, es sei alles ihre Schuld. »Ich kann nicht darüber sprechen.«

»Ach, das wird sich doch geben. Ihr müsst euch aneinander gewöhnen. Auch das hat uns Tante Anna Amalia gesagt. Erinnerst du dich nicht? Sie sagte: ›Man muss es üben, wie man alles in der Welt üben muss.‹ Nun, und wo sollte da bei dir ein Fehler sein? Eine Frau mit deinen Vorzügen! Die kann doch jeden Mann erwärmen. Und den eigenen zumal.«

Verlegen griff Friederike nach der Teetasse. »Ja, du hast recht, vielleicht sollte ich etwas … nun, ja … etwas entgegenkommender sein.« Sie blickte unter melancholischen Lidern nach oben und biss sich auf die Unterlippe. Sie fürchtete, ihren Mann zu beschädigen und ihre eigene Stellung zu verlieren. Deshalb beließ sie es dabei.

Luise nahm Friederike das Porzellan weg, stellte es auf dem Tisch ab und drückte beide Hände ihrer Schwester. Sie streichelte sie mit den Daumen. »Ach, mein kleines Schwesterchen. Das tut mir leid. Aber das wird schon. Gib der Sache Zeit …«

»Ja, aber es ist anders, als du denkst. Er …«

In dem Moment, als Friederike endlich den Mut gefasst hatte, sich ihrer Schwester anzuvertrauen, trat ein Diener ein und meldete, dass Madame Quittels wartete und fragen ließ, ob Ihre Königliche Hoheit, die Prinzessin Luise, denn schon ihre Wahl getroffen habe. Denn wenn das Kleid zur Oper fertig werden solle, dann müsse sie sich jetzt gleich an die Arbeit machen.

Luise winkte ab. »Gleich!« Sie drehte sich zu ihrer Schwester um und sah ihr fest in die Augen. »Hab Vertrauen. Und das Wichtigste ist doch, dass wir beieinander sind. Versprichst du mir, dass wir uns nie trennen werden?«

Friederike nickte.

Dann küsste Luise Friederike auf die Wange und sagte: »Ich muss los. Bleib noch hier und trink aus! Und nimm dir ein Buch mit oder auch zwei.« Sie eilte zur Tür, drehte sich aber noch einmal im Gehen um und fragte: »Sehen wir uns denn heute Abend in der Oper?«

»Ja.«

Dann war sie weg.

Friedrich Wilhelm konnte seiner Frau gerade noch ausweichen, als er ihr Zimmer aufsuchte. Er nahm sie in den Arm, küsste sie und machte einen Scherz über die fehlenden Ärmel ihres Kleides. Über ihre Schulter hinweg aber sah er Friederike an und zwinkerte ihr zu.

Sie nippte an ihrem Tee und wurde rot.

Als die beiden gegangen waren, ging Friederike zum Bücherschrank. Dort fand sie, was sie so und nicht anders von Luise kannte, deren Wesen eher auf Putz und Geselligkeit ausgerichtet war statt auf stille Beschäftigung und geistige Sammlung:

reihenweise Bücher der gängigen Modedichter und zuallervorderst die neuesten Bände von August Heinrich Lafontaine, Luises Lieblingsschriftsteller. Sie liebte dessen ornamentale Beschreibungen, seine ausufernden Sentimentalitäten und die Radikalität seiner Gefühlsdarstellungen: Bei ihm gab es nie ein »Sowohl-als-auch« oder ein »Vielleicht«, sondern immer nur ein unbedingtes Ja oder ein unbedingtes Nein. Seine Heldinnen stürzten sich lieber in die Tiefe, als sich auf verwässerte Arrangements einzulassen.

Friederike amüsierte Luises Geschmack sehr. Niemals jedoch würde sie ihre Schwester kränken wollen, und so nahm sie, um ihr einen Gefallen zu tun, den Band mit dem Titel »Die Gewalt der Liebe in Erzählungen« mit.

In ihrem eigenen Zimmer angekommen, ging sie sogleich zu ihrem Bücherschrank, um den Band einzusortieren, da überfiel sie die Lust zu lesen. Mit einem Finger streifte sie über ihre Sammlung, die mit ihrem Wappen versehen war: die Komödien von Richard B. Sheridan, dann Lord Byron, Jonathan Swift, Laurence Sterne, die sie von ihrer Tante, der englischen Königin, bekommen hatte. Reiseberichte über Italien und England. Jean-Jacques Rousseaus »Julie« und die gesammelten Stücke von Marivaux. Die Schriften des Schweizer Pädagogen Johann Heinrich Pestalozzi, an den sie durch ihre Erzieherin, die gute Salomé de Gélieu, ebenfalls eine Schweizerin und aus der preußischen Exklave Neuchâtel stammend, herangeführt worden war. Und nicht zuletzt, was ungewöhnlich war für eine Dame ihres hohen Standes, da man sich doch eher auf die französische Klassik verlegte, besaß sie – und damit war sie ihrer Zeit etwas voraus – einige Bücher deutscher Dichter: Johann Gottfried Herder, Friedrich Schiller und die Werke des Geheimrats Johann Wolfgang Goethe, der sich seit einigen Jahren »von Goethe« nennen durfte.

Friederike legte den Kopf zur Seite und holte schließlich den Band mit den Leiden des jungen Werthers heraus, den ihr der Geheimrat geschenkt und mit einer Widmung versehen hatte.

Sie kannte ihn schon aus Frankfurt am Main. Einmal, während der Feierlichkeiten zur Kaiserkrönung, hatte sie sogar zusammen mit ihrer Schwester Luise und ihrem Bruder Georg in seinem Elternhaus im Großen Hirschgraben Quartier gemacht und war von seiner Mutter Aja herzlich umsorgt worden. Friederike und der Geheimrat korrespondierten schon seit Längerem miteinander, weshalb Luise sie immer wieder verspottete.

»Ach, was hast du dir denn schon mit dem Herrn Goethe zu schreiben?«, hänselte sie sie regelmäßig.

»Ja, du hast recht. Was habe ich mir schon mit ihm zu schreiben? Ein so kluger Kopf, wie er es ist, und dann ich, doch nur eine bedauernswerte Prinzessin«, antwortete Friederike ebenso regelmäßig.

Sie suchte noch im Gehen die Markierung, die sie sich gemacht hatte, ging zur Chaiselongue und vertiefte sich in das tragische Schicksal von Werther und Lotte. Begierig blätterte sie Seite um Seite um, machte sich Notizen für einen ihrer Briefe an den Geheimrat, in dem sie ihm ihre Eindrücke zu schildern beabsichtigte, und bemerkte darüber nicht, dass die Dämmerung eintrat, dann die Nacht kam und schließlich der Mond in ihr Zimmer schien. Die Trauer über die Gewissheit, dass die Tage – und mehr noch die Nächte, die sie mit Ludwig verbringen musste – nur die ersten von vielen sein würden – also alles, was ihr heute Morgen noch jegliche Hoffnung geraubt hatte, war völlig vergessen.

4

Der Saal, in dem Prinz Ludwig und Friederike ihr Frühstück serviert bekamen, wurde durch sechs hohe Fenster erhellt. Sie boten Aussicht auf einen alten Landschaftsgarten, der bereits zur Zeit des Alten Fritz angelegt worden war. Blumenbeete, die noch im Winterschlaf lagen, wurden von kupierten Buchsbaumhecken gerahmt und von vier imposanten Trauerweiden dominiert, die eine Aura von Sanftmut verströmten. Am Morgen hatte es geregnet, aber nun, als die Uhr bereits auf die Elf zuging, war die Luft weich und weiß wie Milch. Dennoch befahl Prinz Ludwig, das Fenster zu schließen. Er griff sich an den Kopf und raunzte in den Raum:

»Heida! Nun beeile Er sich doch, und vergesse Er bitte nicht über all seinen Pflichten, mir einen Kaffee einzuschenken. Und eine Karaffe Wasser noch dazu!«

Der treue Schulze, der schon dem Prinzen Heinrich während des Siebenjährigen Krieges gedient hatte, hatte schon so manch übellaunigen Dienstherrn zu besänftigen vermocht, aber gegen die morgendlichen *humeurs* des Prinzen Ludwig kannte er keine Mittel. Die Wünsche des Prinzen wechselten jeden Augenblick: Wollte er in einem Moment die Zeitung lesen, feuerte er diese im nächsten Moment auf den Tisch und orderte salzigen Fisch oder eingelegte Gurken oder gar rohes, durch den Wolf gedrehtes Fleisch, das mit einem Eidotter verfeinert war. Oder er verlangte bereits zum Frühstück nach frischem Bier, um seinen Durst, den er meist einem Gelage vom Vorabend zu verdanken hatte, zu löschen.

»Aber bringe Er mir unbedingt Fredersdorfer! Nicht das Kufen, das Fredersdorfer, habe ich gesagt. Hat Er das verstanden? Ich will das Kufen nicht mehr auf meiner Tafel sehen. Dieses Satansgebräu.«

Friederike, die am anderen Ende des mehr als fünfzehn Fuß

langen Tisches saß, sah dem alten Diener hinterher, der trotz seiner gichtigen Füße zur Tür stürzte, um die Order des Prinzen weiterzugeben, aber auch, um vor dessen Attacken zu fliehen. Denn es war schon vorgekommen, dass Prinz Ludwig seinen Befehlen mit dem Stock Nachdruck verlieh.

Diesmal jedoch wandte er sich seinen beiden Irischen Settern zu, die er vom Tisch aus fütterte. Sie schlangen das Fleisch schmatzend herunter und legten sich, nachdem Ludwig ihnen mehrmals über den Rücken gestreichelt hatte, mit ihren schweren Körpern vor seine Füße. Fickchen, die Ältere, winselte, und Fanny, Fickchens Tochter, schlug mit der Rute aufs Parkett und ließ dann den Kopf auf ihren gekreuzten Pfoten ruhen.

Nachdem Ludwig sich versichert hatte, dass seine beiden Hündinnen still waren, griff er wieder zur Vossischen und verschwand hinter deren Seiten. Friederike hörte am anderen Ende die Kommentare ihres Mannes, die er keineswegs an sie richtete, sondern ohne Ziel in den Raum sprach, und rührte einen Löffel Zucker in ihren Kaffee, wobei sie ein klapperndes Geräusch verursachte.

Sofort legte Ludwig die Zeitung nieder und befahl einen Lakaien zu sich. »Richte Er bitte der Prinzessin Friederike aus, dass sie aufhören möge, mit dem Porzellan zu lärmen. Mir platzt der Schädel.«

Friederike verstand, auch ohne dass der Lakai ihr die Botschaft ausrichten musste, und legte das Löffelchen beiseite.

In diesem Augenblick kamen Schulze und in seinem Schatten der Mundschenk mit einem Krug Bier zurück. Ludwig nahm zwei kräftige Schlucke, leckte sich zufrieden die Lippen und verschwand wieder hinter seiner Zeitung.

Er ereiferte sich über die Unruhen, die sich in Polen formierten, wo man wohl bald würde eingreifen müssen, wenn es so weiterginge mit diesem Schlachta-Pack, und über die Lage in Frankreich, wo diese neuen Ideen um sich griffen. Und er faselte etwas davon, dass Preußen bald nicht nur gegen die Franzosen, sondern auch gegen die Polen zu kämpfen habe und es sozusagen zwei Richtungen gab, in die man ziehen müsse.

»Ha, da hat man nun die Sklaverei in den Kolonien abgeschafft. Pah. Und das nennt man Revolution? Das hat mein Großonkel, der Große Friedrich, schon vor Jahrzehnten veranlasst. In Preußen braucht man keine Revolution.«

Ludwig hielt große Stücke auf seine Familientradition und wurde nicht müde, bei jeder Gelegenheit die vielfältigen Errungenschaften preußischer Könige und Fürsten herauszustellen. Gierig trank er sein Bier aus und donnerte den Becher auf den Tisch. Dann begann er über die Armee zu räsonieren, über diese maßlose Ungeschicklichkeit des Herzogs von Braunschweig und darüber, dass er, Ludwig, in dem Falle, dass er das Kommando gehabt hätte, anders und ganz gewiss auch zum Ruhme aller entschieden hätte. Und er fragte laut, warum man an so einem Esel, wie der Herzog es doch war, überhaupt noch als Oberbefehlshaber festhalte. Er wartete nicht auf eine Antwort, sondern befahl unwirsch, das Fenster öffnen zu lassen.

Bald wehte ein barmherziger Hauch durch den von Wut, Eifer und Verbitterung erfüllten Raum.

In diesem Moment trat ein Diener ein und meldete, dass eine Dame den Prinzen sprechen wolle. Ludwig winkte ab, doch der Diener gab ihm zu verstehen, dass die Dame, ein – wenn auch betagtes, so doch – Fräulein Berlinger, sich nicht abweisen lasse und darauf bestehe, dass sie gewichtige Angelegenheiten vorzutragen habe, die auch des Prinzen Lage berührten.

Schon als der Name »Berlinger« fiel, entspannten sich die Züge des Prinzen, und er nickte wohlwollend.

Friederike sah, wie ein altes Weib eintrat, das in grobes, aber gewissenhaft gestärktes Leinen gekleidet war und – verunsichert durch den hohen, mit allerlei Stuck und Malerei verzierten Raum – erst einmal stehen blieb. Im Arm hielt sie ein Bündel.

»Kommt näher!« Der Prinz winkte sie heran.

Als das Weib sich ihm mit vorsichtigen Schritten näherte, um ja nicht auf dem glatten Boden auszurutschen, sprang Ludwig von seinem Stuhl auf und ging der Alten ein paar Schritte entgegen. Neugierig beugte er sich über das Bündel und streckte beide Arme aus, um es entgegenzunehmen. Er wedelte mit den Fingern in der Luft herum, als ob er jemanden kraulen wollte. Doch erst als sich ihm eine kleine Hand entgegenstreckte, begriff Friederike das ganze Ausmaß der ungewöhnlichen Situation.

Sie warf ihre Serviette neben den Teller, der immer noch unberührt dastand, erhob sich mit so viel Schwung, dass ihr Stuhl ins Schwanken geriet, und ging zur Tür in Richtung der Gemächer.

Ludwig aber rief sofort einen Lakaien herbei und befahl: »Sage Er bitte der Prinzessin Friederike, dass sie hierzubleiben habe und zu mir kommen soll.«

Auch diesmal wartete Friederike nicht, bis der Lakai ihr die Worte ihres Mannes ausrichtete. Mit erhobenem Kopf näherte sie sich ihrem Mann, dem Weib und dem Bündel.

»Was kann es denn so Bedeutsames geben, dass mein Mann mir befiehlt, zu ihm zu kommen?«

Doch Ludwig ignorierte Friederikes Unterton. Er war so beschäftigt mit dem Kindchen, das er hochnahm und herzte und, nachdem er es der Alten wieder in den Arm gelegt hatte, mehrfach am Kopfe und über die Wangen streichelte.

»Seht doch! Was für ein schönes, rundes, fettes Mädchen.«

Friederike sah das Mädchen an und musste ihm beipflichten: Es war ein schönes Kind mit rosigen Wangen, gesund, prall, rund und strahlend. Es hatte ein blondes Haarbüschel auf dem Kopf und gluckste vergnügt.

»Ja, ein Mädchen. Ich sehe es.« Friederike verschränkte die Arme vor ihrem Körper.

»Ja, aber was für ein Mädchen! Habt Ihr jemals im Leben so

ein schönes Mädchen gesehen? Es ist doch ein ganz erstaunliches Mädchen.« Ludwig war so eingenommen von der Kleinen, dass er ganz vergessen hatte, den umständlichen Weg über die Lakaien zu nehmen, sondern Friederike direkt ansprach. Er nahm die Kleine wieder an sich und küsste sie voller Freude auf die kleine Nase, hob sie über seinen Kopf und drehte sich mehrere Male mit dem Kind um die eigene Achse. Dabei rief er: »Ein schönes Mädchen, ein so schönes Mädchen.«

Die Kleine lachte.

Friederike räusperte sich und sah die Alte an. Sie aber blickte verlegen zu Boden und trat von einem Fuß auf den anderen. Bevor Friederike eine Erklärung fordern konnte, legte Ludwig der Alten das Kind wieder in die Arme, die es sofort mit einer wollenen Häkeldecke umwickelte und an ihren Busen drückte.

Ludwig aber nestelte in seiner Tasche und zog nach einigen Augenblicken eine silberne Taschenuhr hervor, die er der Alten übergab. Die steckte sie hastig ein und bedankte sich mit mehreren untertänigen Verbeugungen.

Friederike starrte ihn mit offenem Mund an.

Er antwortete direkt: »So ein schönes Mädchen. Da ist diese Uhr gerade angemessen.«

»Ja, aber warum macht Ihr daraus so eine Sache?«

»Weil sie so hübsch ist! Ja, seht sie Euch doch einmal an!« Er winkte die Alte, die sich aus Furcht davor, dass man ihr die großzügige Gabe wieder entreißen könnte, schon in Richtung Tür begeben wollte, noch einmal zu sich und präsentierte Friederike voller Freude das Kind.

»Nun seht doch!«

Er zog die Decke ein Stück zurück, sodass man sein Gesichtchen besser erkennen konnte, und wies mit seiner Rechten auf das Mädchen.

Da erst erblickte Friederike die metallblauen Augen des Kindes – und begriff.

Ohne ein Wort der Erklärung drehte sie sich auf dem Absatz

ihrer Seidenpantoffeln um und rauschte auf den Ausgang zu, der zu ihren Gemächern führte. Dem Diener gelang es gerade noch rechtzeitig, die schweren Flügel zu öffnen, sodass seine Herrin ungehindert passieren konnte.

Mit Wucht donnerte die Tür zu.

5

In ihrem Zimmer angekommen, stürzte Friederike zur Kommode und suchte ihre Veilchenpastillen. Nachdem sie sie dort nicht fand, eilte sie zum Kamin und dann zur Chaiselongue, wo sie die Ritzen der Polster abklopfte. Tatsächlich! Da war die Dose.

Sie nahm sie an sich, setzte sich auf den Fauteuil gegenüber dem Kamin und häufte sich sogleich ein paar Pastillen in die Hand. Dabei zitterte sie so sehr, dass die Pillen herunterfielen und sie die ganze Prozedur mehrmals zu wiederholen gezwungen war.

Als sie es endlich geschafft hatte, warf sie sich gleich ein Häuflein in den Mund und ließ sich gegen die mit Samt gepolsterte Lehne fallen.

Lange starrte sie ins Feuer, während sie auf den Pastillen kaute. Ihre Gedanken kannten nur eine Richtung: Fort, nur fort! Fort! Er liebt mich nicht, aber er liebt dieses Kind. Er liebt dieses kleine Mädchen mit den metallblauen Augen.

Die gleichen Augen, die bei dem Mädchen so unschuldig aussahen wie ein Frühlingshimmel, aber bei Ludwig so viel Kälte ausstrahlten. Sie hatte ihn noch nie so zärtlich gegen eine andere Person gesehen. Hatte sie nicht alles in ihrer Macht Stehende versucht, um sich ihren Mann gewogen zu machen? Sie hatte still gehalten, als er sich sein Recht holte, und versucht, ihn mit Zärtlichkeiten freundlich zu stimmen. So wie ihre Schwester Luise es ihr geraten hatte. Sie hatte gehofft, er würde merken, dass er sie insgeheim liebte, ja immer schon geliebt hatte, eben weil sie gut war und treu und alles für ihn tun würde. Sie hatte geglaubt, Ludwig durch ihre Güte besänftigen zu können.

Sie hatte das Gegenteil erreicht. Sie spürte, dass sie ihm gleichgültig war, und je mehr sie ihm ihre Liebe zeigte, desto gleichgültiger wurde sie ihm. Seine Gleichgültigkeit kam schon Verachtung gleich.

Es gibt viele Prinzessinnen, dachte sie, gegen die der Gatte kalt ist.

Sie kannte all diese Geschichten, die man sich bei Hofe und auch in den Gesindestuben erzählte. Die der Prinzessin Wilhelmine von Preußen, deren Mann ihre beste Freundin zu seiner Mätresse gemacht hatte und die gezwungen war, jeden Tag mit ihrer Rivalin an einer Tafel zu speisen. Oder die der Prinzessin von Hannover, deren Mann sie so verabscheute, dass er ihr nicht einmal die Ehre einer Hochzeitsnacht zuteilwerden ließ und stattdessen ins Hurenhaus ging. Und da war die Prinzessin von Bayreuth, deren Mann sie nicht nur mit seiner Weiberwirtschaft erniedrigte, sondern sie sogar mit der Peitsche züchtigte.

Friederike dachte nach. Dann fiel ihr auf: Die Prinzessin von Bayreuth war geflohen. Sie hatte vorgegeben, ihre Mutter besuchen zu müssen, und war nie wieder zu ihrem Mann zurückgekehrt. Nach außen hin aber waren sie weiter ehelich vereint. Es hatte nie eine Scheidung gegeben, und man gab vor, dass sie sich um das Wohl der Mutter kümmern müsse.

Das war die Lösung!

Friederike straffte sich und ging zum Sekretär. Sie zog einen Bogen Papier aus der Lade, nahm das Fässchen mit der Tinte und schrieb mit Entschlossenheit:

Geliebte Großmutter!
Sie wissen, wie sehr ich Sie verehre und Ihre Entscheidungen immer respektiere. Sie haben immer das Beste für mich gewollt und bewirkt. Sie haben weise bedacht, dass mein Glück und das meiner Schwester von Ihrem Entschlusse abhängen wird, und daher beschlossen, uns Schwestern nicht zu trennen. Und was meine Person betrifft, haben Sie mir damit das größte Glück ermöglicht, das ich mir vorstellen kann. Ich habe mich meiner Hochzeit mit großer Freude entgegengesehnt und bin selbst nach einer baldigen Enttäuschung darin übereingekommen, zum Wohle unserer Familie und unseres Hauses dankbar für mein Schicksal zu sein.
Allein, der Schimpf und die Schande, die mir so bald zugefügt wurden, zwingt mich, Ihren Entschluss in Frage zu stellen. Ginge es nur um mich, ich könnte Wege finden, mein Schicksal hinzunehmen. Aber mein Mann beschmutzt durch sein Verhalten auch das Ansehen Ihrer Königlichen Hoheit, meiner Schwester Luise, und das unseres ganzen Hauses. Ich werde der Angelegenheit den bestmöglichen Anschein zu geben trachten. Deshalb bitte ich Sie darum, wieder mit Ihnen nach Darmstadt zurückkehren zu dürfen. Auch zu Ihrem Wohle soll diese Entscheidung gut sein. Denn die Leere in Ihrem Hause, ohne uns, die wir so viele Jahre dort in harmonischer Häuslichkeit gelebt haben, wird unerträglich für Sie sein.
Ich aber möchte mich bereit erklären, Ihnen mit Sanftmut und Gefügigkeit zu dienen.
Ihre Sie liebende Friederike.

Erleichtert legte sie den Kiel zur Seite, faltete den Bogen und suchte nach ihrem Petschaft, das sie in einem der oberen Schübe vermutete, das dort aber nicht zu finden war. Wo hatte sie es nur hingelegt? Sie sah sich im Raum um, spürte aber einen kurzen Stich in der Brust, sodass sie ihre Suche aufgab und das Fenster öffnete.

Immer noch war die Luft durch den morgendlichen Regen weich und milchig. Friederike nahm ein paar tiefe Atemzüge und fühlte sich unendlich erleichtert.

Dann rief sie den Lakaien.

6

Die Gräfin Brühl, die Friederikes oberste Hofdame war, hatte gerade erst die Vorhänge ihres Alkovens geöffnet und ihr ein Tablett mit Kakao und der Vossischen hingestellt, da meldete ein Diener, der König wolle die Prinzessin sprechen. Mit dieser Nachricht wurde ihr auch – »zu Ihrer Verfügung« – ein Ballen luftigen Musselins überbracht, so wie er jetzt in Paris der letzte Schrei war.

Friederike, die ganz in Aufruhr war über dieses edle Geschenk, schickte den Diener weg und versicherte ihm, dass sie zur gewünschten Zeit da sein werde. Mit dem Handrücken strich sie über den Stoff. Wie zart er war.

Die meisten bemühten sich um Luise. Als Ältere hatte diese das schon immer für sich beansprucht. Aber jetzt, da ihre Schwester Kronprinzessin war, suchte so mancher deren Nähe, weil er sich einen Vorteil davon versprach. Dass der König aber sie, Friederike, so deutlich bevorzugte, genoss sie nicht nur sehr, sondern es erfüllte sie auch mit ein wenig Genugtuung. Und so machte sie sich nicht die geringsten Gedanken darüber, warum er sie wohl sprechen wollte, sondern freute sich über das schöne Geschenk.

Für die über zehntausend Fuß Weg zum Schloss, die Friederike zurücklegen musste, wartete am Palais schon eine Sänfte, die man der Prinzessin aus den ehemaligen Beständen der

Königinwitwe überlassen hatte. Diese war – wie der Alte Fritz sich ausgedrückt hatte – »mächtig korpulent« geworden und passte nicht mehr hinein. Um Friederikes Schuhe vor dem Unrat und Schmutz zu schützen, der auf der unbefestigten Lindenallee lag, breitete ein Diener einen Teppich vor ihr aus. Man öffnete den Schlag und half ihr hinein. Einer der zwei in Preußischblau livrierten Träger rückte noch seine weiße Perücke zurecht, bevor er, gleichzeitig mit seinem Gefährten, die Holme packte, anhob und losging.

Friederike imponierte die Kraft der breitschultrigen Männer, die sie über die Straße balancierten. Sie lugte hinter dem Vorhang hervor nach draußen: Ein Bierkutscher, der dicke Fässer geladen hatte, drängte mit seinen zotteligen Kaltblütern beinahe einen Postillion ab, der daraufhin fluchend auf die Straße spuckte. Instinktiv hielt sich Friederike ihr Taschentuch vor die Nase. Vor dem Zeughaus stand ein Käsehändler, der seine Ware in einem Weidenkörbchen vor dem dicken Bauch feilbot. Kurz vor der Hundebrücke sah sie zwei derbe Kerle, die Stiefelspanner sowie Bürsten und Schuhwichse anboten. »Alles für das Schuhwerk« stand auf einem Schild, das einer um den Hals trug. Dann ging es über die hölzerne Hundebrücke, die die Lindenallee mit dem Schloss verband.

Friederike blickte tief hinunter auf das schwarze Wasser der Spree. Ihr wurde schwindelig. Sie wollte sich zurücklehnen, aber dann merkte sie, dass nicht nur sie die Menschen hinter ihrem Vorhang hervor beobachtete, sondern dass auch die Leute zu ihr sahen. Manche blieben sogar stehen und winkten ihr zu.

Zögerlich nickte Friederike zurück. Dann lehnte sie sich doch an. Die Leute grüßten sie! Das hatte sie noch nie erlebt. In Darmstadt war sie einfach hinausgegangen, wenn ihr nach einer Promenade war. Es war alles so viel ungezwungener gewesen: in den Pantoffeln hinaus auf die Straße, rein ins Treiben, und meist waren es sie und ihre Schwester Luise gewesen, die

die Bürger in ihrem jugendlichen Überschwang grüßten und ihnen zuwinkten. Und diese lachten zurück – angerührt von der Zwanglosigkeit der beiden Schwestern.

Aber hier war es nicht sie, die die Neugierde auf sich zog. Sondern das preußische Wappen, das an der Seite der Sänfte prangte. Die Menschen sahen in ihr etwas, woran sie sich noch gar nicht gewöhnt hatte: eine Prinzessin von Preußen. Friederike schluckte. Das, was sie gestern Abend beschlossen hatte, nicht mehr sein zu wollen. Wie zum Abschied warf sie noch einmal einen Blick auf die Straße.

Gut, dass ich mich so schnell entschlossen habe zu gehen. Dann werde ich es nicht vermissen. Ich habe mich ja noch gar nicht daran gewöhnt.

Am Schloss angekommen, wurde sie nicht, wie bei ihrer Hochzeit, in die hellen Prunkräume zur Straßenseite hin geleitet, sondern in den gegenüberliegenden Flügel. Sie gingen nach rechts hin zum Innenhof, dann in den ersten Stock.

Durch das Treppenfenster sah sie eine imposante Figur des heiligen Georg im Kampf mit einem Drachen. Sie erschrak, weil die Darstellung so lebensnah war, dass sie den Eindruck hatte, der Drache schnappe mit seinem riesigen Maul in ihre Richtung und risse ihr gleich ein Stück Fleisch aus dem Leib. Seine weit aufgerissenen Augen glotzten sie an. Rasch stürzte sie die Treppe hinauf.

Von dort wurde sie zu einer baumhohen Tür geführt. Als sie darauf zusteuerte, klopfte ein Diener mit dem Stock zweimal auf den Boden. Daraufhin öffneten sich die beiden Flügel, sodass Friederike nicht gezwungen war anzuhalten.

Als sie eintrat, spürte sie, wie sie in eine kriechende Kälte eintauchte. Es war, als ob sie in einem feuchtkalten Nebel stand – nur dass da kein Nebel war, sondern abgestandene Luft. Sie blickte in einen Raum, der so schmal war wie eine Galerie, aber gleichzeitig so lang, dass ihn zwölf Fenster durchbrachen. Dennoch wirkte er düster, denn die Fenster gingen zum Innenhof hin und spendeten wenig Licht. Auf der einen Seite, zwischen den Fenstern, reihten sich Bücherregale, die bis zur Decke reichten, auf der gegenüberliegenden Seite hingen kostbare Ölgemälde, die die Herrscher des Hauses Brandenburg-Preußen in ihrer fürstlichen Pracht zeigten. Eingeschüchtert sah Friederike hoch.

»Komme Sie nur näher.«

Friederike erschrak. Sie hatte den König gar nicht gesehen. Er saß am Ende des Raumes hinter einem kolossalen Schreibtisch aus Eiche, dessen gedrechselte Beine wirkten wie ineinander verschlungene Ungeheuer. Der König selbst wirkte in dem ohnehin dunklen Raum wie ein Schattenriss, dessen mächtige Formen sich gegen das von hinten einfallende Licht nur schwach abhoben.

»Verzeiht, Sire! Ich hatte Euch nicht gleich erkannt.«

»So komme Sie doch, Sie Engel. Komme Sie.« Er lächelte, was Friederike aber nicht erkennen konnte.

Langsam schritt sie den Raum ab, wobei sie das Gefühl hatte, dass sich die Blicke der preußischen Potentaten in ihren Nacken brannten. Friedrich I., in Hermelinmantel und prächtiger Lockenperücke, schien sie mit den Augen zu verfolgen. Markgraf Johann Sigismund in seinem weißen Gewand und mit in die Hüften gestemmten Armen machte den Eindruck, als ob er sie auslachte – sein Bauch wackelte vor Häme. Das Pferd des Kurfürsten Georg Wilhelm scheute, als Friederike an seinem Porträt vorbeischritt, und die stechenden Augen der Prinzen Heinrich, August Ferdinand, August Wilhelm sowie die des großen Königs Friedrich II. fixierten sie Ehrfurcht gebietend. Auch sie wirkten so lebendig wie der Drache.

Friederike spürte, wie ihre Hände kalt wurden.

»Nun komme Sie schon. Und setze Sie sich.«

Die Stimme des Königs klang freundlich.

Aber es war kein Stuhl da, auf den sie sich setzen konnte. Deshalb blieb Friederike vor dem Monster stehen, das ein Schreibtisch war. Sie blinzelte, damit sie etwas erkennen konnte. Langsam gewöhnten sich ihre Augen an das graue Dunkel, und sie erkannte die Augen des Königs, in denen die ganze Würde der Ahnen lag, deren Bildnisse sie gerade abgeschritten hatte. Er hatte die viel zu kleine Stutzperücke, die er immer trug, abgesetzt. Sein Schädel war umkränzt von schütterem Haar. Er wirkte massig, breit und ums Kinn herum weich.

»Nun«, sagte er. »Es erfreut mich aufs Höchste, dass Sie Zeit hatte zu kommen.«

»Ja, Sire. Womit kann ich dienen?« Friederike knickste.

»Dienen, dienen. Sie muss mir nicht dienen. Ich muss Ihr dienen.«

Friederike runzelte die Stirn.

»Ich habe Sie rufen lassen, weil ich wissen wollte: Wie gefällt Ihr Berlin?«

»Oh, gut, Sire. Danke, Sire.« Sie nickte wohlerzogen.

»Ja, was gefällt Ihr denn besonders?«

»Also, der Tiergarten, die Gärten überhaupt. Aber auch der Karneval, der hier so viel freudiger gefeiert wird als in Darmstadt. Und die Lindenallee …«

»Oh, das ist gut, das ist gut.« Er lachte. »Ich war es, der sie hat bauen lassen … Genau genommen war es die Idee der Madame Ritz, sie hat Geschick. Es freut mich also, dass sie Gnade vor Ihrem erlesenen Geschmack findet.«

Nun lächelte auch Friederike, wenn auch zögerlich. Sie kannte die Madame Ritz nicht. Sie wippte von einem Fuß zum anderen und wollte sich am Tisch abstützen, dachte aber, dass das unschicklich wäre, und ließ es bleiben.

»Was hält Sie von den Köchen hier?«

»Ja, ähm, Sire. Vorzüglich.«

»Die Putzmacher?«

»Sie … sie sind gut.«

»Die Juweliere?«

»Ähm …«

»Und was sagt Sie zu den Schneidern?«

»Sie leisten gute Dienste, Sire.«

»Ja, dann wollen wir Ihr doch mal die Besten schicken, wenn Sie mag. Liegt Ihr Quittels mehr? Oder Vibeau?«

Madame Quittels kannte sie von Luise, von Vibeau aber hatte sie noch nie etwas gehört. Aber wenn der König sie kannte, dann war es bestimmt eine der feinsten Adressen, wo man in Berlin schneidern lassen konnte.

»Ach, Sire, ich … ich danke Euch. Aber es tut doch nicht not.«

»Doch, doch. Ich möchte, dass Sie es hier gut hat. Und hat Sie denn genug Auskommen?«

Er hielt sich die Hand vor den Mund und hustete, sah sie dann aber wieder an. Friederikes Augen trafen die seinen.

»Ja, danke, Sire. Aber …«

»Und wie liegen Ihr hier die Menschen?«

»Ja, aber … Ähm. Gut.«

»Gut? Wirklich? Nun, ich frage, weil ich weiß, wie meine Leute sind. Sie sind ruppig, sie sind laut, sie sind harsch, sie treffen nicht immer den richtigen Ton, und ihre Umgangsformen lassen zu wünschen übrig. Das ist im Volk so und auch bei Hofe …«

»Sire, aber …?«

Er gab ihr mit einer Geste zu verstehen, ihn ausreden zu lassen. »Ich kenne meine Leute! Aber Sie soll wissen: Sie mögen grob sein, aber sie sind fleißig, und im Herzen sind sie gut.«

Friederike wurde die ganze Angelegenheit peinlich, da sie nicht wusste, was der König beabsichtigte. Er hatte sie ihrer Schwester schon immer vorgezogen. Deshalb der Ballen Musselin und deshalb die Frage nach dem Schneider und dem Auskommen. Aber warum das Dunkel hier? Diese Kälte, die ihr in die Glieder kroch. Sie zog ihre Stola enger um die Schultern. Warum wollte er diese Dinge nicht bei einem Tee besprechen? Oder bei einer Kutschfahrt durch den Lustgarten? Ihr Blick wich dem seinen kurz aus. Sie fasste sich an die Nasenwurzel, weil ihre Augen schmerzten. Verlegen sah sie nach unten und blickte auf den Schreibtisch.

Und da sah sie ihn. Zwischen den gewichtigen Akten und den schweren Folianten wirkte er so rein und unschuldig wie ein Blütenblatt, und doch waren in ihm mehr Auflehnung und Skandal enthalten als in den zahlreichen Dokumenten, die ihn betteten: ihr Brief. Ihr Brief an die Großmutter!

So wie man einen Finger von der Flamme wegzog, zog Friederike ihren Blick rasch von dem Brief weg. Wie kam er hierher? Ein Zucken ging durch ihren schmalen Hals, und ihre Mundwinkel zitterten, wodurch sie ganz hässlich aussah. Mit bebenden Lippen sah sie den König an.

Der aber streckte seine Hand nach einer silbernen Tabatiere aus. »Sie sieht so bekümmert aus. Mag Sie eine Prise haben?«

Friederike spürte, wie ihr Mund trocken wurde.

»Dann sei Sie entlassen. Und wann immer Sie Kummer habe, möge Sie sich mir nur anvertrauen.«

Er nickte behäbig und senkte dann seinen schweren, runden Kopf, und es sah so aus, als ob dieser auf seinem weichen Kinn ruhte.

Fort. Fort. Friederike bewegte sich rückwärts zur Tür hin, wobei sie zögerlich einen Schritt hinter den nächsten setzte. Erst auf halber Höhe des langen, schmalen Raums und als sie die Gewissheit hatte, genug Abstand zu dem großen Mann und auch zu dem kleinen Brief zu haben, drehte sie sich um und stürzte, so schnell sie konnte, nach draußen. Die Blicke der Ahnen schossen ihr wie Pfeile in den Leib.

Draußen eilte sie an den Wachen vorbei durch die Kammern und Gänge, zurück zur Treppe. Sie nahm wie ihr Mann mehrere Stufen gleichzeitig, dann links den Durchgang zur Straße hin – und da, endlich, da sah sie die Halle zum Ausgang. Sie schnaufte, als sie ihrem Ziel entgegenhastete, und hielt sich die Seite, weil sie ein Stechen spürte. Mehrmals atmete sie konzentriert ein und aus, ging aber mit energischem Schritt weiter.

Da stellten sich ihr mit einem Male die Großmutter und ihre Schwester Luise in den Weg. Friederike hätte sie beinahe umgerannt. Doch nun dachte sie nicht lange nach, sondern hämmerte mit den Fäusten auf die Großmutter ein.

»Sie haben mich verraten! Verraten! Wie konnten Sie mich nur so verraten?« Friederike schrie, wie man es nur von den Küchenweibern und schon gar nicht von ihr kannte, die immer so sanftmütig war. »Wie konnten Sie das nur tun? Warum haben Sie das getan? O Gott, was sind Sie nur für ein Mensch?«

Sie tobte und kreischte und stampfte mit den Füßen auf den Boden.

Die Großmutter aber tat, was sie immer tat, wenn sie ihre Enkelin beruhigen wollte: Sie umschlang sie mit ihren weichen, fülligen Armen und drückte sie an ihren Busen. Friederike fauchte. Dabei trafen sich für kurze Zeit die Blicke der beiden Schwestern.

Luise näherte sich ihrer Schwester mit aller Vorsicht und streckte die Hand nach ihr aus.

»So beruhige dich doch, liebe Ika!«

Doch Friederike schrie sie an, wobei sie einen Regen voller Speichel versprühte. »Und du! Du auch noch! Warum du? Warum hast du mich verraten?«

»Friederike, meine Kleine. Nun beruhigen Sie sich doch.« Die Großmutter, die ihre Enkelin immer noch an ihren gewaltigen Busen gedrückt hielt, küsste sie auf das Haar und wiegte sie. »So seien Sie doch ruhig. Ganz ruhig.« Langsam wagte sie es, eine Hand zu lösen und Friederike über den Kopf zu streicheln.

Friederikes Zorn wich einem ohnmächtigen Gewimmer.

»Was hätten Sie denn bei mir in Darmstadt machen wollen, meine Kleine? Ihre Talente verschwenden? Sie sind jung und schön, Sie sprechen gut und haben Verstand. Aber Sie sind gänzlich ohne Vermögen, und Ihre letzten Mittel haben Sie für

Ihre Aussteuer verbraucht.« Die Großmutter schluckte. »Ihr Ansehen wäre beschädigt, und Sie würden bis ans Ende Ihrer Tage allein sein – ohne Ihre Schwester, ohne Ihre Familie. Und auch ohne Kinder, die Sie niemals bekommen würden. Und Sie haben sich doch so sehr Kinder gewünscht. Ach, ein Elend wäre das.«

»Aber er hat ein Kind! Haben Sie das gewusst, Großmutter? Sagen Sie es mir!« Friederike schluchzte so sehr, dass Luise dachte, sie würde an ihrem eigenen Atem ersticken. Und tatsächlich fing sie an zu husten.

»Ach, mein Liebes.« Die Großmutter Georg klopfte ihrer Enkelin auf die Schulter, um ihren Hustenkrampf zu lösen. »Woher wollen Sie das wissen?«

Dabei sah sie in Luises Richtung, die die Finger ineinander verschränkte und sich hin und her wiegte.

»Sie hat die gleichen Augen wie er.«

»Sie sagen ›sie‹? Es ist ein Mädchen? Aber was regen Sie sich dann auf? Nur ein kleines Mädchen. Und es war vor Ihrer Zeit.«

»Aber er liebt sie.«

»Er liebt sie wie ein Vater.«

»Er liebt sie, wie er die Mutter des Mädchens liebt. Und mich liebt er nicht.«

Die Großmutter suchte Luises Blick. Die aber war so verlegen über das Leid der Schwester, dass sie an ihrem Gürtel nestelte. Ihre Ehe, Berlin, der ganze Prunk und Pomp, ja, und besonders ihre neue Würde als Kronprinzessin hatten sie selbst in einen solchen Rausch versetzt, dass sie gegen Friederikes Not unempfindlich gewesen war. Sie hatte ein schlechtes Gewissen.

Ein Geräusch, das die Großmutter von sich gab, gab ihr zu verstehen, dass sie etwas sagen solle.

»Aber er liebt dich doch auch.« Luises Stimme fehlte die Kraft der Überzeugung.

»Er ist nicht gut zu mir. Das weißt du.«

»Er liebt dich eben auf seine Weise.«

»Er ist grob.« Friederike schluchzte. »Ich will nicht mehr. Soll er mich in Ruhe lassen und soll er doch diese, diese … Frau heiraten.«

»Das wird nicht passieren!« Die Worte der Großmutter und von Luise kamen gleichzeitig.

Die Stille, die einsetzte, war ohne Mitleid.

Friederike begriff: Niemals würde Luise ihr neues Leben und die Aussicht, Königin zu werden, durch ihre, Friederikes, persönliche Belange befleckt wissen wollen. Und niemals würde die Großmutter, die sich in der ganzen Gesellschaft damit brüstete, ihre Enkelinnen zwei so guten Partien zugeführt zu haben, sich diesen Triumph nehmen lassen.

Alles war gesagt.

Sie löste sich aus den Armen der Großmutter, straffte sich und ging, ohne ein Wort des Protestes, der Erklärung, der Rechtfertigung oder gar der Entschuldigung für ihre unstandesgemäßen Wünsche, hinaus.

Als sie in ihrem Palais ankam, stand Prinz Ludwig, ihr Mann, unten an der Treppe und wartete.

»Seid versichert, liebe Prinzessin: Auch mir ist die ganze Angelegenheit grässlich.«

In den kommenden Wochen blieb ihre Tür für ihn verschlossen.

7

Damit begann für Friederike eine neue Zeit. Sie war kurzweiliger und angenehmer als irgendeine Zeit zuvor. Aber auch einsamer. Denn es wurde eine Zeit ohne ihre Schwester, die bislang die Vertraute ihres Lebens gewesen war. Dass die beiden Strelitz-Schwestern sich zwar nicht entzweit, aber doch etwas

»entfremdet« hatten, wie man es vorsichtig ausdrückte, hatte sich in der Berliner Gesellschaft schnell herumgesprochen. Und Friederike, die bislang sehr anhänglich bei Luise gewesen war und von daher unempfindlich gegen Einflüsterungen von anderer Seite, nahm plötzlich Einladungen an, die sie zuvor ignoriert hatte.

So speiste sie etwa mit ihren Damen Brühl, Viereck und Ingenheim bei Le Boeuf in der Behrenstraße *table d'hôte* für einen Friedrich d'or, oder sie fuhren hinaus durchs Rosenheimer Thor an den Juden- und Sachsensiedlungen vorbei zur Sektkellerei Sparr, von dessen Schaumweinen ganz Berlin schwärmte. Und einmal gingen sie auch auf die Eisbahn, wo Friederike munter Kreise zog und sogar eine Pirouette wagte und sich so unbeschwert fühlte wie in den Darmstädter Tagen, als sie noch frei und ohne Pflichten gewesen war.

Jeden Tag entschlossen sie sich zu einer anderen Vergnügung. Manches Mal unternahmen sie sogar zwei, drei Besuche am Tag. Da speiste man auswärts, ging anschließend zum Tee zu einer Gesellschaft, und abends traf man sich dann bei der großen Redoute in der Oper, wofür sich alle in seidene Dominokostüme warfen und einander wegen ihrer Maskierung nicht erkannten. Berlin war zu einem großen Abenteuer geworden und bot so viele Ablenkungen und neue Bekanntschaften, dass es den Schmerz milderte, den Friederike durch die Großmutter und die Schwester erfahren hatte.

Es gab Augenblicke, da vergaß sie den Verrat tatsächlich, und auch, dass sie ihre Schwester sehr vermisste. Doch wenn diese Augenblicke aufflackerten, stürzte sich Friederike sofort wieder in den Trubel.

In diesen turbulenten Tagen traf es sich, dass sie in Begleitung ihrer Damen auch in die Spandauer Straße über den Schlossplatz hinausfuhren zum Salon der Madame Herz, die dort jede Woche zu ihren, wie sie es nannte, »ästhetischen Dienstagen« einlud, bei denen *en privé* über Literatur, Kultur und allgemein Fragen der Kunst debattiert wurde. Der Ehemann der Madame Herz, Marcus Herz, war bedeutend älter – siebzehn Jahre, hieß es – und ein hochangesehener Arzt sowie Direktor des jüdischen Hospitals.

Friederike war unsicher, ob man sich denn so ohne Gefahr dorthin begeben könne – eben in das Haus eines Juden und dann noch privat –, und fragte, ob man da nicht lieber inkognito, vielleicht unter dem Namen »Comtesse de Schwerin« reisen sollte. Aber alle lachten. Man beruhigte sie und gab ihr zu verstehen, dass es sogar für Angehörige der königlichen Familie ganz selbstverständlich sei, dort zu verkehren. Friederike traute dem nicht, denn sie hatte davon noch nie gehört. Aber man versicherte ihr, dass »die von Bellevue« dort eigentlich sehr regelmäßig erschienen und der Prinz Louis Ferdinand gerne auch einmal eine seiner Kompositionen am Klavier vorspiele, was auf allgemeines Wohlgefallen stoße.

»Der Prinz Louis Ferdinand?« Friederikes Lid zuckte.

»Er ist oft da.« Die Prinzessin Schwarzburg-Rudolstadt zog ihre Handschuhe hoch, die ihr bis über die Ellenbogen reichten, und deutete an, dass man aufbrechen müsse, wenn man rechtzeitig da sein wolle. »Überhaupt sind die von Bellevue oft da. Sie sind ganz hungrig auf alles, was neu ist, und sehr belesen.«

Während sie in die Kutsche stiegen, die vor dem Palais auf sie wartete, erzählte die Schwarzburg-Rudolstadt Friederike, dass zu der Bellevue-Clique nicht nur der Prinz Louis Ferdinand und seine Schwester, die Prinzessin Louise, sowie die Prinzessin Mimi gehörten, die Lieblingstochter des Königs, sondern auch der Oberst Massenbach, der ein großer Militär und Stratege sei und von allen viel bewundert. Ebenso das Fräulein von Berg, von der man nicht wisse, ob sie nicht vielleicht … ähm, invertiert sei. Die Viereck und die Brühl kicherten, als die Prinzessin Schwarzburg-Rudolstadt das sagte, und machten Bemerkungen über das Bärtchen, das die Berg über den Lippen trug. Die Prinzessin aber ließ sich davon nicht irritieren und erzählte weiter, dass die von Berg durchaus Interessen habe, die eher einem Mann anstünden.

»Sie liest den ganzen Tag.«

»Aber das ist doch normal«, sagte Friederike.

Die Viereck und die Brühl sahen sich an.

»Ja, aber die von Berg liest die neuen Dichter. Sie hat einen Salon und korrespondiert mit allen großen Köpfen«, sagte die Schwarzburg-Rudolstadt. »Sie ist ein wenig leichtsinnig und achtet nicht besonders auf ihren Ruf. Manchmal zieht sie sogar Männerkleidung an.«

»Aha.« Friederike wusste darauf nichts zu sagen. Sie war irritiert.

»Das Fräulein von Berg ist immer dabei, wenn die von Bellevue sich treffen. Sie ist eine Dame der Prinzessin Louise und wohl auch eine intime Freundin. Sie sehen sich fast täglich.« Die Schwarzburg-Rudolstadt war über alles im Bilde.

Die Prinzessin Louise. Friederike hatte sie bereits vergessen, weil in den vergangenen Wochen so viele neue, aber auch beschwerliche Eindrücke auf sie niedergegangen waren, dass sie ganz davon in Anspruch genommen war, diese zu sortieren. Nun aber kamen ihr die Ereignisse der Hochzeitsnacht wieder in Erinnerung: wie die Prinzessin sie ausgezogen hatte, wie sie mit ihrem Finger über ihre nackte Haut gestreift war und wie sie, Friederike, selbst überrumpelt darüber gewesen war, dass sie diese intime Attacke nicht sofort abgewehrt hatte, sondern die Prinzessin Louise hatte gewähren lassen.

Wenn die Berg ihre Freundin war, war die Prinzessin Louise dann auch in…? Friederike verbot sich, diesen Gedanken zu Ende zu denken. Und sie, Friederike, war sie das dann auch, weil ihr die Zärtlichkeiten der Prinzessin gefallen hatten und die ihres Mannes nicht? Friederike drückte ihren Pelzmuff enger an sich.

»Warum ist die Prinzessin Louise nicht verheiratet? Wie alt ist sie? Über zwanzig. Da müsste sie doch schon längst …«

»Dreiundzwanzig.« Die Viereck, die mit ihren siebenundzwanzig Jahren selbst über der Zeit war, räusperte sich.

»Ist sie denn auch … also wie das Fräulein von Berg? Nun, denn: Sind sie …« Friederike fehlten die Worte.

»Nein.« Wieder war es die Schwarzburg-Rudolstadt, die die Verlegenheit auffing. »Das ist sie nicht. Es ist etwas anderes. Es gibt ein Geheimnis über ihre Herkunft.«

Und dann legte die Prinzessin los. Selbst die beiden anderen Damen hatten bislang nur Gerüchte gehört, aber nie die ganze Geschichte im Detail, und sie reckten die Hälse.

Der alte Prinz Ferdinand, fing die Prinzessin Schwarzburg-Rudolstadt an, habe, wie auch der Prinz Heinrich – beides Brüder vom Alten Fritz –, geradezu eine Abneigung gegen das schöne Geschlecht gehabt. Seine Ehe blieb folglich arm an Kindern. Er war Vater eines einzigen, zudem sehr kränklichen Mädchens. Und da sein Bruder, der damalige König, der Große Friedrich, dessen Ehe selbst kinderlos geblieben war, sich um Erben für sein neu geschaffenes Preußenreich sorgte, habe der König kurzerhand den Grafen Schmettau zum Hofmeister des Prinzen Ferdinands Frau, einer bildschönen Brandenburg-Schwedt-Prinzessin, befördert. Seine Order an den Grafen, dessen Tätigkeit als Kartograph der östlichen Wesergebiete dem Alten Fritz ohnehin nutzlos erschien, lautete: »Mache Er mir Neffen!«

Und so sei es gekommen, dass sich bei den Ferdinands nach acht fruchtlosen Ehejahren mit einem Mal ein Kindersegen eingestellt habe.

Friederike hielt sich die Hand vor den Mund: »Aber dann müssten die Prinzessin Louise und der Prinz Louis Ferdinand doch auch …«

Die Damen hüstelten. Sie lehnten sich alle zurück und sahen dem Treiben auf der Straße zu. Wieder buhlten Händler mit Bauchläden um ihre Kunden. In Friederikes Kopf drehten sich die Gedanken wie bei dem Karussell, das sie einmal in Wilhelmsbad besucht hatte, wohin sie ihren Vater zur Kur begleitet hatte. Sie fuhren im Kreis, wurden schneller und schneller und schienen zu fliegen.

Was hatte sie alles gehört? Die Prinzessin Louise war invertiert … nein, das war das Fräulein von Berg. Dafür trug Louis Ferdinand einen Bart. Aber das war ja ganz üblich, und darum musste man sich keine Sorgen machen. Jedenfalls waren sie keine echten Prinzen und Prinzessinnen. Die von Bellevue benahmen sich offenbar komisch, weil sie lasen und viel schwatzten. Aber Lesen war doch auch ganz normal. Jedenfalls sprach man über sie …

Sie waren schon in die Spandauer Straße eingebogen und kurz vor ihrem Ziel, als sich Friederike noch eine Frage aufdrängte. Wenn also alle von Bellevue so klug waren und damit allerlei bewirkten, dann musste doch auch die Dame, von der der König gesprochen hatte, zu ihnen gehören. Immerhin hatte er die Ideen, die sie für die Lindenallee hatte, sehr gelobt, ja er hatte sogar danach bauen lassen. Hm. Wie hieß sie noch mal? Da fiel ihr der Name wieder ein.

»Gehört denn die Madame Ritz auch zu denen von Bellevue?«

In dem Moment hielt die Kutsche an, und ein Lakai öffnete die Tür, um sogleich der Prinzessin Friederike, die zuvorderst saß, seine behandschuhte Hand hinzuhalten. Sie nahm sie an und stieg nach draußen, warf aber der Prinzessin Schwarzburg-Rudolstadt einen auffordernden Blick zu. Die machte es aufgrund der ungeschützten Lage, in der man sich befand und in der man nicht offen reden konnte, kurz. Aus dem Inneren der Kutsche flüsterte sie Friederike zu:

»Nein. Sie ist des Königs Mätresse.«

8

Das Zimmer, in das sie geführt wurde, war, verglichen mit Friederikes Verhältnissen, beengt. Selbst in Darmstadt, wo sie in großer Bescheidenheit gelebt hatten, waren die Architektur und die Ausstattung weitaus großzügiger gewesen als hier, und an Friederikes neuem Zuhause konnte sich diese Wohnung bei Weitem nicht messen lassen. Etwa zwanzig Leute beherbergte der Raum. Die Damen saßen um den Tisch oder auf Stühlen, die Männer standen, einige von ihnen lehnten an der Wand. Ein solch unkonventionelles Verhalten hatte Friederike noch nie gesehen.

Das Zimmer war in luftigen, himmelsgleichen Farben gehalten, um eine Illusion von Weite vorzutäuschen. Auch hatte man sich für wenig Mobiliar entschieden: Ein runder, sehr edler Tisch aus Nussbaumholz, mehrere dazu passende Armstühle, eine Kommode und eine Eckvitrine genügten dem Paar. Die niedrige Decke, die nur über eine Etage ging, gab dem Arrangement etwas Bedrückendes.

»Seid willkommen! Endlich findet Eure Königliche Hoheit auch einmal zu uns. Wir haben schon so viel von Euch gehört!« Eine erhabene Frau von fast dreißig Jahren, noch schlank in der Taille und mit einem erstklassig geschnittenen Kleid, aber gänzlich ohne Schmuck, kam mit ausgebreiteten Armen auf Friederike zu, begrüßte sie und machte vor ihr einen Knicks. Henriette Herz hatte den dunklen Teint und das schwarze Haar ihrer portugiesischen Vorfahren geerbt.

»Madame, es ist mir eine Freude.« Friederike fühlte sich überrumpelt, weil sie es immer noch nicht gewohnt war, mit »Königliche Hoheit« angesprochen zu werden, folgte ihr dann aber zu der Gesellschaft, deren Personen ihr alle einzeln vorgestellt wurden, wobei sie sich aber nicht alle Namen merkte, weil es sie überforderte.

Eine Pauline Wiesel befand sich da, die sie aber nicht so recht einordnen konnte, die Prinzessin von Kurland, über die man ihr später erzählte, dass sie eine der reichsten Erbinnen des Reiches war. Dann eine gewisse Rahel Levin, die ebenfalls jüdischen Glaubens war, und ein gewisser Johann Gottfried Schadow, der ihr als Zeichner und bedeutender Bildhauer vorgestellt wurde.

»Er arbeitet gerade an einer Quadriga, die auf dem Brandenburger Tor stehen wird«, sagte eine Dame, die ihr als Dorothea Veit präsentiert wurde. »Sie wird wohl noch in diesem Frühling enthüllt.«

Schadow nickte und korrigierte weiter eine Zeichnung, die er von der Gastgeberin gemacht hatte.

»Aber viel bedeutender ist doch das Grabmal des Grafen von der Mark. Ein Meisterwerk.« In dem stattlichen Mann, der in ein Gespräch vertieft gewesen war, erkannte Friederike Oberst Massenbach.

Dann war auch Prinz Louis Ferdinand hier? Friederike sah sich voller Hoffnung um, denn ihr war unwohl als einziger Person von Stande in dieser Runde, und sie erhoffte sich etwas Beistand. Auch, weil sie noch nie in einem jüdischen Haushalt gewesen war. Aber Prinz Louis Ferdinand war nicht da.

Massenbach küsste ihr die Hand. »Das Grabmal müsst Ihr Euch ansehen.«

»Wer ist der Graf von der Mark? Ich habe noch nie etwas von ihm gehört.«

»Entschuldigt bitte, Oberst.« Die Schwarzburg-Rudolstadt zog Friederike zur Seite. »Ich möchte Ihrer Königlichen Hoheit etwas zeigen.«

Sie führte Friederike zu der Kommode, über der eine Damastdecke aufgeschlagen war und auf der allerlei Köstlichkeiten dargeboten wurden.

»Der Graf von der Mark war der Lieblingssohn des Königs. Er ist nur acht Jahre alt geworden. Es heißt, man habe ihn vergiftet.«

»Wie? Ich denke, es ist Friedrich Wilhelm, der Kronprinz, der sein Lieblingssohn ist – mein Schwager. Und wieso vergiftet?«

»Nein, Friedrich Wilhelm ist nur der Älteste, nicht der Liebling. So versteht doch.« Die Stimme der Schwarzburg-Rudolstadt war kaum zu hören. »Es ist ein Kind dieser Madame … Wir hatten darüber gesprochen …« Friederikes Augenbrauen zogen sich zusammen. »… dieser Madame Ritz.«

»Dann kennt er sie schon so lange?«, fragte sie.

»Fast sein ganzes Leben lang.«

»Und die Königin?«

»Sie hat vier Söhne und zwei Töchter. Ein Sohn wird König werden, und ihre Tochter Wilhelmine, Mimi, wird einmal Königin der Niederlande. Sie kann sich sehr glücklich schätzen.«

Jetzt erst begriff Friederike, was der König ihr bei diesem furchterregenden Gespräch in seinem Ahnenzimmer hatte sagen wollen: Preußenprinzen haben nun einmal Mätressen. Richte Sie sich damit ein, und es soll nicht zu Ihrem Schaden sein.

Sie lächelte ihre Dame an.

»So schaut doch! Habt Ihr so etwas schon einmal gesehen: Das sind Bliny.« Die Schwarzburg-Rudolstadt zeigte auf eine Platte dicker Pfannkuchen, die auf einem Rechaud standen. »Die isst man mit geräuchertem Fisch. Da steht er. Oder man gibt – hier – etwas Rosenkonfitüre darauf. Ganz danach, ob man es salzig oder süß mag. Dazu trinkt man einen Kaffee, der mit Kardamom gewürzt ist. Davon solltet Ihr unbedingt kosten.«

Friederike hatte solche Spezialitäten noch nie gesehen und auch nicht die sonderbaren Geräte, die auf dem Fenstersims hinter der Kommode standen: zwei silberne Kerzenleuchter, einen silbernen Becher mit einem Davidstern darauf und ein seltsames Gebilde, ebenfalls aus Silber, das aussah wie ein Turm und von zahlreichen kunstvoll geschmiedeten Löchern durchbohrt war.

Die Schwarzburg-Rudolstadt folgte Friederikes Blick. »Für das Sabbatfest.«

Friederike ließ sich eines dieser Bliny bringen.

Die Schwarzburg-Rudolstadt setzte sich auf Geheiß der Gastgeberin zu der Viereck und der Brühl und dem Herrn Schadow. Für Friederike wurde schnell eine Récamiere herbeigeholt.

Während das arrangiert wurde, begutachtete man Schadows Zeichnung und verfiel in allgemeines »Ah!« und »Oh!«. Dann sprach man über die Ereignisse in Polen, die besonders Massenbach beunruhigten, da der alte Herzog von Braunschweig seinen Dienst quittiert hatte. Und als die Gastgeberin mit klatschenden Händen darum bat, in dieser Runde doch von etwas Erfreulicherem zu reden, kam man schnell auf Schiller und dann aber sehr bald auf Johann Wolfgang von Goethe zu sprechen, weil er der Lieblingsdichter der Henriette Herz war.

»Mir kam zu Ohren, dass er an einem Lustspiel schreibt. Weil sein ›Groß-Cophta‹ in Weimar so ein großer Erfolg war, will er jetzt weiter komisch sein«, sagte die Herz.

»Aber das entspricht doch gar nicht seiner Art!« Die Wiesel sprach mit rauchiger Stimme.

»Ich denke auch: Er war wild, schwärmerisch, jetzt ist er voller Gewicht. Aber einen komischen Goethe kann ich mir nicht vorstellen.«

»Was soll das denn sein, sein neues Stück? Beim ›Groß-Cophta‹ hat er sich über Marie Antoinette lustig gemacht, und nun: Will er sich über die Revolution lustig machen? Darüber kann man doch nicht lachen.«

»Gewiss nicht.« Friederike, die bislang eher zugehört hatte, übergab ihren Teller einem Lakaien und erzählte dann, dass Goethe tatsächlich etwas über die Revolution schreiben wolle, dass dies aber nur als Hintergrund diene für die vorbildliche

Ehe eines alten Bauernpaares. Und dass das Ganze eigentlich geplant sei als ein heiteres Lehrstück, das die Vorzüge der Liebe und des Ehestandes preise.

Friederikes Damen, die um den Zustand ihrer Ehe wussten, räusperten sich.

Wer Friederike nicht ohnehin aufgrund ihrer exponierten Position auf der Récamiere angesehen hatte, drehte sich nach diesen Worten unvermittelt um und lauschte. Man hörte hingebungsvoll zu, wie sie von ihrer Bekanntschaft mit Goethe erzählte und von seinem Elternhaus im Großen Hirschgraben, wo sie während der Krönung Leopolds II. zum Kaiser gastiert hatte. Wie sie – erst zwölfjährig – Goethes Mutter Aja eingeschlossen und mit Wasser aus dem Brunnen bespritzt hatte. Und dass sie ihn dann bei ihrem Besuch im Bodenheimer Feldlager wiedergetroffen hatte, wo sie beim Herzog Carl August von Sachsen-Weimar zu Likören eingeladen gewesen waren.

Massenbach erwähnte, dass er selbst Zeuge dieses Treffens gewesen war, aber keiner hörte ihm zu. Stattdessen verursachte ein Neuankömmling eine Störung, die man aber schnell dämpfte, indem man ihn anwies – *pst!* –, sich hinten zu den anderen Männern zu stellen und zuzuhören. Prinz Louis Ferdinand, der sah, warum es geboten war, ruhig zu sein, folgte den Anweisungen ohne Einspruch und reihte sich in die Männerriege ein.

Friederike, die nicht sah, wer angekommen war, weil sich alles in ihrem Rücken abgespielt hatte, erzählte dann von ihrer Brautfahrt und dass sie Station bei Tante Anna Amalia gemacht hätten. Auch dort sei ihnen der Geheimrat wieder begegnet und hätte mit ihr, Friederike, sogar eine kleine Promenade durch das Herzogtum unternommen.

»Er ist ausgesprochen amüsant. Auch wenn man das nicht glauben mag, weil er immer so steif in den Hüften ist.« Alle lachten. »Aber er kann wunderbare Scherze machen.«

Und dann beschrieb sie, wie er dem Herzog Carl einen lustigen Streich gespielt hatte, stand kurz auf und spielte es pantomimisch nach. Die Damen gluckten vor Vergnügen. Dann wurde sie ernster und erinnerte daran, dass er ja beim »Götz von Berlichingen«, wenngleich auch das eine sehr dramatische Angelegenheit war, die er da behandelt habe, schon komische Seiten gezeigt habe. Und dass sie und der Geheimrat sich regelmäßig Briefe schrieben, die sie gerne einmal vorlesen könne, weil sie so herrlich erfrischend seien.

Alle nickten.

Und so ging man ins Detail, fragte Friederike nach dieser oder jener Eigenart des Geheimrats oder einer neuen Lesart seiner Stücke und wie das jetzt mit seinen neuen Lustspielen zu bewerten sei. Auf alles hatte Friederike eine Antwort, die aber keineswegs belehrend oder gar herablassend ausfiel, sondern von einer Selbstverständlichkeit geprägt war, die alle, die sich von einer blutjungen Prinzessin nicht viel versprochen hatten, überraschte. Friederike schaffte es sogar, ein paar Dinge über Pestalozzi zu sagen, den sie so schätzte, sodass man von ihrem Geist sehr angetan war.

»Guten Abend, liebe Prinzessin! Wenn ich gewusst hätte, dass Ihr hier seid, dann hätte ich Graf Medem vertröstet und wäre sofort hierher zu Euch geeilt.« Prinz Louis Ferdinand beugte sich zum Handkuss zu Friederike herunter.

»Oh, ich bin so froh, Euch zu sehen. So setzt Euch doch neben mich.« Friederike nahm ihre Beine von der Récamiere und klopfte dort, wo jetzt frei war, mehrmals mit der Hand auf den Stoff.

»Mit Vergnügen. Was verschafft mir die Ehre?«

Friederike wollte nicht sagen, dass sie sich anfangs ein wenig befremdlich gefühlt hatte in dieser ungewohnten Umgebung und auch jetzt einfach froh war, jemanden aus der königlichen Familie hier zu wissen, der die fremden Regeln dieser Zusammenkünfte kannte. Sie lenkte ab.

»Man erzählte mir, dass Ihr oft hier seid? Und manches Mal sogar Klavier spielt?«

»Es ist eine kleine Leidenschaft von mir, die ich ganz hinlänglich beherrsche.«

»Er untertreibt, Hoheit.« Massenbach war von der Gruppe, die an der Wand stand, zu Prinz Louis Ferdinand getreten, um seinen Freund zu begrüßen. »Er ist ein hochgeachteter Könner. Und ein Kompositeur noch dazu.«

»Ach, ja.« Friederike legte den Kopf zur Seite. »Das ist gut zu wissen, denn ich habe eine wunderbare Singstimme. Sie ist zwar nicht wie bei meiner Schwester Charlotte, die singt wie eine Nachtigall. Aber zum Sperling langt es bei mir schon – immerhin.« Sie schlug die Augen nieder, aber alle lachten über ihre Bescheidenheit.

»Ja, was sagen Sie dazu, Massenbach? Ein Vögelchen.« Louis Ferdinand zwinkerte seinem Freund zu. »Was haltet Ihr davon, werte Prinzessin? Ich lade Euch für morgen zum Tee ein, und wir können ein wenig musizieren und parlieren. Ich werde meine Schwester und ihre Damen hinzubitten.«

»Warum nicht schon jetzt?«, fragte Henriette Herz in die Runde.

»O ja!«

»Eine wunderbare Idee.«

»Heute nicht, Madame.« Friederike griff sich an den Hals. »Das Berliner Wetter setzt mir zu.«

Die Herz ließ sofort einen Schal holen – und heißen Tee.

Und so schnell, wie der Wunsch aufgekommen war, gemeinsam zu musizieren, so schnell verfiel man jetzt dem Wunsch, gemeinsam zu dichten. Einer gab einen Satz oder ein Wort vor, und die anderen versuchten sich daran zu reimen. Die Brühl erwies sich sehr geschickt, ebenso das Fräulein Wiesel, das sich in die Nähe der Récamiere drängte, auf der Friederike und Louis Ferdinand saßen und den Mittelpunkt des Abends bildeten, und ein wunderbares Wortgewebe spann. Auch Friederike erprobte sich, fühlte sich aber sicherer darin, ein paar Strophen aus Goethes Mond-Gedicht zu präsentieren, das so gut zu der warmherzigen Stimmung passen wollte.

»… Selig, wer sich vor der Welt
Ohne Haß verschließt,
Einen Freund am Busen hält,
Und mit dem genießt …«

Als sie diese Zeilen aufsagte, flackerte in Friederike kurz der Gedanke an ihre Schwester Luise auf und daran, dass sie sie vermisste. Dann aber verdunkelte die Erinnerung an den Verrat ihre Sehnsucht. Friederike grollte Luise immer noch. Sie sprach das Gedicht zu Ende, und dann entfachte sich ein Gespräch über Freundschaft und Liebe und was denn wertvoller sei und was denn Schiller dazu gesagt habe. Schon hatte Friederike ihre Schwester wieder vergessen.

Louis Ferdinand schlug die Beine übereinander und studierte sie von der Seite. Er beobachtete, wie ihr immer wieder eine ihrer Locken ins Gesicht fiel, und atmete tief durch.

So war man wieder bei den Dichtern angelangt, und die Levin platzierte geschickt ein paar Worte über einen Dichter namens Jean Paul. Friederike hatte noch nie von ihm gehört und bat die Brühl, sich den Namen zu merken.

»Das ist etwas ganz anderes. Das müsst Ihr kennenlernen«, sagte Louis Ferdinand. »Er steht erst ganz am Anfang. Ich werde Euch morgen einen Band mitgeben.«

Dann wurde es Zeit. Einige wollten noch weiterziehen, einige blieben.

Schadow überreichte Friederike zum Dank eine Zeichnung, die er während des Abends angefertigt hatte, und Friederike, die sich wunderbar getroffen fühlte, dankte ihm geschmeichelt.

»Ihr seid soeben gewachsen. Ihr verdient es, in Stein gehauen zu werden.«

Friederike blickte zu Boden. »Das steht nicht in meiner Macht, noch habe ich die Mittel. Da müsstet Ihr den König fragen.«

»Das werde ich tun«, sagte Louis Ferdinand.

Madame Henriette Herz war tief beeindruckt, dass ihr königlicher Gast ein so kluger Mensch war und auf so freie Art mit dem Geheimrat Goethe umging, dass sie am Ende des Abends darum bat, sie doch recht bald wieder zu beehren. Auch Massenbach verbeugte sich vor Friederike und sprach davon, dass die Hoheiten von Bellevue sich bestimmt geschmeichelt fühlten, einen so geistreichen Gast morgen bei sich empfangen zu dürfen, und dass er hoffe, auch dazukommen zu können.

»Aber selbstverständlich kommt Ihr, Oberst.« Louis Ferdinand breitete die Arme aus und küsste seinen Freund links und rechts auf die Wange. Dann drehte er sich zu Friederike um, auf die alle zugingen und sich bedankten. Als sie beinahe alleine waren – nur noch die Gastgeberin und ihre Damen waren im Hause –, reichte er ihr den Arm.

»Darf ich?«

Er begleitete sie zur Kutsche, Massenbach kümmerte sich um die Damen. Er holte aus, um eine Szene mit Schadow und Henriette Herz nachzuspielen. Die Viereck lachte darüber ein wenig lauter, als es schicklich war, und Massenbach sah sie daraufhin genauer an. Als sich ihre Blicke trafen, kicherte sie.

Auch die anderen Gäste warteten auf eine Kutsche. So sprach man in der Kälte noch lange weiter über den schönen Abend, den man miteinander verbracht hatte, auch, als Friederike und Louis Ferdinand zu den Wartenden stießen.

Endlich entschied man sich, sich voneinander zu lösen. Friederike pustete schon in ihre Hände. Die Kutsche fuhr vor, und Louis Ferdinand machte es sich zum Vergnügen, anstelle des Dieners selbst einer nach der anderen in den Wagen zu helfen.

Als die Pferde anzogen, flüsterte er seinem Freund zu: »Oberst, wenn sie sich umdreht, dann wird sie meine Frau.«

»Aber sie ist doch verheiratet.«

»Das kann sich ändern.«

Aber was sie statt Friederike sahen, war das Taschentuch, mit dem die Viereck inbrünstig wedelte.

Louis Ferdinand biss sich in die Faust. Doch als die Kutsche schon fast um die Ecke gebogen war, blickte sich – um zu sehen, wer die Viereck in solche Aufregung versetzte – tatsächlich noch einmal die Prinzessin Friederike um.

Louis Ferdinand atmete auf.

Friederike hatte den Vorhang etwas zurückgeschoben und sah zu den Sternen. Sie fühlte sich frei. Noch nie hatte sie so eine Beachtung erfahren. Selbst am Tag ihrer Hochzeit, der der höchste Tag in ihrem Leben hätte sein sollen, hatte sie sich eingeschlossen gefühlt wie in einem Panzer aus Etikette und gesellschaftlichem Ehrgeiz. Woran lag es, dass man so ganz anders als bisher auf sie zuging? Dass man ihr zuhörte? Sie achtete, sie nicht verlachte? Ihr Fragen stellte und ihre Antworten gelten ließ?

Sie lehnte sich zurück und schloss die Augen. Die Bilder des Nachmittags bauten sich vor ihr auf wie die Kulisse eines Theaters: Sie, die strahlende Heldin, in einem Stück, in dem jeder Auf- und Abtritt ihr zuspielte, und bei jeder Szene bekam sie Applaus. Sie konnte es nicht fassen. Sie, Friederike, die jüngste von vier Schwestern – ohne die anderen war sie jemand. Sie hoffte, dieses unbeschreibliche Gefühl noch oft wiederholen zu können.

»Begleitet Ihr mich morgen nach Bellevue?«

»O ja«, sagte die Viereck und wurde rot.

9

Das Schloss Bellevue lag noch hinter dem Brandenburger Tor im Norden des Tiergartens und direkt an der Spree. Als Friederike dort mit ihren Damen ankam, wunderte sie sich über den Andrang in den Gärten, wo auch die Bürgersleute flanierten.

»Sie sind frei für jedermann«, sagte die Prinzessin Louise, die sie unter gesenkten Lidern ansah.

Friederike versuchte ihrem Blick standzuhalten und merkte, dass dieses Duell ihr einen Schauder versetzte, den sie nicht einordnen konnte. »Jeder, der sich anständig bekleidet, darf in unseren Parks spazieren gehen.«

An der Garderobe stand ein Lakai, der so schwarz war wie Teer. Friederike zögerte, ließ sich dann aber den Mantel abnehmen, weil sie sich nichts anmerken lassen wollte. Doch sie war innerlich sehr aufgewühlt. Sie hatte noch nie einen leibhaftigen Mohren gesehen, wollte ihn aber jetzt nicht so schamlos anstarren.

»Das ist der Herr Azor«, sagte die Prinzessin Mimi, die im Entree auf die Ankömmlinge gewartet hatte. »Er lebt schon lange hier, und man gewöhnt sich daran.«

Friederike fühlte sich dennoch befremdet.

Als sie in den Salon in der Beletage eintraten, scholl ihnen Gelächter entgegen. Oberst Massenbach hatte eine Begebenheit vom Vorabend dargestellt, bei der wohl zwei Raufbolde aneinandergeraten, von Freunden auseinandergehalten, dann aber von der Polizei vorübergehend in Gewahrsam genommen worden waren. Massenbach übernahm alle Rollen selbst – was den anderen großes Vergnügen bereitete. Louis Ferdinand schlug sich auf den Schenkel, ein Fräulein mit dem Schatten eines Bärtchens über den Lippen, das Friederike später als Fräulein von Berg vorgestellt wurde, tupfte sich die Tränen aus den Augenwinkeln, und der Rest der Gesellschaft, etwa zwanzig Personen an der Zahl, wippte vor Heiterkeit. Auch Fräulein von Viereck lachte, als sie hereinkam, und bewirkte damit genau das, was sie bewirken wollte: Massenbach hielt inne und eilte den Neulingen entgegen. Die anderen nahmen in der Runde Platz.

»Königliche Hoheit, darf ich Euch den schönen Ausblick zeigen, der diesem Haus seinen Namen gegeben hat?« Louis Ferdinand ging mit Friederike zum Fenster.

Sie blickte in einen weit angelegten Park, der sich am Lauf der Spree orientierte, wobei sorgfältig arrangierte Baumgruppen Akzente setzten. Und überall liefen die Menschen herum und genossen die schöne Anlage. Friederike fühlte sich durch diese Ungezwungenheit im Umgang mit den Bürgern an Darmstadt erinnert. Sie fühlte sich wohl.

»Seht her!« Sie folgte Louis Ferdinands Zeigefinger. »Dort kann man die Kuppel von Schloss Charlottenburg sehen.« Er rückte näher an sie heran, sie aber trat einen Schritt zur Seite und sah ihn an.

»Wie weit ist es weg?«

»Nur eine halbe Meile in etwa.«

In dem Moment legte Prinzessin Louise ihre Hände auf beider Schultern und bat sie, doch nicht so ungesellig zu sein und sich zu den anderen zu setzen. Dabei zischte sie Louis Ferdinand an wie eine Schlange.

Die Prinzessin Wilhelmine, die von allen nur »Mimi« genannt wurde, hatte schon ein Spiel vorbereitet und reichte einen Hut herum, aus dem alle ein Stück Papier zogen, das man sich auf die Stirn kleben musste. Darauf stand ein Name. Alle kannten die Namen, die die anderen auf der Stirn kleben hatten, nur eben den eigenen nicht. Den musste man erraten.

Friederike lachte. Prinzessin Louise hatte den Namen von Sultan, Friedrich Wilhelms bildschönem Weimaraner, zu erraten. Graf Medem war die Tänzerin Baberini, die Friederike noch vom Frankfurter Komödienhaus her kannte. Die Viereck die Königin, Massenbach die Bibel, die Berg Voltaire, was zu ihr passte, und Louis Ferdinand Friedrich Wilhelm, der Kronprinz, was nicht zu ihm passte, denn er hielt bekanntlich nichts von ihm. Als die Prinzessin Louise das sah, funkelten ihre Augen wie bei einer Katze. Ein Name nach dem anderen wurde enthüllt, und man amüsierte sich, als Massenbach, dem die Bibel zugewiesen worden war, die Angemessenheit dieser Wahl veranschaulichte, indem er so tat, als ob er das Meer teilte.

»Setzt Euch. Nun ist Ihre Königliche Hoheit dran«, sagte Mimi.

Friederike nippte an ihrem Tee. »Bin ich eine Frau?«

Alle schüttelten den Kopf.

»Bin ich ein Mann?«

Die Prinzessin Louise lachte: »Mehr als das«, was zweideutig war.

»Bin ich eine Idee?«

»Nein, Ihr seid schon ein Mann. Ich wollte Euch nicht irritieren.«

Friederike zuckte mit den Augenbrauen. »Bin ich ein großer Mann?«

»Oh.«

»Das kommt auf den Blickwinkel an.«

»Bin ich ein König?«

Alle wehrten mit einer Geste ab oder gaben auf eine andere Weise zu verstehen, dass Friederike falsch geraten hatte.

»Ein Kaiser?«

Die Brühl schüttelte den Kopf.

Und so tastete Friederike sich von Frage zu Frage an die Antwort heran. Einmal löste sie auf, aber das war falsch, und so musste sie noch ein paar Fragen stellen, bis sie schließlich entschlossen sagte: »Ich bin ein Minister!«

»Ja.«

»Genau!«

»Richtig.«

Louis Ferdinand hob sein Glas in die Höhe und prostete allen zu. »Ja, oder eine Ministerin in Eurem Falle.«

Er schmunzelte.

»Aber das ist eine grandiose Idee.« Die Berg sah zu Friederike. »Warum sollte nicht auch eine Frau Minister werden? Was ist daran verkehrt?«

Massenbach rieb sich das Kinn: »Eine Frau? Als Ministerin? Karoline, wie soll denn das gehen?«

»Ganz einfach: indem sie gute Ratschläge gibt.« Friederike flackerte mit den Augen und schlug einen koketten Singsang an. »Denkt doch nur einmal nach! Frauen könnten doch so vieles gestalten. Und doch sind sie dazu verdammt, ihre Fähigkeiten verstecken zu müssen, damit die Männer sich nicht brüskiert fühlen.«

Mit diesen Worten brachte Friederike alle Damen von Bellevue hinter sich. Besonders die Berg, die die jugendliche Prinzessin nicht einzuschätzen wusste, war begeistert, ebenso die Prinzessin Louise, die sich durch die gesellschaftlichen Fesseln, die ihr das Schicksal angelegt hatte, in ihrem Gestaltungsdrang gehemmt fühlte.

»Ja, ich finde auch«, sagte sie. »Frauen sollten Minister werden dürfen.«

Die Männer lachten. »Am besten für Finanzen!«

»Dann wäre das ganze Land fein herausgeputzt. Das wäre doch ein schöner Anblick.«

Louis Ferdinand aber sagte in Richtung Friederike: »Wenn man sich sicher sein könnte, dass alle Frauen so gut reden wie Ihr, Königliche Hoheit, dann hätte ich keine Bedenken, wenn Frauen Minister würden.«

Das Lachen der Damen perlte wie Champagner.

Der Nachmittag entwickelte sich wie neuerdings immer, wenn Prinzessin Friederike an einer Gesellschaft teilnahm: Alles versammelte sich und drehte sich um sie. Man sprach über die Literatur, dann über Frankreich und schließlich über die Musik, wobei Louis Ferdinand sich gleich aufgefordert fühlte, seinem königlichen Gast eine neue seiner vielen Kompositionen vorzuspielen.

Auch die anderen kannten sie noch nicht, und so stand, kniete und setzte man sich um das Pianoforte. Die Berg nahm sogar auf einem großen Kissen Platz, das man auf den Boden gelegt hatte.

Sanft schlug der Prinz an, spazierte dann mit seinen Fingern zwischen den dunklen und hellen Hämmern hin und her. Dehnte und spreizte seine Hände, griff über Kreuz, schien sich festzukrallen, um dann sogleich seine Finger zu lösen und mit ihnen weiter über die Tasten zu tanzen. Dabei trat er leichtfüßig in die Pedale. Sein Oberkörper schaukelte vor und zurück.

»Es geht um die Liebe.« Die Prinzessin Louise wandte sich Friederike zu. »Die Verse sind noch nicht fertig, aber dann wird es hinreißend sein.«

»Das ist es doch schon jetzt.«

Als Louis Ferdinand ausklingen ließ, drehte er sich sofort zu Friederike hin, um zu sehen, wie sie auf seine Komposition reagierte. Denn nur das interessierte ihn. Aber Friederike war noch im leisen Gespräch mit der Prinzessin Louise. Ein Zucken durchflog seine Mundwinkel, dann strich er sich die Jacke glatt, verbeugte sich und setzte sich zur Runde.

Wieder vergaß man die Zeit.

Nach einem Tee löste sich die Gesellschaft auf.

Kaum dass man Friederike und ihre Damen zur Kutsche gebracht und verabschiedet hatte, drehte sich die Prinzessin Louise auf der Stufe zum Salon um und baute sich vor Louis Ferdinand auf.

»Ich kann es nicht fassen.« Ihre Worte glichen einem Zischen. »Aber sehe ich das richtig? Du bist verliebt! Ach, es ist so entwürdigend. Du machst dich damit so lächerlich.«

»Du denn nicht auch?«

Louis Ferdinand ließ seine Schwester stehen und ging zurück zu Massenbach und den anderen.

10

Dass Friederike der neue Stern in den Salons von Berlin war, hatte sich schnell herumgesprochen. Es wunderte sie deshalb nur wenig, als sie eines Morgens nach dem Frühstück, das sie immer noch alleine und ohne ihren Mann Ludwig in ihrem Gemach einnahm, ein Brief ihrer Schwester Luise erreichte:

»Wenn Du, liebe Gefährtin meines Lebens, nichts Besseres vorhast, dann würde ich mich sehr freuen, wenn Du den Abend mit einer armen Kranken verbringen würdest. Ich empfange von acht bis zehn Uhr. Luise.«

Gefährtin meines Lebens! So ist sie, meine Schwester, dachte Friederike. Dass sie mich verraten hat um ihrer Karriere willen, ist vergessen. Sie ist sich einfach sicher, dass ich ihr folgen muss, ob ich will oder nicht. Und wieder bringt sie mich in eine Zwangslage.

Ganz Berlin wusste nämlich, dass heute die regierende Königin eine Cour hielt, und auch, dass alle gezwungen waren, dort ihre Aufwartung zu machen. Das galt für die alten Berliner Familien, die schon lange bei Hofe verkehrten, sowieso, aber umso mehr für die Neulinge, die sich den Gepflogenheiten hier anzupassen hatten.

Es war nie die Stärke ihrer Schwester Luise gewesen, dachte Friederike, sich einzureihen. Sie wollte selbst der strahlende

Mittelpunkt einer jeden Gesellschaft sein, und meist war sie das auch. Und Friederike konnte sie verstehen, jetzt, da sie selbst so ein Stern geworden war, um den alle kreisten, und nicht mehr im Schatten ihrer großen Schwester stand. Es war ein Gefühl, das einen in einen Rausch versetzte.

Luise wiedersehen? Ach, es wäre ihr ein Vergnügen. Endlich könnte sie ihr zeigen, dass sie nicht mehr die kleine Schwester war, auf die man herabsehen konnte, so wie die vielen Jahre zuvor, wo sie nichts mehr war als ein verlässlicher Claqueur für Luises Auftritt. In nur wenigen Wochen war sie, so empfand sie es, enorm gereift.

Die einzige Sorge, die Friederike hatte: wie die Einladung von Luise annehmen und dabei ihre Schwiegermutter, die Königin – die zur gleichen Zeit geladen hatte –, nicht brüskieren? Ging das überhaupt? Sie besprach sich mit Friedrich Wilhelm, und der versicherte ihr, dass er das mit seiner Mutter arrangieren würde. Und dass sie unbedingt Luises Einladung folgen sollte.

»Hauptsache ist, dass Ihr kommt, liebe Schwägerin«, ließ er ihr ausrichten. »Denn, und das sage ich Euch im Vertrauen, Ihr werdet sehr vermisst.«

Von wem, das schrieb er nicht.

Nun stand Friederike vor dem Spiegel. Eine Kammerfrau nähte sie in ihr neues Kleid ein. Sie hatte die Spitze eines anderen Kleides, das sie noch aus ihren bescheidenen Darmstädter Tagen besaß, einfach über einen neuen, sehr teuren Stoff, den sie gestern vom König geschenkt bekommen hatte, nähen lassen. Sie war ganz glücklich über das eindrucksvolle Werk, das aufgrund ihres Entwurfes entstanden war. Schon immer hatte sie das Talent besessen, sich mit dem Gegebenen zu arrangieren und sich dennoch angemessen zu präsentieren.

Luise bemerkte es sofort, als ihre Schwester eintrat. Sie vertröstete kurz die kleine Gesellschaft, die sich schon in ihrer

Kammer versammelt hatte, und ging mit offenen Armen auf die Schwester zu, um sie zu begrüßen. Ihr Schnupfen war beinahe nicht zu bemerken.

Kaum hatte Luise Friederike einen Kuss auf die Wange gehaucht, schätzte sie sie mit einem kalkulierten Blick ab, prüfte mit den Fingern den Stoff ihres Kleides und fragte: »Oh, wo hast du schneidern lassen? Das sieht sehr schön aus.«

»Ach, nichts Besonderes.« Friederike machte eine wegwerfende Geste. »Bei Madame Steffens, sie hat ein Atelier in der Lindenallee …«

»Dort lässt du schneidern? Friederike!« Über Luises Gesicht, die den Namen der Schneiderin noch nie gehört hatte, huschte ein Ausdruck des Entsetzens. »Ich bitte dich. Das ist doch … na ja, das ist einfach nicht … Also, ich … schau: Ich habe mir heute etwas von Vorasts machen lassen. Den solltest du mal kommen lassen. Überhaupt, dass du in das Atelier gehst. Unglaublich. Komm mit! Ich zeige dir meine neuen Sachen.«

Friederike eilte ihr nach, weil sie sah, dass sich unter den Gästen auch ihr Mann befand, mit dem sie seit ihrem Ausbruch nicht gesprochen und, wenn nötig, nur über Briefe korrespondiert hatte. Neben ihm standen auch Friedrich Wilhelm, ihr Schwager, und der Prinz Louis Ferdinand. Nun glaubte sie zu verstehen, was Friedrich Wilhelm gemeint hatte, als er schrieb: *»Ihr werdet vermisst.«* Sie triumphierte innerlich.

»Ja, ja, die Damen, immer auf Putz aus«, sagte Louis Ferdinand, während er ein Glas Sekt von Sparr vom Tablett nahm, das ein Lakai bereithielt.

»Aber sie sind doch schön anzuschauen.« Friedrich Wilhelm sah den beiden Schwestern hinterher und seufzte. Er war immer noch unsicher, welche der beiden er schöner und angenehmer fand. Er nahm ebenfalls ein Glas vom Tablett und stieß mit den beiden Prinzen an, wobei er etwas verschüttete. Seine Gedanken waren woanders.

»Ja, schön sind sie. Auf Preußen.« Ludwigs Stimme klang ergeben. Seit dem Gespräch mit dem König hatte er alles versucht, um seine Frau für sich einzunehmen. Aber ihre Türen und ihre Ohren waren für ihn verschlossen geblieben.

»Wenn man Preußen auf diese Weise dienen kann, lieber Cousin, dann sollte man es tun, nicht wahr?« Prinz Louis Ferdinand legte seine Hand auf Ludwigs Schulter.

Dieser trank seinen Sekt etwas zu schnell aus und orderte einen neuen.

»Findet Ihr?«, fragte Ludwig. »Und warum nehmt Ihr Euch dieser patriotischen Pflichten nicht an? Ihr seid über zwanzig und noch nicht verheiratet.«

»Oh, aber ich täte es mit dem allergrößten Vergnügen.«

»Tätet Ihr?« Ludwig suchte im Blick seines Bruders nach Beistand, doch dieser pflichtete Louis Ferdinand bei – auch weil er nicht zugehört hatte und dachte, es ginge um Friederike.

»Ich kann nichts Verkehrtes an ihr finden«, sagte Friedrich Wilhelm.

»Und ich kann Euch versichern: Ganz Berlin liebt sie und ist ganz neidisch auf Euch. Denn Ihr seid ihr Gemahl.« Louis Ferdinand fixierte Ludwig mit seinem Blick.

Ludwig suchte mit den Blicken nach seiner Frau und fand sie am anderen Ende des Raumes im Gespräch mit ihrer Schwester Luise. Sie sah schön aus in ihrem neuen Kleid, aber sie ließ ihn weiterhin kalt.

Auch wenn der König es befohlen hat – ich wollte nicht heiraten, und ich will nicht verheiratet sein, dachte er.

Dann aber bemerkte er, dass nicht nur Louis Ferdinand und Friedrich Wilhelm in ihre Richtung sahen, sondern dass auch Solms, Kümmelmann, Medem, Massenbach und alle anderen Kavaliere ihre Blicke auf Friederike ruhen ließen. Einige – insbesondere der betagte Köckeritz – taten dies ganz ungeniert, indem sie sich geradezu an ihre eleganten Bewegungen hefteten. Die meisten aber lösten sich nur kurz von ihrem Gegenüber, wagten, gleich einem Ausfallschritt beim Tanze, nur einen unkontrollierten Blick zur Seite und zogen diesen dann, sich quasi selbst ertappend, sofort wieder zurück.

Ludwig wippte mit den Füßen.

»Schön, dich zu sehen, liebe Schwester.« Luise strich Friederike über den blanken Oberarm. »Und wie schön du aussiehst! Du strahlst. Was ist passiert? Hast du dich mit deinem Mann ausgesöhnt?«

»Wieso hast du ihn eingeladen?«

Friederike griff nach einem Schmalzkringel, der auf einem Tisch mit Erfrischungen angeboten wurde.

»Weil ich mir Sorgen mache?«

»Du machst dir Sorgen? Ich komme wirklich gut zurecht.« Friederike warf den Kopf nach hinten.

»Es ist … du weißt: Wir müssen zusammenhalten.«

Friederike zog die Augenbrauen zusammen.

»Ich wollte nur sagen: Du solltest mehr mit deinem Mann verkehren.«

Friederike blickte ihre Schwester fassungslos an. »Aber ich habe versucht, dir zu erklären …«

»Ja, das hast du … Warte bitte.« Luise sah über die Schulter ihrer Schwester hinweg, dass der Prinz Louis Ferdinand Neuankömmlinge begrüßte, und sie bemerkte, dass unter den Damen auch seine Schwester war, die Prinzessin Louise.

»Oh, Friederike. Das darf doch nicht wahr sein! Die Prinzessin Louise ist tatsächlich gekommen. Diese hochnäsige Person! Und jetzt trägt sie auch noch ein Kleid in Bleu mourant, dabei habe ich diese Farbe bei Hofe eingeführt. Ach, ich hatte so gehofft, dass sie sich bei der Cour der Königin so gelangweilt hat, dass sie gleich zu sich nach Schloss Bellevue fährt. Nun ist sie da, und ich sehe ganz verschnupft und kränklich aus. Das ist so ärgerlich. Ach, Friederike, wie soll ich diesen Abend nur überleben? Sag mir das!« Sie griff Friederike mit beiden Händen an den Schultern, sah ihr tief in die Augen und sagte: »Ach, was ich dir schon die ganze Zeit sagen wollte: ein sehr schönes Kleid, das du da trägst. Wirklich sehr schön.«

Dann schob Luise sie beiseite und eilte ihrer Rivalin entgegen. Friederike legte den Schmalzkringel ab und folgte ihr schweren Herzens.

Zuerst versammelte man sich um den Kamin und trank weiter Sekt, wobei Luise immer wieder Komplimente für ihre neue Garderobe einforderte und diese auch reichlich bekam, denn sie sah hinreißend aus. Sie machte ein paar Bemerkungen über die Schneiderin, die sie beauftragt hatte, und lobte sie dafür, dass sie ihre Kunst einfach beherrsche. Mehrere der Runde gaben ihre Sachen dort in Auftrag. Man unterhielt sich weiter über Stoffe und wie schwer es war, die gute Seide aus Lyon zu bekommen. Die Unruhen machten die Handelsrouten unberechenbar. Dann sprach man über das nachlassende Niveau von Michelets und die Fertigkeiten von Vibeau, die doch die Schneiderin der Saison war. Über eine Modistin war man sich nicht einig.

Friederike drehte an ihrem Glas und sah, wie sowohl die Prinzessin Louise als auch Louis Ferdinand lebhaft an der Unterhaltung teilnahmen. Nur Friedrich Wilhelm nickte ihr gelegentlich zu.

Später, als noch weitere Gäste von der Cour der Königin kamen und sich der kleinen Gesellschaft angeschlossen hatten, sprach man über die Unruhen in Warschau und die Aufstände, die sich dort formierten.

»Ach, Polen.« Die alte Voß griff den Gesprächsfaden auf und nutzte das Stichwort, um von Friedrich dem Großen zu erzählen, der ja die erste Teilung Polens forciert hatte, und davon, dass sie die gesamte Regierungszeit unter dem, wie sie sagte, »Einzigen« am Preußischen Hofe gedient habe und dass dieser sogar manches Mal ihren Rat ersucht habe. Und dass sie auch einmal – nämlich als man mit der Königinwitwe nach Braunschweig zu ihrer Familie gereist war – der Prinzessin Sophie, wie die Kaiserin Katharina damals noch hieß, vorgestellt worden war und dass man schon da die guten und trefflichen Anlagen hatte erkennen können, die sie heute zu einer so großen Kaiserin machten.

»Ihr kennt die Kaiserin Katharina?«

Friederike sah zu der alten Voß auf und wollte schon einige Fragen zu der großen Regentin stellen, die sie so sehr bewunderte, weil sie über ein Reich von der Ostsee bis weit ins kalte Sibirien herrschte, da fuhr ihr die Großmutter Scho'sch mit erhobener Stimme in die Parade.

»Also, ich habe noch bis vor wenigen Monaten, also bis sie auf so schreckliche Weise massakriert wurde, mit Marie Antoinette korrespondiert. Und was soll ich Euch sagen? Sie war wirklich voller Liebenswürdigkeit gegen mich.«

Luise und Friederike sahen sich an und flackerten mit den Augen. Es war der erste Moment der Annäherung seit Wochen. Sie hatten diese Geschichte schon so oft gehört, und jedes Mal hatte die Großmutter die Ereignisse ein wenig mehr ausgeschmückt, sodass sie jetzt den Eindruck vermittelte, dass sie eine enge Vertraute der ehemaligen Königin von Frankreich gewesen war und ihre intime Ratgeberin.

In Louis Ferdinand aber fand die Scho'sch ein dankbares Publikum. Er zeigte durch Nachfragen, dass er beeindruckt und sogar ein wenig geschmeichelt war, eine so bedeutende Persönlichkeit wie die Scho'sch, die mit den gekrönten Häuptern Europas einen so alltäglichen Umgang pflegte, persönlich kennen zu dürfen. Auch die Prinzessin Louise streckte den Hals in ihre Richtung.

Die Voß, die schon glaubte, über die Scho'sch triumphiert zu haben, weil deren Enkelin Friederike aus Preußen hatte desertieren wollen, und die nur schwer hinnehmen konnte, dass die alte Dame aus Hessen nun doch nicht düpiert worden war, machte dieser – wie sie im Stillen fand – Speichelleckerei ein Ende. Sie schlug vor, Karten zu spielen.

Luise, deren Schnupfen sie zu erschöpfen vorgab, bettete sich auf einen Armstuhl und bat die Großmutter Scho'sch zu sich. Einige der Gäste gruppierten sich gleich um sie. Ihr Mann Friedrich Wilhelm aber nutzte die Gelegenheit, um neben Friederike am Spieltisch Platz zu nehmen.

»Seht Ihr, alle Welt freut sich, dass Ihr wieder unter uns seid«, sagte er zu ihr.

Friederike warf ihm einen dankbaren Blick zu.

Auf den Stuhl zu ihrer Rechten setzte sich Louis Ferdinand, Prinz Ludwig saß gegenüber, zwischen der alten Voß und der Gräfin Viereck. Medem, Arnim und die Prinzessin Louise rückten zusammen. Köckeritz und das Gefolge des Kronprinzen gingen auf die andere Seite. Einige standen in der zweiten Reihe.

Friedrich Wilhelm teilte die Karten aus, und alle legten ihren Einsatz vor sich auf den Samttisch. Ludwig stach, Louis Ferdinand bot Paroli, aber Friederike ging als Siegerin aus der Partie hervor. Nach einigen Runden hatte sie bereits aus ihren drei Goldtalern ein mittelgroßes Türmchen erspielt, und nicht viel später – allerdings nach einem herben Rückschlag, der ihr für ein paar Runden nur noch einen Silberling als Einsatz gelassen hatte – häuften sich vor ihr die Geldstücke.

In der nächsten Runde blieben nur noch sie und Ludwig übrig. Sie fixierten einander, reizten sich, schließlich konnte Friederike triumphieren. Sie wollte gerade drei Asse auslegen, da spürte sie eine Hand um ihre Taille.

»Vielleicht solltet Ihr Euch Euren Mann ein wenig gewogen machen und Euch etwas zurückhalten.«

Friederike sah in die blauen Augen von Louis Ferdinand.

»Ach«, lachte sie ihn an. »Es ist doch nur ein Spiel. Ich werde erst aufhören, wenn ich anfange zu verlieren.« Sie schob ihr Blatt zusammen, damit er nicht hineinsehen konnte.

»Aber dann passt auf, dass Ihr nicht alles verliert! Das Spielfeld ist größer, als es im Augenblick erscheint.«

Louis Ferdinand war so nah an sie herangekommen, dass sie seine Wärme spüren konnte. Sie genierte sich und wollte sich abwenden, aber da spürte sie von hier auf jetzt etwas, was sie so noch nicht kannte. Irritiert spielte sie ihre Karten aus – und verlor.

Ludwig sah sie die ganze Zeit fasziniert an, und als er sich dessen gewahr wurde, geriet er in Verlegenheit. Er sortierte sein Blatt.

Nach einiger Zeit wurde den meisten das Spiel zu langweilig, und die Gräfin Vengersky, der man nachsagte, dass sie in einer Freimaurerloge verkehrte, bot an, die Karten zu legen. Sie war eine große Dame aus Polen, deren Mutter zum Gefolge der Königin Maria Leszczyńska, der Gemahlin König Ludwigs XV., gehörte und die deshalb in Frankreich aufgewachsen war. Nun war sie im toleranten Preußen aufgenommen worden. Sie hatte schon viele große Dinge vorhergesehen: die tragische, lange Kinderlosigkeit der Marie Antoinette, aber auch die blutigen Unruhen, die Frankreich ins Unglück stürzen sollten. Sie genoss einen tadellosen Ruf, weshalb ihrem Geschäft, das den meisten als Amüsement galt, in Wahrheit mehr Glauben geschenkt wurde, als man allgemein zuzugeben bereit war.

Ihr Angebot löste Erstaunen aus. Aber als Graf Medem sich damit andiente, sich des Spaßes halber doch einmal in seine Zukunft blicken zu lassen, und ihm dann die Vengersky so erfreuliche Dinge wie eine Hochzeit und großen Reichtum in Aussicht stellte, versprach man sich von dieser Beschäftigung eine herrliche Zerstreuung, die man sich – so war der allgemeine Tenor – nach der Cour bei der regierenden Königin verdient hatte.

»Ein Kind! Ein Kind!« Das Fräulein Viereck stand entzückt auf und steuerte auf Massenbach zu, von dem sie sich wohl eine umgehende Erfüllung dieser frohen Botschaft erhoffte.

»Oh, ich werde erben.«

»Ich reisen!«
»Ich viele Kinder bekommen …«
»Ich werde heiraten!«
»Ich werde nach Amerika gehen.«

Alle raunten. Die Gesellschaft war so damit beschäftigt, die vielen guten Nachrichten, die sie auf so mysteriöse Weise erfahren hatten, einander mitzuteilen, dass jeglicher *Ennui* hinweggefegt war und Luise, die das Geschehen von ihrem Armstuhl aus verfolgte, sich darüber freute, zu einem so vollkommenen Abend eingeladen zu haben.

Sie tupfte sich die Nase und nippte voller Zufriedenheit an ihrem Glas. Sie war immer noch die beste Gastgeberin der Stadt, dachte sie, das stand jetzt fest.

Im Schwung der allgemeinen Freude nahm auch Friederike, die sich nichts mehr wünschte, als ebenfalls gute Nachrichten über ihre Zukunft zu hören – da ihre Gegenwart momentan zwar ein Rausch war, aber dieser Rausch eben dann doch nicht von langer Dauer sein würde –, gegenüber der Freimaurer-Gräfin Platz.

Diese fixierte die Prinzessin mit ihren moosgrünen Augen, während sie mit flinker Hand die Karten mischte. Sie legte ab und bat Friederike, drei Stapel zu bilden. Sie drehte diese um, um sich einen ersten Eindruck zu verschaffen. Sie rieb sich das Kinn.

Friederike wollte etwas sagen, aber die Gräfin legte den Finger auf die Lippen.

Einige der Gäste drängten an den Tisch, um zu erfahren, was da denn Geheimnisvolles vor sich ging. Die Sitzungen vorher waren bedeutend heiterer gewesen, jetzt lag etwas Dunkles in der Luft. Auch war es ruhiger geworden.

Wieder mischte die Gräfin die Karten. Wieder bat sie Friederike, drei Stapel zu bilden, wieder rieb sie sich das Kinn. Dann begann sie langsam die Karten auszulegen, und die umstehenden Gäste fingen an zu kommentieren.

»Oh, ein Ass.«

»Kreuze.«

Die Gräfin zog die Stirn in Falten. Alle verstanden und schwiegen.

Dann wurde eine Karte nach der anderen aufgedeckt: eine Kreuz-Zehn, daneben eine Herz-Fünf. Diejenigen, die sich auskannten, schauten sich fragend an. Denn diese Kombination bedeutete: *Große räumliche Entfernung, die zur Trennung führt.* Niemand wagte es auszusprechen. Die Voß räusperte sich, sie spürte eine heimliche Genugtuung.

Die Gräfin ließ sich nicht stören. Voller Hingabe drehte sie die Karten um und offenbarte mit jedem neuen Blatt Einblicke in Friederikes Zukunft. Da drohte ein Karo-Ass neben einer Herz-Zwei eine Verführung an, oder eine Pik-Zehn, die von einer Herz-Acht gekreuzt und einem Herz-Ass flankiert wurde, wies auf eine heimliche Affäre hin.

Friederike, die nichts von Karten verstand, sah in die Gesichter der Umstehenden, die ihre Aufregung kaum unterdrücken konnten, und wurde unruhig.

Endlich war die Gräfin fertig.

»Ich sehe eine große Zukunft«, sagte sie. »Eine sehr große Zukunft, Königliche Hoheit. Ihr werdet Königin sein.«

Die Scho'sch, die bei Luise saß, hielt sich die Hand vor den Mund und sah erschrocken zu Friedrich Wilhelm. Der blickte auf seine Schuhe.

Die Gräfin aber hob die Stimme: »Mehr noch: Ihr werdet den Stammhalter einer großen Dynastie gebären.«

»Ach.« Luise stand urplötzlich auf und straffte sich. »Das ist doch völlig unsinnig. Wer glaubt denn schon an die Karten?«

Nur wenige Augenblicke später gaben die ersten Gäste vor, müde zu sein, und empfahlen sich. Einer nach dem anderen bedankte sich für den amüsanten und gelungenen Abend, der trotz des Schnupfens der Gastgeberin unvergessen bleiben würde.

Kaum war der letzte Gast gegangen, stürzte Luise auf die Gräfin mit den Karten zu und zischte sie leise an: »Ich habe Euch dafür bezahlt, dass Ihr meiner armen Schwester etwas Gutes prophezeit. Aber doch nicht so etwas!«

»Ja, aber … Königliche Hoheit …«

»Ach, nicht: Ja, aber! Geht! Bitte geht!«

Die vielgepriesene Wahrsagerin konnte gar nicht erklären, dass zwar so vieles, was sie heute vorherzusehen vorgegeben hatte, geschönt oder übertrieben gewesen war und dass sie nur eben genau diese eine Prophezeiung, die Friederike betraf, so deutlich gesehen hatte wie wohl nichts zuvor in ihrem Leben und dass sie sich sicherer war als damals, als sie in ihren Karten dem Unglück der Marie Antoinette entgegengeblickt hatte. Aber da war sie schon hinausgeleitet worden.

Luise aber blies in ihrem sich steigernden Unmut die Kerzen höchstpersönlich aus, statt den Kerzenlöscher zu nehmen oder, wie es üblich war, dies einem Lakaien zu überlassen. Der aufkommende Rauch hüllte die erstaunten Diener ein, die stur ihren Blick auf die Tür beibehielten.

Zur gleichen Zeit bat Ludwig bei seiner Frau Friederike um Einlass, und tatsächlich gab sie nach. Es war das erste Mal seit dem großen Zerwürfnis, nach dem sie hatte desertieren wollen.

Und es war das erste Mal nach der Hochzeitsnacht, dass er sie von Angesicht zu Angesicht nahm. Er unterließ es jedoch, sie zu küssen, weil er wusste, dass sie das nicht mochte. Er war nicht grob, aber auch nicht zärtlich. Auch diesmal fand Friederike nicht, dass es das war, was andere daraus machten.

Dennoch wiegten sich beide in dem untrüglichen Gefühl, dass ihr Beisammensein etwas Schicksalhaftes an sich hatte. Beide dachten dabei an die Worte der berühmten Gräfin Vengersky – genauer, sie dachten beide an nur ein Wort: Stammhalter.

Zur gleichen Zeit schrieb die alte Gräfin Voß noch in der Nacht des unvergesslichen Abends bei der Prinzessin Luise in ihr Tagebuch:

> *»Die Prinzessin Ludwig ist ganz charmant und sehr schön. Jeder will sie haben.«*

Wie zum Beleg ihrer Worte erreichte Friederike am Morgen darauf eine Handvoll Post. Als Ludwig sich schon längst aus Friederikes Alkoven entfernt hatte, überbrachte die Viereck ihrer Herrin mehrere Kuverts. Eines war von Massenbach, was der Viereck, die einen scheuen Blick darauf geworfen hatte, gar nicht gefiel. Eines von Medem, eines vom alten Köckeritz. Ein kleines Paket gar mit einem Band namens »Die unsichtbare Loge« des Dichters Jean Paul kam von Prinz Louis Ferdinand mit den Worten:

> *»Wir hatten darüber gesprochen. Es ist mir eine Freude,*
> *Euch, K. H., dieses Buch verehren zu dürfen.*
> *Euer stets ergebener Prinz Louis Ferdinand.«*

Sie legte das Schreiben desinteressiert zur Seite.

Einen Brief aber behielt sie verwundert in der Hand. Er kam von Friedrich Wilhelm.

11

»Komm, steig ein! Lass uns ein wenig spazieren fahren! Einfach so. Wie wir es in Darmstadt gemacht haben.«

Luise hielt Friederike den Schlag auf und half ihr selbst ins Innere der Karosse, in die sie – gänzlich unbefangen und ohne den Fuhrmeister zu fragen – beim Posten eingestiegen war, freilich nicht ohne dem alten Kutscher, der dort müßig herumstand, eine Zigarre in Aussicht zu stellen. Sie wusste, dass das Rauchen, wenn man es denn in der Öffentlichkeit tat, in Preußen strikt verboten war und dass ihr Angebot deshalb lockte. Der Kutscher zeigte sich sofort einverstanden und bat seinen königlichen Gast, nur ganz schnell einzusteigen.

Nun fuhren die beiden Schwestern durch die Lindenallee in Richtung Tiergarten. Vor dem Forum Fridericianum, gegenüber vom Palais des Prinzen Heinrich, gruppierten sich die Oper, die königliche Bibliothek und die katholische Hedwigskirche um einen Platz, der so groß war, dass darauf – so erschien es den beiden – über tausend Kutschen Halt machen konnten. Fliegende Händler boten ihre Waren feil. Als Luise ein Mädchen mit Haube und gestärktem Leinenkleid sah, das gebutterte Brezeln anbot, gab sie dem alten Kutscher auf dem Bock Anweisung zu halten.

»Rufe Er sie herbei.«

Das Mädchen trat an die Karosse. Ihr wäre beinahe der Bauchladen heruntergerutscht, so erstaunt war sie, die beiden Königlichen Hoheiten dort zu sehen – und das ohne Hofdamen, ohne Vorreiter, ohne Staat. Ihr war Luises leutseliges Verhalten noch von der Brautfahrt her unvergessen, wo sie sie an gleicher Stelle bejubelt hatte. Da hatte sie einfach ein Mädchen, das ihr ein Gedicht aufgesagt hatte, geküsst. Aber dass sie es wagte, alleine auszufahren, erschreckte die tüchtige junge Frau sehr.

Luise lächelte sie freundlich an. »Zwei Butterbrezeln, bitte.«

Das junge Mädchen wagte kein Wort zu sagen. Die Kronprinzessin bat sie persönlich …?

Mit zitternden Fingern überreichte sie der Kronprinzessin das Backwerk und machte einen Knicks. Eine Zahlung verweigerte sie, bevor die Schwestern sich regten. Ihr, so versicherte das Mädchen unter Nicken und Verbeugungen, war es eine Ehre, die hohen Prinzessinnen verköstigen zu dürfen – sie würde das noch wochenlang ihrer Familie als Krönung ihres bescheidenen Geschäftes schildern. Luise und Friederike kam das sehr entgegen, denn sie waren es gewohnt, anschreiben und über den Schatzmeister ausgleichen zu lassen.

Dann ging es weiter. Zur Rechten sahen sie das Niederländische Palais, das, wie man sich in *tout* Berlin zuraunte, der dicke König gerade für die Madame Ritz herrichten lassen wollte.

Die Madame Ritz. Friederike, die eben noch ganz begierig darauf gewesen war, genussvoll in eine einfache Köstlichkeit zu beißen, die sie so sehr an Darmstadt erinnerte, senkte ihre Hand und sah nach draußen.

»Warum isst du nicht? Ach, schmeckt das herrlich!« Luise sprach mit vollem Mund.

»Mir ist nicht danach.« Friederike drehte sich zur Seite. Sie war so überrascht gewesen, als die Viereck ihr sagte, Luise wartete unten am Tor, dass sie sich nur schnell einen Wollschal übergeworfen und – in der Annahme, sie würde gleich wieder ins Warme kommen – ihre seidenen Pantoffeln anbehalten hatte. Sie fröstelte, überhaupt war ihr schon den ganzen Morgen flau gewesen.

»Hier, nimm.«

Friederike war erstaunt, als ihre Schwester ihr einen Mantel aus Pelz hinhielt. Nun ging es ihr schon besser.

Als sie auf den Pariser Platz zusteuerten, erblickten sie kräftige Handwerksleute, die mittels eines Holzkrans und eines Flaschenzuges etwas, was sie im ersten Moment nicht einordnen konnten, auf das Brandenburger Tor zu hieven versuchten. Erst als sie an dieser Szene vorbeifuhren, erkannte Friederike eine Quadriga und erinnerte sich daran, dass man bei Henriette Herz davon gesprochen hatte.

»Das ist von Schadow. Ich habe ihn kennengelernt. Er hat mich sogar gezeichnet.«

Es war das erste Mal, dass sie Luise ihr Abenteuer im jüdischen Salon schilderte.

Luise hörte auf zu essen. »Du warst der Herz? So, so. Ich habe gehört, dass dort auch der Louis Ferdinand verkehrt.«

»O ja. Er war auch da, als ich da war.«

»Nun … Man hört ja so einiges über ihn.«

»Was willst du damit sagen?«

»Ja, also … dass er sehr gesellig ist.«

»Was ist falsch daran? Du bist es doch auch und das sehr gerne.«

Luise schaute beiläufig aus dem Kutschenfenster.

»Und er hat einen Mohren als Lakaien.«

»Ja, ich habe mich so erschreckt, als ich ihn das erste Mal gesehen habe. Er ist so schwarz wie Teer. Und seine Augen rollen wie Murmeln.«

»Du kennst ihn?«

»Ja, als ich in Bellevue eingeladen war.«

Luise schluckte.

»Ach, du warst auf Bellevue? War die Prinzessin Louise auch da?«

»Ja, natürlich. Warum fragst du?«

»Nur so. Wie gesagt, die von Bellevue sollen ja etwas … wie soll ich es sagen – etwas *anders* sein.«

»Aber was meinst du damit?«

»Ach, ich wollte es dir ja neulich schon sagen … Man hat mich eben gewarnt. Und so will ich auch dich warnen. Sie sind anders. Sie gehören nicht dazu. So auf ihre Art.«

»Aber sie gehören doch zur königlichen Familie! Sie sind

amüsant. Die Prinzessin ist klug. Und ich kenne keinen, der feiner ist als der Prinz Louis Ferdinand.«

»Ach ja. Hast du dich denn mit ihm auch schon einmal alleine getroffen?«

»Luise, ich bin eine verheiratete Frau!«

»Was du von deiner Ehe und wie viel du von deinem Mann hältst, das ist mir sehr wohl bekannt. Du hättest der ganzen Familie beinahe Schande bereitet.«

»Aber ich habe es nicht getan. Ich habe niemandem Schande bereitet. Außerdem: Vielleicht habe ich dem Prinzen Ludwig Unrecht getan.«

»Wirklich?«

»Ja.«

»Wie sich die Dinge ändern.« Luise schob den Vorhang zurück und sah, dass sie schon weit in den Tiergarten hineingefahren waren. Sie staunte, wie immer, wenn sie hier vorbeifuhr, über die großzügige Anlage und die hohen Bäume, die sie überragten wie die Masten eines Schiffes. »Weißt du …« Sie lehnte sich zurück. »Ich habe gesehen, wie er dich ansieht.«

»Was soll das heißen?«

»Er sieht dich eben auf diese besondere Art an. Du weißt schon. Und ich dachte, wenn du dem Prinzen Ludwig immer noch grollst und wenn du so ablehnend gegen ihn bist, dass es doch gar nicht so weit entfernt wäre zu denken, dass der Prinz Louis Ferdinand … wo er doch immer freundlich ist … dir ein Freund sein könnte.«

Friederikes Stimmung wechselte ins Ärgerliche. Meinte Luise etwa, sie würde sich über das erlaubte Maß mit Louis Ferdinand befassen wollen? Wenn es jemanden gab, an den sie dachte, dann war es immer noch Prinz Solms – aber das war so weit weg wie Darmstadt, und die Erinnerung daran war so blass wie der dünne Tee, den die mittellose Großmutter bei ihren Gesellschaften serviert hatte. Louis Ferdinand! Wie kam sie darauf? Das war ein ungeheuerlicher Verdacht, dem sich Friederike durch ihre wie immer leichtfertig dahinplappernde Schwester ausgesetzt sah. Friederike drehte sich zu ihr hin.

»Du hast recht. Freunde kann ich gebrauchen.«

»Was willst du damit sagen? Grollst du mir immer noch?«

»Du hättest mir beistehen sollen.«

»Ich habe es getan, auch wenn du es nicht glaubst. Du wärst eine gefallene Frau gewesen. Das konnte ich nicht zulassen … Auch jetzt solltest du aufpassen … Glaub mir, ich weiß, wovon ich spreche. Pass auf mit denen von Bellevue.«

Sie waren angekommen. Luise ging voraus. Ihr Weg führte an einem Gehege vorbei, das das bemessene Revier eines prächtigen Zwölfenders war, den man hier zum Vergnügen bestaunen konnte. Luise konnte den Impuls nicht unterdrücken, ihm ihre Finger hinzustrecken, aber der stolze Kerl missachtete diese Geste und trabte an ihr vorbei. Dann bogen sie in ein Wäldchen aus Kiefern ein.

Kaum waren sie außer Sichtweite, steckte sich der Kutscher die Zigarre an, die er als Lohn für diese geheime Ausfahrt erhalten hatte, und blies, um seiner Freude ein Zeichen zu setzen, weiße Rauchringe in die Luft. Entspannt lehnte er sich an die Karosse.

Luise drehte sich um die eigene Achse. »Ach, ist es nicht schön, einmal wieder so frei zu sein?«

»Ja, das stimmt. Mich erinnert es an Braunshardt.«

»Mich auch.«

»Wohin gehen wir? Mir ist so kalt.«

»Es dauert nicht mehr lange. Ich möchte dir etwas zeigen.«

»Was denn?«

»Lass dich doch überraschen.«

Luise gab Friederike ihren Wollschal, sodass sie jetzt nicht nur von ihrer Pelzjacke, sondern auch von zwei Tüchern umhüllt war. Doch sie zitterte immer noch.

Ihr Weg führte an einer Skulptur vorbei, die den Amor

zeigte, der einen Liebespfeil abschoss. Danach öffnete sich der Wald zu einer Lichtung hin. Wieder gab es ein Gehege, in diesem aber präsentierten sich Wildschweine. Ein Pfad führte durch eine Anlage im französischen Stil.

»Bitte, Luise. Mir ist nicht gut.«

»Einen Augenblick noch.«

Und tatsächlich steuerten sie nach einer Biegung auf eine Anhöhe zu, wo ein aus blanken Planken gezimmertes Holzhäuschen stand.

»Da ist es!«

»Das wolltest du mir zeigen? Aber warum?«

»Weil es mich so an Braunshardt erinnert und weil man hier so frei und ohne Etikette sein kann. Ich dachte, das täte auch dir gut.« Luise blickte verlegen nach unten. Dann raffte sie ihr Kleid und lief die letzten paar Fuß zum Eingang der Hütte, drehte sich herum und breitete die Arme aus. »Hereinspaziert!«

Friederike trippelte hinterher. Ihre Füße waren kalt wie Eis.

Das Innere des Häuschens war klamm und ungastlich. Auf dem Boden lag noch Laub. An den Wänden hatten sich Menschen, die hier vor einem Regen Zuflucht gefunden hatten, verewigt, aber wohl auch Liebende, die sich zu einem heimlichen Stelldichein geflüchtet hatten. »Ick war hier!« stand da, viele Namen, Reime, Zahlen, unzählige Herzen und – zu Luises Schreck – eine obszöne Zeichnung.

Schnell setzte Luise sich davor.

»Woher kennst du das hier?«, fragte Friederike.

»Ach, nur so. Es hat mir jemand gezeigt.«

»Aber wer?«

»Nun, das ist doch ganz gleich. Ist es nicht schön hier?«

Friederike hüllte sich in ihre Schals ein.

»Es ist so still. Wenn man alleine sein möchte, dann ist es gut hierherzugehen, weißt du? Es hat sich so viel geändert in unserem Leben, und ich weiß, dass du viel zu tragen hast. Glaub mir, ich denke immer an dich, aber mir sind die Hände gebunden.«

»Ja, ich weiß …« Friederike rieb sich die Unterarme.

»Kennst du noch das Zimmer neben den Gesindestuben, wo wir immer hingegangen sind, wenn wir traurig waren? Unser Trostzimmer. Wie oft hast du mich da getröstet? Und wie oft hab ich dich da gesehen, wie du weinend auf dem Kissen lagst? Aber kaum waren wir zusammen, dann ging es uns doch immer gut. Ich wollte dir einfach zeigen, dass es so etwas auch in Berlin gibt. Etwas, wo wir uns treffen können.«

»Ich danke dir, Luise. Aber bitte, lass uns gehen.«

»Freust du dich denn nicht?«

»Doch, aber lass uns gerne ein anderes Mal hierhergehen. Bitte.«

Friederikes Lippen waren schon ganz blau und zitterten. Ihre Augen überzog ein glasiger Glanz, und als Luise ihr an den Kopf fasste, begann sie sich zu ängstigen. Friederikes Stirn glühte.

»O Gott. Ja, lass uns losgehen.«

Doch als sie aufstanden, strauchelte Friederike, knickte mit dem Fuß ein, fiel, versuchte noch, sich an der Bank abzustützen, um dann doch taumelnd hinzufallen.

»Friederike!«

Luise rüttelte ihre Schwester an den Schultern, aber sie war wie leblos. »Friederike! Friederike! Wach auf!«

Aufgewühlt sah sie sich um. Aber es war ja gerade die Einsamkeit, die den Charme dieses Plätzchens für sie ausmachte. Was in dieser Situation fatal war.

Es half nichts. Sie musste ihre Schwester allein lassen. Sie breitete ihren Mantel aus und deckte sie damit zu. Ihre Schals faltete sie zu einem Kissen. Dann rannte sie los, am Gehege vorbei, über die Lichtung, durch das Wäldchen zum Hirschgehege. Der Kutscher sah sie schon auf sich zukommen und ging ihr entgegen. Luise hielt sich die Rippen und keuchte.

»Krause, bitte! Helfe Er mir! Meine Schwester, meine Schwester … Es ist etwas Schreckliches passiert. Kommt, kommt! So komm Er doch. Schnell!«

Dann erst sah sie, dass der alte Mann lahmte.

12

Friederike schlief unter dicken Plumeaus, als der Hofarzt Selle – eine imposante Kapazität, die sich rühmen konnte, schon den Alten Fritz behandelt zu haben – den Prinzen Ludwig zur Seite nahm.

»Eure Frau braucht jetzt viel Ruhe.«

»Wovon spricht Er?«

»Die Prinzessin ist schwanger.«

In Ludwig kroch ein Empfinden von Wärme, Freude und Jubel hoch, das alle seine engherzigen und eigensinnigen Gefühle überstrahlte. Ein Empfinden, das so alt war wie die Menschheit selbst. Mit leisen Sohlen ging er an das Bett seiner Frau und kniete vor ihr nieder. Lange verharrte er in dieser Pose der Demut.

Dann schlang er seine Arme um Friederikes fieberwarmen Körper und fing bitterlich an zu weinen.

Genauso schnell, wie sich die frohe Kunde von Friederikes Schwangerschaft herumgesprochen hatte, machte es in Berlin die Runde, dass die Kronprinzessin den König aufs Äußerste verärgert hatte. Sie hatte sich nicht nur mehrfach ohne Damen aus ihrem Palais entfernt. Sie hatte sich dabei auch noch von dem Prinzen Louis Ferdinand ausführen lassen und das ohne jegliche Begleitung, was bei jedem, der den Prinzen Louis Ferdinand kannte – und das war ganz Berlin –, zu pikanten Spekulationen führte.

Es war von einer Bootsfahrt die Rede, zu der er angeregt hatte. Von Briefen, Kompositionen, Geschenken. Von Besuchen in den Ateliers der besten Schneider der Stadt und von einer kleinen Holzhütte im Tiergarten, wo sich sonst heimlich Liebende trafen und in die Planken Herzen mit ihren Initialen schnitzten. Eines dieser Herzen trug die Buchstaben »L« und »LF« – das war vielen Beweis genug.

Der Verdacht der Untreue lag über Luise, und da der König diese Szenen schon von seiner ersten Ehe mit der Prinzessin Elisabeth her kannte und darin ein Beispiel fand, wie man in solchen Angelegenheiten zu verfahren hatte, hatte er erwogen, Luise umgehend vom Hofe zu verbannen und sie zu seiner ehemaligen Gattin in die Festung Küstrin zu schicken.

Die alte Scho'sch war, als sie das alles hörte, ganz beschämt darüber, dass sie Friederike so falsch eingeschätzt und so sehr gescholten hatte, und pflegte ihre jüngere Enkelin, deren eheliche Sorgen sie so ungnädig überhört hatte, mit Tinkturen und warmen Worten gesund. Sie war ganz aus dem Häuschen, endlich Urgroßmutter zu werden, und piesackte mit ihren Bemerkungen die alte Voß, die wiederum die Verfehlungen Luises zum Anlass nahm, die Scho'sch in ihre Schranken zu weisen.

Als die Scho'sch eines Abends an Friederikes Bett saß, erinnerte Friederike sich an den Brief, den sie am Morgen des denkwürdigen Abends bei ihrer Schwester von Friedrich Wilhelm bekommen hatte. Sie hatte ihn seinerzeit ignoriert, weil sie beschämt gewesen war. Sie wollte sich keinem Zweifel an ihrer Loyalität gegenüber ihrer Schwester ausgesetzt wissen. Denn die Blicke, die ihr Friedrich Wilhelm zuwarf, und seine Geschenke ließen sich durchaus missdeuten.

Nun brach Friederike das Siegel und las Friedrich Wilhelms penible Schrift:

»Meine hochverehrte Schwägerin, ich bitte Euch um Eure Hilfe …«

Dann erzählte er von Luises Verfehlungen und sprach seine Vermutungen aus.

Friederike ließ das Blatt sinken.

Sie erinnerte sich an die Fragen, die ihr ihre Schwester während der verbotenen Kutschfahrt durch Berlin gestellt hatte. Ob sie sich mit dem Prinzen Louis Ferdinand alleine treffe. Tatsächlich aber hatte Luise das selbst getan. Und sie erinnerte sich auch an ihre eindringlichen Warnungen.

Kaum erlaubten es ihre Kräfte, setzte Friederike einen Brief an den König auf und bat ihn, Luise nicht zu verbannen. »Sie ist die Gefährtin meines Lebens, und ohne sie kann ich am Preußischen Hofe noch viel weniger sein.« Sie schwor, dass sie dafür sorgen werde, dass diese »Ferdinanderitis«, wie sie es nannte, nun sicherlich bald ein Ende haben werde.

Die »Ferdinanderitis« war in den besten Kreisen Berlins fortan ein geflügeltes Wort, das man sich mit Augenzwinkern zuraunte, wenn wieder einmal von den amourösen Eskapaden des ansehnlichen Preußenprinzen die Rede war.

Ein weiteres Mal hatte Friederike sich in ihrer Schwester getäuscht. Luise wollte Louis Ferdinand für sich haben und sah in ihr, Friederike, eine Rivalin.

Aber warum?, dachte sie. Warum lässt sich Luise von Louis Ferdinand hofieren? Ist sie in ihrer Ehe doch nicht so glücklich, wie sie vorgibt?

Ihr kamen wieder Friedrich Wilhelms Geschenke in den Sinn und die Worte der Wahrsagerin.

Sie setzte sich an den Kamin und streichelte über ihren Bauch. Ein Stammhalter, dachte sie. Dann holte sie Wolle aus einem Korb und häkelte ein blaues Jäckchen.

Wenige Wochen später gab es wieder Anlass zu großem Jubel im Königreich: Auch die Kronprinzessin Luise war guter Hoffnung.

13

Der Prinz Ludwig hatte Recht behalten. Die Unruhen in Polen erforderten unbedingtes Handeln. Der König gab Marschbefehl. Seit der ersten Teilung Polens durch Friedrich den Großen besaß Preußen Gebiete im Osten, aber diese waren ständig in Gefahr.

Ludwig und sein Bruder wurden aufgefordert, sich dem Heer anzuschließen, und folgten diesem Befehl sofort. Die Kutscher, Reit- und Packknechte, Lakaien, Leibköche, Küchenfrauen und -jungen sowie die beiden Schirrmeister, Leibjäger und Kammerherren ließen Geschirr und allerlei Hausrat auf die Kutschen packen und prüften, ob die Hufe der Pferde frisch beschlagen werden mussten. Auch Sultan, Friedrich Wilhelms edler grau schimmernder Weimaraner, und die beiden Setter des Prinzen Ludwig kamen mit.

Zwei Tage später ging es los in Richtung Steinhöfel, wo der Kammerherr Massow ein Gut hatte, das er seinen königlichen Herrschaften als Unterkunft anbot. »Fahrt hin, Königliche Hoheiten. Man wird sich um alles kümmern und nur Euer Wohlergehen im Auge haben.«

Luise und Friederike, beide guter Hoffnung, durften auf Anordnung des Königs bis nach Steinhöfel mitfahren, wo sie einen Tag und einen Abend miteinander verbringen würden und so etwas mehr Zeit hatten, sich auf den Abschied vorzubereiten. So war es gedacht. Aber die drohende Trennung und die Angst der beiden Frauen um das Wohl ihrer Männer, die in den Krieg ziehen mussten, trübte die Stimmung. Der Vorabend des Abschieds gestaltete sich nicht so gesellig, wie man es von Berlin her gewohnt war. Ludwig trank, und als sein Bruder Friedrich Wilhelm ihn mahnte, trank er, wie zum Protest, noch mehr.

Am kommenden Morgen beherrschte er die Szene wieder mit seinen *humeurs*. Er beschimpfte seinen Leibdiener und trat sogar nach seiner Hündin Fanny, als die ihn schwanzwedelnd beim Anziehen seiner frisch gewienerten Stiefel störte. Friedrich Wilhelm konnte ihn nur mit Mühe dazu bewegen, nicht ganz aus der Rolle zu fallen.

Dann hieß es: Abschied nehmen.

Friederike winkte ihrem Mann lange mit einem weißen Tuch hinterher, als er auf der noch vom Tau feuchten Straße in Richtung Warschau ritt. Sie starrte auf seine prächtigen Schultern, die durch die Generalsuniform noch an Format gewannen. Aber er drehte sich nicht zu ihr um. Friedrich Wilhelms Pferd hingegen wäre beinahe vom Weg abgekommen, weil der Kronprinz sich fortwährend umblickte, um Luise unter Winken, Rufen und Luftküssen zu verabschieden. Bei einem Luftkuss aber, einem kleinen nur, hatte Friederike den Eindruck, dass dieser ausdrücklich ihr galt. Beschämt sah sie ihre Schwester an, die schon ganz rot im Gesicht war von der Anstrengung, die ihr das Winken bereitete.

Irgendwann verschwand der Tross im Dunkel des Waldes.

»Wir haben uns alle im Krieg kennengelernt, nun sind wir wieder Kriegsbräute.« Luise blickte zu ihrer Schwester.

»Ich hätte gehofft, dass der Frieden länger andauert.«

Damit spielte Friederike nicht nur auf die politische Lage an.

Nun fuhren die beiden Prinzessinnen zurück nach Berlin und von dort aus nach Potsdam ins Schloss Sanssouci, wo sie während der Abwesenheit der Männer ihre Zeit verbringen würden. Es war Luises Plan gewesen. Verunsichert nach ihrem eigenen Fehlverhalten, hatte sie den König darum gebeten, dort, im Schloss des Alten Fritz, Unterkunft finden zu dürfen.

»Das ist gut, das ist gut. Fahre Sie!« Der König war ganz erfreut über Luises Vorschlag. Denn den Prinzen Louis Ferdinand würde er erst später nach Warschau beordern, und in Potsdam wusste der König seine abenteuerlustige Schwiegertochter fern von ihrem Schwarm. Der König kannte die Wirkung derer von Bellevue, aber es gab auch Mittel, ihre Anziehungskraft zu brechen oder zumindest für eine Zeitlang davon abzulenken. »Und lasse Sie sich vom Kammerherrn Massow etwas Geld geben, damit Sie sich etwas Hübsches im Galanteriegeschäft kaufe. Da gibt es ganz vortreffliche Handschuhe. Und im Holländischen Viertel, so sagt man, gibt es vorzügliche Schokolade. Sie mag doch Schokolade?«

Luise nickte artig und bedankte sich. Jeder bei Hof wusste, dass sie zum Frühstück zwei Tassen heiße Schokolade trank. Eine Reaktion auf die bescheidenen Verhältnisse in Darmstadt, wo sie nur an ihrem Geburtstag heiße Schokolade bekommen hatte – und dann auch nur eine Tasse.

»Aber ich werde dort alleine sein. Wäre es nicht besser, wenn ich Gesellschaft hätte? Es werden ja nicht alle nach Warschau ziehen.«

Der König war alarmiert. Sie würde doch nicht wirklich danach fragen, ob der Prinz Louis Ferdinand … Er zog die Augenbrauen zusammen und fixierte sie mit seinem Blick.

»So? Und wen stellt Sie sich denn so als Gesellschaft vor?«

»Ich dachte an meine Schwester Friederike. Ich will ihr ein wenig Trost geben. Jetzt, wo der Prinz Ludwig fort ist. Ich möchte nicht, dass sie in schlechte Gesellschaft gerät.«

»Das ist gut, das ist gut.«

Der König entließ seine Schwiegertochter mit Freuden.

Schon auf der Fahrt nach Potsdam waren sich Luise und Friederike uneinig. Luise wollte die Strecke über Charlottenburg nehmen, weil sie dort noch einen Teppich einladen lassen wollte, Friederike wäre am liebsten gar nicht gefahren. Sie grollte ihrer Schwester, weil sie sich durch sie kontrolliert fühlte, obwohl doch sie selbst es war, die der Kontrolle bedurfte, und obwohl Friederike es gewesen war, die Luises Ruf gerettet hatte.

In Sanssouci angekommen, vergaßen sie ihre Unstimmigkeit sofort. Das Schloss war über den Winter nicht bewohnt gewesen und musste hergerichtet werden. Luise schickte die Mädchen und Handwerker durch die Räume, gab dem Gärtner Anweisungen für die frische Bepflanzung der Anlage und ließ sogar einige Möbel aus dem Kronprinzenpalais hierherschaffen, damit man es behaglicher habe. Es waren nicht nur ein paar Möbel, sondern fünf Kutschen an der Zahl, und Friederike fragte sich, wann ihre Schwester denn in dieser kurzen Zeit zu so viel Besitz und Wohlstand gekommen war.

Luise fühlte sich in ihrer neuen Rolle als Gestalterin und Hausdame wohl, und da sie nun auch guter Hoffnung war, glaubte sie, alle Verfehlungen wieder wettgemacht zu haben. Friederike ging es weiterhin schlecht. Morgens war ihr flau, und im Laufe des Tages wurde sie von einem unbehaglichen Zittern erfasst, das weder der Leibarzt Selle noch sie sich erklären konnten.

Manchmal glaubte sie, dass es von der Kälte herrührte, die der Prinz Ludwig nach einer kurzen Phase der Annäherung wieder gegen sie hatte und vielleicht immer gegen sie haben würde. Aber sie wollte nicht abergläubisch sein und verbat sich diesen Gedanken. Sie verübelte es sich, dass sie und er einen Moment der Schwäche gehabt hatten, als ihnen die Wahrsagerin einen Stammhalter vorhergesagt hatte.

Weil auch er einen Sohn will, weil auch er darunter leidet, dass er nur der Zweite hinter Friedrich Wilhelm ist, so wie ich darunter leide, dass ich die Zweite nach Luise bin, dachte sie.

Auch sie hatte geglaubt, eine Schwangerschaft wäre die Lösung, ein Sohn gäbe Hoffnung, und ihre Lage würde sich bessern. Aber Ludwig verhielt sich immer noch gleichgültig gegen sie. Seit sie schwanger war, hatte er nie wieder um Einlass in ihr Gemach gebeten. Er hatte seine Pflicht, ein Kind zu zeugen, erfüllt, und der Zauber der Nacht, als die große Gräfin Vengersky das Paar durch ihre Prophezeihung für kurze Zeit einander nähergebracht hatte, war längst verflogen. Und im tiefsten Inneren ihres Herzens musste Friederike sich eingestehen, dass sie ganz dankbar dafür war – auch wenn sie vor Gott gelobt hatte, ihre Pflicht zu erfüllen. Aber das hatte sie ja nun, zumindest dieses Mal.

In den wenigen Briefen, die er ihr aus dem Osten schickte, blieb er zurückhaltend. Er schrieb, aber er schrieb nur von seinen Erfolgen. Es war das erste Mal, dass er sich in einer Schlacht beweisen durfte. Als Dragoner-Major befehligte er mehrere Angriffe und konnte einige Scharmützel für sich entscheiden.

»Selbst Louis Ferdinand hat seine Glückwünsche geschickt«, erzählte er seiner Frau, und Friederike war wieder zwiegespalten: Einerseits freute sie sich, dass er sich beweisen konnte, denn es fehlte ihm sehr, dass er seine Talente nicht einsetzen durfte. Sie glaubte, dass er dann zufriedener sein würde und eben auch freundlicher zu ihr. Andererseits suchte sie in seinen Briefen nach kleinsten Spuren der Zuneigung und Aufmerksamkeit und fand doch meist nichts. Er nannte sie weiterhin »Prinzessin«, nie Friederike.

Luise hingegen bekam jeden Tag einen Brief, manchmal, wenn die Boten gut durchkamen, sogar zwei, und immer waren sie voller Liebe, Zärtlichkeit und unermesslicher Freude über den Nachwuchs, den sie erwartete.

Einmal, nach einem Spaziergang durch den Park und einem Besuch in der Orangerie, bastelte Luise ihrem Mann eine Schachtel aus Papier und legte die Kirschen hinein, die sie eigenhändig in der Orangerie gepflückt hatte. »Jede Kirsche ist ein Kuss von mir.« Prompt bekam sie einen Korb feinster polnischer Pasteten und Köstlichkeiten zurückgeschickt, die sie mit Friederike teilte.

»Nein, danke. Ich habe keinen Appetit.«

»Was ist los? Du musst essen, meine Liebe.«

Aber wie sollte man essen, wenn man eigentlich nur weinen mochte?

Friederike war traurig, weil sie auf Ludwig falsche Hoffnungen gesetzt hatte, und je mehr Luise ihr Glück neben ihr genoss, desto elender fühlte sie sich.

Eines späten Nachmittags saßen sie auf der berühmten Terrasse von Sanssouci über den Anlagen mit den Feigenbäumen und den Weinspalieren und tranken Schokolade, die sie – freilich in Begleitung, darauf gab Luise jetzt seltsamerweise immer sehr acht – in einer Confiserie im Holländischen Viertel gekauft hatten. Ihrer beider Zustand zeichnete sich schon ab, und sie bekamen, wenn sie sich außerhalb des Schlosses aufhielten, viele Glückwünsche entgegengebracht.

Friederike häkelte ein Paar Schühchen, während Luise aus einem von Friedrich Wilhelms Briefen vorlas – und auch die Grüße nicht vergaß, die er Friederike jedes Mal ausrichten ließ. Jeder seiner Sätze war durchdrungen von Wärme und Hingabe. Friederike schien es, als wolle Friedrich Wilhelm die fast hundert Meilen, die zwischen Luise und ihm lagen, durch einen Strom von bedingungsloser Liebe überwinden, und doch kamen in ihr Zweifel an der Echtheit seiner Gefühle auf. In seinen übertriebenen Worten offenbarte er Verzweiflung.

Und auch Luises Verhalten zeigte etwas Überspanntes. Durch die Art, wie sie seine Briefe ohne Rücksicht auf Friederikes Kummer über ihre eigene Ehe vorlas, und noch mehr durch die Art, wie sie Friedrich Wilhelms Briefe beantwortete, schien Luise geradezu betonen zu wollen, welche unauflösliche Nähe zwischen ihnen bestand. Wenn Luise etwas verbergen wollte, dann neigte sie dazu, alles, was ihr nicht behagte, durch eine Farce zu überspielen. Aber Friederike kannte das schon und blickte hinter die Kulissen dieser peinlichen Komödie, mit der ihre Schwester mehr verriet, als sie zugeben wollte.

Luise fuhr fort, aus den Briefen vorzulesen und Friedrich Wilhelm in den höchsten Tönen zu loben.

Friederike schnitt einen Faden von ihrem Wollknäuel ab und versuchte ihn durch das Öhr einer Stopfnadel zu fädeln.

»Ihr versteht euch so gut?«

»O ja. Und seit ich ein Kind von ihm erwarte, umso besser.«

»Aber warum hast du dich dann mit dem Prinzen Louis Ferdinand getroffen?«

»Habe ich das denn?«

»Hast du nicht? Man erzählt es in der ganzen Stadt.«

»Du musst nicht immer glauben, was die anderen sagen.«

»Und wenn der andere Friedrich Wilhelm ist?«

»Was hat er dir erzählt?«

»Das weißt du nur zu gut.«

Luise schob die Briefe, die sie über den Tisch verteilt hatte, zusammen und drehte sie herum, sodass man die Schrift nicht mehr lesen konnte. Es war, als ob sie ihm mit dieser Geste den Mund verbieten wollte.

Friederike schwieg und umsäumte die Schühchen.

»Nun sag doch etwas!« Luise sah ihre Schwester ungeduldig an.

»Was soll ich denn sagen? Du bist es doch, die nicht spricht.«

»Ach, jetzt tu doch bitte nicht so, als ob du über den Dingen stehen würdest. Warst du nicht selbst auf Bellevue? Du hast es mir erzählt.«

»Ja, aber ich war nicht wegen des Prinzen Louis Ferdinand dort.«

»Sondern?«

»Weil alle da waren: die Prinzessin Mimi, die Prinzessin Louise …«

»Ach, die!«

»Was ist mit ihr?«

»Sie ist falsch!«

Friederike konzentrierte sich immer noch auf ihre Handarbeit.

Luise seufzte. »Es ist einfach so, dass Louis Ferdinand immer das macht und sagt, was man gerade sehen oder hören will. Dabei ist er kein Schmeichler. Ich wollte Berlin sehen. Da hat er mir Berlin gezeigt – wie dir ja offenbar auch. Also, was ist falsch daran? Er hat mich nie kompromittiert.« Luise lief rot an, als sie das sagte.

»Dann ist ja alles gut.«

»Ja, das ist es.« Luise knöpfte ihre Jacke zu. »Komm! Lass uns hineingehen. Es wird kalt.«

Als Friederike im Bett lag, griff sie zu dem Buch des Dichters Jean Paul, das ihr Louis Ferdinand geschenkt hatte. Sie las gleich mehrere Seiten darin, obwohl sie müde und ermattet war. Aber sie war schon sehr von der Neuartigkeit dieser Sprache gefesselt. Erst als ihr die Augen beinahe zufielen, legte sie das Buch zur Seite.

Doch beim Zuklappen entdeckte sie eine Widmung Louis Ferdinands an sie, die sich zu ihrem Erstaunen nicht auf der ersten, sondern auf der letzten Seite des schmalen Bändchens befand. Deshalb hatte sie sie bisher nicht gesehen.

Als sie sie las, musste sie unweigerlich an Luise denken und ihr Recht geben: Es waren genau die Worte, die sie in ihrer trostlosen Lage hören wollte.

Sie schlief tief und selig wie schon lange nicht mehr.

Ein paar Tage überlegte sie und tat dann etwas, was sie nie für möglich gehalten hatte: Sie schrieb Louis Ferdinand einen langen Brief.

14

Ende September 1794 kamen die Prinzen endlich zurück aus Polen, und man feierte das Wiedersehen ausgiebig. Der König, der mit seiner Eskorte schon einige Tage vorher angekommen war, hatte einen Empfang im Schloss vorbereiten lassen, um seine Familie und den ganzen Hof zu begrüßen. Das Fest fand im Frauensaal statt, der nach der Königinwitwe »Elisabeth-Christine-Saal« genannt wurde.

Die Namensgeberin saß mit geradem Rücken in einem Prunksessel neben dem regierenden Paar und schlief manchmal ein, wenn ihr der Trubel zu viel wurde.

Das Dekor des Saals war zurückhaltend und erinnerte an die Architektur des alten Griechenland, auch gab es mehrere Büsten im klassischen antiken Stil, die ganz in Weiß gehalten waren. Doch statt der hellenistischen Götterwelt bildeten sie Preußenpotentaten ab, die nun auf das Geschehen unter sich herabblickten. Der Frauensaal war nicht so prächtig wie der Weiße Saal, bot aber einen würdigen Rahmen für den Anlass.

Der König hielt vor den zweihundert Gästen eine Rede und versäumte es dabei nicht, mehrfach die Taten seines Sohnes Ludwig zu preisen, der sich so sehr hervorgetan hatte. »Wenn er und sein Dragonerregiment nicht gewesen wären, wir hätten Polen verloren. Aber mein geliebter Sohn Ludwig …« Er holte aus, und alle Umstehenden beschlich der Eindruck, dass der Prinz Ludwig nach seiner Rückkehr ein wenig größer und stattlicher aussah, als man ihn in Erinnerung gehabt hatte.

Auch Friederike imponierte seine Erscheinung. Sie hatte ihn immer schön gefunden und gehofft, dass ein so schöner Mann eben auch gut sei. Er hatte sie schon vorher enttäuscht, aber jetzt nach seiner Rückkehr schlug seine Kälte in Arroganz um. Sie war froh, dass ihr Körper durch ihre fortgeschrittene

Schwangerschaft so wenig anziehend auf ihn wirkte, dass er gar nicht erst versuchte, sein Recht als ihr Mann bei ihr geltend zu machen.

Im Briefwechsel mit Louis Ferdinand fand sie genug Trost, und so ließ sie den Prinzen Ludwig seines Weges gehen.

Luise hingegen tänzelte um Friedrich Wilhelm herum, und man sah, dass sie ihm ganz besonders gefallen wollte. Sie überreichte ihm ein Paar Strümpfe, die sie in seiner Abwesenheit für ihn gestrickt hatte, und fühlte sich persönlich für seine Erfrischungen verantwortlich. Energisch durchschritt sie das Gedränge. Die Angst, mit ihrem Bauch anzustoßen, war ihr fremd. Sie war es gewohnt, dass man ihr Platz machte.

Sie erblickte einen Lakaien und sagte: »Er weiß doch, dass der Prinz nur Fredersdorfer trinkt. Dann bringe Er ihm auch eines.«

Und als es gebracht wurde, fragte sie mit spitzem Mündchen: »Schmeckt es dir?« Sie schmiegte sich so nah an ihn heran, dass sie beinahe auf seinem Schoß gesessen hätte.

Der König und die Königin sahen sich verstohlen an. Sie konnten sich immer noch nicht daran gewöhnen, dass das Paar sich mit Du ansprach, und das auch noch in aller Öffentlichkeit. Es war ungewöhnlich und schickte sich einfach nicht. Aber der König hielt die Königin, die ein Machtwort in dieser Richtung sprechen wollte, zurück:

»Seid froh, dass sie wieder zueinandergefunden haben. Es hätte auch anders kommen können. Ich habe ihn nicht ohne Grund nach Polen mitgenommen, obwohl ich ihn dort nicht habe einsetzen können. Sie sollte Sehnsucht nach ihm haben und ihn lieben lernen. Und siehe da: Es ist gelungen.«

»Wenn sie doch nur ein wenig auf ihren Zustand achtgeben würde!« Die Königin versteckte die Worte, die sie ihrem Mann zuflüsterte, hinter ihrem Fächer. »Sie springt um ihn herum wie ein Kind auf der Wiese. Sie macht mich ganz närrisch.«

Der König sah seine Frau zärtlich an. Dass auch ihr Luises

Temperament Sorgen bereitete, führte zu einem der seltenen Momente der Einigkeit, die König und Königin teilten.

Auch als sich die Gesellschaft auflöste, hüpfte und sprang Luise immer noch um ihren Mann herum. Sie strich den Ärmel seines Mantels glatt, den ein Diener angereicht hatte, sah zu ihm hoch und versicherte ihm immerzu, dass sie sich so freue, ihn nach so langer Zeit der Trennung wieder bei sich zu haben. Manchmal hatte man den Eindruck, dass sie ihn – wider alle Etikette – gerne umarmt oder gar geküsst hätte.

Als ihr in den Mantel geholfen werden sollte, spürte sie plötzlich ein dringendes Bedürfnis. »Geh schon mal vor.« Sie versetzte Friedrich Wilhelm im Spaß einen Stoß, um ihm zu zeigen: »Nun geh schon«, und zog sich dann schnell hinter eine der Tapetentüren zurück.

Friedrich Wilhelm stand schon am Fuße der großen Marmortreppe, die zu den Prunkräumen führte, und ließ eine Kutsche vorfahren, damit seine Frau nicht in einer Sänfte zurück ins Kronprinzenpalais getragen werden musste. Während er wartete, sah er auf die massiven Marmorsäulen und den Stuck hinauf, die diese Treppe so repräsentativ machten.

Es handelte sich, genau genommen, nicht um eine Treppe, sondern um mehrere frei schwebende Treppenläufe, die das Treppenhaus durchschnitten und jeden, der diese Rampe beschritt, dem beeindruckenden Wechselspiel von Licht und Schatten aussetzte. Wenn man hinaufsah, hatte man den Eindruck, durch eine gotische Kirche zu schweben. Friedrich Wilhelms Urgroßvater hatte den Aufgang gestalten lassen, als Preußen zum neuen Königreich aufstieg und man den frisch errungenen Status durch Prunk und Protz zu festigen suchte. Gesandte anderer, wesentlich älterer Reiche, die bei Hof vorstellig wurden, führte man als Erstes über diese Treppe. Die Diplomaten verstanden schnell: Mit den Preußen musste man rechnen. Und meldeten es ihren Herren.

Friedrich Wilhelm hörte endlich Schritte.

»Oh, entschuldige! Es hat etwas länger gedauert.« Luises Stimme hallte durch das Treppenhaus. »Aber die Königin hat mich noch einmal zu sich gebeten.« Sie schnaufte.

»Pass auf, mach langsam.«

»Ja, mache ich ja.« Aber sie sprang wie den ganzen Tag eher, als dass sie ging. Endlich war sie an der letzten Stiege angekommen. »Hier bin ich.«

»Vorsichtig! Sei doch vorsichtig!«

Aber da geriet seine Frau schon ins Trudeln. Sie ruderte mit den Armen in der Luft, versuchte, mit einem Fuß auf einer unteren Stufe Halt zu finden, glitt aus, stürzte dann seitlich ab und schlitterte zehn, fünfzehn Stufen hinunter. Friedrich Wilhelm versuchte, sie aufzufangen, aber sie schlug mit voller Wucht auf dem blanken Marmorboden auf.

»Hilfe! So komme doch einer zu Hilfe! Hilfe! Hilfe!«

Der Kronprinz, der immer so beherrscht war, war ergriffen von Angst und bösen Ahnungen. Er war so außer sich, dass er keine Scham mehr kannte. Er brüllte und kommandierte alle herum und schrie und schrie und schrie. Dabei liefen ihm Tränen über die Wangen. Niemand hatte ihn bislang so erlebt.

Sofort kamen zwei Diener mit einer Sänfte, ein Offizier legte seinen Mantel über die Kronprinzessin, Doktor Selle wurde herbeigeholt.

Weit über dem Kronprinzen, der völlig aus der Fassung war, beugte sich der König über die Balustrade. Er sah, was die anderen aus der Nähe nicht erkennen konnten: das Rinnsal Blut, das unter dem Mantel hervorsickerte. Leichenblass ergriff er die Hand seiner Frau.

15

»Wie geht es meiner Frau?«

Prinz Ludwig hatte es, wie so viele Männer in seiner Lage, in seinem Zuhause nicht mehr ausgehalten und war kurz durch die Straßen gegangen. In einer Schenke um die Ecke hatte er getrunken. Aus einem Schnaps waren zwei geworden und aus zweien noch mehr, und aus einem kleinen Spaziergang war ein Ausflug von knapp drei Stunden geworden.

Als er nun in sein Zuhause zurückkehrte, merkte er, dass dies ein Fehler gewesen war. Denn an der Garderobe hingen zwei Offiziersmäntel, die nicht die seinigen waren. Sein Bruder Friedrich Wilhelm und Louis Ferdinand mussten im Hause sein.

»Ihr geht es sehr, sehr schlecht«, sagte der treue Schulze.

Aber Prinz Ludwig antwortete nicht, sondern warf ihm seinen zivilen Mantel und die Mütze entgegen und ging an ihm vorbei.

»Nimm Er das.«

»Die Ärzte waren bei ihr und haben sich beraten. Und nun ist nur der Herr Doktor Brown da.« Schulze blickte seinem Herrn hinterher, der mit seinen staubigen Stiefeln direkt auf das Zimmer seiner Frau zusteuerte.

Immer noch drang aus diesem in regelmäßigen Abständen ein lautes Gewimmer, das dem eines Tieres glich, das beim Jagen angeschossen worden war und dem man nun mit einem Waidmesser den Gnadentod geben wollte, wogegen es sich heftig wehrte. Gerade war es wieder so weit.

Im oberen Stockwerk kam ihm die Hebamme, die Ludwigs Schritte gehört hatte, in einer leinenen Schürze und mit einem Häubchen auf dem Kopf entgegen. Mit unerwarteter Vertraulichkeit, die nur der herannahende Tod erlaubte, zog sie ihn in ein Kabinett, das leerstand.

»Wo wart Ihr, Königliche Hoheit?«

»Will sie mich endlich sehen?«

Die Hebamme blickte verlegen unter dem Häubchen hervor.

»Aber meinen Bruder will sie sehen. Und den Prinzen Louis Ferdinand will sie sehen, nicht wahr? Ich habe ihre Mäntel gesehen. Sie sind hier, sie sind hier. Ich weiß es.«

»Aber Königliche Hoheit, so beruhigt Euch doch. Natürlich sind sie hier. Alle sind hier. Die ganze Familie.«

»Aber warum?« Ludwig schnaubte.

»Sie liegt im Sterben … Die Ärzte sagen, es gibt keine Hoffnung mehr. Weder für sie noch für das Kind …«

»Wo bleibt Sie denn? Hebamme! Ich brauche Eis, dringend Eis. Bringe Sie mir sofort Eis.« Die Stimme des Arztes war harsch und getragen von Ungeduld und Ratlosigkeit.

»Ich muss los, Königliche Hoheit.« Die Hebamme wischte sich die Hände an der Schürze ab und knickste.

Ludwig aber hielt sie fest: »Bitte sage Sie ihr, dass ich sie sehen will. Ich bitte Sie. Bitte! Ich bin ihr Mann. Ich weiß: Um uns stand es nicht immer gut, aber ich muss doch die Gelegenheit haben, sie um Verzeihung zu bitten. Bitte mache Sie es möglich. Sie ist meine einzige Vertraute in dieser Sache.« Auch er wählte das vertrauliche Sie.

»Wo bleibt das Eis?!«, brüllte der Arzt.

Die Hebamme riss sich los und eilte in die Küche.

Ludwig aber steuerte den Salon an, wo er die anderen vermutete.

Hier herrschte Grabesstille. Luise, Friedrich Wilhelm, die Voß, die Viereck, die Scho'sch, einige Hofdamen, aber auch die von Bellevue sahen ihn vorwurfsvoll an.

Friedrich Wilhelm stand auf und kam ihm entgegen.

»Wo warst du?«, fragte der Kronprinz.

»Draußen.«

Friedrich Wilhelm zog seinen Bruder gleich wieder vor die Tür. »Deine Frau stirbt, und Monsieur ist draußen? Ist das alles, was du zu sagen hast?« Er packte seinen jüngeren Bruder am Kragen.

Ludwig sah seinen Bruder erschrocken an. »Ich konnte doch nicht wissen …«

»Oje, du stinkst nach Schnaps. Wie habe ich nur so einen Bruder verdient? Du ekelst mich an.«

Dann gab er Ludwig einen Stoß, und sie gingen wieder zu den anderen.

In diesem Moment gellte aus dem Zimmer seiner Frau wieder dieses erbarmungswürdige Gejammer, das an ein sterbendes Wildtier erinnerte. Ludwig wurde blass. Er nahm sich einen Stuhl und setzte sich damit so weit wie möglich von den anderen entfernt, aber so nah wie möglich an die Tür, damit er sofort da sein konnte für den Fall, dass die Hebamme ihn rufen sollte und seine Frau ihn sehen wollte.

Niemand sprach. Manchmal drang das Klappern des Teelöffels in den Raum, mit dem die alte Voß nun schon den dritten Löffel Zucker in ihren Mokka rührte. Ludwig hätte sie vor Wut erschlagen können. Konnte das alte Dragonerweib nicht für einen Augenblick ruhig sein? Er saß hier, und sein Kind starb noch im Mutterleib, und da rührt sich diese alte Schachtel haufenweise Zucker in den Kaffee. Hätte sie nicht – verdammt noch mal! – die Pflicht, zu seiner Frau zu gehen und dafür zu sorgen, dass er endlich zu ihr konnte? Sie mischte sich doch sonst in alles ein. Warum denn nur dieses Mal nicht? Warum nicht für ihn?

Als er über die Schulter zu ihr sah, traf ihn ein scharfer Blick. Überhaupt fiel ihm auf, dass alle Augenpaare auf ihn gerichtet waren – und keine der Mienen war freundlich.

Er reagierte, wie er immer reagierte, wenn er sich ins Unrecht gesetzt fühlte: Er wurde trotzig. Er erwiderte die Anfeindungen mit einem Schnauben und starrte dann auf seine Schuhe. Er war doch selbst in diese Lage gezwungen worden. Wollte das denn keiner anerkennen? War er nicht auch nur ein Mensch, der seine Pflicht erfüllt hatte?

Er ballte die Fäuste, stand auf, zog sich die Jacke glatt und ging auf der Galerie hin und her. Er war wütend auf die anderen. Es war nicht seine Schuld, dass seine Frau im Sterben lag. Er wusste, dass das nicht sein konnte, aber er wusste auch, was alle anderen über ihn dachten, nämlich, dass er ihr unsägliches Leid verursacht hatte.

Zähneknirschend ging er vor dem Salon hin und her. »Eis, verdammt noch mal! Ist denn hier keiner fähig, Eis herbeizuschaffen?«

Als die Hebamme abermals das Zimmer von Ludwigs Frau verließ, sich diesmal aber an ihm vorbeidrängelte, seinen fragenden Blick vermied und ihren Weg direkt in die Küche nahm, verspürte Ludwig das Bedürfnis, in seine Kammer zu gehen und sich die Hände zu waschen.

Er ließ sich so lange das Wasser über die Hand laufen, bis der Krug leer war. Dann schäumte er sich mit der feinen französischen Lavendelseife ein, die ihm seine Geliebte, die Berlinger, trotz der bescheidenen Verhältnisse, in denen sie lebte, geschenkt hatte. Sie hatte ihm ihr Kind geboren, ohne dass er dabei gewesen war. Es war wie ein Geschenk für ihn gewesen, als sie ihm das fette, runde, lachende Mädchen das erste Mal in die Arme gelegt hatte. Ach, hätte er doch gewusst, welches Leid mit einem Kind verbunden war.

Er rieb sich die Hände und dachte daran, wie undankbar er gegen seine Frau gewesen war. Auch sie hatte die Pflicht, ihn zu heiraten, auf sich genommen. Aber ihre Pflicht war bei Weitem größer als die seinige, und er hatte sich so unehrenhaft gegen sie verhalten. Ja, er hatte sie belogen, betrogen und sich über sie erhoben. Dabei war sie immer gut gegen ihn gewesen und lieb und ohne ein schlechtes Wort in eine andere Richtung. Und treu. Ja, sie war ihm treu gewesen, immer treu. Selbst der Charme des Prinzen Louis Ferdinand, dessen Briefe an Friederike er durchaus wahrgenommen hatte, hatte seine Frau nicht berührt, während Luise, seine Schwägerin, durchaus empfänglich für die Avancen des Prinzen gewesen war. *Wie* empfänglich, das wusste nur der liebe Gott. Aber ganz Berlin sprach darüber. Immer noch.

Ach, was war ich nur für ein Idiot, dachte Ludwig. Friederike hat mir nie Schande bereitet, obwohl sie durchaus Grund dazu gehabt hätte. Er nahm eine weiche Bürste, die eigentlich für seinen Bart gedacht war, und schrubbte sich die Hände, als ob er sich reinwaschen wollte. Aber es half nichts. Immer und immer wieder kreisten seine Gedanken um sein Verschulden gegen seine Frau. Immer und immer tiefer verspürte er Scham und Reue. Hätte Friederike mehr Mut zum Leben gehabt, wenn er ihr ein guter Gatte gewesen wäre? Wäre sein Kind gerettet, wenn sie sich auf eine Familie, auf ihn, auf eine gemeinsame Zukunft freuen würde? Wozu hätte sie leben wollen, wenn er ihr gegenüber so kalt war?

Er nahm ein Tuch aus Frotté und rieb sich die Hände trocken. Was kann ich nur tun?, dachte er. Wie ihr jetzt noch helfen, bevor es zu spät ist? Ich möchte es so gerne wiedergutmachen.

Als er zum Salon zurückging, drang wieder das herzzerreißende Gewimmer durch die Etage. In dem Moment, als er auf die Galerie kam, stieß er beinahe mit der Hebamme zusammen, der ein Lakai mit einem Block Eis an einem Hacken folgte. Ludwig hielt sie am Arm fest, sie aber schüttelte ihn ab.

»Lasst mich, Königliche Hoheit. Es geht um Leben und Tod.«

»Sage Sie ihr nur, dass ich sie liebe. Ja, sage Sie ihr das. Ich bitte Sie darum.«

Die Hebamme riss sich los und verschwand hinter der Tür zu Friederikes Zimmer.

Warum habe ich das gesagt? Bin ich verrückt geworden?, fragte er sich. Das war gut möglich. Viele Männer in seiner Lage wurden verrückt und sagten sonderliche Dinge. Aber er hatte das Gefühl gehabt, dass es das Einzige war, was er tun konnte, um diese entsetzliche Szene zu beenden und das Leid seiner Frau zu mildern.

Ludwig näherte sich langsam dem Salon, wo immer noch Grabesstille herrschte, und wagte es, trotz der feindseligen Atmosphäre, die sich dort ausgebreitet hatte, wieder auf seinem Stuhl Platz zu nehmen. Er fühlte sich weniger schuldig, seitdem er die Worte der Liebe ausgesprochen hatte.

Sein Bruder stand auf, näherte sich ihm und strich ihm über die Schulter. Dankbar sah Ludwig zu Friedrich Wilhelm hoch und lehnte sich an ihn an. So standen sie eine Weile reglos da.

»Heißes Wasser, wir brauchen heißes Wasser! Schnell, schnell, schnell!« Die Stimme des Arztes schlug Volten. Sie klang genauso eindringlich und fordernd wie zuvor, aber irgendetwas erschien Ludwig anders. Statt von Hilflosigkeit waren seine Worte jetzt gefärbt von der Sicherheit eines Mannes, der wusste, was er tat. Es war, als ob er von Moll auf Dur umgeschaltet hätte. Plötzlich war seine Stimme durchsetzt von einer Spur Hoffnung.

Ludwig schüttelte den Kopf. Das konnte doch nicht sein! Aber mit einem Male dämmerte es ihm, warum sich die Tonlage des Arztes geändert hatte.

»Wasser? Wieso verlangt er nach Wasser? Das Kind kommt, das Kind kommt.«

Und wie um seine Vermutung zu bestätigen, hörte man jetzt aus dem Zimmer die Aufforderung: »Pressen! So presst doch! Pressen!«

Dann folgte ein Schrei, der von ganz anderer Natur war als das Gewimmer zuvor. Genauso durchdringend, aber nicht weinerlich, sondern furios und in gewisser Weise kraftvoll.

Ludwig sprang mit so viel Schwung von seinem Stuhl, dass dieser umfiel. Ohne Rücksicht auf den Wunsch seiner Frau, ihn nicht sehen zu wollen, ließ er alles hinter sich und stürmte in ihr Zimmer.

»Endlich! So setzt Euch an ihr Kopfende. Ja, macht schon.«

Ludwig war erschrocken vom Anblick seiner Frau. Friederikes Hemd war schweißgetränkt, ihre Haare hingen formlos herunter wie bei einem Bettlerkind. Sie wirkte noch kleiner und zerbrechlicher, als sie es ohnehin schon war. Er merkte, es bereitete ihr Mühe, die Arme auszubreiten.

»Ludwig, mein geliebter Mann. Endlich. Mein geliebter Mann.«

Ludwig schickte der Hebamme einen bösen Blick zu, aber die zuckte nur mit den Schultern.

»Nehmt Eure Frau am Kopfe und haltet sie fest.« Der Arzt wusste, was nun nötig war, und Ludwig, der Befehle vom Militär her kannte, ließ alle Standesdünkel fallen und gehorchte.

»Pressen. Pressen!«

Die Hebamme massierte Friederikes Bauch.

Ludwig setzte sich ans Kopfende des Kindbettes und legte den Arm um seine Frau. Friederike hielt sich sofort daran fest.

»Ich habe dich gesehen«, sagte sie und verfiel, obwohl es zwischen Ludwig und ihr nicht üblich war, in ein vertrauliches Du. »Wir waren auf einer Wiese. Weißt du, in Schwedt, und alle waren wir in weißem Musselin. Auch du … ja, das war ganz elegant. Du in Weiß und nicht in Uniform. Du, ich und unsere drei Kinder …«

Ludwig zog die Augenbrauen zusammen, aber der Arzt gab ihm mit einer Geste zu verstehen, dass es sich um das Fieber handelte.

»Zwei Jungen und ein kleines Mädchen. Sie sind so prächtig, so rund, so gesund und schön, wie sie sich da fangen und jagen und immer wieder aufstehen, wenn sie mit ihren kleinen Füßen gefallen sind.«

»Ja«, sagte Ludwig. »Und unser Mädchen ist so hübsch, wie du es bist.«

Der Arzt nickte ihm zu.

Friederike sprach weiterhin wirr und vom Fieber gezeichnet. »Wir machen ein Picknick, an einer Sonnenuhr, die so ganz anders aussieht als normale Sonnenuhren. Sie ist aus Stein … Es gibt Limonade, wie wir sie von unserer Tante Ugly aus England … O Gott! O Gott!« Sie stieß einen gellenden Schrei aus und ließ dann alle Glieder erschlaffen.

Die Hebamme rieb ihr mit einem Tuch das Gesicht. »Kommt zu Euch. Ihr seid noch da. Ihr seid da.«

Friederikes Bauch wölbte sich mehrfach nach oben, und sie krallte sich so sehr in Ludwigs rechter Hand fest, dass er später, als sie wieder losließ, die halbmondförmigen Abdrücke ihrer Fingernägel in seiner Haut sehen konnte.

»O Gott, womit habe ich das verdient? Ich war immer freundlich! Ich habe alle immer nur geliebt.«

»Es geht los. Macht, was ich Euch sage. Presst. Bitte presst!«

Friederike hechelte und weinte und ließ die Glieder abermals erschlaffen, um sich sogleich wieder gegen eine Kraft aufzubäumen, die ihr vom Inneren ihres Leibes her die Gedärme zu zerreißen drohte.

»O Gott, lieber Gott, womit habe ich das nur verdient? Ich will nicht sterben! Ich habe das nicht verdient. Ich war immer freundlich zu allen. Zu allen. Ich habe das nicht verdient!«

Ludwig stemmte sich mit seinem Körper gegen den Rücken seiner Frau, um ihr Halt zu geben. »Friederike, meine Liebe. Nein, du hast das nicht verdient. Bleib bei mir! Bleib bei mir, und ich werde alles wiedergutmachen. Ich verspreche es.«

Ihm war nicht bewusst, dass er seine Frau ebenfalls mit dem vertraulichen Du ansprach. Aber es hatte etwas von der Verbundenheit, die sein Bruder Friedrich Wilhelm und Luise miteinander pflegten und die er nun, erschüttert durch den möglichen Tod seiner Frau, sich sehnlichst herbeiwünschte. So als ob er damit alles, was gewesen war, ungeschehen machen konnte.

»Nun atmet! Atmet!«

»Hilfe! O Gott, Hilfe. Helft mir! O Gott … Ich habe doch niemandem etwas getan.« Friederike japste und rang nach Luft.

Mit einem Mal wirkte sie wie aus der Zeit gesprungen und sah Ludwig unvermittelt an. Es war, als ob sie ihn in dem Moment das erste Mal bewusst wahrnahm.

»Atmen, atmen!«

Sie kam ihm mit dem Kopf so weit, wie es ihr möglich war, entgegen und brüllte: »So geht doch weg! Was macht Ihr hier?! Geht, geht. Ihr habt hier nichts zu suchen. Geht! Ich will Euch nicht sehen!«

Ludwig fühlte sich beschämt. Er blickte hilflos zum Arzt und zur Hebamme, aber die waren damit beschäftigt, der Gebärenden Hilfe zu leisten.

Er konnte seine Frau verstehen. Sämtliche seiner Vergehen gegen sie schossen ihm durch den Kopf: wie er seiner Frau vor dem Altar gedroht hatte; die schreckliche Hochzeitsnacht, die er ihr bereitet hatte; die Demütigung, die er ihr zugefügt hatte, als er ihr seine Tochter vorgestellt hatte; die vielen bösen Worte; seine Grobheit, seine Arroganz, seine Lieblosigkeit und sein Zorn über diese Ehe, in die sie beide gezwungen worden waren, den er ausgerechnet an ihr, der ebenfalls Unschuldigen, so gnadenlos ausgelassen hatte. All das drückte auf sein Gewissen. Er konnte ihr nicht in die Augen sehen.

Voller Reue und nur in dem Bemühen, alles zu tun, was sie verlangte, löste er sich aus ihrer Umklammerung, um sich dann ihrem Wunsch entsprechend aus dem Zimmer zu stehlen. Er war so froh, dass seine Frau lebte, dass er sich voll und ganz ihrem Willen unterwarf. Er würde alles tun, damit sie am Leben blieb. Bei ihm blieb. Als er ihr von Schmerz und Wahn gezeichnetes Gesicht sah, war er sich nicht sicher, ob er hoffen durfte.

Doch kaum setzte er an, seinen Arm unter ihrem Rücken hervorzuziehen, fing Friederike wieder an zu schreien.

»Warum geht Ihr? Jetzt lasst mich doch nicht allein! Oh, immer lasst Ihr mich allein! Lasst mich doch jetzt bitte nicht allein … bitte bleibt. So bleibt doch bei mir!«

Ludwig setzte sich wieder hin und sagte: »Ich bleibe bei dir. Ich bleibe doch bei dir. Ich bleibe doch bei dir.« Als sie wieder nach seiner Hand griff, sammelten sich Tränen in seinen Augenwinkeln.

»Nun pressen, presst.«

»Ogottogottogott! Hilfe! Ich habe niemandem etwas getan. Ich will nicht sterben! Ich war immer freundlich. Ich habe nie etwas Böses gewollt.«

»Ja, atmet. Ja, atmet, und ja: jetzt pressen!«

»Ha... Ha... Ha...« Friederikes Atemzüge kamen immer kürzer und schneller, sodass der Arzt sich schon Sorgen machte, dass sie sich mit ihrem eigenen Atem die Luft nehmen könnte.

Die Hebamme legte ihr die Hand auf die Brust und versuchte sie dadurch zu beruhigen. »Presst! Ja, ich sehe es schon. Presst weiter!«

Dann griff der Arzt nach der Zange.

Als Friederike das sah, fing sie wieder an zu schreien.

»O Gott, o Gooott! Ich habe nichts getan! Ich war immer freundlich. Ich habe niemandem etwas Böses gewollt. Ich kann nicht mehr, ich kann nicht mehr ... O Gott.«

»Gut so, gut so. Presst! Gleich ist es vorbei. Gleich ist es vorbei. Ich hab den Kopf. Einmal noch, einmal noch. Dann ist alles vorbei.«

Friederike schrie und rollte die Augen wie auf einem Ölbild katholischer Märtyrer – sie zog eine fürchterliche Grimasse, die ihre schönen Züge verunstaltete.

»Hilfe. O Gott!«

Sie gab noch einmal einen markerschütternden Schrei von sich, und dann erschlafften alle ihre Glieder.

Sie weinte.

Der Arzt übergab der Hebamme ein blutverschmiertes Ding, und die machte sich sofort daran, die Nabelschnur zu durchtrennen und die Atemwege des Kindes zu säubern.

Friederikes Kopf fiel zur Seite. »Was ist es?« Ihre Stimme glich einem Hauch.

»Ich gratuliere, Königliche Hoheit. Es ist ein Sohn.«

»Ein prächtiger Sohn.« Die Hebamme reinigte nun den Körper des Kleinen mit einem nassen Tuch und wickelte ihn in ein weiteres Tuch.

»Oh, lasst ihn mich sehen. Ich will ihn sehen.«

»Gleich, Königliche Hoheit. Habt Geduld.«

Während Friederike dalag, ging Ludwig zur Hebamme und betrachtete seinen Sohn. Sein Sohn! Sein kleiner Sohn. Ein Fluss von Liebe durchströmte ihn, als er dieses kleine hilflose Bündel Mensch vor sich liegen und strampeln sah. So nackt, schutzlos und voller Unschuld. Er war in seinen Augen so rein, wie nie irgendetwas rein gewesen war. Ludwig fühlte sich angesichts dieses Wesens weich und gnädig und voller Anteilnahme. Er war eins mit der Schöpfung und dem lieben Gott und so voller Dankbarkeit, dass er alle seine Sünden wiedergutmachen wollte. Hinweggefegt waren alle eigennützigen Gedanken an einen Stammhalter, an einen Preußensohn, der einer Dynastie vorstand, einen Prinzen, seinen Prinzen, der, im Gegensatz zu ihm, der Erste in einer Reihe vieler Kinder und Kindeskinder war, deren Linie auf ihn, den Prinzen Ludwig von Preußen, zurückzuführen sein würde.

Ludwig fühlte sich klein. Er faltete die Hände und fing an zu beten. »Vater im Himmel …«

Er bat um Vergebung aller seiner Sünden und versprach, seine arme Frau zu ehren und zu lieben, wie er es schon einmal vor Gott geschworen, aber nie getan hatte.

Die Hebamme, die die andächtige Haltung des Prinzen bemerkt hatte, überreichte ihm das Kind erst, als Ludwig die Hände löste und zu ihr aufsah.

Er nahm das Kind entgegen und brachte es zu Friederike, seiner Frau. Dann freute er sich lange am Anblick von Mutter und Sohn.

Und im ganzen Königreich läuteten, was Ludwig nicht wahrnahm, die Glocken: Preußen war ein Thronfolger geboren.

In den Schenken gab es Freibier auf Kosten des dicken Königs.

16

Schreibst du ihr immer noch?«

Die Prinzessin Louise sah ihren Bruder Louis Ferdinand über den Stickrahmen hinweg an.

»Ja.«

»Ach, wenn du nur wüsstest, wie lächerlich du dich damit machst. Sie hat dich nicht erhört, als ihre Ehe unglücklich war, und nun, da der Gernegroß ganz vernarrt in sie ist, wird sie es erst recht nicht tun. Ich denke, du willst sie nur haben, weil sie dir die kalte Schulter zeigt. Das bist du nicht gewohnt, dass eine Dame sich nicht gleich mit dir einlässt. Warum lässt du dich nur so zum Narren halten?«

Sie legte ihren Stickrahmen auf die Bank und lockte die hübsche Maikatze an, die im Park von Schloss Bellevue ihr Revier hatte und nun die beiden Menschen, die auf einer improvisierten Sitzgruppe unter einer Kastanie Platz genommen hatten, mit Argwohn musterte. Zögerlich bewegte sie sich auf die Prinzessin zu und strich ihr dann, als sie merkte, dass sie Vertrauen fassen konnte, sogar um die Beine. Die Prinzessin nahm sie hoch.

»Ach, mein liebes Schwesterlein.« Louis Ferdinand sah von seinen Reisesekretär auf. »Du weißt doch: Die Hoffnung stirbt zuletzt.« Er tauchte seine Feder in die Tinte und schrieb weiter.

»Schreibt sie dir denn zurück?«

»Ja.«

»Ja, wirklich? Ja, was denn?« Die Prinzessin Louise kraulte die Katze, die behaglich schnurrte.

»Ja, also … ich meine, nein. Natürlich nein. Sie schreibt nicht.« Er seufzte, weil er durch die Störung seiner Schwester einen Fehler gemacht hatte und nun noch einmal auf einem neuen Bogen ansetzen musste. Wütend zerknüllte er das Papier.

»Aber warum sagst du dann ja?«

»Sie schreibt mir nicht mehr. Also, geschrieben hat sie mir schon einmal. Aber jetzt nicht mehr.«

Louise zog die Augenbrauen zusammen. »Es hätte mich auch sehr gewundert, nach all dem, was man aus dem Kleinen Palais hört.« Sie wartete eine Antwort ab, doch als ihr Bruder nicht reagierte, fuhr sie fort: »Er soll sogar seine Geliebte – wie heißt sie noch, irgendetwas mit ›B‹ am Anfang …«

»Berlinger.« Louis Ferdinand seufzte.

»Danke. Ja, genau. Berlinger. Ich vergaß, aber das muss man sich ja auch nicht wirklich merken, nicht wahr? Jedenfalls soll der Prinz Ludwig sie verlassen haben, weil er jetzt nur noch bei seiner Friederike sein will. Es ist schon komisch. Dass er sich so verändern kann, hätte ich nie gedacht. Ich weiß nur noch nicht, ob es zum Guten oder zum Schlechten ist. Es mag hässlich klingen, was ich sage: Aber der alte Prinz Ludwig gefiel mir besser. Er war irgendwie männlicher, ein wenig so wie du.«

Sie sah zu ihrem Bruder, aber der feilte unbeirrt weiter an seinen Zeilen.

»Na ja, ich kann eigentlich gar nicht verstehen, was er mit einem Mal an ihr findet. Er hat, als sie am Milchfieber erkrankt war, drei Wochen lang an ihrem Bett gewacht, ihr alles herangetragen, was sie wollte. Heißes Wasser, kalte Wickel. Er hat ihr die Hand gehalten und ihr aus ihren Büchern vorgelesen. Kannst du dir das vorstellen? Der Gernegroß liest, und dann noch aus ihren Büchern. Er hat ja gar nicht den Geist dafür. Eine wirklich komische Vorstellung.«

»Ja, ja.« Louis Ferdinand schrieb immer noch.

»Na ja, ich finde jedenfalls, die Prinzessin Friederike hat so ein Gemisch aus Koketterie, Empfindsamkeit und Pflichttreue. Es wirkt auf mich ein wenig abstoßend.«

Entmutigt legte der Prinz seine Feder ab und sah seine Schwester direkt an: »Ach, das wäre doch einmal eine Neuigkeit. Ich dachte, sie gefällt dir ganz gut, genau genommen: ausgesprochen gut. Oder hatte ich dich da falsch verstanden? Du hättest sie doch gerne zur Freundin gehabt. Nach der Brautentkleidung warst du doch, wenn ich mich recht erinnere, ganz Feuer und Flamme.« Die Prinzessin Louise kraulte die Maikatze. »Ja, ja. Mir sind deine Neigungen nicht verborgen geblieben. Doch was macht das schon? Mir macht es nichts. Aber ich glaube, du bist ein wenig eifersüchtig.«

»Ach, gar nicht.«

Louis Ferdinand stand auf und setzte sich zu seiner Schwester. Auch er kraulte begeistert die schöne Maikatze, die noch nicht ganz ausgewachsen war. »Miez, Miez!«

Die Katze schnurrte.

»Was für ein hübsches Tier. Woher ist sie?«

»Sie ist immer hier. Sie vertreibt drüben im Glashaus die Mäuse, da hat sie auch gerade geworfen. Hat mir der Schröder erzählt.«

»Junge Kätzchen? Oh, das ist aber schön. Denn dann könnte ich der Prinzessin Friederike vielleicht ein Kätzchen schenken oder auch zwei. Ich weiß, dass sie Katzen sehr mag.«

»Du willst ihr ein Kätzchen schenken?« Die Prinzessin Louise schüttelte den Kopf. »Das wird ja immer schöner mit dir.«

»Ja, warum denn nicht?« Louis Ferdinand hob die Maikatze hoch und sah sie sich an. »Ich finde, dass die Prinzessin Friederike etwas von einer Katze hat. So wie diese hier. Sie ist noch nicht ganz ausgewachsen und hat noch diese feinen langen Glieder.«

»Du bist wirklich verloren.«

»Ach, Louise. Ja, das bin ich. Aber ich verstehe dich nicht. Den Plan, uns in ihre Ehe und in die der Prinzessin Luise hineinzudrängen …«

»Dass sie auch noch so heißen muss wie ich, diese Prinzessin Luise, die einmal unsere Königin sein wird, einfach schrecklich.« Die Prinzessin Louise griff wieder zu ihrer Stickarbeit, verhedderte aber durch eine hektische Bewegung die verschiedenfarbigen Fäden, die sich daraufhin ineinander verschlangen. Wütend versuchte sie, den Knoten zu lösen.

»Jetzt reg dich doch nicht so auf!« Obwohl Louis Ferdinand seine Schwester ganz charmant fand, wenn sie wütend war, und sie dann gerne neckte, war sein Anliegen diesmal ernst. »Sie kann nichts dafür. Jedenfalls verstehe ich nicht, warum du jetzt von unseren Plänen ablässt, ihren Ruf zu beschädigen.«

»Du hast doch gesehen, was dabei herauskommt. Es führt zu nichts. Der dicke König wird das mit allen Mitteln zu verhindern wissen. Als bekannt wurde, dass du dich mit der Kronprinzessin heimlich getroffen hast, hat der König alle meine guten Bewerber abgewiesen. Er hat sich an mir gerächt, und nun sitze ich da, bin vierundzwanzig und bald fünfundzwanzig Jahre alt und werde noch eine alte Jungfer werden.«

»Ach so, jetzt verstehe ich. Aber ich dachte, du wolltest gar nicht … Du hast doch Karoline.« Er meinte die Berg, die die engste Freundin seiner Schwester und mit dieser sehr vertraut war, wusste aber, dass das natürlich für eine Dame ihres hohen Ranges nicht genügen konnte. Man musste heiraten, so war das nun einmal. »Das tut mir sehr leid, liebe Louise, sehr leid. Alle Bewerber abgewiesen? Ich wusste das nicht. Beziehungsweise, ich wusste nicht, dass der König so streng war. Er hat dich für mich bestraft. Das hätte nicht sein sollen.«

Louise griff die Hand ihres Bruders und lehnte ihren Kopf dagegen. »Ach, es ist schon gut. Es war ja unser Plan, du hättest auch für mich bestraft werden können. So gleicht sich das alles aus.«

»Ich wurde ja auch bestraft. Ich habe das Verbot, mich im Kronprinzenpalais zu zeigen.«

»Gilt das auch für den Seitenflügel?« Louise drehte sich so abrupt zu ihrem Bruder hin, dass die Katze erschreckt von dessen Schoß sprang und schnell im Gebüsch Schutz suchte.

Louis Ferdinand erkannte schon an ihrer plötzlich so entschlossenen, stolzen Haltung, dass sie wieder Mut gefasst hatte.

»Ob das auch für den Seitenflügel gilt? Warum fragst du?«

»Nun«, sagte die Prinzessin Louise. Alles an ihr wurde von einer Aura der Kampfes- und Siegeslust überstrahlt. »Was würdest du tun, wenn ich dir sagte, dass deine Friederike da gerade dem Bildhauer Schadow Modell für ein großes Bildnis steht?« Das Wort »deine«, mit dem sie Friederikes Namen garnierte, sprach sie mit einer Betonung aus, die eine gewisse Resignation über Louis Ferdinands Verliebtheit verriet.

»Wie – Bildnis? Was für ein Bildnis?«

»Der König, so hat es mir die kleine Viereck erzählt …«

»Was ist denn nun mit ihr und Massenbach?«, unterbrach Louis Ferdinand seine Schwester.

Die beiden wussten, dass es zwischen dem Oberst und Friederikes Kammerdame geknistert hatte, deshalb hielt sie sich auch ständig auf Schloss Bellevue auf. Man wusste aber nicht, wie weit die beiden miteinander wirklich gekommen waren. Denn das Interesse der Viereck an dem stattlichen Massenbach war weitaus deutlicher zu erkennen als Massenbachs Neigung für die nicht mehr ganz so frische Dame. Und wenn eine Frau einen Mann mehr liebte als er sie, dann machte sie sich langweilig. Das hatte beide Geschwister das Leben schon gelehrt.

»Erzähle ich dir ein anderes Mal … Also, die Viereck hat erzählt, dass der König Schadow beauftragt hat, ein großes Bildnis von den beiden Prinzessinnen zu machen. Aus Marmor. Aber, und jetzt wird es interessant für dich: Schadow arbeitet nach der Natur.«

Louis Ferdinand stieß unvermittelt einen Pfiff aus. »Nach der Natur?«

Das bedeutete, dass die beiden Prinzessinnen ihm nackt Modell standen. Louis Ferdinand spürte, wie er von einer Welle der Eifersucht durchflutet wurde. »Schadow hat sie im Salon der Herz schon auf so eine gewisse Weise angeschaut. Das gefällt mir nicht. Aber was rege ich mich auf? Ich mache das Beste daraus. Danke für diese gute Nachricht. Das Schauspiel werde ich mir nämlich nicht entgehen lassen. Und, um auf deine Frage zurückzukommen: Nein, ich glaube, das Zutrittsverbot gilt ausdrücklich nicht für den Seitenflügel.«

Die Prinzessin Louise legte sich die flache Hand auf den Mund: »Du bist ein hoffnungsloser Fall.«

»Du auch.«

Sie sahen einander lange in die Augen und brachen dann in unbändiges Gelächter aus.

17

Louis Ferdinand hatte den alten Schulze mit ein paar Kreuzern bestochen, um in die obere Etage des Kronprinzenpalais zu kommen, wo der Bildhauer Johann Gottfried Schadow in einem Seitenflügel, der zum Palais des Prinzen Ludwig führte, sein fliegendes Atelier aufgebaut hatte. Man nannte es so, weil es nur für die kurze Zeitspanne eingerichtet worden war, in der die Kronprinzessin Luise und ihre Schwester Friederike dem großen Bildhauer Modell für seine Skizzen standen. Danach würde es wieder ein normaler Wintergarten mit hohen Fenstern, Oberlichtern und schönem Ausblick sein.

»Ihr müsstet erst dort die Treppe nach oben gehen und dann ganz nach hinten durch.« Schulze steckte das Geld in seine Jackentasche, deren Ränder schon leicht speckig waren, und fuchtelte mit seiner faltigen Hand in der Luft herum.

Als Louis Ferdinand oben angekommen war, sah er Schadows improvisierten Raum schon von Weitem, denn durch die Tür, die jemand sonderbarerweise offen hatte stehen lassen, strahlte weißes helles Licht, wie es für ein Atelier ideal war.

Der Prinz schlich sich an, betrat unbemerkt den Raum und versteckte sich hinter einer der spanischen Wände, die die große, freie Grundfläche so teilten, dass die Sonne, die durch die

Fenster hereinfiel, ganz nach Schadows Willen gelenkt wurde und mal Schatten, mal Licht bot. Den Korb, in dem die beiden Kätzchen schliefen, stellte Louis Ferdinand auf dem Boden ab. Dann sah er durch einen Spalt hindurch.

»Könnt Ihr noch einen Augenblick so stehen bleiben, Königliche Hoheit? Das ist sehr gut so.« Schadows Stimme verriet ein leichtes Zittern.

Louis Ferdinand sah den mittelgroßen, aber in den Schultern kräftigen Mann, dessen Haar trotz seines Alters von erst gut dreißig Jahren schon sehr ausgedünnt war, an einem Stehpult stehen, wo er mit Rötel über einen Bogen aus Bütten strich. Der Künstler hob den Kopf und kniff die Augen zusammen, die wirkten wie zwei dunkle Glasknöpfe, die in sein Gesicht eingelassen worden waren. Seine bemerkenswert große Nase erschien dadurch noch bemerkenswerter und noch größer. Schadow wirkte gesammelt und eindringlich, so wie Louis Ferdinand es selbst von seinen Klavier-Etüden her kannte.

Nicht nur aus der Angst heraus, erwischt zu werden, sondern auch aus Andacht vor dieser leidenschaftlichen Künstlerseele, die sich ihm da vor seinen Augen offenbarte, beschloss Louis Ferdinand, hinter dem Paravent stehen zu bleiben und nicht, wie geplant, die Sitzung durch einen Besuch zu stören.

Eine Frauenstimme war zu hören: »Mit Vergnügen sogar, lieber Schadow. Ich habe Euch schon einmal Modell gestanden, ich mache es gerne wieder. Ich bin eine Freundin Eurer Kunst.«

Louis Ferdinands Atem stand still. An dieser Stimme erkannte er zu seinem großen Glück die Prinzessin Friederike. Es hätte ja auch die Prinzessin Luise sein können, dachte er, aber das Glück war ihm offenbar hold. Er ging in die Hocke, und sein Blick wanderte durch die Scharnierschlitze des Paravents, wurde dort aber von einem Leinentuch beschränkt, das über die Wand geworfen worden war.

Erst als er hörte, dass jemand zurückkam und hinter sich die offene Tür schloss, wagte er es, zum nächsten Spalt zu balancieren, in der Hoffnung, dass durch die Geräusche des Ankommenden seine Schritte übertönt wurden.

»Stellt den Ofen vor die Prinzessin.« Schadow deutete mit einem Finger auf eine Stelle im Raum, wo offenbar Friederike stand.

Louis Ferdinand sah, wie ein Lakai einen gusseisernen Ofen befeuerte, den er vermutlich aus der nahen Remise geholt hatte, wo im Sommer die Ausstattung für die großen Reisekutschen aufbewahrt wurde. Er schürte mit einem Blasebalg die Glut und stocherte mit einem Haken darin herum. Louis Ferdinand tat noch einen Schritt weiter und versuchte, mit seinem Blick die Zone hinter dem Lakaien zu erfassen – und dann, endlich, sah er sie: Friederike!

Er wusste ja, dass Schadow gewöhnlich nach der Natur arbeitete, aber dass er auch einer Königlichen Hoheit diesen Dienst an der Kunst abzuringen vermochte, verwunderte den Prinzen doch sehr. Er hatte gedacht, dass sie vielleicht nur ihre Arme, ein Bein vielleicht, zeigen würde und ansonsten Tücher ihren Körper verhüllten. Aber nun präsentierte sie sich vor dem Künstler, wie der liebe Gott sie geschaffen hatte.

Louis Ferdinand hielt den Atem an.

Friederike stand vor einer mit weißem Tuch verhangenen spanischen Wand und sah aus wie eine antike Statue. Ihre Brüste waren fest und knackig, wie zwei Hälften eines Apfels. Sie zeigten spitz nach vorne und hatten etwas Kokettes, so, als ob sie einem zuwinken und zum Anfassen einladen würden. Ihre Taille war schmal und schlank, sodass Louis Ferdinand glaubte, sie mit beiden Händen umfassen zu können. Überhaupt war sie sehr feingliedrig gebaut, und ihre Arme und Beine erschienen ein wenig zu lang, was aber durchaus reizvoll war. Das Becken war sanft geschwungen und einladend, ihr Bauch leicht gewölbt und ihr Geschlecht nach Art der Franzosen frei von jeglichem Haar.

Friederike stand da ohne jede Scham, und Louis Ferdinand

fragte sich, wie Schadow bei diesem Anblick nur so akademisch prüfend bleiben konnte, mal auf sie, mal auf sein Blatt sah und nur die reinen Linien zu erfassen versuchte und die herrliche Fleischlichkeit seines Modells gänzlich ausblendete. Es gab viele Geschichten über Maler und ihre Modelle. Schadow schien ganz frei davon.

Louis Ferdinand selbst aber dachte: Ich will sie haben. Ich *muss* sie haben, ich muss sie unbedingt haben. Sein Blick wurde gierig. Ihn überschwemmte mit einem Mal dieses drängende Gefühl der Männlichkeit, das sich durch einen forcierten Druck in seinem Leib äußerte. Er stellte sich vor, wie er ihren Hals küsste, wie er sich allmählich mit dem Mund zu ihren Brüsten vortastete, ihren Bauch liebkoste und sich dann weiter unten in ihrer Scham versenkte. Er wünschte, ihre Seufzer zu hören und zu spüren, wie sich ihre Hände in seinen Rücken krallten. Er würde sie verwöhnen, bis ihr Atem zu einem von ihm wohlgesetzten Crescendo angeschwollen war, und sie dann nehmen, um gemeinsam mit ihr in einem furiosen Finale zu enden.

Sein Leib kochte, aber sein Mund war trocken. Er spürte, dass er husten musste, und hielt den Atem an, um sich nicht zu verraten. Wenn er jetzt in seinem Zustand entdeckt würde, wäre er zutiefst beschämt. Seine Gefühle waren so offensichtlich, dass er sich, obwohl er seine Uniform trug, entblößt vorkäme.

Nach einer Weile öffnete er den Mund und atmete langsam ein und aus. Er versuchte, an irgendetwas zu denken, was ihm seine Erregung nahm. Er dachte an eine ehemalige Geliebte, von der er sich im Streit getrennt hatte. Doch der Gedanke verfehlte seine Wirkung. Denn auch wenn diese Affäre böse geendet hatte, so hatte sie doch ihren Ursprung ja genau in dem Gefühl, das er nun zu bekämpfen versuchte. Er dachte an eine andere Geliebte. Auch das funktionierte nicht. Dann an eine Köchin, ein Zimmermädchen, eine Bäckersfrau, eine Bäuerin, die er vom Gut seines Onkels her kannte – alles vergebens. Schließlich bemühte er Bilder seiner Mutter. Das half. Seine Mutter ließ ihn auch in dieser heiklen Lage nicht im Stich. Nach einer Weile ging sein Puls wieder ruhiger. Er unterließ es, noch einen Blick zu wagen, und überlegte, wie er sich unbemerkt aus seinem Versteck entfernen konnte.

Aber im Raum herrschte immer noch konzentrierte Stille. Schadow machte weiterhin völlig unbeeindruckt von seinem Objekt seine Skizzen, das Feuer im Ofen prasselte, und die beiden Kätzchen schliefen.

Louis Ferdinand hockte so lange still da, bis ihm das linke Bein einschlief und er Mühe hatte, sich ohne Schmerzen zu halten. Er versuchte, durch eine leichte Bewegung die Durchblutung wieder anzuregen. Doch dadurch weckte er die Kätzchen, die sich genüsslich streckten und ihre Köpfchen schüttelten. Das Körbchen, in dem sie lagen, knarrte leise. »Mist«, dachte er. Doch da übertönte ein größeres Geräusch seine Ungeschicklichkeit.

»Seid Ihr endlich zurück?« Schadow drehte sich erst zur Tür und dann wieder zu Friederike. »Ich danke Euch, Königliche Hoheit. Wollt Ihr die Sitzung für heute beenden? Mein Assistent kommt.«

»Oh, wenn Ihr etwas zu bereden habt, will ich mich gerne zurückziehen.« Sie nahm den seidenen, mit Pelz verbrämten Morgenmantel, den man ihr auf einem Stuhl bereitgelegt hatte, und zog ihn an. »Aber was meine Person betrifft, können wir gerne fortfahren. Ich empfinde es als Ehre, Euch und Eurer großen Kunst dienen zu können.« Sie setzte sich auf den Stuhl, schlug die Beine übereinander und ließ ihre Füße in seidene Pantoffeln gleiten, die auf den Morgenmantel abgestimmt waren.

Tatsächlich trat in diesem Moment Schadows Gehilfe mit mehreren Utensilien ein, die er unter den Arm geklemmt hatte. Er drückte, weil er so bepackt war, die Tür mit dem Rücken auf und stieß mit einem Fuß einen Holzklotz zwischen Tür und Rahmen. Er eilte auf Schadow zu und lud die Sachen dort ohne jegliche Eleganz ab.

Dankbar nahm der Maler alles entgegen. Er zeigte mit dem Finger auf die Zeichnungen und sagte: »Hier, nehmen Sie die Skizzen. Und dann holen Sie mir noch ein paar von den Bögen von unten.« Er wandte sich zu Friederike. »Oder? Ihr sagtet doch, dass Ihr noch weitermachen wolltet, Königliche Hoheit. Wird es Euch nicht zu viel? Ich möchte nicht, dass Ihr Euch überanstrengt.«

Sie winkte ab.

Der Gehilfe raffte alles zusammen.

Louis Ferdinand hatte sich, während Schadow mit der Prinzessin sprach, bereits so weit der Tür genähert, dass er nicht entdeckt werden konnte, aber gleichzeitig, wenn die Tür wie jetzt geöffnet war, mit einem Satz aus seinem Versteck herausspringen und sich unbemerkt davonstehlen konnte. Doch in dem Moment, in dem er einen Schritt nach vorne wagen wollte, sah er den Gehilfen auf sich zusteuern. Zum Glück war dieser so bepackt, dass ihm diverse Bögen, die über sein Gesicht hinausragten, die Sicht versperrten. Er stieß mit einem Tritt die Tür auf und drängte sich durch den Spalt. Dabei bemerkte er nicht, dass mehrere der Zeichnungen herunterfielen.

Louis Ferdinand atmete durch, sprang mit einem Satz zur Tür, griff im Schwung nach einer der Zeichnungen, die der andere verloren hatte, und hielt sich dann im Rahmen verborgen, bis der Gehilfe sich weit genug entfernt hatte. Während er wartete, sah er sich die Zeichnung an und unterdrückte ein Seufzen.

Ich will sie haben, ich muss sie haben. Ich muss sie unbedingt haben.

Als Schadows Gehilfe im Treppenhaus verschwunden war, huschte Louis Ferdinand zum nächsten Türrahmen, wo er wieder im Dunkel des Schattens Schutz vor möglichen Blicken suchte. So ging es den ganzen langen Gang entlang in einem fort. Bald hatte er es geschafft. Er machte gerade eine Verschnaufpause an der letzten Tür, da hörte er aus dem Atelier ein lautes, wohliges Maunzen.

»Mist. Die Kätzchen.« Mit einem Satz war er im Treppenhaus, mit dem zweiten im Parterre, mit dem dritten draußen.

Er schlich sich an Schadows Gesellen vorbei, der, mit dem Hinterteil zu ihm, auf dem Boden der Kutsche nach etwas suchte – und verschwand um die Ecke.

Als Louis Ferdinand in Bellevue ankam, sah er seine Schwester im Wintergarten sitzen. Sie las ein Buch und kraulte dabei die schöne Maikatze, die ihr Revier um das Gewächshaus hatte und die sie nun zu sich genommen hatte.

Die Schritte von Louis Ferdinand ließen sie aufblicken. Sie nahm ihre Lorgnette mit Stiel, die sie nicht aufgrund einer nachlassenden Sehkraft zu tragen pflegte, sondern weil es für eine Dame ihres Ranges und mit ihrer hohen Bildung einfach *à la mode* war, und fixierte ihren Bruder.

»Nun sieh mich nicht so streng an. Das Ding macht dich älter.«

»Das ist nicht wahr! Es macht mich interessant.«

Louis Ferdinand nahm ihr die Brille aus der Hand und setzte sich neben sie auf die Ottomane.

»Was gibt es?«

»Ich war bei ihr.«

»Bei ihr? Wer könnte das sein? Bei ihr? Machst du ein Rätsel daraus?«

»Nein, aber wen könnte ich denn meinen, dass ich glaube, es dir sofort sagen zu müssen?«

Die Prinzessin Louise zuckte mit der Augenbraue.

»Na, die Prinzessin Friederike.«

»Die Prinzessin Friederike? Wie das?« Bei der Prinzessin Louise zeigten sich, wie immer, wenn sie aufgeregt oder erregt war, rote Flecken am Dekolleté. Auch jetzt. Denn sie war geradezu echauffiert. »Sag nicht, dass du dich in das Kronprinzenpalais geschlichen hast!«

Louis Ferdinand verzog den Mund zu einem Lächeln.

»Oh, du hast es getan, du hast es getan. Ich fasse es nicht! Ja, aber was ist mit ihr? Hat sie dich vorgelassen?« Die roten Flecken wurden größer.

Louis Ferdinand erzählte erst gar nicht davon, dass er eine gute Stunde in der demütigen Haltung eines Notdürftigen hinter einem Paravent verbracht und gehofft hatte, nicht entdeckt zu werden, sondern entrollte gleich das Porträt, das Schadow von der Prinzessin Friederike gemacht hatte.

»Oh, là, là. Genauso, wie ich sie in Erinnerung habe.« Die Prinzessin Louise strich mit dem Finger über die Zeichnung. Die roten Flecken schienen zu pochen. »Aber, guck mal? Entweder hat Schadow ein wenig geschummelt, oder sie ist noch nicht so weit, wie man sagt.«

»Was willst du damit sagen?«

»Die Viereck hat mir erzählt, dass sie wieder guter Hoffnung sein soll.«

»Nein, das ist nicht wahr? Sag mir, dass es nicht wahr ist!«

Louis Ferdinand wollte das Tischchen, das vor ihnen stand, treten, besann sich aber eines Besseren, sodass die Bewegung ins Leere ging. Er ballte die Fäuste.

»Aber warum ist sie ihm mit einem Male so zugetan?«, fragte er.

»Aber das war sie doch schon immer. Weißt du noch, als sie hier ankam? Sie war ja so verliebt in ihn, dass es ganz unangenehm war. Sie hat ihn immer angesehen mit ihren großen blauen Augen wie ein kleines Kind. Er war ihr Gott. Aber das ist ihr schnell vergangen.« Die Prinzessin Louise zog ihre Augenbraue hoch.

»Aber es liegt nicht an ihr, glaub mir«, fuhr sie fort. »Es ist das Kind. Er freut sich daran, Vater zu sein. Und ich kann es verstehen. Welcher Mann tut das nicht? Mit einem Kind ändert sich doch alles. Mehr noch, wenn es ein Sohn ist. Jeder Mann will einen Sohn.«

Er dachte selbst an das entzückende Kind, das ihm seine Geliebte geschenkt hatte, und überlegte, gleich zu ihr zu fahren, um sich an ihm und seinem Lachen zu erfreuen. Auf dem Weg dorthin würde er am Pariser Platz von einem fliegenden Händler etwas Zuckerwerk kaufen. Oder doch lieber ein Steckenpferd? Denn der Kleine war ganz vernarrt in alles, was mit Pferden zu tun hatte.

Er gab seiner Schwester einen Kuss und ließ sie allein zurück.

Enttäuscht blickte sie ihm nach. Sie starrte lange auf die Zeichnung der Prinzessin Friederike, ihrer Rivalin, und fand schließlich eine Aufgabe darin, die hübsche Maikatze zu suchen, die das Weite gesucht hatte.

18

Tatsächlich hatte sich im Leben des Prinzen Ludwig viel geändert.

Friederike wurde im September 1795 von einem weiteren gesunden Sohn entbunden, der auf den Namen Carl Georg getauft wurde. Carl nach Friederikes Vater und Georg wie ihr Bruder. Wieder war es eine beschwerliche Geburt, die vom Tode bedroht war. Der Prinz harrte zwei Tage an ihrem Bett aus, und da Ludwig seinen Schwur, ihr immer wohl zu sein, wie er es bei der Geburt seines ersten Sohnes getan hatte, nicht verdoppeln konnte, hatte er sich diesmal entschlossen, das Kind nach der Familie seiner Frau zu benennen. Es fiel ihm leicht, so großzügig zu sein, da der erste Sohn nach ihm, Friedrich Ludwig, genannt worden war – obwohl man ihn, damit es keine

Verwechslung gab, nur Fritz nannte oder in den vielen zärtlichen Momenten, die die Beziehung des sich einst so fremden Paares nun prägte, sogar: Fritzchen.

Statt mit Louis Ferdinand und dessen Freund Oberst Massenbach die Kasernen mit ihren derben Trinkgelagen zu verunsichern und die Wirtin zu brüskieren, bevorzugte Ludwig nun nachmittägliche Spaziergänge mit seiner Frau. Wenn sie sich so familiär im Tiergarten oder gar im Garten des Schlosses Bellevue zeigten, wurden sie meist von ein paar Damen und Kindermädchen begleitet, die das kleine Fritzchen und das Carlchen mit sich führten und dem hochherrschaftlichen Paar in gebührendem Abstand folgten. Das ganze Ensemble wirkte, wenn es an den anderen vorüberging, wie eine große, weiße Wolke, die erhaben und friedlich über den strahlenden Himmel glitt – und das eben auch, wenn das Wetter gar nicht so herrlich war. Aber es war eine besondere Aura des Friedens, die die Gruppe umgab: sorglos und fröhlich. Manchmal hörte man ein Lachen, und wenn einer der beiden kleinen Prinzen weinte, war der Prinz Ludwig meist vor Friederike bei seinem Sohn, um ihn auf den Arm zu nehmen, zu kosen, zu drücken, zu umarmen, zu trösten oder um mit ihm, indem er ihn hoch über seine Arme hievte und sich dabei drehte, Karussell zu fahren. Meist verfiel der Kleine dann in ein glucksendes Lachen, und alles war wieder gut.

Besonders in den Gärten des Schlosses Bellevue, wo jedermann, der sich anständig zu kleiden wusste, Zutritt hatte, drehten sich die Passanten nach dem schönen Paar und seiner Gefolgschaft um. Einmal hörte man, wie eine einfache Frau sich bei ihrem Mann beschwerte:

»Wenn du mal so ein guter Vater gewesen wärst, dann wäre das mit unserem August auch anders gekommen.«

Manches Mal sah auch Louis Ferdinand, wenn er mit seiner Schwester in dem Teil des Gartens saß, der der königlichen Familie vorbehalten war, die fröhliche Gruppe vorbeischweben. Er musste zugeben, dass die Vaterschaft seinem Neffen gut stand, war aber immer noch enttäuscht darüber, dass er selbst bei Friederike kein Gehör gefunden hatte.

Ich habe es mir leichter vorgestellt, als es ist, sagte er zu sich. Als sie so traurig war, erschien sie so zutraulich, so anschmiegsam. Und sie ist kokett, das hat in mir falsche Hoffnungen geweckt. Aber sie ist wohl treuer, als ich dachte.

Louis Ferdinand sah über sein Buch in die Ferne und beobachtete den anmutig vorbeischwebenden Familientross. Die Schwester war ein leichtes Spiel, sagte er zu sich. Die Kronprinzessin war so eitel – ihr brauchte man nur zu sagen, dass sie die Schönste sei, und schon wurde sie ganz gefügig. Aber mit Friederike – das würde schwerer werden.

Er klappte das ledergebundene Buch zu und knetete seine Knie. Vielleicht hatte seine Schwester doch recht, wenn sie sagte, dass er Friederike nur deshalb so begehrte, weil sie ihn nicht erhörte. Vielleicht …

So saß er noch lange auf seiner Bank und blickte in die Ferne – auch als Friederike, Ludwig und die Kinder schon lange in einem Wäldchen verschwunden waren, das das Ufer der Spree begrenzte. Er beschwor noch lange Erinnerungen an Friederike herauf. Und dabei spielte nicht nur der heimliche Anblick eine Rolle, den er sich von ihr in Schadows Atelier gemacht hatte – und dessen Erinnerung ihn zugegebenermaßen immer noch aus der Fassung brachte –, sondern auch die Gespräche, die sie bei Henriette Herz, bei sich auf Bellevue und bei anderen Festlichkeiten miteinander geführt hatten. Er dachte daran, wie klug sie sprach und wie frei sie mit Geistesgrößen wie Goethe korrespondierte und wie selbstverständlich er zu ihr über all die Dinge sprechen konnte, die ihm am Herzen lagen – die Kunst, die Musik, die Literatur.

Und er dachte auch daran, dass der Prinz Ludwig sich verändert hatte. Ob sie ihn auch liebte? Er erinnerte sich an die großen bewundernden Augen, die sie für seinen Neffen gehabt hatte, als sie am preußischen Hofe angekommen war, und er erinnerte sich auch daran, wie schnell ihr Blick stumpf und leblos geworden war und eine Geschichte von Enttäuschung und Demütigung erzählte. Nun war Friederikes Ausdruck milde geworden und belebt von einem Schimmer Hoffnung. War es das Glück, das sie mit ihren Kindern hatte? Zwei Söhne. Auch der Prinz Ludwig schien durch die beiden Kinder wie gewandelt. Er war versöhnlicher geworden und schien nicht mehr mit dem Anspruch durchs Leben zu gehen, dass die Welt ihm etwas schuldete.

Vielleicht war es das, was Friederike an ihrem Mann fand, dachte Louis Ferdinand. Er war ein guter Vater, und das wirkte sich auch auf sie aus. Denn er konnte nur ein guter Vater sein und noch mehr Kinder in die Welt setzen, wenn sie ihm gewogen war. Er hatte gesehen, wie rührend er seinem Fritzchen die Tränen trocknete, wenn dieser bei seinen ersten holprigen Gehversuchen hingefallen war. Aber ob er Friederike auch wirklich glücklich machte? Louis Ferdinand konnte sich das bei Weitem nicht vorstellen. Dazu war Ludwig viel zu beschränkt. Er fand immer noch, dass er selbst der einzig würdige Mann für Friederike war, und gegen seinen Neffen Ludwig, den er immer für eine Spur zu bemüht gehalten hatte, entflammte in ihm eine unsägliche Wut.

Dem werde ich es schon noch zeigen.

Doch mit diesen unedlen Gefühlen stand Louis Ferdinand alleine da. Denn alle waren erstaunt über die Reife und den Anstand, die der Prinz Ludwig mit einem Male an den Tag legte, und die Liebe, die er für seine Kinder empfand, welche offenbar ein wenig auch auf die Mutter abfärbte. Deshalb wunderte es auch niemanden, dass man bei der Hochzeit der Prinzessin Louise im März 1796 an der Prinzessin Friederike schon wieder die Zeichen einer weiteren Schwangerschaft erkennen konnte.

Louis Ferdinands Schwester Louise wurde dem gänzlich

unebenbürtigen und zudem noch katholischen Fürsten Anton Radziwill zugesprochen. Und zu diesem allgemein als peinlich betrachteten Zwecke hatte sich die ganze Königlich-Preußische Familie mit ihren zahlreichen Linien und Nebenlinien auf Schloss Bellevue eingefunden.

Der Prinz Louis Ferdinand, der zähneknirschend Trauzeuge seiner Schwester war, wagte es zuerst, den Prinzen Ludwig auf kommende Vaterfreuden anzusprechen. Er hatte schon reichlich getrunken, weil er und seine Familie sich durch die Mesalliance, die seine Schwester eingegangen war, in höchstem Maße gedemütigt fühlten; außerdem trank er immer viel. Aber nicht immer vergaß er wie jetzt seine gute Erziehung: Er trat ganz nah an Ludwig heran, seinen ehemaligen Sauf- und Raufgefährten, mit dem er so viele Abende in Kasernen, Schenken und anderen Etablissements von noch zweifelhafterem Ruf verbracht hatte – und bemühte sich gar nicht erst darum, ihm gegenüber einen anständigen Ton anzuschlagen. Ihm war offenbar alles gleich. Mit einem Hieb auf die Schulter drängte er ihn in ein Kabinett, das von den Feierlichkeiten etwas abgelegen war, und kam direkt zum Kern seines Interesses.

»Na, wie ich sehe, seid Ihr ja brunftig wie ein Hirsch …«

Seine Zunge war noch nicht schwer, aber auch nicht mehr so leicht, wie man es von ihm gewohnt war. Prinz Ludwig, dem solch eine Wortwahl aus der Zeit, als er mit Louis Ferdinand und den anderen Offizieren in den Kasinos und Schenken verkehrte, durchaus nicht fremd war und deren sich dieser sogar selbst bedient hatte, erschien diese Umgangsart nun fremd wie aus einem Land, das er vor Jahren einmal besucht hatte und das in seiner Erinnerung schon gänzlich ausgeblichen war.

Er schnappte nach Luft und suchte nach einer Antwort. »Ähm … Was wollt Ihr?«

»Was ich will? Nun, ich will wissen, ob man Euch schon wieder gratulieren darf? Ihr seid ja ein richtiger Zuchthengst, wenn es wahr ist, was man sagt.«

Ludwig hatte es schon einige Male erlebt, dass Louis Ferdinand roh und äußerst provokant werden konnte. Aber das war meist in einer Umgebung, die weit weniger feierlich war als die Hochzeit seiner Schwester, und es war meist dann, wenn Louis Ferdinand zum Duell fordern wollte. Er war von hitzigem Gemüt, das wusste Ludwig. Aber er konnte sich nicht erklären, warum diese Hitze sich nun gegen ihn wandte. Er versuchte es mit einer hitzigen Gegenrede.

»Ich würde sagen, dass es eher ein Tag ist, Euch zu gratulieren, lieber Louis Ferdinand! Zu der wunderschönen Hochzeit und der werten neuen Verwandtschaft, die Ihr in die Familie geholt habt, und überhaupt zu dem Glück, dass Eure Schwester nun endlich, endlich unter der Haube ist.«

Louis Ferdinand hielt Ludwigs Blick stand. »Wollt Ihr meine Schwester beleidigen?« Er bleckte die Zähne.

»Ich hatte eher den Eindruck, dass Ihr meine Ehre beschmutzen wolltet – und mehr noch, die Ehre meiner Frau.«

»Ach, Eure blütenreine, engelsgleiche Frau Friederike. Ja, ja. Was seid Ihr nur für ein treuer Trottel geworden?«

»Ich bin Vater, kein Trottel. Und Ihr seid ein Trottel, weil Ihr Euch immer noch benehmt, als würdet Ihr noch kurze Hosen tragen. Wo soll das hinführen? Werdet Ihr mit Euren Eskapaden die ganze Familie entehren? Für Eure Schulden reicht schon jetzt die ganze Staatskasse nicht aus, um sie zu tilgen! Ihr seid ein Hasardeur, der es nicht versteht, erwachsen zu werden.«

»Ha, und das sagt Ihr mir? Man musste Euch in die Ehe zwingen, sonst wäret Ihr heute noch in der gleichen Lage wie ich. Und was die Schulden betrifft: Pah! Ihr wisst genau, dass ich die nur für den Dienst an Preußen gemacht habe. Eine siegreiche Truppe habe ich damit ausgestattet. Ohne mich hätten wir Mainz nie halten können und Frankfurt auch nicht.«

»Frankfurt? Ihr Wichtigtuer. Das war mein angeheirateter

Onkel Georg von Hessen-Darmstadt. *Er* hat in Frankfurt gesiegt.« Ludwig straffte sich.

»Ich meine Frankfurt an der Oder. Das wisst Ihr genau. Und in Polen war ich ebenfalls nicht untätig.«

»Aber die entscheidende Attacke habe ich mit meinen Dragonern geritten. Das wisst *Ihr* ganz genau, und es ist unehrenhaft, mir die Anerkennung dafür abzusprechen.«

»Das war ich.«

»Nein, ich.«

»Ohne mich wäret Ihr nie so weit gekommen mit Euren maroden Truppen, an denen Ihr spart, wo es nur geht.«

»Ich verbitte mir das!« Ludwig ging ganz nah an Louis Ferdinand heran und war kurz davor, ihn am Kragen seiner Gala-Uniform zu packen. Aber er schaffte es, sich zu zügeln. Das Duell ihrer Blicke dauerte einige Minuten. Ludwig spürte, wie die Wut in ihm hochkochte, und Louis Ferdinand begann zunehmend schwerer zu atmen. Seine Oberlippe zitterte.

»Ihr haltet Euch jetzt für etwas Besseres, nicht wahr?«

»Ich war schon immer etwas Besseres. Denn ich bin im Haupthaus geboren …«

»Oh, dass ich das noch erleben darf. So viel Infamie! So viel Dünkel! Und das von Euch. Wer seid Ihr? Ein armer Tropf. Ein Zweitgeborener, der immer einen Schritt zurücktreten muss.«

»Was maßt Ihr Euch an?!« Ludwig wurde laut.

»Und dann diese neue Erfüllung als Herr Papa. Pah! Wenn Ihr wüsstet! Ihr denkt, Eure Frau sei engelsrein. Das ist sie nicht. Und ich habe dafür Beweise.«

Ludwig schäumte. »Ihr könnt über mich sagen, was Ihr wollt …«

»Das tue ich auch.«

Ludwig kniff die Augen zusammen und ging noch etwas näher auf Louis Ferdinand zu. Sie standen beinahe Stirn an Stirn. »… aber Ihr verleumdet meine Frau. Dass Ihr das wagt! Ich werde dem König …«

»Ich verleumde die Prinzessin nicht, ich spreche die Wahrheit. Nichts als die Wahrheit.«

»Ach, denkt Ihr, ich wüsste nicht, dass Ihr meiner Frau nachstellt? Ich kenne Eure Briefe, und ich weiß, dass sie nicht antwortet. Ihr könnt einfach nicht verlieren. Das ist alles. Ihr seid ein Esel, ein Narr, ein Idiot.«

»Nein, *Ihr* seid ein Esel, ein Narr, ein Idiot! Und ich zeige Euch auch, warum.« Mit flinker Hand entrollte Louis Ferdinand die Zeichnung Friederikes, die er bei seinem heimlichen Besuch in Schadows Atelier geraubt hatte und mit der er schon lange ein Zerwürfnis zwischen dem Prinzen Ludwig und Friederike heraufbeschwören wollte, und hielt sie seinem Neffen hin. »Seht her. Ihr sagt, sie schreibt mir nicht? Das hat sie mir in einem ihrer Briefe geschickt. Eure Frau.«

Ehe er sich's versah, landete der Prinz Ludwig eine wohlgesetzte Faust an Louis Ferdinands Kinn.

»Lud…wig …!« Louis Ferdinand konnte es nicht fassen, dass Ludwig, den er immer für eine schwächliche Ausgabe seiner selbst gehalten hatte, es wagte, ihn zu attackieren.

Aber Ludwig setzte nach. »Ihr wagt es, den Ruf der Mutter meiner Söhne zu beschmutzen? Was seid Ihr doch für ein elendiger Hund.« Er trat gegen das Bein seines Onkels und schlug ihm in den Bauch.

Endlich ging Louis Ferdinand zu Boden.

»Ihr Hundesohn. Ihr elendiger Hundesohn!«

Ludwig kannte die Zeichnung. Er wusste, dass sie aus der Serie von Schadows Skizzen stammte. Er wusste nur nicht, wie Louis Ferdinand an sie herangekommen war – von Schadow? Nie, er hatte einen Eid geschworen. Dessen Gehilfe? Möglich. Von Friederike? Niemals, das wusste er einfach. Sie hatte ihm Louis Ferdinands Briefe gezeigt und ihm beteuert, dass sie sie nicht beantwortete.

Er stellte einen Fuß auf Louis Ferdinand wie auf eine Jagdtrophäe. »Wenn Ihr nicht aufhört, meiner Frau nachzustellen, dann werdet Ihr in Küstrin landen. Ich werde zum König gehen, und dann ist es aus mit Euren Ambitionen.«

Dann versetzte Ludwig ihm einen leichten Tritt in die Seite, hob die Zeichnung auf und zerriss sie in Tausende von Stücken.

Als er sich anschickte, das Kabinett erhobenen Hauptes zu verlassen, wischte sich Louis Ferdinand das Blut von der Lippe und fluchte: »Ich fordere Euch heraus, Prinz Ludwig. Ja, ich fordere Euch.« Er feuerte seinen Handschuh nach Ludwig.

Ludwig drehte sich um und sagte: »Ich möchte Euch jetzt einmal etwas sagen, werter Prinz: Ich bin zwar nur der Zweitgeborene. Aber Ihr – Ihr seid doch gar nicht satisfaktionsfähig, Ihr Bastard. Ich duelliere mich nicht mit einem von Eurer zweifelhaften Herkunft. Oder wie war das noch einmal mit dem Grafen Schmettau? Hat er nicht ein wenig nachgeholfen …?«

Louis Ferdinand erstarrte mitten in der Bewegung. Er war zutiefst schockiert darüber, dass sein Lieblingsneffe, mit dem er so viele Abende verbracht hatte, so einen niederträchtigen Trumpf zog. Er wollte etwas sagen, aber da drehte sich der Prinz Ludwig noch einmal herum.

»Schon deshalb werdet Ihr Friederike niemals bekommen.«

Dann ließ Ludwig die Tür zufallen.

Zutiefst getroffen lag Louis Ferdinand am Boden. Er hockte sich hin und klopfte sich die Hosen ab. Er fühlte sich in höchstem Maße beschmutzt. Ihm waren seine Ehre, sein Stand und seine Würde geraubt worden – mit nur einem Wort. Bastard. Wie konnte der Prinz Ludwig es nur wagen? Er selbst kannte dieses Gerede. Aber niemals hatte es jemand gewagt, es in seine Richtung hin auszusprechen, und deshalb hatte er auch gedacht, es sei nur Gerede.

Aber was, wenn es die Wahrheit war?

Er war selbst überrascht darüber, dass Tränen in ihm aufstiegen. Er starrte auf die vielen kleinen Papierstücke, die um seine Füße herum lagen, und begann dann, sie langsam aufzusammeln.

19

Der König war mehr als zufrieden darüber, wie sich die Ehe des Prinzen Ludwig und der Prinzessin Friederike entwickelt hatte. Vorbei die Sorge darüber, sie könnte desertieren. Vorbei auch die Sorge über die Missachtung, die der Prinz Ludwig gegenüber dem Ehestand, seiner Frau und seinen Verpflichtungen als Preußenprinz an den Tag gelegt hatte. Der dicke König, selbst Vater von siebzehn Kindern, war ganz entzückt vor Freude über die Prinzen Fritz und Carl. Beide Enkelchen, besonders das Fritzchen, waren ihm sogar noch lieber als der kleine Friedrich Wilhelm, über dessen Geburt das Kronprinzenpaar sich nach dem erschütternden Unfall an der Treppe ein Jahr später erfreut hatte und der ihm irgendwann einmal, als Vierter seines Namens, auf den preußischen Thron folgen würde.

Das Fritzchen erinnerte ihn nämlich an seinen Lieblingssohn, den ihm seine Mätresse, die Ritz, die er erst kürzlich zur Fürstin Lichtenau erhoben hatte, geboren hatte. Der Graf Alexander von der Mark war ihm von allen siebzehn Kindern, die er gezeugt hatte, am nächsten. Er hatte ihn voller Gefühl das »Anderchen« genannt, weil er eben so anders war als seine beiden legitimen Söhne – nämlich fröhlich statt verschüchtert und frei statt verstockt. Doch das Kind war im zarten Alter von acht Jahren vergiftet worden.

Wer auch immer hinter dem niederträchtigen Akt stecken mochte, der den König so tief erschüttert hatte, dass er über Monate nicht hatte sprechen wollen: Er war nie gefasst worden. Aber der König hatte es sich nicht nehmen lassen, den großen Schadow zu beauftragen, seinen Lieblingssohn in Marmor hauen zu lassen. Er wollte seinen Feinden – im besten Sinne des Wortes – ein Mahnmal setzen. Und jeder, der des Meisterwerks ansichtig wurde, konnte sich von der grenzenlosen Liebe des Vaters zu seinem Kind überzeugen.

Das kleine Fritzchen nun zeigte sich auf die gleiche Weise unbekümmert gegen den König, wie es das Anderchen einst getan hatte, sodass diejenigen, die beide Kinder erlebt hatten, auch in der Liebe des Großvaters zu seinem Enkelchen ein wenig die Liebe des Vaters zum Sohn wiedererkannten. Und wie einst die Liebe zum Sohn auf die Mutter abgefärbt hatte, färbte nun auch die Liebe zum Enkel auf seine Schwiegertochter Friederike ab. Sie war immer sein Liebling gewesen. Nun gab es kaum mehr einen Wunsch, den er ihr ausgeschlagen hätte. Wollte sie neue Vorhänge, eine schöne Uhr, ein hübsches Möbelstück, das sie bei einem Händler gesehen hatte – der König hätte ihr alles sofort herbeischaffen lassen. Allein: Friederike wollte nicht.

Sie ergötzte sich an ihren beiden Söhnen und erfreute sich daran, dass sie bald wieder Mutter sein würde.

»Ich habe immer nur gewollt, zu lieben und geliebt zu werden«, sagte sie – und dieser Wunsch erfüllte sich nun in der Hingabe an ihre Kinder.

Die Aufmerksamkeit aber, die ihr der König zuteilwerden ließ, weckte eine unterschwellige Eifersucht bei ihrer Schwester Luise, die in Friederike zwar die Gefährtin ihres Lebens sah, aber eben eine Gefährtin, die immer einen Schritt hinter ihr zu gehen und zu ihr aufzusehen hatte. Es war neu für sie, dass ihre kleine Schwester ihr das verweigerte, und es machte sie trotzig, eifersüchtig und sogar eine Spur böse.

Am meisten ärgerte sie jedoch, dass der König ihren Schwager, den Prinzen Ludwig, als Oberst des Dragoner-Regimentes Nr. 1 nach Schwedt versetzte. Denn sie fürchtete, dass ihre Schwester sich dann noch mehr ihrem Einfluss entziehen würde und sie dann gar keine Gefährtin mehr haben werde.

»Sie wird dort ganz unzufrieden sein«, sagte Luise zu Friedrich Wilhelm. »Ich weiß nicht, ob sie dem gewachsen sein wird, so ohne Salons, ohne ihre Bücher. Da weiß sie doch gar nichts mit sich anzufangen. Und dann so ganz alleine mit dem Prinzen Ludwig. Er war nicht gut zu ihr.«

»Meine Luise, was echauffierst du dich so?«, fragte der Kronprinz.

Er kannte diese Sticheleien seiner Frau gegen ihre Schwester, die sich in einem unterschwelligen Gefühl von Neid auf ihre Klugheit und die Bewunderung, die ihr zuteilwurde, ausdrückte. Oder war es eher die Angst, sie an jemand anderen, eine andere Gesellschaft oder gar an einen anderen Ort zu verlieren? Luise, das wusste Friedrich Wilhelm, hing sehr an ihrer Schwester, aber in dieses Gefühl der Zugewandtheit schien sich immer auch ein wenig Eigennutz zu mischen. Denn Luise konnte nicht allein sein.

Friedrich Wilhelm war hilflos. Er verstand nicht, wieso Luise so wenig mitfühlend gegen Friederike sein konnte, die so eine harte Zeit mit seinem Bruder durchlebt hatte, und nicht wie alle anderen in ein allgemeines Aufatmen darüber verfiel, dass sie sich nun endlich arrangiert hatten.

»Aber mein Bruder ist nun ein ganz anderer. Er liebt die Kinder … Und was die Salons betrifft: Du tust ja so, als ob deine Schwester sich immer nur danach sehnt, in geistreicher Gesellschaft …«

»Tut sie das denn nicht? Sie war doch immer bei dieser … dieser Henriette Herz, und wo sie nicht noch alles war, ach, das möchte ich gar nicht wissen.« Luise hob das Kinn.

»Was ist falsch daran? Die von Bellevue haben sie doch begleitet.«

»Ach, eben darum.« Luise biss sich auf die Lippen, denn beinahe hätte sie ein Thema berührt, das nicht nur ihre Ehe erschüttert hatte, sondern das sie auch beinahe ihre Stellung bei Hofe gekostet hätte. Ach, Louis Ferdinand, seufzte sie innerlich und verbat sich diesen Gedanken sofort, obwohl sie die Eifersucht darüber, dass er ihre Schwester mehr begehrte als sie, zwickte. »Jetzt verteidigst du sie auch noch!«

Friedrich Wilhelm sah seine Frau verwundert an und schüttelte den Kopf.

»Ja, du verteidigst sie. Du magst sie wohl auch ganz gerne, nicht wahr?«

»Wie kommst du denn jetzt darauf?«

»Sag, magst du sie oder nicht?«

»Selbstverständlich mag ich sie. Sie ist deine Schwester und hat die besten Eigenschaften …«

»Siehst du! Manchmal denke ich, dass du sie lieber genommen hättest als mich.«

»Aber ich habe doch dich gefragt.« Er näherte sich ihr instinktiv, um sie in den Arm zu nehmen und ihr seine Liebe zu beweisen.

»Ja, aber …«

»Komm, liebe Luise. Du weißt, dass wir es nicht besser hätten treffen können miteinander.«

Er umschlang sie, küsste sie auf die Stirn, die Wangen, die Nase und schließlich lange und innig auf den Mund.

20

Als Friederike hörte, dass ihr Mann nach Schwedt zum Dragonerchef befördert wurde, war sie in großer Freude. In ihren Ohren klang Schwedt ein wenig nach der Idylle des Darmstädter Schlosses. Repräsentabel, aber eben nicht so feierlich wie die Berliner Residenzen, die in ihrer Hochherrschaftlichkeit jedem, der sich ihnen über die Lindenallee näherte, Respekt abtrotzten.

Friederike wurde in ihren Erwartungen enttäuscht. Schwedt war kein Idyll, es war ein Protzbau in bester Manier. Als sie mit ihrem Hausrat von über zwanzig Kutschen in den Eingang des Ortes einbogen, fühlte sie sich auch hier eingeschüchtert: Das Schloss Schwedt erinnerte in Gestaltung und Ausmaß an das Palais des Prinzen Heinrich, was neben dem Berliner Schloss das imposanteste Bauwerk in der Lindenallee war und das Palais, das sie mit dem Prinzen Ludwig bewohnte, bei Weitem überragte.

Die drei mächtigen Flügel der Schwedter Residenz waren um einen Ehrenhof arrangiert, auf den die breite Magistrale der Region hinführte, die mit herrlichen alten Eichen gesäumt war. Sie stand an Pracht der Lindenallee in Berlin in nichts nach.

Auch das Schloss verlangte Friederike Ehrfurcht ab. Die beiden Seitenflügel endeten in zwei imposanten Türmen aus dem sechzehnten Jahrhundert, die schon, als sie über die Straße von Angermünde herankamen, ihren würdevollen Anblick über die Landschaft schickten.

Jetzt verstand Friederike, warum die Versetzung ihres Mannes als Rangerhöhung verstanden wurde und nicht – wie einige zu tuscheln gewagt hatten – als ein Lob, das vom Zentrum des Geschehens wegführte. Schwedt war der Hauptsitz der zwar nicht ganz ebenbürtigen, aber genauso stolzen Nebenlinie des Hauses Brandenburg und verstand sich so gut wie die Hauptlinie darin, seine Macht in einem prachtvollen Bau zu repräsentieren. Alle Wege der Region führten zu diesem Schloss hin.

Als sie vorgefahren waren, nahm Friederike den kleinen Carl der Nounou, ihrem Kindermädchen, aus der Hand und ging mit ihm vor, während Ludwig dem Verwalter Order zum Abladen gab. Der kleine Fritz riss sich von Friederikes Hand los und folgte den beiden Settern Fanny und Fickchen, die schon vorausgestürmt waren. Er konnte gar nicht so schnell laufen, wie er neugierig auf das große Gebäude war. Ohne Scheu stürmte er über die große Treppe ins Innere und erkundete sogleich sein neues Zuhause. Für ihn war es wie ein Abenteuerland, das er mit seinen kleinen Beinen eroberte. Friederike versuchte ihm mit wachsamen Schritten zu folgen, kam aber nicht so schnell hinterher, weil das Carlchen in ihren Armen unleidlich wurde und sie ihn beruhigen musste.

Kaum war sie in einem Raum oder einem Kabinett angekommen, war das Fritzchen schon einen Raum weiter und zeigte mit seinen noch speckigen Ärmchen, die in einer kleinen Uniformjacke steckten, mal nach oben, mal zur Seite, mal nach vorne.

»Da«, sagte er, und wenn Friederike es schaffte, ihn einzuholen, ohne den kleinen Carl völlig aus der Ruhe zu bringen, dann fand auch sie, dass das Schwedter Schloss erstaunlich eingerichtet war.

Die Innenräume waren nach Art des Barock gestaltet und mit prunkvollen Verzierungen nach der Mode der Zeit ausgestattet. Selbst die kleinsten Kabinette waren mit aufwendigen Seidentapeten geschmückt und der große Saal sogar mit Stuckaturen verziert, die versilbert waren.

Die größte Freude machte dem Fritzchen ein Kabinett voller wandhoher Spiegel, vor denen er sich wendete und drehte und ganz begeistert war, dass sich sein kleines Abbild bis ins Unendliche spiegelte. »Guck, guck, guck«, sagte er und verstand gar nicht, warum es mit einem Male so viele Fritzchens gab, er aber keines von ihnen erreichen konnte.

Als auch noch der Prinz Ludwig nachgeeilt kam, überboten sich Vater und Sohn darin, ihre Spiegelbilder zu jagen und zu fangen, und es dauerte, bis Ludwig sich den Notwendigkeiten der Ankunft fügte und Befehle gab, die den Aufenthalt angenehm gestalten sollten.

In Schwedt nahm also alles einen guten Anfang, und auch der Verlauf des Aufenthalts gestaltete sich überaus angenehm und ruhig.

Der Prinz Ludwig ließ einige Räume nach neuestem Geschmack umbauen und beauftragte damit den Hugenotten Friedrich Gilly, der die ausladenden Dekors durch ein klares, schlichtes Interieur ersetzte. Wenn Ludwig abends ins Schloss zurückkam, nahm er sich noch die Zeit, die Maurer, Maler und

Stuckateure zu beaufsichtigen, die sich im breiten ostmärkischen Dialekt Anweisungen zuriefen.

Später, im Beisein von Friederike, imitierte der Prinz Ludwig die tüchtigen Menschen, und auch der arme Gilly, dem es schwerfiel, das »H« auszusprechen, diente ihm zur Parodie. Friederike, die fleißig an einem Häubchen häkelte, amüsierte sich über die Leichtigkeit, die das Wesen ihres Mannes neuerdings auszeichnete.

Vorbei waren die Tage der Uneinigkeit und der Demütigung. Im Gegenteil: Ludwig nutzte jede Gelegenheit, mit seinen Söhnen beisammen zu sein. Er bestand sogar darauf, dass beide beim *petit déjeuner* anwesend waren, was in Familien seines hohen Standes gänzlich gegen die Sitten verstieß und auch beim Hofmeister Reck und den zahlreichen Maîtres, Monsieurs, Kämmerern und Dienern, die das königliche Paar begleiteten, für Kopfschütteln sorgte. Statt wie üblich seine Zeitung zu lesen, neckte er sich mit seinem Ältesten, und manchmal kitzelte und kraulte er auch den kleinen Carl, mit dem er noch nicht mehr anfangen konnte, da der ja erst knapp ein Jahr alt war.

Mehr noch als dieser ungewöhnliche Familiensinn des Prinzen machte dem Hofstaat der Lebenswandel der Prinzessin Friederike Sorgen. Sie verbrachte nicht, wie es sich schickte, den Tag in ihren Gemächern, sondern brüskierte ihre Gesellschaftsdamen Görtz und Waldeck damit, dass sie höchstselbst die Koch- und Backstuben des Schlosses aufsuchte und sich dort in das schwierige Handwerk der Pâtisserie einweisen ließ.

»Was macht Ihr denn hier, Königliche Hoheit?«, rief die Görtz eines Tages erschrocken, nachdem sie Friederike im ganzen Hause gesucht und gegen ihre Erwartung im Küchentrakt vorgefunden hatte – angetan mit einem Häubchen und einer leinenen Schürze, die ihr der Chef de Partie von einer der unteren Chargen der Brigade hatte bringen lassen.

»Aber Madame, das seht Ihr doch. Ich backe!«

Entsetzt wandte sich die Dame ab und ging.

Friederike aber fand ihre helle Freude darin, Mehl, Eier, Butter, etwas Salz und feine Vanille – die sie aus einer Schote zu kratzen lernte – zu einem festen Teig zu kneten, den sie dann zu kleinem Gebäck formte und mit Himbeeren aus der Orangerie belegte.

Der Pâtisseur lächelte mit Milde über die kläglichen Versuche ihrer Königlichen Hoheit. Aber er sagte nichts, da er in ihrem Bedürfnis nach tätiger Arbeit nicht nur eine Anerkennung seines Berufes sah, sondern auch merkte, wie glücklich es seine Dienstherrin machte.

So habe ich es mir immer vorgestellt, dachte Friederike, während sie ihre Finger in der Masse versenkte und anfing, sie mit dem zarten Druck ihrer Hände zu bearbeiten. Ich wollte nie an einen großen Hof, ich wollte immer nur das einfache Glück. Lieben und geliebt werden, das war mein Ziel. Nun habe ich es endlich erreicht.

Ludwig, dessen harter Blick sie immer so geängstigt hatte, hatte für sie nun die sanftesten Augen der Welt. Das Blau seiner Iris, das sie früher als kalt und metallisch empfunden hatte, erschien ihr jetzt wie das zarte Blau des Junihimmels über der Idylle von Schwedt.

Abends, wenn Ludwig von seinem Dragonerregiment nach Hause kam, servierte sie ihm ihre kleinen, süßen Kreationen, und als er sie dafür lobte, dass sie immerhin fast so gut schmeckten wie die Törtchen seiner Bonne, an die er sich im Gegensatz zu seiner Mutter, der Königin, mit Wärme erinnerte, war Friederike einfach nur froh.

»Wie war Ihr Tag?« Sie blickte ihn über die Etagere an, auf der sie ihm ihr Gebäck präsentierte.

»Oh, es war ein schöner Tag«, sagte er und ließ sich von dem treuen Schulze, der ihn trotz seiner Gebrechen nach Schwedt begleitet hatte, aus den Stiefeln helfen. »Winterfeld, Berg und

Bernuth haben die Exerzitien mit Bravour genommen. Jede Hürde, jedes Hindernis. Einfach formidabel. Aber die Stute von Alvensleben hat verweigert und so gebockt, dass er im hohen Bogen abgeworfen wurde. Er hat einen richtigen Satz gemacht und ist auf dem Hosenboden gelandet. Er hat sich mächtig geärgert, aber wir hatten unseren Spaß.« Er schlug sich mit den Händen auf die Schenkel. Dann nahm er das Fritzchen hoch, setzte ihn auf seinen Schoß und spielte mit ihm Hoppe-Hoppe-Reiter.

Friederike sah ihn lange an und dachte: Wie sehr habe ich mich nach so einem Frieden gesehnt. Ich wusste, dass mit einem Sohn mein Glück kommen würde, aber ich wusste nicht, dass ich so rundherum glücklich sein würde. Wenn jetzt die Welt stillstehen würde, dann wäre alles gut. Ich hätte meine Bestimmung gefunden.

Sie goss sich etwas Sahne in den Tee und lehnte sich zufrieden zurück. Nur der Husten, den der Prinz Ludwig neuerdings hatte, machte ihr Sorgen. Sie beschloss, die Hofmeisterin nach Fenchelhonig zu fragen. Dass das half, hatte sie einmal von der Frau Aja, der Mutter des großen Goethe, gelernt. Sie seufzte. Ach, ihn und seine Briefe hatte sie gänzlich vergessen. Es war für sie wie aus einer anderen Epoche, in die sie nie zurückkehren wollte.

Mehrere Wochen nach der Ankunft in Schwedt beehrte der Prinz Ludwig Friederike in ihrer Kammer. Er fand seine Frau bereits *en négligé*, aber noch in einem Buch lesend vor. Sie hatte sich wieder einmal das Buch von Jean Paul vorgenommen, das ihr einst der Prinz Louis Ferdinand geschenkt hatte. Aber es sagte ihr nichts mehr, sie las eher aus Langeweile denn aus Lust.

»Was führt Sie zu mir?« Sie legte den ledernen Band beiseite und richtete sich auf, wobei sie sich eines der Kissen in den Rücken schob.

»Ich wollte nur fragen, wie es Ihnen geht.«

»Es geht mir gut.«

»Aber die Gräfin Waldeck hat mir erzählt, dass Sie das Fieber haben.«

»Nein, nein. Es ist nicht schlimm. Ich fühle mich nur etwas matt, aber das ist ja ganz natürlich. In meinem Zustand.« Sie strich sich über den Bauch, der jetzt schon sehr deutlich zu sehen war.

»Ich war eben besorgt, als ich das hörte. Das ist doch auch ganz natürlich.« Er deutete mit einer Geste an, ob er sich neben sie auf das Bett setzten dürfte, und nahm, als sie bejahte, dort Platz.

»Ich glaube, diesmal wird es ein Mädchen.« Friederike drehte sich ein wenig in Richtung ihres Mannes.

»Warum denken Sie das?«

»Ich bin müde, aber ich habe keine Beschwerden, wie ich sie von den beiden Prinzen kenne. Ich bin morgens nicht krank, und auch sonst fühle ich mich …« Sie hielt inne, weil sie plötzlich fürchtete, etwas Falsches gesagt zu haben. Denn ihr fiel ein, dass sich Ludwig möglicherweise noch einen dritten Jungen wünschen könnte. Männer wollten Söhne, keine Töchter. Ihr schoss die Röte ins Gesicht.

»Was ist los? Sie sind erhitzt. Haben Sie Fieber?« Ludwig sprang auf und wollte nach einem Lakaien rufen.

»Nein, danke. So setzen Sie sich doch wieder, bitte.«

»Ja, was ist denn?«

»Ich dachte nur … vielleicht ist es … Es könnte ja sein, dass Sie gar kein Mädchen wollen.« Sie nestelte mit ihren Fingern an der dicken Seidentroddel, die das Paradekissen zierte.

Ludwig nahm Friederikes Hand, umschloss sie und küsste sie. »Im Gegenteil. Ich wünschte, es würde ein Mädchen werden. Ich wünsche mir so sehr ein Mädchen.«

»Ja, wirklich?«

»Ja, denn dann ist Ihr Traum wahr geworden. Und mein Versprechen auch.«

»Wovon sprechen Sie?«

»Bei der Geburt von Fritz.«

»Oh, bitte ...« Friederike spürte schon bei dem Gedanken daran einen Schmerz im Leib und verkrampfte sich sofort.

Aber Ludwig drückte ihre Hand umso fester. »Sie hatten Fieber, Sie haben geträumt. Sie sprachen von Schwedt und einer Wiese und weißen Kleidern und drei Kindern, zwei Jungen und einem Mädchen. Ich habe gelobt, dass ich diesen Traum erfüllen werde, wenn Sie am Leben bleiben. Deshalb habe ich den König gebeten, mich nach Schwedt zu versetzen.«

»Das hatten Sie veranlasst?«

Ludwig nickte.

»Es wundert mich. Es ist mir zugetragen worden, dass der König Sie weghaben wollte vom Hof, weil es Streit mit denen von Bellevue gab.«

Ludwig rieb sich das Kinn. »Was für ein Streit? Ich weiß nicht, wovon Sie reden.«

Dann fing er wieder an zu husten und verabschiedete sich, um seine Frau nicht zu gefährden, und auch, weil er dieses heikle Thema nicht vertiefen wollte.

Ein paar Tage später meldete ein Lakai, dass Friederikes Bruder Georg zu Besuch sei. Kaum hatte sie das erfahren, eilte Friederike, so schnell es ihr möglich war, ohne das Kind zu gefährden, zum Foyer. Da stand er – hoch aufgeschossen wie der Vater Carl, die Hüften so schmal wie die Schultern, mit großer Nase, sanftem Lächeln, spärlichem Bartwuchs und – wie Friederike, die ihn lange nicht mehr gesehen hatte, immer noch fand – mit viel zu großen Füßen. Wie oft hatte sie ihn damit geneckt.

»Oh, Georg, endlich! Was führt Sie hierher?«

Er ging auf seine Schwester zu und wollte sie, wie früher, hochheben, drückte ihr aber aus Rücksicht auf ihr Kind nur einen Kuss auf die Wange.

»Seit wann sind wir beim Sie?«

»Pst, Georg. Nicht, wenn die anderen es hören. Sie reden ohnehin schon über mich.«

Er senkte seine Stimme, die immer noch nicht so dunkel wie bei einem Mann war.

»Über dich? Was gibt es denn da zu reden? Bei Luise kann ich mir das vorstellen, aber bei dir – nein …«

»Ich habe nämlich eine neue Leidenschaft.«

»Wer ist es?«

Sie lachte. »Es ist nicht, wie du denkst. Ich habe das Backen gelernt.«

»Du bäckst? Friederike, das ist ja empörend.«

»Komm.« Sie nahm ihn bei der Hand und ging mit ihm in die Küche.

Dort befahl sie, schnell etwas für ein Picknick zu arrangieren, das sie in der Nähe der Sonnenuhr einzunehmen gedächten, und auch dafür zu sorgen, dass die Kindermädchen mit Fritz und Carl kämen, damit sie ihren Onkel Georg kennenlernen konnten.

»Du wirst sehen«, sagte sie beim Hinausgehen, »es sind zwei prächtige Jungen, die mir viel Freude machen. So gesund. Und fröhlich wie die Sonne.«

Sie ließen die Kutsche hinter sich und gingen ein Stück die Eichenallee entlang, bis sich ihnen auf halber Strecke auf der westlichen Schlossseite im unteren Gartenparterre ein *pleasure ground* eröffnete, an dessen Rand Büsche und Bäume wie zufällig hineingewachsen standen.

Friederike zog die Schuhe aus, wie sie es von Darmstadt gewohnt war, und steuerte auf ein Gebilde aus Stein zu, das aussah wie der Sockel eines Denkmals – nur dass statt eines Fürstenporträts oder der Kopie einer antiken Statue darauf ein geometrisches Gebilde zu sehen war, das mit nichts zu vergleichen war, was sie kannte. Obenauf erkannte man einen Stern mit zwölf massiven Zacken und die Initialen »FW«. Sie standen für den Markgrafen Friedrich Wilhelm von Brandenburg-Schwedt, der die Konstruktion dieses absonderlichen Gebildes veranlasst hatte.

»Was ist das?« Georg zog die Augenbrauen zusammen.

»Es ist eine Sonnenuhr.«

»Eine Sonnenuhr? Die sehen doch ganz anders aus.«

»Sie ist besonders. Sie zeigt auf jeder Seite die Zeit einer anderen Region der Welt an. Von Amerika, von Afrika und von China.«

»Warum muss man das in Schwedt wissen?«

»Wer weiß? Vielleicht hatte der alte Markgraf viel vor.«

Georg schmunzelte. »Das kann ich mir vorstellen. Der alte Markgraf ist der Großvater von Louis Ferdinand, und was dessen Ambitionen betrifft, davon hört man ja im ganzen Reich.«

»Ach ja?« Friederike wies ihren Bruder an, die Decke auszubreiten, die sie sich vom Kämmerer hatte aushändigen lassen. Dann nahmen sie ohne Umstände darauf Platz, wie sie es aus ihrer Kindheit kannten.

Schon bald kamen die Kindermädchen mit den beiden Jungen an, ebenso die Diener. Sie spannten einen Schirm auf, stellten Tische und Stühle hin, deckten mit Damast und Porzellan ein und tischten Kuchen, Kringel, Schmalzgebäck, Fondant-Ringe und Tartelettes in ungewöhnlichen und eigenartigen Formen auf.

»Sind die von dir?« Georg prustete vor Lachen, als er sich dem Tisch näherte und daran Platz nahm. »Da bin ich ja froh, dass da keine Meisterin von Himmel gefallen ist. Das wäre ja etwas gewesen. Eine Prinzessin, die nicht nur so klug reden kann, dass sie es mit einem Goethe aufnimmt. Sondern eine, die es schafft, auch noch mit den Bäckern zu konkurrieren. Das wäre ja unheimlich gewesen.« Er begutachtete eines der Stücke von allen Seiten und schüttelte amüsiert den Kopf.

»Nun, ja … Aber sie schmecken besser, als sie aussehen. Du wirst sehen.«

»Da!« Fritz zeigte in die Richtung von Georgs Teller.

»Und siehst du, das Fritzchen liebt sie auch! Da können sie dir auch nicht schaden.«

Georg gabelte ein kleines Stück auf. Er kaute andächtig und zog dabei komische Grimassen, indem er mal die Mundwinkel tief nach unten zog, mal den Mund so zusammenzog, als ob er auf eine Zitrone beiße. Als er den Kuchen herunterschluckte, fing er an heftig zu husten und griff sich mit beiden Händen an den Hals, als ob er zu ersticken drohte. »Hilfe, Hilfe!«

Friederike schlug mit der Serviette nach ihm. »Nun hör schon auf, hör endlich auf damit!«

Georg nahm sie in den Arm und gab ihr einen Kuss. Er gabelte noch ein Stück auf und sagte: »Fie fmecken köfftlich. Ich kann gar nicht genug davon bekommen.« Noch einmal teilte er etwas von dem Törtchen ab und schob es sich begierig in den Mund.

So verbrachten sie den Nachmittag mit Albernheiten, Scherzen und Geschichten von früher und heute und vergaßen dabei die Zeit.

Einmal wurden sie durch ein langsam anschwellendes Pferdegetrappel abgelenkt. Sie blickten zur Magistrale hin und versuchten herauszufinden, woher das Geräusch kommen könne.

Dumpfe Hufschläge in der lockeren Erde vermengten sich mit dem metallischen Klirren von Ausrüstung, knarrendem Leder und schnaubenden Pferden, von denen einige unruhig wirkten. Doch erst nachdem die Formation in die Prachtstraße eingebogen kam, geriet der kleinen Gesellschaft der Prinz Ludwig ins Sichtfeld. Er führte stolz und aufrecht einen Tross seiner Kavallerieoffiziere an, denen eine berittene Einheit folgte. In seiner blank polierten Haube spiegelte sich das Sonnenlicht wider, seine Epauletten blitzten.

Er rief etwas. Sein Befehl wurde nach hinten weitergegeben, Handzeichen wurden übermittelt und schließlich die geschlossene Reihe in eine aufgefächerte Formation überführt – und das alles, während man zügig weiterritt. Fließend wie auf dem Exerzierplatz funktionierte die eindrucksvolle Umgruppierung der Reiterei, die nicht nur den Zweck hatte, Eindruck zu machen. Ludwig hatte eine eigene offensive Formation entwickelt, die er wieder und wieder bei allen sich bietenden Gelegenheiten erprobte. Sein scharfer strategischer Verstand und seine Fähigkeiten als Reiter und respektierter Offizier vermittelten den Angehörigen seines Regiments in kürzester Zeit das Gefühl, zu einer besonderen Truppe zusammengeschmiedet zu werden, was sie den zusätzlichen Drill ertragen ließ.

»Papa!«, rief der kleine Fritz, und als der Prinz Ludwig die Stimme seines Sohnes hörte, ließ er das ganze rigide preußische Protokoll hinter sich, hob den Arm und winkte seinem Sohn und der kleinen Gesellschaft, die sich neben der Sonnenuhr eingerichtet hatte, freudig zu.

»Papa, Papa!« Der kleine Fritz war gar nicht zu beruhigen.

Der Prinz Ludwig rief ihm etwas zu, was nicht zu verstehen, aber sehr liebevoll gemeint war, das sah man seinen Zügen an. Dann nahm er wieder die Zügel in die Hand, hob das Kinn und blickte, wie es sich für einen Preußenprinzen gehörte, in würdevoller Haltung weiter geradeaus. Seine ganze Gefolgschaft jedoch wagte, von dem herzlichen Schauspiel angetan, einen Blick nach links. Und der Major Berg, den der Prinz Georg noch aus der Zeit kannte, als sie in Frankfurt stationiert waren, nickte Georg sogar kurz zu – was er wagen konnte, weil er der Letzte in der Reihe war.

Georg tupfte sich mit der Serviette den Mund ab. »Du hast es schön hier, Friederike. Und dein Mann liebt deinen Sohn wie einen Abgott, das ist nicht zu übersehen.«

»Ja, das tut er.«

»Und es scheint mir nur natürlich, dass diese Liebe auch auf dich übergeht. Bist du denn endlich glücklich, Friederike?«

»Ja, das bin ich. Seitdem ich hier in Schwedt bin, denke ich, so kann es immer bleiben.«

»Du hast es verdient.« Er fixierte sie mit den Augen und biss sich kurz auf die Lippen, weil er überlegte, ob er das aussprechen konnte, was er auszusprechen gedachte. Aber als seine Schwester das Mädchen bat, ihr bitte das Carlchen zu geben, und sie mit ihrem wonnigen Sohn auf dem Schoß im Schatten des Schirmes saß und so aussah, als ob ihr nichts auf der Welt fehlte, da wagte er es doch.

»Hast du schon gehört …?«

»Was soll ich gehört haben?« Sie hörte gar nicht richtig zu, weil das Kind sich bekleckert hatte und sie nun mit der Serviette versuchte, das Missgeschick zu beheben, wobei sie die Hilfe des Mädchens, das das als seine Aufgabe ansah, mit einer Geste abwehrte.

Georg machte einen neuen Versuch. »Nun, ich habe gehört, dass Solms in Berlin ist.«

»Solms ist in Berlin?« Friederike rieb immer noch mit dem Tuch das weiße Kleidchen des Kindes ab.

»Ja, soweit ich weiß, ist er bereits seit vergangenem Jahr in der Stadt. Er hat sich als Rittmeister bei den Husaren anstellen lassen. Wusstest du nichts davon?«

»Nein.« Friederike sah Georg an. »Ich habe lange nichts von ihm gehört.« Dann dachte sie: Und ich habe auch über ein Jahr lang nicht mehr an ihn gedacht.

Am 30. Oktober des Jahres 1796 wurde Friederike von einem gesunden Mädchen mit neugierigen blauen Augen entbunden. Die Geburt vollzog sich ohne große Komplikationen. Die kleine Prinzessin war innerhalb von zwei Stunden auf der Welt.

Der Prinz Ludwig war so entzückt darüber, dass sein Wunsch, nach zwei Söhnen nun auch eine Tochter zu haben, in Erfüllung gegangen war, dass er beim dicken König, seinem Vater, vorsprach und bat, das Kind nach seiner Frau benennen zu dürfen.

Als wenige Tage später der Hofprediger Sack das Mädchen

in der herausgeputzten Schlosskapelle auf den Namen Friederike Luise Wilhelmine Amalie taufte, war der gesamten Familie der Preußen, die sich zu diesem freudigen Ereignis eingefunden hatte, deutlich, dass Ludwig sich in sein Schicksal gefügt hatte.

Während die alte Voß weinte, Luise ihre Schwester so fest umklammerte, als ob sie sie nie wieder aus Berlin weggehen lassen wollte, der dicke König über seinen Bauch strich und der stolze Prinz Ludwig einen Hustenreiz unterdrückte, der ihn in den kalten Gemäuern besonders quälte, verließ der Prinz Louis Ferdinand die Zeremonie vorzeitig, um mit Oberst Massenbach bei Mollard vor dem Rosenthaler Tor mehrere Flaschen roten Wein zu trinken, die dieser auf widrigen Wegen aus Frankreich importiert hatte.

»Auf Preußen!«

»Auf Preußen!«

Dann ließ der Prinz den Kopf so tief hängen, dass sich sein Ebenbild im Glas spiegelte.

Als sie eher zur frühen als zur späten Stunde dem Wirt ein paar Taler für die Zeche hinwarfen und hinausgingen, kam ihnen in der Tür Solms entgegen, den sie noch vom gemeinsamen Manöver bei Frankfurt am Main kannten. Sofort machten sie kehrt.

Nun klang ihr Trinkspruch dreikehlig durch die zünftige Weinstube.

21

»Lasse Er mich rein!«

Der treue Schulze hatte Anweisungen, dem Prinzen Louis Ferdinand den Zugang zum Palais des Prinzen Ludwig zu versperren. Doch der alte Mann konnte sich angesichts der großzügigen Spende, die ihm der Prinz zusteckte, nicht durchsetzen. Entmutigt ließ er ihn passieren. Seine Stimme war kehlig, als er ihm hinterherrief:

»Aber sagt nicht, dass ich es war …«

Doch Louis Ferdinand hörte ihn gar nicht mehr. Er klopfte sich noch im Gehen den Schnee aus den Kleidern und nahm zielstrebig den Weg nach oben zum Salon, wo sich die gleiche Gesellschaft eingefunden hatte wie vor über zwei Jahren, als Friederike ihren ersten Sohn geboren hatte. Nur dass nicht der Prinz Ludwig, sondern er, der Prinz Louis Ferdinand, diesmal derjenige war, auf den sich alle Augenpaare mit Strenge und Missmut richteten.

Es herrschte Grabesstille. Selbst die drei Kinder, die gegen alle Gewohnheit nicht bei den Mädchen, sondern hier bei den Erwachsenen warteten, waren ruhig. Das Fritzchen saß am Tisch und malte, das Carlchen patschte mit seinen Händen auf die Blätter, und die kleine Friederike, die man hier nur Fils nannte, schlief.

Friedrich Wilhelm, durch die Anwesenheit von Louis Ferdinand überrascht, gab ihm ein unmissverständliches Zeichen, dass er ihn sofort unter vier Augen zu sprechen wünschte. Louis Ferdinand folgte demütig, obwohl er sich nie gerne etwas vom Kronprinzen sagen ließ, den er für einen mittelmäßigen Einfaltspinsel hielt. Aber es blieb ihm nicht anderes übrig, als sich dem Befehl zu fügen.

Als die Prinzen nach draußen traten, räusperte sich einer der beiden Wachen, die links und rechts der Tür zum Gemach des Prinzen Ludwig standen. Obwohl es Nachmittag war, die Sonne sich im Schnee brach und das Licht die Räume geradezu grell erhellte, hielten beide Kerzen in der Hand, deren Flammen immer dann flackerten, wenn im Parterre die Türen geöffnet wurden, weil jemand das Palais verließ – oder es betrat.

Die Prinzen beachteten die beiden Lakaien nicht, sondern widmeten sich sogleich ihren Angelegenheiten.

»Was habt Ihr hier zu suchen? Wer hat Euch eingelassen? Der Schulze?«

Louis Ferdinand senkte den Blick auf seine feuchten Handschuhe, die er noch gar nicht ausgezogen hatte. »Ich habe gehört, dass … Es tut mir so leid. Ich wollte nicht verpassen …«

»Aber Ihr habt doch Verbot. Das wisst Ihr!«

»Aber in so einer Lage ist doch alles anders.« Louis Ferdinand nahm die Hand seines Neffen, ging in die Knie und drückte sie an seine Stirn. »Bitte, verzeiht mir. Ich habe dem Prinzen Ludwig unrecht getan, und ich möchte ihn um Vergebung bitten. Ich möchte nicht mit dieser Schuld zurückbleiben.« Er blickte nach oben und erzählte ihm, wie er ihn bei der Hochzeit seiner Schwester, der Prinzessin Louise, auf Schloss Bellevue verhöhnt, beleidigt, ihm gedroht und ihn sogar gefordert hatte und wie er so oft daran gedacht habe, sich an ihm zu rächen, und es ihn nun, da er diesen Streit niemals hatte bereinigen können, alles so schrecklich bedrücken würde, dass er keine Ruhe fände.

»Ihr habt ihn gefordert?« Den Kronprinzen Friedrich Wilhelm hatte das übersteigerte Gehabe seines Onkels immer schon peinlich berührt. Jetzt aber machte ihn dessen Schauspiel so beklommen, dass er ihn bat, nach oben zu kommen und es sich bequem zu machen.

»Ja, wir haben … Ich ihn … Er mich.«

»Davon hat er nie erzählt.« Friedrich Wilhelm rieb sich das Kinn. »Aber das ist nun gleich. Beruhigt Euch, bitte. Das ist jetzt das Beste. Ich werde sehen, ob Ihr einander sprechen könnt. Noch ist nicht alles vorbei. Lasst uns zu den anderen gehen und warten.«

Friedrich Wilhelms gereizte Stimmung, die ihn in Gegenwart von Louis Ferdinand immer einnahm, wich seiner tatsächlichen Gemütsverfassung, ohne dass er darauf Einfluss nehmen konnte. Das Kreuz Christi trug er als kleinen Anhänger an einer Kette um den Hals, und er schien sich daran festhalten zu wollen. Seine linke Hand ließ nicht davon ab. Sie zitterte.

Louis Ferdinand war gerade im Begriff, sich für Friedrich Wilhelms Worte, die ihn so erleichtert hatten, zu bedanken und den Kronprinzen als einen Mann voller Anstand zu würdigen, da ging ein Lufthauch durch die Galerie, und die Kerzen, die die Lakaien trugen, fingen heftig an zu flackern. Die Prinzen drehten sich zur Treppe hin, von wo sie wenige Augenblicke später energische Schritte und das Geräusch eines schweren, wollenen Stoffes hörten, der über den blanken Marmor streifte.

»Wer kommt denn noch?«

Friedrich Wilhelm versuchte sich zu sammeln, scheiterte aber angesichts der bösen Ahnung, die ihn beschlich. So fing er – wie immer, wenn er von einem großen Gefühl überwältigt war – zu stottern an. »Ich … ich … weiß nicht …«

Da erschien, wie ein Geist, der sich langsam aus einer Kiste erhob, über der oberen Stufe das kahle, nur mit einem Haarring umkränzte Haupt des Hofpredigers Sack. Nach und nach, Stufe für Stufe trat sein hagerer, an frugale Mahlzeiten und Entbehrungen gewöhnter Körper in Erscheinung. Als er auf der Galerie angekommen war, sahen die Prinzen, dass der Geistliche eine Bibel in der Hand trug.

»Wer hat Euch rufen lassen?« Friedrich Wilhelm straffte sich.

»Der Prinz Ludwig höchstselbst hat nach mir verlangt, Eure Königliche Majestät.«

Wortlos gaben die Prinzen dem Pfarrer den Weg frei und bildeten ihm dabei ein Spalier, wie es auch die Diener mit den Kerzen für den Prinzen Ludwig taten. Sie sahen dem Mann nach, der an den Wachen vorbei in das Zimmer ging, die ihm nur auf ein Nicken hin die Tür öffneten und sie hinter ihm sofort wieder schlossen. Das Dunkel, das sich ihnen dabei zeigte, hatte die Wirkung wie der Eingang zur Hölle. Es war tiefschwarz und ohne Hoffnung.

Friedrich Wilhelm hatte das Gefühl, dass er sich an Louis Ferdinand anlehnen wollte, stützte sich stattdessen aber auf das Geländer der Galerie und holte tief Luft. »Nun also der Hofprediger Sack. Wisst Ihr, was das heißt: Es ist aus. Es ist aus. Mein Bruder. O Gott. Wieso nur? Er war mein bester Freund.«

Louis Ferdinand legte in einer Freiheit, die nur die Nähe des Todes erlaubte, seine Hand auf die Schulter des Kronprinzen, und dieser ließ ihn aus dem gleichen Grund gewähren.

»Ich werde Euch ein Freund sein.«

Louis Ferdinand wusste selbst nicht, warum er das sagte. Aber weil der Kronprinz sich wenige Augenblicke zuvor so ehrenvoll gegen ihn gezeigt hatte und weil er seine Not, um Vergebung bitten zu wollen, anerkannt hatte, war ihm das, was er sagte, sehr ernst. Ja, er hatte ihn sogar gebeten zu bleiben und mit ihm zu warten, obwohl es ihm verboten war, das Palais zu betreten. Louis Ferdinand war gerührt von der Großherzigkeit des Kronprinzen, die er diesem niemals zugetraut hätte. Er hatte ihn für kleingeistig und beschränkt gehalten, und zwar nicht aufgrund seines hohen Ranges, sondern – und das empfand Louis Ferdinand als wesentlich schlimmer – aufgrund seines Charakters.

Louis Ferdinands Hand ruhte immer noch auf der Schulter seines Neffen, da öffnete sich abermals die Tür zur Kammer des Prinzen. Diesmal jedoch von innen, sodass die Lakaien nichts dafür tun konnten. Sie starrten unbeirrt geradeaus. Erst kam eine Schwester heraus, die mit Häubchen und einer weißen Schürze angetan war, ihr folgte mit gesenktem Kopf und gefalteten Händen die Prinzessin Friederike, die sich mit leisen, eiligen Schritten, ohne auf die beiden Prinzen zu achten, zum rechten Flügel hin entfernte.

Friedrich Wilhelm und Louis Ferdinand sahen ihr nach. Da ergriff der Kronprinz die Hand Louis Ferdinands, die immer noch auf seiner Schulter lag.

»Die arme Prinzessin. Es ist ja gar nicht zu ermessen, wie

sehr sie leidet. Ihr hättet sie sehen sollen, wie sie sich aufgeopfert hat. Drei Wochen lang hat sie Tag und Nacht an seinem Bett gewacht. Erst hieß es, der Prinz Ludwig habe die Bräune, dann sprach man vom Faulfieber. Sie hat nie geklagt, sich nicht erklärt. Sie hat keine Rücksicht auf die eigene Gesundheit genommen. Immer war sie an seiner Seite. Man kann unmöglich von solch einer Sanftmut und Beharrlichkeit nicht gerührt sein. Wollte er Bier, holte sie ihm Bier. Wollte er Gebäck, schaffte sie Gebäck herbei. Wusstet Ihr, dass sie das Backen gelernt hat?«

Louis Ferdinand wollte antworten, aber ihm versagte die Stimme. Stattdessen schüttelte er den Kopf.

»Ach, es ist ja auch ganz gleich. Was rede ich denn? Ihr rede irre. Sie ist so tapfer und so beklagenswert zugleich.« Friedrich Wilhelm schluckte. »Ihr wisst, ihr Glück fand sie erst mit den Kindern, und nun, da es da ist, wird es ihr schon wieder genommen. Ach, was wird nun nur aus ihr? Was kann man denn nur machen?«

Sie standen lange da und schwiegen. Jeder hing seinen Erinnerungen an den Sterbenden nach. Friedrich Wilhelm dachte an die vielen Stunden, die Ludwig und er gemeinsam verbracht hatten. Wie sie sich der Aufsicht ihres Erziehers entzogen hatten und heimlich ausgeritten waren, wie sie später den Drill der Kasernen durchlitten und dann, als sie selbst an Rang gewonnen hatten, beide große Freude an allem Militärischen gefunden hatten und wie sie anfingen, sich zu entzweien, weil der Prinz Ludwig – ganz der Vater, der dicke König – den Frauen, dem Wein und den Kasinos zugetan war und er, der Kronprinz selbst, mit einem Mal als Vorbild ausgemustert und durch Louis Ferdinand ersetzt worden war. Wie sehr hatte er Louis Ferdinand darum beneidet.

In Louis Ferdinands Gedanken lebten die vielen Abende mit Ludwig wieder auf, die sie auf Schloss Bellevue, in den Kasinos und Herbergen und auch in Etablissements von wesentlich zweifelhafterem Ruf verbracht hatten. Er erinnerte sich an Ludwigs Trinkfestigkeit, an seinen Trotz, den er immer an den Tag legte, wenn er sich unterlegen fühlte, und an seine blauen Augen, die im Streit so kalt sein konnten wie Metall und im Guten so sanft wie ein Frühlingshimmel. Und er erinnerte sich seines großen militärischen Geschicks. Sein Manöver in Warschau war brillant, dachte Louis Ferdinand. Er war ein feiner Kerl, geradeaus und erfrischend in seinem Desinteresse an der Kunst und in seiner Neigung für Politik und Militär.

Weil man über Tote und Sterbende nur Gutes denken sollte, war bei beiden Prinzen der Ärger, den sie mit dem Prinzen Ludwig gehabt hatten, vergessen. Friedrich Wilhelm erinnerte sich nicht mehr daran, wie kalt er sich gegen die Prinzessin Friederike am Anfang seiner Ehe verhalten hatte und wie sehr ihnen das Sorgen bereitet hatte. Und Louis Ferdinand war so beseelt von den vielen schönen Szenen, die wie Träume seine Gedanken benebelten, dass die bedeutendste Szene – nämlich die, die zu seiner Entehrung und letztlich zum Bruch zwischen Ludwig und ihm geführt hatte – gänzlich im Dunkeln verschwand.

Beide wurden durch ein schlagartiges Öffnen der Tür aus ihren Gedanken gerissen. Der Hofprediger Sack trat vor die Kammer des Prinzen Ludwig, und weil die Tür hinter ihm nicht sofort geschlossen wurde, wehte ein so scharfer Zug über die Galerie, dass die beiden Kerzen, die die Wachen in der Hand hielten, erloschen. Der weiße Rauch zog in Richtung Himmel. Der Geistliche nickte den beiden Prinzen zu.

Wenige Augenblicke später läuteten die Glocken, und die Kanonen schossen Salut.

Die Männer lösten sich nur schwer von ihrer Position am Geländer. Es war, als ob sie eine Wolke um sich herum spürten. Es fühlte sich dumpf an, und ihre Bewegungen waren verlangsamt. Nur widerwillig bewegten sie sich auf die Kammer zu, deren Dunkelheit sie einerseits anzog, die sie andererseits aber fürchteten. Dennoch beeilten sie sich. Sie wollten mit dem toten Ludwig alleine sein, bevor sich eine Schar von Wäscherinnen und Gehilfen daranmachte, den Leichnam auf seine letzte Reise vorzubereiten und ihn in einen Sarg zu betten, der nicht mehr geöffnet werden durfte. Das war in Preußen bei Strafe verboten.

Während die beiden Prinzen auf das Zimmer zugingen, um sich von ihrem Gefährten zu verabschieden, hielt Friedrich Wilhelm kurz an und sagte:

»Ich habe eine Bitte an Euch: Kümmert Euch um die Prinzessin Friederike und gebt ihr Trost.«

»Ich verspreche es Euch.«

Als der Prinz Ludwig am 10. Januar des Jahres 1797 im Dom beigesetzt wurde, ruhte Louis Ferdinands Blick auf der weinenden Witwe, die erst achtzehn Jahre alt und schon Mutter dreier Kinder war.

Vor wenigen Tagen noch hätte er alles darangegeben, diese Lage auszunutzen. Doch die Scham gegenüber dem toten Ludwig hielt ihn mehr zurück, als ihn das Versprechen, das er dem Kronprinzen gegeben hatte, band.

Ich werde sie trösten, dachte er. Aber wie ein Bruder.

Wenige Tage später starb auch die alte Königin Elisabeth-Christine, die Witwe des Alten Fritz, die die meiste Zeit ihres Lebens abseits des höfischen Geschehens auf Schloss Schönhausen verbracht hatte. Das war nun frei.

22

Die Trauerglocken läuteten jeden Tag zwischen Mittag und ein Uhr. Zwei Wochen lang wurde so des verstorbenen Prinzen Ludwig gedacht. Friederike ging jeden Tag in den Gottesdienst. Immer wurde sie von Luise und Friedrich Wilhelm begleitet, die danach, wenn sie Friederike in ihrem Palais abgeliefert hatten, das fußläufig neben dem ihrigen lag, regelmäßig stritten.

Schon seit Tagen umkreisten die Gespräche, die die Prinzessin Luise mit ihrem Mann führte, nur einen Gegenstand: Luise quälte die Frage, ob ihre verwitwete Schwester Friederike aus dem Palais Ludwig, das neben dem ihrigen gelegen war, ausziehen musste. Denn es war üblich, dass die preußischen Witwen nicht in den Berliner Hauptresidenzen entlang der Lindenallee wohnten, sondern in kleinere Schlösser in Potsdam, Schwedt, Küstrin oder am Rande Berlins umquartiert wurden.

Luise machte sich darüber Sorgen.

»Sie wird nicht mehr in meiner Nähe wohnen dürfen. Wer soll sie denn dann trösten? Ach, es ist so schrecklich!«

»Aber alle kümmern sich doch um sie.«

»Ja, und besonders die von Bellevue.«

»Luise!«

»Was ist, wenn der König dort die Prinzessin Louise einquartiert, jetzt, wo Friederike nicht mehr zum Königshaus gehört, und wir Seite an Seite mit dieser, dieser … Person leben müssen?«

Friedrich Wilhelm kannte die Rivalität zwischen seiner Frau und seiner Tante, aber er hatte nicht immer die Kraft, schlichtend zu wirken. Zumal die Prinzessin Louise, die nach ihrer Hochzeit mit Fürstin Radziwill angesprochen werden wollte, zur königlichen Familie gehörte, und das nicht zu leugnen war.

»Aber sie gehört doch dazu.«

Aber es ging gar nicht um die Fürstin Radziwill, sondern es

ging um Friederike. Denn wie immer, wenn sich abzeichnete, dass Friederike sich aus ihrem Wirkungsfeld entfernte, wurde Luise nervös und ungehalten und neigte dazu zu hadern. Ihre Bewegungen wurden ungelenk, manchmal ließ sie ganz unvermittelt teures Geschirr fallen. Dann war sie wieder ganz demütig und ängstlich, weil sie fürchtete, für ihr Vergehen getadelt zu werden wie einst als kleines Mädchen. Sie war hin und her gerissen von ihren Gefühlen.

Der Kronprinz fand Luises Verhalten widersinnig, denn auch wenn Luise an ihrer Schwester hing, war ihm nicht entgangen, dass sie sich auch immer ein wenig über sie erhoben hatte. Aber sie kann eben nicht allein sein, dachte er.

Doch da war noch etwas anderes, was Luise Unbehagen bereitete. Sie war ein wenig eifersüchtig auf ihre Schwester. Darüber konnte sie aber mit niemandem sprechen. Erst recht nicht, nachdem sie durch diese Sache mit dem Prinzen Louis Ferdinand beinahe ihre Stellung am Hofe und ihre Aussicht, Königin zu werden, riskiert hatte. Aber sie dachte oft an die aufregenden Tage, als der Prinz sie heimlich abgeholt und an die Hütte im Tiergarten geführt hatte, mit ihr nach Schönhausen ausgeritten war oder sie gemeinsam eine Bootsfahrt unternommen hatten. Sie seufzte, wenn sie nachmittags beim Tee über ihrer Handarbeit saß und daran dachte.

Nun war es Friederike, die, wenn auch zögerlich, von ihm umworben wurde. Er spendete ihr seinen Trost unter dem Deckmantel der Seelsorge. Eines Tages brachte er ein paar herrliche *mouchoirs* mit feiner Spitze vorbei, an einem anderen Tag gab er zwei dicke, in Schweinsleder gebundene Bände in Friederikes Palais ab, die er eigens beim alten Ungers, dem besten Buchbinder Berlins, in Arbeit gegeben hatte. Es waren die Werke des Berliner Predigers Johann Joachim Spalding und hießen »Die Bestimmung des Menschen« und »Die Gedanken über den Werth der Gefühle in dem Christenthum«. Als Luise sah, wie andächtig und gerührt Friederike in diesen Büchern las und wie viel Hoffnung sie daraus schöpfte, konnte sie dem Prinzen Louis Ferdinand nicht böse sein.

Dennoch, dachte Luise, während sie ein Blumensträußchen aus lauter bunten Kreuzstichen auf ein Stück Stoff stickte, ich kenne ihn. Es steckt mehr dahinter, ich spüre es. Louis Ferdinand ist kein Mann, der eine Frau einfach gehen lässt.

Ihre Schwester Friederike war nun frei. Und nicht nur der Prinz Louis Ferdinand, auch der Prinz Solms, den Luise noch aus den gemeinsamen Jugendtagen mit Friederike in Darmstadt kannte, wurde wieder vorstellig. Damals war er fast täglich aus dem Feldlager in Bodenheim angeritten gekommen, oder er hatte sie in Braunshardt besucht. Nun war er bei den Dragonern angestellt.

Luise dachte an die Woche, bevor sie und Friederike mit den beiden Preußenprinzen verlobt worden waren, und an die Szene in der kleinen, gespenstischen Kammer unterm Dach neben den Kammern der Dienerschaft, wohin sie und Friederike sich immer zurückgezogen hatten, wenn sie etwas bekümmert hatte. Sie erinnerte sich daran, dass der Prinz Solms Friederike verlassen hatte, weil er dem Ehrgeiz der Großmutter Scho'sch nicht im Wege stehen wollte; und sie dachte an den großen Schmerz ihrer Schwester und an ihr gemeinsames Versprechen, sich nie, nie voneinander zu trennen. Luise lief rot an, und als Friedrich Wilhelm fragte, ob er ein Fenster öffnen lassen solle, nickte sie und schob es auf das Kaminfeuer, das viel zu warm war.

In Wahrheit aber schämte sie sich, weil sie mit ihrem Versprechen, sich nie voneinander zu trennen, das anfängliche Unglück ihrer Schwester verschuldet hatte. Dennoch erschien ihr das Werben des Prinzen Solms unpassend. Er war schon damals keine gute Partie, dachte Luise, und er ist es immer noch nicht, und man weiß nicht, ob Friederike wirklich glücklich mit ihm geworden wäre.

Luise setzte neben den Blumenstrauß, der ihr sehr gelungen erschien, in ihrem kleinen und ziemlich unregelmäßigen Kreuzstich zwei sich schnäbelnde Täubchen.

»Wenn sie fortmuss, dann darf man sie nicht aus den Augen lassen.«

»Luise, was kann man nur machen?«

»Vielleicht könntest du den König davon überzeugen, dass sie hier wohnen bleibt.«

Friedrich Wilhelm setzte sich neben seiner Frau aufs Canapé.

»Ich meinte, was kann man nur mit dir machen? Du bist ja ganz ausgewechselt. Du solltest deiner Schwester Trost spenden und dich nicht um ihre Zukunft sorgen. Da werden wir einen Weg finden.«

»Aber da sind diese ganzen Kavaliere.«

»Kavaliere? Wo denkst du hin!« Er legte einen Arm um ihre Schulter. »Es sind Ehrenmänner, die einer jungen Witwe Trost spenden. Wie ich auch.«

»Du auch?« Luise ließ ihre Stickarbeit sinken. Dann dachte sie daran, dass Friedrich Wilhelm ihre Schwester auch manchmal auf diese besondere Art angesehen hatte, und wurde wieder rot. Diesmal aus Ohnmacht.

Luises Befürchtung, dass Friederike aus Berlin wegziehen würde müssen und somit ihrer Nähe entzogen würde, wurde wahr, als den dicken König eine Depesche aus den Niederlanden erreichte. Seine Lieblingstochter Wilhelmine, die alle nur »Mimi« nannten, hatte seit ihrer Hochzeit mit dem Erbprinzen der Niederlande im Schloss Het Loo in der Nähe von Apeldoorn bis vor Kurzem ein überschaubares Leben geführt. Doch die französische Revolutionsarmee, die auch schon dem dicken König in Frankfurt so entsetzlichen Widerstand geleistet hatte, hatte nun Holland einfach überrollt, und so sah sich Mimi gezwungen, ihren Vater darum zu bitten, sie und ihre Familie wieder bei sich aufzunehmen.

Nichts war dem König lieber. Er liebte Mimi und ordnete sogleich an, das leere Schloss Schönhausen herrichten zu lassen. Sogleich wurden teure Interieurs, feine Stoffe und kostbare Weine in die Residenz gebracht, die anderthalb Meilen vom Stadtschloss entfernt gelegen war. Da der König aber ahnte, dass sich seine lebhafte und kluge Tochter außerhalb der höfischen Gesellschaft schnell langweilen würde, gedachte er, Friederike dort ebenfalls einzuquartieren, sodass die beiden Frauen einander liebgewinnen konnten.

Und tatsächlich: Friederike freute sich. Sie kannte Mimi noch aus der Zeit, in der sie öfter im Schloss Bellevue verkehrt hatte. Sie mochte ihren Geist und fand in ihr eine ebenbürtige Gesprächspartnerin, wenn es um die neuen Dichter ging, die sie auch alle kannte.

Nur eine Bedingung wagte Friederike zu stellen. Sie wolle ihre drei Kinder mitnehmen, die ihr in ihrer Trauer Trost und die Zuversicht spendeten, dass das Leben weiterging. Denn immer wenn sie das Fritzchen, das Carlchen oder die kleine Fils anblickte, sah sie in die blauen Augen ihres verstorbenen Ludwig.

»Ja, gehe Sie und nehme Sie die Kinder mit. Kinder sind eine Freude.«

Der dicke König zeigte sich in der Kinderfrage gegen Friederike großzügig, obwohl es Sitte war, dass königliche Kinder bei Hofe erzogen wurden. Aber er war ihr dankbar, dass sie während der ersten Zeit ihrer Ehe, als diese noch unglücklich war, keinen Skandal gemacht hatte, und wollte sich daher großzügig geben.

Nun wurde wieder gepackt und geschnürt. Die Hausdame befehligte eine Brigade von Gehilfen, die Körbe mit Wäsche, Silberbesteck, Geschirr, Geräten, Vorhängen, Tüchern, Teppichen und anderem Hausrat zusammenrafften und auf den Kutschen zu verstauen suchten. Die Halle stand voll mit Gepäck, sodass sich Friederike, wenn sie hinauswollte, vorkam wie bei einem Parcourslauf. Podolski, der lauteste der Gehilfen, machte es sich zur Freude, seine Jacke vor den Füßen der Prinzessin auszubreiten, damit sie darübergehen könne. Damit war nicht viel getan, denn man musste sich weiterhin zwischen den Kisten und Koffern herumschlängeln. Aber Friederike verstand die Geste des jungen, kräftigen Mannes und belohnte ihn mit einem Lächeln.

»Sie hat mich angesehen.« Podolski stieß dem kleinen Schumann, der gar nicht so klein war, in die Rippen und zeigte auf sich selbst. »Mich! Angesehen! Da siehste mal.«

Schumann schlug Podolski die Mütze vom Kopf.

»Da siehste auch mal. Komm, pack an. Ist keine Zeit für Späße.«

Zu dem Hausrat kamen die Interieurs hinzu. Auch die imposante Palme, die Friedrich Wilhelm Friederike wenige Monate nach ihrer Ankunft in Berlin geschenkt hatte, sollte aufgeladen werden. Aber man entschied sich wegen der Winterkälte dagegen.

Nach einer Woche Packen hieß es: Abschied nehmen. Luise war untröstlich und konnte sich gar nicht von ihrer Schwester losreißen, die doch eigentlich viel untröstlicher hätte sein müssen. Aber sobald beide Prinzessinnen zusammen waren, verfiel Friederike wieder in die Rolle, ihrer Schwester dienen zu müssen und ihr gefallen zu wollen. Sie war die Jüngste, das kannte sie von Kindesbeinen an. Auch ging es ihr nah, dass Luise so sehr an ihr hing.

Als die drei Kinder von den Mädchen in die Kutsche gebettet wurden und ein Lakai die zwei Setterdamen Fanny und Fickchen, die einst Ludwig gehört hatten, in einen anderen Wagen trieb, drückten die beiden Schwestern sich ein letztes Mal. Die zwei Kätzchen, die Friederike nach ihrer Sitzung bei Schadow im fliegenden Atelier des Bildhauers gefunden und zu sich genommen hatte und die nun ausgewachsene, schöne Katzen waren, lagen in einem Korb, den die Prinzessin über dem Arm hängen hatte und der nun bei der Verabschiedung etwas störte. Luise konnte Friederike gar nicht so fest umarmen, wie ihr elend zumute war.

Dann zog der Tross seine Spur durch den Schnee in Richtung Norden.

»Sie wird nicht glücklich sein, so alleine.«

»Aber sie ist nicht alleine.«

Luise zog ihren lila Schal mit den silberfarbenen Fransen fester über die Schultern und ließ Friedrich Wilhelm vor dem Palais stehen.

23

Wieder, wie bereits zweimal – nämlich, als sie nach Preußen gekommen war, und dann, als sie erfahren hatte, dass ihr verstorbener Mann Ludwig eine Geliebte unterhielt –, begann eine neue Zeit für Friederike. Die Prinzessin Mimi und Friederike wurden Freundinnen, so wie es der König geplant hatte; auch weil Mimi nichts unversucht ließ, um die junge Witwe aufzuheitern.

So erkundeten die beiden Prinzessinnen erst ihr neues Domizil und sahen sich in den vielen Räumen, Kammern und Sälen um, die der alten Königin Elisabeth-Christine über mehr als drei Jahrzehnte als Witwensitz gedient hatten. Sie staunten über das Foyer, das von zwei mächtigen Säulen im toskanischen Stil gestützt wurde, und nahmen den Weg nach oben über die mit aufwendigen Schnitzereien verzierte Holztreppe, die vom Foyer über zwei Stockwerke – erst in die Beletage, dann in das erste Geschoss – führte. Die Treppe war so breit angelegt, dass es den Ansprüchen einer Rokoko-Dame, wie es die alte Königin Elisabeth-Christine gewesen war, Rechnung trug. Mit hoheitlicher Würde hatte sie hier ihre weit ausladende Toilette zeigen können, ohne durch einen Lauf beengt zu werden.

»Sie muss schön ausgesehen haben, als sie noch jung war«, sagte Mimi und imitierte die Bewegungen der verstorbenen Königin, die auch, als sie schon auf einen Stock angewiesen war, immer den Rücken sehr gerade gehalten und die Hüften leicht gewiegt hatte.

»Sie hatte Würde, und sie war immer gut zu mir. Gott segne sie.«

Dann gingen sie weiter durch die Räume, die sie in großes Staunen versetzten. Die Dekors waren ganz im exquisiten Stil des Rokoko gehalten. Rocaillen und Blumenstuckaturen verzierten die Decken, die Wände waren entweder vertäfelt oder mit seidenen Tapeten versehen. Auf den Türen und Holzverkleidungen befanden sich erlesene Lackmalereien.

Mimi und Friederike waren überrascht. Wie die ganze Berliner Gesellschaft waren auch sie in der Vorstellung verhaftet gewesen, dass die alte Königinwitwe hier ein karges Leben geführt und nur deswegen so wenig Gesellschaft gesucht hatte, weil sie sich ihres Quartiers schämte und somit Gegeneinladungen bei sich vermied. Aber das Schloss war königlich im Sinne des Wortes, und es gab keinen Grund, hier nicht jeden Tag ein großes Fest zu veranstalten. Der Rückzug der Königin musste wohl andere Ursachen gehabt haben.

Mimi wollte Friederike ein wenig aufheitern und sie auf andere Gedanken bringen. Sie schlug deshalb vor, die Interieurs nach dem neuesten Geschmack gestalten zu lassen und den üppigen Wandschmuck durch die klaren, neuen Linien zu ersetzen, wie man sie jetzt aus der römisch-griechischen Klassik kopierte. Das Neue Palais war schon ganz in diesem Stil errichtet, und alle fanden ihren Gefallen daran.

Aber Friederike lehnte ab. Ihr waren noch die Umbauten im Schloss von Schwedt in fürchterlicher Erinnerung, zudem wollte sie das Geld lieber für wohltätige Zwecke ausgeben. Sie dachte sich, wenn sie Mild- und Wohltätigkeit spendete und anderen Menschen eine Freude bereitete, wäre das ein viel besseres Mittel, sie aus ihrer Trauer herauszureißen. Denn wer gibt, dem wird gegeben – so hatte sie es in den Bänden von Spalding gelesen und es sich nun selbst zur Maxime gemacht. Wer also Frohsinn spendete, dem – das hoffte sie – wurde auch Frohsinn gegeben.

»Lasst uns den Webern ein Fest ausrichten. Dann können wir etwas Freude schenken. Sie sind tüchtig und haben wenig Trost. Was sagt Ihr dazu?«, fragte sie, über ihre Häkelarbeit gebeugt, die Prinzessin Mimi.

Mimi willigte ein, und so machten sich die beiden Prinzessinnen sogleich bei der gesamten Gemeinde beliebt, weil sie dem Enkel des Leinewebers Böhm, der nach dem Siebenjährigen Krieg aus Sachsen hierhergekommen war, eine herrliche Hochzeit ausrichteten.

Die Hoheiten zeigten sich dort sogar für eine kurze Zeit. Als sie ankamen, verbeugten sich alle vor ihnen, eine junge Frau bat sogar darum, den Rocksaum der Prinzessin Mimi küssen zu dürfen. Sie ließen sie gewähren. Als die Musik aufspielte, löste sich die allgemeine Befangenheit, und Mimi und der Prinz Solms ließen es sich nicht nehmen, auf dem Tanzboden, der schnell und eigens für das Fest aus blanken Leisten zusammengezimmert war, eine fröhliche Polka zu tanzen. Die Gäste klatschten im Takt mit, und bald hüpfte und drehte sich die ganze Gesellschaft munter über den rauen Boden.

Für einen kurzen Moment verstand Mimi, was Friederike an Solms mochte: Er war kein Mann der Worte. Die Rede war nicht sein Metier. Aber Solms war ein Mann der Tat. Wollte Friederike ausreiten, ritt man aus, wollte sie Karten spielen, spielte man Karten, und nun hatte Mimi durch einen Satz nur angedeutet, dass sie so gerne tanzte, da hatte Solms sich sofort vor ihr verbeugt, ihre Hand genommen und sie in die Runde geführt. Alles ging so schnell, dass Mimi gar keine Einwände geltend machen konnte, und wenige Augenblicke später nur wirbelten sie schon über den einfachen Boden, der so flüchtig errichtet worden war, dass die einzelnen Dielen ins Schwingen gerieten und Mimi fürchten ließen, dass man durchbrach. Sie hatte ein großes Vergnügen an dem einfachen Volkstanz und kümmerte sich nicht darum, was die anderen dachten. Er macht Freude, sagte Mimi zu sich selbst, während Solms sie an den Hüften packte und um sich herumdrehte.

Friederike, die in Trauer war, beobachtete die beiden und freute sich, dass Mimi nun auch dem Charme des Rittmeisters erlegen war. Überhaupt war sie ganz beseelt von der Freude, die alle an dem Fest hatten, und merkte, dass die Heiterkeit auch ihr Gemüt erhellte.

Da es ihr, wie allen bei Hofe, verboten war, Schwarz zu tragen, fragten sich die Gäste bald, was denn mit Ihrer Königlichen Hoheit los sei. Womit hatte man sie verstimmt? Die Mutter der Braut war in höchster Unruhe und wollte sich schon der Prinzessin nähern, die auf einer gepolsterten Bank in der Nähe des Eingangs saß.

Aber da wurde sie zur Seite gezogen und darüber aufgeklärt, dass es sich bei der Dame nicht um eine gewöhnliche Hoheit handele, der alles nicht genüge, sondern um die Witwe des Prinzen Ludwig, und dass eine Witwe nicht tanzen dürfe. Dann erinnerten sich einige daran, dass es ja dieser Prinz Ludwig war, nach dessen Tod zwei Wochen lang im ganzen Reich jeden Mittag eine Stunde die Glocken geläutet hatten.

Und sofort ging man auf Friederike zu. Die ersten Leute waren noch zögerlich, aber als sich Friederike zugänglich und dankbar zeigte, drängte man sich geradezu danach, der jungen Frau, die so vom Schicksal getroffen war, sein Beileid auszusprechen.

Der alte Schmied kam als Letzter. Er verbeugte sich, soweit es ihm sein Kreuz erlaubte, und sagte: »Ihr seid ein guter

Mensch. Das Schicksal wird es Euch vergelten.« Dann entfernte er sich rückwärtsgehend.

Kaum hatte er sich abgewandt, wurde er schon von mehreren Frauen, die allesamt ihr spärliches, graues Haar zu einem Knoten im Nacken zusammengesteckt hatten, untergehakt und zur Seite gezogen.

»Schmied, sag, was hast du gesehen? So sag doch, was hast du gesehen?«

Der alte Schmied war nämlich bekannt dafür, dass er die Zukunft in den Augen lesen konnte, und deshalb hatte man ihn zur Prinzessin geschickt. Die gottesfürchtige Elisabeth-Christine hatte solchen Aberglauben zutiefst verabscheut und ihn im Dorf verbieten lassen. Nun glaubte keiner mehr, sich daran halten zu müssen, und besonders die alten Weiber, die nicht mehr viel erlebten, waren über die Maßen neugierig.

»Wird sie wieder heiraten?«

»Wird sie noch mehr Kinder haben?«

»So seid doch ruhig, was seid ihr bloß ungeduldig. So wartet doch ab.« Er hielt sie mit rudernden Armen auf Abstand, aber großen Erfolg hatte er nicht, denn sie bedrängten ihn weiterhin.

»Ja, das wird sie. Sie wird wieder heiraten. Sie wird Königin werden und einen Stammhalter gebären. Aber vorher, ach … ach, ach.« Er schüttelte den Kopf, schlurfte mit kleinen Schritten zum Balken, auf dem der Onkel der Braut die Getränke ausschenkte, und bestellte einen Schnaps.

Die Leute sahen ihm nach und drehten sich dann zu den Hoheiten herum, die ihnen die Ehre ihrer Anwesenheit erwiesen. Die Menge war angetan von Friederikes herrschaftlichem Wesen, das gleichzeitig so irdisch und nahbar wirkte. Auch Mimi vereinte diese wohltemperierte Mischung aus Noblesse und Herzenswärme, wie sie nur der wahre Adel für sich beanspruchen konnte.

In der Tat hatten beide Prinzessinnen nie Dünkel an den Tag

gelegt: Friederike war von ihrer Großmutter in Darmstadt so erzogen worden, dass es üblich war, die Bürgersleute auf der Straße zu grüßen – wenn auch nur flüchtig. Und Mimi kannte diese Art aus den Niederlanden, wo man einen freundlichen und nahen Umgang mit dem Volk pflegte. In der Gemeinde Schönhausen ging man alsbald sehr unkonventionell miteinander um und brachte den beiden Prinzessinnen, die die kleine Stadt mit so viel Schönheit und Hochherzigkeit bereichert hatten, Hochachtung und Herzlichkeit entgegen. Die beiden brauchten keine Damen, um sich frei und ohne Zwang in der Gegend bewegen zu können. Ausgenommen, sie suchten Gesellschaft und Unterhaltung.

Sie gingen in derben, einfachen Schuhen durch die sogenannte Königinplantage – genau genommen durch das, was seit Ende des Siebenjährigen Krieges, als die Russen Preußen hoffnungslos überrannt hatten, davon übrig geblieben war. Der Alte Fritz noch hatte hier eine Maulbeerplantage anlegen lassen, um die Nachfrage des Adels an Seide decken zu können. Aber die Gärten waren über Jahrzehnte von der alten Königin vernachlässigt worden, und die Bäume glichen, zumal jetzt im Winter, hängenden Köpfen alter Frauen.

Der Vergleich, der etwas unpassend erschien, kam von der Prinzessin Wilhelmine. Aber Friederike, die ihre Freude an der Kunst des Wortes hatte und originelle Metaphern zu schätzen wusste, lachte darüber und sagte: »Dann passen wir gut hierher. Nur, dass wir nicht alt sind.«

Mimi war zweiundzwanzig Jahre alt, Friederike ging auf die neunzehn Jahre zu, beide Frauen hatten das Leben bereits von der schlimmen Seite kennengelernt, und wenn die eine erzählte, fragte sich die andere insgeheim, ob sie selbst die Kraft gehabt hätte, den Schicksalsschlag der anderen ertragen zu können. Mimi hätte es zerbrochen, ihren Mann zu verlieren. Friederike empfand zwar große Trauer um ihren Mann Ludwig, der sie doch noch lieben gelernt hatte, aber wie Wilhelmine die Kinder weit entfernt von sich zu wissen, schnürte ihr die Kehle ab. Ich könnte niemals ohne meine Kinder sein, das würde mir das Herz brechen, dachte die junge Witwe. Den Mann hat man mir genommen, es ist schwer für mich – aber nähme man mir meine Kinder, es würde mich umbringen.

Sie drehte sich zu Mimi hin, während sie die Hände in ihrem Muff aneinanderrieb.

»Wie könnt Ihr damit leben, dass Eure beiden Söhne in England sind?«

»Sie sind bei den Eltern meines Mannes, des Erbprinzen. Wie könnte es ihnen da schlecht ergehen? Sie sind in den besten Händen.«

»Ach, nichts wäre für mich schlimmer, als meine Kinder nicht bei mir zu haben. Es sind doch die Hände der Mutter, die die besten sind. Ich habe immer von einer Familie geträumt, von einem Mann und vielen Kindern«, sagte Friederike.

Sie schluckte bitter, weil ihr das Glück einer Familie nun nicht mehr vergönnt war. Dann zog sie eine Hand aus dem Muff und brach im Vorbeigehen einen Zweig von einem der Maulbeerbäume ab. Wie zum Beweis ihrer Träume von Familie und Glück rief sie nach dem Fritzchen, das ihr sogleich mit kleinen, unsicheren Schritten entgegenlief. Dann hockte sie sich hin, breitete die Arme aus, küsste ihn und steckte ihm den Zweig an seine Jacke.

»Ach, liebste Cousine, Ihr seid doch noch so jung. Denken wir nur daran, was in einem Jahr sein wird …«

Mimi biss sich auf die Lippen, weil ihre Gedanken unschicklich waren, da Friederike sich noch in der Trauerzeit befand. Aber es war ihr keineswegs entgangen, wie der Prinz Solms, der sich jeden Tag von seinem Regiment entfernte, um mit ihr und Friederike den Tee einzunehmen, ihre neue Freundin anblickte. Beugte sie sich nach vorne, gingen auch seine Bewegungen in diese Richtung. Hob sie die Tasse, tat Solms es ihr gleich. Der hagere, hochgeschossene Mann, der so wenig von einem

Offizier hatte, weil er so zerbrechlich wirkte, verriet durch seinen – freilich unbeabsichtigten – Drang, jede Bewegung der Prinzessin aufzunehmen und es ihr gleichzutun, dass er haltlos in sie verliebt war. Es war so, als ob Solms mit Friederike zu einem Wesen verschmelzen wollte.

Die Prinzessin Mimi beobachtete ihn bei solchen Zusammenkünften. Er war sanft, und das tat der traurigen Friederike gut. Die beiden verband die Geschichte einer Liebe, die nicht gelebt werden durfte. Und doch fand Mimi, dass er Friederike nicht ebenbürtig war. Er hat etwas Würdeloses, dachte sie. Er ist ein Kratzfuß. Sein schmaler Körper und die hohe Stirn, die sich schon in seinem jungen Alter von nur knapp dreißig Jahren deutlich abzeichnete, wirkten so, als ob ihn ständig Kopfschmerzen quälten. Außerdem trank er immer ein Glas zu viel, und er vergriff sich manchmal im Ton, was auf eine Erziehung hinwies, die nicht den hohen Anforderungen des königlichen Hauses entsprochen hatte. Mimi schüttelte den Kopf und sagte zu sich: Auch wenn er Freude verbreitet, kann ich verstehen, dass die Großmutter Scho'sch ihn nicht für ihre Enkelin Friederike haben wollte. Dann ließ sie sich auf ihrem Teller aus Delfter Porzellan, das sie in ihr preußisches Exil hinübergerettet hatte, noch eines von Friederikes Tartelettes nachlegen.

»Köstlich, liebe Freundin. Die sind einfach köstlich. So kostet doch auch, lieber Prinz Solms, die hat unsere Freundin hier selbst gebacken.«

Friederike senkte beschämt die Augen, und tatsächlich langte der Prinz zu, was Mimi gänzlich unterwürfig fand.

Zu ihrer Freude hatte Friederike noch einen anderen Bewerber – auch wenn er aus Rücksicht auf ihre Trauerzeit, wie Mimi sich das erklärte, noch nicht vorbeikam. Aber das kann ja noch kommen, dachte sie.

Wenn Solms gegangen war, saßen Mimi und Friederike oft noch alleine am Kamin und tranken Quittenlikör von Lehmitz, und so manches Mal kam es dabei vor, dass Friederike in einem

Brief las, den sie dann seufzend ablegte, und lange ins Feuer blickte, wobei sie den Kopf ein wenig verträumt zur Seite legte.

Woran sie wohl denkt, fragte sich Mimi in solchen Situationen.

Mimi, die sehr eng mit der Prinzessin Louise, der frisch verheirateten Fürstin Radziwill, und dem Prinzen Louis Ferdinand verbunden war – überhaupt mit allen von Bellevue, die ja ihre Onkels, Tanten, Großonkels und Großtanten waren –, erkannte eines Tages, als sie sich ein wenig nach vorne beugte, auf dem Bogen die Schrift ihres Onkels Louis Ferdinand. Sie erinnerte sich daran, dass er schon damals, als auch Friederike auf Schloss Bellevue verkehrte, ganz benommen war von Friederike und alles darangesetzt hatte, sie zu erobern.

»Was schreibt er denn?«, fragte Mimi und nippte an ihrem Likör.

»Woher wisst Ihr, dass es ein Er ist?« Friederike sah zu ihr hin und gleich wieder weg. Sie stellte ihr Glas ab.

»Ich erkenne doch seine Schrift.«

»Ach so?« Schnell nahm Friederike den Bogen an sich und faltete den Brief zusammen, sodass die Schrift nicht mehr zu lesen war.

»Nein, es ist nicht so, wie Ihr denkt. Ich war oft auf Bellevue und sah, wie er geschrieben hat oder wenn er komponierte. So eine Schrift prägt sich ein, sie ist außergewöhnlich.«

»Ja, und er schreibt immer Dinge, die man gerade hören möchte.«

Die Prinzessin Mimi hob den Kopf und sah Friederike so an, als ob sie jetzt gerne ihre Gedanken lesen würde. Aber diese hangelte nach dem ledergebundenen Band von Spaldings »Die Bestimmung des Menschen« und begann darin zu blättern.

»Auch das hat er mir geschenkt. Es ist die richtige Lektüre in meiner Lage.«

»Aber sie ist doch so traurig.«

»Aber ich bin traurig.«

Dann vertiefte Friederike sich in das Buch.

Mimi aber beobachtete sie noch einen Moment. Dann fasste sie den Plan, Louis Ferdinand nach Schloss Schönhausen zu bitten. Solms war rührend, er war freundlich, aber er war ein Nichts. Die Sache mit ihm musste ein Ende haben. Mimi schenkte sich, ohne auf die Dienerschaft zu warten, einen weiteren Likör nach und kippte ihn, ohne darauf zu achten, dass sie in Gesellschaft war, in einem Zug hinunter, genau wie einen Schnaps.

24

Nachdem er seine Toilette abgeschlossen hatte, schüttete sich der Prinz Louis Ferdinand ein wenig von dem Rosenwasser auf die Hand und klopfte es sich auf den Hals. Es war das Parfum seiner Schwester und für einen Mann wie ihn grundsätzlich etwas zu feminin. Aber er gefiel sich in dieser Pose der Extravaganz und lotete die Grenzen des Möglichen gerne auch auf dem Gebiet des Luxus aus. Außerdem mochte er den Duft von fleischigen bulgarischen Rosen. Sie hatten so etwas Kraftvolles.

Dann befestigte er die Taschenuhr an der dafür vorgesehenen Kette, faltete ein Tuch, das er in die Tasche steckte, und strich sich noch einmal über das sorgfältig glattrasierte Kinn.

Er fühlte sich wohl, sauber, frisch, voller Elan und Hoffnung. Mit federndem Schritt ging er über die frisch gefegte Treppe nach unten, um sich ein Pferd zu nehmen, entschloss sich dann aber, nach einem Blick auf die Uhr, für eine Kutsche. Er wollte nicht verschwitzt auf Schloss Schönhausen ankommen.

Seine Nichte Mimi hatte ihn zu einer Feier eingeladen, eine Überraschung für die Prinzessin Friederike, die ihren neunzehnten Geburtstag feiern würde. Da noch Karneval war und Friederike die Saison nicht mitfeiern durfte, hatte sie sich überlegt, nach Schönhausen einzuladen, wo man den Nachmittag auf der Eisbahn verbringen wollte. Mehrere Personen aus der Berliner Gesellschaft, aber auch aus den Salons, in denen Friederike – folglich auch er – verkehrt hatten, sollten kommen.

Er kannte Mimi, er schätzte sie, es würde eine illustre Runde werden. Er war immer schon ein guter Schlittschuhläufer gewesen, eigentlich war er darin sogar herausragend, und er hätte sich über Mimis ausgesprochen lustige Idee, Eislaufen zu gehen, freuen sollen.

Aber Louis Ferdinand reichte es schon zu wissen, dass er Friederike endlich wiedersehen würde. Seit knapp zwei Monaten, also seit der Trauerfeier im Januar, wo sie ihren Mann, seinen Freund und Neffen, beerdigt hatten, waren sie sich nicht mehr begegnet. Er hatte sie nicht vergessen.

Es war Anfang März, und vor wenigen Tagen war noch einmal der Winter mit voller Wucht zurückgekommen. Es war kalt, aber die Sonne schien. Sie ließ den Schnee, der liegen geblieben war, funkeln.

Je näher sie nach Schönhausen kamen, desto mehr spürte Louis Ferdinand, wie sein Herz klopfte. Du darfst dich nicht aufregen, sagte er zu sich selbst. Du hast gesagt, dass du dich um sie kümmern willst wie um eine Schwester.

Aber er wusste auch, dass er länger schon ganz andere Gedanken in Friederikes Richtung gehabt hatte und dass diese, nachdem er sie jetzt mehrere Wochen nicht gesehen hatte, überwogen. Er sprach zu sich wie zu einem kranken Mann, dem man Hoffnung geben wollte. Er wusste nicht, wie er sich beruhigen konnte.

Mit einem Mal meinte er zu sehen, dass die Knöpfe seiner Jacke nicht blank genug waren. Er rieb sie mit dem Ärmel so blank, bis sie ihm sauber genug erschienen. Irgendwann sah er, dass sie in die Allee einbogen, die zum Schloss Schönhausen führte. Die Zweige der Bäume waren beladen mit neuem Schnee. Louis Ferdinands Herz raste.

Vor dem Schloss angekommen, sagte man ihnen, dass sie gleich zu dem Ort weiterfahren sollten, wo die Eisbahn war. Ein Lakai wedelte mit dem Hut herum und rief:

»Fahrt erst geradeaus, dann nach links, dann eine Weile geradeaus, dann seht Ihr zur rechten Seite hölzerne Hütten.«

Als Louis Ferdinand um zwei Uhr aus seiner Kutsche stieg, hörte er schon das Knirschen von Kufen auf dem Eis und lachende, vergnügt klingende Stimmen. Sofort fing sein Herz wieder an zu rasen. Beruhige dich, sagte er zu sich, beruhige dich doch; und einmal, um seiner Lage etwas Witz abzugewinnen, sagte er sogar zu sich: Beruhige Er sich! So wie man zu einem Bediensteten sprach.

Er war so mit sich selbst beschäftigt, dass er den Grafen Medem, der der Adjutant des Kronprinzen war, übersah und ihm, als dieser ihn umso lauter begrüßte, zwar zunickte, aber ihn beim besten Willen nicht einordnen konnte. Erst als er an die Eisbahn trat, fiel es ihm wieder ein: Graf Medem! O Gott. Sind denn auch Friedrich Wilhelm und Luise hier? Er erinnerte sich wieder an den Ärger, den er sich wegen seiner Eskapaden mit Luise eingehandelt hatte, und dachte: Wenn sie hier ist, dann kann ich die Angelegenheit mit Friederike begraben. Sie wird sie warnen, obwohl es gar nichts zu warnen gibt.

Es war für Preußen, redete er sich ein und reckte den Hals.

Louis Ferdinand sah sich voller übler Vorahnung um und lief dabei versehentlich gegen eine der hölzernen Absperrungen, die das Eis von der umliegenden Fläche trennten, wo Bänke standen, aber auch Buden mit Erfrischungen. Er zog seine Jacke glatt und straffte sich. Niemand hatte ihn gesehen.

Dann stellte er sich an den Eingang und verharrte dort eine Weile.

Die Fläche war voll, und von überall her hörte man Lachen. Auch wenn nicht jeder die Kunst des Eislaufens beherrschte, herrschte eine ausgelassene Stimmung. Es gab ängstliche Anfänger, die mit wackeligen Beinen das Gehen auf den Kufen übten und sich dabei an einem Kufenschlitten oder einem Begleiter festhielten; es gab erfahrene Läufer, die rückwärts wie vorwärts an allen vorbeisausten und sich dabei in voller Fahrt drehten. Graf Görtz gehörte zu diesen Leuten, die von allen bestaunt wurden, oder auch der Graf Massow. Ebenso der Prinz Solms.

Louis Ferdinand verfolgte ihn mit den Augen. Solms beherrschte das Eis, aber seinem Stil sah man die Mühe an, die es ihn kostete. Sein Lauf war kräftig und bestimmt. Er bog und wendete sich und drehte sich in aberwitzigen Pirouetten, sodass man gar nicht mehr wusste, wo vorne und hinten bei ihm war. Jeder, an dem er vorbeisauste, sah ihm mit staunendem Blick nach. Manchen entfuhr ein »Oh!« oder »Ah!«.

Dann nahm Solms offenbar Anlauf für ein ganz großes Bravourstück: Er fuhr rückwärts, immer schneller und schneller, ging dann kurz in die Knie, um sich sogleich mit aller Kraft vom Eis abzustoßen und in der Luft eine, nein, gleich zwei Drehungen um die eigene Achse zu wagen. Alle, die das sahen, verstummten. Doch als er heil aufkam und seine Fahrt in einem weiten Bogen ausgleiten ließ, wobei er die Hände ausbreitete wie ein Vogel seine Flügel, jubelte man ihm zu.

»Fabelhaft, fabelhaft!«

Manche applaudierten. Schnell bildete sich um ihn ein Kreis, und – da! – ganz vorne war sie. Ihr volles Haar unter einer hübschen Mütze aus Pelz, die das Katzenhafte ihrer Erscheinung betonte. Sie war deutlich erkennbar an der leicht geneigten Kopfhaltung, die sie auszeichnete: Die Prinzessin Friederike stand direkt da, wo Solms zum Halten kam.

Er verbeugte sich vor ihr, schlug sich die Hand vors Herz und sagte etwas. Sie streckte ihm die Hand entgegen, und dann fuhren sie zusammen über das Eis. Friederike hatte sich sogar bei ihm untergehakt. Auf dem Eis und in so großer Gesellschaft war das erlaubt.

Mimi, die den Prinzen Solms und dessen Umgang mit Friederike seit Wochen beobachtet hatte, sah, dass ein seliges Lächeln auf seinen Lippen lag. Im Gleichschritt, dachte sie, so hat er es gerne. Immer im Gleichschritt. Ach, er würde am liebsten mit ihr verwachsen. Es ist so lächerlich.

Sie selbst nahm ebenfalls Anlauf und schloss zu den beiden auf, als sie in der nächsten Runde vorbeiglitten. Sie hatte vor, die Pose der Anstandsdame zu geben, die auf Friederikes Tugend aufpasste. Deren Trauerzeit rechtfertigte dieses Verhalten, aber in Wahrheit wollte sie Solms' Illusionen zerstören. Ach, wo blieb denn nur Louis Ferdinand? Sie drehte sich im Lauf und sah sich um, konnte ihn aber in der Menge nicht erkennen.

Louis Ferdinand stand immer noch, etwas erhaben, an der Lücke in der hölzernen Absperrung, von wo die Gäste aufs Eis traten oder wieder herunterwollten. Wenn sie mit ihren Kufen über das Holz gingen, machte es ein klopfendes Geräusch. Die meisten lachten, manche konnten ihr Gleichgewicht nicht halten und fielen hin, was zu weiterem Gelächter führte.

Louis Ferdinand ließ sich dadurch nicht ablenken. Er starrte gebannt zu Friederike und Solms, die im harmonischen Gleichklang über das Eis schwebten.

Sie fahren zusammen. Zusammen! Louis Ferdinand schäumte innerlich. Die brüderlichen Gefühle, die er Friederike antragen wollte, verblassten im Nu und wichen dem Feuereifer, der für ihn so typisch war. Wieder bemühte er sich, sein Herz zu beruhigen, indem er sich gut zusprach. Er atmete mehrere Male tief durch.

In diesem Moment hörte er eine vertraute Stimme.

»Oh, der Prinz Louis Ferdinand ist da, der Prinz Louis Ferdinand ist da.« Oberst Massenbach begrüßte seinen Kumpan mit einem Winken und kam ihm vom Eis her entgegen. Auch er hatte Schwierigkeiten, seine Balance zu halten, als er auf das Holz trat. Er hielt sich an der Absperrung fest. »Na, habt Ihr das gesehen? Das ist doch eine feine Sache mit dem Solms. Er ist nicht übel.« Als er bei Louis Ferdinand angekommen war, schreckte er, wenn auch unmerklich, kurz zurück, weil ihm das Parfum des Prinzen in die Nase stieg. »Oh, là, là. Was riecht Ihr denn so, nun, so …«

»Es sind bulgarische Rosen.«

»Aha, nun …«

»Das macht man jetzt so.« Louis Ferdinand log, aber als königlicher Prinz konnte er alles zu einer Mode machen, was ihm gefiel. Er hatte schon öfter bemerkt, dass man ihm nacheiferte. Nur Massenbach blieb ein Original, das sich nach keinem Geschmack als dem eigenen richtete.

Louis Ferdinand wechselte gezielt den Gegenstand des Gesprächs. »Das hätte ich ihm nicht zugetraut.«

Massenbach nickte: »Ich auch nicht. Das Beste aber ist: Wisst Ihr, wie er sein Bravourstück genannt hat?«

»Er hat dem Sprung einen Namen gegeben?« Louis Ferdinand lachte auf.

»Ja, ja, stellt Euch vor …« Massenbach schob eine Hand zwischen den vorderen Knöpfen seiner Jacke durch und verharrte. »… Er heißt Na-po-le-on.« Dann unterstrich er jede Silbe mit einer Geste, die an einen Dirigenten erinnerte, und wiederholte noch einmal, wobei er sich verneigte: »Na-po-le-on.«

»Das kann doch nicht wahr sein.«

»Doch, doch! Es ist wahr.«

»Meine Güte, was ist dieser Solms doch nur für ein Idiot! Wie kann man sich nur so lächerlich machen?« Louis Ferdinand griff sich an die Stirn.

»Ihr sagt es, Ihr sagt es.« Dann lachte Massenbach dieses tiefe, raue Lachen, das so unvergleichlich war.

»Na, wartet! Ich gehe und lasse mir Schuhe anziehen.«

»Ja, zeigt Ihr mal Eure Bravourstücke. Das wird ein feines Schauspiel!«

Als Louis Ferdinand den Pächter der Eisbahn suchte, schüttelte er den Kopf. »Napoleon! So etwas Lächerliches.«

Vor vier Wochen hatte Napoleon mit einem Geniestreich

den Krieg in Oberitalien für sich entschieden und die Österreicher zu einem Friedensvertrag gezwungen, der sie viele Gebiete in dieser Region kostete. Er hat Schneid, dieser Napoleon, dachte Louis Ferdinand, der ihn für seine militärische Raffinesse bewunderte. Die Schlacht bei Lodi war nicht groß, aber Napoleon war zäh und unnachgiebig wie Solms, sprach er zu sich.

Aber einen Sprung auf dem Eis nach ihm zu benennen, das war einfach nur lächerlich. Doch irgendetwas sagte Louis Ferdinand, dass dieser Solms durchaus Witz hatte. Oder war es Idiotie?

Louis Ferdinand ärgerte sich über sich selbst, weil man doch die Möglichkeit zur Kenntnis nehmen musste, dass der andere besser sein könnte. Er wusste nicht, warum, aber irgendetwas machte ihn an diesem Solms nervös. Aber Schlittschuhlaufen! Schlittschuhlaufen konnte er weitaus besser als dieser Prahlhans. Energisch ging er in Richtung der Bretterbude, wo der Pächter die Schuhe ausgab.

»Oh, gnädiger Herr, wie schön, dass Ihr mich auch hier beehrt.«

Der Pächter kannte den Prinzen von der Eisbahn, die er im Tiergarten betrieb. Aber Mimi hatte den guten Mann für die Saison nach Schönhausen geholt, und er willigte ein, da die Prinzessin dem ganzen Dorf die Nutzung zum Geschenk gemacht hatte und ihn dafür gebührlich entlohnte. Er deutete Louis Ferdinand an, auf einem Schemel Platz zu nehmen.

»Ich bin froh, dass Ihr hier seid. So ein prächtiger Läufer wie Ihr! Der Kerl da mit seinen Bravourstücken, jeden Tag ist er hier und paradiert.«

»Ach, und die Prinzessinnen?«

»Nein, nein. Die waren nie hier, aber das ganze Dorf ist da. Es war eine Überraschung für Ihre Königliche Hoheit, die Witwe Ludwig. Und seht doch, wie sie sich freut!« Der Mann klatschte in die Hände.

»Nun macht schon.« Louis Ferdinand wurde ungeduldig,

und der Pächter machte sich daran, die Schlittschuhe anzuschrauben und zu prüfen, ob alles saß und fest war. Dann zog er die ledernen Riemen an.

»So!«, sagte er. »Fertig! Sitzt er gut?«

»Ja, ja.« Louis Ferdinand nahm sich gar nicht mehr die Zeit, selbst zu prüfen, ob der Schuh auch fest genug saß, und ging entschlossen auf die Eisfläche zu, an deren Eingang schon Massenbach wartete.

»Auf geht's«, rief der ihm hinterher.

Louis Ferdinand bewegte sich ohne eine Spur der Unsicherheit über das Eis. Wo er ankam, teilte sich sofort die Menge. Oder er umkurvte mit wendigen Hüften Leute, die nicht so gewandt waren wie er. Sein Stil war nicht so akrobatisch wie der von Solms, dafür wesentlich eleganter. Er hatte die Leichtigkeit eines Tänzers. Er beschrieb geschmeidige Links- und Rechtskurven, aber als er einer Gruppe Lehrlinge aus dem Dorf entgegenkam, wagte er den Scherz vorzutäuschen, dass er seinen Kavaliersdegen als eine Art Ruder zum Lenken gebrauchte. Die jungen Männer honorierten es ihm mit schallendem Gelächter. Immer mit den Händen auf dem Rücken, bewegte er sich auf Friederike, Solms und Mimi zu, die mit wenigen Fuß Abstand neben den beiden herlief. Als er zu ihnen aufgeschlossen hatte, holte er zu einem großen Bogen aus, drehte sich mehrere Male um die eigene Achse und kam dann mit einer Verbeugung direkt vor Friederike zum Halt.

»Ich komme, um Euch aufs Innigste zu Eurem Ehrentag zu begrüßen.« Er gab Friederike einen Handkuss und sagte dann zu Solms: »Darf ich?«

Dann gab er ihr zu verstehen, dass sie sich unterhaken möge, und beide glitten davon. Mimi, die lange auf diesen Moment gewartet hatte und Louis Ferdinand insgeheim für seinen Hang zur Verspätung verfluchte, schnappte sich sofort Solms und fragte ihn sogleich: »Erzählt, lieber Prinz. Wie war das mit Napoleon?«

Und schon geriet Solms wieder ins Reden.

Friederike und Louis Ferdinand aber liefen genauso innig im Gleichtakt, wie es Solms und sie zuvor getan hatten. Das Paar wirkte sogar einen Deut harmonischer, weil die Aufmachung des Prinzen an den verstorbenen Prinzen Ludwig erinnerte, und die Menschen, denen Friederike und Ludwig zusammen im Tierpark oder auf der Lindenallee einst beim Promenieren begegnet waren, drehten sich nun erschrocken um. Aber als sie Louis Ferdinand erkannten, lachten sie erleichtert auf.

»Ach, Ihr! Wie schön, Euch hier draußen zu sehen.«

»Oh, seid gegrüßt!«

Nach einer Runde ebbte die Aufregung ab, und Friederike und der Prinz liefen im regelmäßigen Takt nebeneinander her.

»Ich freue mich sehr, dass Ihr Euch die Mühe gemacht habt, mich hier draußen zu besuchen.«

»Es ist mir eine Ehrensache.«

»Es ist nicht selbstverständlich, und ich weiß Euren Einsatz zu schätzen.«

»Aber nein. Der Prinz Solms kommt doch jeden Tag.«

»Natürlich kommt er. Wir kennen uns ja noch aus Darmstadt, das ist doch etwas ganz Natürliches. Wir erzählen uns von alten Zeiten und schwelgen in der Erinnerung. Wisst Ihr … Darmstadt, obwohl es klein ist, hat seine Reize … Aber, ach, ich rede zu viel.« Sie lächelte ihn voller Wärme an.

»Ist denn Eure Schwester nicht hier? Ich habe sie noch gar nicht gesehen.«

»Oh, wisst Ihr das denn nicht? Das kann doch nicht sein. Die Kronprinzessin ist in der allerbesten Hoffnung und kurz vor der Niederkunft. Es wäre ihr nicht zuzumuten, nur wegen meiner Wenigkeit hierherzukommen.« Dabei zeigte Friederike mit einer Hand auf sich.

Louis Ferdinand drehte den Kopf zur Seite und gab vor, jemanden zu grüßen. In Wahrheit versuchte er zu verbergen, dass ihm die Röte ins Gesicht gestiegen war. Wie konnte mir das nur passieren?, dachte er und biss sich auf die Lippen. Ich bin ein Idiot.

Natürlich wusste er, dass Luise ein Kind erwartete, und das sogar sehr bald. Es war ja nicht zu übersehen. Aber von all seiner Würde und Männlichkeit war angesichts der Tatsache, dass er Friederike nach so langer Zeit – seit acht Wochen nun! – endlich wiedersehen durfte, nicht mehr viel übrig geblieben. Er fühlte sich wie ein Kadett, ängstlich und eingeschüchtert. Es kam selten genug vor, aber er wusste tatsächlich nicht, was er sagen sollte.

Glücklicherweise kam ihm Friederike entgegen. »Ich möchte Euch sehr danken für die beiden Bände von Spalding, die Ihr mir geschenkt habt.«

»Oh, ja. Sehr gerne …«

»Sie haben mir sehr geholfen, mich hier und in meinem neuen Leben einzurichten.«

»Sehr gerne.« Der Prinz fühlte wieder Sicherheit in seiner Stimme. »Wenn Ihr noch etwas anderes benötigt, bitte sagt es mir.«

»Ach, was ich benötige? Was soll ich schon benötigen? Danke. Niemand kann mir den Prinzen Ludwig wiederbringen. Und das ist alles, was ich will.«

»Wir waren Freunde.«

»Das weiß ich.«

Louis Ferdinand war überrascht und erfreut zugleich. Denn offenbar hatte Ludwig ihr nichts von ihrem Zerwürfnis erzählt. Er erinnerte sich, dass überhaupt niemand von ihrer beider Streitigkeiten erfahren hatte, und das, wo doch in Berlin hinter jeder Tür ein Lauscher stand und spektakuläre Begebenheiten wie die, die sich zwischen dem verstorbenen Prinzen Ludwig und ihm zugetragen hatten, sofort ausgiebig besprochen wurden.

Ihm kam ein Gedanke.

»Vielleicht ist es Euch ein Trost, wenn ich Euch Geschichten über ihn erzähle. Über unsere Zeit in Berlin, als wir noch beide jung waren, oder von Frankfurt. Ihr müsst es mir nur sagen, dann komme ich gerne vorbei.«

»Danke.« Friederike klopfte ihm auf den Arm. »Danke. Ich werde es mir überlegen.«

Friederike wollte das Angebot des Prinzen überdenken. Wieder einmal durchdrang sie das Gefühl, dass Louis Ferdinand genau die richtigen Worte im richtigen Moment sagte. Sie sah ihn an.

Dann sprachen sie über das Leben hier draußen in Schloss Schönhausen und die Annehmlichkeiten, die es hier gab, im Gegensatz zu Berlin, wo man so schrecklich beobachtet war. Die Prinzessin Mimi war Gegenstand ihres Gesprächs und natürlich Friederikes drei Kinder, nach deren Wohl und Wehe sich Louis Ferdinand bis in jede Einzelheit erkundigte. Ob das Fritzchen schon gut spreche und ob das Carlchen schon laufen könne und ob die kleine Friederike, die ja so hübsch wie die Mutter sei, schon die ersten Zähnchen bekomme. Friederike beantwortete alles detailreich und mit der Anteilnahme, die nur Mütter aufbringen können. Louis Ferdinand hörte aufmerksam zu.

Als sie so über das Eis glitten, fiel ihm auf, dass er Friederike noch nie so nah gewesen war. Er spürte den Druck, den ihr Arm auf den seinigen ausübte, er spürte ihre Wärme, und er roch ihren Duft, was ihn kurz verlegen machte, denn er dachte an Massenbach, der ihn wegen seines Rosenparfums verhöhnt hatte, und er glaubte, nun auch Friederike damit abzuschrecken.

Aber sie erzählte ohne Irritation von ihren Kindern. Dabei nahm er wahr, wie gleichmäßig der Takt ihrer beider Körper war und wie sehr sie miteinander harmonierten.

Seine Gedanken drohten schon in eine gefährliche Richtung abzuschweifen, als sie ihn direkt ansprach. »Unter Eurer Führung läuft es sich so sicher.«

»Ja?«

»Ja, ich bin ungeübt, aber bei Euch fühle ich mich wohl.«

Und wie zum Beweis ihrer Worte drückte sie seinen Arm ein wenig fester.

Die nächsten Wochen nahm Louis Ferdinand, sooft es ihm möglich war, den beschwerlichen Weg von Schloss Bellevue nach Schönhausen auf sich, um Friederike zu besuchen. Die anderthalb preußischen Meilen nahm er meist im Galopp, was ihn knapp eine Stunde kostete. Aber wenn er ankam und dem Diener seinen Mantel zuwarf, musste er zur Kenntnis nehmen, dass immer schon der Mantel von Solms da hing.

Er hatte nie etwas gegen Solms gehabt – er fand sogar, er war ein netter Kumpan, ein wenig einfach, ein wenig zu glatt vielleicht. Aber jetzt, da Solms immer schon da war, wenn er selbst bei Friederike ankam, fing er an, böse auf ihn zu werden. Er ist doch lästig, dachte er.

Er bewegte sich, als ob er den Schnee abschütteln wollte, aber es gab keinen Schnee mehr, und die Geste galt Solms. Er ließ seinen Ärger an dem armen Mann aus, der den ganzen Tag am Eingang in der Kälte und im Zug zu stehen hatte und dort in einer preußischblauen Livree auf die Gäste wartete.

»Nimm Er das!«, sagte er zu dem Diener. Er warf ihm Hut, Mantel und Handschuhe hin und stapfte mit energischen Schritten durch das Foyer und dann die prächtige weiße Holztreppe hoch, für die das Schloss Schönhausen so berühmt war.

»Königliche Hoheit, welch ein Vergnügen!« Es war auch meist Solms, der ihn zuerst begrüßte, wobei Louis Ferdinand sein triumphaler Unterton nicht entging.

Die Nachmittage verbrachten sie mit Kartenspielen und Teetrinken, und wenn das Wetter es erlaubte, ging man spazieren. Oft nahm man ein bestimmtes Bedürfnis zum Anlass, das sich bei den beiden Setterdamen Fanny und Fickchen regte, und zog mit derbem Schuhwerk durch die Plantage aus

Maulbeerbäumen. Man sprach über den Frühling, der sich ankündigte, und überlegte, wie man den Park umgestalten sollte, sodass man mehr Zeit im Freien verbringen könnte. Und man freute sich über den prächtigen Knaben, den die Kronprinzessin Luise geboren hatte und der Friederike abermals zur Tante machte.

»Ihr wart in Berlin?« Louis Ferdinand stockte.

»Ja. Meiner Schwester ging es nicht gut, und sie ließ nach mir rufen.« Friederike zog das wollene Tuch, das sie über der Jacke trug, enger zusammen. »Aber es ist ein großes Glück. Der Prinz ist ein runder, gesunder, fetter Junge, der so viel Freude macht! Nur …«

»Was war?«

»Nun, als sie Salut schossen, fiel es mir schwer, mich zu freuen. Dabei wäre es doch meine Pflicht. Aber als das letzte Mal die Kanonen gingen, war es für meinen verstorbenen Mann.«

Wären sie auf dem Eis gewesen, hätte Louis Ferdinand sie ein wenig enger an sich herangezogen. Aber sie waren nicht auf dem Eis, und so schritten sie nebeneinander her. Solms ging, da er auf dem schmalen Weg neben den beiden keinen Platz fand, entweder hinter oder vor ihnen, wobei er immer darauf bedacht war, in Hörweite zu sein. Manchmal, wenn der Prinz Louis Ferdinand mit dem Fritzchen Jagen spielte oder zu dem Kindermädchen ging, um mit dem Carlchen oder der kleinen Friederike, die er abgöttisch liebte, zu scherzen, schloss Solms sofort zu Friederike auf und verwickelte sie in ein Gespräch über die fröhlichen Zeiten in Darmstadt.

Die Prinzessin Mimi und Louis Ferdinand blickten sich hilflos an.

Irgendwann suchte Louis Ferdinand direkt das Wort mit Solms. »Solms, was macht Ihr den ganzen Tag? Seid Ihr nicht bei den Dragonern? Der König wird das nicht gerne sehen, wenn Ihr Eure Truppe nicht ordentlich exerziert. Ich kenne ihn! Mit ihm ist nicht zu scherzen.«

Daraufhin kam Solms nur noch jeden zweiten Tag; und manchmal schaffte er es sogar nur noch zwei Mal pro Woche, die Prinzessin Friederike zu beehren.

Nun eröffnete sich dem Prinzen Louis Ferdinand tatsächlich die Möglichkeit, öfter mit Friederike allein zu sein und ihr Geschichten über den Prinzen Ludwig zu erzählen, die sie miteinander im Felde, im Kasino oder auf den vielen Festen, auf denen sie sich am Königshofe begegnet waren, erlebt hatten. Freilich wahrte er das Andenken seines verstorbenen Neffen, aber er streute auch geschickt ein, dass dieser ein gern gesehener Gast in den Salons gewesen war, was so nicht stimmte. Louis Ferdinand gab das nur vor, um Friederike auf sanfte Art daran zu erinnern, dass auch sie gern gesehener Gast in den Salons gewesen war, nämlich in der Zeit, in der es – wie man überall in Berlin wusste – nicht zum Besten mit ihrer Ehe gestanden hatte und sie Zerstreuung und Freundschaft gesucht hatte. Die Berlinger aber und ihre Tochter, deren Vater Ludwig war, erwähnte er mit keinem Wort.

Er fragte sich selbst, wie es sein konnte, dass Friederike so an ihrem Mann hing. Am Anfang war er doch fürchterlich garstig zu ihr, er hatte sich aufgespielt und hätte alles getan, um diese Verbindung zu lösen, ging es Louis Ferdinand durch den Kopf. Aber, tja, da waren ja die Kinder, und seitdem war alles anders geworden. Louis Ferdinand konnte es verstehen. Er liebte die drei hübschen Engel und versuchte sie mit Späßen und Zärtlichkeiten über den Verlust des Vaters hinwegzutrösten.

Das Carlchen hatte ihn sogar einmal »Papa« genannt, was zur allgemeinen Heiterkeit führte, aber durchaus nicht von der Hand zu weisen war. Denn der Prinz Ludwig und der Prinz Louis Ferdinand sahen sich sehr ähnlich, wobei der verstorbene Ludwig neben seinem Onkel immer eine Spur schmaler und schmächtiger gewirkt hatte. Aber zum Vergleichen gab es nun keine Möglichkeit mehr.

Die Prinzessin Mimi beobachtete und begrüßte den Fortschritt, den die von ihr geplante Annäherung zwischen dem Prinzen Louis Ferdinand und ihrer neuen Freundin Friederike machte. Sie sind ein schönes Paar, sagte sie zu sich und drehte beglückt an ihrem weißen, mit Baumwollspitzen bespannten Schirm, den sie trug, weil die Sonne Ende April schon recht kräftig war. Dennoch ging ihr die Entwicklung noch nicht schnell genug, und da Solms immer noch regelmäßig kam und Friederikes Sehnsüchte nach Liebe und einer Familie nährte, wurde sie langsam unruhig.

»Ach, so ist das mit der ersten Liebe. Die vergisst man nie. Aber es darf einfach nicht sein. Solms ist ein Nichts …«, sagte sie zu Louis Ferdinand, wobei sie ihre Stimme zu einem Flüstern absenkte.

»Sie ist in Trauer. Es hat doch alles seine Zeit. Was kann man da machen?« Louis Ferdinand kraulte immer, wenn sie so zusammensaßen, die beiden prächtigen Maikatzen, die Friederike gehörten und die ihn an die Katze seiner Schwester erinnerten.

»Ich werde dir sagen, was du machen kannst. Da gibt es sogar sehr gute Gelegenheiten.«

Dann warf sie zufrieden den Kopf nach hinten und zwinkerte Louis Ferdinand freudig zu.

25

»Ihr wisst, dass meine Zustimmung in dieser Angelegenheit keine Geltung hat.«

Friedrich Wilhelm wies den Lakaien an, eine Flasche Schnaps zu holen. Er war so aufgebracht, dass ihm die Worte fehlten, und um sich zu sammeln, hielt er es für angebrachter, etwas zu trinken. Er bot auch Louis Ferdinand ein Glas an.

»Danke, mein Lieber. Ich weiß, dass es durchaus verfrüht

ist, Euch mit dieser Sache zu behelligen. Aber wir wissen, wie es um den König bestellt ist. Schon heute seid Ihr mit vielen Aufgaben des Königs betraut, zu denen er nicht mehr in der Lage ist. Es wäre …«

Barsch unterbrach der Kronprinz diese ungeheuerlichen Ausführungen des Prinzen Louis Ferdinand. »Was des Königs Schicksal ist, liegt allein in Gottes Hand! Ihr vergesst Euch, Prinz Louis Ferdinand.«

Dann trat er ans Fenster und gab ihm zu verstehen, dass er nachdenken müsse und der Prinz Louis Ferdinand sich setzen solle oder eines der Bücher lesen, die die Prinzessin Luise auf einem Tisch hatte liegen lassen. Mit hochgezogener Augenbraue erkannte der Prinz Louis Ferdinand die Ritterromane des Hugenotten Lafontaine.

Elendige Einfalt, dachte er. Da war die Prinzessin Friederike schon von einem ganz anderen Format. Wie hat sie es nur mit dem Prinzen Ludwig ausgehalten? Zum Spaß las er ein paar Zeilen und fing innerlich an, den heldenhaften Stil des Schriftstellers zu deklamieren wie auf einem Bauerntheater.

Der Kronprinz stand derweil am Fenster. Auch wenn er gegenüber seinem Onkel seiner Empörung Luft machte, musste er sich eingestehen, dass es tatsächlich sehr schlecht um den König stand. Seit Monaten schon quälte ihn die Wassersucht. Der König war immer dick gewesen, jetzt war er aufgedunsen, zudem kränklich und gleichzeitig maßlos wie immer. Er trank, aß, rauchte, lebte und lachte, wie es so seine Art war, und versammelte fast jeden Abend eine gesellige Runde um sich, an der jetzt auch seine Geliebte, die Trompetertochter Wilhelmine Ritz, teilnehmen durfte.

Vor wenigen Monaten hatte der dicke König sie erst zur Fürstin Lichtenau erhoben, dann zur offiziellen *Maîtresse en titre.* Seine Frau, die Königin, hatte sich lange gegen diese Rangerhöhung ihrer Rivalin gewehrt und erst dann zugestimmt, dass die Lichtenau offiziell bei Hofe eingeführt wurde, nachdem ihr der König ein Vermögen von hunderttausend Reichstalern zugesprochen hatte. Das erzählte man sich jedenfalls, und es gab keinen Grund, der bescheidenen Königin nicht zu glauben.

Jedenfalls gerieten nach diesem offiziellen Akt die Feste des Königs zu Ausschweifungen, von denen sich selbst ein robuster junger Offizier tagelang erholen musste. Aber der dicke König machte sich einen Spaß daraus, die Ratschläge seines höchst alarmierten Arztes Doktor Brown in den Wind zu schlagen und seine Fistelstimme und abgehackte Gestik zu parodieren.

»Er ist ein elendiger Quacksalber«, dröhnte er mit voller Resonanz in den Raum. »Er ist ein Kurpfuscher, der mir meine letzten Freuden rauben will. Ein Stümper, ein Scharlatan.«

»Genau, genau!« – »So ist es«, pflichteten ihm seine Höflinge bei.

Dann hob er zum Trotz sein Glas, und alle stimmten ihm zu.

Es war tatsächlich – und das war ihr hoch anzurechnen – die Fürstin Lichtenau, die seinen Wein heimlich verdünnte und die Dienerschaft anwies, ihm die Schnäpse gar nicht erst zu servieren. Sie war ernsthaft besorgt um den Gefährten ihres Lebens. Sie war neun Jahre alt gewesen, als sie sich kennengelernt hatten, und sechzehn, als sie sich ihm das erste Mal hingegeben hatte. Nun war sie vierundvierzig Jahre alt und fürchtete seinen Tod.

Friedrich Wilhelm beobachtete die Regentropfen, die außen an der Fensterscheibe herunterrannen. Er war nie der Mensch gewesen, der sich gut entscheiden konnte, und manchmal, wenn es die Angelegenheit erlaubte, sagte er sich: »Wenn der Tropfen vor dem anderen unten aufstößt, dann heißt das, ich muss auf diese Weise entscheiden.«

Aber jetzt lagen mehr Komplikationen in der Sache.

Es stimmte, dass der König, seitdem er »diese Unperson« – wie Friedrich Wilhelm die Fürstin Lichtenau nannte – zur offiziellen Maitresse erhoben hatte, ihn selbst mehr und mehr in die Geschäfte des Staates eingewiesen hatte. Er dachte, es läge an der Vergnügungssucht seines Vaters und daran, dass dieser mehr Zeit für seine Feste haben wollte. Aber Louis Ferdinands Einwurf hatte durchaus seine Berechtigung: Es traf zu, weil dem König, seinem Vater, langsam die Kräfte versiegten und weil er als Kronprinz lernen sollte, einen Staat zu lenken und zu führen, bis es so weit kommen würde, dass er übernehmen musste. Dennoch war es ein Affront, gegen den König, die Ordnung, ja, gegen Gott, ihn jetzt schon um Angelegenheiten zu bitten, die er nicht entscheiden durfte, ohne die Macht des Königs zu beschädigen.

Als Friedrich Wilhelm sich in den Raum drehte, legte Louis Ferdinand sofort die Rittergeschichten von Lafontaine aus der Hand. Er stand auf wie zum Appell, um Friedrich Wilhelm seinen Respekt auszudrücken.

Der sagte: »Mein Prinz, ich räume ein, Euer Anliegen ist edel. Aber wie könnt Ihr es wagen, Euch jetzt schon gegen alle Sitten an mich zu wenden? Noch ist der König unter uns, und wir hoffen, dass er noch lange unter uns bleiben wird. Nur Gott bestimmt sein Schicksal, nicht wir, nicht Ihr.«

Louis erschrak. Er hatte die falsche Strategie gewählt und sah nun sein Vorhaben, den Kronprinzen als Unterstützer einer Vermählung mit der Prinzessin Friederike zu gewinnen, gefährdet. Spontan entschied er sich, seinem Charakter entsprechend, für die Offensive:

»Ich fürchte meinen Gott nicht. Er ist dem König und uns gnädig. Er ist mit uns Preußen. Und Ihr werdet schon bald mein König sein, dem ich Treue schwören will. Verzeiht mir also meine Offenheit.«

Friedrich Wilhelm starrte ihm ins Gesicht.

Es war das erste Mal, dass es jemand wagte, ihn, den Kronprinzen, als König anzusprechen, obwohl der alte König noch am Leben war. Es wurde ihm unheimlich, ärgerlich, aber auch erhaben zumute. Dennoch widersprach es der natürlichen

Ordnung. Aber was tun? Sollte er Louis Ferdinand des Raumes verweisen? Seine Bitte abschlagen? Es war so impertinent, dass er sich anmaßte, ihn um seine Zustimmung zu bitten, obwohl der König noch lebte.

Louis Ferdinand ließ sich von den Einwürfen des Kronprinzen nicht beirren. »Ich weiß, dass ich Gott nicht fürchten muss. Denn ich tue es aus Liebe. Und die Liebe, so steht es geschrieben, ist die größte unter den drei Schwestern Glaube, Liebe und Hoffnung.«

Friedrich Wilhelm räusperte sich. Er fürchtete das pathetische Wesen seines Onkels und erinnerte sich mit Unbehagen daran, wie er am Todestag des Prinzen Ludwig vor ihm niedergekniet war.

»Ähm, nun …«

»Es ist mir ernst, und wenn ich mich Euch nicht anvertrauen kann, dann bin ich verloren. Ihr habt mir das Versprechen abgenommen, mich um die Prinzessin Friederike zu kümmern. Ich habe es getan, wie es ein Ehrenmann tut. Aber nun, was soll ich sagen … manchmal passieren Dinge zwischen Himmel und Erde, derer man nicht Herr ist, und auch ich bin nur ein Opfer des Schicksals.«

»Ja, ja, ist ja schon gut.« Friedrich Wilhelm kippte einen Schnaps. Ach, Louis Ferdinand, dachte er, er macht aus jeder Frage ein Dramolett.

»Wie ›schon gut‹? Was meint Ihr damit?«

»Ach, Ihr wisst, dass ich Euch nichts versprechen kann. Es liegt nicht in meiner Macht …«

»Aber Ihr wisst auch, nein, Ihr *solltet* es wissen, dass nicht ich alleine um die Gunst der Prinzessin bemüht bin, sondern dass auch der Prinz Solms regelmäßig in ihrer Nähe anzutreffen ist, und man weiß ja nie.«

»Solms? Dieser Solms?« Friedrich Wilhelm machte eine wischende Geste über seinem Kopf, die auf Solms' sehr hohe Stirn anspielen sollte, die böse Zungen weniger als Zeichen hoher Intelligenz, sondern vielmehr als Resultat eines früh einsetzenden Haarausfalls deuteten.

Louis Ferdinand nickte. »Ja, genau dieser Solms.« Er imitierte die Geste seines Neffen.

»Dann will ich Eurem Anliegen meinen Segen geben. Aber Ihr wisst: Es ist ganz gleich, ob ich zustimme oder nicht, solange der König noch unser König ist. Ich will kein Hochverräter sein.« Er trank noch einen Schnaps. »Lang lebe der König.«

»Lang lebe der König!« Louis Ferdinand schlug die Hacken zusammen und salutierte, und bevor er Anstalten machen konnte, aus Dank vor Friedrich Wilhelm auf die Knie zu gehen, entließ ihn der Kronprinz mit knappem Gruß und in dem Gefühl, sich nur für ein paar Augenblicke eine Macht ausgeliehen zu haben, über die er bald in Gänze verfügen konnte.

Als er alleine war, setzte er sich noch einmal hin und dachte über die Angelegenheit nach. Er hatte schon viel zu viel Schnaps getrunken und spürte die Wirkung. Dennoch schenkte er sich noch einmal nach. Er starrte auf das Buch, das Louis Ferdinand offen liegen lassen hatte.

Ein Ritterroman! Ein Lächeln lag auf seinen Lippen. Er und Luise liebten Lafontaine, aber Louis Ferdinand schwärmte für die neuen Dichter. Schiller, Goethe, Jean Paul und was weiß ich noch alles, dachte der Kronprinz. Ihm sagte das alles nichts. Aber Louis Ferdinand gefiel es und Friederike auch. Ihre Passion war die Dichtkunst.

Er sah auf die Schnapsflasche, die er schon leicht verschwommen wahrnahm. Er musste vor sich selbst zugeben: Louis Ferdinand und Friederike würden eine glücklichere Ehe führen, er würde sie glücklich machen, glücklicher, als sein Bruder Ludwig, Gott hab ihn selig, es jemals vermocht hatte. Und es war besser, als Friederike an diesen Solms zu verlieren, diesen elendigen Kerl, der immer so aussah, als ob er Kopfschmerzen hätte.

Wenn Louis Ferdinand und Friederike heiraten würden,

dachte der Kronprinz, dann bleibt sie zumindest hier in Preußen, am Hofe, in der Nähe, in seiner Nähe. Als er merkte, wie ihn ein Anflug von Eifersucht durchwehte, schenkte er sich schnell noch einen Schnaps ein.

»So Gott will!«

Dann knallte er das Glas auf den Tisch.

26

Schadows Assistenten schwirrten um ihn herum wie Sternschnuppen. Erst als sie sich beruhigt hatten und an der Seite der Kammer Spalier standen, trat er zur Enthüllung der lebensgroßen und naturgetreuen Prinzessinnengruppe, die die Prinzessinnen Luise und Friederike darstellte, hervor.

Er übernahm von einem der festlich gekleideten jungen Gehilfen eine seidene Schnur, die zu ziehen er jedoch gekonnt verzögerte, um die Ungeduld des erlesenen Publikums zu schüren und ihre darauf folgende Erleichterung in geplante Jubelrufe zu überführen.

Sie müssen einfach begeistert sein, sagte er zu sich, als ob er sich Mut zusprechen wollte. Es ist ein Meisterwerk geworden, erhabener noch als die Quadriga auf dem Brandenburger Tor, klassischer noch und kunstfertiger als das Denkmal des Alexander von der Mark. Aber Schadow wusste auch um den Zündstoff, den sein Werk barg: Die beiden hohen Damen waren sehr freizügig dargestellt. Ginge es nur darum, den dicken König glücklich zu stimmen, hätte er, Schadow, die Nacht vor der Enthüllung durchgeschlafen. Aber der Kronprinz Friedrich Wilhelm war prüde, und sein Einfluss bei Hofe stieg in dem Maße, wie es mit der Gesundheit des dicken Königs bergab ging.

Schadow hatte also die ganze Nacht kein Auge zugetan und

wippte jetzt in seinen leicht abgewetzten Arbeitsstiefeln, denen auch eine ordentliche Politur nichts Erhabenes mehr abringen konnte, auf und ab. Die Unruhe, die seine Gehilfen verbreiteten, war nichts weiter als der Ausdruck seiner eigenen Nervosität. Er hustete mehrere Male in die Faust, fand aber keinen Anfang.

Die Enthüllung hätte ursprünglich zum Geburtstag des Königs im September 1797 stattfinden sollen. Aber da dieser plante, zur Kur zu fahren, und niemand wusste, wann er zurückzukehren gedachte, weil sich im Laufe des Jahres sein Zustand merklich verschlechtert hatte, fand nun eine kleine Präsentation vor der königlichen Familie statt, die zwar nicht so sachkundig war wie das Akademie-Publikum, aber insofern kritischer einzuschätzen, weil ja die Objekte seines Schaffens täglich unter ihnen weilten und sie sein Werk auf Ähnlichkeit oder Übertreibung hin abschätzen konnten.

Dennoch würde er sich heute für immer künstlerisch mit dem preußischen Königshof vermählen. Wenn nur der prüde Kronprinz nicht wäre.

Er sah zu Luise und Friederike hinüber. Die beiden Prinzessinnen saßen voller Unruhe nebeneinander auf einer Récamiere, die Schadow extra hatte heranschaffen lassen, weil sie den antiken Stil seines Werkes ergänzte. Sie wirken angespannt, dachte Schadow und glaubte, dass auch sie sicher ganz ungewiss der Reaktionen waren, die die anwesende Familie äußern könnte. Kurz traf sich sein Blick mit dem von Friederike. Sie lief rot an, und auch über Luises Dekolleté breiteten sich in wenigen Augenblicken rosa Flecken aus, die verrieten, dass auch sie die Enthüllung und die Meinung ihres Mannes, des Kronprinzen, fürchtete. Schadow sah, wie sie nach der Hand von Friederike tastete.

Nachdem die Königin sich schon zwei Mal geräuspert hatte und der König mit den Füßen scharrte, begann der Meister mit seiner Rede. Er verbreitete sich über die lange Schaffensphase der Plastik, denn zunächst seien nur zwei Büsten der Prinzessinnen geplant gewesen. Dann aber hätten diese so viel Zuspruch gefunden, dass er zu einem Bildnis aus Gips aufgefordert worden sei, was schließlich zu dem Plan geführt habe, das lebensgroße Gipsmonument in Marmor zu verewigen. Er sprach über die Mühen, die es gemacht hatte, den passenden Stein aus dem toskanischen Carrara hierherzuschaffen, und dass der König, der im Vorjahr dort auf Reisen gewesen war, durch seinen Zuspruch Großes bewirkt hatte. Alle wussten, dass dieser Zuspruch nichts weiter war als ein paar großzügig an den richtigen Posten verteilte preußische Kurant.

Die Königin versuchte ihr Gähnen hinter einem Fächer zu verstecken, was Schadow umso nervöser machte. Er wechselte von den Materialien zur ausführlichen Beschreibung der Umstände des Modellstehens und lobte die Ausdauer der Modelle und ihre Hingabe an die Kunst.

Louis Ferdinand seufzte.

»Ja, seit der Ankunft der beiden hier anwesenden hohen Damen …«, Schadow verneigte sich kurz in ihre Richtung, »… verbreitet sich in Berlin ein Zauber, der über alle Stände hinausgeht. Und so habe ich in ihnen versucht, das Idealbild der antiken Göttinnen, denen sie auf natürliche Weise gleichkommen, nachzubilden, damit ein jeder …«

Je schneller Schadow sprach, desto mehr langweilte er sein Publikum, da keiner einen Sinn in seinen Wortkaskaden zu erkennen vermochte. Der dicke König begann mit seinem Schnupftabak zu hantieren, wobei er seine Weste damit bestäubte, der Kronprinz rückte seinen Orden zurecht. Schließlich machte die Königin dem selbstverliebten und gleichzeitig nervösen Gerede Schadows ein Ende und trat an ihn heran.

»Mein lieber Schadow, würdet Ihr mir die Ehre erweisen, selbst enthüllen zu dürfen …?«

Der Bildhauermeister erschrak und bot der Königin die

Schnur an, wobei er sich gleichzeitig verbeugte und den Arm ausstreckte. »Nichts anderes hatte ich vor, Königliche Hoheit. Euch sollte es vorbehalten sein …«

Doch ohne ein weiteres Wort zu verlieren, zog die Königin an der Schnur, und die in weißen Marmor gehauenen Figuren der Schwestern Luise und Friederike wurden vor der königlichen Familie offenbart. Schadow schossen die Tränen in die Augen vor Rührung, sein Publikum erstarrte in fassungsloser Stille.

Da standen sie nun in ihrer engelsgleichen Schönheit. Die Schwestern Luise und Friederike in Marmor verewigt. Die Ältere blickte würdevoll und hochherrschaftlich in die Ferne, wobei sie schützend ihren Arm um die Jüngere legte. Die Jüngere sah verträumt und schüchtern nach unten wie ein scheues Kätzchen, das sich aber umso lieber bergen und liebkosen ließ. Und dann diese nackten Arme, die bloßen Füße und die in Stein gemeißelte Garderobe griechisch-römischer Tradition, die mehr ahnen ließ, als sie verdeckte.

Der König war aufgestanden und umkreiste die Figur mit offenem Mund. Die Königin ließ den seidenen Faden fallen und ging zurück zu ihrem Platz, wo sie ihre gemischten Gefühle hinter ihrem Fächer zu verbergen suchte.

Es war Louis Ferdinand, der die entgeisterte Stille durchbrach und in Ergriffenheit von dieser großen Kunst anfing, über die Unsterblichkeit der Seele und die Ewigkeit der Schönheit zu schwadronieren. Niemand ahnte, dass die Ekstase des Prinzen von der Erinnerung an Friederike rührte, wie sie dem Meister *en nue* Modell gestanden hatte.

Louis Ferdinand war kurz davor, vor dem Doppelbildnis niederzuknien, da beendete der König sein wirres Gerede.

»Es ist gut, es ist gut.« Er stand auf und klatschte.

Es dauerte mehrere Augenblicke, bis alle in seinen Applaus einstimmten und »Hurra, Hurra!« riefen, wie es im Theater üblich war.

Schadows Assistenten wirkten erleichtert, der Meister hingegen fühlte sich bestätigt, wenngleich er sich darüber ärgerte, dass seine Ausführungen unterbrochen worden waren. Er zeigte auf das Tuch, das die Statue umhüllt hatte, und befahl dem jüngsten seiner Gehilfen: »Warum liegt das hier noch? Schaffe Er es endlich weg.«

Er hätte am liebsten gegen den Sockel aus schlesischem Marmor getreten, auf dem die Gruppe nun stand. »Elendes Pack, alles muss man ihnen sagen. Alles muss man selbst machen«, murmelte er zu sich, als er sich nach dem Tuch bückte und es dem verschreckten Gesellen in die Hand drücken wollte.

In dem Moment, in dem Schadow sich wieder aufrichtete, sah er, dass der Kronprinz in Hörweite vor ihm stand. Erst nahm er dessen blank gewienerten Stiefel wahr, dann seine akkurate Uniformhose, dann die Jacke, an der sämtliche Orden und Ehrungen blitzten. Schadow zuckte zusammen.

Friedrich Wilhelm bemühte sich nicht, die Form zu wahren. Seine Unterlippe zitterte, und beinahe wäre er ins Stottern verfallen, so aufgeregt war er. Aber mit Schadow ließ sich fertigwerden. Er straffte sich und sah den Meister von oben herab an.

»Will Ihn nur wissen lassen: mir fatal. Das Werk ist mir gänzlich fatal. Genau genommen ist es eine Schande. Ein Skandal.« Er holte noch einmal tief Luft und zischte dann durch die Zähne: »Nur, dass Er es weiß: Sobald ich König bin, werde ich diese Schande im hintersten Winkel der Inventarkammer verschließen lassen, auf dass kein Auge jemals auf diesem schändlichen Machwerk ruhen werde.«

Schadow, der sich vor genau diesen Anwürfen gefürchtet hatte, blieb in der seltsamen Gewissheit, ein Meisterwerk geschaffen zu haben, ganz ruhig. Er roch den Schnaps aus Friedrich Wilhelms Atem und wurde deshalb mutig. Leise sagte er:

»Königliche Hoheit – was des Königs Schicksal ist, liegt allein in Gottes Hand! Ich kann mir nicht vorstellen, dass Ihr Euch vergesst.«

Friedrich Wilhelm kniff die Augen zusammen und musterte sein Gegenüber. »Pah«, sagte er und ging.

Doch beim Hinausgehen wurde er vom König und der Königin sowie der Prinzessin Mimi und der alten Voß aufgehalten, die sich in Schwärmereien über Schadows Meisterstück ergingen.

Schadow, der die Szene beobachtete, spürte einen inneren Triumph.

Friedrich Wilhelm aber rief nach einem Schnaps.

Die beiden Schwestern, denen ein so bemerkenswertes Denkmal gesetzt worden war, saßen immer noch andächtig auf der Récamiere. Auch ihre Unruhe war noch nicht verflogen. Sie rührte weniger, wie Schadow vermutet hatte, von einem Schamgefühl her, das sich angesichts der öffentlichen Ausstellung ihrer körperlichen Vorzüge hätte einstellen müssen. Das hätte Schadow eigentlich klar sein sollen, denn die Prinzessinnen hätten ihn niemals nach der Natur Maß nehmen lassen, wenn sie sich durch eine solche Darstellung brüskiert gefühlt hätten. Es war vielmehr die Darstellung der innigen Freundschaft, die beide beunruhigte und berührte, weil sie an Zeiten erinnerte, die längst vorüber waren.

»Wie schön du bist«, sagte Luise zu ihrer Schwester und drehte sich zu ihr. Sie legte ihr die Hand auf den Unterarm. »Ich bin so froh, dich so schön zu sehen. Stimmt es, wenn ich denke, du hast dich erholt?«

»Ach, Luise. Wie soll ich es sagen? Manchmal, wenn ich mit der Prinzessin Mimi durch die Gärten spaziere, dann bin ich leicht und froh und denke gar nichts. Ich fühle mich frei – und dann, dann stolpert das Carlchen, und wenn ich es dann tröste und sein Knie puste und seine Tränen trockne, sehe ich in seine blauen Augen, und dann ist mir einfach nur zum Weinen zumute.«

»Es tut mir so leid, liebe Friederike.« Luise senkte den Blick. »Es tut mir alles so leid.« Friederike sah, wie Luise die Tränen in die Augen stiegen.

»Was ist los?« Friederike sah sich um, um nach einem Tuch oder einem Wasser zu verlangen, aber die ganze Gesellschaft hatte sich um Schadow versammelt, der nun doch noch die Details seiner Arbeit erläutern konnte. Seine Ausführungen bildeten einen Geräuschteppich, in dem alle anderen Stimmen versanken. Sie konnte niemanden auf sich aufmerksam machen.

»So ist das, Friederike. Selbst jetzt, wo ich aus Scham weine, bist du wieder für mich da … Ich weiß gar nicht, wie ich alles wiedergutmachen soll.«

»Wieso weinst du aus Scham? Findest du, dass wir zu offen waren mit Schadow?«

»Nein, nein. Es ist vielmehr … Ach …« Luise tupfte ihre Tränen mit ihrem lilafarbenen Schal ab. Dann richtete sie sich ganz gerade auf und sah Friederike direkt an. »Ich schäme mich dir gegenüber. Ich muss, nein: Ich *möchte* mich entschuldigen. Bitte verzeih mir! Ich war so selbstsüchtig, so eigennützig, so auf meine eigene Reputation bedacht, dass ich dich gar nicht gesehen habe.«

»Luise …«

»Nein, lass es mich aussprechen. Es liegt mir so lange schon auf dem Herzen, und jetzt, da ich uns in diesem Bild so aufs Innigste vereint sehe, bricht es mir das Herz zu wissen, dass diese Einheit eine Lüge ist.«

»Aber …«

»Pst. Es ist eine Lüge, weil ich dich verraten habe. Du bist mir an den Hof gefolgt, weil du bei mir sein wolltest, und ich habe gefürchtet, dass du mich verlässt, als du den Prinzen Ludwig verlassen wolltest. Ich wollte dich bei mir haben, und ich hatte Angst, dass ich keine Königin werden kann, wenn du zurück nach Darmstadt gehst.«

»Das ist doch schon lange her. Es ist doch ganz anders gekommen. Du wirst Königin, wie du es immer wolltest. Und vielleicht auch schon recht bald.«

Nun strich Friederike über Luises Arm. Diese blickte sie unter gesenkten Lidern an. Ein Ausdruck von Schuld, Betroffenheit und echter Reue lag auf ihrem Gesicht, wie man ihn bei Luise selten sah.

»Jetzt, wo es so nah ist, weiß ich gar nicht, ob ich dafür geschaffen bin.«

»Wer, wenn nicht du? Du bist offen und fröhlich, aber auch ernsthaft, und vertraust dich nicht jedem an. Das ist gut in jeder Hinsicht. Und schau, wie dich die Menschen sehen.« Sie wies auf Schadows Bildnis. »Würdevoll siehst du aus, kraftvoll und stolz. Du wirst eine gute Königin sein. Dessen bin ich mir ganz sicher.«

»Ach, du bist einfach so voller Sanftmut. Wann denkst du einmal an dich und nicht an andere? Ich habe nur an mich gedacht. Ich wollte nicht, dass du vom Hofe gehst, und habe dennoch nicht für dich gesorgt. Ich hätte dir mit Ludwig helfen sollen.« Sie sah ihre Schwester an, indem sie den Kopf zur Seite legte. »Ich habe deinen Kummer gesehen und ihn doch nicht gesehen. Ich war undankbar, weil ich mit meinem eigenen Schicksal gehadert habe. Aber das war falsch. Nun denke ich oft: Wie gut es mir doch geht in dieser Welt und wie verschieden mein Schicksal gegen deins ist. Ich frage mich, ob ich das denn verdiene. Denn ich weiß, du bist rein und engelsgleich gegen mich …«

»Aber Luise, sei nicht so streng mit dir. Ich habe gelobt, dir zu folgen, und vielleicht ist es mein Schicksal. Denn ich bin die Jüngste und du bist mir die Liebste.«

Luise, die die Schultern hatte hängen lassen und sich beständig mit ihrem kostbaren Schal die Augen abtupfte, setzte sich wieder gerade hin.

»Bitte mach es mir nicht so schwer. Nun bist du auch noch gut, wenn ich Reue zeige. Dabei steht fest: Ich war undankbar, Friederike, wirklich. Ich habe alles, was ich mir wünsche, und du hast so viel Kummer. Du verdienst das größte Glück auf Erden, und der liebe Gott muss es dir noch einmal recht gutgehen lassen, damit Gerechtigkeit herrscht. Ich habe bekommen, was ich will, und dabei war ich nicht einmal bescheiden …«

Friederike lachte. »Ja, meine Königin Luise.«

Sie sahen sich an, und dann lachte Luise mit, wie sie damals in der Kammer gelacht hatten, die im Darmstädter Palais hoch oben unterm Dach neben den Kammern der Dienstmädchen lag – und wo sie sich das letzte Mal getroffen hatten, als Solms sich von Friederike verabschiedet hatte und ihr Leben plötzlich nicht mehr das von zwei unbeschwerten Prinzessinnen war, sondern das von Heiratskandidatinnen.

Luise legte eine Hand auf ihr Dekolleté und hielt sich mit der anderen an Friederikes Schulter fest. Friederike bedeckte ihr vom Lachen gerötetes Gesicht mit Luises Schal, der gerade noch dazu gedient hatte, die Tränen zu trocknen.

Alle drehten sich zu den beiden Schwestern um, und alle – die Voß, Louis Ferdinand, die Prinzessin Mimi, ihr Mann, der Prinz von Oranien, die Prinzessin Louise – sahen in diesem Augenblick, als die beiden Schwestern sich so hemmungslos vor Lachen ausschütteten, dass Schadow mit seinem Bildnis die wahre Natur dieser Geschwisterliebe erkannt hatte. Und die Voß sagte leise zu sich:

»Was auch immer den beiden widerfährt und durch welche Unstimmigkeiten ihre Beziehung auch immer erschüttert sein wird, es sind Marginalien. Sie werden einander immer beistehen.«

Nur Friedrich Wilhelm, der die beiden Schwestern auf eine sehr viel persönlichere Art kannte, wusste, dass Schadow der äußeren Schönheit beider mehr als gerecht geworden war, dass er aber nicht gesehen hatte, dass das Band ihrer Freundschaft schon lange zu zerreißen drohte.

Er nahm zwei Gläser Sekt von Sparr und ging damit zu den beiden Prinzessinnen hin, um auf diesen seltenen Moment der tiefen Einigkeit anzustoßen.

27

Friederike nahm wieder den Reisebericht zur Hand, den ihr der dicke König gemeinsam mit seiner Einladung nach Pyrmont hatte zukommen lassen, und las nun ihren Hofdamen daraus vor. Durch das Schaukeln der Kutsche rutschte sie immer wieder aus der Zeile, sodass sie manchen Satz versehentlich wiederholte oder so sprang, dass das Vorgelesene keinen Sinn ergab. Nach ein paar Versuchen ließ sie das Buch in ihren Schoß fallen und gab nur einzelne Stichworte wieder, wobei sie ihre Erzählung mit Aufregung und Vorfreude anreicherte.

»Stellt Euch vor: Es gibt eine Dunsthölle. Das ist so eine Art Grotte, wie wir sie aus dem Neuen Palais kennen, und darin steigen Dämpfe auf wie in der Hölle. Aus blubbernden Pfützen voller Schlamm.«

»O Gott, und das soll gesund sein?«

»Mein Vater fährt jedes Jahr nach Pyrmont, und er sagt, dass es viel besser sei als in Karlsbad, wo er … ähm, auch jedes Jahr hinfährt.«

Die Damen sahen sie verdutzt an.

»Ähm. Ja, in der anderen Saison.« Friederike räusperte sich, weil sie nicht unbedingt preisgeben wollte, dass ihr Vater eigentlich immer kurte. Auch wenn er seit Jahrzehnten regelmäßig Gast in dem berühmten Kurbad war und oft davon erzählte, war Friederike ebenso wie ihre Damen noch nie in Pyrmont gewesen und deshalb mächtig aufgeregt.

»Ja, das ist doch selbstverständlich. Eben weil Pyrmont die besseren Gäste hat …«, warf die Knobelsdorff ein, die das »Journal des Luxus und der Moden« mitgenommen hatte, um zu studieren, wer alles im Kurbad avisiert war.

»Nein, nein. Meinem Vater geht es tatsächlich nur um die Gesundheit. Er macht jede Anwendung gewissenhaft mit, und wenn er einmal nicht auf Kur ist, lässt er sich das Heilwasser dorthin kutschieren, wo er sich gerade aufhält.«

»Wie schrecklich, Königliche Hoheit. Das tut mir sehr leid. Ist Euer Vater denn so krank?«

»Ja – nein … ja.«

Friederike wusste nicht, wie sie umschreiben sollte, dass alle Krankheiten, die ihren Vater befielen und von denen er kundig und ausführlich zu berichten wusste, eher eingebildet als Wirklichkeit waren und dass es eben die Krankheit ihres Vaters war, sich Krankheiten anzueignen, an denen er nicht litt. Hörte er, dass jemand von einem neuen Gebrechen geplagt war, spürte er sofort alle Symptome, die auch der andere spürte; und las er in einem medizinischen Journal etwas über eine bislang unbekannte Krankheit und über die Schwierigkeiten, diese zu heilen, dann war er sich sicher, dass dieses Leiden auch bald ihn dahinraffen würde.

Kurzum: Carl von Mecklenburg-Strelitz, Friederikes und Luises Vater, war in allen Kurorten Europas bekannt. Nur im südwestenglischen Bath wartete man vergeblich auf ihn, der er ja immerhin der Bruder der verehrten Königin von England, Charlotte von Mecklenburg-Strelitz, war. Aber Carl konnte sich nicht überwinden, dorthin zu fahren. Er litt an Seekrankheit, und diese war als einzige nicht eingebildet.

Friederike überging das heikle Thema und fasste weiter das zusammen, was sie aus dem Artikel über Pyrmont in Erinnerung hatte: »Sechs Quellen soll es geben, und sie sind alle in der Brunnenstraße arrangiert, sodass man dort gleich auf und ab promenieren kann, während man das Wasser Schluck für Schluck trinkt.«

»Aha.«

»Ja, und fürs Spiel ist auch gesorgt. Man hat dort zwei Pharo-Banken sowie eine Silber- und eine Goldbank. Da steht …«, Friederike zeigte auf den Artikel, »… dass bei der Goldbank der Mindesteinsatz einen Golddukaten beträgt.«

»Das ist nicht wahr?«

»Unglaublich.«

»Ja, doch. Wenn es hier doch steht. Und dann gibt es einen riesigen Park mit einer Lindenallee, die nicht nur zwei Reihen hat wie die in Berlin, sondern gleich vier.«

»Das ist ja erstaunlich.«

»Ja, ja, wenn man bedenkt, dass der Ort doch recht klein ist.« Friederike sah noch einmal kurz in den Bericht und suchte nach einem Stichwort. »Und dann gibt es ein großes, sehr bedeutendes Wasserschloss, das an den Park angrenzt. An einigen Stellen findet man ein Gemäuer, das aus der Zeit Heinrichs des Löwen stammt.«

Die Prinzessin Schwarzburg-Rudolstadt lachte auf. »Die Welfen, die sind überall. Wen wir dort alles erwarten werden?«

Aber Friederike war noch nicht fertig mit dem, was sie ihren Damen sagen wollte. »Auf jeden Fall werden es sehr viele sein, denn ich habe gelesen, dass es gleich zwei Ballhäuser geben soll.«

»Zwei gleich!«, sagte die Prinzessin Schwarzburg-Rudolstadt, die ebenfalls noch nie in Pyrmont gewesen war. Auch die Knobelsdorff staunte. Die Waldeck aber, die mit dem Grafen weitläufig verwandt war, dem die kleine Pyrmonter Grafschaft gehörte, schwieg. Sie wusste, dass es zwei Ballhäuser gab, und auch, welche enorme Summe ihr Verwandter dafür aufgenommen hatte, und räusperte sich.

»Dauert es noch lange, bis wir da sind?«, fragte die Knobelsdorff und zog den Vorhang der Kutsche ein wenig zur Seite, was eher eine Geste der Langeweile war. Denn auch so konnte man ohne Umstände auf die blühende Junilandschaft blicken, die sich in dunklen, hellen und mittelgrünen, aber immer satt gefärbten Ackerstreifen weit zum Horizont hin ausbreitete.

»Es wird nicht mehr lange dauern. Vorhin erst habe ich den Landauer der Baronin Uslar gesehen …«, sagte die Knobelsdorff.

»Das ist nicht wahr! Wer hat sie denn begleitet?«

»Ich bin mir nicht ganz sicher. Nur darin, dass es eben nicht der Baron Uslar war.«

»Und dann in einem Landauer. Sodass es jeder sehen kann. Man redet schon lange darüber. Aber dass sie das so öffentlich machen muss?« Die Schwarzburg-Rudolstadt schüttelte den Kopf.

Die Waldeck spitzte den Mund. »Ach, nun habt Euch doch nicht so, Verehrteste. Jeder weiß doch, dass es nicht die Wässerchen sind, die die Leute hier gesund machen, sondern dass da ganz andere Kräfte im Spiel sind. In Pyrmont ist ja schon manche Frau, die keine Kinder kriegen konnte, wie durch ein Wunder schwanger geworden.«

Die Knobelsdorff zwinkerte der Waldeck zu. »Und überhaupt, meine Liebe: Euer guter Verwandter tut ja auch sein Bestes dazu, nicht wahr? Was stimmt denn an dem, was man sich so erzählt?«

»Ach, was soll man sich denn erzählen?«

»Na, die Sache mit der Gräfin Lichtenau.«

»Die Gräfin Lichtenau, was ist mit ihr?« Friederike riss sich von ihrem Reisebericht los und sah die Waldeck direkt an. Seit die Gräfin Lichtenau die offizielle Mätresse des Königs war und deshalb auch am preußischen Hofe verkehren durfte, fürchtete sie sich, dieser Person zu begegnen und durch eine Begrüßung kompromittiert zu werden. Sie fächerte sich mit dem Buch Luft zu. »Sie wird doch nicht etwa kommen?«

»Nun …« Die Schwarzburg-Rudolstadt zuckte mit den Schultern. »Sie ist sogar schon da.«

»Sie ist schon da?« Friederike blickte erschrocken zur Waldeck. »Dann bitte erzählt mir die ganze Geschichte. Ich muss es wissen! Bitte, nehmt keine Rücksicht. Das ist jetzt alles ganz gleich. Ich muss nur wissen, was passiert ist.«

Das war leicht gesagt, denn wer mochte schon für die Verfehlungen der eigenen Verwandtschaft verantwortlich gemacht werden? Und so, wie Friederike sich dafür genierte, dass ihr Vater ein eingebildeter Kranker war, schämte sich die Waldeck dafür, dass ihr Verwandter hochverschuldet und zudem noch mit seinem Plan gescheitert war, sich mit Hilfe des dicken Preußenkönigs und dessen Mätresse zu sanieren.

Die Schwarzburg-Rudolstadt erkannte die Lage und half der Waldeck, ihr die Scham zu nehmen. »Der Fürst Waldeck ist ja nur sehr fern verwandt mit Ihnen, nicht wahr? Und man kann ja auch nichts dafür, dass er in so eine missliche Lage geraten ist.«

Die Waldeck knetete ihre Hände. Auch ohne die Hilfe der Schwarzburg-Rudolstadt war ihr bewusst, dass sie verpflichtet war, Friederike alles zu erzählen, eben weil sie auf ihre Stelle als Hofdame angewiesen war und sich mit ihrer Herrin gut stellen musste. Sie atmete tief durch und lehnte sich ein wenig nach vorne, als ob sie sich in einer großen Gesellschaft befände, wo die Umstehenden nicht hören durften, was in der kleinen Runde besprochen wurde. Die anderen verstanden und beugten sich ebenfalls vor.

»Es ist eine lange Geschichte.«

»Wir haben ja auch Zeit.«

»So lange auch nicht mehr.«

»Also, mein Verwandter … wir sind wirklich nur sehr entfernt verwandt, sodass ich gar nicht weiß, in welchem Verhältnis wir wirklich zueinander stehen.«

»Ja, dann ist es ja alles nicht so schlimm. Und wer kann schon für seine Verwandtschaft?«

»Nun, er ist – und das ist ja bekannt – leider ziemlich verschuldet.«

»Ich habe von fünfhunderttausend Reichstalern gehört.«

»So viel?«

»Ach …«, die Waldeck winkte ab. »Es ist noch viel mehr.«

»Noch mehr?«

»Es sind über eine Million Reichstaler.«

»O mein Gott!«

Dann erzählte die Waldeck von dem Arrangement, das ihr sehr entfernter Verwandter mit dem Preußenkönig hatte treffen wollen. Er habe angeboten, die Gräfin Lichtenau zu heiraten und sie dadurch zur Fürstin zu erheben. Der König würde im Gegenzug die Grafschaft Pyrmont – freilich mit Geldern der Staatskasse – kaufen und diese dem Paar zur Hochzeit schenken. Alle hätten einen Vorteil davon: Der sehr entfernte Verwandte der Waldeck hätte sich aus seinen Schulden befreit, die Gräfin Lichtenau, die damals noch Wilhelmine Ritz geheißen habe, wäre durch Heirat eine Dame von Stand geworden, und der König hätte über seinen Tod hinaus für die Gefährtin seines Lebens gesorgt. Der Minister Schulenburg, dem die Angelegenheit vorgetragen wurde, habe aber, erzählte die Waldeck, abgewinkt, weil die Kassen des Königs fast leer waren und man das wenige Geld, das noch vorhanden sei, für Staatsangelegenheiten bräuchte, und zwar durchaus dringend.

Friederike hatte nicht gewusst, dass Preußen so knapp bei Kasse war, dass der König sich diese kleine Absicherung nicht hatte leisten können. Sie lehnte sich zurück und sagte: »Das ist doch eine ganz harmlose Sache, liebe Gräfin. Nach dem, wie Ihr Euch geziert habt, hatte ich mir da wesentlich Schlimmeres vorgestellt.«

Die Waldeck riss die Augen auf: »Kann es denn noch schlimmer kommen? Dass man sich in so eine Lage bringt, dass man eine Person wie diese zu heiraten gezwungen ist.«

Friederike, die im Alter von achtzehn Jahren schon Witwe geworden war, wusste sehr wohl, dass es Schlimmeres geben konnte als hohe Schulden. Sie selbst hatte nie welche gemacht und verstand sich prächtig darauf zu haushalten. Aber die Waldeck sprach weiter: »... und all ihre Kinder wären legitimiert und hießen Waldeck. Das darf nicht sein. Das wäre doch alles Mäusedreck im Pfeffer.«

Wie ungeschickt von mir, dachte Friederike. Nun verstand

sie, worauf die Gräfin hinauswollte. »O Gott«, sagte sie, indem sie sich zu ihrer Dame beugte. »Entschuldigt, bitte. Ich hatte mich völlig vergessen. Es war taktlos von mir. Ich bitte Euch, mir zu verzeihen.« Sie lief rot an und biss sich auf die Lippen. Ihr war nur daran gelegen gewesen, die Gräfin Lichtenau möglichst weit weg vom Preußischen Hof zu wissen, und Pyrmont lag mehr als zehn Tagesreisen von Berlin entfernt. Weit genug weg, um nicht durch die Lichtenau in Verlegenheit gebracht zu werden. Nun schämte sie sich ihres Eigennutzes.

Doch die Waldeck nickte, und dann gaben sich alle eifrig anderen Themen hin, so als ob nie etwas ausgesprochen gewesen wäre. Die Schwarzburg-Rudolstadt kam sogar darauf zu sprechen, ob man nicht kurz halten und etwas trinken wolle. Man winkte ab.

Dann verfolgte man im »Journal des Luxus und der Moden«, wer alles erwartet wurde, und erzählte sich gegenseitig Geschichten über die Gäste, sodass man umfassend in Kenntnis gesetzt war. Die Prinzessin Schwarzburg-Rudolstadt rechnete nach. »Wenn ich richtig gezählt habe, dann sind außer Euch und dem König, Königliche Hoheit, noch sieben Mitglieder aus regierenden Häusern angesagt. Über ein Dutzend Fürsten dazu und …« – sie fuhr mit ihrem Finger die Kolumne herunter – »… über dreihundertfünfzig Standesleute. Wenn das nicht ein Fest wird.«

»Allein der König hat siebzig Leute im Gefolge.«

»Wirklich?«

Nun, da die Waldeck ihr Geheimnis offenbart hatte, hatte sie keine Hemmungen, alles, was ihr ihr Verwandter anvertraut hatte, preiszugeben. »Ja, wirklich. Die Lichtenau ist seit Wochen dort, um alles für den König zu arrangieren. Sie hat eine französische Theatertruppe aus Hamburg verpflichtet und gleich mehrere Kapellen. Einige davon sind echte Janitscharen, das wird ein Spaß.«

»Janitscharen! Dürfen wir denn Walzer tanzen?«

»Ja, ja, und ob.« Die Knobelsdorff klatschte in die Hände.

»In Preußen war er lange verboten, und er ist immer noch nicht gerne gesehen.«

»Könnt Ihr denn die Schritte?« Friederike sah ihre Damen lächelnd an.

»Aber sicher. Wir sollten aber dennoch üben, sobald wir angekommen sind.«

Die Schwarzburg-Rudolstadt rief plötzlich aufgeregt dazwischen: »Ihr werdet nicht glauben, wen ich hier entdeckt habe!« Sie zeigte die Stelle den drei anderen Damen, aber keine konnte erkennen, was da stand, weil die Kutsche zu sehr schaukelte und die Schrift darüber hinaus auf diese Entfernung zu klein war.

»Nun sagt schon!«

»Hier …« Sie zeigte in das Magazin. »Der Baron von Grasberg.«

»Ja, und?«

»Dahinter versteckt sich der Prinz Adolph Friedrich von Cambridge. Der Sohn des Königs von England.« Sie flüsterte.

»Das ist nicht wahr!«

»Doch, es ist das Inkognito des Prinzen. Das weiß ich noch …«

»Oh, er ist mein Cousin.« Friederike, die in ihrem Reisebericht geblättert hatte, wurde aufmerksam. »Ich kenne ihn nicht. Aber er hat in Göttingen studiert, so viel weiß ich.«

»Er sieht gut aus.«

»Ja?«

»O ja.«

So schnatterten die vier Damen noch eine Weile weiter wie Gänse, und als sie den Eingang von Pyrmont passierten, fiel Friederike auf, dass sie während der gesamten Tagesreise nicht einmal an ihren verstorbenen Mann gedacht hatte und an ihre drei Kinder, die sie sonst doch so sehr vermisste.

Als sie aus der Kutsche stieg, fühlte sie sich so heimisch wie ein Kurgast, der seit zwanzig Jahren hierherfuhr.

28

Was für eine aufregende Zeit! Seit vier Wochen war sie nun in Pyrmont, und sie musste sich eingestehen, dass der dicke König recht gehabt hatte: Pyrmont machte alle Sorgen vergessen.

Als er sie gebeten hatte, sie hierher zu begleiten, war sie drauf und dran gewesen, seine Einladung auszuschlagen. Sie war gefangen gewesen in ihrer Trauer, und sie hatte Angst, sich von ihren Kindern zu trennen, die ihr in den langen, dunklen Wochen, die sie hinter sich hatte, der einzige Trost gewesen waren.

Aber der dicke König ließ das alles nicht gelten. Er sei alt, er sei krank, und wenn sie nicht wolle, dann, ja, dann müsse er es leider »befehligen mitzukommen« – so seine Worte. Sie lasse ihm keine andere Wahl. Ein Augenzwinkern nahm seinen Worten die Strenge. Dann hatte er ihre Hand getätschelt und gesagt:

»Ihr werdet sehen, meine teuerste Schwiegertochter, Pyrmont ist das richtige Mittel für Euch. In Pyrmont gibt es keine Erinnerungen, nur neue Erfahrungen.«

Das klang weise, dachte Friederike, als sie sich mit einem tiefen Knicks verabschiedet hatte. Weiser, als sie den König je erlebt hatte, der sich sonst eher lebensfroh zeigte und sich den kurzlebigen Vergnügungen hingab. Er muss wirklich sehr krank sein, sagte sie zu sich, so habe ich ihn noch nie sprechen hören. Mit einem Mal war sie davon überzeugt, dass es stimmte, was er sagte, und fühlte, dass er wirklich nicht mehr lange unter ihnen sein würde. Und beschloss mitzufahren.

Friederike nahm die Bürste in die andere Hand und durchstrich nun die rechte Seite ihrer Haare. Ohne mit dem Bürsten aufzuhören, stand sie auf und ging zum Fenster, das hinunter auf die Brunnenstraße zeigte, die zu beiden Seiten mit schmucken Häuschen gesäumt war, die Balkone zur Straße hin hatten. Wäre sie nicht vom Vorabend noch leicht derangiert gewesen und deswegen noch *en négligé*, sie hätte es sich zum Vergnügen gemacht, von ihrer Terrasse aus die Menschen zu betrachten, die sich von hier aus auf ihren Weg zur Brunnenhalle machten, wo sie den Preußenkönig, der der prominenteste Gast der Saison war, anzutreffen hofften.

Der König ging meist schon morgens um halb sieben los, um die Anwendungen, die man ihm verordnet hatte, peinlichst genau zu befolgen, und wenn Friederike rechtzeitig aufstand, konnte sie sehen, wie so mancher Schaulustige ebenfalls in Richtung Brunnenhalle eilte, um sich dem Tross des Königs anzuschließen. Einmal sah sie, wie der Landgraf von Hessen-Kassel, der wohl nicht rechtzeitig geweckt worden war, noch im Gehen seine Uniform überstreifte, und ihm hinterher rannte seine Frau, die Landgräfin – mit offenem Haar.

Friederike lachte beim Gedanken daran. Die Menschen hier waren wie in eine Zeit versetzt, die es nicht gab. Es war, als ob man ein Leben führte, das man sich geliehen hatte, was im Grunde daran lag, dass man inkognito reiste. Der König logierte hier als Graf Hohenstein, Friederike war die Comtesse de Schwerin. Unter dem Deckmantel einer anderen Identität verschwand das strenge Reglement der höfischen Etikette. Selbst der König lehnte Uniform ab und trug Zivil. Im kurzen englischen Rock aus blauem Tuch, mit Hut und kanariengelben, langen Hosen teilte er die Menge, wenn er sich durch die Kurpromenade bewegte. Friederike befand sich oft in seinem Gefolge und staunte, dass er, der in Berlin stets auf höchsten Respekt gegenüber ihm und seinem königlichen Amt bedacht war, sich hier von einfachen Bürgersleuten ansprechen ließ und deren Gespräche mit jovialem Lachen quittierte.

»Ach, da haben wir die Preußen doch ganz anders in Erinnerung«, hörte sie einmal eine alte Dame sagen, die die Aufgabe hatte, den Gästen Becher für das Heilwasser auszugeben. Sie erzählte, dass der Alte Fritz, der anno 1744 und gleich noch einmal 1746 hier zu Gast gewesen war, sich jegliche Annäherung strikt verbeten hätte und man ihm die Wasser ganz nach oben in die Brunnenstraße 16 hätte bringen müssen, wo er untergekommen war – und das bereits um 4.30 Uhr, weil der König geruhte, um 5 Uhr aufzustehen, und niemanden hatte sehen wollen. Nicht einmal fünfzehn Jahre alt sei sie damals gewesen, hätte aber noch alles in guter Erinnerung. »Der war von ganz anderer Art«, sagte sie, indem sie mit dem Kopf nickte. Dann kümmerte sie sich weiter um die Becher.

Alle sind hier von anderer Art, dachte Friederike und überlegte nun, was sie heute anziehen sollte. Auch sie war eine andere geworden. Sie fühlte sich jung und sorglos wie damals mit vierzehn Jahren, als sie an der Hand von Solms durch die Gärten von Braunshardt geschlendert war.

Sie betrachtete sich im Spiegel und strich sich über die Wange.

War sie noch schön? Oder hatte der Kummer in ihrem Gesicht Spuren hinterlassen? Sie hatte Angst vor der Trauer, die ihr unvermittelt über das Gesicht fuhr, und es bereitete ihr Mühe, sie zu vertreiben. Ach, Solms … die Menschen, die Dinge, die sie an Berlin erinnerten, waren so weit weg wie ihre Jugend. Der Kummer gehörte nicht mehr zu dem neuen Gefühl und dem Flair, in dem sie sich hier wiegte: Ludwigs fürchterliches Leiden und sein schrecklicher Tod, Luise, Mimi, die Prinzessin Louise, aber auch Solms und der Prinz Louis Ferdinand. Die vielfältigen Vergnügungen, die Pyrmont bot, ließen das, was in Berlin von Bedeutung war, blass erscheinen. Sie hatte vieles hinter sich gelassen.

Es gab jeden Abend ein Fest, eine Gesellschaft, Tanzkapellen mit echter Janitscharenmusik, Spielnachmittage, lange Promenaden, Ausflüge und so viele neue Bekanntschaften, dass sie wusste, sie würde im Anschluss eine rege Korrespondenz zu führen haben.

Da war zum einen Adolph Anton von Vagedes, der keinen Titel trug, was aber hier in Pyrmont, wo jeder unter dem Schutze eines Inkognitos gastierte, keine Rolle spielte. Dafür war er das Patenkind des Franz von Fürstenberg, der Friederike schon mehr zusagte. Vagedes war ein hochgewachsener Mann mit vielseitigen musischen Begabungen. Obwohl er kein Militär war, hielt er sich gerade. Seine Haare waren so schwarz wie die der Mauren, und Friederike nannte ihn, wenn sie in ihren Briefen über ihn sprach, Anton, damit es nicht zu Verwechslungen kam. Denn auch der Prinz von Cambridge hieß mit Vornamen Adolph, aber das mit ihm war eine andere Geschichte. Friederike mochte Vagedes' Stil und die Art, wie er die Dinge arrangierte. Man hatte den Eindruck, man bewegte sich dank ihm wie auf einem ruhigen, langsamen Fluss. Verlangte sie nach einem Schirm, war es Vagedes, der ihr aus dem Nichts einen Schirm herbeiholte; wollte sie ein Sorbet, konnte sie sicher sein, dass es im Nu aufgetischt wurde und Vagedes dem Lakaien mit einem Zwinkern dankte. Alles war mühelos und leicht. Friederike nannte diese Art »antonieren«. »Antonieren« bedeutete, dass alles immer da war, was sie wollte, und dass er sie verwöhnte. Nach den schmerzvollen dunklen Monaten war sie endlich wieder froh.

Aber Vagedes war nicht der einzige Mann, der Friederike die Sorgen nahm: Sie hatte auch eine Schwäche für den etwas schüchternen, aber nach einer Zeit der Annäherung äußerst amüsanten Baron Wolf von Wolff. Er war ein kräftiger Mann von mittlerem Wuchs, der ebenso wie sie im Hessischen aufgewachsen war, sodass sie beide manches Mal in die Mundart wechselten, die ihre Muttersprache war – und das besonders dann, wenn sie beim Tanztee zu Ehren des dicken Königs zu viel Sherry getrunken hatten. Dann gefiel sich der Baron darin, den großen Goethe zu imitieren, und fragte Friederike, wenn er sie zum Tanzen auffordern wollte:

»Mein schönnes Fräulein, daff ich wage', mein' A'm und Geleit Ihr anzutrage'?«

Friederike lachte und erzählte, dass der Dichter es trotz seines Studiums der Jurisprudenz und seines Amtes als Rat des

Fürsten Karl August nie geschafft habe, seine verwaschene hessische Ausdrucksweise abzulegen, und von Wolff und sie scherzten darüber, ob er das aus Not oder ganz im Gegenteil vielmehr mit voller Absicht tat, nämlich um das Hessische und damit ihrer beider geliebte Heimat überall im Reiche populär zu machen.

»Hesse' vorn«, rief dann von Wolff und wirbelte Friederike zur Janitscharenmusik umher.

Am meisten beindruckt aber war Friederike von ihrem Cousin, dem Prinzen Adolph Friedrich von Cambrigde, der in Pyrmont als Baron von Grasberg logierte. Er war der siebte Sohn des Königs von England und, da dieser mit ihrer Tante Charlotte verheiratet war, ihr Cousin. Er traf in Pyrmont mit seinem älteren Bruder August Friedrich ein. Um die beiden Brüder voneinander zu unterscheiden, nannte sich Cambridge bei seinem Inkognito Baron Grasberg.

Der Sohn der englischen Königin besaß etwas, was den auf Strenge und Ernst bedachten Preußenprinzen abging und was Friederike sehr ansprach. Cambridges Wesen war eine Mischung aus Humor, Unbekümmertheit, Friedfertigkeit, unerschrockener Naivität und profundem Wissen um die Botanik, das er sich über seine Mutter Charlotte angeeignet hatte.

Man hatte ohnehin kein gutes Bild von dem nachgeborenen Prinzen, dem die Aussicht auf den englischen Thron durch zahlreiche ältere Geschwister versperrt war. Er galt als weichlich. Ein Blumenprinz, der kein Zeug zum Militär habe. Seine Reitparcours waren höchstens Mittelmaß, und je mehr die Pyrmonter Gesellschaft Zeuge der Annäherung zwischen Cousin und Cousine wurde, desto schlechter wurde über ihn gesprochen. Er würde der bildschönen Friederike den Hof machen wie ein Rosenkavalier, und dieses ganze Gerede über Gärten und Bäume war einfach nur lächerlich.

Cambridge begegnete dieser Häme, die ihm durchaus bekannt war, mit einer Gelassenheit, die Friederike, als sie sich schon ein wenig nähergekommen waren, in seiner Landessprache als *coolness* bezeichnete, worüber sich beide sehr amüsierten. Er dachte sich, und das zu Recht, dass selbst ein siebter Prinz von England an Stand mehr wert war als der Herrscher eines deutschen Zwergenreiches. Dies zu regieren dürfte diesem zwar den Rang eines Fürsten sichern, aber er könne nur über ein Volk befehligen, das an die Zahl der Gäste in den Pyrmonter Pharo-Banken bei Weitem nicht heranreichte.

»Horizontpotentaten«, spottete er und meinte damit, dass so ein Fürst, wenn er morgens aus dem Fenster seines Schlosses sah, bereits die engen Grenzen seines kleinen Staates überblicke und sich diese bis weit in den Horizont hineinträumte, während sie in Wahrheit an der nächsten Gartenhecke endeten.

Cambrigdes Sinn für klare Worte machte Friederike neugierig auf ihn. Ihr erschien er keineswegs als Rosenkavalier. Sie war die Einzige, die es nicht überraschte, wie entschlossen und furchtlos er war, als sie sich das erste Mal begegneten, genauer: als ihre erste Begegnung in einem Skandal endete, über den Pyrmont noch jahrzehntelang sprach.

Doch der Reihe nach.

In einer Nebenallee des großen Parks, der zu einer Orangerie hinführte, schritt er die aufwendig gestalteten Beete aus exotischen Blumen ab wie ein Kommandant seine Parade. Cambridge war ganz vertieft in die sehr bunt gestalteten Tafeln, die die Gärtner hier und dort platziert hatten, um den Botanikfreunden Aufklärung über all diese fremden Gewächse zu verschaffen; aber auch, um sich vielleicht selbst als Gärtner anderen Herrschaften zu empfehlen als dem ständig zahlungssäumigen Fürsten Waldeck, der über Pyrmont herrschte. Mit einem Monokel las Cambridge sorgsam Tafel für Tafel durch und ließ sich dabei auch nur höchst ungern von anderen ansprechen oder gar in Gespräche verwickeln, die, wie er vermutete, ohnehin nur den Zweck hatten, weitere Munition gegen ihn zu sammeln.

Als Friederike ihm neugierig und etwas kindlich an die Seite trat und in preußischem Englisch frech sein Wissen um die langstielige Pflanze abfragte, deren Blüte einem Paradiesvogel mit orangefarbenem Kopf glich, schaute er sie misstrauisch, jedoch nicht gänzlich ohne Interesse an. Schönen Damen gegenüber war er durchaus aufgeschlossen.

»Wie meinen?«

Ohne eine richtige Begrüßung und ohne sich vorzustellen, wiederholte sie ihre Frage. Ihre Stimme geriet dabei in eine höhere Stimmlage, da sie, als sie ihrem Cousin das erste Mal vis-à-vis gegenüberstand, aufgeregt war. Sie verstand sofort, was die Damen an ihm fanden und was die hohen Herren ihm neideten.

Cambridge wiederum erkannte seine Cousine nicht, da sie ihren Hut zum Schutz vor der Sonne tief ins Gesicht gezogen hatte. Sie wollte deren Wirkung nicht noch durch die Wirkung des Weines gesteigert wissen, von dem sie beim Déjeuner des Königs ein Gläschen zu viel getrunken hatte. Ihr war sehr lustig zumute, und deshalb war sie ohne ihre Damen kurz an die frische Luft gegangen.

»Ich fürchte, ich habe die Tafel noch nicht ganz gelesen«, sagte der englische Prinz und konnte nicht anders, als Friederike anzulächeln. Was war ihm da nur für ein freches Kätzchen vor die Füße gesprungen?, dachte er und versuchte sie einzuordnen.

»Das könnte vielleicht daran liegen, dass Ihr gar nicht richtig Deutsch lesen könnt.«

Das war sehr keck formuliert von Friederike, und kaum dass sie es ausgesprochen hatte, erschrak sie vor sich selbst und bekam einen Schluckauf davon.

»Kein Grund zur Beunruhigung, Madame. Ich habe in Göttingen studiert, mein Deutsch ist formidabel.«

Aber wie immer, wenn ein Missgeschick passierte, geschah sogleich das nächste, und zu Friederikes Schluckauf kam noch hinzu, dass sie, als sie sich ihrem Cousin zudrehte, um ihn zu mustern, ins Straucheln geriet. Der Wein, dachte sie nur, der Wein …

»Vorsicht, Madame!« Cambridge wollte galant sein und reichte ihr den Arm.

Doch Friederike wehrte ab: »Danke, ich bin sehr wohl in der Lage …« Der nächste Schluckauf schnitt ihr den Satz ab, und sie errötete dabei, trat abermals auf ihren Kleidersaum aus Tüll und stolperte Cambridge ein weiteres Stückchen entgegen.

»Madame!«

»Nein … es geht schon, wie ich bereits sagte …«

Sie verlagerte ihr Gewicht auf den anderen Fuß, mit dem sie sogleich wieder umknickte, und ruderte kurz mit den Händen dagegen, um nicht umzufallen. Als sie zum Stehen kam, musste sie kurz auflachen.

»Madame! So lasst Euch doch nun endlich helfen.«

Cambridge bot nun nicht mehr seine Hand, sondern gleich seinen ganzen Arm, und ließ ihn als Angebot so lange im rechten Winkel vom Körper abstehen, bis die lustige Friederike mit rotem Kopf einwilligte.

Er schob ganz vorsichtig ihren Hut nach oben und starrte überrascht in das zarte Gesicht einer jungen Schönheit. Einige Sommersprossen waren noch durch die Errötung zu sehen. Ihre runden Augen mit den geschwungenen Augenbrauen machten ihn ganz sprachlos. Seine Augen folgten der Linie ihrer Nase und ihres Mundes. Sie biss sich vor Verlegenheit und Anspannung auf die Unterlippe. Er hatte sie immer noch nicht erkannt.

Einigen Umstehenden war diese auffällige Szene nicht verborgen geblieben. Die Waldeck und die Knobelsdorff, die auf der Suche nach ihrer Herrin waren, blieben stehen und reckten die Hälse. Sie wagten es nicht, das Paar, das sich da vor ihnen in so plötzlicher Eintracht zeigte, zu stören. Der Baron Wolff, der den beiden Damen gefolgt war, in der Hoffnung, Friederike zu finden, schloss herzklopfend zu ihnen auf. Als er Cambridge und Friederike sah, kreuzte er die Hände über seinen Mund und sagte:

»Ich werd' närrisch … Isses denn die Möglichkeit?« Dann schüttelte er den Kopf. »Aber isch han nichts gesehe', ich han nichts gesehe'.« Dann wies er die Damen an, ihm zurück zur Gesellschaft des Königs zu folgen, um das, was sich da gerade vor ihren Augen ereignet hatte, allen – freilich hinter vorgehaltener Hand und mit der Bitte, darüber zu schweigen – sogleich mitzuteilen.

Cambridge hatte diese Szene gar nicht wahrgenommen und bot Friederike immer noch seinen Arm an. Mit dem anderen Arm beschrieb er ein Rund über die prachtvolle Parkanlage hinweg.

»Meine Leidenschaft sind die Pflanzen. Meine Mutter liebt sie, und die Kapitäne haben es sich zum Vergnügen gemacht, sie jedes Mal, wenn sie von fernen Routen zurückkommen, mit ein paar Exemplaren zu beehren, die sie dann in einem großen Garten im Süden von London arrangieren lässt.«

»Dann braucht Ihr die Tafeln gar nicht zu lesen und wisst auch ohne Bescheid?«

»Aber sicher! Diese Pflanze hier, die unsere himmlische Begegnung herbeigerufen hat …« – er versicherte sich durch einen Blick ihrer Aufmerksamkeit –, »… diese Pflanze, das ist eine Strelitzie, falls Madame das noch zu wissen wünscht. Sie wächst im Süden Afrikas«, sagte Cambridge so leise, dass Friederike es kaum verstand. Er hatte aber das Ziel, ihr ein Stück näher zu kommen.

»Ah … Eine Strelitzie. Sehr schön … sehr schön …« Friederike kämpfte wieder gegen einen drohenden Schluckauf an, sodass ihr erst im zweiten Augenblick die Namensähnlichkeit der Blumen mit ihrem Namen »von Mecklenburg-Strelitz« bewusst wurde.

»Das kann ja gar nicht sein. Die Blume heißt so wie ich? Ich bin doch eine Strelitzie. Eine Prinzessin zu Mecklenburg-Strelitz. Friederike mit Vornamen.«

Cambridge ließ das Kinn fallen. »Ach, Ihr seid das, Madame? Und die ganze Zeit habe ich mich gefragt, wer die schöne Dame sein könnte, die mir hier so vom Himmel gefallen kommt.«

Friederike schluckte auf. »Oh, entschuldigt bitte.«

»Dabei hätte ich doch selbst daraufkommen können.« Er ließ sie los und verbeugte sich vor ihr. »Darf ich mich vorstellen: Adolph Friedrich von Cambridge, der hier nur der Baron von Grasberg ist, und obendrein Euer guter Cousin.«

»Ihr seid der Sohn meiner Tante Charlotte.«

»Der siebente, wenn Ihr es genau wissen wollt, Madame.« Er lachte. »Und die Blume, die Ihr seht, ist nach Eurer Tante und meiner Mutter benannt worden, der guten Charlotte von Mecklenburg-Strelitz.«

Cambridge war von der Tatsache, dass Friederike seine Cousine war und sie somit keine Standesgrenzen trennten, so fasziniert, dass er gar nicht bemerkte, wie er bereits mit einem Fuß im Beet stand. Erst auf Mahnung eines Gärtners hin, der aufgeregt mit seinem Strohhut wedelte, um den Prinzen auf seine Verfehlung aufmerksam zu machen, positionierte er sich wieder artig auf dem Gehweg. Er ging näher an seine Cousine heran. »Und wir können froh sein, dass die Blume nicht nach dem heimlichen Beinamen benannt wurde, mit dem mein Vater meine Mutter immer neckt.«

»Ja, wie heißt sie denn?«

»So, so, das wollt Ihr wissen, meine Liebe?« Bei schönen Frauen zeigte sich Cambridge nie schüchtern.

»Was wäre denn falsch daran?«

»Er ist nicht sehr fein, und er spricht sehr für die Art des Humors, der in unserer Familie gepflegt wird. Ich möchte sichergehen, dass Ihr es nicht missversteht und mich gleich Eurer zauberhaften Gesellschaft beraubt.«

»Ich verspreche es.« Friederike versuchte zu salutieren wie ein Soldat, geriet dabei aber wieder aus dem Tritt.

»Madame, so lasst doch die Albernheiten und passt auf Euch auf.«

Er hakte sie nun fest unter.

Ein Paar, in dem er den Landgrafen von Hessen-Kassel und seine Frau erkannte, ging vorüber, ohne ihnen auch nur einen Hauch von Aufmerksamkeit zu schenken. Später aber, als sie dachten, aus ihrem Blickfeld zu sein, schüttelten sie empört den Kopf. Cambridge aber war das Wohl Friederikes mehr wert als die Schicklichkeit, und er hielt sie fest im Griff.

»Ich werde es Euch sagen. Aber es ist ein Geheimnis, und Ihr müsst mir zwei Dinge versprechen.«

»Sehr gerne.«

»Versprecht nicht zu viel. Denn ich bestehe darauf, dass Ihr Euch daran haltet.« Er spitzte verschmitzt den Mund.

Friederike nickte. »Ich versichere es Euch.«

»Erstens dürft Ihr es niemandem weitererzählen.«

»Versprochen!« Friederike schluckte wieder auf.

»Und zweitens, und das ist mein voller Ernst: Ihr dürft nicht lachen. Es wäre respektlos meiner Mutter gegenüber.«

»Warum sollte ich mich Eurer Mutter gegenüber vergessen? Ich weiß mich durchaus zu benehmen. Ich bin empört, dass Ihr daran zweifeln könnt.«

»So war es nicht gemeint.«

»Na, denn: Raus damit!«

Cambridge war begeistert über Friederikes lustiges Wesen. »Gut, ich will es Euch sagen: Mein Vater nennt meine Mutter heimlich …« Er hielt für mehrere Augenblicke den Atem an. »… Ugly!«

Friederike sperrte den Mund auf und sah Cambridge fassungslos an. Er starrte in aller Ernsthaftigkeit auf sie herab.

Mehrere Sekunden verharrten sie in Reglosigkeit. Dann brachen beide in ein so ungehemmtes, wildes Gelächter aus, dass es durch den ganzen Park bis hoch oben zum Panoramafenster des Kurhauses drang, wo nicht nur der König mit seiner Entourage weilte, sondern auch Louis Ferdinand mit Massenbach eine Partie Billard spielte.

29

Friederike wusste nicht, dass sich Louis Ferdinand genau in diesem Moment, als durch ein herzliches Lachen der Funke zwischen ihr und dem Prinzen Adolph Friedrich von Cambridge entzündet wurde, in Pyrmont befand, und zwar hoch über ihr im Kurhaus.

Louis Ferdinand, der ihr in der schweren Zeit nach dem Tode Ludwigs zum Vertrauten geworden war, hatte sich nach Lemgo versetzen lassen, kaum, dass er gehört hatte, dass Friederike zwei Monate in Pyrmont sein würde. Lemgo war vier preußische Meilen von Pyrmont entfernt, zu Pferde würde Louis Ferdinand anderthalb Stunden brauchen – freilich im Galopp –, mit der Kutsche vielleicht zwei. Die Idee, sich abberufen zu lassen, war gar nicht so hitzköpfig und vom Impuls seiner hoffnungslosen Liebe zu Friederike getragen, wie seine Gegner zuerst vermuteten. Es steckte durchaus ein patriotischer Akt im Dienst des Königreichs Preußen dahinter. Dem Prinzen, immerhin ein General der preußischen Armee und sehr verdienstvoll, kam die Aufgabe zu, darauf zu achten, dass die Franzosen die mühsam im Basler Frieden ausgehandelten Grenzen respektierten. Er hatte wenig zu tun, und so nutzte er die erstbeste Gelegenheit, sich von den Truppen zu entfernen und nach Pyrmont zu fahren.

Doch ganz seinem hitzigen Wesen entsprechend, setzte er sich nicht einfach auf sein Pferd, sondern machte mit seinen Kumpanen ein Kutschenrennen daraus. Denn sosehr Louis

Ferdinand auch die Frauen, insbesondere Friederike, liebte – den Wettkampf, die Rivalität, das Sich-Messen mit anderen, ja, und das Gewinnen, das liebte er noch mehr.

Der Zufall wollte es so, dass alle von Ferdinands Freunden gleichzeitig erschienen und die Kutschen begannen, sich vor dem Ballsaal des Kurhauses zu stauen. Waren vor zehn Minuten noch ein Dutzend livrierte Diener schweigend vor den großen Säulen des Eingangsbereichs gestanden, um die angekündigten hohen Gäste in Empfang zu nehmen, so verging ihnen schlagartig die Langeweile, als die ersten zwei Kutschen in hohem Tempo auf den Vorplatz zupreschten.

Es war, wie ihnen warnend durch einen Vorboten zugetragen worden war, eine kleine Wettfahrt unter Königskindern, wobei zu erwarten war, dass einer davon Louis Ferdinand hieß. Er war hier nur wenigen und dann eher vom Hörensagen bekannt, aber deswegen nicht weniger gefürchtet. Sein legendäres Temperament und seine Ungeduld ließen es den Dienern geraten erscheinen, seine Kutschentür bereits zu öffnen, bevor die Pferde zum Stillstand kamen.

»Er ist ein Teufelskerl«, sagte ein junger Lakai, der neu war.

»Ach, ich höre, er macht den Herren nur Ärger. Betritt er den Raum, sind alle Männer auf Habacht, weil sie um die Ehre ihrer Damen fürchten, und verlässt er den Raum, so ist, wenn schon kein Geschirr, so doch zumindest ein Herz gebrochen. Und raten Sie allen, sich nie auf ein Spiel mit ihm einzulassen. Er hat *fortune.*« Der alte Lakai wollte mit diesen Worten den Eifer seines Freundes dämpfen, doch der war ganz begierig darauf, den berühmtesten unter den preußischen Junkern kennenzulernen.

Also stürzte er sich sogleich auf die erste der Kutschen, die eingetroffen war, in der Hoffnung, dem Prinzen Louis Ferdinand zu begegnen. Er riss den Fond auf, und mehrere preußische Heißsporne sprangen heraus, die allesamt betrunken waren, stießen ihn zur Seite und machten sich über ihn lustig.

»*Rouge et noir?*«, rief der eine den anderen zu, was bedeutet hätte, dass man nach rechts in den oberen Saal des Kurhauses ging.

»Nein, Billard!«, schrie ein anderer und lief nach links, wo eine Treppe in die untere Etage zum getäfelten Billardsaal im englischen Stil führte.

Sie einigten sich, kaum dass sie wieder festen Boden unter den Füßen hatten, auf Champagner, gingen aber dennoch nach links.

Der junge Diener sah dem Trupp nach. Louis Ferdinand war nicht dabei. Nun kam eine weitere Kutsche in hohem Tempo angefahren. Der Kutscher trieb die Pferde. Die Heißsporne amüsierten sich über den verspäteten Kameraden und johlten unanständige Worte.

»Das ist der Prinz Louis Ferdinand«, sagte der Alte zu seinem ehrgeizigen jungen Kollegen, der sich die Nase rieb, die er sich in seinem Eifer gestoßen hatte.

Louis Ferdinand hatte das Rennen offensichtlich verloren und dachte nicht daran, das einzugestehen. Er stand stolz an der bereits geöffneten Kutschentür, bereit, noch aus dem fahrenden Gefährt abzuspringen, und winkte den Kameraden freudig zu. Diese winkten zurück. Die Kutsche durchbrach die Reihe der Herumstehenden und hielt ruckartig am Treppenaufgang des Ballsaals – einige Fuß hinter den johlenden jungen Männern und den unschlüssigen Dienern.

Mit einem riesigen Satz und zwei Schritten landete Louis Ferdinand direkt vor der Eingangstür, die von einem aufmerksamen Diener geöffnet wurde. Der Prinz rannte ohne Kopfbedeckung hinein, sein Degen, der – wie alle sofort und mit Schrecken erkannten – kein Kavaliersdegen war, klapperte dabei.

»O Gott, Ihr hattet recht«, sagte der junge zu dem alten Diener.

Louis Ferdinand lachte.

Wie auf Kommando taten es ihm die anderen gleich. Während sie herumgestanden waren und schon ihren Erfolg gefeiert hatten, war ihnen der Sieg doch noch durch die Lappen gegangen, da die Ziellinie des Rennens – jetzt erinnerten sich alle daran, verdammt noch mal! – nicht der Vorplatz des Kurhauses, sondern der Billardclub war. Aufgeregt liefen sie dem Prinzen hinterher. Doch da nur ein Diener an der großen Flügeltür am Eingang bereitstand und die zweite Flügeltür geschlossen war, drängte sich alles. Die hohen Herren fluchten wie Kutscher.

In diesem Moment begannen weitere Chaisen vor dem Ballsaal anzufahren, die sich mit den nun bereits gewendeten Kutschen zu verkeilen drohten. Die Diener hatten nicht genügend Hände, alles gleichzeitig zu bewältigen.

»Jedes Jahr das Gleiche«, seufzte der Alte. »Die preußischen Junker bringen alles durcheinander.«

Er rief dem Diener an der Tür zu, und der wiederum rief nach innen, um Verstärkung zu holen, weil eine weitere Kutsche in der Einfahrt zu sehen war. Es war die des Königs, was, obwohl er als Graf von Hohenstein reiste, daran zu erkennen war, dass sie von Vorreitern in preußischer Gardeuniform eskortiert wurde.

Schließlich retteten die erfahrenen Kutscher die verfahrene Situation, indem sie eine fächerähnliche Aufstellung wählten, die allen Gästen nun das gefahrlose und zügige Verlassen der Kutschen ermöglichte. Die leeren Kutschen fuhren daraufhin, ohne zu wenden, einige Fuß weiter, um zu warten, bis die letzte Kutsche – die des Königs – eine allgemeine Kehrtwendung einleiten würde.

Der junge Diener atmete auf, der Alte spuckte aus:

»Wenn man doch nur einmal *mich* fragen würde. Aber alle wissen es immer besser. Idioten.« Und wie zur Demonstration seines Unmutes schlug er seinem jungen Gefährten auf den Hinterkopf.

Er eskortierte den König nach rechts, wo es zu dem Saal ging, in dem *Rouge et noir* angeboten wurde.

Louis Ferdinand zog den General Karmers von den anderen weg und zur Seite, um mit ihm die Strategie abzusprechen, die sie bei den kommenden Billardspielen anwenden wollten. Er öffnete gerade eine Flasche Champagner und schenkte ein, als er vom Park ein Lachen hörte, das ihm bekannt vorkam. Er brauchte gar nicht lange zwischen den Bäumen und Ästen zu suchen, um sie zu erkennen: die Prinzessin Friederike. Seine Friederike. Dort stand sie mit einem Mann, den er nicht kannte.

»Wer ist der Kerl?«, fragte er den General Karmers, der ihn begleitet hatte.

Das Lachen, das ihre Unterhaltung gestört hatte, steigerte sich noch einmal zu einer neuen, hohen Welle.

Karmers, der den Prinzen in Lemgo kennengelernt hatte und nichts über dessen Ambitionen bei Friederike wusste, antwortete jovial: »Das ist Cambrigde. Der Sohn der Königin von England. Man sollte es nicht meinen, aber er ist ein ziemlich weibisch…«

»Das sieht mir aber nicht so aus.« Louis Ferdinand drückte dem verwunderten Karmers das Glas in die Hand und gab ein Zeichen zum Aufbruch.

Karmers sah über die Schulter zum Park. »Ihr habt recht. Es sieht nicht so aus. Aber, wenn ich mir die Frage erlauben darf: Was kümmert Euch das?«

»Was mich das kümmert?« Louis Ferdinand baute sich vor seinem Freund auf. »Er spricht mit meiner Verlobten!« Er zeigte mit dem Finger auf sich. »*Meiner* Verlobten. Nur, dass Ihr es wisst! Und das in aller Öffentlichkeit. Soll ich mich denn hier zum Trottel machen lassen, auch noch von so einem englischen Laffen? Kommt! Ich werde ihn fordern.«

»Aber, aber … gemach, lieber Prinz! Es ist doch … Nun seid doch nicht gleich …«

»Blödsinn! Und Ihr seid mein Sekundant. Keine Widerrede!«

Karmers, der den Prinzen um ein paar Zoll überragte, hatte keine Chance, ihn aufzuhalten. Louis Ferdinand witschte unter seinen Armen durch und ging zielstrebig auf den Ausgang zu. Die anderen Junker, die sich schon auf eine herrliche Partie mit Louis Ferdinand gefreut hatten, sahen den beiden verwundert nach.

»Was ist denn nun schon wieder los?«

»Ein Feuerkopf, das wisst Ihr doch. Er wird gleich wieder zurückkommen. Er kommt immer zurück. Er liebt das Spiel.«

Der Diener, der immer noch am Eingang stand und den Gästen von außen Einlass gewährte, hielt mit einer Handbewegung die Heranströmenden entschlossen auf.

»Platz da.« Louis Ferdinand, der immer höflich gegen das Personal war, war ungewöhnlich scharf. Als er vorbeiraste und Karmers ihm in wenigen Schritten Abstand folgte, schüttelte der alte Diener den Kopf.

Louis Ferdinand stampfte zielstrebig in Richtung Garten. Sein Degen klapperte bedrohlich. An der unteren Stufe der Treppe angekommen, wies ein Uniformierter in die Richtung, wo gerade Cambridge mit Friederike stand und wo sich mittlerweile eine Schar von botanisch interessierten Gästen versammelt hatte.

Quer über ein kunstvoll gestaltetes Beet trampelte Louis Ferdinand auf Friederike und Cambridge zu. Schon von Weitem rief er etwas und fuchtelte mit dem rechten Arm herum.

Oben, im Kurhaus, wo man sich gerade zum *Rouge et noir* in kleiner Runde arrangiert hatte, musste der dicke König mit ansehen, wie sich »dieser verrückte Hund von einem Prinzen« lächerlich machte und einen Skandal heraufbeschwor. Der König verzog die Mundwinkel.

»Wo kommt er denn jetzt her? Ich dachte, er sei in Lemgo, wo er hingehört. Ach … dieser … dieser …«, sagte er so leise zu sich, dass selbst die Gräfin Lichtenau es nicht hören konnte. Er schnaufte, unterdrückte aber den Impuls, Louis Ferdinand öffentlich zu beschimpfen. Immerhin gehörte er zur Familie.

»Los!«, er winkte einen Diener heran, der die Lage nicht erfasste und damit beschäftigt war, die sechs Kartendecks, die man für das Spiel benötigte, zu mischen. »Los. Eile Er hinunter. Sage Er ihm sofort, dass …« Der König unterbrach seine Rede. Denn der Diener war so überrascht, dass er die Kartendecks fallen ließ. Sie regneten auf den grünen Samttisch, die Stühle und die Gäste herab, und direkt vor dem Platz des Königs landete die Kreuz-Zehn.

Die Kreuz-Zehn? O Gott, das bedeutet Streit, dachte er. »Es gibt Streit.«

Noch während er das dachte, sah er hinunter in den Park und erkannte, dass Louis Ferdinand gerade dem englischen Prinzen ein Schulterstück herunterriss und ihm den Hut vom Kopf schlug.

30

Der Prinz Louis Ferdinand und die Seinen kamen mit reichlich Verspätung an den vereinbarten Ort des Duells. Die Kutschen von Adolph Friedrich von Cambridge und vieler anderer Duellanten vor ihm hatten Spuren durch die Erde gezogen, auf denen der Preußenprinz nun provozierend langsam folgte. Sie führten hinunter zu einem stillen Weiher am Rande des Waldes. Auf der angrenzenden Wiese stand noch der Morgentau in den Halmen. Es war kühl. Der Atem der Wartenden war sichtbar. Die Leiber der Pferde dampften, und das schwache, blasse Licht des Sommermorgens ließ die ernsten Gesichter der Sekundanten fahl und teigig erscheinen.

Es hatten sich vier Kutschen auf der Wiese versammelt, und Cambridges Vertraute standen besorgt beieinander. Sie waren um männlichen Zuspruch bemüht, obwohl – und das war ungewöhnlich – auch zwei Frauen anwesend waren. Aber vielleicht waren es gerade die Damen, wenn man sie denn als solche bezeichnen konnte, die die Männer dazu anstachelten, sich besonders furchtlos und heldenhaft zu geben, dachte Louis Ferdinand.

Er konnte die Szene von seinem Kutschenfenster aus beobachten, als er sich von der Anhöhe her näherte. Cambridge hatte sich trotz der kühlen Witterung bereits seines Rocks entledigt und betrieb gymnastische Übungen wie ein Unteroffizier auf dem Kasernenhof. Bei gegrätschten Beinen beugte er seinen Rumpf nach links und rechts, wobei er sich mit den Armen zu seinen Stiefeln hin reckte. Als ihm das gelungen war, sprang er hoch und kam mit geschlossenen Beinen zum Stand. Nun winkelte er die Arme an und beugte federnd seine Knie. Im Anschluss daran ließ er mehrmals den Kopf und die Arme kreisen, um die Muskulatur im Nacken und in den Schultern zu lockern.

»Typisch Engländer«, entfuhr es dem General Karmers, den Louis Ferdinand als Sekundanten verpflichtet hatte, gleichzeitig mit dem Rauch seiner Pfeife, den er zu Ringen formte. »Sie sind biegsam in den Beinen, sehen aber alle aus, als ob sie einen Spazierstock im Hintern haben.«

»Wie drückt Ihr Euch denn aus?« Massenbach, der angesichts der Lage, in die sich sein Freund Louis Ferdinand hineinmanövriert hatte, sofort aus Berlin angereist gekommen war, gab sich empört.

»Ähm, ja … Mit Verlaub … Ich dachte …« Karmers war generell von Massenbach eingeschüchtert.

»Ich will Euch mal sagen, wie das heißt, Karmers. Das heißt nicht: Spazierstock im Hintern, sondern das heißt: Spazierstock im – Arsch.«

Die Kutsche schaukelte beim Gelächter der Männer, die vor Vergnügen mit den Fäusten so heftig gegen die Wand schlugen, dass der Kutscher sie durch die Luke hindurch ermahnen musste.

»Saukerl«, grölte Massenbach und schlug die Luke wieder zu.

Die Gruppe um Cambridge sah zu der herannahenden Kutsche hinüber, die auf den Platz zurollte, ließ sich aber durch das offensiv joviale Getue der Preußen nicht irritieren. Cambridge blieb, wie es seine Art war, gelassen. Er gab Order an seinen Diener, was dieser direkt nach dem Duell als Erstes sogleich zu erledigen hätte, wenn mit diesem »Hund von Preußenprinz« abgerechnet sei. Für den – äußerst unwahrscheinlichen – Fall, dass ihm das nicht gelingen sollte, war es ihm ganz wichtig, sein Lieblingspferd, einen langbeinigen Vollblüter namens Delia, versorgt zu wissen. Er sprach die ganze Zeit nur davon, als stünde nicht gerade Wichtigeres an.

»Da kommt ja der hochwohlgeborene Streithahn«, spottete er in die schweigende Runde und schlug sich dabei mit der Reitgerte an den Stiefelschaft, als könne er es nicht erwarten.

Louis Ferdinand sah die Szenerie. Er verhöhnte den englischen Blumenprinzen – wie er ihn nannte –, der sich niemals seines effeminierten Benehmens würde entledigen können, und machte seine Scherze über ihn. Auch Massenbach überspielte die Möglichkeit des nahen Todes. Er lobte die Entscheidung zum Duell, um nicht den kleinsten Zweifel an der Unverwundbarkeit seines Freundes aufkommen zu lassen, an dessen Seite er so viele Jahre verbracht hatte. Insgeheim aber verfluchte er Louis Ferdinands hitzköpfiges Wesen. Er gab sich aber auch selbst die Schuld, weil er, der Ältere, ihn so oft zum Trinken ermutigt habe, was nicht selten in Gelagen endete. Er rief sich viele Abende und Nächte in Erinnerung, die in Freundschaft angefangen und oftmals in Übermut, Zwietracht und Flüchen geendet hatten.

Der Wein bekommt ihm nicht so gut, wie er selbst glaubt, dachte Massenbach und ballte die Faust.

Louis Ferdinands Stimme holte ihn zurück ins Hier und Jetzt: »Ich werde diesem Cambridge die Ehre erweisen, an seiner Beerdigung als stiller Beobachter teilzunehmen.«

Genau dieser Übermut war es, den Massenbach meinte. Aber es war nicht die richtige Zeit für klärende Worte, und deshalb pflichtete er dem Hohn, den der Prinz verbreitete, bei: »Eine Ehre für die Hinterbliebenen, mein Bester. Sehr großzügig von Euch.«

Die Kutsche rumpelte ein wenig schwerfällig durch den feuchten Grund und kam endlich zum Halt. Der General Karmers sprang hinaus, noch während die Kutsche ausrollte, und öffnete den hohen Herren mit gezogenem Hut die Tür. Massenbach hob arrogant das Kinn. Als Louis Ferdinand als Letzter ins Freie trat, schaute er sich Cambridge und seine Vertrauten mit spöttischer Miene an.

»Na, was denn, meine Herrschaften. Warum die schwarzen Kleider? Ist das nicht ein wenig morbide? Ich sehe, Ihr habt Todessehnsucht. Ich hingegen bevorzuge das Leben. Für den ehrenwerten Anlass unserer heutigen Begegnung habe ich eigens eine Uniform fertigen lassen, die froh und bunt ist …«

Er erblickte ein bekanntes Gesicht unter den Anwesenden und stockte.

»Mein lieber Marchese Lucchesini, Ihr auch hier? Erinnert Ihr Euch nicht eines ähnlichen Zusammentreffens? Warum habt Ihr Euren Freund nicht vor mir gewarnt? Nun ist es zu spät …«

Lucchesini, der lange in Preußen gedient hatte, wollte antworten, da trat der Prinz Adolph Friedrich von Cambridge an Louis Ferdinand heran. »Es ist nicht der Ort für Eure lächerliche Operette, für Eure lächerlichen Parfums …«

Massenbach lachte kurz auf, weil er immer schon fand, dass Louis Ferdinand roch wie ein Weib. Als dieser ihn mit zusammengezogenen Augenbrauen ansah, tat er so, als ob er seine Uniform glattstreiche.

Währenddessen bremste sich Cambrigde in seinem Zorn. Er war so aufgebracht über das süffisante Lächeln Louis Ferdinands, dass er kurz davor war, die Contenance zu verlieren, was alles verderben würde, weil die Sache statt in einem ehrenhaften Duell in einer unsinnigen Prügelei enden würde. Er versuchte Zeit zu schinden:

»Mit Eurem Gerede ist es bald ohnehin vorbei. Verschont mich damit.«

Doch Louis Ferdinand antwortete mit einer höhnischen Ehrenbezeugung und wandte sich dem Sekundanten zu. »Bitte darum anzufangen …«

Die Sekundanten führten die beiden verfeindeten Adligen vorbei an den Damen, die tuschelten. An der offenen Kutsche empfingen sie beide ihre Pistolen. In diesem Moment war nichts zu hören als ein *Klick-Klick,* als Louis Ferdinand die Spannung des Hahns überprüfte.

Noch einmal gingen die Kontrahenten zu ihren Begleitern und nutzten einen kurzen Moment, um *bella figura* zu machen, falls es die letzte Gelegenheit dazu gewesen sein sollte. Dieser Abschied entschied über die Ehre der Duellanten im Falle des eigenen Ablebens und war unerlässlich, um seinen guten Ruf weit über den eigenen Tod hinaus fortzutragen. Männer, denen im entscheidenden Moment die Nerven versagten, wurden in den Gesprächen, die man in den Kasinos führte, zu Witzfiguren, und das unabhängig vom Ausgang eines Duells.

Der erste Sekundant forderte lautstark Aufstellung. Alles hielt den Atem an. Auch Massenbach konnte nun seine Erregung nicht mehr verbergen. Sein Kopf war so rot wie die Schale eines Hummers.

Während der Unparteiische die Schritte abzählte, stießen zwei Libellen in den Raum, der sich hinter den Rücken der sich voneinander entfernenden Duellanten bildete. Sie tanzten in langen, gleichmäßigen Bogen umeinander herum, glitten auf und ab, surrten in die Höhe und hielten sich dann im rasanten Flug kurz über der Grasnarbe. Dabei flogen sie so eng nebeneinander her, als ob sie durch ein unsichtbares Band miteinander verbunden wären. Sie sahen aus wie ein Paar auf dem Parkett, und ihre schillernden Flügel verstärkten den Eindruck, dass es sich bei dem tanzenden Paar um zwei Liebende handelte, die sich besonders schön gemacht hatten.

Eine der anwesenden Damen schlug sich die Hand vor den Mund. Das ist ein Zeichen, dachte sie. Ein Zeichen dafür, dass derjenige, der Friederike wirklich liebt, als Ehrenmann aus diesem Händel hervorgehen wird. Damit erinnerte sich das erste Mal jemand unter den Anwesenden überhaupt an die Ursache, die hier zum Duell geführt hatte, was nämlich in den allgemeinen Eitelkeiten und dem Ringen um Respekt untergegangen war.

Die Dame sah den beiden Prinzen nach. Ihnen war kein romantischer Gedanke anzumerken.

Louis Ferdinand und Adolph Friedrich von Cambridge schienen nur die Stimme des Sekundanten zu hören. Sie wirkten äußerlich völlig teilnahmslos, waren aber innerlich lodernd. Das zeigte sich etwa im nervösen Zucken von Louis Ferdinands Hand oder in der scheinbaren Gelassenheit Cambridges, der ein Insekt, das sich ihm auf den rasierten Nacken gesetzt hatte, gewähren ließ, was er unter andern Umständen wutentbrannt verscheucht hätte. Keiner der beiden dachte an die Umstände dieses Händels, kein Gedanke kreiste um Friederike, das eigene Leben, das Leben des anderen, die letzten Bemerkungen oder gar die große weite Welt, die beiden noch offenstand. Der Sekundant, die Pistole, die Schritte … Ihre Empfindungen waren eine Reduktion aufs Überleben.

Es war still, doch der Unparteiische kam nur bis zur Sieben. Dann verstummte er, und die Kontrahenten blieben stehen.

Ohne dass jemand ihr Kommen bemerkt hatte, standen plötzlich vier Inspektoren hinter dem Sekundanten.

»Schluss, Schluss! Ihr seid arretiert!«, rief der Kommissar der Gruppe.

Die drei Inspektoren preschten nach vorne und fuchtelten mit ihren Degen in der Luft herum. »Das Schauspiel hat ein Ende, meine Herren!«

Doch Louis Ferdinand blieb unbeeindruckt. Trotzig zählte er weiter, indem er die knarrende Stimme des Unparteiischen nachahmte. Cambridge folgte seinen Anweisungen, bis schließlich einer der Offiziere sich fluchend direkt vor Louis Ferdinand zu stellen wagte und einem anderen befahl, bei Cambridge dasselbe zu tun.

»Königliche Hoheiten, die Angelegenheit wird hiermit offiziell für beendet erklärt. Im Namen der preußischen Krone bin ich befugt, alle Duellanten zu verhaften. Es ist der Wille des Königs, dem wir hier nachzukommen haben, und ich bitte Eure Hoheiten inständigst, von weiteren Verfehlungen Abstand zu halten. Andernfalls wären wir gezwungen, über das gerade Geleistete hinauszugehen.«

Seine offene Hand forderte die Pistole, die Louis Ferdinand noch immer entschlossen an sich hielt. Der andere Inspektor tat das Gleiche bei Cambridge.

»Ihr seid ein mutiger Offizier und Beamter, mein Herr. Bravo.« Louis Ferdinand griff, von Cambridge unbemerkt, nach seiner Börse und drückte dem Beamten zwei Groschen in die Hand. Dabei zwinkerte er belustigt.

Louis Ferdinand und Cambridge händigten ihre Waffen aus, freilich erst, nachdem sie sich mit einem Blick über die Schulter gegenseitig versichert hatten, dass der jeweils andere das Gleiche tat. Beide wussten, dass Ehrenhändel schwere Strafen nach sich ziehen konnten, egal ob Prinz oder niederer Adel. Der König wollte nicht, dass sich seine hochdekorierten Offiziere gegenseitig in den Tod schickten. Aber sie wussten auch, dass in ihrem besonderen Fall keine große Sache daraus gemacht werden würde, da es eben noch nicht zum Schusswechsel gekommen war – und man es dank der Umstehenden auch als eine Art Leibesertüchtigung im Morgennebel tarnen konnte. Alle wahrten das Gesicht.

Die Anwesenden applaudierten erleichtert, und Massenbach schlug Louis Ferdinand derart heftig auf die Schulter, dass dieser gegen den Kommissar stieß, welchem dabei die Pistole aus der Hand fiel.

Ein Schuss löste sich, und die Gesellschaft erschrak über den gellenden Schrei, den Cambridge ausstieß.

31

Berlin, im November 1797

Am 16. November trat das ein, was niemand auszusprechen gewagt und was doch der ganze preußische Hof schon seit Monaten vorausgesehen hatte: Der liebe Gott holte den dicken König zu sich. Es war nicht nur aus diesem Grund ein trauriger Tag, sondern auch, weil die Umstände seines Ablebens zeigten, wie berechnend und eigennützig die Menschen doch waren: Friedrich Wilhelm II., König von Preußen, der zeit seines Lebens immer eine große Entourage um sich versammelt hatte; er, der nach der kargen Regentschaft Friedrichs des Großen Berlin gesellschaftlich zur Blüte verholfen hatte; er, der immerzu ein großzügiger Gastgeber, ja, Mensch gewesen war – er starb alleine.

Der dicke König, der ohne Rücksicht auf ihre Herkunft und ohne Dünkel so viele Menschen protegiert hatte, wurde nun selbst Opfer falsch verstandenen Anstands und heuchlerischer Moral.

Es war nämlich so, dass der König in den letzten Stunden seines Lebens darauf bestanden hatte, die Gräfin Lichtenau an seiner Seite zu wissen. Sie war die Liebe seines Lebens. Über dreißig Jahre lang war sie Gefährtin, Beraterin, Trösterin seiner Königlichen Majestät gewesen und: Sie war die Mutter seiner fünf Kinder. Solange man davon profitieren konnte, die Lichtenau in den eigenen Reihen zu wissen, fand niemand etwas Falsches dran, dass der König ihre Gesellschaft genoss. Man genoss ihre Gesellschaft ebenso und sonnte sich darin, wenn man zu ihrem Salon eingeladen wurde.

Jetzt aber, da der König bald nicht mehr sein würde, wechselte man die Seite. Ausgerechnet des Königs geistliche Freunde, allen voran der neue Berliner Probst Spalding, biederten sich nun beim Kronprinzen, dem zukünftigen König, an. Und da dieser, wie ganz Berlin wusste, die Gräfin Lichtenau aus tiefstem Herzen verabscheute, stellte Spalding den König vor die Wahl: Entweder er verabschiedete sich so kurz, bevor er vor das Angesicht des Allmächtigen zu treten hatte, von »dieser gottlosen Person«, oder es sei unchristlich, die legitime Familie zu ihm vorzulassen.

Der König, nunmehr ohne Kraft und Autorität, wollte einfach nur die Hände seiner Gefährtin spüren, die ihm mit zarter Hand den Schweiß vom Gesicht tupfte. Er wollte ihren vertrauten Duft riechen und sich in ihre Fürsorglichkeit fallen lassen, wenn sie ihm seinen letzten Wunsch erfüllte und ihm ein Glas Sekt aus der Kelterei des Grafen Sparr einflößte.

So tat der dicke König seinen letzten Atemzug ohne die Anteilnahme seiner Kinder, seiner Frau, seiner vielköpfigen preußischen Familie und der zahlreichen Günstlinge und Staatsmänner, die ihn begleitet hatten. Und er starb auch, ohne Friederike noch einmal zu sehen, die ihm gerne noch einmal ihre Dankbarkeit für all seine Freundlichkeit und Großzügigkeit hätte aussprechen wollen.

Bei der Bestattung wurden dann die neuen Allianzen deutlich: Lucchesini, der große Einflüsterer am Hofe des dicken Königs, der immer viele Freunde um sich wusste, saß während der ganzen Zeremonie in der hinteren Ecke des Doms und drehte die Daumen. Keiner interessierte sich für ihn. Das ist mein Ende hier, dachte er. Ich werde nach Rom fahren und meine Memoiren schreiben. Bischoffswerder hatte als einer der Sargträger immerhin zu tun, und Haugwitz, der während seiner Amtszeit kein gutes Haar am Kronprinzen gelassen hatte, hatte sich nun, da dieser zum König gekrönt wurde, direkt hinter ihm platziert.

Noch deutlicher wurde der Seitenwechsel innerhalb der königlichen Familie: Hatte die Prinzessin Louise, die nun die Fürstin Radziwill war, ihren Neffen Friedrich Wilhelm als Langweiler und – immer wenn sie mit der Prinzessin Mimi alleine war – als einfältigen Idioten verspottet, küsste sie ihn nun bei ihrer Trauerbekundung auf die Wange. Ihr Rang erlaubte es ihr, der Anstand nicht.

In der ersten Reihe des Doms, wo der neue König Friedrich Wilhelm und seine Königin Luise saßen, hatte auch der Prinz Louis Ferdinand Platz genommen. Er saß neben der Prinzessin Friederike, die nun in den knapp vier Jahren, die sie in Berlin lebte, den zweiten Todesfall zu beklagen hatte.

Sie weinte aufrichtig, war aber gleichzeitig bemüht, ihren Schmerz unter einem Schleier zu verbergen, da sie fürchtete, jemand könnte sie mit den geröteten Augen und Wangen und der wunden Nase als abstoßend empfinden. So viel hatte sie am preußischen Hof gelernt: Man durfte nie seine wahren Gefühle zeigen. Deshalb gab sie sich auch kühl gegen den Prinzen Louis Ferdinand, der ihr auch hier bei der Beerdigung einen Deut mehr Aufmerksamkeit schenkte, als es schicklich war. Er rückte ganz nah an sie heran, und einmal, als er sich unbeobachtet fühlte, tat er so, als ob er ein Haar von ihrem Kleid entfernen wollte. In Wahrheit hatte er sie nur berühren und eigentlich sogar in den Arm nehmen wollen, um ihr Trost zu schenken, aber auch, um in der Liebe zu ihr selbst Trost zu suchen. Aber irgendetwas riet ihm, das zu lassen. Er suchte, wann immer Spalding in seiner Rede eine Pause einlegte, den Blick des neuen Königs in der Absicht, ihm zu verdeutlichen: »Seht her, Neffe, wie gut ich mich um die kleine Friederike kümmere. Ich bin es wert, dass Ihr mir die Erlaubnis gebt, sie zu heiraten.«

Das Schauspiel wurde vom Prinzen Solms, der – weil er nicht zur königlichen Familie gehörte – hinter Friederike und Louis Ferdinand saß, aufs Genaueste studiert. Es ärgerte ihn, dass sein Rivale einen Vorteil hatte. Deshalb versuchte er, dessen Werben zu stören, indem er immer dann einen Hustenanfall vortäuschte, wenn sich Louis Ferdinand Friederike nähern wollte, sodass die ganze Gemeinde ihren Blick auf ihn und damit auch auf das Paar vor ihnen richtete. Von hinten konnte er sehen, wie Louis Ferdinand jedes Mal die Faust ballte. Wenn sich der neue König zu ihm hindrehte, tat auch Solms untertänig und liebenswürdig, denn auch er wusste, dass er Friedrich Wilhelm gewogen machen musste, damit er Friederike, die er vor fünf Jahren an einen Preußenprinzen verloren hatte, endlich zum Altar führen konnte.

Die Voß, die alles überblickte und zu allem eine Meinung hatte, rümpfte die Nase.

32

Kaum war Friederike in Berlin angekommen und hatte sich wie eh und je mit ihren Kindern und der Prinzessin Mimi auf Schloss Schönhausen eingerichtet, machte Solms ihr wieder regelmäßig seine Aufwartungen.

Er hatte viel aufzuholen. Von Sehnsucht verzehrt, ritt er jeden Tag bereits kurz nach dem Déjeuner nach Schönhausen, und tatsächlich empfing ihn Friederike mit einer Sanftmut und einer Fröhlichkeit, die ihn ermunterten. Er konnte es kaum fassen, dass sie ihm gegenüber so zugewandt war, da ihn das Gerede über den Skandal, den sie in Pyrmont verursacht hatte, in einer Weise verunsichert hatte, dass er schon gar nicht mehr daran glaubte, dass sie ihn überhaupt vorlassen würde. Aber als sie sich das erste Mal nach langer Zeit wiedersahen, war sie sogar freundlicher und zugewandter gegen ihn als vor ihrer Abreise nach Pyrmont. Mehr noch: So wie sie sich jetzt gab, kannte er sie aus den Tagen in Darmstadt und von den wenigen Ausflügen nach Braunshardt, wo sie beide jung, naiv und unbeschwert über die Wiesen gelaufen waren und sich dem gemeinsamen Traum von einer Liebe hingegeben hatten, die von zahlreichen gesunden Kindern gekrönt sein würde.

Solms hatte dem Schicksal oft gezürnt und verflucht, dass sein geringer Status und der gesellschaftliche Ehrgeiz der Großmutter Scho'sch diese Träume hatten platzen lassen wie die Seifenblasen, die er mit Friederike aus schäumender, weicher Lauge in den Himmel gepustet hatte. Aber auch wenn ihn alle unterschätzten und in ihm nur einen Prinzen niederen Ranges sahen – einen von den vielen, die gezwungen waren, sich in den Dienst eines größeren und mächtigeren Herrn zu stellen, um doch noch die Aussicht auf eine gute Partie zu haben –, so war Solms doch zäh. Während diese Rivalen mit der Selbstverständlichkeit des Gottgnadentums durchs Leben wandelten und glaubten, dass sich all ihre Nöte – ob es Schulden waren oder eine nicht erhörte Liebe – durch die schlanke Hand eines gnädigen Gottes in nichts auflösen würden, hatte Solms gelernt, seine Angelegenheiten selbst in die Hand zu nehmen. Von ihm ging immer etwas Angestrengtes aus, ein Bemühen, ein Ringen, ein Fordern; und das war auch der Grund, warum seine Herren und ihre Anverwandten ihn verspotteten, während sie ihm beim Spiel sein schwer errungenes Geld mit allerlei Taschenspielertricks abknöpften. Er war ihnen suspekt, weil ihm die Leichtigkeit, die doch ein Merkmal seines Standes war, gänzlich fehlte.

Aber Solms trug den Spott mit Würde. Er ließ sich nicht beirren, denn die Tatsachen gaben ihm Recht. Nicht seine Mitstreiter, sondern er wurde bei der begehrtesten Prinzessin des Landes vorgelassen, mehr noch: Er konnte sogar – nun, da sie in Pyrmont wieder Freude geschöpft hatte – ernsthaft hoffen.

Eines Tages, als Solms sich wieder einmal von seinem Regiment entfernt hatte und mit Friederike durch die Gärten ging, die von einer goldenen Oktobersonne in ein warmes, hoffnungsvolles Licht getaucht wurden, war es sogar so weit gekommen, dass er der verehrten Prinzessin seinen Arm anbieten durfte. Sie schlenderten durch die Gärten wie ein Paar. Das Mädchen und die drei Kinder folgten ihnen im Abstand von zwanzig Fuß, wobei der kleine Fritz immer wieder vor zu seiner Mutter lief, mit beiden Händen an ihrem Rock zog und herzlich lachte. Während sie ihm über den Kopf strich und ihn zurückschickte, runzelte Solms enerviert die Stirn.

Die Wandlung, die Friederike seit Pyrmont vollzogen hatte, hatte ihm Zuversicht gegeben. Je befreiter, glücklicher und unbeschwerter ihre Stimmung war, umso mehr sah Solms die Möglichkeit kommen, sich ihr zu offenbaren. Aber er war auch misstrauisch geworden, denn er fürchtete, dass die Ursache von Friederikes neuer Leichtigkeit darin bestand, dass sie einen anderen Kandidaten erwählt hatte und wie alle, die frisch verliebt sind, ihre überquellende Gunst nun jedem zukommen ließ, der sich in ihrem Bannkreis aufhielt.

Liebt sie mich noch?, hatte sich Solms so manches Mal gefragt, wenn er sich auf dem stählernen Feldbett in seiner Offizierskammer hin und her wälzte, weil er ihretwegen wieder einmal nicht schlafen konnte. Gleichzeitig wusste er, dass er die Dinge nicht forcieren konnte. Andererseits musste er nach den Gerüchten, die ihm zu Ohren gekommen waren, die Zügel langsam anziehen. Dabei gab ihm zumindest die Gewissheit einen Funken Sicherheit, dass er das Herz der Prinzessin schon einmal erobert hatte. Damals in Darmstadt und Braunshardt. Aber, ach, das war lange, lange her …

Sie gingen Arm in Arm spazieren, als er fragte:

»Seht, dieser Baum, diese Schaukel … Erinnert er Euch nicht auch an den Nachmittag von Braunshardt? Ihr seid auf der Schaukel gesessen und habt Euch mit so viel Schwung hinauf in den Himmel bewegt, dass ich fürchtete, Ihr würdet gleich wegfliegen, und ich würde Euch nie wiedersehen.«

»Ach, Solms, ja … das war eine Zeit. Da war noch Frieden.«

»Ich denke oft daran. Und Ihr?« Solms sah Friederike von der Seite an und bemerkte, dass sie es vermied, seinem Blick entgegenzukommen, sondern zu ihren Füßen sah.

Habe ich etwas Falsches gesagt?, fragte er sich sofort, doch bevor er den Fehler, den er glaubte, gemacht zu haben, korrigieren konnte, hörte er sie sagen:

»Wie sollte ich nicht dran denken, lieber Solms? Die Stunden mit Euch zählen zu den schönsten in meinem Leben.«

»Wirklich?« Er spürte, wie sein Herz hüpfte.

»Ja, natürlich. Wäre die Erinnerung an Euch nicht gewesen, wie hätte ich die Anfänge meiner Ehe überstanden, als mein Mann mich noch missachtet hat und ich so unglücklich war wie das ärmste Kind unter Gottes schöner Sonne?« Nun suchte sie doch seinen Blick, obwohl ihre Lider halb gesenkt waren. »Ich habe jeden Abend an Euch gedacht und an die glückliche Zeit, die ich mit Euch erlebt habe.«

»Es war auch die glücklichste Zeit meines Lebens.« Solms schien sich zu verschlucken, seine Worte kamen gebrochen und voller Aufregung. Noch nie hatte Friederike so offen über das Unglück gesprochen, das den Anfang ihrer Ehe geprägt hatte. Dabei war es so sichtbar gewesen, dachte er, dass er sofort das oranische Carabiniers-Regiment verlassen und sich in den Dienst der Preußen gestellt hatte, um da zu sein, wenn sie ihn brauchte. Aber genau zu dem Zeitpunkt, als er in Berlin ankam, hatte sich die Sache auf sonderbare Weise gegeben. Warum nur, sprach er zu sich, während er sich auf die Lippen biss, hat sie so unglaublich an dem verstorbenen Prinzen Ludwig gehangen? Die Trauer, die sie fühlt, ist er nicht wert, fand er. Und umso froher war er, dass sie nach Pyrmont den Heiligenschein, den sie dem Prinzen Ludwig nach seinem Tod aufgesetzt hatte, langsam wieder abzunehmen schien.

»Ihr habt mir sehr geholfen, lieber Solms. Ich werde es Euch nie vergessen. Immer wenn ich traurig war, habe ich an die Pläne gedacht, die wir einst geschmiedet hatten: wir in Colmar, ein kleines Anwesen und viele Kinder, die über die Wiese toben.«

Solms' Mund wurde ganz trocken. So viel habe ich gar nicht zu erwarten gehofft, dachte er und fasste sich endlich ein Herz, auf den Punkt, den er zu erfahren hoffte, zuzusteuern.

»Und in Pyrmont?«

»Was ist mit Pyrmont?«

»Da wart Ihr glücklich. Und ich frage Euch: Habt Ihr auch da an mich gedacht?«

»Wie kommt Ihr darauf, dass ich da glücklich war?«

Solms spürte, dass Friederike ihm ihren Arm, der zuvor fest in dem seinen geruht hatte, entzog.

»Nun … ähm … Es gab … Man erzählte sich …« Solms zögerte. Er wusste mit einem Mal nicht, wie er auf das Duell zwischen den Prinzen Louis Ferdinand und Cambridge zu sprechen kommen sollte – und auf den Skandal, den es verursacht hatte –, ohne Friederike zu brüskieren. Aber dieses Duell brannte ihm auf der Seele, seit er davon das erste Mal gehört hatte. Er hatte zahlreiche unruhige Nächte deswegen verbracht. Denn er wusste: Ein Mann duellierte sich nur um eine Frau, wenn er sie leidenschaftlich liebte. Und wenn ein Mann so leidenschaftlich liebte, dass er sich duellierte, dann bestand die Gefahr, dass die Frau davon nicht unbeeindruckt blieb.

Ich will einfach wissen, ob sie einen der beiden liebt, dachte er und schöpfte neuen Mut: »Ja, also … ich weiß ja auch nicht, was daran wahr ist, aber es hat die Runde gemacht … Nun …« Er gab auf.

»Ach, lieber Solms, Ihr wisst doch: Der Neid ist groß unter den Menschen. Wer, wenn nicht Ihr, weiß davon zu sprechen?«

Er sah sie fragend an.

»Ist es nicht so, dass Eure Kameraden Euch meiden – meinetwegen?«

Solms nickte.

»Nun denn, seht Ihr: Das ist es, was ich meine. Die Menschen neiden den anderen ihr Glück ... Und was mich betrifft: Man erzählt sich so viel, und eine Prinzessin, jung und schon verwitwet, wie ich es bin, noch dazu Schwester der Königin, zieht schnell einige Verleumdungen an, die gänzlich ungerecht sind.«

»Es stimmt also nicht?« In Solms' Stimme konnte man ein Aufatmen wahrnehmen.

»Wovon redet Ihr?« Nun hatte sich Friederike gänzlich aus seinem Arm gelöst und sah ihn unverwandt an.

»Oh ... bitte verzeiht. Ich wollte Euch nicht beschämen. Es war nur ... es ist ...«

»Nein, Solms. Bitte sprecht! Wenn ich einem Menschen traue, dann doch Euch.«

Solms spürte, dass es so still wurde, dass er glaubte, sein Herz hätte nun endgültig versagt. Er wusste nicht, wie er einerseits in Erfahrung bringen konnte, ob sie einen der Duellanten liebte, ohne dabei andererseits ihr Schamgefühl zu verletzen. Er streckte zögerlich seine Hand nach ihr aus, und tatsächlich ließ sie ihn gewähren. Ihre Hand ist ganz warm, dachte er bei sich, dabei dachte ich, sie müsse ganz kalt sein. Und als er sie so hielt und ihre Wärme spürte, kam ihm endlich der entscheidende Gedanke.

Ich muss gar nicht wissen, ob sie einen der beiden liebt. Sie steht hier mit mir! Das ist ihre Antwort. Ich muss nur wissen, ob sie mich liebt und ob ich hoffen darf.

»Was wolltet Ihr mir sagen?« Friederike sah ihn immer noch an.

»Ach, vergessen wir es …«, sagte er. Doch da zog Friederike nur kurz, aber doch so, dass Solms es als das Zeichen verstehen konnte, auf das er die ganze Zeit gewartet hatte, die Augen zusammen. Er atmete tief durch und fragte:

»Ach, ich wollte doch nur wissen, ob Ihr auch an mich denkt, wenn ich nicht da bin.«

»Ja, natürlich tue ich das.«

Solms merkte, wie die Tränen in ihm aufstiegen.

»Und denkt Ihr auch an mich, so wie Ihr früher an mich gedacht habt? Denkt Ihr auch jetzt an eine Zeit, wo wir zusammen …«

Er konnte nicht zu Ende sprechen, weil sie in dem Moment wieder von dem lachenden Fritzchen unterbrochen wurden, das sich von hinten an Friederike herangeschlichen und ihr mit der ganzen Kraft seiner kleinen, speckigen Fingerchen auf den Rücken gehauen hatte.

»Aua«, sagte Friederike und drehte sich lachend herum. »Was machst du denn da, kleiner Mann?«

»Popo!«, strahlte der Kleine sie an, der ein neues Wort gelernt hatte und es gleich ausprobieren wollte.

Friederike beugte sich zu ihrem Sohn herunter. »Popo?! Was sind denn das für Worte?«

Sie sah verwundert zu dem Kindermädchen hinüber, konnte sich aber beim besten Willen nicht vorstellen, dass diese brave, biedere Frau mit dem blitzweißen Häubchen, die die Kinder erzog, ihrem Ältesten derartige Ausdrücke beigebracht hatte. »Na, ich zeig dir gleich mal, für was so ein Popo gut ist.« Sie drehte das Kind herum und gab ihm einen Klaps auf den Hintern. »Geh zurück zur Nounou, los!«

»Nounou« – so nannten sie das Kindermädchen. Sie war – wie die gute Gélieu, Friederikes Kindermädchen – aus der französischen Schweiz und hieß in Wahrheit Babette.

Der kleine Fritz rannte davon.

Solms sah ihm nach und wusste plötzlich, was er an dem

kleinen, unschuldigen Kind, das immer so fröhlich war und jedermann mit seiner Unbefangenheit erfreute, nicht leiden konnte. Er erinnerte ihn an seinen Rivalen, den Prinzen Ludwig, und an die erste große Niederlage, die er auf dem Schlachtfeld der Liebe hatte hinnehmen müssen.

»Diese Kinder!« Friederike hielt Solms kopfschüttelnd die Hand hin und hievte sich mit seiner Hilfe hoch, wobei sie lachte. »Wo er dieses Wort her hat? Es passt zu ihm. Er kommt ein wenig nach seinem Vater. Er war kein feiner Mann. Nicht so wie Ihr, lieber Solms.«

Solms schwieg. Sie sahen beide zu den Mädchen und den Kindern und zu dem kleinen Fritz, wie er um die Gruppe seiner Geschwister herumtobte und -tollte und dabei immer wieder ins Stolpern geriet, was ihm gar nichts auszumachen schien.

»Ach, meine Kinder. Sie sind doch ein einziges Glück«, sagte Friederike mit einem Seufzer.

»Ja, das sind sie.«

Solms ging ruhig neben Friederike her. Die Fäuste in seiner Hosentasche waren geballt. Und als er auf dem Weg einen dicken Kiesel sah, versetzte er ihm einen so heftigen Tritt, dass er im hohen Bogen durch die Luft flog.

33

Auch Louis Ferdinand war – wie sein Rivale Solms – ergriffen vor Aufregung darüber, Friederike endlich einmal wieder zu sehen. Auch er hatte vor – wie sein Rivale Solms –, um ihre Hand anzuhalten. Weil Friedrich Wilhelm, an den er diese Angelegenheit bereits herangetragen hatte, nie wieder darauf zu sprechen gekommen war, fühlte er sich nun genötigt, eine neue Strategie zu wählen. Er wollte seine Absichten ihr gegenüber direkt und ohne Umwege über Friedrich Wilhelm oder ihre

Schwester Luise erklären. Angesichts Friedrich Wilhelms beschämender Ignoranz sah er in dieser Sache keine Alternative.

Während er in Lemgo, wo er bis in den Winter hin kantoniert gewesen war, an der Seite von Massenbach und Karmers Erkundungstouren oder Patrouillen ritt, stellte er sich immer wieder vor, wie, wann und mit welchen Worten er Friederike sein Anliegen vorbringen wollte.

Ich werde vor ihr auf die Knie sinken und ihre Hand küssen, dachte er, und im gleichen Moment kam er sich unsäglich klein und lächerlich vor, weil er zwar wusste, wie man viele Frauen glücklich machte, aber eben nicht, wie man eine einzige zum Glück seines Lebens erklärte. Er schüttelte den Kopf und verwarf seinen Einfall. Dann überlegte er, ob er vielleicht einen Ring fertigen lassen solle, den er ihr bei der Gelegenheit überreichen oder gar anstecken sollte.

Das wird helfen, falls ich die richtigen Worte nicht finde, grübelte er weiter und fragte sich dann, ob er ein schlichtes, aber äußerst kunstvolles Erbstück, das ihm einst seine geliebte Tante Amalie, von der er das Komponieren gelernt hatte, zu diesem Zwecke nehmen solle. Aber nein, dachte er weiter. Das würde meine Schwester Louise niemals dulden. Das Stück gehört unserer Familie, und alles, was mir gehört, gehört auch ihr. Außerdem ist sie ein wenig eifersüchtig auf die Prinzessin Friederike, obwohl sie sie einmal sehr mochte. Aber so sind sie, die Frauen!

Dann fiel ihm ein: Aber wenn ich Friederike nun zu meiner Frau mache, dann gehört sie doch auch zur Familie, und sie hat dann das Recht, dieses Erbstück zu bekommen und zu behalten, denn es bleibt ja in der Familie, und es gibt für meine Schwester keinen Grund, deswegen zu räsonieren.

Louis Ferdinand verwarf auch diesen Gedanken, weil er einen Streit mit seiner Schwester scheute, und begann dann zu überlegen, ob er stattdessen einen dieser Eisenringe bei Devaranne in der Kreuzgasse gleich hinter dem Kronprinzenpalais fertigen lassen solle, weil die ja jetzt der letzte Schrei waren, fand dann aber, dass das dann doch viel zu modisch war für so etwas Beständiges und Heiliges wie die Ehe. Ich werde ihr einfach später einen solchen Ring schenken – dann, wenn unser Bund besiegelt ist.

Dann wandten sich seine Gedanken dem Thema zu, was er bei dem Treffen anziehen sollte: Uniform oder Zivil? Für Zivil sprach, dass es ja ein privates und romantisches Ersuchen war, das er ihr gegenüber verfolgte. In einer Uniform aber würde er ein wenig dem Prinzen Ludwig gleichen, der sie doch noch lieben gelernt hatte, und mehr noch: Eine Uniform hätte den unschätzbaren Vorteil, dass ihre Söhne, das Fritzchen und dieses lustige Carlchen, ihn so gerne darin mochten, eben weil auch sie dadurch an ihren Vater, den verstorbenen Ludwig – Gott hab ihn selig! – erinnert wurden.

Ach, diese Kinder! Schon sprang Louis Ferdinand zu einem anderen Gedanken: Ihre Kinder sind so rührend und liebenswürdig. Ganz die Mutter, sagte er zu sich und rief sich einen der letzten Nachmittage vor Friederikes Abreise nach Pyrmont ins Gedächtnis, an denen er dem kleinen Fritz so einige Worte beigebracht hatte, die dem Jungen unbändigen Spaß bereitet hatten, aber die in Gesellschaft Erwachsener durchaus für Irritationen sorgen konnten. Er lachte vor sich hin.

»Hey, Louis Ferdinand! Nicht träumen!« Massenbach war von hinten an seinen Freund herangeritten und schüttelte ihn nun an der Schulter.

So war es manches Mal vorgekommen: Louis Ferdinand, Massenbach und Karmers ritten gemeinsam aus. Doch statt sich wie sonst an eifrigen Gesprächen über das Militär, die Politik, das Spiel und die Pferde zu unterhalten, schweifte Louis Ferdinand in eine Gedankenwelt ab, die von Friederikes Gegenwart durchdrungen war.

Doch je mehr er nachdachte, desto sicherer wurde er: War es am Abend, als er sie vor dem Salon der Henriette Herz verabschiedet hatte, nur ein *coup de foudre* gewesen, eine blitzartige Leidenschaft, die ihn überwältigt hatte, so war das Gefühl zu ihr nun reifer geworden und ernsthafter.

Kaum aus Lemgo in Berlin angekommen, wohin er von Friedrich Wilhelm für die Weihnachts- und auch für die Karnevalssaison beurlaubt war, ritt Louis Ferdinand also wieder regelmäßig zum Schloss Schönhausen. Er hatte von Mimi erfahren, dass auch der Prinz Solms dort seine Aufwartung machte. Mimi hatte ihn sogar in zahlreichen Briefen gewarnt: Er, Louis Ferdinand, solle, trotz des Skandals von Pyrmont, sein Werben um Friederike nicht aufgeben, im Gegenteil, es sogar verstärken. Denn es bestünde die ernsthafte Gefahr, dass der Prinz Solms bei Friederike alte Gefühle aufleben lasse und verfestigen könne – und dann sei alles verloren.

Aber Louis Ferdinands Hände waren gebunden. Er durfte Friederike nicht schreiben, zu sehr hätte er ihr Ansehen nach dem Duell beschädigt. Die Leute redeten ohnehin viel zu viel.

Das einzige Mittel, das ihm blieb, war, ihre Söhne für sich einzunehmen. Manchmal ließ er ihnen über Mimi Süßigkeiten schicken oder Zinnsoldaten, und er bat Mimi, die Kinder so zu instruieren, dass sie immer, wenn Solms sich Friederike auf bedenkliche Weise näherte, die Zweisamkeit stören sollten. Schon manches Mal hatte er über die Erfolge gelacht, die ihm Mimi sehr detailreich in ihren Briefen geschildert hatte.

34

Die Prinzen Louis Ferdinand und Solms besuchten nun im Wechsel die Prinzessin Friederike, wobei sie es vermieden, sich zu begegnen. Doch eines Tages begegneten sie sich doch – durch einen bösen Zufall.

Solms war früh gekommen und musste, da seine Anwesenheit beim Regiment dringend gefordert war, auch früh wieder gehen. Mimi, die den Prinzen Louis Ferdinand immer darüber in Kenntnis setzte, war nicht mehr in der Lage, diese Überraschung nach Schloss Bellevue zu melden. Es war noch nicht einmal Mittag, als Solms sich bereits von dem hageren Lakaien, der an der Tür stand, seinen Roquelor aushändigen und anlegen ließ, da sah er durch das Fenster Louis Ferdinand, der sich mit federndem Schritt dem Eingang näherte.

Mein Gott, dachte Solms. Sein Mund wurde trocken. Was sagen, was soll ich nur sagen?, dachte er und wies den Lakaien an, sich zu beeilen. Der wiederum wurde dadurch auch ganz aufgeregt, weil er einerseits Solms in den Mantel zu helfen gezwungen war, andererseits aber verpflichtet, dem Ankommenden die Türe zu öffnen. In seiner Aufregung knöpfte er Solms den Mantel falsch zu, was den – zumal vor seinem sich nähernden Feind – geradezu lächerlich aussehen ließ. Genau das war seine schlimmste Befürchtung gewesen.

»Nun mache Er schon!«, fuhr er den Diener an, der die Knöpfe sofort wieder löste und dann, ohne zu atmen, um ja eine ruhige Hand zu bewahren, einen nach dem anderen wieder zumachte. Vor lauter Anstrengung hatte er einen hochroten Kopf.

Louis Ferdinand hatte sich derweil schon ohne die Hilfe des Lakaien Eintritt verschafft, was ihm jedoch nichts auszumachen schien. Durch den ungezwungenen Umgang auf Schloss Bellevue war er ohnehin kein Freund der Etikette. Er pfiff die Melodie eines fröhlichen Volksliedes, das gerade sehr populär war und von Blumen, Tänzen und dem Zauber einer jungen Liebe handelte. Doch als er Solms und den Diener sah, dem seinen Hut hinzuwerfen er gerade im Begriff war, verstummte er abrupt. Stattdessen hielt er ihn schützend wie einen Schild vor seinen Leib. Die Blumen, die er mitgebracht hatte, versteckte er hinter seinem Rücken.

Die Männer musterten einander. Louis Ferdinand atmete

tief durch, wobei sich seine Nasenflügel aufblähten wie bei einer Stute. Solms hingegen drückte die Schultern nach hinten und verlagerte sein Gewicht auf die Zehen, damit er ein wenig größer wirkte. In wenigen Augenblicken vermaß er Louis Ferdinand und stellte fest: Er trägt Zivil, das lässt ihn schmächtig wirken. Ich bin etwas größer als er, und dass er den Blumenstrauß, der nun wirklich nicht zu übersehen ist, vor mir versteckt, sagt mir, dass er bereits jetzt den Rückzug antritt.

Tatsächlich war es Solms, der den ersten Satz sprach: »Bemüht Euch nicht unnötig mit Euren Blumengrüßen. Das habe ich bereits getan, und ich darf Euch verraten, dass Eure Farbwahl zudem tollkühn ist …«

Das war auch tollkühn von Solms: den Prinzen Louis Ferdinand, der immerhin ein Mitglied der königlichen Familie und zudem General der Reiterei war, also sein oberster Befehlshaber, so provokant anzusprechen. Aber Solms war willens, keine Schwäche zu zeigen, und hielt eine gezielte Provokation für besser als höfliches Einlenken.

Louis Ferdinand biss sich auf die Lippen, um sich zu beherrschen. Er hätte Solms am liebsten den blöden Roquelor weggerissen. Stattdessen schlug er mit Worten zu:

»Ihr nennt es tollkühn, werter Solms? Nun, ich nenne es ein Zeichen. Ihr versteht wohl nichts von den Farben und deren Wirkung. Nun, dann hattet Ihr wohl nicht das Vergnügen, mit der Prinzessin darüber zu sprechen, die sich in diesem Punkt gerne mit dem Herrn Rat Goethe austauscht. Der versteht nämlich etwas von Farben und sie auch.«

Solms machte sich noch ein wenig größer. »Gott bewahre. Ich mag von bescheidener Herkunft sein, aber ich weiß doch eine Dame zu amüsieren. Es bereitet ihr Unwohlsein, sich immer in unechte Höhen schrauben zu müssen … Wir pflegen einen recht ungezwungenen Umgang, so wie es eben unter alten Freunden Sitte ist.«

»Aber verehrtester Solms, was wisst Ihr schon von unechten Höhen?« Nun stellte sich tatsächlich auch Louis Ferdinand auf die Zehen. Er war etwas angeschlagen, weil er sich nicht provozieren lassen durfte, und versuchte deshalb gleich seinen größten Trumpf auszuspielen, damit Solms klein beigab. »Unechte Höhen sind nämlich nur von oben auszumachen.« Er beschrieb mit dem Hut einen Bogen über seinem Kopf.

So ging es hin und her.

Zur selben Zeit, als die beiden Männer sich ihren Disput lieferten, saß Friederike in der Beletage am Geländer der schönen, alten Holztreppe, für die das Schloss Schönhausen so berühmt war. Gleich nachdem sie erkannt hatte, wer sich da im Foyer ihres Hauses ein Wortgefecht lieferte, hatte sie ihre Häkelarbeit fallen lassen und war, so schnell es ihr in ihrem neuen Kleid möglich war, zur Galerie hinausgeeilt. Ihr Dekolleté war übersät mit kleinen roten Flecken, ihre Augen flackerten vor Erregung.

O Gott, dachte sie. Schon wieder streiten sich zwei Männer um mich. Was habe ich nur getan? Wieso passiert mir das? Ich habe doch nichts getan, was ich nicht hätte tun dürfen. Sie war völlig aufgelöst, weil sie fürchtete, schon wieder Anlass zu einem Skandal zu geben. Was tun?, fragte sie sich. Sie sah sich um und schaute, ob die Prinzessin Mimi oder einer der Bediensteten in der Nähe war und Zeuge dieses peinlichen Vorfalls werden konnte. Aber sie sah und hörte nichts. Glück gehabt, sagte sie zu sich und ballte kurz ihre kleine Hand.

Sie war schon dabei, die erste Stufe nach unten zu nehmen, um den Wortwechsel schlicht durch ihr Erscheinen zu beenden, als sie sich doch entschloss, hier auf der Treppe auszuharren und zu warten, bis die beiden Prinzen sich beruhigt haben würden. Sie setzte sich auf die oberste Stufe und lauschte, und als Solms das Pyrmonter Kurhaus erwähnte, wurde sie bleich.

Solms weiß es! O Gott. Hat es sich schon so weit herumgesprochen? Obwohl niemand sie sah, schlug sie die Hände vor ihrem Gesicht zusammen. Solms weiß es, und er hat mich trotzdem fast jeden Tag besucht. Wie sehr er mich doch lieben muss, dass er sich nicht für mich schämt. Ach, Solms, sagte sie zu sich, Ihr seid doch eine gute Seele. Und im Nu waren ihre Gedanken wieder erfüllt von den schönen Erinnerungen an Darmstadt und Braunshardt und die zärtlichen Schwüre, die sie einander geleistet hatten, als sie im hohen Gras lagen und sie ihn mit einem Halm an der Nasenspitze gekitzelt hatte.

Die Stimmen waren lauter geworden und rissen Friederike aus ihren Träumereien. Sie zog die Augenbrauen zusammen, als sie zu verstehen versuchte, was Louis Ferdinand zu Solms sagte, und ihr fiel auf, dass er ihren Namen auf eine Weise aussprach, die voller Zärtlichkeit war. Sie hatte ihn immer als amüsant erlebt, als anregend, hochfahrend, geistreich und nie verlegen. Er war klug, gebildet, sprach gut. Ein Draufgänger statt Leisetreter. Er war einer, dessen Selbstsicherheit ihr Trost gab, auch weil er immer genau das sagte, was man hören wollte.

Doch er schien ihr auch eher ein Bild von einem Menschen als tatsächlich ein Mensch zu sein, obwohl seine Leidenschaft anderes vorgab. Er war immer ein wenig gekünstelt, fand sie. Nun aber verriet ihr dieser Hauch von Zärtlichkeit, mit der er ihren Namen aussprach, dass er noch zu anderen, sehr viel tieferen Empfindungen fähig war, als sie vermutet hatte …

Ach, sicher, schoss es ihr durch den Kopf. Er wollte sich für mich duellieren. Oje … Wieder schlug sie die Hände vors Gesicht. Auch er muss mich sehr lieben, sagte Friederike zu sich. Sie war erschrocken, dass sie das selbst vorher nie so erkannt hatte. Obwohl sie, wenn sie jetzt darüber nachdachte, feststellte, dass alles – seine Taten, seine Worte, seine Blicke – ihr gegenüber ein einziges Bekenntnis war. Ach, seufzte sie und nestelte verlegen an dem Band, das ihr Kleid unter der Brust zusammenhielt. Was bin ich doch nur für eine dumme Gans! Eine richtig dumme kleine Gans!

Sie war wütend auf sich selbst, aber auch auf die ganze Welt um sie herum, weil alle es gewusst haben mussten und ihr niemand die Augen geöffnet hatte. Sie hatte immer geglaubt, dass beide Männer gute Freunde waren, und sie rechtfertigte sich vor sich selbst damit, dass sie in Trauer gewesen war.

Wie kann ich daran denken, dass sie Verehrer sind, wenn ich doch noch um meinen verstorbenen Mann weine? Es ist doch nur selbstverständlich, dass ich in so einer wichtigen Sache keine Eile habe.

Sie sah durch die Schnitzereien in der Balustrade hindurch, wie Solms mit dem Arm über dem Kopf herumwedelte und Louis Ferdinand ebenfalls versuchte, sich ein wenig größer zu machen, als er war. Dabei hatte sie einen Blick auf seinen Rücken. Er hat mir Blumen mitgebracht, dachte sie und errötete noch mehr. Doch das hat Solms bereits ebenfalls getan, hielt sie dem ersten Gedanken entgegen.

Das war der Beginn eines Vergleichs, in dem sie die beiden Rivalen gegeneinander aufwog.

Sie fing mit Solms an.

Er und ich sind sehr vertraut, wir kennen uns viele Jahre, aber Louis Ferdinand erinnert mich an Ludwig. Louis Ferdinand tut alles für mich, aber in Solms' Gegenwart fühle ich mich heimisch. Solms sieht immer ein wenig aus, als ob er Migräne hat, und sein Kopf ist schon fast kahl, aber er ist gut gewachsen, und dem Vergleich mit Louis Ferdinand hält ohnehin kein Mann stand. Er ist ein Idol. Das muss aber kein Nachteil für Solms sein, denn Louis Ferdinand wirkt dadurch unnahbar. Solms aber ist ein Mensch durch und durch. Er hat Schwächen, er ist melancholisch und etwas angestrengt, er ist nicht so gebildet, aber er interessiert sich, wenn man ihn darauf stößt, und hält dann mit. Er mag Goethe. Den mag Louis Ferdinand auch. Louis Ferdinand kennt zudem die neuen Dichter und die neuen Denker mit ihren revolutionären Ideen. Aber es ist wahr, was Solms sagt: *Ich möchte mich nicht immer unterhalten wie in einem Salon. Ich debattiere gerne, aber oft-*

mals fehlt mir bei diesen Gesprächen die Leichtigkeit. Es ist doch meist so, dass man sich mit Bonmots zu übertrumpfen versucht, und das ist so ermüdend. Ein Vorteil für Solms, dachte Friederike, er kannte ihre wahren Vorlieben tatsächlich besser als Louis Ferdinand.

Sie hetzte in Gedanken zwischen beiden Männern hin und her. Immer wenn sie dabei Solms einen Vorteil zurechnete, streckte sie einen Finger an der linken Hand aus. Louis Ferdinands Vorzüge wurden mit der rechten Hand markiert. Hatten beide die gleichen Eigenschaften, rollte sie an jeder Hand wieder einen Finger ein. So saß sie oben auf der Treppe und sah aus wie eine brave Schülerin, die mit Hilfe ihrer Finger versuchte, eine Rechenaufgabe zu lösen, die sie ein wenig überforderte.

Das Einzige, was sie wusste, war, dass sie bald eine Entscheidung würde treffen müssen.

Sonst kommt es wieder zu einem Skandal, dachte sie, und das galt es zu vermeiden.

35

Wenige Wochen später hatte sich Friederike immer noch nicht entschieden. Die Wahrheit war, dass sie es nach der Zeit der Trauer genoss, so heftig umworben zu werden. Denn es war etwas, was sie bislang in dieser Form noch nicht gekannt hatte. Die Liebe zu Ludwig war erst gekommen, als sie das Fritzchen unter Schmerzen geboren hatte, und noch immer beschlich sie das Gefühl, dass die Liebe, die dann nach einem leidvollen Anfang doch noch in ihre Ehe eingezogen war, nicht ihr als Ehefrau gegolten hatte, sondern als Mutter der von Ludwig so heiß geliebten Kinder.

Mit Solms und Louis Ferdinand war das anders: Sie begehrten sie, Friederike, und hatten keine Scheu, ihr das auf allen erdenklichen Wegen mitzuteilen. Manchmal bekam sie schon mit dem Frühstück, das ihr von der Knobelsdorff, ihrer Kammerfrau, mit der Vossischen Zeitung auf einem Tablett gebracht wurde, einen Brief, eine Rose oder von Louis Ferdinand eine kleine Komposition, zu der ihn, wie er ihr später erklärte, meist ihr letztes Treffen inspiriert hatte. Solms hingegen war von handfesterer Art. Er liebte wie sie das Spiel, sie ritten oft aus, oder sie gingen spazieren, wobei er ihr vieles über die Natur und die Pflanzen erzählte – was Friederike zugegebenermaßen beeindruckte, obwohl sie in dieser Sache auch in Cambridge einen fähigen Lehrer gehabt hatte.

Ach, Cambridge, dachte sie. Es war ein Strohfeuer, das schnell aufgeflackert und ebenso schnell wieder erloschen war. Jetzt, Wochen nach dem Skandal, dachte sie kaum noch an ihn und wusste gar nicht mehr, was genau diesen unheimlichen Aufruhr in ihrem Herzen verursacht hatte. Ich wäre ihm niemals nach Hannover oder London gefolgt, sagte sie in solchen Momenten der Besinnung zu sich. Denn es hätte bedeutet, die Kinder, die das einzige beständige Glück in ihrem Leben waren, in Berlin zurücklassen zu müssen. Das hatte ihr der dicke König – Gott hab ihn selig! – schon damals unmissverständlich zu verstehen gegeben, und deshalb hatte sie auch nicht verstanden, warum sich die Sache so hochgeschaukelt hatte. Aber, ach, so sind die Männer nun einmal, dachte sie. Ihnen gehen die Sachen so schnell an die Ehre, auch wenn da noch gar keine Sache ist, die an die Ehre gehen könnte. Wie lange hatte sie Cambridge gekannt, bis Louis Ferdinand ihn gefordert hatte? Ein paar Augenblicke vielleicht? Eine Wegstrecke von den Strelitzien bis zu den Platanen. Was war das schon? Aber, ach …

Damit es nicht noch einmal zu einem Ehrenhandel kam, achtete Friederike nun peinlichst darauf, dass die beiden Kandidaten, die sie derzeit umwarben, sich nicht in die Quere kamen, auch wenn ihr das einiges an organisatorischem Talent abforderte.

Bei seinem letzten Besuch hatte ihr Louis Ferdinand versprochen, mit ihr und den Kindern einen Ausflug in den Nordwesten entlang der Panke zu machen, wo er ihr ein wenig von der Umgebung zeigen und die Kinder amüsieren wollte, indem er flache Kiesel über das Wasser springen und sie das nachmachen ließ.

Sie hatten zeitig packen lassen, um von dem Tag, der sich nicht sonderlich einladend gab, noch etwas zu haben – so konnte man gegebenenfalls zurückfahren und den Nachmittag bei heißer Schokolade und einem Würfelspiel im Warmen verbringen.

Sie waren gerade im Begriff, sich im Foyer zu versammeln, als Louis Ferdinand auf seiner prächtigen kastanienbraunen Hannoveraner-Stute angeritten kam, die er sofort, nachdem er abgestiegen war, dem Knecht überließ, um die kleine Gruppe, die sich da um die Kutsche herum formierte, keinen Augenblick mehr länger warten zu lassen. Außer Friederike und den Kindern waren die Prinzessin Mimi, die Knobelsdorff, die Amme und die Babette dabei, die alle Nounou nannten. Sie musste sich um die Kinder kümmern und hielt die kleine Friederike noch im Arm.

Sie hatte eine kleine Schubkarre neben sich stehen, die nun mit allerlei Schafsfellen ausgelegt war. Darin wollten sie das Kind später umherfahren. Es war ursprünglich nur ein Scherz von Friederike gewesen, die, als sie wieder einmal alle zusammen spazieren waren, die Gärtner eben in genau jener Schubkarre das Laub sammeln gesehen hatte und sogleich sagte:

»Damit sollten wir die Friederike herumfahren.«

Alle hatten herzlich gelacht, aber auch die Klugheit hinter diesem Gedanken gesehen: Die kleine Friederike war zwar immer brav und schlief meistens, aber sie war auch gesund und rund und ziemlich schwer. Wenn man sie auf den Arm nahm, ermüdete dieser bald.

Friederike strich ihren beiden Söhnen die Haare aus dem

Gesicht, als Louis Ferdinand durch die Tür kam und sie allesamt freudestrahlend begrüßte, wobei er bei den beiden Jungen keine Ausnahme machte. Er mochte die Kleinen sehr, weil sie ihn in ihrer Lebendigkeit ein wenig an ihn selbst erinnerten, als er noch ein kleiner Junge war.

»Nun, ihr beiden, jetzt geht es auf große Reise«, sagte er augenzwinkernd und beugte sich nach unten, obwohl es ja nur ein paar Meilen die Panke entlanggehen sollte. Aber als Junge hatte er selbst den kleinsten Ausflug als großes Abenteuer empfunden.

»Oh ja«, sagte der kleine Fritz und rannte durch die offene Tür nach draußen, bevor ihm Louis Ferdinand einen Klaps versetzen konnte. Fanny und Fickchen, die Setter, die einst dem Prinzen Ludwig gehört hatten und die nun ein Teil der Familie geworden waren, stürmten hinterher, wobei sie ordentlich bellten.

Louis Ferdinand machte es sich zur Aufgabe, jeder der Damen erst nach draußen und dann in die Kutsche zu helfen, wobei er einige süffisante Bemerkungen über die Körbe voller Proviant machte. Friederike wollte sich gerade verteidigen, aber da ließ Louis Ferdinand eine kleine Bemerkung fallen, die darauf schließen ließ, dass sie die ganzen Leckereien alle gar nicht brauchen würden, weil er sie überraschen wollte.

»Sollen wir abladen lassen?«, fragte Friederike irritiert.

»Das tut nicht not. Lasst uns losfahren. Ich gehe nach oben.«

Er deutete auf den Kutschbock, und ehe Friederike etwas einwenden konnte, schwang er sich zum alten Pawlowski hinauf und nahm ihm die Zügel aus den Händen, die schon ein wenig steif von der Gicht waren.

»Wie Eure Hoheit wünscht«, sagte der Alte und hauchte sich sofort Wärme in die Finger.

Die Landschaft wirkte noch schutzlos, so als ob sie sich entkleidet hätte. Nur das kräftige Blau von Louis Ferdinands Uniform und die roten Litzen und Tressen seiner Jacke setzten jene

Akzente, die bei einem Ölbild alle Blicke auf sich gelenkt hätten. Die Wolken schlugen mächtig auf den Horizont. Das tiefe Grau vereinigte sich mit dem in der Ferne sichtbaren Wald, während in höheren Regionen der Himmel schlagartig waagerecht und wie mit einer Sichel geschnitten in ein blasses, nebliges Bleu mourant überging, jenes melancholische Blau, das so typisch war für die feinen Porzellanwaren der Königlich-Preußischen Manufaktur. Der Wind wehte leichten Schnee über die Wege entlang der Panke, deren schwarzes Wasser im Kontrast zu ein paar verwaisten, ungewöhnlich hellen Birken stand. Ein Rabe schrie, ohne dass man ihn sah. Entlang des Wegs, auf den Louis Ferdinand die Kutsche gelenkt hatte, standen mächtige alte Bäume, die ihre kahlen, dunklen Äste nach der Sonne auszustrecken schienen. Aber von der Sonne war nicht viel zu bemerken. Irgendwo da oben musste sie sein, und der Prinz und der Kutscher witzelten über diese Unzuverlässigkeit, da die Sonne doch eigentlich den Preußen zu scheinen hätte. Louis Ferdinand bot dem Kutscher eine Pfeife an und reichte ihm Fidibus und Feuer. Der Rauch stieg in der feuchten Luft unbemerkt auf.

An einer Weggabelung machten sie Halt, und so wie Louis Ferdinand den Damen hineingeholfen hatte, so reichte er auch jetzt einer nach der anderen den Arm, um ihnen beim Aussteigen behilflich zu sein. Die Nounou streckte ihm die Schubkarre entgegen, die er auf dem Boden absetzte, um dann die kleine Friederike hineinzubetten, die wie immer selig schlief.

Friederike ließ den Kutscher zurück, nachdem sie ihm einen der Körbe mit Leckereien auf den Bock gestellt hatte, und Louis Ferdinand dirigierte die kleine Gesellschaft in die von ihm gewünschte Richtung. Die Jungen, nach einem langen Winter endlich wieder im Freien, stolperten sofort los und jagten einer Feldmaus hinterher, die sie vorgaben entdeckt zu haben. Louis Ferdinand ließ sie voranstürmen, er wollte mit Friederike allein sein. Langsam ging er neben ihr her. Die

Melancholie der Landschaft und die nicht mehr eisige, aber doch spürbare Kälte berührten ihn und Friederike nicht. Sie gaben sich vielmehr erleichtert und gelöst. Ein leiser Duft von Freiheit ging ihnen durch die Nase, dass sie glaubten, es kitzelte. Wie befreit atmeten sie beide tief durch, obwohl die Luft feucht und ungemütlich war. Aber es war eine innere Freiheit, die sie beide spürten.

In einiger Entfernung waren Bauernhäuser und Stallungen zu sehen. Ein Kirchturm erhob sich schwarz gegen den Himmel, und aus einem Schornstein stieg Rauch auf. Weiter geradeaus, gleich hinter dem Weiler, wusste Louis Ferdinand von einer gemütlichen Gaststube. »Zu den drei Mohren« war eine Adresse, die er niemals mit seinen Kameraden teilte. Sie war etwas ganz Besonderes, bescheiden und diskret. Sie war sauber, obwohl ärmlich, denn die Stube war nicht für die hohen Prinzen und Prinzessinnen gedacht, sondern für die einfachen Leute, die sich hier von der Mühe ihres Tages ausruhten. Es war ein Ass im Ärmel Louis Ferdinands, wenn es um Ernsthaftes und Ehrliches ging, oder aber auch, um zerbrochenes Porzellan bei Mokka, Brandenburger Butterkuchen und Quittenlikör in intimer Atmosphäre zu kitten.

Friederike schob die kleine Gartenkarre, in der ihre Tochter schlummerte, selbst. Sie liebte es. Denn es war ihr viel zu selten vergönnt, sich als Mutter zu fühlen, da die guten Sitten ihres hohen Standes es verboten, sich selbst um die Kinder zu kümmern. So verteidigte sie geradezu dieses seltene Vorrecht gegen Louis Ferdinand, der ihr höflich anbot, die Karre zu schieben.

Das Kind war bedeckt von dickem Pelz und kaum zu sehen. Auch Friederike hatte sich in ihre wärmsten Pelze gehüllt. Zudem trug sie um den Mund einen Schal, der sie wie eine Mohammedanerin aussehen ließ, wie Louis Ferdinand spöttisch bemerkte, was sie zu lebhaftem Lachen animierte.

Er selbst meinte, auf seine Ausgehuniform nicht verzichten zu wollen. Sie enthielt zwar nur einen dünneren Mantel als jenen, der nur für den militärischen Einsatz bestimmt war, dafür aber leuchteten die Farben auf den Ärmeln und der Brust, dass es angesichts des trüben Wetters eine Augenweide für Friederike sein musste. Eine Pelzmütze saß ihm schief und frech auf dem Kopf. Seine blauen Augen strahlten darunter. Friederike fühlte sich tatsächlich davon wohlig durchdrungen und nutzte die Gelegenheit, sich unbemerkt an seinem Anblick zu ergötzen.

Ein sanfter Nieselregen kam auf. Es knisterte leise, und Louis Ferdinand blickte in die Karre, um zu sehen, ob er das Mädchen vor dem Regen schützen müsse. Aber die Kleine atmete gleichmäßig und unbeirrt mit roten Wangen und bekam von dem, was um sie herum geschah, nichts mit. Beruhigt drehte er sich zu Friederike, wobei er am Himmel ein seltsames, auseinandertreibendes Wolkengebilde wahrnahm. Er musste lachen.

»Seht, Verehrteste! Woran erinnert Euch das Wolkenbild?«

Louis Ferdinand zeigte mit dem ausgestreckten Arm auf die Formation, in der man ohne viel Fantasie eine menschliche Gestalt erkennen konnte.

Friederike sah mit offenem Mund in die von ihm gewiesene Richtung und rieb sich das Kinn. »Hm. Ein Mensch. Ein Mensch, der sich bückt.« Sie sah ihn stolz an.

»Ja, das sehe ich auch!« Er zwinkerte ihr zu. »Und seht Ihr den Hund da?« Er drehte sie in Richtung der Wolken und streckte über ihre Schulter hinweg den Arm aus. Sie stellte die Schubkarre ab.

»Oh ja! Ja, ja, das ist ein Hund.« Friederike klatschte in die Hände.

»Es ist nicht irgendein Hund! So seht doch!«

»Hm. Ihr macht es mir nicht leicht. Welcher Hund könnte es sein?«

»Ich werde Euch mit einem kleinen Hinweis behilflich sein. Es ist nicht irgendein Hund. Wenn Hunde von Stand wären, dann wäre es der Hund mit dem höchsten Range im Königreich.«

Friederike zog die Augenbrauen zusammen, was sie ein wenig ungalant aussehen ließ. Aber sie wollte es unbedingt herausfinden, und deshalb achtete sie nicht wie sonst darauf, wie sie sich gab.

Doch ohne eine Antwort abzuwarten, sprach Louis Ferdinand ihr leise ins Ohr: »Es ist Sultan.«

»Oh ja, das stimmt!« Sie drehte sich zu ihm herum. »Das ist ja wirklich erstaunlich. Ganz erstaunlich.« Die Wolke sah dem Hund wirklich ähnlich.

»Und wer ist die Person, die man da erkennt?«

Friederike sah wieder in den Himmel. »Hm. Wenn das Sultan ist, dann können es ja nur Friedrich Wilhelm, der König, oder meine Schwester Luise, die Königin, sein. Nicht wahr?« Sie sah ihn über die Schulter hinweg an, als ob sie in seinem Blick einen Hinweis finden könnte.

Tatsächlich huschte ein Lächeln über seine Lippen, das er nicht hatte unterdrücken können.

Wieder zog sie die Augenbrauen zusammen, diesmal aus Empörung. Kann es sein, dass er einen Scherz auf Kosten meiner Schwester wagt?, dachte sie. Das wäre ja unerhört! Obwohl sie es ihm genau genommen nicht wirklich verdenken konnte, denn auch sie hatte sich in den vergangenen Wochen über Luise ereifert.

Es war ihre erste Karnevalssaison als neue Königin gewesen, und sie hatte ihre auserwählte Stellung dazu genutzt, sich von jedem Kavalier im Königreich den Hof machen zu lassen, angefangen vom höchsten Fürsten bis in die niederen Offiziersränge hinein, was nicht nur bei der sittenstrengen Gräfin Voß für großes Entsetzen gesorgt hatte. Friederike gegenüber hatte Luise – obwohl selbst sehr kokett – wiederum mit Nachdruck ihre Missbilligung darüber zum Ausdruck gebracht, dass sie nun ausgerechnet dem Prinzen Louis Ferdinand gegenüber eine Neigung zu entwickeln schien, was Friederike nicht ganz verstanden hatte. Denn hatte Luise ihr nicht das Beste gewünscht? Damals, bei der Enthüllung der Statue von Schadow? Und war es nicht das Beste, einen Prinzen von so hohem Range nicht nur als Verehrer, sondern durch eine langsame Annäherung auch als Freund zu wissen? Ein Bedürfnis, das man ihr doch nach den unglücklichen Anfängen ihrer Ehe mit Ludwig gewiss nicht übelnehmen konnte? Außerdem war da noch nichts entschieden, denn es gab ja noch Solms … und Solms, ach, für ihn hatte sie einfach eine Schwäche. Aber Luise war hart gegen sie geblieben und hatte ihr den Rat gegeben: »*Lass Louis Ferdinand bei jeder Gelegenheit merken, dass du nicht willst, dass er dir den Hof macht. Glaube mir, er ist es nicht wert. Ich schwöre dir, dass er dich missbraucht, wenn er sagt, dass er dich liebt.*«

Friederike hatte sich Luises Worte nur damit erklären können, dass sie ein wenig eifersüchtig war: Sie selbst hatte sich ja von Louis Ferdinand den Hof machen lassen, und die roten Wangen, die sie in dieser Zeit immer bekommen hatte, wenn das Gespräch auf ihn fiel, hatte Friederike noch gut in Erinnerung. Sie war verliebt in ihn, das schwöre ich, sagte sie zu sich, und vielleicht ist sie es noch. Deshalb macht sie ihn schlecht.

Friederike taxierte Louis Ferdinand von der Seite und überlegte, ob Luise mit ihrer Warnung recht haben könnte oder ob aus ihr die Eifersucht sprach – denn Luise genoss es sehr, wenn sich alles vollkommen um sie drehte, und dass Louis Ferdinand aus dem Reigen ihrer Bewunderer ausscherte, musste ihre Eitelkeit zutiefst kränken. Ach, Luise ist, wie sie ist, dachte Friederike. Dennoch war sie ein wenig wütend.

»Und? Was denkt Ihr so lange nach? Kommt Ihr nicht drauf?«

»Aber sicher«, sagte Friederike. »Ich versuche nur die richtigen Worte zu finden.« Das war gelogen, aber half ihr, die durch ihre Überlegungen verlorene Zeit zurückzugewinnen.

»Nun, auch wenn Eure Worte nicht poliert sind wie Marmor, Ihr könnt doch gar nicht fehlen. Es ist ein Spiel!«

»Wenn das so ist.« Friederike machte eine Pause. »Dann will ich es mal wagen: Also, ich sehe die Königin Luise, wie sie sich während der Morgentoilette herunterbeugt ...«

Louis Ferdinand lachte. »Sehr gut, sehr gut. Macht weiter!«

»... weil Sultan, ihr Hund, sich ihre silberne Bürste geschnappt hat und sich nun weigert, diese wieder herauszugeben.«

Louis Ferdinand klatschte in die Hände. »Brava, Brava! Das ist ja fantastisch. Absolut fantastisch.«

Sein Lachen kam ein wenig meckernd, und Friederike lachte wie ein Backfisch. Sie wusste nicht warum, aber ihr war sehr wohl nach der kleinen Sottise auf Kosten ihrer Schwester. Sie fühlte sich erleichtert, weil sie es einmal gewagt hatte, ihrer Sanftmut etwas Schärfe entgegenzusetzen. Ach, dachte sie, das tat gut.

Auch das Kind gluckste. Es war durch den Lärm aufgewacht, und Friederike sah – wieder ganz Mutter – nach, ob es gestillt werden musste. Sie blickte sich nach der Amme um.

In dem Moment kamen das Fritzchen und mit einigen Fuß Abstand dahinter das Carlchen auf sie zugelaufen und zeigten in Richtung Weg.

»Mohren! Mohren!«, rief das Carlchen. »Da sind Mohren.«

»Mohren im Wald? O Gott! So tut doch etwas!« Sie drehte sich mit aufgerissenen Augen zu Louis Ferdinand um. Sie war sofort an das Befremden erinnert, das sie überfallen hatte, als sie bei ihrem ersten Besuch auf Schloss Bellevue den Herrn Azor gesehen hatte, der ein Diener des Hauses war und aus Afrika kam. Noch nie hatte sie einem leibhaftigen Mohren gegenübergestanden! Diese dunkle Haut, diese weißen Augen, diese groben Züge. Es war zum Fürchten gewesen. Auch jetzt hatte sie Angst.

Louis Ferdinand aber nahm sie an die Hand und sagte: »Beruhigt Euch! Vertraut mir und lasst Euch überraschen.«

»Aber wie könnt Ihr nur …?« Sie war sprachlos. Doch dann fügte sie sich. Schließlich hatte der Prinz Umgang mit Mohren.

Aber Louis Ferdinand legte den Finger auf den Mund: »Pst«, und zu den Jungen sagte er: »Stillgestanden! Und nun Marsch, los!« Dabei zwinkerte er Friederike zu.

Sie gingen noch einige Fuß an der Panke entlang, und nach einer Biegung erblickte Friederike eine einfache, gemütliche Gaststube, über deren Eingang ein metallenes Schild mit drei Mohren hing, deren Kleidung durch verschiedene Lacke bunt und exotisch war. Das Schild war in seiner Farbenpracht auffällig. Es wurde durch den Wind bewegt und gab ein rostiges Quietschen von sich.

Friederike atmete auf.

36

Als Louis Ferdinand den Damen und den Kindern der kleinen Ausflugsgruppe die Tür zum Lokal öffnete, stürmten die beiden Setter Fanny und Fickchen die Stube, wobei sie freudig bellten und mit dem Schwanz wedelten. Die Gäste wurden von einer Wärme empfangen, wie sie im besten Sinne gastlich war: Vom Ofen her hörte man das Feuer prasseln, und auf dem Tresen lag ein Holzbrett mit dem schweren, saftigen Brandenburger Butterkuchen, für den diese Gegend und besonders diese Gaststube bekannt war. Der Raum war nur von ein paar Kerzen beleuchtet, an den Wänden hingen Schnitzereien und ein paar Kränze aus Korn, die – wie Friederike vermutete – noch vom Erntedankfest übrig geblieben waren. Die Gaststube war leer, nur ein alter Mann mit einem biblischen weißen Bart saß in einem Großvaterstuhl neben dem Ofen. Er schlief, was man daran erkannte, dass sein Kopf an der Wand lehnte und er den Mund weit geöffnet hatte.

Die Wirtin, die man im Dorf nur die dicke Elisa nannte, hatte gerade angefangen, das Angebot des Tages mit einem Stück Kreide auf eine dunkle Tafel zu schreiben. Weiter als bis »Suppe mit Aal« war sie nicht gekommen. Als sie den Prinzen und diesen zudem noch in so hoher Begleitung sah, stand sie sofort auf und kam ihm entgegen, während sie sich noch schnell die Hände an ihrer groben Leinenschürze abwischte.

»Oh, hoher Herr, welch eine Ehre! Aber warum habt Ihr denn nicht jemanden geschickt?« Sie hielt die Hände über dem Kopf zusammen. »Ach, hätte ich das nur gewusst. Ach, ich hätte doch für Euch extra …«

Louis Ferdinand fasste die Frau, die ganz aufgeregt war, an den Schultern und sagte:

»Werte Elisa, Sie soll wissen: Sie ist gut, wie Sie ist. Und deshalb sind wir hier.«

»Aber, aber …« Die Wirtin, die nicht wusste, wie ihr geschah, wischte sich wieder die Hände an der Schürze ab und eilte sofort hinter den Tresen, wo sie sich nach einer Flasche Likör, die etwas weiter oben im Regal stand, streckte. Dann suchte sie nach Gläsern.

Die beiden Jungen hatten sich schon an den Tisch gedrängelt, auf dem die Tafel lag, und wollten damit malen, sprangen dann aber sofort wieder auf, als sie den Butterkuchen gesehen hatten, und liefen auf die Theke zu.

»Kuchen! Kuchen!«

Die Nounou war beschämt darüber, dass die Jungen so wild und unbeherrscht waren, weil das auf sie zurückfiel. Sie sprach durch die Zähne: »*Arrêtez! Venez ici!*«

Aber die Kinder hörten wie immer nicht.

»*Silence! Venez ici!* Ich möchte mich nicht wiederholen!« Sie zeigte auf die Bank, auf der die Jungen zuvor gesessen hatten.

»Das ist ja wie in Holland hier!«, sagte Friederike zu Louis Ferdinand, und zur Nounou: »Ach, lasst sie doch. Es ist die Aufregung. Das ist doch ganz gleich. Hier sind wir ja *entre nous.*« Sie warf ihren Pelz einfach über einen der Stühle und rutschte auf der Bank an dem Tisch durch, auf dem ihre Kinder ihre kleinen Hüte abgelegt hatten.

Als sich Louis Ferdinand neben sie setzte, stellte die dicke Elisa schon zwei Gläser und eine Flasche mit Quittenlikör vor ihnen ab. Sie hielt sich wieder die Hand an die Stirn.

»Ihr hättet Euch ankündigen sollen, hoher Herr. Wie könnt Ihr mich arme Frau so in Verlegenheit bringen? Ach, wenn ich das meinem Mann erzähle.« Sie schüttelte den Kopf.

»Ja, wo ist er denn?«

»Na, in der Stadt ist der. Besorgungen machen. Aber wenn ich gewusst hätte … wenn ich doch nur gewusst hätte …«

»Nun beruhige Sie sich doch. Bringe Sie einfach noch ein paar Stück Butterkuchen für alle.« Er zeigte auf den Tisch in der Nähe des Ofens, an dem die Prinzessin Mimi, die Nounou und die Amme Platz genommen hatten. Die Amme legte der kleinen Friederike die Kuppe ihres kleinen Fingers an die Lippen, um zu prüfen, ob das Kind hungrig war. Dann folgte sie der Wirtin, die kopfschüttelnd in die Küche eilte.

Louis Ferdinand drehte sich zu Friederike hin: »Ihr wart in Holland?«

»Oh ja. Ich war dreizehn Jahre alt, und wir haben eine Fahrt den Rhein entlang bis hoch nach Amsterdam gemacht. Mein Vater, mein Onkel Georg und auch mein Bruder Georg waren mit dabei.«

»Und die Scho'sch?«

»Nennt sie nicht immer Scho'sch. Sie heißt Prinzessin Georg, und das wisst Ihr zu genau. Und ja, natürlich war sie dabei. Sie hatte uns ja eingeladen. Dort sind wir auch in die einfachen Gaststuben gegangen, und ich habe es immer so genossen, frei von jeglichen Zwängen zu sein.«

»Genau deshalb gehe ich immer so gerne hierher.«

Friederike sah zu Carlchen und Fritzchen, die durch die Stube tobten. »Die Großmutter hatte auch so ihre Sorgen mit uns.

Wir haben keine Gelegenheit ausgelassen, ihr einen Streich zu spielen.«

Während Louis Ferdinand Friederike mit einem Nicken dazu ermutigte, noch mehr ihrer Geschichten zu erzählen, zog er, ohne eigentlich zu merken, dass er es tat, die Tafel, auf der die dicke Elisa das Angebot des Tages aufgeschrieben hatte, zu sich und fing an, darauf herumzumalen. Erst kritzelte er ein Pferd, das graste und dem er so dicke Backen gab, wie sie bei einem Eichhörnchen üblich waren, dann eine Frau mit Sonnenschirm, dann ein Kätzchen, das eingerollt schlief, und schließlich strich er das »a« und das »l« aus den Worten »Suppe mit Aal« und ersetzte sie durch einen Bindestrich und ein weiteres a zu einem »A-a«. Er war so gedankenverloren, dass er gar nicht wusste, was er tat. Während er malte, sah er Friederike immer wieder von der Seite an.

»Einmal, da haben wir ihr die Ärmel von den Hemden verknotet, sodass sie es gar nicht verstanden hat, dass sie mit dem Hemd über dem Kopf stecken blieb und nicht mehr vorwärts- noch zurückkam. Sie war eine ganze Weile auf diese Weise gefangen, denn sie hatte es nicht gewagt, das Mädchen zu rufen, weil sie sich in dieser demütigen Haltung nicht sehen lassen wollte.«

Louis Ferdinand und Friederike lachten.

»Aber es kam wie durch einen Zufall vorbei und hat erst einmal ordentlich Schelte bezogen, obwohl es doch ganz unschuldig an der Sache war.«

»Und was habt Ihr gemacht?«

Während Friederike weitererzählte, brachte die dicke Elisa den schweren, saftigen Kuchen an den Tisch, an dem die Jungen auf den Schößen der Amme und der Nounou saßen. Sie zogen die Brettchen sogleich zu sich und stürzten sich mit ihren kleinen Händen darauf wie zwei große, hungrige Katzen.

Als Friederike das sah, blickte sie ihre Kinder so entzückt an, wie nur eine Mutter ihre Kinder ansehen konnte. »So waren Luise und ich auch.«

»Das kann ich mir kaum vorstellen.«

»Doch, doch. Als wir während der Kaiserkrönung bei der Frau Rat Goethe Quartier genommen hatten, haben wir immer Eierkuchen bekommen, die genauso fett waren wie dieser Kuchen, und wir haben uns den Eierkuchen mit unseren Gabeln genähert, als ob wir sie umzingeln wollten wie bei einem Kampf.«

»Es ist einfach so herrlich zu sehen, wie Ihr Eure Kinder liebt! Und ich muss sagen, ich finde sie alle drei ganz erstaunlich. Es sind wirklich zwei wache Kerlchen, Eure Söhne …«

Und wie zum Beleg dieser Behauptung sprang das Fritzchen der Nounou vom Schoß, tappte auf den alten Mann zu, der immer noch in der Ecke saß und schlief, und versuchte ihm eine Kugel, die er aus dem Butterkuchen geformt hatte, in den Mund zu werfen.

»Werdet Ihr wohl …!« Die Nounou, die gar nicht so schnell begriffen hatte, was passierte, eilte zu dem Kleinen hin, hob ihn mit Schwung hoch und setzte ihn sich auf den Schoß, wobei sie ihn mit beiden Armen fest umklammerte. »So, hiergeblieben, Monsieur!«

Alle schwiegen, aber Louis Ferdinand konnte sich ein Lachen nicht verkneifen. Der alte Mann aber schlief unbeirrt weiter, wobei er anfing, den Kuchen im Mund schmatzend zu kauen.

Verlegen sah Friederike zu Boden.

»Ich finde sie wirklich erstaunlich. Es werden einmal ganz tapfere Preußenprinzen werden.« Louis Ferdinand lächelte sie an, und als er merkte, dass ihr das Temperament ihres Sohnes nun doch ein wenig zu eigenwillig war, verlegte er sich auf ein zarteres Gebiet: »… und Eure kleine Friederike wird bestimmt einmal so schön wie ihre Mutter.«

Friederike flackerte mit den Wimpern.

»Ach, auch wenn ich eine Prinzessin bin und schöne Worte gerne höre, so bin ich doch auch eine Mutter, und eine Mutter bleibt eine Mutter. Und die Vorstellung, von ihnen jemals getrennt zu werden, bereitet mir unsäglichen Schmerz.«

Dann erzählte sie ihm, dass sie sie schon in Pyrmont so schrecklich vermisst habe und dass sie es kaum hatte abwarten können, sie wieder in die Arme zu schließen.

Louis Ferdinand hörte ihr gebannt zu und ermunterte sie weiter, Geschichten von sich zu erzählen, als sie noch selbst ein Kind gewesen war und offenbar ein so ungezwungenes wie ihre Söhne.

Sie aber ignorierte seinen Wunsch und erzählte nur von ihrem Fritzchen und ihrem Carlchen, und auch von der kleinen Friederike hatte sie so einige Geschichtchen parat. Aus jedem ihrer Worte sprach ihre unerschöpfliche Liebe, und auch wenn Louis Ferdinand nicht das zu hören bekam, was er hatte hören wollen, war er doch mit ihren Schilderungen mehr als zufrieden. Sie gaben ihm das Gefühl, dass der Antrag, den er ihr zu machen beabsichtigte, nicht auf fruchtlosen Boden fallen würde.

Solms, wiewohl ebenso wie er im vertrauten Umgang mit Friederike, sah er nicht mehr als Gefahr an, weil er glaubte, dass sich zwischen beiden eher eine Freundschaft manifestiert hatte, die eine Liebe, eine leidenschaftliche zumal, nunmehr unmöglich machte. Sie wirkten wie Freunde, aber nicht wie ein Liebespaar. Außerdem hatte ihn Mimi immer über die neuesten Entwicklungen unterrichtet und ihm seinen Eindruck bestätigt.

Cambridge aber, seinen Rivalen in Pyrmont, fürchtete Louis Ferdinand immer noch, obwohl er weit weg war. Er glaubte, dass Friederike ihn nur wegen des Skandals nicht erwählt hatte, ihm aber insgeheim noch nachtrauerte. Auch wenn Mimi, der Friederike alle ihre Briefe vorlas und von der sie immer ihre Meinung einholte, ihm, Louis Ferdinand, mehrfach das Gegenteil versichert hatte, hatte er sich in diesen Gedanken verstiegen, noch einen Rivalen in England zu haben. Der Grund war:

Solms war vom Stande her kein Gegner; Cambridge hingegen, der Sohn der englischen Königin, sehr wohl.

»... wisst Ihr: Ich träume auch oft von den Kindern. Und neulich habe ich geträumt, das war ganz fürchterlich, da hat eine Stimme mich gefragt: ›Friederike, wie kannst du deine Kinder verlassen und das Glück der Mutter aus freien Stücken entbehren, um anderswo glücklich zu sein?‹ Stellt Euch vor, so etwas habe ich geträumt!« Sie schüttelte den Kopf.

»Ja, und was habt Ihr geantwortet?« Auch Louis Ferdinand empfand den Traum als alarmierend, aber sie richtete sich auf:

»Ich war stark und habe der Stimme gesagt: ›Gott hat mir die Kinder nicht gegeben, um sie zu Waisen zu machen, sondern um meine Pflicht als Mutter zu erfüllen.‹«

»Und dann?«

»Dann war der Spuk vorbei, und ich habe mich noch einmal herumgedreht.«

Sie lachten, und mit diesem Lachen fiel alle Furcht, alle Angst und alle Qual von Louis Ferdinand ab. Sie würde niemals nach England gehen!, sagte er zu sich, denn es hieße, ihre Kinder hier zurückzulassen. Sie liebt Cambridge nicht, sie liebt ihn nicht. Sie liebt ihre Kinder, und das ist das ganze Geheimnis. Endlich, endlich kann ich es wagen!

Er spürte, dass sein Herz vor Aufregung pochte. Überglücklich sah er Friederike von der Seite an; und als sie davon berichtete, dass sie die Kinder, wie es auch ihre Schwester, die Königin Luise, tat, impfen lassen wolle, weil die Prinzen ja nicht nur Prinzen, sondern eben auch Prinzen aller Preußen seien und man doch alles dafür tun müsse, dass sie auch für das Volk immer gesund blieben, zog er die Schiefertafel zu sich und wischte sie sauber. In wackligen, von Aufregung verformten Buchstaben fing er an, die Worte zu schreiben: »Verehrte Friederike, wollt Ihr meine Frau ...«

Doch bevor er den Antrag an sie beenden konnte, kam das Carlchen auf die beiden zugelaufen und streckte seine vom

Butterkuchen noch klebrigen Finger erst Friederike, dann aber doch, und das unverhofft, Louis Ferdinand entgegen und signalisierte ihm, dass er auf den Schoß genommen werden wollte. Louis Ferdinand verstand nicht sofort. Doch Carlchen blieb beharrlich vor ihm stehen und sagte schließlich, wie er es schon öfter getan hatte, weil Louis Ferdinand die gleiche Uniform wie sein Vater Ludwig trug und er sie deswegen immer schon leicht verwechselt hatte, laut und vernehmlich:

»Papa! Hoch. Papa, hoch!«

Während Louis Ferdinand gar nicht wusste, wie ihm geschah, sondern dem drängenden Willen des kleinen Jungen folgte, ihn hochhob und auf seinen Oberschenkeln so platzierte, dass er, indem er ihn mit dem Arm fest umschlungen hielt, einen Husarenritt imitieren konnte, fiel Friederikes Blick mehr durch Zufall als durch Absicht auf die Schiefertafel. Irritiert zog sie die Augenbrauen zusammen, weil sie sich nicht sicher war, ob sie richtig verstand, was sie da las.

Nachdem sie sich ihrer Vermutung vergewissert hatte, hob sie die Tafel hoch. Sie nahm die Kreide, die neben Louis Ferdinands Likörglas lag, und schrieb, während der Prinz gerade mit lauten Rufen eine Attacke nachahmte und das Carlchen dabei heftig gluckste und johlte, in ihrer klaren, bestimmten Schrift das kleine Wort »Ja«.

37

Obwohl sie sich das Versprechen gegeben hatten zu heiraten, änderte sich in den kommenden Wochen nichts in Friederikes Leben. Beide Kavaliere besuchten sie immer noch wechselseitig in ihrem Schloss in Schönhausen, und wenn sie ihr einmal eine Pause gönnten, dann verbrachte sie die Nachmittage bei ihrer Schwester Luise im Schloss Charlottenburg.

Weder Louis Ferdinand noch sie hatten es über die Lippen gebracht, das Königspaar in seine Pläne einzuweihen und um seine Zustimmung zu bitten. Louis Ferdinand war immer noch der Nachmittag in Erinnerung, an dem Friedrich Wilhelm, damals noch Kronprinz, sich so verhalten gezeigt hatte, als er noch zu Lebzeiten des alten Königs bei ihm vorgefühlt hatte. Friedrich Wilhelm hatte damals vorgegeben, dass er, da der König noch lebte, nicht befugt sei, in dieser Angelegenheit etwas zu entscheiden. Aber Louis Ferdinand hatte schon damals vermutet, dass Friedrich Wilhelm einfach nicht entscheiden wollte.

Er hat mich nie gemocht, sagte er zu sich, wenn er seinem Neffen grollte. Er mag mich nicht, weil ich in allem besser bin als er: Er ist ein lausiger Militär, nur gut in den Paraden, aber nicht im Feld. Und er kann nicht sprechen. Er ist und bleibt ein »Prinz Infinitiv«.

Aber Louis Ferdinand wusste auch, dass es keinen Sinn hatte, sein Anliegen an Friedrich Wilhelm heranzutragen, wenn er in dieser Stimmung war – und da er, seit er um Friederike warb, immer in dieser leicht feindseligen Stimmung war, ließ er es sein. Solange Friedrich Wilhelm sich zurückgesetzt fühlte, konnte er diese Sache nicht vorantreiben. Wer wird sich schon gerne vorhalten lassen, dass er ein einfältiger Esel ist?, dachte er. Selbst Friedrich Wilhelm lässt sich das nicht gefallen, dieser einfältige Esel. Und dann beruhigte er sich und sagte zu sich: Der richtige Moment wird kommen.

Auch Friederike – wiewohl sie wusste, dass es Louis Ferdinand zukam, beim Königspaar offiziell anzuhalten – hatte es nicht fertiggebracht, bei ihrer Schwester vorzufühlen. Selbst in dem intimen Rahmen ihrer Nachmittage bei Tee, Lektüre und feinem Blätterteiggebäck erschien ihr ein langsames Vortasten zu der Materie fehl am Platze. Denn Luises Empörung über Louis Ferdinand war allgegenwärtig. Friederike brauchte nur das Wort Bellevue auszusprechen, da merkte sie schon, wie sich Luises Rücken umgehend versteifte. Wenn sie gar Louis Ferdinands Namen aussprach, was immer dann vorkam, wenn sie über eine Lektüre, die er ihr empfohlen hatte, sprachen, wurde Luise spitz, und ihre Empörung über den Preußenprinzen schlug in rohe Abneigung um.

Langsam baute sich in Friederike das Gefühl auf, dass es gar nicht die Abneigung gegen ihn war, von der sich Luise leiten ließ, sondern dass etwas vorgefallen sein musste, was ihre Schwester zutiefst enttäuscht hatte.

Seinetwegen wäre sie beinahe vom Hofe gejagt worden, sagte Friederike zu sich, wenn sie zuhörte, wie Luise kleine Nadelspitzen gegen ihn richtete. Aber das allein konnte es nicht sein, denn ihre Position war mehr als gefestigt: Sie war die Königin! Eine Königin, die von allen geliebt wurde, noch dazu. Und die Schande ihrer Affäre mit Louis Ferdinand war bei allen vergessen, selbst bei der Voß, die grundsätzlich alles wieder hervorholte, wenn sich damit etwas erreichen ließ.

Was also konnte es gewesen sein? Hatte Louis Ferdinand Luise verraten? Ihr Hoffnungen gemacht, sie sitzenlassen? War er tatsächlich falsch, wie sie immer wieder betonte? Friederike konnte es sich nicht vorstellen, denn zu ihr war er doch immer edel gewesen. Er war ein Abenteurer, aber nie arglistig.

Bei solchen Gedanken ging die Zeit dahin, ohne dass sich etwas in der Beziehung zwischen Friederike und Louis Ferdinand und dem Prinzen Solms änderte – der von nichts wusste und der weiterhin die Hoffnung hegte, einen geeigneten Zeitpunkt zu finden, um der von ihm so verehrten Prinzessin einen Antrag zu machen.

In diesen Wochen, seit dem Ausflug zu den »Drei Mohren«, der bislang für beide heimlich Verlobte noch ohne Folgen geblieben war, ereignete es sich, dass das Carlchen anfing zu kränkeln. Erst war es nur ein kleiner Husten, und man dachte, dass man den mit ein wenig heißer Milch und Honig bekämpfen konnte. Aber dann kam Fieber hinzu, und während die gesamten Bewohner des Schlosses Schönhausen Anteil am Leid des kleinen Jungen nahmen, weil sie ihn alle so liebgewonnen hatten, und ihn mit kalten Wickeln und Schlaf und frischer Luft durch das regelmäßig geöffnete Fenster zu kurieren versuchten, entschloss sich Friederike kurzerhand, ihr Quartier ins Palais Unter den Linden zu verlegen, wo sie die Ehejahre mit dem Prinzen Ludwig verbracht hatte. Sie wusste, dass der gute Doktor Brown, der auch das Königspaar umsorgte, in der Nähe wohnte und für sie – und damit auch für das Carlchen – dann jederzeit erreichbar war.

Jeden Tag und jede Nacht schickte sie nach ihm. Manchmal wachte sie zu zweit mit ihrer Schwester Luise am Bett, die nicht begreifen wollte, dass ihre Schwester, die – dessen war sie sich durchaus bewusst – so viel reiner und edler war als sie selbst, die sie sich mit ihren Eitelkeiten selbst im Wege stand, vom Schicksal so gequält wurde. Erst die kalte Ehe, dann der Tod des Ehemannes, und nun, ach … aber daran durfte man gar nicht denken.

Luise hatte ihrem Mann das Wort gegeben, am Abend wieder nach Charlottenburg zu kommen, und war an dieses Versprechen gebunden.

Als sie am kommenden Tag am Palais ankam, blickten die Bediensteten, die ein Spalier bildeten, schweigend zu Boden. Die schwarze Schleife, die sie an der Brust trugen, sprach still das aus, was keiner zu sagen wagte. Die Knobelsdorff weinte in ein Taschentuch, und die Prinzessin Schwarzburg-Rudolstadt, die die Königin Luise in die Beletage begleitete, hatte sich einen Schal aus schwarzer Spitze über den Kopf gebunden, damit man ihre verweinten Augen nicht sehen konnte.

Carlchen war tot! Der Hof war zutiefst erschüttert. Keiner wagte es, einen Laut von sich zu geben.

Oben in den Räumen zum Innenhof hin angekommen, fand Luise Friederike in einer Trauer vor, die erbarmungslos war. Sie, der von allen für ihre Schönheit und Vitalität gehuldigt wurde, war um Jahre gealtert. Ihre Augen waren von dunklen

Schatten unterlegt, von der Nase zum Mund hatten sich tiefe Falten in ihr frisches Gesicht gegraben. Ihre Wangen waren so stark gerötet, dass es den Anschein hatte, ein paar Äderchen seien geplatzt. Als Friederike sich in Luises Hüften vergrub, glaubte die, ein paar graue Haare in der üppigen Lockenpracht der Schwester zu sehen. Oder war es das Licht, das ihr diesen Eindruck verschaffte?

Sie verharrten lange in dieser schweigenden Umarmung, und Luise wiegte ihre kleine Schwester hin und her, wie sie früher ihre französische Puppe und später ihre eigenen Kinder hin und her gewiegt hatte. Dabei strich sie ihr sanft über die Haare.

»Was nur«, flüsterte sie zu sich selbst, »hat meine kleine Friederike getan, dass sie so viel Leid erfahren muss? Was nur kann man tun, dass sie Glück erfährt und Liebe? Ich kenne keine, die es mehr verdient hätte als sie.«

Als Luise, so mit ihrer Schwester verbunden, durch die nur halb geschlossenen Vorhänge nach draußen blickte, wo die Aprilsonne hinter wütenden Wolken hervorstrahlte, musste sie blinzeln. Sie war geblendet, und vor ihrem inneren Auge taten sich schemenhafte Schatten auf, die aussahen wie zwei Herzen und zwei Kutschen. Ist das ein Zeichen?, fragte sie sich, und als sie Friederike abermals wegen des Königs alleine zurücklassen musste, dachte sie noch auf dem Weg nach Charlottenburg darüber nach, ob die Zeichen, die sie gesehen hatte, ein Hinweis darauf waren, was nun zu tun war. Sie selbst war noch ganz benommen von dem tiefen Kummer, den ihr das dauerhafte Unglück ihrer Schwester bereitete.

Warum sie? Warum immer sie, die doch allen gegenüber nur gut ist und Gutes will? Luise konnte keinen klaren Gedanken fassen. Sie merkte nicht, wie ihr die Tränen unkontrolliert über die Wangen liefen.

Doch kaum war sie am Schloss Charlottenburg angekommen, griff sie sich fassungslos an die Stirn. Ach, natürlich, dachte sie. Wieso komme ich denn jetzt erst darauf?

Sofort eilte sie in ihr Kabinett und setzte, noch bevor sie sich mit ihrem Mann besprochen hatte, zwei Depeschen auf, in denen sie die Prinzen Solms und Louis Ferdinand anwies, ihrer Schwester, sobald sie wieder in Schloss Schönhausen angekommen war, Trost zu verschaffen und Anlehnung zu bieten.

Dann ging sie selbst zu ihrem Mann und weinte bitterlich.

38

Friederikes Blick fiel auf das Fenster, an dem Regentropfen hinabrannen. Der Park des Schlosses Schönhausen schien ebenfalls zu weinen. Er wirkte traurig. Mit dem Finger folgte sie einem Tropfen, der sich langsam abwärtsbewegte. Ihr Atem schlug an die Scheibe, als Louis Ferdinand zärtlich seine Hand auf die ihre legte. Zu zweit folgten ihre Hände dem fließenden Wasser. Sie sagten kein Wort. Es war ein gutes Schweigen, keines von denen, in denen man das Gefühl hatte, unbedingt etwas sagen zu müssen, weil eine Pause unangenehm war. Es war vielmehr ein vertrautes Schweigen zwischen Freunden, die sich viel zu sagen hatten. Langsam näherte sich Louis Ferdinand Friederikes Ohr.

»Braucht Ihr etwas? Wie kann ich Euch nur glücklich machen?«, fragte er, aber Friederike schüttelte den Kopf.

Nichts und niemand auf der Welt konnte ihr das Carlchen wiederbringen. Er war weg, unwiderruflich hatte ihn Gott zu sich geholt, und sie wusste nicht, wie sie diesem Schmerz Ausdruck geben konnte.

Worin hatte sie nur gefehlt, dass ihr das Schicksal so eine Prüfung auferlegte? Sie überlegte, aber außer den kleinen Ausflügen während ihrer Ehe, in denen sie Abwechslung und Unterhaltung in den Salons von Berlin und auf Schloss Bellevue gesucht hatte, oder den kleinen Sottisen gegen ihre Schwester hatte sie sich nichts vorzuwerfen, was eine Strafe rechtfertigen könnte. Vielleicht aber war sie in ihrer Bescheidenheit ein wenig eitel, oder sie legte zu viel Ehrgeiz in ihr Pflichtbewusstsein? Kein Mensch war ohne Fehl, das wusste sie. Aber eine solche Strafe, wie ihr eigenes Kind zu verlieren, das sie ausgetragen, geboren und genährt hatte, war gegen keine ihrer Handlungen aufzuwiegen.

Sie fühlte sich leblos. Wo einst ihr Herz gewesen war, war nun ein großes, dunkles Nichts, das durch kein Lachen, kein Gebet, keine Freude aufgefüllt werden konnte. Wie sollte sie je wieder fühlen können? Je wieder leben?

»Ich bin müde«, sagte sie und löste ihre Hand aus der Louis Ferdinands. Sie drehte sich um. »Es war alles so erschöpfend. Ich bin so unendlich müde. Ich habe noch nie eine solche Schwere gefühlt.«

»Wer könnte Euch das verdenken?«

»Ich sollte mich hinlegen.«

»Selbstverständlich.« Louis Ferdinand sah ihr zu, wie sie auf das Paradebett zusteuerte, und irgendetwas in ihm gab ihm das Gefühl, dass es jetzt angemessen war, ihr zu folgen. Sie wies ihn an, sich auf die Kante ihres Bettes zu setzen, und streckte ihre Hand nach der seinigen aus. Er zögerte, sie zu ergreifen.

»Ich habe schon wieder eine Liebe verloren. Was ist nur falsch, dass ich immer, wenn ich liebe, verlassen zurückbleibe?«, fragte sie.

»Nichts ist falsch an Euch. Ich kenne keinen Menschen, der richtiger wäre als Ihr.«

Sie schauten einander an und schwiegen erneut. Und dann, ohne dass es unangemessen erschien, ergriff er ihre Hand, und sie zog ihn, statt seinen Druck einfach nur zu erwidern, zu sich nach unten. Sie wollte ihn küssen, sie wollte seine Lippen spüren, sie wollte sich spüren und die große Leere, die in ihr war, vergessen machen.

Sie spürte, wie sein Atem wie ein leichter Windhauch ihren Hals streifte. Es erregte sie wie nie zuvor. Sie sprachen kein Wort. Dann nahm er ihren Kopf in die Hand und verschloss ihre Lippen mit einem Kuss.

Und statt sich zu wehren gegen diese Unschicklichkeit, die das angesichts ihrer Trauer bedeuten könnte, ließ sie ihn gewähren. Sie spürte, dass seine Zärtlichkeit sie einem Strudel von Empfindungen zuführte, die sie noch nie so erlebt zu haben glaubte und von denen sie ahnte, dass sie ihr ihr Leben wiedergeben würden. Alles in ihr schien aufzuwachen, jede Faser ihres Körpers wurde wiederbelebt durch die Verheißung auf unendliche Wonne und Glück.

Das Licht des Kamins flirrte im Zimmer und verströmte in voller Wärme Behaglichkeit. Nur ein Knistern war zu hören. Die Dienerschaft, die Friederike in jenen Stunden allzeit zur Verfügung stand, war weit weg. Friederike und Louis Ferdinand waren, obwohl sie bereits so viele Stunden miteinander verbracht hatten, zum ersten Mal wirklich alleine.

Seine Hand wanderte über die Seide ihres Kleides, die schon ganz warm von ihrem kleinen, zerbrechlichen Körper war. Sie hielt inne und legte sich schließlich zart auf ihrem flachen Bauch auf die Lauer, um gleich wieder hoch zu ihren festen, jugendlichen Brüsten zu wandern.

Friederike saugte sich an seinen Lippen fest. Sie versuchte gleichzeitig, seinen Händen auszuweichen und sich ihnen doch wieder entgegenzubiegen. Sie merkte, wie die Hitze in ihr aufstieg und ihr die Wangen zu röten begann. Als er ihr Kleid öffnete, wand sie sich noch einmal aus seinen Armen.

»Ruhig.« Er legte ihr den Finger auf den Mund. »Wir sind schon verheiratet. Wir haben einander versprochen, Gott ist unser Zeuge. Nichts kann passieren.«

Sie sahen sich lange und ohne Scham an, und ohne dass sie sich dessen bewusst waren, entkleideten sie sich und legten sich wieder auf ihr Bett. Friederike bog sich zurück, und er presste ihren Körper immer wieder an sich, wobei er keine Rücksicht darauf nahm, dass sie so schmal gebaut war. Er wanderte mit den Fingern erst an ihren Hüften, dann an den Beinen herunter. Sie spürte, dass er sich mit seinem ganzen Körper nach unten stemmte und ihre Beine sanft auseinanderdrückte, und ließ ihn gewähren. So kühn seine Liebkosungen ihr vor wenigen Augenblicken noch erschienen sein mochten, jetzt war nichts da, was ihr Verlangen nach Glück zurückhalten konnte. Sie genoss es, als sie seinen Mund an einer Stelle spürte, von der sie gar nicht wusste, dass es sie gab. Sie hielt sich an seinen Haaren fest und hörte, dass ihr Atem lauter und schneller ging. Ohne Reue bog sie ihr Becken nach vorne und gab sich seinen Zärtlichkeiten hin.

Die Leere, die in den Tagen und Stunden zuvor ihr ganzes Dasein ergriffen hatte, war jetzt einem Gefühl von unendlicher Wonne gewichen. Sie lebte, sie atmete, sie fühlte, ja, sie hörte sogar, dass sie laut wurde. Es war ihr alles gleich. Es schien ihr, als ob sich, wie aus dem Nichts, eine riesige Welle aufbäumte und auf sie zuraste. Und als Louis Ferdinand sie endlich und – wie es ihr vorkam, nach viel zu langer Zeit – nahm, wurde die Welle höher und höher, um dann mit voller Wucht über ihr einzuschlagen. Sie schrie, als ihre Erregung den Höhepunkt erreicht hatte, und als sie die Augen erschöpft und voller Glückseligkeit öffnete, funkelte in ihnen das Feuer des Kamins.

Noch nie in ihrem Leben hatte sie sich so frei gefühlt. Sie war alle Last los.

»Jetzt schon?«, fragte Friederike, als sie sah, dass Louis Ferdinand die Hose seiner Uniform aufhob, die er am Abend zuvor auf den Boden hatte fallen lassen.

Der Morgen war noch jung und das Licht, das durch die halbgeschlossenen Vorhänge schien, weiß wie Milch. Dennoch musste es schon nach neun Uhr sein, denn die Uhr, die ihr der dicke König einst geschenkt hatte, blieb immer kurz vor neun

Uhr stehen, und so zeigten ihre Zeiger auch jetzt auf acht Uhr und fünfundfünfzig Minuten.

Friederike räkelte sich. Sie zog die Seidendecke über ihren Körper und musterte Louis Ferdinands breiten Rücken, dessen Muskeln fest und ausgeprägt waren, wie das bei einem Militär üblich ist. Er lachte sie über die Schulter an.

»Verzeiht! Ihr schient mir Euren Schlaf so sehr zu brauchen, dass ich es nicht gewagt habe, Euch zu wecken.«

»Ihr wolltet mich verlassen?«

»Nein, meine Liebe, verzeiht, wenn Ihr den Eindruck hattet. Es war nur, dass ich sofort zum König eilen wollte und um seine Erlaubnis zu unserer Vermählung bitten. Nichts schien mir dringender als das.« Eine Röte huschte über seine Wangen, weil er glaubte, erwischt worden zu sein. »Wie könnte ich Euch verlassen?« Er stützte sich auf ihrem Bett ab. »Seit dem Abend, an dem wir das erste Mal miteinander sprachen, träume ich von Euch. Noch nie habe ich auf eine Frau so lange warten müssen, und es war mir, jetzt, wo wir Mann und Frau sind, jeden Augenblick der Qual wert. Wie könnte ich Euch alleine lassen? Niemals werde ich Euch je wieder alleine lassen! Jetzt, da wir endlich zu zweit sind.«

»So lange schon.« Friederike kniff die Lippen zusammen. Sie dachte daran, wie versperrt ihr Blick doch gewesen war für seine Avancen und um wie viel sie sich selbst gebracht hatte, jetzt, da sie sich kannten. Aber, sagte sie zu sich, ich war verheiratet, ich war in Trauer, und da war Solms. Wie hätte ich vorher nachgeben können?

»Ja, so lange schon.« Er neigte sich über sie und küsste sie auf den Mund.

Sofort durchströmte sie wieder dieses Gefühl von Wonne, dessen Heftigkeit ihr in der letzten Nacht ein neues Leben geschenkt hatte.

Sie hatte das Gefühl, ihn für die lange Zeit, die er um sie geworben hatte, entschädigen zu müssen, indem sie sich ihm noch einmal hingab. Sie schob sich ihm entgegen und genoss ohne Reue die Wärme, die Louis Ferdinand verströmte, und das Gefühl, sich anlehnen zu können.

»Bleibt! Bitte bleibt.«

Er sah sie unter halboffenen Lidern an und ließ die Hose fallen, die er gerade hatte anziehen wollen. Mit einem Lächeln warf er ihr Betttuch zurück und strich über die festen Wölbungen ihres alabasterfarbenen Leibs.

Ihr Körper ist wie geschaffen für die Wollust, sagte er zu sich und erregte sich an ihrem Anblick. Alles, was er sich damals, als er sie im Atelier von Schadow das erste Mal *en nature* gesehen hatte, von einer Begegnung mit ihr erträumt hatte, war in Erfüllung gegangen. Ihr Verlangen war so unschuldig und gleichzeitig so drängend, dass er das Gefühl hatte, keine Grenzen kennen zu müssen. Von ihr ging eine Gier aus, ein Hunger, der ihn zu einer Leidenschaft anstachelte, die selbst ihm unheimlich vorkam – und er hatte viele Frauen gekannt.

Als sich ihre Lippen begegneten, drang er in sie ein, und wieder spürte er ihre vollkommene Hingabe.

Sie kamen an diesem Tag noch mehrere Male zusammen, und immer, wenn er zu gehen beabsichtigte, um ihre Angelegenheit in Ordnung zu bringen, ließ entweder er sich zurückfallen, oder sie zog ihn wieder zu sich.

Friederike merkte, dass sie keine Lust hatte, sich zu verweigern, sondern im Gegenteil Freude daran empfand, sich seinem Tun gänzlich zu überlassen. Es war das erste Mal in ihrem Leben, dass sie nicht als Mutter fühlte oder als Schwester einer Königin, die notgedrungen auf Etikette achten musste. Sie war weder hoheitsvolle Prinzessin noch gezwungen, kluge Konversation zu führen und mit Geistesblitzen zu brillieren. Sie spürte weder Pflicht noch Zwänge, sondern fühlte sich einfach nur als Weib in seiner ursprünglichsten Form. Die Lust, die die Begegnung mit Louis Ferdinand in ihr entfachte, war für sie Beweis genug dafür, dass sie füreinander bestimmt waren und dass es seine Richtigkeit hatte, sich ihm hingegeben zu haben.

War es nicht das, was Mann und Frau auszeichnete?, dachte sie, während sie sich an seinem Rücken festhielt. Was hatte der Prediger Sack bei ihrer Hochzeit mit Ludwig gesagt? »Mann und Frau werden ein Leib, und das Geheimnis ist groß.« Nie hatten sich diese Worte mit Ludwig erfüllt, und vielleicht war er ihr deswegen genommen worden, dachte sie jetzt. Aber jetzt endlich, da sie wusste, welches Geheimnis gemeint war und dass dieses Geheimnis wirklich groß und göttlich war, hatte sie das Gefühl, dass das Schicksal ihr nicht grollte, sondern einen höheren Plan mit ihr verfolgte. Hingebungsvoll bog sie sich unter dem Körper von Louis Ferdinand.

Es dämmerte schon, als er ihr Bett verließ und zum König ritt, um um ihre Hand anzuhalten.

Doch wider alle berechtigten Hoffnungen gab Friedrich Wilhelm dem Ersuchen des Prinzen nicht nach – im Gegenteil: Er verbot ihm sogar, die Prinzessin Friederike fortan zu besuchen, sodass sich Louis Ferdinand ihr noch nicht einmal erklären konnte.

Wochenlang ertränkte er seinen Kummer in Restaurationen, deren Gäste so voller Stumpfsinn, Verzweiflung und Laster waren, dass die Konstabler dort die Wachen verdoppelt hatten.

Auch Friederike verstand die Entscheidung des Königs nicht. Sie schrieb ihm, flehte ihn an und bedrängte ihn mit Besuchen. Aber er ließ sie nicht vor.

Als sie beim nächsten Neumond merkte, dass sie über der Zeit war, stürzte sie in eine Verzweiflung, wie sie sie nicht einmal nach dem Tod ihres Mannes und dem Tod des kleinen Carlchens erlebt hatte.

Es ist alles aus, dachte sie. Alles ist aus, man wird mich verbannen.

39

Die Sonne spiegelte sich im See, dass es Friederike blendete. Sie blinzelte, wagte aber nicht die Position ihres Sonnenschirms zum Schutz zu verändern. Sie hätte den guten Solms nicht mehr sehen können, der sich äußerlich ausgeglichen und doch voller Anspannung in die Riemen legte. Er hatte Friederike zu einer Ruderpartie eingeladen. Es war für ihn die einzige Möglichkeit, sie ohne Begleitung durch die Prinzessin Mimi, die Nounou, die Amme und die Kinder zu wissen, die ausgerechnet immer dann störten, wenn er gerade so viel Mut gefasst hatte, der Prinzessin Friederike das Anliegen vorzutragen, das ihn schon seit Jahren schlaflos machte.

Er sah sie an und zwinkerte ihr zu, als er sie mit dem Sonnenschirm und ihrem Häubchen kämpfen sah.

»Darf ich hoffen, dass Ihr reizender Wimpernschlag mir galt? Oder sollte Euch etwa die böse Sonne blenden?«

Friederike lächelte und gab keine Antwort. Stattdessen blinzelte sie extra ein zweites Mal in Richtung Solms, was diesen erfreute. Er sammelte Mut.

Das Wasser gurgelte sanft um die Ruderriemen, wenn Solms sie durch das glatte Wasser zog. Der Große See, der seinem Namen keine Ehre machte, weil er nur so groß war wie höchstens zweieinhalb Exerzierplätze, lag nur eine Meile von Schloss Schönhausen entfernt. Sie waren inkognito hier, damit sie ungestört blieben. Der Kutscher war am Steg zurückgeblieben, wo er mit seinen Kumpanen Karten spielte und einen Krug Dünnbier trank. Manchmal tönte das laute Gelächter der Männer zu Solms und Friederike herüber, was beide zum Schmunzeln brachte, denn sie hofften, dass der junge Baumgardner, den sie von Schloss Rheinsberg übernommen hatten und der nun ihr Kutscher war, ordentlich gewann und dass seine gute Laune damit gesichert war. In diesem Punkt waren sie mit ihrem Gesinde solidarisch. Auch vom Ausflugslokal drang Lachen herüber. An einem hölzernen Anlegesteg kühlten zwei Zimmerergesellen in hochgekrempelten Hosen ihre Füße, die sie sich bei der Wanderschaft wundgelaufen hatten.

Der Frieden und das sommerliche Wetter taten den Menschen gut. Familien waren in einiger Entfernung an den Ufern zu sehen, auch ein weiteres Boot konnte Friederike ausmachen – darin ein Paar wie sie. Solms strich sich verlegen über das Kinn, wie er es immer tat, wenn es etwas zu klären galt, aber sich kein tauglicher Gedanke dafür einstellte.

»Was geht Euch durch den Kopf, mein lieber Solms?«

Lieber Solms?, dachte er. So hatte sie ihn schon oft angesprochen, aber heute lag etwas anderes in ihrer Stimme – etwas, was ihm Hoffnung machte. Eine Verheißung. Er spürte, wie sein Pulsschlag hochschnellte und seine Hände feucht wurden. *Mein lieber Solms!* So hoffnungsvoll ihre Ansprache doch war, so sehr raubte sie ihm den Mut, den er gerade durch ihr aufmunterndes Lächeln gesammelt hatte. Er strich sich über seine hohe Stirn, setzte dann die Riemen fest und ließ das Boot einfach ein wenig treiben. Wollte er es jetzt wagen, einfach wagen? Er beugte sich nach vorne. Sie neigte ihren Kopf und sah ihn unter halboffenen Lidern an.

»Nun, ja, also, ich denke oft an Euch, und …«

»Warum denn? Wo wir uns doch fast jeden Tag sehen.« Friederike biss sich auf die Lippen, weil sie merkte, dass sie Solms bei etwas unterbrochen hatte, wozu er so offenkundig etwas Anlauf brauchte.

»Aber genau deshalb ist es ja so besonders.« Er rieb sich die Hände.

Sie ließ eine Hand über die Reling fallen und durch das Wasser gleiten und bog sich so zur Seite, dass ihre immer noch schmale Taille einen herrlichen Bogen beschrieb. Solms schluckte.

»Ähm, ja, wo waren wir?«

»Ihr sagtet, dass Ihr an mich denkt.«

»Ja, genau. Das tue ich.«

Nun bog sich Friederike zur anderen Seite hin und gab Solms so kurz Gelegenheit, ihr frisches Dekolleté zu bestaunen, das durch ihre heimliche Schwangerschaft bereits ein wenig voller geworden war. Als er nichts sagte, kam sie ihm mit Worten entgegen:

»Ihr denkt an mich.« Ihre Worte perlten über ihre Lippen. »Und ich muss Euch gestehen: Ich denke auch an Euch.« Nun lehnte sie sich nach hinten und ließ wieder lasziv einen Finger über das Wasser gleiten.

»Ihr denkt auch an mich?«

»Ja, sicher, lieber Solms. Aber das wisst Ihr doch. Das habe ich Euch doch so häufig gestanden, dass ich dachte, Ihr seid Euch dessen gewiss.«

»Ja, Ihr habt es gesagt. Aber Ihr habt nicht immer danach gehandelt.«

»Oh, Solms, was meint Ihr? Wie kann es sein, dass Ihr zweifelt?«

»Ach, Ihr habt so oft den Prinzen Louis Ferdinand empfangen, dass ich dachte …«

»Aber …« Sie wurde rot. »… das hat mir nichts bedeutet.«

»Nein?«

»Nicht doch, Solms. Niemals. Ich gebe zu, ich war eitel, ich war geschmeichelt, und deshalb habe ich dem Prinzen Louis Ferdinand erlaubt, mich so oft zu sehen. Mein Herz war in Trauer, und ich war durch ihn aufgemuntert. Ich räume ein, dass ich ihm mehr Gehör gegeben habe, als es ein ehrliches Weib tun sollte.« Wieder durchströmte sie eine aufwallende Hitze.

Diesmal kam ihr Solms entgegen. »Er hat Auftritt, er ist galant, er füllt den Raum. Aber ich hätte nie gedacht, dass Ihr empfänglich seid für diese Äußerlichkeiten.« Sie blickte auf die rohen Planken des Bootbodens. »Aber ich kann Euch verstehen. Er ist ein Preußenprinz. Das ist etwas. Damit kann ich nicht dienen.«

»Aber Ihr könnt mir mit dem hohen Rang Eures Herzens dienen.«

»Denkt Ihr das wirklich?«

»Ja, und das wisst Ihr. Ihr wisst, dass ich Euch seit Braunshardt liebe und dass es nur die Umstände waren, die uns auseinandergebracht haben.«

»Und Eure Eitelkeit!« Er blinzelte sie an, und sie lächelte verschämt unter ihrem Sonnenschirm zurück.

Solms war ermutigt. Er rutschte noch ein wenig unsicher auf seiner Sitzbank hin und her. Er hatte extra die Uniform in der Kaserne gelassen und sich heute ganz in Zivil gekleidet. Es sollte ein besonderer Tag werden, der entscheidend für ihrer beider Leben sein könnte, aber er wagte es nicht, sich zu offenbaren. Er hatte es so oft versucht und war immer gescheitert. Nun jedoch stieß ihm Friederike geradezu die Tür auf, die von ihm wohl kaum zu öffnen gewesen wäre, so sehr war er in seiner Schüchternheit ihr gegenüber gefangen, und so sehr hatte ihm ihre Schwäche für den stattlichen Preußenprinzen, die er ja nicht übersehen hatte, ein Gefühl von Minderwertigkeit verschafft.

Aber langsam fasste er Mut. Wie sie sich vor mir gebärdet, sagte er zu sich. Wie sie sich räkelt und mir schöne Augen macht. Das muss doch ein Zeichen sein, das bilde ich mir doch nicht ein. Er sah zu ihr hinüber, und da sie ihm wieder einen Blick zuschickte, der lockend und gleichzeitig so herrlich demütig war, stieß er endlich, endlich mit aller Kraft durch die Linie, die er sich selbst gesetzt hatte.

»Nun.« Noch einmal räusperte er sich. »Meine Liebe zu Euch erstarrt zu grausamer Not. Ihr wisst, wie sehr ich mich um Euch und Euer Herz bemühe – schon seit vielen Jahren –, und habe doch bislang keinen Anlass auf Erlösung. Und schlimmer noch … Der Prinz ist Euch nicht minder nah als ich, was mir schlaflose Nächte bereitete …«

»Aber Ihr müsst doch bemerkt haben, dass ich gar nicht mehr mit ihm verkehre.«

Das stimmt, dachte Solms. Ich habe ihn lange nicht mehr gesehen. Was ist nur vorgefallen?

Friederike beugte sich zu ihm hin und legte sanft ihre Hand auf die seine. Aufgewühlt und mit Tränen in den Augen wagte Solms endlich das, worauf sie hoffte.

»Verehrte Friederike, geliebte Freundin: Schon lange trachte ich danach … Ich meine, seit wir uns kennen und die Gärten von Braunshardt durchstreift haben … Und seit meine Wege mich nach Berlin und wieder in Eure Nähe geführt haben … Ach, was rede ich … Ich sage es freiheraus: Werdet meine Frau. Lasst Euch auf ewig von mir …«

Er musste schlucken und kam nicht weiter.

Friederike aber begann zu weinen und verbarg ihre Tränen hinter ihrem Handschuh.

Solms, entsetzt von ihrer Reaktion und in dem Glauben, versagt zu haben, brachte das Boot fast zum Kentern, als er sich aufrichtete, um sich vor ihr niederzuknien. Er hielt ihre Hände mit Bestimmtheit, und von seltener Entschlossenheit bestand er darauf, dass sie sich in die Augen schauen sollten.

Noch bevor er etwas sagen konnte, wimmerte sie leise: »Ach, Solms, wie lange habe ich darauf gewartet.« Sie schluchzte, und ihr hübsches Gesicht glich mit einem Male einer Fratze. Da sie sich dessen bewusst war und sich genierte, drehte sie sich zur Seite. Ihre Worte kamen leise, als sie sagte: »Ich bin entehrt …«

Da schlug es ihn zurück auf den Sitz, wobei ein Riemen ins Wasser glitt. Er hielt sich die Brust.

»Entehrt? … Ich? Ich habe Sie entehrt …? Wie … Aber … Verzeiht! Ich wollte nicht …«

Sie gestikulierten beide so wild und verzweifelt, und Friederike weinte dabei so sehr, dass ein paar Kinder, die an einer seichten Seite des Gewässers planschten, auf sie zeigten. Friederike, der diese unvermittelte Aufmerksamkeit unangenehm war, senkte die Stimme.

»Aber, nein, mein lieber, lieber Solms … doch nicht Ihr. Es war der Prinz, der mir die Ehre nahm …«

Sie schluchzte und versuchte wieder, ihren Sonnenschirm gegen die Blicke von Solms aufzunehmen, was dieser aber verhinderte. Und wieder wagte er sich vor und ergriff ihre Hände, die aber nun eisig kalt waren und auch ein wenig zitterten.

Louis Ferdinand hatte sie entehrt. Dieses Ungeheuer! Er würde damit in den Kasinos prahlen, dessen war sich Solms sicher. Es muss doch etwas geben, was auch ihn, diesen Wichtigtuer, in seiner ganzen mörderischen Überheblichkeit bremst, dachte er. Ja, mörderisch war er, denn er hatte Friederikes Hoffnungen getötet, ihre Ehre, ihre Zukunft. Er schnaubte vor Empörung, doch in seiner Brust stach ihn auch der Neid. Dass dieser Schuft es so weit gebracht hatte, dachte er, dass er Einlass in die Gemächer Friederikes gefunden hatte, worum er sich selbst so sehr vergeblich bemüht hatte, kränkte ihn.

Friederike umarmte ihn schluchzend, während er ihr über den Kopf strich. Und plötzlich, als er sie streichelte und die Wärme spürte, die von ihrem kleinen, zarten Körper ausging, da wusste er, wie er sich auf ewig an dem ach so verabscheuten Rivalen rächen konnte.

»Ich werde Euch beschützen, geliebte Friederike. Ich werde Euch ein besserer Freund sein als zuvor. Und ich werde Eure Ehre wiederherstellen, wenn Ihr mich erhören wollt.«

»Das würdet Ihr tun?«

»Ja, das würde ich tun. Ein wenig Eitelkeit, eine kleine Schwäche, ein Moment der Vergessenheit soll Euer Leben nicht zerstören. Wir sind seit Braunshardt einander versprochen, und ich habe den Moment herbeigesehnt, dass es wahr wird.«

Friederike hob den Kopf. Ihre Augen waren stark gerötet. Sie schniefte leise und bat um ein Tuch, welches Solms sofort aus seiner Tasche hervorbrachte und ihr reichte. Doch dann bemühte er sich selbst darum, ihr die Tränen zu trocknen.

Leise flüsterte er ihr dabei ins Ohr: »Wenn Euch mein niederer Stand nicht hinderlich ist und wenn Ihr mir vertrauen wollt, dann verspreche ich Euch meine Liebe und uns gemeinsame Ehre.«

»Ach, Solms, ich habe immer nur Euch gewollt. Immer, wenn ich bei meinem Mann …«

»Schweigt!«

Friederike sah ihn an und merkte, dass sie zu weit gegangen war. Natürlich wollte Solms nicht an seinen Rivalen erinnert werden. »Entschuldigt. Ich wollte mich nur erklären. Ich bin so tief in Eurer Schuld.«

»Das seid Ihr nicht.«

»Doch, das bin ich. Ich habe mich lange gefragt, was es ist, dass mir das Schicksal so grollt und mir den Mann und dann das Kind nimmt. Und nun weiß ich es. Es liegt daran, dass ich nur die Pflicht und die Eitelkeit im Kopf hatte und mir darüber die wahre Liebe abhandenkam.«

Sie schluchzte noch einmal.

»Aber Ihr wurdet verheiratet. Das lag nicht in Eurer Macht.«

»Aber ich hätte stark sein können und mich verweigern.«

»Das hättet Ihr nicht, und das wisst Ihr genau. Ihr seid Eurer Schwester Luise gefolgt, wie es die Regel will.«

»Andere haben es getan. Es gibt genug Beispiele von unbeugsamen Prinzessinnen.«

Er lachte. »So kämpferisch kenne ich Euch gar nicht.«

Er umschloss ihre Hände mit den seinen, wobei beinahe der zweite Riemen ins Wasser gefallen wäre. Schnell packte er ihn und zog ihn wieder zurück ins Boot, das leicht ins Schaukeln geriet. Friederike hielt sich an beiden Planken fest.

»Es ist die reine Not.«

»Wovon sprecht Ihr?«

»Wovon ich spreche? Glaubt Ihr, dass der König und die Königin ihre Zustimmung geben werden?«

»Ja … nein, aber der König ist mir gewogen. Wir kennen uns noch aus der Zeit, als ich in Holland diente, er hat mir den Posten in Berlin verschafft, und die Königin war immer freundlich gegen mich.«

»Ihr bleibt ein Romantiker. Dabei müsste es Euch doch eine Lehre gewesen sein, dass man uns schon einmal auseinandergebracht hat. Die Königin Luise ist freundlich, weil sie keinen Skandal will. Aber, mit Verlaub, sie wird Euch meiner nicht würdig finden, wie die Großmutter Euch schon einmal nicht für würdig befunden hat.«

Solms sah sie an und nickte verlegen. Ja, sie hat recht, sagte er zu sich. Er rieb die blanke hohe Stirn. »Aber der König ist ein Freund.«

»Auch da glaube ich, dass Ihr Euch täuscht. Wann hat er Euch das letzte Mal zum Tee gebeten?«

»Ja, ähm …«

»Seht, Ihr könnt Euch noch nicht einmal daran erinnern. Ach, sie werden es nie erlauben, und ich werde als entehrtes Weib in die Verbannung geschickt werden.« Ihre Stimme zitterte. »Vielleicht nach Küstrin wie die Prinzessin Elisabeth, die erste Frau des alten Königs. Vielleicht gar nach Lüben in Schlesien, was noch weiter weg ist und wo ich gar keine Freunde haben werde.«

Sie schluchzte und tupfte sich die Nase trocken.

Trotz der geröteten Augen, für die sie sich ein wenig schämte, sah sie Solms direkt an, und er sah sie an. Jetzt waren sie wieder an der gleichen Stelle, wo sie vor vielen, endlosen Jahren waren, als sie sich in Braunshardt gelobt hatten, ihr Leben miteinander zu verbringen: einander vor Gott versprochen und doch den Irrungen der Welt ausgesetzt. Gefangen in ihren Wünschen, die ihnen die Etikette versperrte. Sie sahen einander an, und jeder sah in den Augen des anderen die Verzweiflung. Was tun?, dachten beide. Und je mehr sie darüber nachdachten, desto mehr wussten sie, dass sie verloren waren.

»Stich! Und gewonnen!« Vom Ufer tönte die Stimme von Baumgardner. Der Kutscher strich das Geld ein, das in einem Haufen neben den Karten vor ihm lag.

Solms und Friederike lachten. Die Siegerlaune des Kutschers lenkte sie ab. Sie sahen die Kinder am Ufer spielen, die Paare im Ausflugslokal Limonade trinken. Ein Schwarm Enten paddelte an ihnen vorbei, wobei sie ein fröhliches Geschnatter von sich gaben, die beiden Gesellen ließen Kiesel über das Wasser tanzen, und von Weitem hörten sie die Glocken einer kleinen Dorfkirche läuten, die das friedliche Miteinander mit ihrem warmen Klang einsegnete.

Sie gaben sich gänzlich ihren Impressionen und Gedanken hin.

»Die Glocken!« Mit einem Male straffte sich Friederike und rüttelte an Solms' Hand. »Die Glocken, die Glocken. So hört doch!«

»Ja, ich höre sie, aber was wollt Ihr mir sagen?«

»Die Leute heiraten.«

»Sie heiraten …« Solms strich sich wieder über die hohe Stirn.

»Ja, sie heiraten. Deshalb läuten die Glocken.«

Und ohne sich weiter mit Friederike zu verständigen, ergriff Solms den Riemen und lenkte das Boot zu dem Ufer hin, wo sie die Kirche vermuteten.

Die Gäste des Paares, das gerade getraut worden war, standen noch vor der Kirche und formierten sich zu einem lockeren Zug in Richtung des nächsten Wirtshauses, wo für sie schon reichlich eingedeckt worden war. Das Tor zur Kirche stand noch offen, und der Pastor Heinrich sah seiner Gemeinde mit wässrigem Blick nach. Hochzeiten waren neben Taufen die schönsten Momente seines Amtes, in dem er von so viel Leid und Unheil umstellt war. Noch immer trieb es ihm die Tränen in die Augen, wenn er einem Paar Gottes Segen geben durfte. Besonders seit ihm seine Frau im Kindbett verstorben war, fragte er sich insgeheim nach jeder Ehe, die er besiegelt hatte, wie viele Kinder er würde taufen dürfen und wie lange den frisch Vermählten das Glück wohl hold sei.

Als Solms und Friederike zum Schloss Schönhausen zurückfuhren, waren sie Mann und Frau.

40

Als sie kurz darauf zu einem Déjeuner beim Königspaar eingeladen waren, gaben sich Luise und Friedrich Wilhelm erstaunlich liebenswürdig gegen den Mann, der Friederike so viel Trost schenken konnte. Luise, die dafür gesorgt hatte, dass Solms sich ihrer Schwester annahm, war froh, ihre von Leid, Todesfällen und Schicksalsschlägen geplagte Schwester auf dem Weg der Besserung zu sehen, und korrigierte ihre Meinung über den einfachen Reiteroffizier, der ihr bislang so unbedeutend vorgekommen war.

Er macht sie glücklich, das ist die Hauptsache, dachte Luise. Und als sie sich später mit ihrem Mann Friedrich Wilhelm über ihn austauschte, stimmte auch er in dieses Urteil ein.

Nur der Gräfin Voß, die schon viele Irrungen und Wirrungen am preußischen Hof erlebt hatte, war Solms nicht ganz geheuer. Er ist ein Parvenü, der sich der Prinzessin Ludwig – wie sie Friederike nach der Sitte des Hofes immer noch nannte – nur annimmt, weil er sich davon Karriere verspricht, dachte sie, als sie über die pochierten Birnen hinweg zu ihm hinübersah.

Vor dem Einschlafen schrieb sie voller Verachtung in ihr Tagebuch:

»Abends kam der Prinz Solms von den Husaren, der mir sehr windig zu sein scheint und gar nicht gefällt.«

Aber auch der für Skandale geschärfte Blick der Gräfin Voß war verhangen. Sie merkte nicht, was eigentlich vor sich ging, als die Prinzessin Friederike früher als geplant aufbrach, weil ein plötzlicher Schwindel und Übelkeit sie plagten. Auch ahnte sie nicht – wie auch sonst niemand –, dass die beiden den Bund der Ehe geschlossen hatten.

Überhaupt wurden in dieser Zeit wenig Fragen gestellt.

Vielleicht, weil das junge Königspaar noch höhere Aufgaben hatte, als der Prinzessin Friederike Trost und ein sorgenfreies Leben zu verschaffen. Denn Preußen lag brach. Das Land, so wie es der dicke König hinterlassen hatte, war eine Mischung aus Günstlingswirtschaft, Intrigen, Hurerei und Schnaps. Die Beamten wirtschafteten in die eigene Tasche, sodass Friedrich Wilhelm von seiner Juristerei verlangte, gleich eine ganze Reihe missratener Staatsdiener vor Gericht zu stellen. Der Baron Nareth musste sich des Straßenraubs verantworten; der Kriegsrat Denso, der Kammerfiskal Schnakenburg und der Jagdfiskal Heyne, weil sie ihren Leuten brutale Steuern abpressten, und der Landrat Wargorsky war sogar wegen Totschlags angeklagt. Nur von Appeln, der Präsident in Petrikau war, entzog sich einer Verurteilung. Er hatte sich, als seine schamlosen Betrügereien bekannt wurden, aus der Affäre gezogen, indem er die Pistole gegen sich selbst gerichtet und seiner Familie dadurch einen weiteren Skandal hinterlassen hatte.

Auch der hohe Stand der Offiziere, einst eine Stütze des preußischen Reichs, war in Korruption und Sittenlosigkeit verfallen. Sie kassierten das Geld, das ihnen der König für den Erhalt ihres Regimentes zuwies, und verpulverten es bei Spiel, Suff und den Weibern. Während die gemeinen Soldaten hungerten und froren, verführten und tauschten die Junker so regelmäßig ihre Frauen, dass es für redliche Leute unmöglich war, eine Kandidatin zu finden, die nicht schon befleckt war. Während der Manöver im Herbst und Frühjahr verwandelten sie ganz Berlin und Potsdam in ein einziges Bordell.

Luise und Friedrich Wilhelm widersetzten sich diesem Sündenpfuhl, indem sie ein vorbildliches Leben führten, das von einfachen Späßen wie Topfschlagen, Blinde-Kuh-Spielen und von viel heimischer Musik und nur in der Saison von glanzvollen Bällen begleitet war. Natürlich war es den Militärs dabei langweilig, aber wer sich bei Hof Gehör für seine Angelegenheiten verschaffen wollte, konnte sich dem nicht entziehen.

Ein anderes Mittel, das Volk hinter sich zu scharen, waren die großen Huldigungsreisen, die das Paar, gleich nachdem es gekrönt worden war, antrat. Sie führten nach Ostpreußen und hoch in den Norden, in die Provinz, die dem Königreich seinen Namen gegeben hatte. Wo immer das junge Paar auftauchte, bezauberte die Königin Luise mit ihrer Anmut die Handwerks- und Kaufmannsdelegationen, Bürgermeister und Stiftsvorsteherinnen, während der König, der große Lobreden scheute, sich hinter seiner Frau zurückhielt. Sie nahm Geschenke entgegen und wechselte gute Worte, sodass jeder, der sie traf, noch sein ganzes Leben lang davon erzählte.

Es war eine *tour de force.* Nicht nur die zahllosen Bankette, die endlosen Reden, die Hunderte und abermals Hunderte von Händen, die das Paar zu schütteln hatte, machten die Reise zu einer Tortur, sondern auch die Hitze, der Staub, der Regen und die Achsenbrüche, von denen einer so gefährlich war, dass er Luise und Friedrich Wilhelm hätte das Leben kosten können. Aber es ging alles gut, und Luise absolvierte alles, ohne zu murren, obwohl sie wieder einmal guter Hoffnung war.

Über diesen ganzen Anstrengungen, die die Belange des

Landes betrafen, gerieten die Prinzessin Friederike und die Geschehnisse auf Schloss Schönhausen aus dem Blick. Erst als die Gräfin Voß, die mit der Planung der Weihnachtsfeiern betraut war, der Pflicht nachkam, die ganze Familie zu einem großen Fest im Palais Unter den Linden zu versammeln, zeigte sich allen das Ausmaß ihrer Unterlassung: Die Prinzessin Friederike war im siebenten Monat schwanger.

41

»So bleib doch stehen.«

Kaum hatte Friederike gesehen, dass Luise das Foyer von Schloss Schönhausen betreten hatte, eilte sie, so schnell es ihr Zustand erlaubte, die schöne, geschwungene Treppe hoch, die von der einstigen Pracht des Gebäudes erzählte. Luise sah gerade noch den flüchtigen Schatten von Friederikes Kleid hinter der Balustrade verschwinden, als sie sich von dem Lakaien, der immer am Eingang stand, aus dem Mantel helfen ließ.

»So bleib doch stehen!«

Aber Friederike nutzte ihren Vorsprung. Sie erklomm die nächste Stiege, die von der Beletage in den zweiten Stock führte, schaute dann hinunter, wie weit Luise sie schon eingeholt hatte, und wagte es, als sie sah, dass sie noch eine ganze Stiege Vorsprung hatte, noch die nächste Treppe zu erklimmen, die zu den Unterkünften der Dienstboten führte. Ihr Atem raste, sie bekam kaum Luft.

Oben angekommen, stützte sie sich auf den Treppenknauf. Sie verschaffte sich kurz Orientierung, indem sie den langen, halbdunklen Gang, von dem die Türen zu den Kammern abgingen, abmaß, und entschied sich dann dafür, sich hinter der Tür direkt vor ihr zu verstecken. Langsam drückte sie die Klinke, und – siehe da! – es war genau so, wie sie es sich vorgestellt hatte: Dahinter lag, wie sie es von Darmstadt her kannte, ein Raum, in dem die Möbel untergestellt waren, die nicht gebraucht wurden. Sie schlich hinein und schloss die Tür hinter sich. Dann setzte sie sich ganz hinten in eine dunkle Ecke und hoffte, dass man sie dort im Dunkeln von der Tür aus nicht sehen konnte. Sie strich sich über den Bauch. Das Kind regte sich nicht. Schon verlangsamte sich ihr Atem. Auch wenn ihr Körper schmal war, war sie robust und an die Last einer Schwangerschaft gewöhnt.

Friederike wartete ab. Die Angst vor dem Zorn ihrer geliebten Schwester machte sie für einen Moment fast taub. Sie biss sich auf die Lippen.

»Wo bist du?« Luises Stimme war leise. Obwohl sie Königin war und ohne Scham die Stimme hätte erheben können, fühlte sie sich hier oben unterm Dach so klein und nichtig wie in Darmstadt, als sie noch eine unbedeutende Prinzessin gewesen war, die sich vor ihrer Großmutter ängstigte.

Friederike hörte, wie ihre Schwester langsam die Dielen abschritt und gelegentlich versuchte, eine der Türen zu öffnen.

»Hilfe! Hilfe!« Ein Schrei gellte über den Dachboden, und dann hörte man eine aufgeregte Frau, die sagte: »O Gott, Ihr seid es, Königliche Majestät. Verzeiht, bitte. Ich konnte ja nicht wissen …«

»Gute Frau, ich bin es, die um Verzeihung bitten muss. Sage Sie mir nur: Wo finde ich hier die Möbelkammer?«

»Königliche Hoheit – deswegen kommt Ihr hier herauf. Um Gottes willen! Ich werde sofort veranlassen, dass Ihr die Stücke, die Ihr begehrt …«

»Nein, nein. Ich möchte nur wissen, wo die Kammer ist. Es gibt hier oben doch eine Kammer?«

»Ja, ja.«

»Ja, wo denn?«

Schon hörte Friederike, wie sich Luise auf den Raum zubewegte, in dem sie sich versteckt hielt. Sie strich sich über den

Bauch und dachte: Gut, irgendwann wäre es zu einer Aussprache gekommen. Dann ist es eben jetzt so weit.

In dem Augenblick, als sie sich dem Unausweichlichen stellte und nicht mehr an Flucht dachte, spürte sie, dass sie weniger Angst hatte als befürchtet. Was habe ich schon zu verlieren?, sagte sie zu sich. Ich habe den Mann, den ich immer wollte, und ich habe bald wieder ein Kind, das ein Kind der – wenn auch flüchtigen – Liebe ist.

Doch Luise ließ auf sich warten. Vom Gang kam nur Stille. Nur ein ungelenkes Klappern, Pochen und Plätschern verriet Friederike, dass sie nicht alleine war. Es rührte aber von der Frau her, die ein paar Kammern zu ihrer Linken ihre Behausung hatte und die von Luise überrascht worden war. Sie schien sich zu waschen und anzukleiden. Ihre Aufregung war nicht zu überhören, überall stieß sie dagegen und verursachte Lärm.

Wo war Luise nur geblieben? Warum zeigte sie sich nicht? Friederike strich sich aufs Neue über den Bauch. Nun, da die Lage ungewiss war, erhöhte sich doch wieder ihr Puls. Was war nur los? Warum passierte nichts? Sie hielt die Luft an, um besser lauschen zu können, und versuchte, durch den Lärm hindurch, den die Dienerin machte, wahrzunehmen, ob sich draußen vor der Tür jemand bewegte.

Und tatsächlich: Kaum vernehmbar, aber für sie, der diese Stimme so vertraut war wie ihre eigene, unverkennbar, erbebte ein lautes, klägliches Schluchzen hinter der Tür.

»Luise?« Friederike durchströmte plötzlich ein Mitgefühl, das nur Menschen kennen, die einander tief verbunden sind. »Luise, komm nur! Hier bin ich. Hier!« Sie streckte die Hand aus, obwohl keiner sie sah.

Erst tat sich nichts, aber nach wenigen Augenblicken bemerkte sie, wie die Klinke sich nach unten bewegte und die Tür aufging. Sie erblickte den Schattenriss ihrer Schwester Luise – der Königin von Preußen, verheult und scheu und ängstlich, wie nur Friederike sie kannte.

Weinend fielen sie sich in die Arme.

Sie waren sich wieder so nah, wie sie sich als Schwestern in Darmstadt nah gewesen waren, wo weder Cour noch Etikette sie in ein Korsett aus Anstand und Verpflichtungen gezwungen hatten. Sie waren einfach nur zwei Schwestern, die sich liebten und die wussten, dass diese Liebe nun vorbei sein würde.

»Wie konnte es nur so weit kommen? Ach, Friederike …« Luise tupfte sich die Nase ab. »Ich weine den ganzen Tag, weil ich weiß, dass es das Ende ist.«

»Wieso muss es denn das Ende sein?«

Luise merkte, dass sie angesichts der Lage, in der sie und ihre Schwester sich befanden, Unsinn plapperte. Sie schluchzte wieder kurz auf. Dann sah sie dorthin, wo sie Friederikes Gesicht vermutete und wo sie jetzt, da sich ihre Augen noch nicht an das Dunkel gewöhnt hatten, nur einen schwarzen Schemen erkannte. Sie setzten sich auf die Chaiselongue, die hier verstaut worden war. Weil beide mit einem Mal daran erinnert wurden, dass sie einander auch in Darmstadt immer dann, wenn sie Sorgen hatten, oben im Dachboden in der Kammer ausgeweint und getröstet hatten, fühlten sie sich in die Zeit ihrer Jugend zurückversetzt.

»Ich hätte wissen müssen, dass ich dich hier finde.«

»Ja …«

»Es ist wie früher.«

»Vielleicht ja, und doch ist es ganz anders.«

Friederike war angerührt von dem Kummer, den Luise aufgrund ihrer Lage hatte, und die Furcht, ihre Freundschaft zu verlieren, vor der sie geflohen war, war hinüber. Sie hatte sich lange nach der Vertrautheit gesehnt, die ihre Schwester und sie so lange miteinander geteilt hatten, und nun, in einer Angelegenheit, die sie wie keine hätte entzweien können, zeigte sich Luise so weich und verständig, wie Friederike sie aus der Zeit in Darmstadt in Erinnerung hatte. Ja, damals sind wir Schwestern Freundinnen geworden, sagte sie zu sich, Berlin hat uns entfremdet, und jetzt, ausgerechnet jetzt, fühle ich mich ihr wieder so nah wie einst.

Luise riss sie aus ihren Gedanken.

»Ach, Friederike, meine Friederike. Was hast du uns allen nur angetan?« Wieder schluchzte Luise auf.

»Was soll ich sagen? Ich weiß nicht, wie ich es erklären soll.«

»Ich wollte, ich könnte böse auf dich sein, das würde mir alles leichter machen. Aber ich bin es nicht.« Luise nahm ihre Schwester in den Arm. »Du warst mir immer die Liebste unter meinen drei Schwestern. Wie viel haben wir schon miteinander geteilt? Ich habe immer gedacht, es würde so weitergehen.«

Nun fasste sich Friederike ein Herz: »Wie kann es so weitergehen, wenn du Königin bist und deine Pflichten hast? Ich aber bin in Trauer und voller Sorge. Ich war allein, ich war untröstlich … Das arme kleine Carlchen.«

Luise winkelte ihre Beine an und rückte ein wenig an ihre Schwester heran. Sie flüsterte: »Ja, ich habe dich nicht trösten können.«

»Das weiß ich.«

»Aber ich habe dafür gesorgt, dass die Prinzen …« Luise hielt inne, weil sie überlegte, ob sie Schuld an der Not ihrer Schwester trug, weil sie damals, als diese in Trauer war, ihr die Prinzen Solms und Louis Ferdinand vorbeigeschickt hatte. Sie hatte gedacht, dass ein Prinz den anderen im Auge behalten würde, sodass ihre Schwester – zumal nach dem Skandal von Pyrmont – nicht in eine verfängliche Lage gebracht werden würde. Oh, wie hatte sie sich nur so täuschen können?

»Ach, Luise. Verzeih mir. Ich war schwach und habe mich dem Augenblick hingegeben. Aber du kannst dir sicher sein: Es ist ein Kind der Liebe, und mein Mann ist ein Mann voller Ehre.«

»Dein Mann?«

»Ja. Wir haben geheiratet.«

Luise merkte, dass ihr das Blut durch die Adern schoss. »Du

hast geheiratet? Wie konntest du nur? O Gott!« Sie legte sich den Handrücken an die Stirn und rückte von ihrer Schwester ab. Mit zusammengezogenen Augenbrauen sah sie sie an. »Wie kannst du das nur tun? Wie kannst du mich so hintergehen? Wieso kannst du mir nur so misstrauen? Oh, Friederike, womit habe ich das verdient? Ich bin durch das ganze Land gefahren und habe jedem Beamten die Hand geschüttelt. Seit Monaten treffe ich mich mit sämtlichen Familien des Landes, um sie von der Notwendigkeit zu überzeugen, zurückzukommen auf den Pfad der Tugend, den ganz Preußen verlassen hat. Ich war naiv, als ich hierherkam, und nun, als Königin, sehe ich, wie es wirklich um das Land steht. Ach, hätte ich das nur gewusst! Ich bin nicht zur Königin geschaffen. Preußen ist korrupt, es ist ausgeblutet und böse, und das ganze Jahr habe ich darauf verwandt, aus diesem … wie soll ich es sagen? … Sündenpfuhl ein Heim zu machen, das man gerne betritt. – Und nun? Nun muss meine eigene Schwester mit dem schlechtesten aller Beispiele vorangehen. Ich habe gedacht, dass du wächst, dass Berlin dir Größe gibt. Jeder hat sich vor dir verneigt, wie du die Ehe mit Ludwig gemeistert hast. Du hast einen kalten Mann in einen warmherzigen Vater verwandelt, allein durch deine Herzensgüte. Ich dachte, du seiest gereift, und ich dachte, dass du die Verantwortung kennst, die du hast und die du als Schwester der Königin hast. Und nun, o Gott!, hast du geheiratet. Es ist noch schlimmer, als ein Kind der Liebe zu zeugen. *Geheiratet!* O Gott! Ich weiß nicht, was ich tun soll. Was soll denn nur passieren? Was kann ich da noch machen?«

Luise schlug sich die Hände vor das Gesicht. Sie war zerrissen von ihren Gefühlen, die ihr einerseits rieten, mit ihrer Schwester und Freundin nicht so streng zu sein, die sie aber andererseits gefangen hielten in der Staatsräson. Als Königin konnte sie nicht tatenlos hinnehmen, was geschehen war – sie konnte nur dafür sorgen, den König, der bislang nur von der Schwangerschaft wusste, milde zu stimmen. Was würde passieren, wenn er erfuhr, dass Friederike sich vermählt hatte, ohne ihn um Erlaubnis zu fragen? O Gott, dachte Luise, es ist alles gar nicht auszudenken.

Luise war so voller Aufruhr über die Vorstellung, dass ihre Schwester nun womöglich bestraft und in die Verbannung geschickt würde, und in Sorge darum, diese Folgen nicht abwenden zu können, dass sie diejenige, die das Objekt ihrer Überlegungen war und Ansprache und Trost brauchte, gänzlich vergaß – obwohl Friederike neben ihr saß und heftig atmete.

Plötzlich spürte Luise, wie Friederike langsam nach ihr tastete.

»Willst du denn gar nicht wissen, wer es ist?«

»Verzeih, meine Liebe. Ich bin so zerstreut, dass ich gar nicht weiß, was ich zuerst denken und fragen soll. Denn überall sehe ich nur, dass es böse Folgen haben wird.« Sie ergriff die Hand ihrer Schwester und fragte mit zitternder Stimme: »Ist es Solms?«

Luise sah nun, da ihre Augen sich den schummrigen Verhältnissen angepasst hatten, dass Friederike zögerlich nickte, wobei sie gleich eine Geste des Rückzugs machte, indem sie den Kopf nach unten senkte. »Ja, es war Solms.« Sie blickte Luise aus gesenkten Lidern an, was leicht erschrocken, aber auch trotzig wirkte. »Ich weiß, du konntest ihn nie leiden.«

»Aber so kannst du das nicht sagen.«

»Doch, doch. Du hast dir nie etwas aus ihm gemacht. Schon in Darmstadt nicht, wenn er seine Aufwartungen gemacht hat. Er war dir nie genug. Ein einfacher Prinz aus der Provinz, mit schmalen Revenuen nur und gezwungen, sich in den Dienst eines anderen Herrn zu stellen, um ein Auskommen zu haben. Das war dir nicht viel wert angesichts des Königsreiches, das du haben wolltest. Und erst als du gesehen hast, dass er mich glücklich macht, hast du deine Meinung geändert. Du wolltest ihn aber nur mir zum Trost, nicht dir zum Schwager. Doch ich versichere dir, wie ich dir nur irgendetwas in der Welt versichern kann: Er ist ein Ehrenmann. Ein Mann, der mehr Adel in seinen Adern hat als so manch anderer in Preußen, der eine hohe Meinung von sich hat.«

»Sprichst du vom Prinzen Louis Ferdinand?«

Friederike schwieg.

»Ich habe dich immer vor ihm gewarnt und dir gesagt, dass er ein Lügner ist. Aber nun bin ich davon überzeugt.« Luise holte Atem, um sich eine Pause zu verschaffen. Sie war sich noch unschlüssig darüber, ob sie Friederike die ganze Wahrheit über Louis Ferdinands Verleumdungen offenbaren oder lieber schweigen sollte. Sie wollte sie nicht noch mehr verletzen, als sie durch ihre unumkehrbare Lage ohnehin schon verletzt war.

»Wie kannst du so etwas über ihn sagen? Er war mir ein Freund.«

»Ein Freund? Du sagst, er sei ein Freund.« Als Luise das hörte, war ihre Entscheidung gefallen. Es gab keinen Grund mehr, Friederike über das ganze Ausmaß von Louis Ferdinands Nachreden in Unkenntnis zu halten. »Niemals war er das. Weißt du, was er in den Kasinos erzählt?«

Friederike schüttelte den Kopf. »Er spricht über mich?« Nur das Dunkel verbarg, dass sie rot anlief und dass sich in ihrem Dekolleté hektische Flecken ausbreiteten. Was mag er nur über mich erzählen?, dachte sie und wurde unruhig.

Luise sagte: »Er erzählt, dass er jederzeit zu dir hat kommen können und du ihn immer vorgelassen hast.«

»Aber es war doch so.«

»Aber das ist nicht alles. Er brüstet sich damit, dass er hier bei dir im Schloss Schönhausen einen Tag und eine ganze Nacht verbracht habe und du ihn bereits …«, Luise räusperte sich, »… mit bloßem Körper empfangen habest.«

»O Gott.«

»… und er erzählt, dass er dich sogar geheiratet hätte, wenn du ihm diese Gunst *nicht* gewährt hättest.«

»*Deswegen* wollte er mich nicht heiraten? Das erzählt er?«

»Ja, das erzählt er!«

»Das ist ja fürchterlich. Ich, ich ... O Gott, Luise! Das ist ...« Friederike fand keine Worte, so grenzenlos beschämt fühlte sie sich. Sie wünschte sich weg von dieser Welt und in eine Höhle, wo niemand sie sehen konnte und wo sie von allen vergessen würde. Wie kann er mir das nur antun?, dachte sie. Und wie kann er nur sagen, dass er mich geheiratet hätte, hätte ich mich ihm nicht hingegeben? Wir waren verheiratet, dachte sie. Vor Gott waren wir verheiratet, weil wir uns einander versprochen hatten. Ihr stiegen Tränen der Wut in die Augen, die sie nur mühsam unterdrückte, um sich vor ihrer Schwester nicht zu verraten. Sie räusperte sich und sagte: »Oh, er ist so ohne Anstand und Gewissen. Du hast mich immer vor ihm gewarnt, und ich wollte dir nicht glauben ...« Sie schluckte. »... weil ich dachte, dass du ihn selbst begehrst.«

»Ich? Louis Ferdinand? Wie kommst du darauf?«

»Weil du dich heimlich mit ihm getroffen hast.«

»Ja, das habe ich. Und auch ich habe teuer dafür bezahlt.« Luise reichte Friederike wie zur Versöhnung die Hand.

Friederike kam ihr mit Worten entgegen. »Das hast du? Ich hatte nie so recht daran geglaubt.«

Luise nickte, und Friederike sah sie in stillem Einverständnis an. »Sag mir, Luise: Woher weißt du, was der Prinz Louis Ferdinand erzählt?«

Luise war froh, dass ihre eigenen Verfehlungen in den Hintergrund rückten.

»Nun, der Prinz Louis Ferdinand hat sich beim Oberst Massenbach mit dir gebrüstet, und Massenbach – das hätte man ihm gar nicht zugetraut – war höchst beschämt. Er hat Louis Ferdinand, nach seinen eigenen Erzählungen, zurechtgewiesen. Dann ist er zum König gegangen und hat sich ihm anvertraut. Er wiederum hat sich sofort mir anvertraut, weil du meine Schwester bist und weil er so eine hohe Meinung von dir hat. Aber er ist völlig außer sich. Es ist ihm nicht auszureden, dass alles falsch ist, was der Prinz Louis Ferdinand behauptet. Der König denkt … Ach, das Duell … Es hat deinem Ruf nicht gutgetan.«

»Aber ich kann doch nichts dazu.«

»Ja, aber er ist verunsichert. Und als er erfahren hat, dass du guter Hoffnung bist, hat er gedacht, dass der Prinz Louis Ferdinand dich entehrt hat. Er wusste ja nichts von Solms. Mein Mann wütet seitdem um sich, wie ich ihn noch nie erlebt habe. Ganz Preußen ist ein Sündenpfuhl, und dass nun seine Schwägerin und sein Onkel unsittlich verbunden sind, macht ihn sprachlos. Er überlegt schon, ob er den Prinzen Louis Ferdinand nach Küstrin schickt, und was er mit dir plant, das weiß er noch nicht. Ein Glück ist nur, dass er dir so zugetan ist.«

Doch Friederike hörte nicht richtig zu. In ihren Gedanken war sie fern der Staatsräson, stattdessen zutiefst verletzt über die Lügen Louis Ferdinands. Was war ich doch nur für eine dumme Gans, dachte sie, dass ich auf ihn hereingefallen bin. Dieser Schmeichler und Heuchler. Er hat nur seinen Vorteil gesehen. Ihre Stimme zitterte, als sie sagte:

»Oje. Es ist so demütigend und entehrend, dass Louis Ferdinand mich angelogen hat. Ich möchte sterben. Er hat mir gesagt, dass der König es verboten habe, dass wir heiraten … Aber das, was ich jetzt hören muss, das ist alles so entehrend. Nie hätte ich gedacht, dass man mich so demütigen kann.«

Luise stutzte. »Warte! Louis Ferdinand wollte dich heiraten?«

»Er hat mir gesagt, dass der König es verboten hat …«

»Ja … aber ist es wahr, dass du ihn empfangen hast? Hast du ihm Anlass zu diesen Gerüchten gegeben?«

Luise wollte Friederike schütteln, weil sie nicht fassen konnte, was sie da aus ihren Worten heraushörte. Aber sie wagte es nicht, aus der Furcht heraus, ihr ungeborenes Kind zu verletzen. Sie war entsetzt: Wenn ihre Schwester es als entehrend empfand, dass Louis Ferdinand sie angelogen hatte – und nicht, dass er solche unglaublichen Dinge über sie erzählte, dann … Sie schnappte nach Luft. Als sie hierhergekommen war, um eine Erklärung von ihrer Schwester zu fordern, war sie auf das Schlimmste gefasst gewesen, auf Kummer, auf Anklagen, auf Entschuldigungen – aber nicht auf einen solchen Skandal. O Gott. Das musste geheim bleiben, das durfte sie gar nicht zu Ende denken. Sie sah zu ihrer Schwester, die leichenblass an der Wand lehnte, und dachte: Was muss meine kleine Friederike gelitten haben! In welcher Not muss sie gewesen sein, als sie erfahren hat, dass Louis Ferdinand sie nicht heiraten will.

Nun konnte sie alles verstehen – die Hochzeit, die Heimlichtuerei, ja auch und gerade die Sache mit Solms. Das war Friederikes einzige Rettung gewesen.

Leise begann Luise zu sprechen: »Solms. Ich habe ihn immer für ehrgeizig gehalten. Ein Mann, der nach Höherem strebt und sich nur deswegen um dich bemüht. Eine Prinzessin von Preußen und dann verschwägert mit der Königin und dem König. Er ist einfach, aber du hast recht. Er ist von wahrem Adel.« Sie drehte sich ohne ein weiteres Wort der Erklärung ihrer Schwester zu und sagte: »Ich verspreche dir, ich werde versuchen, den König für ihn einzunehmen. Mit allen Mitteln, die mir zur Verfügung stehen.«

Luise legte schützend den Arm um ihre Schwester, und Friederike schmiegte sich an ihre Wärme an. Lange verharrten sie in dieser Stellung, als ob sie ahnten, dass sie sich das letzte Mal so nahe sein würden.

Doch sosehr beide Schwestern hofften, der König blieb hart. Er hielt Solms für einen Verführer, der seine Schwägerin aufs Übelste gedemütigt hatte, und das nur, weil er sich einen Aufstieg bei Hofe erhoffte.

»Mir fatal«, knurrte Friedrich Wilhelm.

Luise wusste: Wenn der König seine *humeurs* auf diese Art zeigte, konnte sie nichts ausrichten.

Er verbannte Friederike und Solms, von dem er gerade angefangen hatte, eine hohe Meinung zu haben, und der ihn nun bitterlich enttäuscht hatte, nach Ansbach, stutzte Solms' ohnehin knapp bemessenes Salär, indem er ihn von der Garde zurück zu den Ansbacher Husaren versetzte, und entriss Friederike das, was ihr das höchste Glück der Welt bedeutete: Ihr ältester Sohn Fritz musste in Berlin bleiben, wo er mit seinen Cousins, den Kindern des Königspaars, als Preußenprinz erzogen würde.

Nur die großzügige Rente, die Friedrich Wilhelm für Friederikes Kinder abschloss und die bei deren Volljährigkeit ausbezahlt werden sollte, zeugte von seiner Zugewandtheit gegenüber seiner Schwägerin. Bei aller Strenge, die er walten ließ und auch walten lassen musste, zeigte sich der König in diesem einen Punkt sehr großzügig, und das wiederum beunruhigte Luise: Friedrich Wilhelm wies der gefallenen Prinzessin eine Pension von zweiundzwanzigtausend Talern im Jahr zu, »auszugeben außerhalb von Berlin« – ein Bezug, der den ihren, den der Königin nämlich, stark relativierte.

Das ist reichlich, dachte Luise und fragte sich, warum der König so spendabel war und sie, die sie so hohe Kosten für prachtvolle Repräsentationen hatte, immer zur Sparsamkeit ermahnte? Als Luise von Friedrich Wilhelms Großzügigkeit erfuhr, entflammte in ihr abermals ein unkontrollierter Moment der Eifersucht, weil sie immer noch in dem unbestimmten Glauben lebte, dass der König – wie alle Männer am preußischen Hof – eine heimliche Schwäche für ihre Schwester hatte.

Zweiter Teil

Die Verbannung

42

Ansbach, im Frühjahr 1805

Als Friederike in ihren seidenen Morgenmantel mit den chinesischen Stickereien und in die dazu passenden Pantoffeln schlüpfte, schliefen die restlichen Mitglieder ihres überschaubaren Hofstaats noch. Sie hatte vor über sechs Jahren, als sie vom König in die Provinz nach Ansbach verbannt worden war, »damit sie lerne, von ihrem Leichtsinn Abstand zu nehmen«, viel zurücklassen müssen, woran sie sich als Prinzessin von Preußen gewöhnt hatte. Aber ihre Kindheit und Jugend in Darmstadt hatte sie Bescheidenheit und Beschränkung gelehrt. Denn schon bei ihrer Großmutter Scho'sch hatte es über Wochen nichts als belegte Brote gegeben, wenn kein Geld mehr da war, und die Kleider wurden aufgetragen und geflickt.

Es gab also weitaus hoffnungslosere Prinzessinnen und auch solche, die an einem Schicksal, wie es Friederike widerfahren war, zerbrochen wären und aus Trotz alles getan hätten, um ihrem einsamen Leben Aufregung abzufordern. Manche derjenigen, die sich infolge der Verbannung über die Prinzessin und ihre Schwester Luise, die Königin, in ihren Teegesellschaften und Salons über die Geschehnisse ereiferten, behaupteten sogar, dass es Luise in Friederikes Fall härter getroffen hätte und dass die Verbannung vom Hofe für Friederike eigentlich keine gerechte Strafe sei, da sie sich auch mit kargen Mitteln einzurichten wisse.

»Sie hat immer schon aus wenig viel zu machen gewusst«, sagte die Prinzessin Schwarzburg-Rudolstadt, die dieses Talent an ihrer einstigen Herrin hoch geschätzt und von ihr in dieser Hinsicht viel gelernt hatte. Sie war eine der wenigen, die der Prinzessin Friederike nachtrauerte. Viele, die ihre Nähe gesucht hatten, hatten sich nun von ihr abgewandt.

»Ach, aber sie war doch durchaus gefangen in ihrer Eitelkeit«, warf die kleine Viereck ein, die, obwohl sie die dreißig schon überschritten hatte, immer noch nicht erwählt worden war. Sie hatte gehofft, im illustren Zirkel um Friederike, die immer reichlich umschwärmt war, einen Ehemann zu finden, und war erzürnt darüber, dass ihr diese Möglichkeit nach deren Umzug nach Ansbach genommen worden war. Die Sache mit dem Oberst Massenbach war nach dem Bruch zwischen Friederike und Louis Ferdinand im Sande verlaufen – auch dafür machte die kleine Gräfin Prinzessin Friederike verantwortlich. Und während sie vor fünf Jahren, als sie noch in ihrem Zirkel verkehren durfte, jederzeit bezeugt hätte, dass es keine bescheidenere Person gäbe als Prinzessin Friederike, behauptete sie jetzt, die Prinzessin sei eitel gewesen.

Die Brühl, Friederikes ehemalige Hofmeisterin, gab – wiewohl sie Gegenteiliges bezeugen konnte – vor, dass Friederike sich habe bereichern wollen. »Es ist ja viel die Rede gewesen von den Möbeln, die der gewesene Prinz Ludwig ihr während ihrer Ehe geschenkt haben soll. Die beansprucht sie nun für sich. Das ist doch recht kühn, wenn man mich fragt.« Tatsächlich war sie Zeugin dieser Schenkung gewesen, aber da der Graf Keyserling, der für seine Nachlässigkeit bekannt war, die Gegenstände noch auf seiner Inventarliste vorfand, machte man Friederike daraus einen weiteren Skandal.

»Wenn man mich fragt: Es ist ihr Hang zur Lektüre, der ihr schadet. Ich war ihre Vorleserin. Ich weiß, wovon ich spreche. Ihr könnt es Euch nicht vorstellen! Sie hat sich damit vollgestopft, wie man Gänse mit Nudeln stopft. Eine Frau, die so viel denkt, das führt doch zu nichts«, erklärte die Gräfin Waldeck, und die anderen, die Friederikes Lust auf Lektüre nie hatten folgen können, nickten verständig.

Am übelsten sprach die Prinzessin Louise, die Fürstin Radziwill, über ihre einstige Rivalin am Hofe, denn sie verkraftete es immer noch nicht, dass ihr Bruder Louis Ferdinand ihr so verfallen gewesen und dann – so war ihre Meinung zu den Dingen – so schändlich von ihr fallen gelassen worden war, wobei sie selbstverständlich nicht in Betracht zog, dass es vielleicht der König gewesen war, der die Ehe der beiden nicht erlaubt hatte. Ihr war Friederike schon immer ein Dorn im Auge gewesen, denn sie hatte ihre eigenen gesellschaftlichen Ambitionen durchkreuzt. Ganz gleich, wo die Radziwill sich befand, behauptete sie: »Sie hat meinem armen Bruder Louis Ferdinand den Kopf verdreht und ihn dann hingehalten. Ach, was hat er gelitten. Wie ein Hund, sage ich Euch. Dieses Gemisch aus Pflichtbewusstsein und Koketterie habe ich an ihr nie leiden können. Sie war in ihrer Bescheidenheit so unglaublich eitel.«

Die Fürstin Louise Radziwill hatte sogar auf Geheiß ihres Bruders die vielen Briefe, die Louis Ferdinand Friederike geschickt hatte, allesamt zurückverlangt. Als sie, während sie die Korrespondenz sortierte und sich über den schlechten Schreibstil der Prinzessin mokierte, dazwischen einen Brief des Herrn Rat Goethe fand, der an Friederike adressiert war, erfasste sie eine weitere Welle des Zorns. »Ach!«, rief sie. »Und dann dieses Gelehrige. Es war schon schrecklich ermüdend, wie sie sich immer damit gebrüstet hat, den Herrn Rat Goethe zu kennen. Vielleicht sogar den Herrn Schiller dazu.« Ihre Gesellschafterinnen lachten. »Dabei war ihr Jean Paul, der ja der Größte von allen ist, nicht einmal ein Begriff, bevor mein Bruder und ich ihr bei einem Besuch hier auf Bellevue von ihm erzählt und sie damit bekannt gemacht haben!« Sie schnappte nach Luft. »Und nun hat dieser Schreiberling – anders kann man ihn ja nun nicht mehr nennen – die Impertinenz, seinen Roman … Sie wissen schon, den *Titan* … ihr und ihren drei Schwestern, eben auch der Königin Luise, zuzueignen. Wie heißt es in seiner Widmung: *Den vier schönen und edlen Schwestern auf dem Thron.* Ach, es ist so lächerlich.«

Solche Worte waren aber nicht die schlimmsten, die hinter dem schmalen Rücken von Friederike gesprochen wurden. Die übelsten Verleumdungen erzählte man sich zur späten Stunde in den Kasinos, wenn die Herren Offiziere schon bei den Schnäpsen angekommen waren. Es ging um ihren überaus spendablen Charakter, der sich angeblich nicht auf ihre freizügigen Gesellschaften allein beschränkte. Und da der Prinz Louis Ferdinand, der oft den Umgang mit ihr gepflegt hatte, die Ehre der gefallenen Prinzessin nicht verteidigte, glaubte man nicht nur, was an Gerüchten kursierte, sondern tat mit jedem Mal, wo diese überaus üblen Nachreden von Ohr zu Ohr geflüstert wurden, noch etwas dazu – sodass am Ende jeder, der die Prinzessin Friederike nicht persönlich gekannt hatte, glauben musste, es handele sich um die umtriebigste Dame Preußens.

Kurzum: Friederikes Ruf war ramponiert, und selbst ihre Schwester Luise, die Königin, hatte noch Jahre nach der Abreise ihrer Schwester in den Süden des Reiches damit zu tun, ihr Ansehen – und auch ihr eigenes – wiederherzustellen.

Denn so blamiert Friederike war, so sehr war auch Luise Gegenstand des Geredes, was nicht zuletzt daher rührte, dass ihr verschiedene Parteien bei Hofe und an anderen Königshöfen ihre unermessliche Beliebtheit neideten und ihre Redlichkeit durch den Verweis auf den Lebenswandel der Schwester infrage stellten.

Besonders ihre Tante Charlotte – die die Königin von England war und gemeinhin nur Ugly genannt wurde – nahm Friederike ihre Leichtfertigkeit übel. Denn seit dem Duell von Pyrmont, in das sie ihren Sohn verwickelt hatte, hatte sie ohnehin keine hohe Meinung von ihr und sprach sich überall gegen sie aus. »Diese Frau sorgt für einen fürchterlichen *éclat*. Immer und immer wieder«, schrieb sie ihrem Bruder Carl von Mecklenburg-Strelitz und mahnte ihn, doch dringlich auf sie Einfluss zu nehmen, was der Vater mit einem Lächeln abtat, während er jedoch in Uglys Richtung die Haltung bewahrte.

Auch Luise hatte große Mühe, die Königin Ugly, die ja auch ihre Tante war, vom Gegenteil zu überzeugen, und lud mehrfach den englischen Gesandten zu ihren Teegesellschaften ein, wobei sie sich ihm als brave Mutter im Reigen ihrer Kinder präsentierte.

So waren Friederikes Tage in Ansbach reichlich isoliert und gezeichnet von einer Eintönigkeit, für die sie im Vergleich zu den Festen, Bällen, Cours und sogar den einfachen Spieleabenden, die sie in Berlin erlebt hatte, keinen Vergleich kannte. Selbst kleine Begebenheiten, wie die Blüte der Kirschbäume oder ein Besuch der Vorsteherin des Schwesternstiftes, gerieten ihr zu Ereignissen, von denen sie tagelang zehrte.

Das Einzige, was ihr eine wirkliche Ausflucht aus dieser Leere verschaffte, war die rege Korrespondenz, die sie mit ihrer Schwester, ihrer weitverzweigten Familie und den Kapazitäten des Landes führte, die jedoch – und das war ihr großer Kummer – weitaus seltener antworteten, als sie ihnen schrieb. Manchmal blieb die Resonanz sogar aus.

Dennoch: Jeden Morgen stand sie um halb sieben auf, setzte sich, ohne ihre Dame nach einem Frühstück oder einem Tee zu fragen, an ihren Sekretär und schrieb Seite um Seite – bis die Uhr, die ihr einst der dicke König geschenkt hatte, wie jeden Morgen stehen blieb. Dann wusste sie: Es war fünf Minuten vor neun Uhr und Zeit für ihre Toilette und ihre Kinder. Fünf ihrer neun Kinder hatte der liebe Gott zu sich geholt, darunter auch die kleine Caroline, die das Unterpfand ihrer Ehe mit Solms gewesen war. Das Fritzchen, ihr Erstgeborener, den sie unter grausamen Schmerzen dem Prinzen Ludwig geschenkt hatte, war in Berlin geblieben. Mit Solms hatte sie nun noch zwei Kinder: einen Sohn, den kleinen Wilhelm, der nunmehr drei Jahre alt war, und seit einigen Monaten die kleine Luise Auguste. Sie waren ihr großes Glück.

Der Tod ihrer anderen Kinder, aber auch der Schmerz darüber, dass sie ihr geliebtes Fritzchen in Berlin hatte zurücklassen müssen, verstärkte ihre Einsamkeit in der Verbannung. Die Sehnsucht, endlich wieder ihren Erstgeborenen und die anderen Familienangehörigen in die Arme schließen zu können, durchzog die Briefe an ihre Schwester wie ein roter Faden. Mit ihrer akkuraten Schrift steuerte sie auch an diesem Morgen auf dieses schmerzvolle Metier zu:

Liebe Schwester, geliebte Luise,
wie immer, wenn ich schreibe, geht einer meiner ersten Gedanken an meinen geliebten Erstgeborenen. Bitte sage mir, wie es ihm geht. Wie sehne ich mich danach, ihn endlich wieder einmal in die Arme schließen zu können, dieses hübsche Kind, das mir zum ersten Mal das Glück verschafft hat, eine Mutter zu sein. Solms hat mir erzählt, dass Du und der König ihm zu Weihnachten eine Uniform der Husaren geschenkt habt. Es macht mich so stolz, das zu hören, und was würde ich dafür geben, ihn so angetan wie sein seliger Vater einmal sehen zu können. Bitte sage mir, wie es ihm geht und wie er sich macht. Immer noch denke ich an den Augenblick, in dem ich erfahren habe, dass ich ihn nicht würde mitnehmen dürfen hierher in mein Exil. Es war mir, als ob mir ein Stück von mir selbst abgeschnitten wurde, und als ich ihn dann das letzte Mal an mein Herz drücken durfte, war es mir, als verginge mein letzter Atemzug. Wie lange ist es her? Sechs Jahre nun. Oh, ich mag gar nicht dran denken, so lange ist es tatsächlich schon her. Es zerreißt mir das Herz, ihn so weit weg von mir zu wissen. Auch seine Schwester, die kleine Fils, wie ich sie nenne, vermisst ihn sehr und fragt immerzu nach ihm. Die Kleine ist gesund und aufgeweckt, und man bestätigt mir von allen Seiten, dass sie glücklich und gut ist.
Ihre blauen Augen sind neugierig auf alles, was sich in dieser Welt tut, und ich bin voller Freude, dass der liebe Gott sie mir gelassen hat. Gottlob. Ich trauere immer noch um

meine kleine Sophie, die mir im vorletzten Jahr genommen wurde. Sie war ein schönes Kind und hatte die schmalen Züge und die hohe Stirn von Solms, was ihr gut stand. Luise, wenn Du nur wüsstest, wie sehr Deine kleine Schwester leidet. Allein der Gedanke daran, nicht alles mit Dir teilen zu können, verdunkelt mir diese Zeilen. Ich frage mich so oft, warum Gott nicht mich holt, die ich gesündigt habe und Grund habe, um Verzeihung zu bitten, sondern die kleinen, unschuldigen Engel. Nun warten schon fünf Engel auf mich im Himmel, und immer, wenn ich – wie auch jetzt wieder – aufs Neue Mutter bin, fürchte ich mich, dass es wieder so kommen könnte. Solms und ich haben uns lange besprochen, und er hat mir erlaubt, die kleine Luise Auguste, die wir nach Dir benannt haben, selbst nähren zu dürfen. Auf dass sie durch ihrer Mutter Herz und durch meine Wärme Kraft und Gesundheit erlange, und auch darauf, dass sie nach ihrer lieben Tante kommt, die ich so sehr vermisse. Wie freue ich mich jedes Mal darauf, an diesem süßen, kleinen Geschöpf meine süße Pflicht als Mutter erfüllen zu dürfen und das erste Lächeln von ihm zu empfangen, das sonst der Amme gehört. Dieses Glück hebt mich bis zum Himmel. Und so hoffe ich, dass es mir dieses Mal gelassen wird. Liebste Luise, melde Dich doch bald. Du sollst wissen, dass ich keine Ruhe finde, bis ich eine Antwort von Dir habe, und dass ich, solange ich nichts von Dir höre, sehr leide.
Deine Friederike.

Oft, wenn Friederike Luise in ihren Briefen nach dem Fritzchen fragte und danach, wie er sich entwickelt habe, wurde sie nachdenklich. Sie legte die Feder hin und blickte in den Raum, der ihr Gemach war und in seiner Bescheidenheit eher noch an Braunshardt als an Darmstadt erinnerte, wo sie auch nicht repräsentativ gewohnt hatten. Die Decken waren hoch, dennoch lag ihr Raum im Halbdunkel. Morgens, wenn sie ihre Briefe schrieb, war ihr Zimmer, da es zum Innenhof lag, verschattet. Es wurde nie richtig hell.

Sie ging in solchen Momenten meist hinunter, ließ sich ihren Mantel reichen und ging noch im Nebel des Morgens durch die breiten Alleen des Hofgartens. Ihre Schritte waren schnell und energisch, im Gegensatz zu ihren Gedanken, die sich schwer und dunkel über ihr Gemüt legten. Immer wenn sie an ihren Erstgeborenen dachte und daran, dass sie ihn schon seit vielen Jahren nicht mehr gesehen hatte, geriet sie ins Grübeln.

War der Preis, Solms zu heiraten und meine Schande zu überdecken, zu hoch?, fragte sie sich dann im Stillen. Und habe ich richtig gehandelt? Wäre es besser gewesen, Luise und dem König zu gestehen, dass ich guter Hoffnung gewesen war, ohne verheiratet zu sein? Aber wie hätte ich in meiner Not handeln können?

Sie hatte nicht nur auf ihren eigenen Namen ein zweideutiges Licht fallen lassen, sondern auch die Reputation ihrer Familie und ihres Gatten beschmutzt. War das alles richtig? Während sie kurz vor der blassgelben Orangerie nach links in ein sorgsam arrangiertes Wäldchen aus Buchsbaumhecken abbog, zog sie ihren Mantel etwas enger zusammen. Sie hatte zugelassen, dass die ganze Familie auf Solms herabblickte und ihn als ehrgeizigen Karrieristen betrachtete, der sich von der Ehe mit ihr Vorteile erhofft hatte. Und dann waren da noch die vielen toten Engelchen.

An einem Springbrunnen nahm sie Platz und lauschte eine Weile dem Plätschern. Sie wusste nicht, wie sie die vielen Fragen beantworten konnte. Solms war ihr ein Freund – immer schon, und jetzt war er ihr Mann, mit dem sie glücklicher nicht sein konnte. Über fünf Jahre schon führte sie ein häusliches Leben, wie sie es sich immer gewünscht hatte. Sie dachte, während sie mit ihrem linken Fuß ein Herz in den Kies malte: Ich habe nichts mehr ersehnt in meinem Leben, als lieben und geliebt zu werden.

Und mit Solms war diese Sehnsucht Wirklichkeit geworden.

Die Jahre in Berlin waren in die Vergangenheit gerückt, mit jedem Monat, den sie in der Ferne verbrachte. Hundertundsechzehn Stunden Fahrt mit der Kutsche können einen einsam machen, sagte sie zu sich, während sie in Richtung Grotte ging, aber sie geben einem auch die Möglichkeit, ein Glück zu finden, das ohne Beobachtung ist und ohne Versuchung.

Dennoch dachte sie in solchen Momenten immer wieder an die fünf Kinder, die ihr gestorben waren. Ob Gott sie für ihr erzwungenes Glück strafen wollte? Aber hätte er ihr nicht auch den Gatten rauben können? Die Stütze ihres Lebens?

Er hat mir die Kinder genommen, sagte sie nach längerem Abwägen zu sich, und nicht den Gatten – und das war ihr ein Zeichen, dass Gott das Glück, das sie mit Solms fühlte, billigte.

Friederike war beruhigt. Mit neuer Kraft und guter Dinge ging sie wieder zum Schloss zurück.

43

Ach, Solms! Ihr lieber Solms! Sie hatte schon immer einen Gleichklang gespürt, wenn sie zusammen gewesen waren. Nun, da sie verheiratet waren, spürte sie mit ihm eine Einheit, die sie sich harmonischer nicht wünschen konnte.

Wenn sie nicht begierig die Dîners des Präsidenten Schückmann besuchten, der selten, aber regelmäßig an seiner kleinen Tafel die Adligen der Region bei sich versammelte – die einzige gesellschaftliche Zerstreuung hier –, dann verbrachten Friederike und Solms jeden Augenblick in trauter Zweisamkeit. Die Winter lebten sie in Ansbach, ab März ging es nach Triesdorf, das nur knapp zwei preußische Meilen entfernt lag. Dort lebten das Paar und seine Kinder die meiste Zeit des Jahres in Bescheidenheit. Die beiden Schlösser von Ansbach und Triesdorf, die sie beide auf Geheiß des Königs bewohnen durften, waren durch eine Chaussee miteinander verbunden, die so gerade war wie mit einem Stock gezogen – wobei Solms immer wieder bemerkte, dass sie in Triesdorf ja gar nicht in einem Schloss lebten, sondern in der ehemaligen Falknerei. Ein Falke, der über dem Eingang als Stuckatur prangte, deutete darauf hin.

Tatsächlich war es ein anspruchsloses Domizil, das ihnen der König zur Verfügung gestellt hatte. Die Wände zierten Teppiche und Malereien mit ländlichen Motiven. Es war eng und klein; Quartier machen mussten alle, die den Weg in diese Einöde auf sich nahmen, in den Kavaliershäusern, die ebenso beengt waren.

Es war eine häusliche Einsamkeit, in der sie sich eingerichtet hatten, und dennoch war Friederike froh. Jeden Abend trafen sie sich im Speisesaal, wo sie unter den Blicken der antiken Göttin Diana, die Friederike besonders liebte, da sie die Beschützerin der Geburt war, ein kleines Souper zu sich nahmen. Oft, wenn sie wieder einmal guter Hoffnung war, flehte sie die Göttin innerlich an, ihr doch diesmal das Kind zu lassen und es zu beschützen. Dann streichelte sie über ihren Bauch.

Nachdem sie ihr Mahl eingenommen hatten, zogen sie sich in den Grünen Salon zurück, wo Solms und Friederike miteinander sprachen und musizierten. Solms hatte eigens für Friederike gelernt, das Pianoforte zu spielen, und Friederike sang entweder dazu oder begleitete ihn auf der Gitarre, worin sie jeden Tag bis zu zwei Stunden unterrichtet wurde. War ihnen nach einem anderen Zeitvertreib, spielten sie Karten, wie sie es schon auf Schloss Schönhausen getan hatten, oder Friederike las Solms aus den Büchern vor, die sie sich in vielen Paketen zuschicken ließ und die sie eifrig studierte. Manchmal präsentierte sie ihm auch einen der Briefe von Schiller, mit dem sie durch ihre Schwester Luise bekannt gemacht worden war, die sich vergeblich bemüht hatte, ihn an den preußischen Hof zu holen. Oder sie las vor, was der Rat Goethe aus Weimar über die Vorgänge am Hofe des Karl August berichtete sowie von den Büchern, die er schrieb; und auch, wenn er von ihr eine Meinung zu den Zeitläuften und Dingen einforderte, die er immer noch hoch schätzte.

Auch die Passagen, in denen der Dichter danach fragte, ob man Friederike in der kommenden Saison in Pyrmont oder Karlsbad antreffen könnte, und in denen er versicherte, dass er, sobald er von ihren Plänen wüsste, seine umgehend danach ausrichten würde, enthielt sie Solms nicht vor. Friederike war viel daran gelegen, Solms in alles, was sie tat, einzuweihen und ihm nichts zu verheimlichen, obwohl er bislang nie ein Zeichen der Eifersucht zeigte. Aber sie fand, sie war ihm das schuldig, da er das Kind seines Rivalen Louis Ferdinand durch sein Eheversprechen legitimiert hatte. Nie sollte er das Gefühl haben, dass sie unehrbar und zweifelhaft war. Es war ein Moment der Schwäche gewesen damals, als sie sich zu der Nacht mit Louis Ferdinand hatte hinreißen lassen. Ein Moment, der sie viel gekostet hatte. Im Herzen aber war sie rein – und das versuchte sie ihm bei jeder sich bietenden Gelegenheit zu beweisen.

Manchmal las sie auch aus den seltenen Briefen vor, die sie von ihrer Familie bekam. Dann aber wurde sie wieder trübselig und fühlte sich, trotz der Freude über die Wende, die ihr Leben erfahren hatte, wieder einsam und allein. Sie sprach sich selbst in solchen Momenten, bevor sich diese Trübsal festsetzte wie eine Erkältung, gut zu und sagte zu sich, dass man nicht wirklich einsam sein konnte, wenn man einen über alles lieben Mann und ein paar Kinder hatte, die ebenso lieb waren. Sie flackerte dann mit den Lidern, um die Tränen zu bekämpfen, die in ihr aufzusteigen drohten. Solms, der diesen Stimmungswechsel bei seiner Frau schon kannte, nahm sie dann in die Arme und küsste sie. Oft verharrten sie über mehrere Augenblicke in dieser herrlichen Verbundenheit.

Am Morgen darauf aber fieberte Friederike der Ankunft des

Postillions entgegen wie ein kleines Kind und fragte ihre Dame schon im Foyer, ob ihr Bruder, ihr Vater oder gar – und das wagte sie am wenigsten zu hoffen – ihre Schwester Luise geschrieben habe. Meist erkannte sie schon an den Gesichtszügen der Dame, wie die Antwort lautete.

Das Einzige, was das Glück mit Solms trübte, war die Bescheidenheit ihrer Bezüge. Friederike, die sich nie Gedanken um Geld hatte machen müssen, musste rechnen. Manchmal schlug sie vor, zu Hause zu bleiben, statt zum Präsidenten Schückmann zu fahren, obwohl das die einzige gesellschaftliche Vergnügung war, die die leblose Region um Ansbach und Triesdorf zu bieten hatte. Denn Friederike scheute die Ausgaben für Kutsche, Pferde und ein Kleid, das sie von der besten Seite zeigte. Noch war sie die Schwester der Königin von Preußen, noch erwartete man von ihr, dass sie es war, die Glanz in eine Gesellschaft brachte. Zu Hause wies sie an, das Bier mit Wasser zu verdünnen und statt fettem Fleisch Kartoffeln aufzutischen, die mit Quark und Öl gegessen wurden. Umso mehr freute sie sich, wenn Solms von seinen Jagden mit dem Grafen Hohenlohe frisches Wildbret mitbrachte.

Es war zum Verzweifeln.

44

Friederike schrieb, wenn die Sorge um das Geld sie allzu sehr ergriff, an ihren jüngeren Bruder Georg, der, soweit es ihm möglich war, in alle Richtungen vermittelte und hier und da tatsächlich eine Zuwendung für Friederike aushandeln konnte. Sei es eine Perlenkette aus dem Nachlass ihrer Mutter, die sie der Kammerfrau als Lohn geben konnte, oder ein schöner Ballen Stoff, für dessen Verwendung sich Gelegenheiten boten. Er sprach mit Luise, seinen anderen Schwestern, mit Charlotte und auch mit Therese, die, seitdem sie mit dem Fürsten von Thurn und Taxis verheiratet war, so reich war, dass sie die Einzige in der Familie war, die nie materielle Nöte kannte.

Georg war allseits beliebt und hatte sogar auf Solms, der bei Friedrich Wilhelm und Vater Carl in Misskredit geraten war, einen außerordentlich guten Einfluss. Friederike und Georg, die gemeinsam mit Luise als die jüngsten von fünf Geschwistern in Darmstadt ein unzertrennliches Kleeblatt gebildet hatten, hatten sich, als sie und Luise nach Berlin verheiratet wurden, aus den Augen verloren. Nun aber waren sie wieder Vertraute geworden – und es war nicht nur Friederike, die ihm viel von sich und ihren Gefühlen erzählte. Sondern umgekehrt gab sich auch Georg, der zu einem respektablen jungen Kavalier herangereift war, in seinen Briefen so offen und freundschaftlich, wie Friederike es früher nur von Luise gekannt hatte. Er vertraute sich ihr oft wegen seiner zahlreichen Affären an, die er, ganz Junggeselle, genoss und die ihn gar nicht auf den Gedanken brachten zu heiraten.

Für Friederike war Georg der Einzige, mit dem sie auch über Geld reden konnte, denn nicht auszukommen genierte sie doch sehr. Es kostete sie ihren ganzen Mut, ihrem Bruder zu schildern, dass die Dinge noch viel schlechter standen, als sie es bislang auszusprechen gewagt hatte. Sie merkte, dass ihre Hand zitterte, als sie ihm in aller Offenheit ihre Lage schilderte.

Lieber Georg,
nun habe ich mich heute lange mit meinem Hofmeister besprochen und weiß nicht, wie ich das bewerkstelligen soll. Meine Vorleserin, die auch gleichzeitig meine Gesellschafterin und meine Dame ist, und somit die einzige Gesellschaft, die ich hier habe, kann ich schon wieder nicht bezahlen, obwohl sie mir treu ergeben ist. Es ist eine schreckliche Lage, in der ich mich befinde. Ich fürchte, dass sie mich bald auch verlassen wird, und wen soll ich holen, wenn alle wissen,

dass ich sie nicht bezahlen kann? Dann wäre ich hier ganz ohne Hof und Gesellschaft. Ich möchte nicht klagen, denn der König hat sich trotz allem, was ich ihm angetan habe, als sehr großzügig erwiesen. Er hat meinem Mann und mir zugestanden, dass wir, wenn wir in Ansbach sind, das Tafelsilber, das Tischzeug und auch das Zeug fürs Bett benutzen dürfen. Auch kommt er für zehn Pferde im Jahr auf, was ich gar nicht hoch genug schätzen kann, denn bei den Husaren muss mein Mann repräsentieren, und ohne Pferde kommt er da nicht aus. Auch über das Holz, das der König bezahlt, bin ich froh. Die Räume, die wir bewohnen dürfen, sind hoch und in den Wintern, die hier besonders kalt sind, kaum warm zu bekommen. Ich muss oft frieren, und mein Mann und ich verbringen die Abende zusammen in einer Kammer, sodass wir einander wärmen. Auch für die Erziehung meiner kleinen Prinzessin Friederike, die eine Preußenprinzessin ist, ist gesorgt. Unser Leben ist anders als zu meiner Zeit in Berlin, wo ich reich war. Ich klage nicht. Verzeih, lieber Georg, denn wer als ich hat besser gelernt, dass auf langes Leiden die schönsten Erfolge kommen können? Mein Dasein hat die schönste Entwicklung erfahren, und darum ist mein Vertrauen fest. Ich bin verbunden mit dem einzigen Mann, der nach meinem Gefühl allein mich glücklich machen kann. Deshalb will ich nicht murren. Ich bin zufrieden, wie ich nur zufrieden sein kann. Ich liebe meinen Mann, und es ist das perfekte Glück, das kann ich Dir versichern. Wir leben ein häusliches, bescheidenes Leben. Dennoch frage ich Dich, wie ich das alles bezahlen soll. Denn Schulden möchte ich unter keinen Umständen machen. Ich fürchte den Tag, an dem die Rente vom König ausbleibt, oder den, an dem Solms seinen Posten bei den Husaren abgeben muss, was schon einmal passiert ist, aber das war vor unserer Heirat. Von einem Tag auf den anderen stand er ohne Bezüge da. Sein Sold ist knapp bemessen,

aber mit der Rente, die uns der König zahlt, kommen wir aus. Aber wir haben keine Reserven, und so lebt, lieber Georg, Dein kleines Schwesterlein von der Hand in den Mund. Ich danke Dir, dass Du es bewirken konntest, dass ich die Möbel, die mir der Prinz Ludwig geschenkt hat, was niemand bezeugen wollte – nicht einmal die Gräfin Brühl und der Graf Keyserling, die dabei waren –, vom König bekommen habe. So sind doch unsere Gemächer und besonders der Grüne Salon, in dem ich mich in Triesdorf aufhalte, sehr heimelig geworden.
Gott weiß, dass ich dankbar bin, und Du, lieber Bruder, weißt es auch. Es ist nur, dass ich mich fürchte. Und bewirke bitte, dass Luise, die mir versprochen hat, alle zwei Wochen zu schreiben, es auch tut. Es ist so schmerzlich, nichts von Euch, meiner geliebten Familie zu hören, und nicht dabei zu sein, wenn Ihr zusammen seid.
Deine Dich liebende Frédérique.

Postscriptum: Mit Freude höre ich, dass Du in Rom eine Bekanntschaft gemacht hast. Pauline Borghese, heiß wie der Scirocco soll sie sein, und ich fürchte, dass Du Dir da die Finger verbrennst. Ich übertreibe nicht. Denn wenn sie ist wie ihr Bruder, dann ist meine schwesterliche Angst nur berechtigt. Wenn ich hier jemanden spreche – was sehr selten ist –, dann ist nur von ihm die Rede, und alle sagen: Napoleon ist ein Ungeheuer. Kennst Du ihn? Dann sage mir, wie er ist.

45

Solms und Friederike saßen einander gegenüber, sodass sie, als sie von dem Jäckchen aufblickte, das sie für ihre kleine Auguste Luise häkelte, bemerkte, wie er sich immer wieder mit der rechten Hand die Stirn knetete. Friederike war es in den vergangenen Wochen schon häufiger aufgefallen, dass er einen trüben Blick hatte und Kerzenlicht scheute, weshalb er es auch vermied vorzulesen. Eine Last, die sie ihm gerne abnahm. An diesem Abend aber zeigte sich mit aller Deutlichkeit, dass Solms mit etwas Ernsthaftem zu kämpfen hatte.

»Was ist mit Ihnen, mein Lieber?«, fragte sie Solms und versuchte, ihn dabei nicht zu brüskieren. Sie wusste, Solms genierte es, über die Gesundheit, ja alles Körperliche überhaupt, zu reden, denn er empfand es als – wie er es ausdrückte – »effeminiert«.

»Das machen doch nur die alten Weiber, wenn sie sich nichts mehr zu erzählen haben«, pflegte er dann zu sagen.

»Oder mein Herr Papa«, sagte Friederike in solchen Momenten, und dann lachten sie, weil Carl von Mecklenburg-Strelitz tatsächlich kein schöneres Metier kannte als die Gesundheit im Allgemeinen und seine nicht vorhandene Gesundheit im Besonderen.

Aber mit Solms hatte es eine andere Bewandtnis. Im Gegensatz zu seinem Schwiegervater, der sich alle erdenklichen Krankheiten einbildete, fürchtete er wirklich, krank zu sein, und das schwer.

Er wusste, dass man sich über ihn lustig machte und sich hinter seinem Rücken erzählte, dass er immer so aussehen würde, als ob ihn fürchterliche Kopfschmerzen plagten und als ob er schrecklich leide. Oft war er deshalb Opfer von Spott gewesen. Was ihn tief verwundete, war die Tatsache, dass er sich wegen dieser Häme niemandem anvertrauen konnte: Er litt nämlich, seit er mit sechzehn Jahren bei einer Übung vom Pferd gestürzt war, in der Tat an so grausamen Kopfschmerzen, dass er manchmal glaubte, nur eine Enthauptung könne ihn erlösen. Dann sah er Lichtblitze vor den Augen und dachte, er müsse sich jederzeit und vor versammelter Mannschaft übergeben. Sein Wunsch war, sich in einen kühlen Raum zurückzuziehen, wo er liegen und abwarten konnte, bis die Schmerzen abgeklungen waren. Doch je mehr er sich in dieser Sache zurückzog, desto heftiger wurden die Attacken, die ihn besonders im Winter, wenn er sich wenig an der frischen Luft aufhielt, unverhofft und ohne Gnade überfielen.

Solms befand sich in einem Teufelskreis. Er wollte sich niemandem anvertrauen. Er fürchtete nicht nur die Häme seiner Kameraden, sondern hatte gar Sorge, wenn das Ausmaß seiner Erkrankung publik wurde, vom Dienst suspendiert zu werden. Doch da er sich niemandem anvertraute, wurde seine Krankheit zunehmend unerträglicher, und er selbst wurde es manchmal auch.

Friederike wusste nichts vom wahren Ausmaß seines Leidens. Sie sah nur, dass etwas nicht stimmte, und hatte alle Vorsicht in ihre Stimme gelegt, als sie ihn nach seinem Befinden gefragt hatte. Dennoch antwortete er barsch:

»Was soll sein?« Er sah Friederike direkt an.

»Ach nichts, ich dachte nur … Ich wünsche mir nur, dass Sie glücklich und wohl sind.«

»Wer sagt, dass ich es nicht bin?«

Sie sagte nichts. Erst als er ihr trauriges, empfindsames Lächeln aufnahm und sah, dass sie ihn sorgenvoll anblickte wie eine Freundin, mehr noch: wie eine Mutter, die ihre Kinder liebte und den dazugehörigen Vater nicht verlieren mochte, lenkte er ein.

Natürlich, sagte er sich. Sie hat schon einmal einen Mann zu Grabe getragen. Es wäre ein Unglück, wenn sie das noch einmal erleben müsste. Es ist nur natürlich, dass sie will, dass ich glücklich bin – und wohl dazu. Aber sagen konnte er nichts: Der Schmerz durchzuckte seine Schläfen, und er war wieder gezwungen, ihn durch den leichten Druck seiner kräftigen Finger zu lindern.

Friederike und er hatten gelobt, alles, was sie beide betraf, miteinander zu teilen – aber er konnte nicht. Er schämte sich, weil er fürchtete, ihr, der er ohnehin nie gerecht zu werden glaubte, nun tatsächlich nicht gerecht zu werden. Was will sie mit einem Mann, dem Kopfschmerzen das Leben zur Hölle machen?, fragte er sich. Sie wird mich verachten, weil ich krank bin. Sie will wie jede junge Frau einen Mann, der stark ist und ohne Hindernis durchs Leben schreitet. Ach, wäre sie nicht entehrt gewesen, sie hätte mich doch nie genommen!

Er erschrak selbst bei diesem Gedanken. Es war das erste Mal, dass er sich diese Sorge vor sich selbst offenbarte. Weil er selbst irritiert und völlig überrascht war über dieses plötzliche Eingeständnis, versuchte er den eigenen Schrecken zu überspielen, indem er aus dem Fenster starrte.

»Der Birnenbaum wird dieses Jahr gute Früchte tragen«, sagte er abwesend. »Wir sollten das Obst kompottieren lassen …«

Friederike schwieg und nahm ihre Handarbeit wieder auf, um irgendetwas zu tun. Dann legte sie das Garn und die Nadel wieder zurück und verließ den Raum. Leise schloss sie die Tür. Die Bediensteten, die ihr solche Alltäglichkeiten in Berlin abgenommen hatten, standen nur tagsüber zur Verfügung. Jetzt, wo es fast Nacht war, waren sie schon zu Bette.

Solms lauschte Friederikes Schritten, bis sie ganz entfernt waren. Er seufzte.

Als sie nach einer Weile mit einem Buch in der Hand wieder eintrat, war er kurz davor zu weinen, so glücklich war er. Sie liebt mich doch, so wie ich bin, dachte er. Wie konnte ich nur daran zweifeln?

»Es ist gut, es ist alles gut«, sagte er. Dann nahm er Friederike in den Arm und ließ sich noch eine Weile aus dem Buch vorlesen, das sie von Goethe mit einer Widmung bekommen hatten, in der er ihrer beider Liebe huldigte.

»Er schreibt schön«, sagte Solms.

»Ja«, sagte Friederike.

46

Friederikes Tage und Wochen gingen dahin, ohne dass sie ein Zeichen von irgendjemandem bekam, geschweige denn von ihrer Schwester Luise, und je länger sie nichts von ihr hörte, desto mehr verstärkte sich ihre Einsamkeit – zumal, wenn Solms durch seine Verpflichtungen bei den Husaren nicht abkömmlich und über Wochen weg war. In dieser Zeit war es besonders schlimm, und Friederike, der versichert wurde, dass der Eklat, den sie verursacht hatte, vergessen und vergeben war, wurde unsicher und begann an der Aufrichtigkeit ihrer Familie zu zweifeln. In ihrem Gefühl von Verlassenheit schrieb sie umso mehr und umso eindringlichere Briefe, und je mehr und je eindringlichere Briefe sie schrieb, desto mehr wurde sie enttäuscht – denn dieser Flut von Anhänglichkeit fühlte sich keiner der Adressaten gewachsen.

Eines Tages bekam sie zu ihrer großen Überraschung einen Brief ihrer Schwester Therese, die nur zwanzig Meilen weit entfernt in Regensburg lebte und die bislang vorgegeben hatte, so beschäftigt zu sein, dass sie keine Zeit gefunden habe, Friederike zu besuchen. Friederike glaubte, dass sie sie in Wahrheit gar nicht treffen wollte, und las in den freundlichen Zeilen, in denen Therese auf ein baldiges Treffen hoffte und vorschlug, sie alsbald besuchen zu kommen, Falschheit und Lüge. Auch an Thereses Einladung nach Regensburg wollte sie nicht glauben. Und als sie lesen musste, dass Luise im Dezember von einem Jungen entbunden worden war, der schwächlich war und sehr kränkelte, und dass Luise nicht mit ihr, Friederike, ihre Sorgen darüber geteilt hatte, sondern mit Therese, die Luise bislang bei nicht einer Schwangerschaft und nicht einer Geburt beigestanden hatte – während sie selbst doch bei so vielen Malen die Hand der Schwester gehalten und ihr mit einem feuchten Tuch den Schweiß vom erschöpften Leib gewischt hatte –, war sie in Rage.

Es war eine Mischung aus Eifersucht und Kummer, die ihr die folgenden Zeilen diktierten.

Beste, teuerste Luise!
Wie sehr ich mich doch nach einer Wiedervereinigung, einem Wiedersehen mit all meinen Lieben sehne, kannst Du ermessen. Meine Tage hier sind einsam und voller Muße. Die einzige Gesellschaft, die ich habe, sind meine Bücher und meine Briefe, und so bitte ich Dich doch, mir recht bald und das ausführlich zu schreiben, wie es Dir geht und was Du machst. Ich weiß, ich habe gefehlt, aber mich so zu strafen, indem Du mich nicht mehr teilhaben lässt an Deinem Leben, tut mir weh. Ich freue mich, dass Du einem Sohn das Leben geschenkt hast und dass die Entbindung, so wie ich erfahren habe, ohne Leid war, und wie traurig macht es mich, dass ich diese gute Nachricht über unsere liebe Schwester Therese erfahre, die mir aus diesem Anlass das erste Mal, seit ich Berlin verlassen habe, schreibt. Es ist schmerzlich zu sehen, dass keiner mehr oder nur mit Scheu an mich denkt. Es schmeichelte mir, dass wir uns von uns vier Schwestern am meisten liebten.

Friederike legte den Kiel zur Seite und stand auf, um sich die Tränen, die sie aufsteigen fühlte, abzutupfen. Sie fürchtete sich davor, Luise Vorwürfe zu machen, weil sie zeigen wollte, dass sie ihr Schicksal tapfer und ohne Klage ertrug. Sie ging in ihrem Schlafzimmer auf und ab und achtete trotz ihres Kummers darauf, niemanden zu stören. Denn die Verhältnisse im Ansbacher Schloss waren so, dass das Zimmer, das ihr von König Friedrich Wilhelm zur Verfügung gestellt worden war, zu einer Seite in ein Kabinett führte, das niemand benutzte und das zur anderen Seite an das Gemach des Ministers anschloss, dem sie sich in ihrer Lage nicht anvertrauen wollte.

Doch trotz ihrer Vorsicht seufzte das Parkett unter ihren Füßen, und sie hatte den Eindruck, dass sich in diesem Seufzen ihr eigenes Seufzen widerspiegelte, was sie sogleich beschämte. Sie wollte sich niemandem so verletzlich zeigen. Dennoch: Von allem ausgeschlossen zu sein, was sie und Luise einst so selbstverständlich geteilt hatten, riss ihr das Herz aus dem Leib.

Zu spüren bekamen das zunehmend die wenigen Bediensteten des Hauses, die sie beanspruchen durfte. Unbeherrscht brauste sie auf und schämte sich noch im selben Moment dafür. Sie begann an Dingen etwas auszusetzen, die sie früher überhaupt nicht tangiert hatten. Selbst zu den einfachen Mustern ihrer Häkelarbeiten fehlte ihr zunehmend die Geduld und Ruhe. Alles schien ihr schwankend und ungewiss wie nie.

Ihr Gemüt erkranke in Schüben, diagnostizierte ihr Leibarzt Doktor Rosenheimer, den sie hier regelmäßig konsultierte. Er riet zu Ausritten und Gesellschaft. Sie aber dachte nur daran, dass sie sein Honorar wohl erst im Sommer würde begleichen können, wenn sie von Georg eine kleine Zuwendung bekommen würde.

Rosenheimer behauptete, dass es zu Abwechslung und Gesellschaft viele Gelegenheiten gebe, und las ihr eine heitere Geschichte eines dummen Bauern vor, die er selbst geschrieben hatte und die ihr wenigstens für den Moment das strahlende Lachen entlockte, wonach sich die Kavaliere am Preußischen Hof einst verzehrt hatten. Doch kaum war der Doktor abgereist, war der Trübsinn wieder da.

Preußen, dachte sie. Da, wo sich alles außer ihr versammelte und wo alles hinstrebte, so wie Therese, die nun zur besten Freundin ihrer Schwester geworden war. Friederike hätte wütend sein sollen, aber sie war auch in dieser Hinsicht voller Trauer. Sie hatte sich so nach Anschluss an ihre Familie gesehnt und darauf gehofft, erhört zu werden. Doch sie merkte, dass die Briefe, die sie bekam – und besonders der Brief, den ihr Therese geschickt hatte –, sie in Melancholie stürzten. Denn alle Worte bedeuteten ihr nur eins: Sie, Friederike, war nicht dabei. Sie war ausgeschlossen und gehörte nicht mehr dazu.

Friederike blieb vor dem Fenster stehen und sah in das hellgraue Morgenlicht, das einen Tag versprach, der so ereignislos werden würde wie die vielen hundert Tage zuvor, die sie bislang hier in Ansbach verbracht hatte, und die vielen hundert Tage, die noch kommen würden.

Oft, als sie sich ihrer Leere hingab, fragte sie sich, ob sie jemals wieder in den Kreis der Familie aufgenommen werden würde. Sie merkte, sie war eifersüchtig auf alle, die Luise nun um sich scharte, obwohl sie selbst wusste, dass das nicht nur eine Freude war. Denn Luise war zwar im Herzen gut, kannte aber im Handeln meist nur sich und ihre eigenen Belange. Friederike imitierte kurz, wie Luise die Stoffe neuer Kleider prüfte, wies sich aber dann selbst zurecht, weil sie auch in Gedanken nicht sündigen wollte und weil sie nichts abstoßender fand als Bitterkeit. Denn die machte hässlich.

Nun war das Fräulein von Berg in Luises Gesellschaft aufgerückt, die Prinzessin Mimi, die Prinzessin Louise Radziwill, und ja, sogar gegen die alte Voß, deren Gegenwart eher lähmte als amüsierte, hegte Friederike einen siedenden Groll. Die schlimmsten Gefühle aber kamen gegen Therese auf, die nun in Luises Herz den Rang einnahm, den einmal sie gehabt zu haben glaubte. Das traf sie wie ein Pfeil.

Friederike schluckte und ging wieder zu ihrem Sekretär. Sie

legte das Kissen, das ihr als Polster diente, auf ihrem Sitz zurecht und setzte sich hin. Sie nahm den Kiel in die Hand und schrieb weiter:

Verzeih, geliebte Luise, wenn ich es erwähne, dass ich Dein Liebling war, aber wir sprachen so oft davon, und durch Dein Handeln schien es mir immer so. Nun ist Therese auf diesen Platz gerückt, und mir scheint es, dass sie den Brief von Deiner frohen Entbindung einzig zu dem Zwecke geschrieben hat, mir meinen Platz anzuweisen. Ich habe gelitten und gebüßt, und mein Leben hier, falls das der Zweck meiner Verbannung sein sollte, vorbildlich und ohne Tadel geführt. Du bist mir die Liebste, das kann ich vor Gott nicht leugnen. Also kannst Du mir glauben, wie sehr alles schmerzt, was darauf Bezug hat. Es betrübt mich, wo ich um Deine Seele und das Wohl Deines Kindes so bekümmert bin, so ganz, so ganz vergessen zu sein.
Deine Dich liebende Friederike.

Sie faltete den Bogen zusammen und versiegelte ihn. Ihr Petschaft trug nun das Wappen derer zu Solms-Braunfels, das neben einem Anker und drei Löwen eben auch drei rote Herzen zeigte.

Herzen – vielleicht sind sie ein Zeichen, dachte sie.

47

Was Friederike in den Jahren ihrer Verbannung nicht mitbekam, war, dass Luise ernstzunehmende häusliche Sorgen und zunehmend auch solche politischer Natur plagten, was ihr sehr zusetzte. Beides – Politisches und Privates – war so eng miteinander verquickt, dass es sich nicht mehr trennen ließ. So war letztlich aus einer einfachen Schwärmerei ein veritables Politikum geworden.

Es war nämlich so, dass noch während der Zeit, in der Friederike in Schloss Schönhausen gelebt und ihre heimliche Schwangerschaft und Ehe zu vertuschen versucht hatte, Friedrich Wilhelm sich unsterblich in die Prinzessin Helene verliebt hatte, die eine Schwester des Zaren Alexander von Russland war.

Luise, die ja selbst für sich in Anspruch nahm, verehrt und begehrt zu werden, hatte wenig Mittel, ihren Mann von dieser kleinen Schwäche abzubringen. Friedrich Wilhelm hielt ihr sofort die Sache mit Louis Ferdinand vor, was Luise schmerzte – denn seit sie ahnte, dass der leichtlebige Prinz ihre Schwester Friederike entehrt hatte, würdigte sie ihn keines Blickes mehr.

So kam es, dass sich die Affäre ihres Mannes mit der Zarenschwester vertieft hatte. Der feingliedrigen Helene, die einen Teint wie Porzellan hatte, gelang es sogar, dem preußischen König das Versprechen abzuringen, sich einmal mit ihrem Bruder, dem Zaren, zu treffen. Helene war nämlich schwerkrank – man vermutete, dass es eine unheilbare Tuberkulose war –, und Friedrich Wilhelm, der immerzu ein Treffen mit dem Zaren hatte vermeiden wollen, versprach der Geliebten am Krankenbett, diese Bitte zu erfüllen. Da Helenes Zustand sich verschlimmerte und die Ärzte sie bereits aufgaben, sah sich Friedrich Wilhelm gezwungen, sein Versprechen einzulösen, was er lange hinausgezögert hatte.

So begab man sich im Jahre 1802 ins ostpreußische Memel, hoch im Norden an der Kurischen Nehrung, wo beide Herrscher mit ihrem Gefolge aufeinandertrafen, und verbrachte dort einige herrliche Tage miteinander. Man versicherte einander, wie froh man doch war, den anderen kennenlernen zu dürfen, und versprach, fortan in regem Austausch zu bleiben. Worte, die man gemeinhin bei solchen Gelegenheiten aussprach – weil man galant war und von guter Erziehung –, aber ohne sie wirklich zu meinen.

Aber die Sache entwickelte sich in eine andere, gänzlich ungeahnte Richtung: Denn aus dem Treffen mit dem Zaren entsprang nicht nur eine tiefe Freundschaft zwischen den beiden hochgestellten Männern, sondern Luise entflammte in einer Leidenschaft für Alexander, die sie in den kommenden Jahren in einer Flut von Briefen nach Moskau und St. Petersburg zu befriedigen hoffte. Tatsächlich nährte der Zar ihr Begehren, indem er ihre Depeschen erwiderte, sprach aber immer auch von der Notwendigkeit, das Bündnis zwischen Preußen und Russland zu stärken.

Der Hintergrund war der, dass sich die Dinge in Frankreich so entwickelten, dass es überall schon Kriegsgeschrei gab. Napoleon hatte sich nämlich am 2. Dezember 1804 in einem pompösen Akt in der Kathedrale Notre Dame eigenhändig zum Kaiser gekrönt, was an allen Höfen Europas für große Bestürzung sorgte. Depeschen gingen hin und her, Diplomaten wurden über den ganzen Kontinent gesandt, um auszukundschaften, was darüber gedacht wurde – aber das war nichts Gutes.

Selbst diejenigen unter den Preußen, die sich in der Geschichte des Hauses so gut auskannten, dass sie wussten, dass auch Friedrich I. von Preußen sich selbst die erste Königskrone des Hauses aufgesetzt hatte, fanden die Art, wie sich dieser anmaßende Korse selbst erhöhte, über alle Maßen abstoßend.

»Das ist eine wahre Niederträchtigkeit«, notierte die Gräfin Voß in ihr Tagebuch und empörte sich darüber, dass Friedrich Wilhelm, ihr geschätzter König, gar in Verhandlungen mit diesem Mann eintrat. »Er ist ein elendiger Parvenü. Ein Erbschleicher und gänzlich hässlich noch dazu.« Die Voß war nie gut darin gewesen, mit ihrer Meinung hinterm Berg zu halten, und diese Eigenschaft wurde mit dem Alter zunehmend schlimmer.

Doch kaum hatte Napoleon nach dem höchsten Rang in seinem Reich gegriffen, verlangte er, seine Macht auf das Heilige Römische Reich Deutscher Nation auszuweiten. So war er – freilich über Gesandte – an den Preußenkönig herangetreten, dem er das Königreich Hannover zusprechen wollte, wenn Friedrich Wilhelm sich zu ihm, dem nun mächtigsten Mann des alten Kontinents, bekenne.

Auch England, Österreich und Russland buhlten um den zögerlichen König. Sie hatten bereits eine Allianz geschlossen und wollten nun Preußen hinzuholen.

Die arme Luise, die in den zahlreichen Briefen, die sie schrieb und empfing, eigentlich nur auf eine Erfüllung ihrer Liebe zum Zaren Alexander hoffte, sah sich nun dahingehend irritiert, dass sie nicht wusste, ob die Aufmerksamkeiten des Zaren ihr als Frau galten oder vielmehr als Vermittlerin zwischen ihm und ihrem Mann, in dem der Zar einen möglichen Bündnispartner sah.

Sie gab sich leidenschaftlichen Tagträumen hin, die sie in abgemilderter Form nur mit Georg teilte. Aber sie stürzte auch in tiefe Gewissensfragen, die sie innerlich zerrissen und völlig einnahmen. Sollte sie auf ihren Mann einwirken, dem Bündnis beizutreten, um damit dem Zaren zu gefallen?, fragte sie sich. Oder sollte sie den Zaren auf die Probe stellen und nichts tun, da sie sich als Frau der Politik fernzuhalten habe? Oder sollte sie gar ihrem Mann, dem sie Treue geschworen hatte, beistehen in seinen Bestrebungen, sich aus allem herauszuhalten, was in einen Krieg münden könnte?

Sie wusste genau: Seit Friedrich Wilhelm Zeuge der Gefechte um Frankfurt am Main und der Gemetzel dort geworden war, war ihm der Krieg zuwider. Er wollte in alle Richtungen unparteiisch bleiben und betonte in dieser politisch kritischen Zeit Luise gegenüber vielfach: »Es sind schon viele Könige gefallen, weil sie einen Krieg begonnen haben. Ich werde der erste König sein, der fällt, weil er keinen Krieg wollte.«

Luise konnte dem Zaren keine Zugeständnisse machen. Aber mit jedem Brief, den der Zar ihr schickte – manchmal sogar verbunden mit einem kleinen, aber umso kostbareren Geschenk –, fiel es ihr schwerer, den Standpunkt ihres Mannes gutzuheißen oder gar zu verstehen, sodass es oft zu Streit zwischen ihr und Friedrich Wilhelm kam.

Nichts davon gelangte zu Friederike nach Ansbach.

Aber all das nahm Luise so ein, dass sie die Angelegenheiten, die ihre Schwester betrafen, sträflich vernachlässigte, was auch die Resonanz auf die traurigen, manchmal flehenden Briefe umfasste, die diese schrieb. Luise schob es eine Woche auf die andere hinaus zurückzuschreiben, sodass es bald keinen Unterschied mehr machte, ob sie nun heute oder morgen antwortete. Denn zu lange schon war die Frist der Schicklichkeit verstrichen.

Immer wenn sie ihrer Schwester antworten wollte, fand sie sich selbst darin wieder, dem Zaren zu schreiben, wobei sie hin- und hergerissen war zwischen der Sehnsucht nach ihm und der Angst, ihren Mann zu verraten und zu enttäuschen. Sie setzte an, machte Fehler, korrigierte sich und unternahm einen neuen Versuch. So ging es über Stunden. Friederike rückte darüber in weite Ferne.

Es war Therese, die die Lage sofort erkannte: Luise war verliebt und vergaß darüber Gott und die Welt, und da Georg sie über Friederikes heikle Lage in Kenntnis gesetzt und gebeten hatte, doch endlich alle Vorbehalte zu vergessen und die Schwester wieder die Arme der Familie zu schließen, hatte sie sich ein Herz gefasst und Friederike geschrieben.

Es dauerte noch drei Einladungen, bis Friederike Thereses Aufrichtigkeit nicht mehr anzweifelte.

48

Oh, wie lange hatte sie sich danach gesehnt! Gesellschaft, Gesellschaft! Friederike bückte sich so weit nach unten, dass sie mit der Tischkante auf Augenhöhe war und prüfen konnte, ob die Couverts, die für das Dîner eingedeckt worden waren, auch auf einer Linie standen.

Sie hatte vom König die Erlaubnis erhalten, im Weißen Saal empfangen zu dürfen, der zu einer anderen, lichteren Seite des Markgräflichen Schlosses zu Ansbach gelegen war als ihre verschatteten Gemächer. Es war ein großer, heller Raum, der noch im Stile des Rokoko gehalten war, was hier im Süden des Reiches hoch geschätzt wurde und etwas verspielter ausfiel als die im Vergleich zurückhaltenden Dekors, die Friederike in Berlin kennengelernt hatte.

Der Raum war mit weißem Holz vertäfelt, und acht deckenhohe Spiegel reflektierten das Licht von den ebenfalls acht gegenüberliegenden Fenstern, sodass der Saal durch diese architektonische Raffinesse noch größer erschien, als er ohnehin war. Die Tafeln, die Friederike quer zu den Fenstern in zwei Reihen hatte ausrichten lassen, waren ebenfalls in Weiß dekoriert. Aus der Orangerie hatte sie Lilien kommen lassen, die zwischen den Tafelleuchtern aus dem markgräfischen Magazin üppige Inseln bildeten.

»Perfekt«, sagte Friederike und klatschte in die Hände, während sie zur zweiten Tafel ging, um da zu prüfen, ob auch die anderen Couverts gerade ausgerichtet waren. Die vier Sitze am Kopfende waren für sie und Solms sowie für Therese und deren Mann Alexander von Thurn und Taxis reserviert, und die dort platzierten Gedecke standen ebenfalls perfekt in einer Linie.

Auf das mit großen Gesellschaften ungeübte Personal in Ansbach konnte man sich also verlassen, dachte sie.

»Was sagst du?« Friederike blickte zu Therese hinüber, die auf einem weißen Seiden-Fauteuil saß und sich gerade von einem Lakaien ein Glas mit Champagner nachschenken ließ, von dem sie sofort trank.

»Fabelhaft. Aber mach dir nicht so viele Gedanken. Die Franzosen werden schon nach dem ersten Gang betrunken sein und schlechte Witze über das deutsche Essen machen.«

»Ja, aber ich habe eigens einen Maître aus Lothringen geholt und werde nur französische Küche auftischen lassen.«

»Verlass dich darauf: Auch daran werden sie mäkeln. Sie sind verwöhnt. Aber sie sind amüsant.« Therese betrachtete den Pegel in ihrem Glas und sah so aus, als ob sie ausrechnete, ob und wenn ja, wie viel sie noch würde trinken müssen, um in die rechte Stimmung für die Franzosen zu kommen. Sie entschloss sich, sich nachschenken zu lassen, und legte den Kopf zur Seite. »Außerdem sind sie der Meinung, dass Lothringen deutsch ist.«

»Oh.« Friederike hielt sich die Hand vor den Mund, aber Therese winkte ab.

»Mach dir nicht so viele Gedanken. Sie werden sich amüsieren und du dich auch … Einen Maître aus Lothringen hast du? So, so. Was hast du geplant?«

»Wir beginnen mit Austern.«

»Das klingt gut.«

»Dann gibt es eine Tourte Lorraine.«

»Oh, du liebst das Risiko.«

»Ja, und ich habe immer Glück dabei.« Friederike lächelte.

Sie hatte die Tourte ganz bewusst gewählt, weil sich unter dem Deckel des Teiges, der die Pastete vollendete, allerlei Reste verstecken und mit einem Bouquet von Kräutern schmackhaft aufbereiten ließen. Obwohl Therese es – weil sie Friederikes Wunsch nach Gesellschaft kannte – sofort als Selbstverständlichkeit verstanden hatte, das Fest auszurichten, und nicht nur eine stattliche Summe, sondern gleich ein ganzes Sortiment an wertvollen Weinen aus ihrem Keller beigesteuert hatte, sparte Friederike, wo sie nur konnte. Sie hatte es so verinnerlicht.

»Und weiter?«

»Es wird Wild geben mit einer *Sauce grand veneur.*«

Das Wild bekam Friederike von Solms, der oft mit dem Grafen Hohenlohe auf Jagd war und mit prächtigen Stücken zurückkam. Friederikes Hofmeister hatte ihr in Kenntnis über die Vorräte diesen Vorschlag unterbreitet, und sie hatte dankend angenommen.

Die Gewohnheit, selbst zu backen, hatte sie in Ansbach aufgegeben – Solms fand dieses Steckenpferd lächerlich und sagte, dass es sich für eine Frau ihres Standes nicht gehörte, ein gewöhnliches Handwerk auszuüben. Insgeheim aber grollte er Friederike deswegen nur, weil er wusste, dass sie es gelernt hatte, um den Prinzen Ludwig zu verwöhnen. Selbst als sie ihm erklärte, dass viele Preußenprinzen ein Handwerk gelernt hatten, dass der König Friedrich Wilhelm sogar Schneider war und dass es auch in Frankreich – wie das Beispiel des seligen Louis XVI. zeige, der den Schlossern angehörte – durchaus üblich war, ein Handwerk auszuüben, gab er nicht nach. Zu tief saß der Stachel der Demütigung, die er durch den Prinzen Ludwig erfahren hatte.

Thereses Stimme perlte: »Ich sehe, du kannst es noch. Man hat in Frankfurt viel über deine Feste gehört und sich sehr danach gesehnt, auch einmal eingeladen zu werden. Selbst Tante Polyxene hat ununterbrochen davon gesprochen.«

Therese wollte Friederike schmeicheln, was diese sofort durchschaute. Denn in Berlin waren es nicht ihre, sondern die Feste ihrer Schwester Luise gewesen, von denen so viel und auch nicht immer nur Gutes gesprochen worden war – Friederike hatte die Beschwerden der alten Voß noch so deutlich in den Ohren, als ob sie sich erst heute Morgen bei ihr ausgeschüttet hätte. In ihren Gedanken imitierte sie den leidenden Ton der alten Dame. *Bis drei Uhr habe ich da gestanden und zu-*

sehen müssen, aber Ihre Majestät ist ja nicht aufzuhalten. Ununterbrochen hat sie getanzt. Ihr Umgang ist skandalös! Damit hatte die Voß regelmäßig darauf angespielt, dass Luise sich nicht nur von Kavalieren ersten Ranges bitten ließ, sondern auch von gemeinen Offizieren. Aber das war Vergangenheit.

»Du schmeichelst mir.«

»Und wenn schon.« Therese stand auf und drückte Friederike an sich.

»Lass uns nach dem Rechten sehen.«

Gemeinsam gingen sie in Richtung Küche und suchten den Haushofmeister, und niemand, der die beiden Schwestern so nebeneinander hergehen sah und hörte, wie sie ihre Worte wechselseitig durch Nicken und Lachen beteuerten, wäre auf den Gedanken gekommen, dass sie sich gerade erst wirklich kennengelernt hatten, so freundschaftlich und liebevoll gingen sie miteinander um.

Sie begannen sich zu necken, indem die eine spöttisch den schiefen Gang der Polyxene nachahmte, worauf die andere die belegte Zunge des Onkel Georg imitierte, wenn dieser sich allzu ungehalten und nervös präsentierte – wobei sie sich eingestanden, dass sie beide, sobald sie erwacht waren, unsterblich in diesen hochgewachsenen, stattlichen Offizier verliebt gewesen waren, der überall als »Held von Frankfurt« verehrt wurde. Auch darin hatten sie eine weitere Gemeinsamkeit gefunden. Nur die neueste Nachricht, dass Georg unehrenhaft aus der Armee entlassen worden war, weil er im Affekt einen Lakaien erschlagen hatte, ließen sie unerwähnt. Kein Schatten sollte ihre neue Freundschaft trüben.

Es war die pure Erleichterung, die sie für Momente in die kleinen Prinzessinnen zurückverwandelte, die sie einst gewesen waren – obgleich sie es so nie miteinander erlebt hatten, weil Therese, die fünf Jahre älter war, ihr Interesse eher nach Charlotte, der ältesten im Schwesternquartett, ausgerichtet hatte.

Sogar die Kammerfrau Friederikes wurde Opfer ihrer Albernheiten, weil sie die Angewohnheit hatte, während des Gehens die Arme in die Hüften zu stemmen. Friederike und Therese machten es glucksend nach und schlichen ihr auf gleiche Art den langen Flur hinterher. So einen Spaß hatte Friederike schon lange nicht mehr gehabt. Dankbar hakte sie sich schließlich bei Therese ein, und gemeinsam machten sie bei der Bibliothek Halt, obwohl sie doch eigentlich den Hofmeister suchen wollten – aber beide waren so froh, jemanden gefunden zu haben, der Bücher genauso leidenschaftlich liebte wie man selbst.

Wie hatten sie nur ohneeinander auskommen können?, fragten sich beide, wenn sie nach ihren Treffen auseinanderzugehen gezwungen waren.

Friederike war erst elf Jahre alt gewesen, als Therese das Haus verließ, um den Erbprinzen Alexander von Thurn und Taxis zu heiraten, und sie hatte, da diese fünf Jahre älter und bereits im heiratsfähigen Alter war, auch nicht deren Interessen. Während sie selbst noch Ritterromane las und mit den Kätzchen der Hausdame spielte, empfing Therese schon einen Tanzlehrer, damit sie in der Saison eine gute Figur machte. So hatten sie erst jetzt festgestellt, dass sie beide mit Begeisterung gerne lasen und dass auch Therese den Dichter Jean Paul verehrte, den sie sogar einmal bei ihrer beider Schwester Charlotte in Hildburghausen kennengelernt hatte.

»Und Goethe schreibt dir?«

»Ja«, sagte Friederike halblaut, denn sie wusste nicht, ob Solms in der Nähe war und ihrem Gespräch lauschte. Sie wollte ihm keinen Grund geben, eifersüchtig zu sein. »Er hat gefragt, ob ich nach Karlsbad komme, diese Saison.«

»Oh, da musst du hin.«

»Ja, aber du kennst meine Lage.«

»Mach dir darüber bitte nie wieder Gedanken. Es wäre mir ein Vergnügen, dich einladen …«

Friederike drehte sich um. »Nein, es geht um Solms. Ich möchte ihn nicht … nun, wie soll ich es sagen … in Verlegenheit bringen.«

»Aber wie kannst du deinen Mann in Verlegenheit bringen, wenn du dich mit dem größten Denker Deutschlands triffst? Alle werden da sein, das wird doch ganz unverfänglich sein, und Solms wird einfach dabei sein und aufpassen, dass nichts passiert, worüber man reden könnte.«

»Solms ist gut, und ich würde es vorziehen hierzubleiben, bevor ich riskiere, dass man über mich und ihn und uns redet.«

Friederikes Tonfall war so bestimmt, dass Therese verlegen auf ihre Schuhe blickte.

»Das glaube ich dir, in jeder Hinsicht«, sagte sie und wechselte den Gegenstand des Gesprächs, weil sie merkte, dass sie Friederike verletzt hatte. Sie wollte sie nicht kränken, denn auch sie freute sich, endlich eine Vertraute und zudem noch eine aus der Familie in ihrer Nähe zu haben.

Denn kaum hatte Friederike nämlich ihre Zweifel an der Echtheit von Thereses freundschaftlichen Annäherungen aufgegeben und ihr geantwortet, hatte die Schwester sie sofort in Triesdorf besucht und ihr die Scham genommen, indem sie ihr, sobald es ihr angemessen erschien, ihre eigenen Verfehlungen gebeichtet hatte: Thereses Ehe mit dem Erbprinzen Alexander von Thurn und Taxis war seit Jahren zerrüttet, obwohl sie erst zu Anfang des Jahres von einem gesunden Knaben entbunden worden war. Doch auch Therese hatte, wie alle Mecklenburg-Schwestern, gelernt, die Form zu wahren.

Seit knapp drei Jahren hielt sich ihr Mann die meiste Zeit in Paris auf, wo er mit Napoleon harte Verhandlungen über das Postprivileg der von Thurn und Taxis und deren Ländereien führte. Therese, die ihn dorthin zunächst begleitet hatte, stellte fest, dass sich ihr Mann darüber hinaus für die Genüsse, welche die französische Lebensart bot, äußerst empfänglich zeigte. Therese wiederum, deren Schönheit zur Zeit der Zerrüttung bereits seit dreißig Jahren unzerstörbar schien – und das trotz sieben Geburten –, sah sich gröblich beleidigt von dem Mangel an Aufmerksamkeit, den ihr Mann ihren Reizen entgegenbrachte. Ihre Gestalt war immer noch süß. Das dunkle Haar floss schwer über ihre schmalen Schultern. Die Augen waren kindlich, ihre Zähne weiß wie Perlen, und ihr Gesicht strahlte Jugend, Liebe und eine Lebendigkeit aus, die ihrer Lebenslust und der Neugierde, die sie auf alles hatte, was in den Salons besprochen wurde, Ausdruck gaben. Sie war der strahlende Mittelpunkt jeder Gesellschaft, zu der sie in Paris einlud. Nur ihr Mann richtete seinen Blick auf andere.

Nicht lange duldsam, begann Therese sich schon bald an dem Unrecht, das ihr durch ihren Mann widerfuhr, zu rächen und reiste, sooft es ihr gestattet wurde und unter den abenteuerlichsten Vorwänden, zurück nach Regensburg, wo sie nun des Öfteren verschiedene Kavaliere zum Tee lud – und seit einem Jahr nur noch den Grafen Lerchenfeld, ein bayerisches Mannsbild, der seinen Familiensitz unweit von Regensburg hatte und in kurzer Zeit bei Therese sein konnte. Er trug sein Haar lang und durch einen Scheitel in der Mitte des Kopfes geteilt, und wenn er ihren Erzählungen lauschte, dann fielen ihm die Strähnen ins Gesicht, die er mit einer exaltierten Geste nach hinten warf. Therese war, wie sie Friederike anvertraute, gänzlich besessen von dieser Mischung aus männlicher Kraft und weiblichem Gestus.

»… und stell dir vor, Friederike: Er liebt mich.« Therese drückte Friederike an sich.

»Therese! Du hast doch nicht …«

»Nein. Aber …«, sagte sie mit belegter Stimme.

Friederike sah sie erschrocken an. »Therese. Da gibt es kein Aber.« Blitzartig durchzuckte sie die Erinnerung an die Nacht und den Tag in den Armen von Louis Ferdinand und den Schock, den sie erlitten hatte, als sie feststellen musste, dass sie über der Zeit war.

Therese winkte ab. »Er wird heute Abend im Gefolge meines Mannes sein.«

Endlich suchte sie der Hofmeister auf, nach dem sie geschickt hatten, und nahm, indem er seine Rechte an die Hosennaht drückte und sich die Linke vor die Brust legte, die Anweisung seiner Herrin entgegen.

»Champagner«, sagte Friederike. »Wir brauchen allen Champagner, den wir haben. Es soll ein heiteres Fest werden, und keiner soll den Eindruck haben, dass es hier an irgendetwas mangelt.«

Der Hofmeister räusperte sich und eilte davon.

Solms, der, von seinen Gemächern kommend, gerade in den Flur trat, nahm diese Szene noch aus dem Augenwinkel wahr. Wie soll ich diesen Abend nur durchstehen?, fragte er sich.

Gegen seine Schläfen pochte wieder einmal der Schmerz.

49

Solms, der als Gastgeber neben Friederike am Kopfende der Tafel saß, hatte noch nicht einmal Platz genommen, da stimmte der Prinz von Bauffremont-Listenais schon die Hymne der Bourbonen an. Der Herzog von Bouillon, der Vicomte de Turenne und die anderen französischen Adligen, die hier im Fränkischen Exil gefunden hatten, fielen mit stotterndem Timbre ein.

»Lalaaaalalaaala«, sang Bauffremont-Listenais, aber der Vicomte unterbrach ihn.

»Oh, *mon cher prince,* Eure Stimme ist ja ganz rostig geworden. Es muss lange her sein, dass Ihr dieses schöne Lied gesungen habt.«

Die Polignac und die La Tour lachten.

»Ich will Euch zeigen, wie das geht. Denn wer in Paris ist und diesem Napoleon trotzt, der ist nicht aus der Übung.«

Nun lachten alle.

Er hob das Glas hoch über den Kopf und drehte sich damit in die Runde, und wie zum Zeichen eines Aufbruchs erhoben sich alle Franzosen und stimmten die Hymne an, die Henri IV., den Großen, in höchsten Tönen besang, den Herrlichen, den Glanzvollen, den Urvater der großen Bourbonendynastie, die so ruhmreiche Könige wie Louis XIV. und den vielgeliebten Louis XV. hervorgebracht hatte. Während Noailles mit schiefem Altherrentenor die Ohren der preußischen Gastgeber quälte, besänftigte die Polignac mit ihrem samtigen Alt die enervierten Gemüter und gab mit ihrer Gesangseinlage auch die Antwort auf das Rätsel, warum die Kavaliere sich von dieser kleinen Frau von höchstens mittlerer Schönheit geradezu magnetisch angezogen fühlten. Sie hatte eine Stimme wie eine dunkelrote Rose, deren Blätter erst fest zusammengepresst waren und sich dann aber öffneten wie eine Hand, die man einem Freund liebevoll reichte. Die Kavaliere überließen es ihr, das Lied zu Ende zu singen, und applaudierten unter Verneigungen, als sie sich erlaubte, die letzten Takte noch zwei-, ja, dreimal zu wiederholen, um die Erinnerung, die dieses Lied bei allen auslöste, nur ja nicht ausklingen zu lassen.

Sie verneigte sich bescheiden, und der Herzog von Broglie, dessen Tischdame sie war, verlangte sofort nach Champagner.

Die ganze Gesellschaft, die der Fürst Alexander von Thurn und Taxis um sich geschart hatte, war schon in allerbester Laune im Ansbacher Schloss angekommen. Die Kutscher der hohen Herren hatten sich ein Wettrennen über die Magistrale geliefert, die auf den markgräflichen Sitz zuführte, und sich fürstlich darüber amüsiert, wenn die Bauern, die sich mit ihren Gespannen und Karren zu den Feldern aufmachten, bei den Versuchen, sich gegenseitig zu überholen, touchiert oder gar so heftig gestoßen wurden, dass sie in die Seitengräben fielen. Als sie, indem sie den Lakaien zur Seite stießen, ins Schloss gepoltert kamen, grölten, lachten und jubelten sie sich zu und hatten sogar mehrere Flaschen Champagner mit sich, die sie kreisen ließen.

»Dem haben wir aber ordentlich zugesetzt.« Der Vicomte de Turenne schlug dem Pasquier auf die Schulter, der darüber ins Wanken geriet und eine kostbare Vase umstieß.

Solms suchte den Blick von Friederike.

»O ja, das haben wir. Aber die deutschen Jungen vertragen nicht viel. Das haben sie nie getan. Sie können nicht trinken. Das kenne ich noch von Mainz. Das habe ich Euch doch gesagt, Vicomte.«

»Wovon sprecht Ihr?« Broglie, der die Gesellschaft anführte, hatte einen Saal entdeckt und wies alle mit einer Handbewegung an, ihm zu folgen. Aber die Lakaien wiesen ihnen eine andere Richtung an.

Doch Turenne blieb stehen, wobei sichtbar wurde, dass er Schwierigkeiten hatte, seine Balance zu halten: »Der Vicomte und ich haben hundert Louisdor darauf gewettet, dass so ein Bauerntölpel, den wir auf dem Weg hierher in unsere Kutsche gelockt haben, es nicht schafft, eine Flasche Schnaps bis zum Ende unserer Etappe auszutrinken. Und wer hatte recht?«

»Pasquier!« Alle johlten.

Broglie tönte: »Pasquier hat immer recht. Dieser Teufelskerl.«

»Ja, ja, wem sagst du das. Wette nie mit ihm. Denn nun bin ich um hundert Louisdor ärmer.« Langsam schoben sie sich in Richtung Weißer Saal, den Weg wies ihnen ein Spalier aus Lakaien an.

»Aber wie habt Ihr ihn zum Trinken gebracht?«, fragte die Maille de La Tour-Laundry.

»Wir haben dem Kleinen einen Taler versprochen, wenn er in die Kutsche kommt und uns die Schuhe putzt. Dafür hätte er wohl alles getan, so schnell war er in der Kutsche … Dann aber haben wir ihm eine Flasche Schnaps hingehalten und ihn aufgefordert zu trinken. Und immer wenn er aufhörte, sagte einer von uns …« – Pasquier zeigte auf Turenne und sich selbst – »… ›Mach weiter, du bekommst noch einen Taler dazu!‹, sodass er zum Schluss so betrunken war, dass wir ihm nur noch einen Tritt in den Hintern verpasst haben.«

»Nun liegt er auf der Straße und schläft seinen Rausch aus.«

Die Gäste lachten und hieben sich auf die Schulter angesichts dieses gelungenen Scherzes. Aber Friederike veranlasste sofort, nach dem Jungen zu suchen, um den sie sich sorgte.

Therese flüsterte ihr zu: »Na, was habe ich dir gesagt? Alle betrunken.«

»Aber schon vor dem ersten Gang!«

Therese lachte, aber Friederike sah sie mit ernsthaftem Blick an: »Mal sehen, welche Bilanz wir am Ende des Abends haben werden. Jetzt zählen wir schon eine kaputte Vase und einen armen Bauernjungen, der sich hoffentlich nicht blöde getrunken hat. Breitenheimer geht ihn suchen.«

»Die Abende sind ruinös, aber nie langweilig. Das verspreche ich dir.«

Therese schob ihre Schwester zur Tafel, wo alle vor ihren Plätzen auf die Gastgeberin warteten.

Friederike, die sah, dass sie sich beeilen musste, sagte halblaut: »Ach, Therese, vielleicht bin ich einfach entwöhnt durch die lange Einsamkeit. So lange schon habe ich kein Fest mehr ausgerichtet, aber ich denke auch, dass die Franzosen von einer anderen Sorte sind.«

Vor der hohen, mit goldenen Rocaillen verzierten Saaltür kam man zum Stehen, und einer nach dem anderen machten Friederike und dem Prinzen Solms, und etwas weiter dahinter Therese und dem Fürsten von Thurn und Taxis seine Aufwartung. Der Hofmeister stellte einander vor:

»Der Prinz und Herzog von Bauffremont-Listenais.« Ein schlaksiger Mann in weißer Galauniform, die voll behangen mit Orden aus einer anderen Ära war, und samtenen, aber abgenutzten Schuhen verbeugte sich vor Friederike. Sie hielt ihm huldvoll die Hand hin.

»Die Prinzessin und Herzogin von Bauffremont-Listenais.« Sie machte einen Knicks.

Nach dem nächsten Ausruf des Hofmeisters näherten sich der Vicomte de Turenne und seine Gefährtin, die Polignac, dem Gastgeberpaar. Dann folgte der Prinz Salm-Salm, der sich, da er seine Ländereien links des Rheins in Lothringen hatte, aufgrund der Bedrohung durch die Revolutionäre ebenfalls den französischen Exilanten angeschlossen hatte, mit denen er seine Sorgen teilte. Der Nächste in der langen Reihe, die sich bis zum Foyer aufgestellt hatte, war der Duc de Pasquier, ein peinlich überschminkter, schon etwas älterer Mann, der so aussah, als ob er die glanzvollen Zeiten von Versailles noch miterlebt hätte. Auf dem Kopf trug er eine schwere Perücke, auf den Wangen dickes Rouge, und sein Parfum verschlug allen Umstehenden den Atem. Aber seine Umgangsformen waren exzellent: Er verbeugte sich vor Friederikes ausgestreckter Hand.

Nach ihm stellte sich die Herzogin Maillé de la Tour-Laundry vor, eine dunkle Schönheit mit feurigen Augen und fürchterlich schlechten Zähnen, die sie hinter einem Fächer zu verbergen versuchte. Ihre Augen flackerten, als sie in die stahlblauen Augen von Solms blickte. Der Comte de Broglie stieß sie zur Seite, und sie machte einen Hüpfer in den Weißen Saal hinein, wobei sie kicherte wie ein Mädchen. Auch sie hatte auf der Fahrt zu Friederikes Fest schon getrunken. Die Lakaien begleiteten sie zu ihrem Platz.

Es kamen der Herzog von Bouillon und die derer La Tour d'Auvergne-Lauraguais, die meist mit Mutter, Söhnen, Töchtern und weiteren Verwandten eintrafen und innerhalb der Franzosen, die im Exil lebten, eine eigene Gruppierung bildeten, die hauptsächlich ihre weitläufige Verwandtschaft umschloss. Ihre Kleidung war so buntscheckig wie ihre Verhältnisse, die sie selbst nicht überblickten, weshalb sie sich in der

Regel ungeachtet ihres tatsächlichen Verwandtschaftsgrades mit »Cousine« und »Cousin« ansprachen. Zudem stammten ihre Kleider noch aus ihrer großen Zeit, als sie eine der bedeutendsten Familien des Ancien Régime gewesen waren, und sie waren völlig aus der Mode. Sie hatten sie in Ermangelung von Geld mehrfach aufarbeiten lassen und fadenscheinige Stellen großzügig mit Stoffblumen oder Applikationen kaschiert.

Die neue Mode, die den hellenistischen Stil imitierte, war durchwegs an ihnen vorbeigegangen, was aber in ihren Kreisen nicht verwerflich war – denn sie waren von altem Geblüt, und das war das, was zählte. Als der Hofmeister mit polterndem Stock die Duchesse Hélène Geneviève ankündigte, eine noch nicht ganz erblühte Schönheit von zirka vierzehn Jahren, und diese die Toilette Friederikes sah, die gänzlich *à la mode* war, wusste ihre Mutter, die Baronesse Marie-Thérèse, dass der Abend für sie zum Albtraum werden würde: Ihre Tochter würde ihr ununterbrochen mit dem Wunsch nach einer neuen Garderobe in den Ohren liegen, und sie, die arme Frau, wusste nicht, wovon sie das würde bezahlen sollen.

Dann näherten sich der Comte de Blacas d'Aulps, La Rochefoucauld und ein paar Rohans. Alle waren mit ihren Frauen gekommen, was ungewöhnlich war. Denn es war offensichtlich, dass die Kavaliere eher einander zugeneigt waren, als ein Interesse am schönen Geschlecht zu haben – aber auch sie mussten sich an unausgesprochene *règlements* halten und die Form wahren.

So ging es in einem fort.

Solms schluckte und durchlitt jede der Ehrerbietungen wie ein Martyrium, das er seiner Frau zuliebe gerne auf sich nahm. Er schwitzte, sein Kopf drohte zu platzen, und es gab Momente, da wurde ihm so schwindelig, dass er glaubte, die Haltung zu verlieren. Um einen Sturz zu vermeiden, fixierte er das Bild eines längst verstorbenen Ansbacher Markgrafen, das an einer gegenüberliegenden Wand hing, so lange, dass er den Eindruck gewann, der alterwürdige Ahn dieses Schlosses würde ihm gleich aus dem Bild entgegentreten und ihn heftig schelten. Solms schüttelte den Kopf, um seiner Sinne Herr zu werden und die Visionen hinwegzufegen. Er fragte sich, wie er den Abend meistern solle. Doch als er sich zu Friederike herumdrehte und sah, wie sie so herzlich, so glücklich und beschwingt war, zog er sich zurück auf den Zweck seines Daseins: seine Frau glücklich zu sehen und glücklich zu machen. Mit einem Mal fiel ihm alles leicht.

Er lag richtig, was Friederike betraf. Sie fühlte sich wie in ihrem Element. Sie sog jede einzelne der Gunstbezeugungen auf wie ein Schwamm, und es war ihr immer noch nicht genug. Ach, endlich, dachte sie, eine große Gesellschaft, wie ich sie mir so lange gewünscht und ersehnt habe.

Sie war Therese und ihrem Mann Alexander so unendlich dankbar dafür, dass sie sie umgehend darin unterstützt hatten, das Fest auszurichten. Die Gäste hatten auch allesamt sofort zugesagt, als es die Runde machte, dass die Prinzessin Solms, Schwester der Königin von Preußen – die Napoleon die Stirn bot, indem sie mit dem Zaren Alexander korrespondierte –, geladen hatte. Friederike wurde mit Zusagen bestürmt, sodass sie sich entschlossen hatte, die Tafel von ursprünglich zwanzig Personen auf mehr als das Doppelte auszuweiten – der Weiße Saal war groß genug, so viele Gäste zu bewirten.

Was das Verhältnis ihrer Schwester Luise zu Alexander betraf, war die Gesellschaft weitaus besser informiert als Friederike, die von diesen Verwicklungen erst durch Therese – und das auch nur nach und nach – erfahren hatte. So sah sich Friederike, die ihr Leben so lange im Schatten der Politik verbracht hatte, nun wieder im Zentrum dieser Verstrickungen angekommen. Über die persönlichen Verflechtungen ihrer Schwester schüttelte sie nur den Kopf. Es war so bezeichnend für Luise, dass sie ihr, Friederike, Vorwürfe machte und sich dann doch gleichzeitig in eine Sache hineinmanövrierte, die wesentlich verhängnisvoller werden konnte. Der Zar Alexander!, dachte Friederike. Es ist nicht lauter, was Luise macht, sagte sie zu sich, aber so ist sie nun einmal.

Heute Abend aber war alles vergessen. Friederike nahm die Grüße und Ehrerbietungen entgegen, als ob sie selbst die Königin von Preußen wäre, und vergaß darüber die zerbrochene Vase, den betrunkenen Bauernjungen und auch, dass sie eine Gesellschaft, die sich so laut und auch noch angetrunken eines fremden Hauses bemächtigte, noch in Berlin gänzlich unangenehm gefunden und sich so schnell, wie es ihr möglich war, entschuldigt hätte.

Aber mehr als sechs Jahre in der Einsamkeit ließen sie vieles in einem milderen Licht sehen, und so nahm sie die lärmende Horde, die sie zu bewirten gedachte, als lustiges Völkchen wahr, mit dem es sich doch prächtig feiern ließ.

Dann wurde die letzte Hand gereicht und der letzte Knicks entgegengenommen, und man setzte sich zu Tisch.

Nur Therese fiel auf, dass der Graf Lerchenfeld fehlte.

50

Nachdem man die Austern und frischen Muscheln, Hummer und Langusten und andere Schalentiere genossen hatte, hatte Friederike die Tourte Lorraine servieren lassen, wovor sie sich nun – nachdem sie die Ansprüche, die ihre Gäste hatten, besser einzuschätzen wusste – fürchtete. Der Hofmeister, der ebenso wie alle anderen erschrocken war über das hoffärtige und arrogante Auftreten der Gäste und sich für den Vorschlag, eine Tourte zu servieren, nun in Grund und Boden schämte, sah keine andere Möglichkeit, als die Lakaien zum beständigen Nachschenken anzuhalten.

»Viele Krebse, volle Gläser, immer volle Gläser!«, befahl er und schlug dem schmächtigen Strunz mit einem Handtuch auf den Hintern. »Hat Er mich verstanden?«

Strunz hastete davon.

In der Tat ging die Taktik des Hofmeisters auf. Als die Tourte aufgetragen wurde, war die Laune der Gäste bereits so fortgeschritten, dass alle durcheinandersprachen, lachten, sich zuprosteten und ohnehin keiner verstand, was der andere sagte, weil jeder selbst den anderen übertönen wollte. Die Tourte wurde zur Nebensächlichkeit degradiert, wie ein Stück Brot, das man eben in die Sauce tunkte und aß, um den Rausch, den man sich gerade anzutrinken gedachte, etwas zu mildern.

Nur der Prinz Salm-Salm, der dieses Gericht von seiner Heimat her kannte und dem man darüber hinaus eine solche Gefräßigkeit nachsagte, dass es hieß, er würde auch eine gebratene Katze essen, schnalzte beeindruckt mit der Zunge.

»*C'est formidable*«, sagte er und wischte sich die fettigen Lippen ab.

Aber niemand hörte ihm zu.

Das Interesse richtete sich vielmehr auf die schöne Gastgeberin Friederike, auf die die ganze Gesellschaft neugierig war. Man fragte sie über die neueste Mode aus, die sie ja, wie ihr angenehmer Aufzug allen bewies, so trefflich zu tragen wusste, und gab sich ganz geschmeichelt, als Friederike antwortete, dass sie die Stoffe dafür immer noch aus Lyon kommen lasse.

»Aber dauert es nicht schrecklich lange, bis die Ware hier ankommt?«, wollte Bouillon wissen.

»Ja, das tut es, manchmal warten wir bis zu acht Wochen. Aber wir warten gerne. Immer noch versteht man sich in Frankreich am besten auf die Mode.«

Alle nickten sich zu.

Friederike wusste, wie sie ihre neuen Bekanntschaften für sich einzunehmen wusste. Therese versuchte den Franzosen näherzubringen, dass Friederike sich nicht nur auf dem Gebiet der Mode zu unterhalten verstand, sondern auch auf dem

Gebiet der schönen Künste, und dass sie darüber hinaus ausgesprochen belesen war, mehr noch, dass sie mit den großen Dichtern Goethe und Jean Paul eine rege Korrespondenz pflegte.

Aber niemand interessierte sich für Goethe.

Stattdessen versuchte einer der La Tour d'Auvergne-Lauraguais das Gespräch auf die preußische Königin Luise, die Schwester der Gastgeberin, zu lenken und zu erforschen, was sich denn aus der Zusammenkunft in Memel ergeben habe. Friederike sah hilfesuchend zu Therese, die das Wort ergriff.

»Sie schreiben sich.«

Sofort bevölkerten hektische rote Flecken Friederikes Hals. Wie konnte Therese nur so etwas sagen?, dachte sie. Wenn es tatsächlich wahr ist, dann ist es ein Geheimnis und ein Politikum zugleich.

Aber die Menge sah neugierig zu ihr hin.

»Ähm …«, sagte sie. »Mein lieber Prinz, was soll ich Euch dazu sagen?« Friederike versuchte sich aus der Enge herauszumanövrieren, in die das Gespräch trieb. »Eine Königin schreibt einem großen Herrscher, und der schreibt zurück. Ich glaube auch, dass der Zar und der König sich schreiben – damit Ihr auf keine falschen Gedanken kommt, Messieurs.« Sie lächelte. »Und was wäre falsch daran? Dieses Briefeschreiben – das haben wir alle von unserer hochverehrten Großmutter, der Prinzessin Georg …«

Therese sprang Friederike bei. »O ja. Sie war uns darin ein großes Vorbild. Täglich hat sie in alle Richtungen Briefe geschrieben und empfangen, sodass sie über alles, was passierte, bestens unterrichtet war.« Die Schwestern versicherten sich ihrer Solidarität durch ein Nicken.

»Sogar mit der armen seligen Königin Marie-Antoinette hat sie korrespondiert«, sagte Friederike, während sie eine Austernschale auf dem Tellerrand ablegte.

»Das ist ja unglaublich.«

»Oh, die Arme. Es ist so furchtbar, dass man sie massakriert hat. So gänzlich furchtbar.«

»Diese Horden waren ohne Gott.«

Nun erzählte Friederike – freilich ohne, wie die Großmutter, die dürftigen Tatsachen etwas auszuschmücken, denn das, was Tatsache war, genügte, um zu beeindrucken –, dass die Großmutter der gefangenen Königin sogar einen Plan unterbreitet habe, wie man sie aus ihrer Gefangenschaft auslösen und ins Ausland bringen könnte. Von dem Hochmut aber, mit dem Marie-Antoinette dieses Angebot abgelehnt hatte, erzählte Friederike nichts. Denn die Habsburgerin hatte deutlich gemacht, sich nicht von einer protestantischen Hessin, die zudem noch so weit unter ihrem Stand war, helfen zu lassen.

Durch die Gesellschaft ging ein Raunen, und nachdem man die Details dieses Fluchtplans erfragt und Beteuerungen darüber ausgesprochen hatte, wie vorbildlich und tapfer sich die Großmutter der gedemütigten Königin gegenüber verhalten habe, steuerte die Gesellschaft zielstrebig auf einen Gegenstand zu, der immer erörtert wurde, wenn Franzosen, die aus ihrem Land geflohen waren, zusammentrafen: auf Napoleon.

»Er wird uns alle rösten wollen«, sagte Bauffremont-Listenais, während er ein Stück Wild, das in der Zwischenzeit aufgetragen worden war, aufgabelte. »Rösten wie dieses wundervolle Stück Fleisch hier.« Er drehte das Stück auf seiner Gabel.

»Bauffremont, mit Verlaub, aber was hätte er davon? So viel kann er doch gar nicht essen.« Cezy zog ganz ungeniert eine Sehne zwischen den Zähnen hervor und legte sie am Tellerrand ab.

Bauffremont-Listenais, der unter den Exilanten das meiste Gewicht hatte, ärgerte sich nicht nur über de Cezys Widerspruch, sondern auch über die Bemerkung, die er über seine Leibesfülle gemacht hatte – seit er im Exil war, war dies nicht mehr ein Zeichen von Wohlstand, sondern augenfälliges Zeugnis von Dekadenz, was allgemein missfiel. Ihm fiel ein, dass er

Cezy, ja eigentlich alle Cezys, noch nie hatte leiden können; auch nicht, als man noch gemeinsam bei Hofe verkehrt hatte.

Die Polignac, die die Streitigkeiten zwischen beiden seit Jahren verfolgte, schritt ein: »Vielleicht können wir es so sagen: Er wird uns fest umklammern, und wir werden nicht wissen, ob es eine Umarmung wie unter Freunden ist oder ein Schwitzkasten.«

»Oh, das hat Esprit. Das ist wirklich genial, Madame«, sagte der Vicomte de Turenne, indem er das g weich aussprach wie ein sch, sodass das Wort klang wie ein kleines süßes Schwammküchlein. »Schenial«, wiederholte er und ließ die Nasenflügel beben. Er wollte der Polignac gefallen, was Bauffremont noch mehr zerknirschte, denn das wollte er auch.

Bauffremont trank sein Glas mit dem Rotwein, den man zum Wild gereicht hatte, in einem Schluck aus. »Ja, zuzutrauen wäre ihm alles«, sagte er, während er dem Lakaien wortlos, aber mit zusammengezogenen Augenbrauen sein Glas hinhielt. »Er ist so hinterlistig wie ein Fuchs. Er vermengt die alten Häuser mit dem ganzen Tornisteradel, den er jetzt um sich schart.«

»Tornisteradel! Wie amüsant. Ihr habt eine spitze Zunge, Monsieur, aber sie trifft wie ein Florett.« Der Herzog von Bouillon nickte Bauffremont zu. »Das ist wirklich gut. Jeder, der einen dieser scheußlichen Armeetornister tragen kann, mit denen er seine Armee ausstatten lässt, bekommt einen Titel. Tornisteradel! Besser kann man es nicht sagen.«

Einer derer von La Tour d'Auvergne-Lauraguais sagte, nachdem er sich schmatzend den Mund abgewischt hatte: »Er ist kein Fuchs, er ist ein kriechender Wurm, der selbst in die Regionen vordringt, die uns wahren Christen widernatürlich erscheinen. Es ist würdelos und erbärmlich.« Er stürzte ein Glas Wein hinunter.

Der Comte de Blacas d'Aulps wurde bei dieser Anspielung hellhörig, weil er sich aufgrund seiner eigenen Inklination angegriffen fühlte. Er fragte: »Ist denn nicht ein Wurm auch Gottes Geschöpf, so wie der Fuchs?« Er blickte in die Runde. »Ich glaube vielmehr, er ist so offen und so vielseitig interessiert, dass er sich vor nichts scheut.«

»Ja, ein Hund ist er! Er wird noch eine Habsburgerin zum Altar führen«, warf Turenne ein.

»Eine Habsburgerin? Ach, Turenne, was seid Ihr amüsant.«

»Niemals werden sie das zulassen und an diesen dunkelhäutigen, stinkenden Emporkömmling ihre süßen, weißen Früchte verköstigen.«

»Oh, sie haben ihre süßen, weißen Früchte doch schon immer verköstigt. Wie heißt es doch so schön: *Bella gerant alii, tu, felix Austria, nube.* Wir sollten uns ein Beispiel an ihm nehmen.« Blacas d'Aulps fühlte sich so sehr im Recht, dass er in Kauf nahm, die Gesellschaft mit Zitaten zu langweilen.

»Dass ich nicht lache, lieber Blacas! Niemand von uns würde seine Tochter an diesen Zwerg verheiraten. Und Ihr, Comte, erst recht nicht. Das verbietet sich von selbst. Allein die Vorstellung verschafft mir Übelkeit.« Die La Tour, die immer auf ihre schlanke Gestalt bedacht war, nutzte die Gelegenheit, um sich zu empfehlen und ihre Brechfeder zum Einsatz zu bringen.

Cezy lenkte das Gespräch in eine andere Richtung: »Er müsste Josephine verlassen. Das wird er niemals tun, er ist ihr ja gänzlich verfallen, wobei doch sehr eindeutig ist, warum er so fasziniert von ihr ist.«

»Verzeiht!«, nun mischte sich Bauffremont in das Gespräch ein. »Ich muss Euch widersprechen! Denn ich glaube, es ist keineswegs so, wie Ihr denkt. Ich glaube vielmehr, es war ihr Adel, den er liebte, nicht sie. Sie hat ihm den Weg nach oben geöffnet, und nun, wo er dort ist, wo er immer sein wollte, wird er ihr jede der Demütigungen heimzahlen, die er auf dem Weg dorthin hat erleiden müssen. Sie war doch sehr spendabel in ihrem Charakter …«

»Spendabler Charakter? Ihr seid galant bis in die letzte Faser, lieber Prinz. Ich würde sagen, sie hat ihm ein Geweih aufgesetzt, da ist der Zwölfender, den wir kürzlich bei Salm-Salm geschossen haben, gar nicht ausreichend, um ihre Ungeheuerlichkeit zu beschreiben«, sagte Turenne.

Turenne und Bouillon nickten sich vielsagend zu. Auch ihnen hatte Josephine einmal ihre Gunst gewährt, während Napoleon die Welt zu erobern versucht hatte.

»Ja, der springende Punkt ist doch: Er braucht einen Sohn, und Josephine ist unfruchtbar und viel zu alt für ihn. Sie wird ihm niemals einen Sohn gebären. Niemals.«

Es war eine Unart, dass die Franzosen, die im Exil lebten, sich nur um ihre eigenen Interessen kümmerten und gar nicht bemerkten, dass sie, wo immer sie auch geladen waren, mit ihrem Gerede die Gastgeber aufs Gröblichste ausschlossen. Nur Bauffremont-Listenais, dem durch die Erlebnisse der Flucht und des Exils noch nicht der letzte Rest an Höflichkeit abhandengekommen war, fiel auf, dass der Gastgeber und vor allem die charmante Gastgeberin seit Langem keinen Ton zur Konversation beigetragen hatten. So suchte er in Gedanken nach einer Möglichkeit, den Redefluss seiner Leute in das Interesse der Gastgeber münden zu lassen. Als sein wandernder Blick auf Friederikes schönem Gesicht ruhte, fiel ihm etwas ein.

»Prinzessin Solms …«, der Herzog sah Friederike direkt an, »… was denkt Ihr über die Verhältnisse? Ihr als Schwester der Königin könnt uns doch bestimmt verraten, auf welcher Seite Preußen stehen wird und ob wir hoffen können?«

»Worauf hofft Ihr?«, fragte Solms, der Friederike das Wort abschnitt, obwohl sie gar nichts sagen wollte.

Er war gereizt, dass nicht er, der er doch Gastgeber und zudem noch im preußischen Dienst war, nach seiner Meinung gefragt wurde. Es war für ihn ein weiterer Beweis dafür, dass man ihn geringschätzte und sein Urteil noch nicht einmal dann einholte, wenn er etwas dazu beitragen konnte – so wenig also hielt man von ihm. Er war auch hier, im Kreise von Leuten, die Land und Leute und damit ihre Titel verloren hatten, ein unbedeutender Prinz, ja, ein Niemand, den man einfach überging, einfach so.

Obwohl sein Kopf schmerzte, stürzte er ein Glas Wein hinunter und knallte es donnernd auf den Tisch.

Der Fürst von Thurn und Taxis hatte in der Zwischenzeit das Wort ergriffen: »Wie die Dinge stehen, ach, wer kann das sagen? Ich weiß nur: Er ist ein hässlicher kleiner Mann, der nur auf seinen Vorteil bedacht ist. Er liebt die Macht, und dafür demütigt er alle, die ihn darin beschneiden wollen.«

Therese sprang ihm bei: »Ihr wisst, er will uns mittelbar machen. Er möchte, dass unser Fürstentum den Bayern untergeordnet wird, was lächerlich ist, weil wir bei Weitem reicher sind. Aber so bekommt er sie als Vasallen hinter sich.«

»Unglaublich.«

»Das ist ja impertinent.«

»Ja, seit drei Jahren verhandeln wir mit ihm, und alles, was er uns anbietet, ist kleinlich und völlig vermessen.« Thurn und Taxis streifte sich mit dem Handrücken über den Hals und hob das Kinn. »Er glaubt, man kann uns ruinieren, indem er uns ständig nach Paris beordert. Aber so schnell werde ich mich nicht ergeben. Er will mich erniedrigen, so viel steht fest. Er ist ein Ungeheuer.«

»Was er mit uns gemacht hat, das macht er nun mit allen anderen.« Die Polignac verfiel in einen weinerlichen Ton.

»Er ist ein Rattenfänger! Er will die Bayern hinter sich bringen, und mit Baden und Württemberg verfährt er genauso. Er verspricht ihnen Ländereien und macht sie abhängig.«

»Er verspricht ihnen keine Ländereien, er setzt ihnen die Krone auf. Die Bayern werden ein Königreich werden.«

»Das ist nicht wahr.« Bei Blacas d'Aulps schwollen die Halsadern.

»Unfassbar, einfach unfassbar!« In Salm-Salm quoll der Neid hoch. »Er arrondiert das ganze Reich.«

Nur La Tour d'Auvergne-Lauraguais, dem ein katholisches

Königreich lieber war als alle Preußen auf der Welt, obwohl diese ihn gastfreundlich aufgenommen hatten, konnte dieser Nachricht etwas Gutes abgewinnen. Er war schon so betrunken, dass er jegliches Gefühl für Takt verloren hatte. Energisch pochte er mit den Händen auf den Tisch. »Ja, aber sie sind vom rechten Glauben, diese Bayern, das muss man ihnen …« Die Gäste sahen ihn bestürzt an, aber d'Auvergne-Lauraguais ließ sich nicht beirren: »… lassen muss man ihnen das! Sie sind von rechter Gesinnung.«

Friederike stieß einen kleinen Schrei aus, und Bauffremont, der bemerkte, dass sein Gefährte gerade im Begriff war, die Gastgeberin, den Gastgeber und das weltoffene Preußen, das ihnen so großzügig Asyl gewährte, zu beleidigen, stand sofort auf, um alle Aufmerksamkeit auf sich zu ziehen. Da ohnehin gerade das Dessert aufgetragen wurde und somit der Zeitpunkt für eine Rede gekommen war, hob er die Stimme und fing an zu sprechen.

Alle atmeten auf. Nur Solms räusperte sich.

»Madame Solms, verehrte Hoheit! Wir sind Euch zutiefst dankbar, heute Eure Gäste sein zu können. Ich muss mich entschuldigen, falls ich Euch zu nahegetreten sein sollte. Aber das Exil ist elendig, und so elendig es ist, umso glanzvoller ist Eure Gesellschaft, werte Fürstin. Wie lange haben wir hier – und da spreche ich für die ganze Runde meiner hochherrschaftlichen Freunde – uns danach gesehnt, Euch unsere Aufwartung machen zu dürfen. Nun ist uns gar die Ehre zuteilgeworden, bei Euch geladen zu sein, und jeder, der nun heute Abend hier bei Euch war, wird bestätigen können, was *tout le monde* erzählt: Ihr seid die Schönste unter den Fürstinnen, und Euer Antlitz allein entschädigt für die Qual, fern der Heimat zu sein. Ich würde sogar so weit gehen zu bemerken, dass es Euer gesamtes Antlitz ist, welches so schön ist, dass man es nur in Versailles vermuten kann, wo sich die Schönsten der Schönen ganz *en privé* versammelten. Oder im Traume. Oder gar – o ja, ja – in einem Traum in Versailles. *Formidable, Madame. Très formidable.*«

Es war das harmlose Wörtchen »gesamte« vor dem Wort »Antlitz«, was die Sache so pikant machte, denn es spielte auf die freizügigen Sitten am französischen Hof und – mehr noch – auf Friederikes Körper an, genau genommen, auf ihren Körper *en nue*. Es war die Fantasie eines alten Mannes, der sich an den Formen der jungen Prinzessin delektierte und seine Begierde öffentlich aussprach und dabei die Grenzen der Schicklichkeit schamlos überschritt.

Mit einem anzüglichen Lächeln an die Seinen gewandt, ließ er eine gelöste Stimmung aufkommen, die die politischen Misstöne, die den letzten Teil des Abends untermalt hatten, sich verflüchtigen ließ. Turenne zeigte ein süffisantes Lächeln, Bouillon leckte sich die Lippen.

Friederike verstand nicht recht.

Solms hingegen schon: »Mein Herr! Versailles ist Euch nur noch in Träumen. Meine Gattin wird sich kaum dorthin verlaufen wollen. Und in Eure Träume schon gar nicht. Träumt lieber weiter von Euren Möglichkeiten, mein lieber Bauffremont.«

»Oh, là, là, mein lieber Prinz Solms …« Bauffremont wandte sich wieder seinen französischen Gefährten zu und erhob einen Trinkspruch: »Auf unseren famosen Gastgeber Solms, den Mann von Format, der stets bereit ist, die Ehre seiner Frau zu bewachen und Preußen vor Napoleon zu bewahren. *Alléz, Alléz-y!*«

Ein Klopfen mit den Gläsern und Fäusten erschütterte die Tafel.

Solms schwieg. Er hatte längst genug von diesen Nassauern, die lieber den leichtesten Weg des Exils wählten, anstatt dem kleinen Korsen entgegenzutreten. Er konnte verstehen, warum die Franzosen ihren Adel zum Teufel gejagt hatten. Sie waren arrogant, verletzend und so von ihrem Gottgnadentum beseelt, dass sie jeglichen Feinsinn verloren hatten. Sie fraßen und soffen sich überall durch und glaubten immer noch an ihre eigene Überlegenheit, dabei waren sie nichts anderes als ein faules, einfältiges Pack, das von besseren Zeiten träumte.

Solms blickte in die Runde. Er hatte Napoleon verhöhnt, indem er ein Bravourstück auf dem Eis nach ihm benannt hatte. Nun aber würde er ihm diesen Sprung widmen – dafür, dass er diesem dummen Franzosenpack den Hosenboden versohlen würde.

Solms schreckte auf. Ein mehrkehliges *»'urra, 'urra!«* auf ihn zwang ihm ein Lächeln ab. Alle drängten sich danach, mit ihm anzustoßen, und selbst der dicke Graf Plessis-Bellière, der schon so alt war, dass seine Behäbigkeit bereits in Untätigkeit umschlug, erhob sich und schlurfte, auf seinen silberbesetzten Stock gestützt, zu Solms, um ihm zu huldigen.

Solms wusste, es war eine gemeine Farce, die nur den Zweck hatte, ihn ein weiteres Mal zu verspotten. Ihm war danach, alle hinauszuwerfen und sich den Kopf zu kühlen, der zunehmend wilder zu pochen begann. Da trat schon Bauffremont an ihn heran und umfasste seinen Unterarm mit festem Griff. Dabei schaute er Solms tief in die Augen und flüsterte: »Ich beneide Euch, *mon prince, très formidable …*« Er schnalzte mit der Zunge.

Das war so impertinent, dass sich Solms hinsetzte. Er hatte eine Entschuldigung für die Anzüglichkeit in der Rede erwartet, aber der Franzose konfrontierte ihn mit einer Hartnäckigkeit, die ihn sprachlos machte. Solms suchte nach Worten, fing an zu stottern und entschied sich, einfach auf ein anderes, gefälligeres Terrain auszuweichen, als er einen Lakaien mit Wein hereinkommen sah.

»Oh, Prinz Bauffremont-Listenais, Sire. Ihr schätzt doch guten Wein. Habt Ihr denn schon von dem guten Klingenberger gekostet? Er ist wirklich *très formidable.*«

Die Ansprache mit »Sire« war natürlich dreist, denn sie gebührte nur dem König, und Solms hätte gedacht, dass er damit ein weiteres Gefecht der Worte und Beleidigungen provozieren würde. Aber Bauffremont-Listenais hatte eine so hohe Meinung von sich selbst, dass er diese Frechheit gar nicht bemerkte, sondern Solms' Anrede als Kompliment hinnahm.

Glücklicherweise ging Bauffremont auf seinen Vorschlag ein, und so war das Thema vom Tisch.

»*À votre santé!*«, rief er seinen Leuten zu.

»*À votre santé!*«, riefen alle im Chor zurück.

Bauffremont hob das Glas und stürzte es in einem Zug hinunter.

Als er sich hinsetzte, sagte er: »*Très bon.* Der geht ja runter wie Öl.«

Turenne nickte voller Anerkennung und hielt dem Lakaien sein leeres Glas hin, was gleich in einen sonderbaren Wettstreit ausartete: Beide Herren versuchten ihr Glas so schnell wie möglich auszutrinken und das geleerte Glas sogleich dem Lakaien mit forderndem und forschem Blick hinzuhalten und diesen für seine Langsamkeit zu schelten.

»Nun mache Er schon!«

»Sieht Er denn nicht, dass ich ausgetrunken habe?«

»Wird es bald?«

So ging es eine Weile weiter, bis Turenne dem ebenso eilfertigen wie überforderten Lakaien in die Knie stieß, sodass er kopfüber auf die Tafel flog.

Turennes Lachen schraubte sich in ohrenbetäubende Höhen.

Bauffremont antwortete mit einem rauen Meckern.

Solms blickte angesäuert auf die beiden Herren. Aber er hatte nicht die Kraft, sich gegen den Mangel an Anstand, den die Gäste ihm und seinem Haus angedeihen ließen, zu wehren. Der Schmerz pochte gegen seinen Schädel. Er hatte das Gefühl, dass sein Kopf zu explodieren drohte. Schon seit der Abend seinen Lauf genommen hatte, hatte er alles wahrgenommen wie durch einen dicken Nebel. Die Worte der Gäste, ihre Bewegungen und Anzüglichkeiten, ihre Arroganz und Selbstgefälligkeit, ihr schlechtes Benehmen und ihre Dreistigkeiten aber waren durch diesen Nebel nicht etwa gedämpft, sondern geradezu herausgefiltert worden. Ein Witz geriet zu einer Boshaftigkeit, eine Anspielung zu einer Intrige, ein Kompliment zu ungezügelter Anbahnung. Solms wusste, dass der Schmerz seine Wahrnehmung manipulierte, aber er wusste auch, dass in allem ein Körnchen Wahrheit steckte. Das war seine Erfahrung. Er hasste dieses eitle Adelspack, die Exilanten, die immer noch an das eigene Gottgnadentum glaubten, aber sich benahmen wie eine Horde Jungbauern beim Tanz in den Mai.

Es war genau dieser Typus Mensch, der ihm immer schon das Leben schwergemacht hatte. Er kannte das aus seiner Militärzeit in Holland, aus Darmstadt, aus Colmar und nicht zuletzt auch aus Preußen, wo ihn alle mitleidig angesehen hatten, als er es gewagt hatte, um Friederike zu werben, wo es doch der von allen umschwärmte, hochwohlgeborene Prinz Louis Ferdinand von Preußen ebenso tat.

»Er rechnet sich wohl tatsächlich eine Chance bei ihr aus«, hatte die Brühl gesagt.

»Lächerlich«, hatte die Bredow geantwortet.

Man hatte sich noch nicht einmal die Mühe gemacht, die Stimmen zu senken, wenn er im gleichen Raum war. Man sprach in seiner Gegenwart schlecht über ihn und fragte sich ungeniert, welche Qualitäten er als nachgeborener, verarmter Prinz denn ins Feld führen könne, um eine so prächtige Partie, wie Friederike es war, zu erobern. Wenn Solms sich bei einem Empfang gezielt auf so eine Gruppe hinbewegte, um eine der Damen, die sich gerade so schändlich über ihn geäußert hatten, zum Tanz aufzufordern, waren alle peinlich verstummt.

Solms musste sich nicht verstecken. Er war zwar nicht von hohem Adel und hatte zudem kein Geld. Aber er war von imposanter Gestalt, und sein Gesicht war schön und schmal, zudem war er guten Herzens, was ihm manche als gutgläubig auslegten. Aber das stimmte nicht. Er hatte genauso viel Stolz im Leib wie jeder andere, und er ließ sich ebenso wenig verhöhnen. Aber er war auch lebensklug und wusste, dass es ihm und seinen Zielen wenig dienlich war, mit anderen zu streiten.

Er sah, dass er machtlos war gegen das Benehmen seiner Gäste, und überlegte, wie er es ihnen vergelten konnte, dass sie sich auf seine Kosten so köstlich amüsierten. Er sah aber auch, dass Friederike die Dinge ganz anders wahrzunehmen schien als er. Sie schien gelöst und froh und so unendlich glücklich, dass seine Gedanken trotz hämmernder Schmerzen wieder friedfertiger wurden. Er sah sie verliebt von der Seite an.

Dennoch, dachte er, wie kann man diesen Haufen bloß loswerden? Er vertraute sich in dieser Frage halblaut dem Fürsten Alexander an, der ihm augenzwinkernd verriet, dass er schon auf dieses Signal gewartet hatte.

»Ich rechne schon seit zwei Stunden damit, dass Ihr kapituliert.«

»Wer wird es mir verdenken?«

»Niemand, niemand. Ich kenne sie. Sie sind laut, aber eine Abwechslung. In Paris vergeht kein Abend ohne eine Gesellschaft, aber hier ist es doch so ennuyierend, dass man keine Wahl hat. Man bleibt alleine, oder man lässt sich ruinieren.«

»Aber wie lange wird das noch gehen?«

»So lange Ihr wollt.«

»Ich kann sie doch nicht einfach vor die Tür setzen. Normalerweise lasse ich schweren Rotwein auftischen, aber sie trinken ja selbst den Klingenberger wie Wasser.« Er imitierte Bauffremont und sagte: *»Très bon, très bon.«*

Thurn und Taxis lachte. »Wir haben andere Möglichkeiten … Lasst mich nur machen, verehrter Prinz Solms. Ich werde Euch von Eurem Leiden erlösen.«

Und ehe Solms sich's versah, hatte der Fürst von Thurn und Taxis zwei kleine weiße Mäuse aus seinem Ärmel hervorgezaubert und entließ sie auf dem Tisch in die Freiheit. Sofort machten sie sich über die Reste her, die auf der Tafel standen.

Es dauerte nicht lange, bis die Polignac kreischend vom Stuhl sprang und so lange nicht zu beruhigen war, bis die Gesellschaft ihr einhellig anbot, umgehend aufzubrechen.

Friederike war ganz aufgekratzt, als sie alle neuen Bekanntschaften mit einem Kuss und mit der Beteuerung, sich alsbald wiederzusehen, verabschiedete.

Solms sah dem Treiben von der Tafel aus zu. Sein Kopf hämmerte, und das Einzige, was ihn diesen fürchterlichen Abend voller Kränkungen vergessen ließ, war eine Flasche Klingenberger. Ohne auf den Lakaien zu warten, goss er sich ein – und bald, nach dem dritten Glas, sah er klarer, wie er Rache an diesem arroganten Pack nehmen konnte.

Ich quittiere bei den Husaren, sagte er zu sich. Niemals werde ich für die Sache der Franzosen kämpfen können. Soll dieses Gesocks doch zur Hölle fahren.

Voller Genugtuung stellte er sein Glas ab.

51

Es kam anders, als Solms es sich gewünscht hatte. Einmal an Zerstreuung gewöhnt, richtete Friederike nun gleich eine Reihe von Festen aus – wobei Therese sie mit allen Kräften unterstützte.

Und jedes Mal übertrafen sich die Gäste in ihrem schlechten Benehmen und ihrem mangelnden Willen, einen guten Eindruck zu hinterlassen. Sie soffen, wie man es nur von den Russen und den niederen Chargen des Heeres kannte, und degradierten durch ihre Unbeherrschtheit die besten Weine aus Thereses Keller zu billigem Fusel. Einmal kamen sie an, da führte Turenne einen Handwerksgesellen an der Leine, der statt seiner Schuhe ein Paar große, ausgehöhlte Brote an den Füßen trug, die aussahen wie Holzpantoffeln aus Holland. Sie ließen ihn über ein Seil springen und riefen: »*Alléz-y, alléz-y!*« Sie forderten ihm einige Polkaschritte ab, indem sie sich bei ihm einhakten und ihn herumreichten.

Auch diesen Jungen ließ Friederike durch Breitenheimer befreien und, da er einige Blessuren davongetragen hatte, auch kurieren.

Ein anderes Mal machten sie sich einen Spaß daraus, den auftischenden Lakaien die Beine zu stellen, sodass die feinen Speisen hoch durch die Luft wirbelten und alle Mühe des von Therese eigens für dieses Fest beorderten Maître dahin war. Doch die Franzosen hatten ihr Vergnügen.

Es gab tatsächlich nur wenige Abende, die nicht in einem Durcheinander endeten. Den Franzosen war es gleich. Sie tranken sich fest, als ob sie selbst Gastgeber wären und den Zeitpunkt des Aufbruchs bestimmten, sodass jedes Mal, wenn Solms oder Friederike müde waren, die weißen Mäuse von Thurn und Taxis bemüht werden mussten.

Es funktionierte immer. Bald danach löste sich die Tafel auf.

Solms wurde das alles auf Dauer zu viel. Sein Kopf zerbarst schon bei dem Gedanken an das nächste Fest, aber Friederike fand darin eine willkommene Abwechslung, obwohl sie nicht jede Facette ihrer neuen Freunde begrüßte. Die Ausgewanderten gaben sich schroff und selbstgerecht, und gegen Ende eines jeden dieser Abende verfielen sie allesamt in eine Rührseligkeit, die selbst Friederike beschämte, die ihren neuen Freunden gegenüber gnädiger gestimmt war. Sie hatten Heimweh und schworen auf Rache, und immer wieder sprachen sie über Napoleon und fragten nach, ob man auf die Preußen zählen könne, die doch ein so vielgerühmtes Heer hatten.

Solms seufzte in diesen Momenten und dachte, dass er nie im Leben auch nur einen Hieb für dieses überhebliche Volk austeilen würde. Er überlegte, wie er Friederike gestehen sollte, dass er bei den Husaren quittieren würde. Er bekämpfte das Pochen in seinem Kopf mit einem Schluck Wein.

Doch als er das Glas absetzte, sah sie ihn besorgt an und wagte es sogar, da ihre Gäste sich ohnehin mit ihren eigenen Eitelkeiten bespiegelten, ihm über die Schläfe zu streichen. Sie war heiß wie beim Fieber. Schnell schob sie ihm ein Glas Wasser hin.

»Ich war in Berlin in den Salons«, sagte der Comte Blacas d'Aulps, und La Rochefoucauld, der nie einen Schritt ohne seine Gefährten gegangen wäre, warf ein: »Ich war mit ihm.« Sie sahen sich an.

»Oh, wie habt Ihr das gemacht?« Bouillon wurde neugierig.

»Es ist schon ein paar Wochen her.«

»Ja, aber dort hat man eine Vorstellung davon, wie man diesem eitlen Parvenü eine Lektion verpasst. Er ist so eitel.« Blacas stand auf und versuchte, die gravitätische Art, in der Napoleon sich fortbewegte, zu imitieren. Er setzte wie ein Balletttänzer mit den Fußspitzen zuerst auf. »Er ist so eitel, man möchte ihn windelweich schlagen. Mir sind die Hände gebunden, aber in Berlin, da formierte sich eine *Fronde.*«

Während Blacas sich bemühte, die Balance zu halten, sah Solms zu Friederike und diese zu ihm. Sie waren erschrocken, dass die Gäste noch nie von diesem Besuch erzählt hatten, wo sie doch nun schon so selbstverständlich in ihrem Hause verkehrten, dass man sich solche Dinge erzählen konnte. Solms zog die Augenbrauen zusammen, und Friederike näherte sich ihm mit ihrem Ohr, sodass sie sich halblaut besprechen konnten. Sie versicherten einander, noch nie davon gehört zu haben, und konnten sich das nur damit erklären, dass die Gespräche der Franzosen immer laut und durcheinander verliefen, sodass sie beide einräumen mussten, dass sie durchaus etwas überhört haben könnten. Sie schreckten hoch, als La Rochefoucauld mit schwerer Zunge bekannte:

»Wir haben einen preußischen Prinzen kennengelernt.«

»Ja, oh, er ist von wunderbarer Gestalt: groß und ein feines Gesicht. Eine edle Nase, und die Lippen fein geschwungen …«

»Oh, François, so hören Sie doch auf! Man könnte ja meinen, dass Sie sich in ihn verliebt haben.« Blacas presste die Lippen zusammen, riss dann aber das Gespräch an sich. »Oh, wir haben politisiert, und er versicherte, dass er diesem Napoleon höchstpersönlich den Garaus machen will. Er ist voller Ehre gegen unseren Stand und berät sich mit dem König. Der aber will davon nichts wissen und möchte nach allen Seiten diplomatisch sein. So hat man es uns gesagt. Dieser Prinz aber hat Feuer. Er hat Geist, und er hat Talent. Schon wie er dasteht!«

La Rochefoucauld erhob sich wie auf ein Stichwort und ahmte die Gesten dieses Prinzen nach, in denen Solms und Friederike sofort die zur Dramatik neigende Körpersprache des Prinzen Louis Ferdinand erkannten. »*Vraiment,* er ist eine *furie Prusse. Vraiment!*«

»Ja, aber nun sagt doch«, rief die La Tour, »wie heißt denn dieser Rachegott, vor dem wir uns alle verneigen müssen?«

»Der Prinz Louis Ferdinand ist das«, sagte Solms. »Wer könnte es sonst sein? Es gibt sonst keinen Mann von Stande, der sich in diesen gemeinen Salons bewegen würde, wo sich der Abschaum von ganz Berlin versammelt.«

Friederike, die ihre Besuche bei Henriette Herz noch in dankbarer Erinnerung hatte, sah auf ihren Teller hinab.

»Ja, so heißt er. Prinz Louis Ferdinand.« Die Worte schmolzen auf Blacas' Lippen, der wie immer nicht darauf achtete, was Solms sagte. »Ein wahrer Abgott.« Er blitzte Rochefoucauld an.

»Ach, ein Abgott. Dass ich nicht lache.« Nun wurde Solms, der die Ignoranz seiner Gäste satthatte und zudem schon bei der zweiten Flasche Wein war, kämpferisch. »Er ist kein Abgott. Er ist ein Hasardeur, ein Trinker, ein Spieler und einer, der es liebt, die Blicke auf sich zu ziehen.«

Friederike legte beschwichtigend die Hand auf Solms' Knie, aber der wischte sie enerviert weg.

»Ja, ein Wichtigtuer ist er. Einer, der große Töne spuckt und sich dann aus dem Staube macht, wenn es brennt. Es gibt in ganz Preußen niemanden, der große Stücke auf ihn hält. Und da seid Ihr ihm als Publikum gerade recht und billig … Einen Teufel wird er für Euch tun! Er wird das große Wort führen und sich dann aus dem Staub machen, wie er es immer macht.« Seine Worte klangen feucht, und in seinen Mundwinkeln sammelte sich Schaum, als er zu Blacas und La Rochefoucauld hinsah, die ihn mit offenen Mündern anstarrten – so wie alle anderen auch. Selbst Salm-Salm, der wie immer am anderen Ende der Tafel saß und sich auf die Speisen konzentrierte, kniff die Augen zusammen, um nur ja alles in sein Blickfeld zu bekommen, was sich da tat. Es war das erste Mal, dass sich die Gesellschaft für Solms interessierte.

Die Polignac tupfte sich den Wein von den Lippen. Endlich konnte sie sich erklären, warum eine so schöne Frau, wie Friederike es war, einen Mann wie Solms erwählt hatte, den sie als unerträglich anstrengend und fad empfand. Sie funkelte Solms an.

»Oh, Prinz Solms, ich wusste gar nicht, dass Ihr so viel Furor habt.« Sie wäre keine Französin gewesen, wenn sie nicht auch den Grund für seinen unmittelbaren Ausbruch erahnt hätte. »Dieser Prinz Louis …« Sie unterschlug den zweiten Namen, weil sie ihn nicht aussprechen konnte. »… er scheint Euch nahegetreten zu sein, *n'est-ce pas*?« Sie rückte aufgeregt auf ihrem Stuhl hin und her.

Nun folgten auch die anderen ihrer Fährte.

»Hat er Euch beleidigt?«

»Hat er Euch gefordert?«

»Oh, nein, nein. Es ging um eine Frau. Da bin ich mir sicher! Wie könnte es anders sein? Nicht wahr, Prinzessin?«

Alle sahen zu Friederike, sodass sich, wie immer, wenn sie aufgebracht war, in ihrem Dekolleté überall rote Flecken zeigten. Sie kochte innerlich, wusste aber nicht, wie sie sich verhalten sollte.

Da riss Turenne das Wort an sich und sprach, da er sich nie

durch Feingefühl ausgezeichnet hatte, aus, was alle dachten: »Oh, ich hab's! Es gab ein Duell! Und das wird auch der Grund dafür sein, warum so eine Schönheit wie Ihr, Prinzessin, und eine Schwester der Königin noch dazu, hier in Ansbach ist und nicht in Berlin.«

Friederike, die ihre Gäste immer vor Solms in Schutz genommen hatte, sprang auf und breitete die Hände aus. »Schluss, *Mesdames et Messieurs*! Hört auf! Seid ruhig! Seid einfach nur ruhig.«

Diesmal musste niemand die weißen Mäuse bemühen.

52

Nach diesem Eklat zog sich Solms in die Garnison zurück. Dort fand er, zumindest vorübergehend, Frieden und soldatische Geselligkeit.

Wolky, Glaser und Graf Owstien bewunderten ihn für seine Beherrschung der Reitkunst und fragten ihn, wie er beim Ritt durchs offene Gelände schnell und zugleich ohne Risiko zu reiten imstande war – niemals hatte jemand gehört, dass Solms' Pferde zu Schaden gekommen waren. Bei Schnaps und Bier, das sie eigens aus Bamberg in dicken Fässern anrollen ließen, besprachen sie die Feinheiten der Exerzitien, und Solms, der sich wirklich auf alle Arten von militärischen Übungen verstand, war gefragt. Er blieb oft bis spät nach Einbruch der Dunkelheit, und manchmal übernachtete er auch dort in seiner Kammer. Denn oft hatte er zu viel getrunken, und sein Gang war wackelig. Genau genommen verging eigentlich kein Abend, wo er sich nicht dem Rausch hingab, ja sich sogar schon am Nachmittage, wenn er mit den Kameraden um die Wette ritt, zu ihm hinsehnte, weil es die einzige Möglichkeit war, der hämmernden Wut seiner Kopfschmerzen zu entfliehen. Einen

Krug Bier nur, dachte er dann, aber es wurden oftmals zwei und immer öfter auch drei, sodass aus der Medizin für seine höllischen Schmerzen eine Gewohnheit wurde, die ihm lieb war.

Doch keiner der Kumpane bemerkte etwas von Solms' langsamem Verfall, jeder sprach einem ordentlichen Krug Bier gerne zu. Es war normal unter Soldaten.

Die Schattenseite war, dass er sich Friederike so nicht zeigen wollte und so binnen kurzer Zeit eine Phase der Entfremdung zwischen den beiden Liebenden eintrat. Was ihm zuerst nicht weiter auffiel, weil er hier ein gefragter Mann war, dem man, da man wusste, dass die Franzosen in seinem Hause ein und aus gingen, allerhand Fragen zu den Vorgängen in Paris und links des Rheins stellte. Auch wenn er die Exilanten verachtete, hier konnte er mit ihrer Bekanntschaft glänzen, und so gab er sich weitschweifenden Spekulationen über das Sinnen und Trachten Napoleons hin, das er mit Details, die er seinen Gästen abgelauscht hatte, anfütterte. Er war damit stets Mittelpunkt.

Es dauerte jedoch nicht lange, dass er auch hier ins Visier geriet. Major Frankenberg und der Freiherr von Saß, seine Vorgesetzten, machten mit dem Grafen Bila, dem obersten Kommandeur der knapp vierhundert Kopf starken Ansbacher Husaren-Truppe, Front gegen ihn. Erst versuchten sie, sich ihm anzubiedern und ihm militärische Geheimnisse zu entlocken. Dann aber, als Solms, der das Spiel sofort durchschaute, nichts preiszugeben imstande war – er hatte ja selbst keinen Einblick –, ließen die drei ihn jeden Tag spüren, dass er sich bloß keine Vorteile davon versprechen solle, mit dem König Friedrich Wilhelm III. verschwägert zu sein. Bei den Exerzitien bekam er die schwersten Übungen zugeteilt, und die Vorgesetzten ärgerten sich umso mehr, dass Solms diese, wenn auch nicht immer mit Bravour, doch so vorbildlich absolvierte, sodass die Kameraden ihn nachzuahmen trachteten.

Die Folge war, dass die permanenten Nadelstiche, denen Solms ausgesetzt war, sein Selbstbewusstsein durchlöcherten und seinen Argwohn schürten. Er fragte sich, warum er nicht schon längst zu einer höheren Laufbahn berufen worden war, und vermutete, dass eine viel höhere Macht dahintersteckte als die seiner Vorgesetzten Bila und Frankenberg. Und es dauerte nicht lange, bis er davon überzeugt war, dass für all die Erniedrigungen und Kränkungen, die ihm widerfuhren, kein Geringerer als der König höchstselbst verantwortlich zu machen war. Er steigerte sich mit jedem Becher Bier und mit jeder fortschreitenden Stunde so sehr in diesen Gedanken hinein, dass er am Ende dieser Abende in Friedrich Wilhelm den Anstifter einer Verschwörung sah, deren lange Hand bis hierher nach Ansbach reichte, wo er zwischen deren Fingern zerquetscht werden sollte. Er witterte Heimtücke, Verrat und eine von oben befohlene Intrige.

Ich werde es diesem Schuft zeigen, sprach er zu sich. Ich weiß schon lange, dass er in Friederike nicht nur eine Schwägerin sieht und eine Freundin. Die Rente, die er ihr zur Verfügung stellt, ist Zeichen genug! Allein damit macht er sich schuldig. Er will sie haben, dachte er, so wie sie alle haben wollen, diese Louis Ferdinands – Solms ballte die Faust – und dieses üble Franzosenpack, das nur dem Bratenduft folgt und sich bei uns schadlos hält und sich die Lippen nach ihr leckt. Aber nicht mit mir! Nicht mit mir! Ich habe es satt, dass man mich verhöhnt, dachte er und griff nach dem nächsten Becher Bamberger Bier. Sollen die doch alle sehen, was sie von ihrer Arroganz haben! Ich werde mich für niemanden schlagen. Nicht mehr! Nicht noch einmal! Ich habe mich einmal geschlagen, und obwohl ich glaubte, gewonnen zu haben, habe ich nur verloren. Ich habe alles verloren. Alles. Meinen Ruf, meine Heimat, meine … ach, einfach alles.

Wenn er an diesem Punkt seines Gedankenparcours angekommen war, schlug seine Stimmung unweigerlich von Wut ins Weinerliche um. Er war ergriffen von Selbstmitleid und grollte dem Schicksal.

Ja, dachte er dann, alle wollen Friederike haben, aber ich bin der Einzige, der sie wirklich liebt! Und was habe ich alles dafür bezahlt, ihr diese Liebe zu beweisen? Ich habe die Vaterschaft angenommen für das Kind meines ärgsten Rivalen, ich habe mich nach Ansbach, ins Nirgendwo, versetzen lassen, und ich erdulde die Feste, die sie für diese fürchterlichen Franzosen ausrichtet, die so grässlich, dumm und gemein sind, dass man versteht, warum Napoleon hinter ihnen her ist. Mir platzt der Kopf aus Hingabe zu ihr, aber alle spucken nur auf mich.

Er machte ein schmatzendes Geräusch.

»Solms, was ist mit Euch?«, fragte Graf Usedom, während er ihm den Stapel mit den Karten zum Mischen hinschob.

»Was soll schon sein?«, sagte Solms, der kurz seinen Kopf schüttelte, um wieder zu Verstand zu kommen.

»Ich dachte nur. Ihr habt gesprochen.«

»Gesprochen?«

»Ja.«

Solms sah von Usedom erschrocken an und wusste nicht, was er antworten sollte. Er fühlte sich beschämt.

»Ach, nichts, Usedom. Nichts ist, ich habe nur nachgedacht.« Er schob ihm die Karten hin. »Es wird heute nichts mit einem Spiel«, sagte er, indem er ihn verlegen anblickte. »Ich gehe zu meiner Frau.« Doch als er aufstand, bemerkte er, dass er nicht mehr sicher auf den Beinen war, und steuerte seine Kammer an.

Am kommenden Tag kehrte er zurück ins Ansbacher Schloss. Auf dem Weg dahin war ihm ein wenig bange. Was würde Friederike darüber denken, dass er quittieren wollte? Er fürchtete ihre Vorwürfe. Doch er musste sie langsam in seine Pläne einweihen, das hatten sie sich gelobt, nur wusste er nicht, wie. Er hatte überlegt, ihr eine Brosche zu kaufen, die er ihr gleichzeitig mit seinem Geständnis überreichen wollte. Dann aber war er von diesem Vorhaben abgerückt, weil es ihm doch recht durchsichtig vorkam. Außerdem – er reckte sein Kreuz, als er das dachte – habe auch ich in unserer Ehe ein Recht auf Glück. Ich habe ihre Ehre gerettet, nun muss sie mir zur Seite stehen. Das haben wir uns in der Dorfkirche am Großen See gelobt und danach viele Male mehr.

Er blinzelte in den hellblauen Himmel hinauf und sah einem Schwarm Vögel hinterher, die, aufgescheucht durch den Hufschlag seines Pferdes, einem Baum entwichen. Er zog die Zügel und lächelte. Diese Harmonie, dachte er, wie sie so im stillen Einverständnis das Weite erobern. So war es damals auf unserer Bootsfahrt.

Er nahm es als gutes Omen.

Als er sich mit der Hilfe seines Stiefelknechtes seines Schuhwerks entledigte, sah er schon, wie Friederike zum Foyer gelaufen kam, und mit jedem Schritt, mit dem sie sich ihm näherte, verblasste seine Manie, sich von jedermann abgelehnt und abgewertet zu fühlen. Er schob den Knecht zur Seite und breitete, obwohl er nur in Strümpfen dastand, seine Arme aus, in die sich Friederike ohne Scham hineinstürzte. In einem endlosen Kuss besiegelten sie die Freude ihres Wiedersehens, und sowohl Solms als auch Friederike hatten für diesen Augenblick das Gefühl, dass alles gut war, so wie es war. Jede Angst, jede Sorge war mit der Wärme des anderen vergessen gemacht, und was blieb, war das Gefühl von Vertrauen und Liebe.

Wir haben so viel miteinander durchgemacht, dachte Solms, da werden uns ein paar arrogante Franzosen nicht auseinanderbringen.

Und Friederike dachte das auch.

Als sie voneinander abließen, blickten sie sich so lange in die Augen, wie man das bei Kinderspielen machte, bei denen man darin wetteifert, wer zuerst wegblickt.

»Du hast verloren«, sagte Friederike und lachte.

»Nein, ich habe gewonnen«, sagte er und küsste sie gleich noch einmal.

Dann zog sie ihn in das Zimmer, wo die Kinder untergebracht waren. Friederike, die Älteste, die die Tochter des Prinzen Ludwig war, stürmte ihm mit einem selbst gemalten Bild entgegen, das Solms in seiner Husarenuniform zeigte.

»Danke!« Er war stolz auf das Mädchen und streichelte ihr den Kopf.

Der kleine Wilhelm stand brav daneben und sagte, dass die Sonne auf dem Bild von ihm stamme. Solms lachte und strich auch ihm über den Kopf.

Dann führte ihn Friederike zu der Wiege, in der die kleine Luise Auguste lag. Solms wollte ihr über die hellroten Wangen streicheln. Da griff das Kind plötzlich mit einem Glucksen nach der großen, rauen Hand, die sich ihrem kleinen Körper entgegenstreckte, und Solms ging das Herz auf, als er in die blauen Augen seiner süßen Tochter sah, die denen von Friederike so sehr glichen.

Alles wird gut, sprach er sich zu, alles wird gut.

Friederike aber war in ihren Gedanken sofort wieder bei ihrem Fritzchen und fragte sich, wie es ihm wohl ginge. Seit Wochen schon hatte sie wieder keinen Brief von Luise bekommen – was ihr wegen der Gäste, die sie hier bewirtet hatte, gar nicht aufgefallen war. Ach, ich habe nur einen Traum: nicht nur den Mann zu haben, der mich liebt, sondern endlich auch einmal meine ganzen Kinder um mich versammelt zu wissen.

Sie sah Solms von der Seite an.

»Kommen Sie, ich zeige Ihnen etwas.« In ihrer Stimme lag Melancholie.

Solms richtete sich auf und folgte Friederike in den Weißen Salon, wo alles wieder so hergerichtet war, wie sie es vor Jahren vorgefunden hatten. Um den Kamin, der gegenüber den wandhohen Fenstern eingemauert worden war, standen drei Canapés, die mit weißem Atlas überzogen waren. In deren

Mitte ein Tisch, worauf sich eine Etagere mit feinem Gebäck befand, das, wie Solms sofort bemerkte, nicht von Friederikes Hand stammte. Auf einem Rechaud köchelte eine Kanne mit Mokka.

»Ich habe Sie vermisst.« Da Solms ein paar Schritte hinter ihr ging, drehte sich Friederike zu ihm hin.

Er aber war irritiert. »Es ist so still hier«, sagte er.

Es war eigentlich eher eine Frage. Er wunderte sich darüber, dass nichts von der Geschäftigkeit zu spüren war, die das Schloss in den Wochen vor seiner Abreise so in Atem gehalten hatte. Im Gegenteil, er hörte weder Befehle noch Geklapper, aus der Küche drang kein Bratenduft in die Beletage, und das Personal, das man für die Bewirtung der Franzosen engagiert hatte, war auf geheimnisvolle Weise unsichtbar – so als ob es nicht anwesend sei.

»Ja, sie sind weg.« Friederike wies Solms an, sich hinzusetzen, und reichte ihm einen Mokka.

»Nein, danke.« Er wedelte mit dem Zeigefinger. »Aber warum sind sie weg?«

»Ach, die Karawane zieht weiter. Der Fürst von Thurn und Taxis musste wieder nach Paris, und Therese ist zurück nach Regensburg gefahren, wohin sie ihr gefolgt sind. Allesamt.«

»Ich bin froh.«

»Sie konnten sie nicht leiden.« Friederike suchte nach ihrer Häkelarbeit und fand sie in einem Körbchen neben dem Kamin.

»Natürlich konnte ich sie nicht leiden. Sie haben sich benommen wie in einer billigen Kaschemme, und sie haben mich verhöhnt.«

»Das haben sie nicht.«

»Sie wissen es genau.«

»Ja … Aber Sie müssen nicht immer alles so ernst nehmen. Sie machen sich zu viele Gedanken. Ihre Schwermut … sie war schon immer etwas, was Ihnen im Wege stand. Was können die

Ihnen schon anhaben? Es sind alles arme Menschen, die aus ihrer Heimat gejagt wurden …«

»So, wie sie sich aufgeführt haben, hätte ich sie auch verjagt – früher oder später.«

»Solms!«

»Ach, jetzt verteidigen Sie sie auch noch!«

»Nein, nein …«

»Aber wie soll ich es dann verstehen?«

»Ach, nichts … Es ist nur … Nehmen Sie sich doch nicht immer alles so zu Herzen.«

»Ich soll mir nicht immer alles zu Herzen nehmen? Was sagen Sie da?« Er drehte sich über die Rückenlehne zur Tür und rief einem der Lakaien zu, ihm eine Flasche von dem Klingenberger zu bringen.

Friederike zog ganz kurz die Augenbrauen zusammen, wollte aber nicht hässlich wirken, und legte dann die Hand auf seine. »Solms, Sie trinken zu viel.«

»Ich trinke so viel, wie ich will.«

Er schenkte sich selbst ein, nahm aber dann nur einen Schluck, um den Kopfschmerzen, deren Vorboten er schon spürte, vorzubeugen. Er wusste, dass er zu viel trank, und er schämte sich, dass es seiner Frau aufgefallen war.

Friederike tat so, als ob sie von alldem nichts mitbekäme, und konzentrierte sich auf ihre Häkelarbeit.

Nachdem sie eine Weile geschwiegen hatten, sprach sie ihn direkt an. »Was werfen Sie mir vor?«

»Ich? Ihnen? Nichts. Ich habe Ihnen nichts vorzuwerfen. Ich denke nur, dass Sie sich verändert haben.«

»Ich, mich? Wodurch?« Sie kettete eine Reihe ab.

»Es ist nicht mehr so, wie es war …«

»Aber was habe ich falsch gemacht?«

Friederike merkte, dass ihr die Hände zitterten, und als Solms nach dem Wein griff, wusste sie, dass nun der Tag gekommen war, an dem sie dafür, dass er ihre Ehre gerettet hatte, würde zahlen müssen: Er hatte sie nie etwas spüren lassen, sie waren glücklich gewesen, und sie hatte das bekommen, was sie sich ersehnt hatte: einen liebenden Mann und liebende Kinder. Aber da gab es auch die Einsamkeit, die Verbannung in das Exil und den Wunsch, wieder dazuzugehören. Es nagte an ihnen. Friederike wusste, wie Solms dachte: Er gab nicht etwa ihr die Schuld, weil sie als Schwester der Königin ohne königliche Erlaubnis geheiratet und damit dem König gar keine andere Wahl gelassen hatte, als sie vom Hofe zu jagen. Nein, er gab sich selbst die Schuld an ihrer Lage. Er glaubte, dass der König die Verbannung ausgesprochen hatte, weil er, Solms, ein nachgeborener Prinz ohne Apanage, nicht dazugehören sollte. Sie wollten ihn nicht in der Familie haben. Es hatte nur selten Momente gegeben, in denen Friederike ihn von dieser Manie hatte abbringen können.

»Sie haben nichts falsch gemacht. Es ist nur, dass ich unser häusliches Glück lieber mochte. Ihre Stimme, Ihr Spiel auf der Gitarre … Mir ist Gesellschaft lästig.« Er hangelte sich zum Wein.

»Ja, aber die Franzosen sind doch nun fort.«

»Dennoch …«

Friederike wusste nicht, wie weiter. Sie stand auf, schenkte sich einen Mokka ein, nippte daran, stellte fest, dass er zu bitter war, und schob die Tasse auf den Tisch. Sie sah zu Solms hin, der ihr krank und kläglich vorkam. Sie fühlte sich hilflos und ängstlich.

»Ich …«

»Ja?« Friederike setzte sich neben ihn.

»Ich habe quittiert!«

»Sie haben *was*?«

»Ich habe den Dienst bei den Husaren quittiert.«

»O Gott! Solms!« Sie drehte sich zu ihm hin. »Aber was ist in Sie gefahren? Was ist los? Und wie sollen wir das alles bezahlen? Die Kinder, den Haushalt, das kann ich doch nicht alles alleine tragen. Sie hätten mich einweihen müssen. Wir haben eine Abmachung! Wir haben die Abmachung, dass wir einander alles anvertrauen!«

»Sehen Sie, das ist es, was ich meine. Ich bin Ihnen nie genug als der, der ich bin.«

Sie ließ die Arbeit auf den Boden fallen und wollte ihn in den Arm nehmen, aber er wehrte sie ab.

»Solms, das ist nicht wahr. Das ist nicht wahr! Wie können Sie nur so grausam sein? Ich habe immer nur Sie gewollt! So, wie Sie sind.«

Weinend lief sie hinaus.

53

Friederike rechnete nach. Die zweiundzwanzigtausend Taler, die sie von Friedrich Wilhelm III. zugesprochen bekam, reichten gerade aus, um für sie und die Kinder die Kosten zu decken. Solms hatte mit seinem Sold seinen Unterhalt beglichen – aber das war nun vorbei.

Wie so oft, seit sie in Ansbach und Triesdorf lebte, überschlug sie ihr Haben und ihr Soll und ordnete die vielen Rechnungen, die sie noch zu bezahlen hatte. Es war ein Ritual geworden, das sie alle drei Monate wiederholte. Diesmal aber sortierte sie mit strengerem Blick. Ihr Auskommen war schon immer knapp gewesen, aber dass Solms den Dienst quittiert hatte, würde sie in echte Nöte stürzen.

Seine Entscheidung hatte sie voneinander entfernt: Sie hatten nach diesem Geständnis tagelang nicht miteinander gesprochen, und wenn sie sich abends im Zimmer zum Musizieren trafen, herrschte statt familiärer Wärme die Kälte unausgesprochener Vorwürfe. Es war nicht einmal im Ansatz möglich, Solms nach seinen Beweggründen zu fragen. Genau diese Unklarheit, dieses Versteckspiel war es, was Friederike am meisten enttäuschte. Sie vermutete, dass es mit seinem leidenden Gesichtsausdruck zu tun hatte, aber er wollte nicht darüber sprechen.

Sie war zum ersten Mal wütend auf Solms, dem sie alles verziehen und dem sie immer gedient hatte – so viel hatte sie ihm zu verdanken. Aber es war das erste Mal, dass er eine Entscheidung ohne sie getroffen hatte. Wenn sie nur gewusst hätte, was ihn dazu bewogen hatte – es hätte alles abgemildert. So aber musste sie in den sauren Apfel beißen und kauen, ohne eine Miene verziehen zu dürfen.

Solms dachte gar nicht daran, sich zu rechtfertigen, und strafte sie für ihre Fragen, indem er das Gespräch auf gänzlich unverfängliche Themen wie die Erneuerung des Brunnens, die Jagd mit Hohenlohe oder gar das Wetter lenkte. Er wollte nicht darüber reden, und so unterließ es Friederike nachzuforschen, obwohl sie nicht wusste, wie sie sich nach außen hin verhalten sollte. Was tun, wenn die Verwandten, wenn Luise oder gar ihr Schwager, der König, nachfragte?

Sie rückte ihren Stuhl zurecht und breitete mehrere Bögen Papier auf ihrem Schreibtisch aus. Wie immer notierte sie auf jedem der Blätter eine andere Art der Ausstände – eines war für Schulden, die sie sofort zu begleichen gedachte, ein zweites für Schulden, die sie durchaus, aber zu einem unbestimmten Zeitpunkt zu bezahlen gedachte, und das dritte Blatt füllte sie mit Ausständen, die sie nie zu zahlen gedachte. Es war bei ihr eher klein.

Friederike hielt es anders als die vielen hochgestellten Leute ihres Standes, die anschreiben ließen und hofften, dass die Scham der Gläubiger, sie anzusprechen, höher sei als deren Not. Der Vicomte de Turenne etwa hatte ihr anvertraut, dass er schon seit Jahren jeden Mittag in einer Restauration in der Nähe des Platanengartens einkehrte, ja, es sogar ganz selbstverständlich fand, dort einen bereits für ihn eingedeckten Tisch vorzufinden, von wo aus er die ganze Stube überblicken konnte; und er sei nie, nie in die Verlegenheit gekommen, auch nur einen Sou zu zahlen. Er war der Auffassung, dass der Wirt es als Ehre betrachten solle, ihn beköstigen zu können – und tatsächlich war es so, dass viele Schaulustige ebenfalls zur Mittagszeit diese Stube besuchten, allein um einen Blick auf den auffälligen Gast aus Frankreich zu werfen. Bauffremont, wie die Polignac ihr zugetragen hatte, lehnte es sogar ab, jegliche Arztrechnungen zu bezahlen. Denn er war so überzeugt von seinem Gottgnadentum, dass er es als das Geringste betrachtete, von einem Arzt seine Gesundheit und Unversehrtheit wiederherstellen und garantieren zu lassen. Niemals hätte er für eine derartige Leistung bezahlt.

Friederike sah das anders. Nachdem ihr fünf Kinder weggestorben waren, sah sie in der Heilkunst der Ärzte den höchsten Segen – und ihr wäre nicht einmal der Gedanke gekommen, beim alten Rosenheimer, der jedes Mal, wenn sie nach ihm schicken ließ, sich selbst in der Nacht mit seiner abgewetzten Arzneitasche zu ihr aufmachte, säumig zu sein. Er hatte nicht nur ihren Kindern, sondern auch ihr selbst schon große Dienste erwiesen.

Nur was Solms betraf, konnte keiner helfen. Was daran lag, dass Solms sich niemandem erklären wollte.

Friederike legte die Rechnung auf den Stapel, auf dem sie die Rechnungen sammelte, die sie zwar bezahlen wollte, aber für die sie Aufschub erbitten musste.

Ihrer Vorleserin und Kammerfrau hatte sie seit mehr als zwei Jahren nichts zukommen lassen. Was war angemessen?, fragte sie sich. In Berlin hatte sie diese Dienste mit einer Kette aus Perlen entlohnt. Aber Ansbach war nicht Berlin, und das Fräulein Zeuner reichte weder mit ihrer Stimme noch mit ihrem Geist an die gute Berg heran. Würde die Zeuner sich mit einem Ring zufriedengeben?

Friederike sah in ihre Schatulle und seufzte: So viele Stücke waren dahingegangen – als Lohn für diese oder jene Gefälligkeit. Und wenn es so weiterginge, dann würde sie in Gesellschaften bald nur mehr mit ihrer Schönheit und ihrem Haar glänzen können, das man nach der neuen Mode gottlob offen trug, sodass sie mit ihrer üppigen Lockenpracht überspielen konnte, was sie an Geschmeide nicht mehr besaß.

Kurzum: Es sah nicht gut aus, und die Tatsache, dass Solms ohne Absprache mit ihr seinen Dienst quittiert hatte, verschlechterte die Lage immens.

Was konnte sie nur tun? An wen sich wenden? Therese war die Einzige in der Familie, die niemals Geldsorgen hatte. Aber Friederike war, nach den vielen Déjeuners und Soupers, die ihre Schwester ihr zuliebe so großzügig ausgerichtet hatte, nicht imstande, sie um eine Unterstützung für ihre private Schatulle zu bitten. Der Glanz der Feste hatte die wirkliche Lage Friederikes überspielt. Therese wusste nicht, wie es um ihre Schwester stand – und Friederike schämte sich, den wahren Grund für ihre Not zu nennen.

Denn sosehr sie sich auch über Solms' eigenmächtiges Handeln wunderte, ja, ärgerte, so sehr würde sie ihn vor der übrigen Familie verteidigen. Die Jahre der Verbannung hatten sie vorsichtig gemacht, und die kleinen Spitzen, die sie früher gepiekt hatten, waren nun zu Ungeheuern geworden, die immer und immer wieder ihre Gedanken bedrohten und beherrschten: *»Das mit Solms, das haben wir schon immer gewusst. Das ist so ein Charakter, der will nach oben und verdient es doch nicht, dort zu sein.«* Sie hörte die Stimme der Großmutter Scho'sch in ihren Ohren, die schon, als Friederike mit Solms durch die Gärten von Braunshardt spazieren gegangen war, fand, dass er nicht gut genug für ihre Enkelin sei.

»Das musste ja so kommen.« Charlotte, die Älteste des Schwesternquartetts, kam ganz nach ihrer Tante Ugly, der Königin von England, die ebenfalls Charlotte hieß und nach der sie auch benannt worden war. Sie war so empört gewesen über die heimliche Hochzeit von Friederike und Solms, dass sie erst auf gutes Zureden von Luise wieder mit ihr verkehrte – sie war fest entschlossen gewesen, mit ihr auf ewig zu brechen.

»Er war doch nur darauf aus, Karriere zu machen. Ohne dich ist er nichts wert.« Friederike wusste nicht mehr, wer das ausgesprochen hatte, aber sie vermutete, dass man das allgemein über sie und Solms dachte, und jetzt, da sie sein Auskommen auch noch zu tragen hatte, sprach aus diesem Urteil ein Körnchen Wahrheit, das sie nicht wahrhaben wollte.

Es ist hoffnungslos, sagte Friederike zu sich selbst. Nicht einmal Georg, dem Einzigen, der um ihre Nöte wusste, wollte sie sich anvertrauen – so sehr fürchtete sie, dass auch er in den Chor der Anwürfe gegen ihre Ehe einstimmte, den sie schon zum Schweigen gebracht hatte, aber von dem sie fürchtete, er könne jederzeit wieder anschwellen.

Sie griff noch einmal zu ihrer Feder und durchforstete ihre Ausgaben. Ihre Stirn zog Falten, als sie überlegte, wo sie sparen konnte.

Bei der Erziehung ihrer Tochter Friederike? Das konnte sie nicht riskieren. Sie war eine Prinzessin von Preußen, die Nichte des Königs Friedrich Wilhelm III., und sie würde sie nur gut verheiraten können, wenn sie ihr für alle Fächer die besten Lehrer angedeihen ließ, die es hier in dieser Region gab. Wilhelm, ihr ältester Sohn mit Solms, und die kleine Luise Auguste sollten dem in nichts nachstehen – das hätte Eifersüchteleien zur Folge gehabt, die Friederike schon bei ihren kleinsten Regungen zu unterbinden trachtete. Sie waren eine Familie, und sie hatte alle ihre Kinder gleich lieb.

Obwohl … Für einen Augenblick hob sie den Kopf, blickte aus dem Fenster und sah, ohne dass sie es wahrnahm, lange auf die prächtige Platane, die vor dem Fenster stand. Ihre Gedanken waren in Berlin, bei ihrem Fritzchen.

Am Anfang ihrer Verbannung hatte sie jede Minute an ihn

gedacht und sich nicht vorstellen können, ihn jemals auch nur einen Augenblick vergessen zu können. Sie glaubte, das war sie ihm schuldig, weil sie gefehlt hatte und ihn deswegen zurücklassen musste. Nun dachte sie zwar täglich an ihn, wenn auch nicht in jeder Sekunde. Am Anfang hatte sie geglaubt, dass ihre Liebe zu ihm schwinden würde, und ihrer Schwester in flehenden Briefen geschrieben, wie sehr sie sich danach sehnte, ihn wieder in die Arme schließen zu können. Sie hatte Luise gebeten, ob sie etwas beim König bewirken möge – aber nie war eine Antwort darauf gekommen.

Mit den Jahren und den Geburten ihrer weiteren Kinder hatte Friederike neue Sorgen, sodass ihre Sehnsucht etwas gelindert wurde. Nur ab und zu flackerte sie auf, wie jetzt. Dann war Friederike voller Fragen: *Wie es dem Fritzchen wohl geht? Wie er sich macht im Unterricht? Ob er gesund ist und wohl?* Wie er sich zu Pferde mache und bei den Fechtübungen, die er als Preußenprinz im Alter von zehn Jahren zu absolvieren hatte. Ob er in diesen Dingen nach seinem Vater komme, der militärisch so begabt und ein exzellenter Reiter gewesen war. Sie hatte so viele Fragen. Und die größte davon war: Wann endlich, wann werde ich ihn wiedersehen – meinen Ältesten?

Diese Schlittenfahrt der Gedanken machte sie so nervös, dass sie aufstand und nach der Hausdame rief, die ihr noch nicht einmal die Post gebracht hatte. Vielleicht ist ja eine Nachricht dabei, sagte Friederike zu sich, deren Leben oft so trostlos verlaufen war und die dennoch nie die Hoffnung aufgab. Sie strich ihr Kleid glatt, bevor sie den Stapel entgegennahm. Langsam sortierte sie die Briefe, deren Inhalt sie oft schon an den Absendern erkennen konnte. Bettelbriefe von exilierten Franzosen, die sich für ihre Gastfreundschaft bedankten, aber gerne wieder eingeladen werden wollten. Briefe von Gläubigern, die ihre Säumigkeit anmahnten. Briefe von Gästen, die sich ankündigten, weil sie für die Durchfahrt nach Norden eine Unterkunft benötigten.

Und da – Friederike glaubte, nicht recht zu sehen, aber da war er: Unter allen Briefen dieser Welt hätte sie die kindliche, unausgereifte, aber sonnige Schrift ihrer Schwester Luise erkannt. Luise!, dachte sie: Endlich! Luise schreibt. Ich kann es kaum fassen!

Voller Gier, Zuversicht, Freude und Glück riss sie das blaue Siegel mit dem preußischen Adler und den weit geschwungenen und ineinander verschlungenen Buchstaben »L« und »R« auf – die für Luise und Regina standen, dem lateinischen Wort für »Königin«. Schon während sie die Zeilen überflog, waren alle Sorgen, die ihr das Geld und Solms' Austritt machten, wie hinweggefegt. Sie stürmte aus ihrem Zimmer zu dem Gemach, in dem sie ihren Mann vermutete, und rief, ohne Rücksicht auf den Lakaien, den sie beinahe umgestoßen hätte:

»Solms! Solms!«

»Was haben Sie denn, was Sie so bewegt?«, fragte er, als sie in sein Gemach stürmte. Er lag auf einer Chaiselongue und hielt sich den Kopf. Die Vorhänge waren zugezogen, es roch säuerlich.

Friederike, die sonst aufmerksam war und sofort gefragt hätte, wie sie ihrem Mann helfen könnte, merkte gar nicht, dass sie ungelegen kam. Sie plapperte vor lauter Aufregung los. In wenigen Wochen erwartete man sie, also Solms und Friederike, zu einem großen Familientreffen in Paretz. Das schreibe Luise.

Sie hielt Solms den Brief hin, aber erzählte weiter, ohne abzuwarten, ob er ihn lesen würde.

Der König habe die zähen Verhandlungen mit Napoleon satt und wolle die Familie um sich haben. Deshalb plane er dieses Jahr keine sommerliche Huldigungsreise durch die Provinzen, sondern wolle ein paar schöne Wochen in Paretz verbringen, dem hübschen, ländlichen Schloss mit Mustergut. Und dazu seien sie und Solms herzlich gerne eingeladen.

»Ist das nicht wundervoll?« Friederike setzte sich auf die Kante der Chaiselongue, sodass Solms ein wenig zur Seite rücken musste. Immer noch hielt er sich die Hand auf die Stirn, in der sich – für Friederike unsichtbar – ein kühlendes, feuchtes Tuch befand.

»Ja, das ist wundervoll.« Solms' Stimme klang matt.

»Und das Schönste ist: Ich kann endlich mein Fritzchen wiedersehen!«

Solms malmte mit den Zähnen. Er konnte das Fritzchen nicht leiden. Aber er nahm Friederikes Hand und küsste sie.

Verwundert sah sie auf das feuchte Tuch.

54

Hundertundsechzehn Stunden lagen zwischen Berlin und Ansbach. Für eine derart lange Reise wurde die »Traumkutsche« angeschirrt. Sie hatte ihren Namen von der kleinen Prinzessin Friederike, die sich dort immer hinschlich, wenn der Kutschenwart Potje, ein Holländer mittleren Alters, den es mit Solms hierherverschlagen hatte, vergessen hatte, die hölzerne Tür zur Remise zu verriegeln.

Der Name »Traumkutsche« übertrieb jedoch die Eigenschaften des Gefährts bei Weitem. Denn der Morast, die Schlaglöcher und die unbefestigten Wege hatten aus dem einst beeindruckenden Gefährt innerhalb von nur zehn Pendelfahrten zwischen Ansbach und Triesdorf eine morsche Chaise gemacht.

Aber Potje hatte Schmied und Wagenmacher herbeigerufen, als er erfahren hatte, dass die Herrschaften gen Berlin aufzubrechen gedachten. Und die kleine Friederike hatte dem umtriebigen Schaffen mit ihren großen blauen Augen beigewohnt, während sie ihre handgenähte Puppe vor dem Lärm der Hämmer schützte. Sie war traurig, weil sie erfahren hatte, dass sie nicht mitfahren durfte, und überlegte, ob und wie sie sich in der Kutsche verstecken sollte, um sich erst, wenn es kein Zurück mehr gab, zu erkennen zu geben. Doch Potje holte sie mal unter den Sitzen, mal unter der Pritsche des Bocks hervor – und immer sah er in das traurige Gesicht der kleinen Prinzessin, die schon jetzt fürchtete, ihre Mutter für lange Zeit nicht wiederzusehen.

»Aber ich bin doch bald wieder da.« Friederike war in die Hocke gegangen, um mit ihrer Tochter auf Augenhöhe zu sein. »Und dann bringe ich dir aus Berlin eine neue Puppe mit.«

Das Mädchen rieb sich die Augen.

»Mit blondem Haar.«

»Ich will aber mitkommen.« Die kleine Friederike zog die Mundwinkel nach unten, und Friederike war ganz hilflos, weil sie dieses Gespräch nun schon mehr als zehn Mal geführt hatte – aber sie konnte es ihr nicht verübeln. Auch sie selbst hatte ja den inständigen Wunsch, endlich alle ihre Kinder wieder vereint zu sehen, und würde in Paretz, wo sich alle trafen, so sehr auf den König einwirken, wie es ihr nur möglich war, damit dieser Wunsch endlich in Erfüllung ging. Auch ihr zerriss es das Herz, wieder ein Kind zurücklassen zu müssen.

Sie versprach ihrer Tochter, so oft wie möglich zu schreiben und bald wiederzukommen – und vielleicht, dachte sie, würde sie sogar das Fritzchen, Friederikes Bruder, mitbringen. Aber das wagte sie nicht auszusprechen. Sie wollte bei der Kleinen keine Hoffnung entfachen, die möglicherweise enttäuscht werden könnte.

Der Morgen war kühl, aber den Atem konnte man nicht sehen.

Solms half Friederike in die Kutsche. Er war ein wenig ungeduldig wegen einiger Verzögerungen, die durch die Kinder, insbesondere die kleine Friederike, zustande kamen, die sich unter dem Sitz der Chaise versteckt hatte und dort gerade noch rechtzeitig entdeckt worden war. Aber auch Solms hatte Mitleid mit dem Mädchen, das ihm in seiner Sanftheit lieb geworden war und das ihn an Friederike erinnerte, wie er sie damals erlebt hatte, als sie sich kennengelernt hatten. Er hatte sie ins Herz geschlossen wie seine eigene Tochter.

Heute aber war er gereizt. Sein Kopf war schwer. Diesmal war es nicht seine Krankheit, sondern es war der Wein, der ihm zu schaffen machte – den Vorabend der Abfahrt hatte er statt mit Friederike mit dem Grafen Glaser verbracht, den er noch aus der Garnison kannte, und reichlich getrunken. Das steckte ihm nun in den Gliedern. Sosehr er sich auch freute, nach Paretz zu fahren, so sehr scheute er es. Der König wird mich bearbeiten, weil ich quittiert habe, sagte er zu sich, während er sich an die Schläfen griff. Wie soll ich ihm das nur erklären? Ich kann nicht, ich will nicht, ich werde nicht zurück in den Dienst gehen. Komme, was wolle.

Er sah nach unten zu dem Mädchen hin. Das Weinen der kleinen Friederike berührte seine Nerven noch mehr, und statt sie auf den Arm zu nehmen, packte er sie härter an als üblich, worauf das Mädchen zwar sofort still war, aber ihn so entsetzt ansah, dass er sich schämte. Sofort setzte er ihr einen Kuss auf das Haar.

»Es ist schon gut, meine Kleine. Du bist ein tapferes kleines Mädchen, und Papa ist ganz stolz auf dich.«

Dann gab er ihr einen zärtlichen Klaps auf die Schulter. Aber Friederike sah ihn immer noch erschrocken an. Solms seufzte und überließ das Kind der Nounou Babette.

Die weichen Sitzgelegenheiten waren mit Pelzdecken belegt, und an verschiedenen Stellen an den Wänden baumelten kleine Ledersäcke mit Verpflegung und Tabak. Eine weitere Kutsche für das Fräulein Zeuner und einen Diener stand bereits abfahrbereit vor den Stallungen. Vier bewaffnete Reiter bildeten Vor- und Nachhut – der König wollte Friederike gut beschützt wissen. Aus Thüringen waren Überfälle gemeldet worden, und eine Bande Mordbrenner verunsicherte die südliche Grenze zu Brandenburg. Die vierköpfige Garde stand militärisch korrekt, und sie wirkten wenig erfreut über den bevorstehenden Befehl, nun bis ins ferne Preußen reiten zu müssen.

Als Potje die Peitsche knallen ließ, verließen die beiden Kutschen den Vorplatz des Schlosses und nahmen Fahrt auf. Glücklicherweise schien das Wetter stabil und trocken, was hieß, dass es eher unwahrscheinlich war, dass die Kutschen alsbald in schlammigen Untergrund geraten würden. Sie hatten Anweisung, zügig zu fahren, um das Wetter auszunutzen und bis zum Abend möglichst viel Strecke zu bewältigen. Trotz der dadurch erzeugten Vibrationen fiel Friederike in tiefen Schlaf, kaum dass sie aus Ansbach herausgekommen waren.

Auch sie hatte eine lange Nacht hinter sich, weil sie sich fragte, wie der König die Sache mit Solms aufnehmen würde, und Anwürfe aller Art fürchtete, die sie drängten, ihre Ehe zu verteidigen, obwohl sie doch gerade jetzt auch ihre Sorgen mit ihm hatte.

Zärtlich deckte Solms sie mit der Pelzdecke zu. Als sie nach einer Stunde wieder erwachte, blieb ihr eine bleierne Müdigkeit in den Gliedern, die sie schweigsam stimmte. Die Ungewissheit, was sie in Preußen erwarten würde und wie sie nach mehr als sechs Jahren der Trennung auf das Königspaar zutreten sollten, beschäftigte beide.

Solms blickte nach draußen über die Felder, dann sah er zu seiner Frau, die sich zu seinem Erstaunen an ihn angelehnt hatte. Er ließ sie gewähren und genoss die Wärme ihres kleinen Körpers. Sie war ihm ein Rätsel geworden. Der jüngste Streit zwischen ihnen hatte sie beide dazu verführt, Dinge auszusprechen, die belastend im Raum standen. Es hätte nie so weit kommen dürfen, sagte Solms zu sich. Es ist dadurch zu viel Porzellan zerbrochen, dabei waren sie sich doch immer gut. Aber Therese, der Fürst von Thurn und Taxis, diese arroganten Franzosen, sie hatten ihr beschauliches, schönes Leben ein für alle Mal beendet – auch wenn sie längst abgereist waren. Denn seit sie aufgetaucht waren, war nichts mehr so, wie es früher war. Die schönen Abende zu zweit bei Hausmusik und zärtlichen Worten – vorbei.

Seitdem hatte auch sein Leiden überhandgenommen. Seine Kopfschmerzen waren zum permanenten Begleiter geworden. Noch im Schlaf machten sie sich in seinen Träumen bemerkbar. Eine permanente Müdigkeit und Gereiztheit waren die Folge.

Friederike wusste nichts davon, tat seine Ungerechtigkeiten als Launen ab und vermutete einen unaufhaltsamen Verlust von Selbstgewissheit bei ihrem Mann, gegen den sie keine Mittel fand. Auch ihr war daran gelegen, die lange Fahrt in der Kutsche zu nutzen, um die Wunden, die geschlagen worden waren, zu heilen. Sie liebte ihn, er war immer noch ihr Glück, aber er hatte eine Seite offenbart, die ihr nicht geheuer war.

Dann und wann steckte Solms den Kopf aus dem verhangenen Fenster ins Freie, um sich zu orientieren und den Duft der Landschaft zu genießen. Er sah wunderschöne Alleen mit alten Buchen, die Spalier standen. Gehöfte, kühle Äcker und Schwärme von Vögeln. Weiler und Dörfer, aus deren Mitte ein Kirchturm ragte, deren Form sich änderte, je höher sie in den Norden fuhren – um Ansbach herum noch runde, gütige Zwiebeltürme, weiter oben spitze Türme, die mahnend wirkten.

Potje und seine Kameraden, trotz lederner Hose und wollenem Rock in schwere Decken gehüllt, unterhielten sich angeregt. Nur selten war ein Kommando an die braven Pferde zu vernehmen: »Na los, Madame! Nicht nachlassen, altes Mädchen.« Die Peitsche knallte kurz.

Wenn sie durch ein Städtchen fuhren, kam es vor, dass die Bürger ihnen winkten – sie wussten nicht, wer sie waren, aber die zwei Vorreiter und die Nachhut sowie das preußische Wappen auf der Seite der Kutsche ließen sie vermuten, dass es sich um hohe Herrschaften aus dem Königshaus handelte. Einmal kam es sogar vor, dass ein Blumenmädchen, als sie die hübsche Friederike sah, so angetan war, dass sie ihr ein Sträußchen in den Fond reichte. Ein anderes Mal kam es zu unvermittelten Jubelrufen. Meist aber waren die Bürger brav und gingen geschäftig ihrem Tagwerk nach, sodass es für Solms und Friederike außer einem Kartenspiel wenig Ablenkung gab.

So fuhren sie über Stunden ohne Halt, ohne dass die Gelegenheit für ein Gespräch genutzt wurde. Aber sie spürten, dass sie einander auch ohne Worte vieles mitteilten. Ein wenig erinnerten sie sich beide an die Stunden im Park von Schönhausen, wo sie in stillem Einvernehmen nebeneinanderher gegangen waren – und wo weder Friederikes Trauer um den Tod ihres Mannes noch das aufdringliche Werben des Prinzen Louis Ferdinand sowie Solms' hoffnungsloses Werben um sie die Gewissheit getrübt hatten, dass sie füreinander bestimmt waren.

Als sie nach zwei Wochen Fahrt in Paretz ankamen, waren Friederike und Solms wieder in der verliebten Stimmung, mit der sie einst Preußen verlassen hatten.

55

Als die »Traumkutsche« – die ihrem Namen nach der Fahrt von Ansbach nach Paretz noch weniger Ehre machte als zuvor – nach vierzehn Tagen und einer Nacht vor dem Schloss Paretz hielt, staunten die livrierten Diener, die die hohen Gäste in Empfang nehmen sollten, nicht schlecht, als ihre Herrin, die Königin Luise, mit gerafftem Rock und so, dass man ihre Waden sehen konnte, auf das Gefährt zustürmte – und die Prinzessin Friederike unter Jubeln in die Arme schloss.

»Ich bin toll, toll, toll, ganz schlitter-rasend toll vor Freude, dich zu sehen!«

»Meine geliebte Luise!«

»Meine geliebte Friederike!«

Und so ging es eine ganze Weile hin und her.

»Das ist die Prinzessin Friederike, die Schwester der Königin«, sagte Meier, der Chef der Garde, halblaut zu seinem Nachbarn, der noch nicht lange bei Hofe diente. Aber der wusste schon Bescheid und neigte das Haupt, als die beiden Schwestern unter Küssen und Umarmungen und Beteuerungen den Weg entlanggingen, ja, mehr hüpften, und glucksende und kichernde Freudenlaute von sich gaben.

Niemand achtete auf Solms, der sich schwer damit tat, aus der Kutsche zu steigen und nach der schaukelnden Fahrt zu festem Stand zu kommen. Er wippte ein paar Mal von einem Bein aufs andere, bis er die Balance gefunden hatte, und ging dann erhobenen Hauptes und an dem Spalier sich verneigender Diener vorbei auf das Hauptportal des Schlosses zu, wo Friedrich Wilhelm III. schon auf ihn wartete.

»Sire, es ist mir eine Ehre, von Euch empfangen zu werden.« Solms verneigte sich, wobei er ein wenig steif in der Hüfte wirkte. Die Garde sah regungslos geradeaus.

»Nicht so förmlich, lieber Prinz Solms. Hier nennen mich alle nur ›Dorfschulze‹.« Friedrich Wilhelm entfuhr ein meckerndes Lachen, aber Solms' Lippen wurden schmal.

Er war verunsichert, weil sich der König so ohne Komplikationen gab. Er hatte fest damit gerechnet, wegen seines Austritts aus dem Dragonerregiment von ihm mit Kälte empfangen zu werden. Aber Friedrich Wilhelm gab sich gut gelaunt und gesellig.

»Ich liebe keine Genres oder Etikette. Sie sind mir lästig. Hier bin ich der Dorfschulze und erhole mich von der großen Politik und den Entscheidungen, die man mich gerade nötigt zu fällen.«

»Napoleon?«

»Kein Wort über ihn, bitte! Hier bin ich ich, und mehr will ich nicht sein. Kein König, kein Prinz und eigentlich noch nicht einmal Dorfschulze. Denn auch der hat Pflichten. Der gute Herr von Paretz, das ist mir das Liebste. Wir sind hier *en privé*, und das muss auch so bleiben. Ohne Rückzug kann man nicht vorpreschen.«

Solms belauerte ihn unter gesenkten Lidern, seine Augenbrauen waren zu einem durchgehenden Strich geworden. Er fragte sich, ob sich der König, den er weitaus reservierter in Erinnerung hatte, einen Scherz mit ihm erlaubte. Doch der sprach unbeirrt weiter:

»Ich habe allen Ministern verboten, mich hier mit ihren Depeschen zu behelligen. Die einzige Einladung, die wir anzunehmen gedenken, ist das Richtfest. Der Turm der Kirche ist erneuert worden. Das wollen wir kräftig feiern.«

Solms' Verunsicherung wuchs: Die Franzosen, die im preußischen Ansbach Exil gefunden hatten und die er so oft bewirtet hatte, hätten sich nicht in ihren schlimmsten Albträumen auf eine Verbrüderung mit einer einfachen Dorfgemeinde eingelassen; der preußische König hingegen strebte dem Gegenteil zu und machte sich offenbar mit ihnen gemein. Beide Strömungen erschienen Solms sehr extravagant.

So beschloss er, nichts weiter dazu zu sagen, und lag damit richtig. Niemand erwartete, dass man das Verhalten eines Königs kommentierte. Man nahm es hin.

Ihre Schritte knirschten im Kies.

»Folgt mir«, sagte Friedrich Wilhelm und wies Solms den Weg neben den Wirtschaftshäusern vorbei zum Garten an, der auf der anderen Seite des einfachen Schlosses lag. »Ihr werdet mit mir vorliebnehmen müssen, die Damen haben wohl etwas zu bereden.« Er hatte beobachtet, wie Solms Luise und Friederike mit den Augen verfolgt hatte. »Ein Bier? Ihr hattet eine lange Fahrt. Ich werde Bier kommen lassen. Wir trinken hier immer noch das gute Fredersdorfer. Meine Frau liebt es, und ich tue es auch. Darf ich?« Der König zeigte mit der Hand die Richtung an, und Solms sah, dass unter ein paar kräftigen Linden ein Tisch eingedeckt war, neben dem ein livrierter Diener bereits mit Erfrischungen wartete.

Die Männer lächelten sich zu, wobei Solms noch einen Blick auf seine Frau riskierte, die er in trauter Einheit mit ihrer Schwester auf das Schloss zusteuern sah.

Ich bin froh, dass sie sich wiederhaben, dachte er. Aber er merkte auch, dass er sich fürchtete. Der Einfluss, den Luise auf Friederike hatte, war immer groß gewesen. Sie hat mich nie leiden können, sagte Solms zu sich, wie wird sie nur über mich denken, wenn sie erfährt, dass ich quittiert habe? Er seufzte. Hinter seinem Rücken nahm er das Lachen der Schwestern wahr.

Diese hatten das Wiedersehen im gleichen Maße gefürchtet, wie sie sich darauf gefreut hatten. Jede hing insgeheim ihren Gedanken nach. Luise fragte sich: Was wird Friederike sagen, wenn ich ihr von der Sache mit dem Zaren Alexander erzähle und von der Verstörung, die mein Briefwechsel mit ihm bei mir ausgelöst hat? Und Friederike fürchtete sich vor den Warnungen Luises, wenn sie ihr beichten würde, dass Solms quittiert hatte, und vor den Fragen zu ihrer Ehe, die so abenteuerlich begonnen hatte.

Sie musterten einander heimlich und voller Unsicherheit gegen sich selbst, denn jede merkte, dass die andere sie beobachtete.

Luise freute sich, ihre Schwester so gesund zu sehen. Ihre Haut ist immer noch schön, sagte sie zu sich, und ihre Zähne glänzen wie Perlen. Nur ihr Kleid ist noch das, das ich kenne. Es stammt noch aus ihrer Zeit mit dem Prinzen Ludwig. An dem Abend, an dem ich die Kartenlegerin engagiert hatte, hatte sie es das erste Mal an – das ist schon lange her. Zehn Jahre, elf Jahre? Luise schluckte. Meine arme Friederike, dachte sie, sie war so reich, und nun geht es ihr wie damals in Darmstadt, als wir die alten Kleider unserer Mutter und unserer Tanten aufgearbeitet haben. Sie durchströmte ein Schwall von Mitleid. Doch als sie Friederike von der Seite ansah, schien sie ihr glücklicher, als sie sie jemals gekannt hatte. Ihre Züge sind weich und voller Anmut, sagte Luise zu sich und war ein wenig beruhigt.

Auch Friederike sah heimlich an Luise auf und ab. Ihr Kleid ist von feinstem Stoff und nach der neuesten Mode, dachte sie. Schön sieht sie aus, so würdevoll und repräsentativ. Sie ist die Person geworden, die sie immer sein wollte. Aber da ist etwas, was mir fremd ist. Doch was? Friederike sah ihre königliche Schwester noch einmal an und überlegte. Erst als das Gespräch stockte, fiel ihr auf, dass es das erste Mal war, dass Luise nicht danach gefragt hatte, wo Friederike hatte schneidern lassen, und dass sie sich nicht gegen ihren unterschwelligen Neid zur Wehr setzen musste.

Friederike biss sich auf die Lippen. Sie hat gesehen, dass ich arm bin, dachte sie. Beschämt blickte sie zu Boden.

Diese Fremdheit zwischen ihnen war neu. Sie machte beide verlegen.

Aber es war das Talent von Luise, die Peinlichkeit, die sich zwischen Menschen breitmachen konnte, wegzunehmen. Wann immer ein Gespräch ins Stocken geriet, Luise konnte es beleben und sogar so befeuern, dass ein verloren geglaubter Abend unvergessen wurde.

Es gab viele bei Hofe, die ihr nachsagten, ihr Charakter hätte keine Tiefe, weil sie so oft und gerne über Mode sprach und über Schmuck und Dekors und Architektur und ganz allgemein über schöne Dinge. Aber Luise wusste, dass die Mode und all das Metiers waren, zu denen jeder etwas beizutragen hatte, und dass man damit eine Unterhaltung beginnen konnte, die sonst möglicherweise gar nicht geführt worden wäre – oder aber in betretenem Schweigen geendet hätte.

Diesmal wählte sie die Architektur.

»Komm mit, ich führe dich durch das Schloss.«

Luises Geschick wirkte auch dieses Mal. Erleichtert hakte sich Friederike bei ihrer Schwester unter. Sie fühlten sich beide wohl auf diesem neutralen Terrain. Und tatsächlich hatte

Friederike Luises kleines Sommerschloss in der Mark Brandenburg, das sie seit nunmehr acht Jahren bewohnte, noch nie gesehen. Selbst in der Zeit, als sie selbst noch in Berlin und auf Schloss Schönhausen gelebt hatte, hatte sie nie Gelegenheit gehabt hierherzukommen. Sie staunte über die bewusst zurückhaltende, aber gleichzeitig großzügige und repräsentative Gestaltung der Räume.

»Wie schön du es hier hast! Wer hat es gemacht?«

»Es war Gilly. Der Vater, nicht der Sohn. Er ist natürlicher und nicht so ambitioniert wie Knobelsdorff. Mein Mann schätzt ihn sehr, nur die Voß hat ständig etwas zu meckern. Du kennst sie doch noch …?«

»Wer könnte sie jemals vergessen!« Sie kicherten.

»Sie findet es zu kalt hier und nicht im Geringsten hübsch. Und sie beißt sich an Gilly fest. Er ist ihr zu gewöhnlich, weil er manchmal selbst zupackt, statt Anweisungen zu geben. Sie hat mehr Dünkel als wir beide zusammen … Los, lass uns in den Salon gehen.«

Friederike staunte über die luftige und frische Anmutung der Ausstattung. Die papiernen Tapeten im Salon gaben Landschaftsmotive wieder und vermittelten den Eindruck, dass man ins Weite blickte und hinauf in einen blassblauen Himmel, der mit Schäfchenwolken bevölkert war. Bäume ragten raumhoch in die Höhe, Vöglein schwärmten, und die Landschaften wurden durch plätschernde Bäche geteilt, deren Ufer bunte Blumen säumten. Diese Täuschung, auf eine sprießende und gedeihende Paradieslandschaft zu blicken, wurde durch ein schmiedeeisernes Geländer verstärkt, das ebenfalls aufgemalt war und sich auf Hüfthöhe über den ganzen Raum erstreckte, dort, wo man sonst eine Vertäfelung fand.

»Schau, da kann man bis nach Charlottenburg sehen«, scherzte Luise, denn der Ausblick, auf den sie deutete, hatte weder mit Berlin noch mit Charlottenburg zu tun. Aber Friederike nahm den Faden dankend auf. Sie freute sich, dass die

Leichtigkeit ihre anfängliche Befangenheit übertrumpfte, und stimmte in Luises gute Laune ein:

»Ja, und der Blick nach Ansbach, den müssen die Maler noch herbeizaubern.«

»Ist schon in Auftrag«, gab Luise zurück. Auch sie war froh, dass die Stimmung wieder an den unbeschwerten Ton anknüpfte, den sie von früher kannten. Luise zeigte von der Mitte des Raumes aus durch eine raumhohe Glastür nach draußen und wies Friederike auf die Sichtachse hin, die vom Salon zu einem Pavillon am anderen Ende des Parks führte, der so gestaltet war wie die Landschaft auf den Tapeten. Die gesamte Atmosphäre gab die Stimmung eines Gartens wieder, der nach allen Seiten endlos war und ein bisschen das himmlische Paradies, so wie man es sich erhoffte, vorwegzunehmen schien.

Dann gingen die Schwestern in das Arbeitszimmer von Luises Mann, wo hinter verglasten Schranktüren Bücher eingeschlossen waren, auf die Friederike sogleich ihren Blick richtete.

»Er liest Schiller?«, fragte sie Friederike, die auf einen Gedankenaustausch mit dem König hoffte.

»Nein, ich. Es sind meine Bücher. Das Fräulein von Berg hat mich damit bekannt gemacht, und ich finde ihn sehr gut.«

Sie lachten, weil Friederike Luise damit neckte, dass sie doch eigentlich für La Fontaine schwärmte, und weil Luise daraufhin – so ganz anders als früher, wo sie auf ihre Würde bedacht war – ungeniert zugab, dass sie ihn immer noch mochte, aber dass sie als Königin doch auch einiges an Lektüre nachgeholt habe, was sie als Prinzessin verpasst hatte zu studieren. Und an Schiller habe sie sogar richtig Gefallen gefunden.

»Ich wollte ihn sogar nach Berlin holen«, sagte Luise und begann zu erzählen, wie sie mit Schiller angefangen habe zu korrespondieren und wie sie den König davon hatte überzeugen können, ihm eine Stelle anzubieten, dieses Vorhaben aber durch den plötzlichen Lungentod des Dichters im Mai durchkreuzt worden war, als eigentlich alles schon fertig arrangiert für ihn war und er nur noch umziehen hätte müssen.

»Wir waren alle überrascht. Es kam so plötzlich.«

»Ja, es ist so traurig. Ich kenne keinen, der das nicht betrauert.«

So fanden die beiden Schwestern nach und nach Gemeinsamkeiten, über die sie unverfänglich reden konnten, und ebneten damit den Weg für eine Vertrautheit, von der beide hofften, dass sie sich bald wieder einstellen möge.

In den nächsten Wochen fanden sie tatsächlich zu alten Gewohnheiten zurück. Sie waren wie zwei Kätzchen, die unbeschwert spielten und keinen Gedanken daran verschwendeten, was andere über sie dachten.

Einmal schlichen sie sich in die Puderkammer, die direkt neben dem Schreibtisch des Königs gelegen war – und erschreckten ihn, als sie ihm, mit Mehl überstäubt, als weiße Gespenster erschienen.

»Oder Engel«, wie der König entgegenhielt. »Die sind auch weiß.«

Er freute sich nach den beschwerlichen Verhandlungen mit Napoleon und dem Zaren Alexander – die ihn beide auf ihre Seite zu ziehen beabsichtigten, obwohl er doch unparteiisch bleiben wollte – über das beständige Lachen der Schwestern, das die Flure und Fluchten des Schlosses erhellte. Genau das war sein Ansinnen gewesen, als er sich dazu durchgerungen hatte, Friederike trotz der Verbannung, die er ausgesprochen hatte, nach Paretz einzuladen. Endlich wieder Frohsinn in meinem Hause, dachte er und blätterte in einer Zeitung, die ihm der Diener auf den Schreibtisch gelegt hatte.

Ein anderes Mal vergnügten sich Luise und Friederike beim Billard, was keine der beiden Schwestern wirklich beherrschte, sodass gleich mehrere Kugeln über die Bande sprangen und so laut über den Holzboden kullerten, dass bei Solms, der sich bei jeder Gelegenheit empfahl, die Kopfschmerzen wieder aufflackerten.

Wenn das Wetter es erlaubte, dann erkundeten sie die Gegend zu Fuß. Sie gingen eine halbe Meile hinunter nach Ütz, wo die Havel flach und breit floss. Oder sie ließen sich auf einem Leiterwagen über den mit Kopfsteinpflaster befestigten Weg ziehen, der das Mustergut, das zur linken und zur rechten Seite des Paretzer Schlosses errichtet worden war, teilte. Die Bauern überreichten ihnen Sträuße aus frischen Ähren, und beide Schwestern fühlten sich wieder so geschmeichelt wie damals, als sie ihre Brautfahrt nach Berlin angetreten hatten.

Eines Sonntags, nachdem sie in Begleitung ihrer Männer und einiger Gäste den Gottesdienst des Pastors Lehnert besucht hatten, der im Gegensatz zum Berliner Prediger Sack bildhaft und lebendig sprach, zogen sich die beiden Schwestern in Luises Gemach zurück. Der Septemberhimmel war wolkig, und es war schon mittags halbdunkel. Eine Tasse Tee bei Gebäck erschien den beiden Schwestern die beste Möglichkeit, einem drohenden Regen zu entkommen. Sie ließen den Ausflug, den sie üblicherweise nach dem Gottesdienst machten, ausfallen. Weil es etwas abgekühlt war und Luises Zimmer nach Nordwesten hin lag, hatten sie ein Kaminfeuer entfachen lassen. Wie früher saßen sie gemeinsam auf dem Canapé und vertrieben sich die Zeit mit Handarbeiten. Genau genommen gab sich nur Friederike dieser Tätigkeit hin, Luise sah ihr zu.

»Wie machst du das?« Luise, die nicht besonders geschickt in häuslichen Dingen war, ließ sich von Friederike zeigen, wie man an den Kragen eines Jäckchens eine Kapuze daranhäkelte, die das Kind vor Wind und Kälte schützen sollte. Beide starrten sie auf die Handarbeit. Luise bewunderte, wie sicher Friederike die Nadel durch die Maschen führte. Sie fragte: »Für wen häkelst du das?«

»Für meine kleine Luise Auguste …« Friederike ließ den Blick nicht von ihrer Arbeit ab, um sich nicht zu vertun.

»Ist sie hübsch?«

»O ja, sie ist so rund und fett und voller Wonne.« Nun senkte sie doch die Hände und sah Luise an. »Ich denke oft an sie und vermisse sie so sehr. Das Jäckchen wollte ich der Nounou schicken, die es ihr dann anziehen soll. Ach, wenn es doch möglich wäre, dass ich ein Bild von ihr hätte oder dass sie ganz bei mir wäre. Weißt du, wonach ich mich am meisten sehne?«

»Nein, nach was?« Luise griff nach dem halbfertigen Jäckchen und studierte es genau.

»Endlich mit all meinen Kindern vereint zu sein. Vermisst du deine Kinder denn nicht? Wieso sind sie nicht mit uns hier in Paretz?«

»Es ist nicht üblich, als Königin die Kinder bei sich zu haben. Wir sind keine Bürgersleute, und die Voß nimmt das genau. Es wird immer noch viel geredet in Berlin … Das weißt du ja. In Berlin sehe ich sie übrigens auch nur in der Stunde nach dem Aufstehen. Wie oft haben wir unseren Vater gesehen? Und dennoch ist unser Papa der liebste und beste der Welt.«

»Das heißt, sie waren noch nie hier?« Friederike zog eine Augenbraue hoch.

»Doch, doch. Sicher. Der Kronprinz und Wilhelm waren einmal hier. Sie haben im Salon mit Marschall Blücher Federball gespielt. Dabei ist eine Vase kaputt gegangen.«

»Aber das ist doch nicht schlimm.«

Doch Friederike dachte sogleich an das teure Stück aus der preußischen Porzellanmanufaktur, das ihr die Franzosen bei ihrem ersten Besuch in Ansbach zertrümmert hatten. Das hatte sie auch erbost, und sie konnte Luise ein wenig verstehen, dass sie das nicht ohne Strafe hinnahm. Dennoch dachte sie: Es war etwas völlig anderes, wenn Kinder, die eigenen Söhne zumal, so etwas taten. Sie wunderte sich über ihre Schwester. So hatte sie Luise gar nicht in Erinnerung.

»Aber Luise«, sagte sie. »So streng kenne ich dich gar nicht. Es sind doch Kinder, da gehört das doch dazu.«

»Wo denkst du hin? Es waren nicht die Kinder. Blücher war das.« Luise prustete diesen Satz heraus wie ein Mädchen.

»Ach so! Ja, ich kenne ihn noch, den Marschall Vorwärts! Das kann ich mir gut vorstellen.«

»Ja, selbst hier im Salon geht ihm sein Temperament durch.«

Doch Friederike kam schnell wieder zum Kern ihres Interesses zurück. Sie wendete ihre Häkelarbeit und schlug neue Maschen an. »Aber vermisst du deine Kinder denn nicht?«

»Ich sehe sie, sooft ich will und kann. Aber wir reisen viel. Im Frühjahr und Herbst sind wir zum Manöver in Potsdam, dann in Berlin, des Sommers sind wir auf Huldigungsreisen. Da können sie nicht mitkommen. Das ist einfach zu beschwerlich.«

Luise sprach ganz selbstverständlich, was Friederike befremdete. Nie hätte sie die Pflicht des Ranges über ihre Pflicht als Mutter gestellt – aber sie hatte auch nie wie Luise danach gestrebt, Königin zu werden. Das ist wohl der Preis für diese Würde, dachte sie. Immer auf Reisen, immer fort von den Kindern. Ein trauriges Leben, wenn ich es leben müsste.

Sie nahm die Schere und schnitt den Faden ab, den zu vernähen sie sich gleich anschickte.

Luise sah, dass Friederike nachdachte, und bemerkte, dass ihre Worte auf die Schwester, die seit Jahren von ihrem ältesten Sohn getrennt war, hart und abschreckend wirken mussten. Sie genierte sich und suchte nach einer Möglichkeit, dem Gesagten die Schärfe zu nehmen. Sie sprach ein wenig schneller als gewöhnlich, als sie sagte:

»Es muss fremd für dich klingen. Aber sie sind in guten Händen, und mein Mann und ich besprechen uns fast täglich mit den Mädchen und den Erziehern. Sie machen alle gute Fortschritte und sind erstaunlich helle. Carl zum Beispiel. Er hat sich zum Geburtstag eine Taschenuhr gewünscht – dabei ist er erst vier Jahre alt geworden.« Das Tempo ihrer Worte sollte ihre Taktlosigkeit überspielen. Aber Friederike unterbrach sie:

»Er wird es seinen älteren Brüdern abgeschaut haben. Ich

habe mir auch immer alles bei euch abgeschaut. Besonders bei dir.«

Luise versteifte sich überrascht. Ihr Rücken wurde ganz gerade. Sie schüttelte den Kopf. »Was hast du dir denn von mir abgeschaut? Du warst doch in allem besser als ich.«

Friederike war erstaunt über den Anflug von Selbsterkenntnis, den Luise an den Tag legte. Sie ist reifer geworden, dachte sie und sagte: »Aber du bist die Ältere von uns beiden. Hast du dir nie etwas von Therese oder Charlotte abgeschaut?«

»Ich wollte so erwachsen sein wie sie. Ich war ganz neidisch, dass Therese heiraten durfte.«

»Heiraten. Stimmt. Du wolltest immer heiraten, und du wolltest Königin werden. Jetzt bist du es geworden …«

»Und du wolltest immer nur lieben und geliebt werden. Einen Mann und viele Kinder. Mehr war dir nicht wichtig. Auch du hast das bekommen, was du dir immer gewünscht hast.«

»Ja, das habe ich. Nur …«

»Bist du glücklich?«

»Doch, ja, natürlich …«

»Aber etwas ist doch?«

»Ich vermisse mein Fritzchen so sehr.«

Luise schwieg. Da war es heraus. Es tat ihr leid, ihre Schwester so zerrissen zu sehen und dennoch nichts für sie tun zu können. Der König hatte Friederike und Solms verboten, Berliner Boden zu betreten. Ihr war es deshalb verwehrt, ihren Sohn zu besuchen, der mit ihren Kindern im Kronprinzenpalais gut untergebracht war. Luise hatte alles dafür getan, dieses Verbot, das noch aus der Zeit von Friederikes Verbannung stammte, aufzuweichen, so sehr wollte sie ihrer Schwester den Wunsch, ihr Kind zu sehen, ermöglichen. Sie hatte ihren Mann bekniet und gebettelt, nichts hatte geholfen. Sie empfand Mitleid und Scham im gleichen Maße, als sie ihre Schwester sagen hörte:

»Ich denke so oft daran, das Fritzchen mit uns allen vereint zu sehen. Meine kleine Friederike vermisst ihn auch. Warum ist es uns bloß nicht vergönnt, eine Familie zu sein? Alle zusammen, wie wir es uns immer gewünscht haben.«

»Ach, Ika.« Luise wunderte sich selbst darüber, dass sie ihre Schwester bei dem Kosenamen nannte, den sie in ihrer Kindheit für sie gebraucht hatte. Aber es entsprach ihrem zärtlichen Gefühl für sie und der Ohnmacht, ihr den Schmerz, den sie fühlte, nicht nehmen zu können. »Es ist so viel passiert, und ich habe mich, nachdem du damals abgefahren warst, oft gefragt, ob es das wert war.«

Friederike wollte sprechen, aber Luise schüttelte den Kopf. Sie sagte:

»Du wolltest Solms, du hast ihn bekommen, und trotz des Betrugs, den du an mir begangen hast … lass mich reden, bitte … denke ich, dass es so richtig war.«

Friederike riss die Augen auf: »Ja, das denkst du? Ich dachte immer, du grollst mir.«

»Wie könnte ich? Es gibt nur eins, was mir Sorgen macht: Ich frage mich schon lange … Also, seit ich Solms jetzt wiedergesehen habe, denke ich … wie er sich verändert hat.«

»Aber haben wir das nicht alle? Wir sind durch eine schwere Zeit gegangen …«

»Das meine ich nicht. Ich meine: Er ist so rot im Gesicht. Er ist nicht dick, aber er wirkt aufgedunsen.«

»Findest du …?« Friederike überlegte. Sie hatte Solms täglich um sich und hatte die Veränderung, die ihr so schleichend vorkam, gar nicht bemerkt, weil sie sich jeden Tag ein wenig mehr daran gewöhnt hatte. Sie schüttelte den Kopf, weil sie nicht glauben wollte, dass sie so blind war für die mutmaßlichen Leiden ihres Mannes, die Luise wahrgenommen haben wollte. Hatte sie recht? Ihr kam Solms immer stabil vor. Er trank, das war ihr schon aufgefallen, aber krank, hatte sie gedacht, war er doch nur vom Wein – und wer war das nicht?

Luise riss sie aus ihren Überlegungen heraus: »Und manchmal, wenn er spricht, ist seine Stimme so gepresst, dass ich den

Eindruck habe, er bekommt kaum Luft. Ich hatte ihn ganz anders in Erinnerung. Als ihr Berlin verlassen habt, war er stolz und stattlich, aber nun? Er wirkt matt.«

»Was willst du damit sagen?«

»Ich glaube, liebe Ika, er ist schwerkrank.«

Friederike riss die Augen auf: »Glaubst du?«

»Ja, das glaube ich. Hat er dir nie etwas gesagt?«

»Nein.«

Friederike lehnte sich zurück. Mit einem Mal konnte sie sich so vieles erklären. Solms' seltsame *humeurs*, sein Mangel an Gastfreundschaft und letztlich, warum er sich von den Dragonern zurückgezogen hatte. Deshalb hat er quittiert, sagte sie zu sich, aber warum nur hat er mir nichts gesagt? Wir wollten uns doch alles erzählen.

Sie räumte Knäuel, Jäckchen und Nadel zusammen, gab ihrer Schwester einen Kuss und empfahl sich.

So gingen die Wochen dahin, und die Schwestern fanden wieder zu ihrer alten Freundschaft zurück. Einmal sprachen sie über den Zaren Alexander. Luise drängte sich so nah an Friederike heran, dass sie sich nicht in die Augen sehen konnten.

»Du solltest ihn sehen …«

»Es wird mir wohl niemals vergönnt sein. Denn ich werde bald nach Ansbach zurückfahren mit meinem Mann und endlich meine Kinder wiedersehen. Die Nounou schreibt, dass Luise Auguste den ganzen Tag schreit – wegen der Zähne.«

»… er ist ein stattlicher Mann!«

»Luise.«

»Hast du nie nach anderen Männern gesehen?«

»Nein, das habe ich nicht.«

»Oh, das glaube ich dir nicht. Was war denn mit dem Prinzen Louis Ferdinand?«

»Da war ich verwitwet, wie du weißt, und in Trauer.«

Luise überlegte, musste sich aber bald eingestehen, dass

Friederike in der Tat die Tugendhaftere unter ihnen war und sie selbst diejenige, die in Gedanken – und manchmal auch in Worten und Taten – da hinflatterte, wo sie nicht hinflattern durfte.

»Aber er hat dir doch schon vorher gefallen?«

»Dir nicht auch?«

Luise wurde rot. Sie versteckte ihr Gesicht hinter einem Tuch, indem sie so tat, als ob sie sich die Nase tupfte. In Wahrheit verursachte ihr die Frage Pein. Sie konnte nicht leugnen, dass ihr Louis Ferdinand imponiert hatte – damals, als sie jung verheiratet gewesen war. Sie war neu in Berlin gewesen, alles war so aufregend und frisch. Sie war jung und dachte, ihr läge die Welt zu Füßen. Ihr Mann? Ja, sie mochte ihn, er war freundlich, aber ein wenig steif gewesen, als sie ihn kennengelernt hatte. Louis Ferdinand aber hatte etwas von den Helden in den Romanen, die sie so gerne gelesen hatte.

»Du bist so still«, sagte Friederike. »Du mochtest ihn.«

»Ja, ich mochte ihn. Aber ich habe ihn auf eine Weise kennengelernt, die mir einen Schrecken eingejagt hat. Ich kann nur vor ihm warnen.«

Luise sah endlich die Möglichkeit gekommen, Friederike von ihrem Erlebnis mit dem Prinzen zu erzählen, das sie so gedemütigt hatte. Sie sprach zunächst – aus Scham – mit halblauter Stimme, und erst, als sie merkte, dass ihre Schwester ihr gut war, mit voller Resonanz. Sie erzählte davon, wie sie sich heimlich getroffen und geküsst hatten, was Friederike mit einem erstaunten Blick quittierte, und von den vielen Ausflügen, die sie miteinander gemacht hatten, als Friedrich Wilhelm in Polen gewesen war, und dass er auch versucht hätte, sie da zu berühren, wo nur ihr Mann sie hätte berühren dürfen, dass es ihr aber gelungen war, das abzuwehren, obwohl sie es eigentlich nicht abwehren wollte …

Friederike versuchte, den Aufruhr, den sie angesichts dieses Geständnisses verspürte, durch nichts zu erkennen zu geben.

»Ich war jung und unerfahren. Was wusste ich schon über die Liebe, und es hat sich angefühlt wie …«

Sie brach ab, weil sie nicht zu sehr ins Detail gehen wollte. Aber Friederike konnte sich den Rest zusammenreimen. Sie spürte, dass Luise immer schneller sprach, weil sie so aufgebracht war durch die Erinnerung an diese Ereignisse, die schon so weit zurücklagen, aber sich ihr offenbar so präsent zeigten, als ob sie gerade erst geschehen wären. Sie hörte, wie Luise schluckte.

»Er hat mich nur benutzt. Er hat mich benutzt für seinen Ehrgeiz. Er hat mich nie geliebt und wollte meine Ehe beschmutzen, damit er selbst an die Macht kommt.« Luise rieb ihre Finger. »Er hat so viele schöne Worte gemacht. Dabei hat er mich nie geliebt. Es ging ihm nur darum, seinen Willen durchzusetzen. Ach, er ist so falsch.«

Friederike war in Gedanken noch woanders. Sie dachte daran, wie auch sie auf die Zärtlichkeiten des Prinzen reagiert hatte und wie sie es selbst zum Äußersten hatte kommen lassen. Lange hatte sie nicht mehr an ihn und diese eine Nacht gedacht, die zum Tag geworden war. Die Ehe mit Solms hatte alles vergessen lassen und wiedergutgemacht. Aber Friederike konnte es nicht leugnen: Es waren ein Tag und eine Nacht, die mich viel gekostet haben, dachte sie, mir aber auch das gebracht haben, was ich mir immer gewünscht habe. Aber dass Luise ihn geküsst hat – o Gott, das hätte ich nie vermutet. Sie spielt, aber im Herzen ist sie doch bieder und brav. Sie wandte sich Luise zu:

»Ich hätte nie gedacht, dass du …«

»Ach, mach mir keine Vorwürfe, liebe Friederike. Du weißt selbst, wie er ist.«

»Ja, ich weiß, wie er ist.«

»Hast du ihn geliebt?«, fragte Luise.

»Ich weiß es nicht. Er war einfach da.«

»Aber er hat *dich* geliebt. Das weiß ich.«

»Woher?« Friederike war überrascht.

»Alle haben dich geliebt«, sagte Luise. Mit Ausnahme deines Mannes, des seligen Prinzen Ludwig, dachte sie, aber das sprach sie nicht aus.

Friederike löste sich aus der Umklammerung ihrer Schwester und versuchte, ihren Blick aufzufangen, doch diese wich aus. Mit einem Mal kam Friederike ein Gedanke: Sie kannte es schon, dass Luise immer ein wenig neidisch auf sie gewesen war, auch wenn sie nie verstanden hatte, warum. Aber hatte Luise bewirkt, dass der König Louis Ferdinands Antrag abwies? Steckt sie hinter meiner Not, die schließlich zu meiner Verbannung geführt hat? Die Not, ein Kind zu bekommen, ohne verheiratet zu sein? Hat sie, und nicht der König, mein Schicksal besiegelt?

Wie von einem Pfeil getroffen durchlitt Friederike noch einmal den Schmerz, der sie durchfahren hatte, als sie Wochen nach der Nacht mit Louis Ferdinand feststellen musste, dass sie längst über der Zeit war. Ich war vernichtet, dachte Friederike, zerstört, entehrt, gefallen. Eine hoffnungsvolle Prinzessin, niedergetrampelt vom Schicksal. Sie legte ihre Hand auf den Bauch, weil sie spürte, dass ihr Herz zu rasen begann.

»Friederike, was ist?« Besorgt lehnte sich Luise nach vorne: Sie erinnerte sich an ihrer beider Ausflug zu dem Pavillon, in dem sie sich immer mit Louis Ferdinand verabredet hatte, und an die Ohnmacht, die ihre Schwester übermannt hatte, und fürchtete, wieder in eine ähnliche Lage zu kommen.

»Ach, nichts. Es ist wohl das Bier, das wir heute Mittag getrunken haben. Ich vertrage es nicht mehr. Im Fränkischen haben wir uns an den Wein gewöhnt. Alles ist gut.«

Nichts war gut, aber Friederike war nicht in der Verfassung, ehrliche Antworten zu fordern – zu sehr fürchtete sie die Wahrheit auf die Frage, ob Luise ihr Schicksal besiegelt hatte.

Nur eine Frage brannte ihr auf der Seele: Warum nur hatte Luise so viel Sehnsucht nach einem anderen Mann in sich, wo sie doch alles besaß, wonach sie sich immer gesehnt hatte?

Sogar eine Krone, was bei ihrer beider Status als unbedeutende Prinzessinnen bestimmt nicht selbstverständlich gewesen war.

»Es ist …«

»Ja?« Luises Rücken versteifte sich.

»Ich habe nicht das Recht, dich das zu fragen.«

»Bitte, frag!«

»Was ist das für eine Unruhe in deinem Herzen? Und was ist das, was jetzt mit dem Zaren passiert? Warum redest du von ihm, und warum schreibt ihr euch? Bist du nicht glücklich mit deinem Mann?«

Luise schwieg. Es dauerte mehrere Augenblicke, bis sie antwortete: »Doch, das bin ich.« Es war nicht gelogen, denn sie hätte es mit Friedrich Wilhelm nicht besser treffen können. Dennoch … »Du kennst den Zaren nicht. Du musst ihn sehen, dann weißt du, was ich fühle. Jede fühlt es, die ihn sieht. Aber mir schreibt er Briefe.«

Luise ging zu ihrem Sekretär, entnahm eine Lade aus braunem Maroquin und übergab sie an Friederike. »Viele Briefe.«

»O Gott!«, rief Friederike, als sie die ersten Bogen überflogen hatte. Mehr sagte sie nicht.

Als sie abends vor dem Einschlafen nach bewährtem Ritual ihre Rückstände sortierte, indem sie drei Stapel formte, dachte sie darüber nach, wie sie ihre Schwester warnen konnte. Ihr fiel nichts ein.

Dann schrieb sie einen langen Brief an Babette, die Nounou, in der sie nach der kleinen Friederike, ihrem geliebten Wilhelm und der hübschen Luise Auguste fragte, die so herrlich lachen konnte. Das Jäckchen, das sie fertig gehäkelt hatte, legte sie bei.

Nicht nur die beiden Schwestern, auch der Prinz Solms und der König näherten sich auf eine Weise aneinander an, die Beobachter darauf schließen ließ, dass die beiden hohen Herren einander sympathisch waren.

In der Tat fühlte sich Friedrich Wilhelm in der Gesellschaft von Solms wohl. Der König, dem der Hochmut und die Aufgeblasenheit fremd war, die so viele seines Standes wie ein besonderes Merkmal vor sich hertrugen, mochte das einfache Wesen von Solms – auch wenn er fand, dass er manchmal etwas Gequältes an sich hatte und dass er zu viel trank. Er selbst war ein Mann des Maßes und der Mitte, aber ihm war Solms' Sinn für Häuslichkeit lieber als alle großen Bälle dieser Welt. Da wollte er nicht ungerecht sein. Außerdem war er immer, wenn er in Paretz war, guter Laune, weil er weg war von den Geschäften der Diplomatie, die ihm so fürchterlich lästig waren.

Auch Solms fand Gefallen am König. Die anfängliche Befangenheit hatte sich mit jedem Gespräch und jedem Glas Bier, das sie gemeinsam tranken, mehr und mehr verflüchtigt. Niemals hatte sich die Fantasie bestätigt, dass ihn alle nur für einen Parvenü hielten, der Friederike mit niederträchtiger Absicht verführt habe, um sich beste Kontakte zum Königshaus zu sichern.

Im Gegenteil: Der König und er waren meist in gelöster Stimmung, wenn sie sich besprachen. Es gab Momente, da empfand ihn Solms sogar als so verspielt wie einen kleinen Jungen, der nur an sein Steckenpferd dachte, an seine Kreisel und seine Zinnsoldaten. Einmal war es sogar so weit gekommen, dass sie sich auf Geheiß des Königs alle vier – Luise, Friederike, Solms und der König – auf einem Rasen des Schlossparks wiedergefunden und mit verbundenen Augen versucht hatten, einen Topf zu schlagen, unter dem eine Überraschung versteckt war. Solms wurde von Friederike versehentlich in eine falsche Richtung geleitet, aber Friedrich Wilhelm hatte den Topf ertastet und ihn hämmernd und mit Siegesstimmung bearbeitet. Solms merkte, dass die Kopfschmerzen, die ihn sonst nahezu folterten, ausblieben. Er war froh und dachte: Ich muss hier niemandem etwas beweisen.

Denn keiner sprach ihm seinen Rang ab.

Nur eine Sache plagte Solms. Er fürchtete, jederzeit Rede und Antwort dazu stehen zu müssen, warum er seinen Posten als Rittmeister verlassen hatte.

In den ersten Tagen in Paretz war er bei den Tafeln, zu denen sich alle mittags und am Abend trafen, so still, als wolle er sich unsichtbar machen – tatsächlich war das seine Absicht: Er wollte durch nichts das Interesse auf sich ziehen. Denn er spürte, dass er und der König, was Napoleon betraf, gänzlich uneinig waren. Noch immer hatte er diese blasierten, lärmenden und impertinenten Exilanten in Erinnerung, denen er nichts mehr wünschte, als dass ihnen dieser kleine, dicke Korse heftig den Hosenboden versohlte. Kurz: Er hegte klammheimliche Sympathien für Napoleon.

Nach einer Phase der Vorsicht kam für Solms eine – leider nur kurze – Phase der Erleichterung. Dann aber, als es auf die Abreise zuging, bangte er wieder Tag um Tag – manchmal, da man sich nun eher zu Geselligkeiten zu viert traf anstatt eigene Wege ging, sogar Stunde um Stunde –, dass Friedrich Wilhelm ihn zur Seite ziehen und ihn fragen könne:

»Solms, warum habt Ihr quittiert? Das geht nicht. Ihr müsst zurück. Es ist ein Befehl. Jeder Mann muss seine Pflicht tun. Für Preußen!«

Aber es kam nichts dergleichen. Der König, der von Napoleon und vom Zaren in gleichem Maße umworben wurde, hatte gar nicht die Absicht, sich auf eine Seite zu schlagen – deshalb hatte er auch gar nicht die Absicht, mobilzumachen. Und deshalb blieb auch die Frage, die Solms so ängstigte, aus.

Doch es kam alles anders.

Solms und Friederike hatten schon die »Traumkutsche« fertig machen lassen, die diesem Namen endlich wieder gerecht wurde, weil der Kutschenwart sie nicht nur hatte aufwendig renovieren lassen, sondern sich nicht gescheut hatte, ein paar Taler für eine frische Lackierung auszugeben, und sogar den Vergolder herbeigerufen hatte, um das Solms'sche Wappen neu aufzumalen. Da erreichte die Gesellschaft eine Nachricht, die alle Pläne durcheinanderwarf.

Napoleons Truppen, die in drei Kolonnen nach Österreich marschierten, hatten unter dem Reichsmarschall Kellermann die Grenze zu Preußisch-Ansbach überschritten. Berlins Parteilosigkeit war gebrochen, Friedrich Wilhelm musste handeln. Das Erste, was er befahl, war:

»Prinzessin Friederike! Als Schwester der Königin seid Ihr in äußerster Gefahr. Und Solms, Ihr als mein Schwager ebenso. Ich befehle Euch hierzubleiben. Die Oberhofmeisterin wird Euch Quartier machen. Nun geht, geht!«

Friedrich Wilhelms Hals war vor Empörung darüber, dass Napoleon ihn so brüskiert hatte, so angeschwollen, dass er über den Kragen seiner Uniformjacke drückte und man fürchten musste, dass er gleich erstickte. Er besah sich die Karten auf seinem Tisch und wedelte mit seiner behandschuhten Rechten. »Geht!«

Für familiäre Feinheiten verspürte er keinen Sinn mehr. Seine Konzentration war von anderen Dingen gefesselt.

Benommen traten Friederike und Solms aus dem türkisfarbenen Zimmer des Königs heraus, das von einem Moment zum anderen von einem fröhlichen Spielzimmer, wo Luise und sie ihm als mit Mehl bestäubte Gespenster erschienen waren, zur Zentrale der Entscheidungen, der Kommandos und auch der Angst geworden war.

Doch statt Dankbarkeit dafür zu empfinden, dass der König sie wieder in seiner Familie aufgenommen hatte, hatte Friederike nur eine Not. Schon in der Galerie bedrängte sie Solms.

»Solms, sie sind in Ansbach! Napoleon ist in Ansbach …? Was … aber … Mein Gott, die Kinder!«

Er wich ihr aus, doch sie krallte sich in seine Weste.

»Sie … haben es geahnt? Um Himmels willen! Ich mache mir Vorwürfe. Warum haben wir die Kinder dann nicht gleich mitgenommen? Wir hätten …«

Sie begann zu weinen und schlug ihm auf die Brust. Er packte sie an den Schultern.

»So beruhigen Sie sich doch! Bewahren Sie Haltung!«

Mit dieser Forderung ließ er von ihr ab und knöpfte sich die Weste wieder zu, die sich durch ihren Zugriff gelöst hatte. Er wusste selbst nicht, warum er so gelähmt war und nicht die Kraft hatte, seine Frau zu beruhigen – war es die Scham darüber, dass er sich gewünscht hatte, dass Napoleon diesem affektierten Franzosenpack den Marsch blies, und dass es jetzt tatsächlich so weit gekommen war, dass dieser bösartige Korse ausgerechnet da, wo diese sich ballten wie Gewitterwolken, zuerst zustieß? Oder war es die Furcht davor, sich wieder in den Dienst Preußens stellen zu müssen, weil die neue Lage und die Ehre es erforderten? Die wenigen Augenblicke, die die Unterredung mit dem König gedauert hatte, waren Solms zur unendlichen Qual angeschwollen. Jeden Moment fürchtete er, vom König in die Pflicht genommen zu werden. Er war noch wie benebelt davon. Er war sich bewusst darüber, dass er rau gegen Friederike war, aber er konnte nicht aus seiner Haut.

Benommen und enttäuscht von seiner eigenen Unfähigkeit, sah er auf die kleine Gestalt herab, die er so sehr gewollt hatte und die er so sehr liebte, und vernahm regungslos ihre Worte:

»Beruhigen? Was reden Sie da! Wie können Sie so kalt sein? Solms, ich erkenne Sie nicht wieder! Wie kann ich mich beruhigen? Solange meine Kinder nicht hier sind, werde ich mich nicht beruhigen! Wer sind Sie?«

Fragend starrte sie in Solms' angestrengtes Gesicht, doch seine unruhigen Augen boten ihr keinen Halt.

»Aber … So … Bitte, so beruhigen Sie sich doch.«

Ohne ein weiteres Wort drehte sie sich um und verließ den Raum. In der geöffneten Tür wartete ein Offizier, der ihr salutierte und zu einer Kutsche folgte. Solms blieb zurück. Er wagte es nicht, sich ans Fenster zu stellen, um ihr nachzuschauen.

56

Der Schock über die Verletzung von Preußens Neutralität schlug wie ein Komet in Berlin ein. Das friedliche Beieinander in Paretz war aufgelöst, Solms und Friederike mussten zurückbleiben; das Verbot, nach Berlin zurückzukehren, wurde nicht aufgehoben. Friedrich Wilhelm aber war umgehend nach Charlottenburg gefahren, um sich mit seinen Ministern und der Generalität zu besprechen.

Auch der Prinz Louis Ferdinand war sofort herbeigeeilt, was Friedrich Wilhelm nicht ganz geheuer war. Denn Louis Ferdinand versuchte das Kabinett auf Krieg einzupeitschen und rasselte so laut mit dem Säbel, wie es seinem feurigen Temperament entsprach. Der König, der Ruhe zum Nachdenken liebte, hätte ihn am liebsten entlassen – aber andererseits schätzte er Louis Ferdinand für sein militärisches Geschick. Sein Eifer, gepaart mit dem strategischen Gespür des Oberst Massenbach, gab der preußischen Armee jenen furchteinflößenden Kampfgeist, für den sie seit Friedrich dem Großen bekannt war.

Solche Männer brauchen wir, sagte der König zu sich und knirschte mit den Zähnen. Dennoch zögerte er, Louis Ferdinand zum Obersten Befehlshaber zu ernennen.

Er ist Familie, das spricht für ihn, aber er hat zu viel Furor. Das macht der viele Wein, den er trinkt, sagte Friedrich Wilhelm zu sich, und das macht sein unverbesserlicher Ehrgeiz. Er wird mir den Befehl verweigern, weil er alles besser zu wissen glaubt, und dieser Gefahr werde ich mich niemals aussetzen. Er ist theatralisch, ein Hasardeur und ein Spieler.

Andererseits war der Herzog von Braunschweig, den der König für diesen Posten bestimmen wollte, ein alter Mann von bereits über siebzig Jahren. Er war über die Jahre fett und träge geworden und vergnügte sich mit seiner Mätresse, statt seine Truppen exerzieren zu lassen.

Aber reden ließ der König Louis Ferdinand dennoch. Er kannte die Anziehungskraft, die sein Onkel auf das Kabinett hatte. Louis Ferdinand brauchte nicht einmal zu stehen, um alle Blicke auf sich zu ziehen. Er lehnte sich in einem ledernen Armstuhl zurück, schlug die Beine auf jene verwegene Art übereinander, wie man sie nur von den jungen Kavalieren kannte, die im Theaterfoyer auf eine der Tänzerinnen aus dem Eröffnungsballett warteten. Er strahlte eine Selbstzufriedenheit aus, die Friedrich Wilhelm so noch bei niemandem erlebt hatte. Er selbst rieb sich die Augen, während er den Tiraden seines erregten Onkels lauschte.

»Meine Herren!« Louis Ferdinand warf den Kopf in den Nacken. »Napoleon kann nicht gegen Österreich, Russland, England, Schweden, Neapel und die anderen gleichzeitig Krieg führen. Das ist völlig aussichtslos. Er taumelt in seinen eigenen Abgrund, dieser verrückte Korse. Und wir werden es ihm besorgen.«

»Für Preußen!« Auch Massenbach war in Form.

»Für Preußen!«

»Ein Hoch auf den Zaren!«

Zieten, dessen Vater sich seine Meriten beim Alten Fritz verdient hatte und der deshalb immer ein arrogantes Gesicht zog, obwohl ihn nichts dazu berechtigte, sowie Hohenlohe, Görtz und Schill stimmten in den Chor mit ein.

Nur Holtzendorff stand abseits und schüttelte den Kopf. »Meine Herren, woher die Begeisterung? Vor wenigen Monaten noch haben wir überlegt, uns dem Rheinbund anzuschließen und mit Napoleon zu koalieren. Er wollte uns Hannover geben …«

»Zum Preis dafür, dass wir uns England zum Feinde machen? Eine idiotische Idee! Die Königin ist eine Nichte der Königin von England. Die Königin – hoch lebe die Königin!«

»Hoch!« – »Hoch, hoch, hoch!« – »Vivat!«

»Und England ein Freund des Zaren.« Schills Schnurrbart

zitterte. »Sie würden uns zerquetschen wie einen Apfel vor dem Keltern.«

»Ihr nennt mich idiotisch? Was erfrecht Ihr Euch, Schill!« Haugwitz' Ohren röteten sich. »Mit Hannover wäre Preußen arrondiert und alle Exklaven innerhalb einer Grenze. Schon Friedrich der Große hat nach Hannover geschielt. So sagt mir, was am Alten Fritz lächerlich ist? Ihr hättet Euch danach verzehrt, ihm dienen zu dürfen.« Haugwitz hob das Kinn, um größer und bedrohlicher zu wirken.

Massenbach aber spuckte einen Krümel Tabak aus, den er mit seiner Pfeife eingesogen hatte. »Haugwitz, so beruhigt Euch. Es geht Napoleon nicht um Preußen. Auch wenn sein Köder gut schmeckt. Hannover! Natürlich! Wem schmeckt das nicht hier? Aber Ihr wisst, dass in den Plänen Napoleons kein Platz für andere Königshäuser mehr ist. Darum geht es ihm doch! Seine Kriege dienen seiner allmächtigen Herrschaft allein – und nun marschiert er gegen Österreich und durch unser Land. Wie könnt Ihr das gutheißen?«

Schill hatte nicht die Geduld zu vermitteln: »Ja, wollt Ihr denn ein kleines Preußen als Vasallenstaat von des Kaisers Gnaden? Das könnt Ihr nicht wollen! Und Ihr selbst dabei? Als kleiner Leutnant? Das bedeutet Hochverrat, nichts weniger als Hochverrat.«

»Meine Herren! Ruhe!« Friedrich Wilhelm war aufgestanden, und sein hoher Wuchs sowie die Würde seines Ranges ließen alle verstummen. »Was Hochverrat ist und was nicht, das bestimme immer noch ich. In meinem Kabinett herrscht ein patriotischer, freier Geist, für Beleidigungen ist kein Raum. Die Lage ist verzwickt, und es wird wohl heute keine Entscheidung mehr fallen. Ich danke Euch.«

Die Militärs knallten die Hacken, die Minister verneigten sich. Gemeinsam gingen sie sprechend und disputierend und gänzlich eingenommen von der Aussicht, in den Krieg zu ziehen, zur Tür, die ihnen von zwei Lakaien aufgehalten wurde.

Der Prinz Louis Ferdinand hatte gerade die Schwelle erreicht, als der König ihn noch einmal zu sich rief. Er sprach scharf:

»Prinz, ich zähle auf Eure Loyalität. Ihr seid Familie. Und ich zähle darauf, dass Ihr Ruhe bewahrt und Euch davor hütet, in den Salons mobilzumachen. Die Lage braucht Ruhe, keinen Furor. Verstanden?«

Louis Ferdinand nickte und ging rückwärtsgewandt nach draußen. Erst an der Tür drehte er sich um und entfernte sich gemäßigten Schrittes. Der König sah ihm nach und schüttelte den Kopf.

Kaum war Louis Ferdinand draußen angekommen, ließ er nach Massenbach rufen. Gemeinsam fuhren sie in die Spandauer Straße zu Henriette Herz, die schon in Erwartung des hoheitlichen Besuchs eine große Gesellschaft versammelt hatte. Gebannt lauschte sie den Ansichten des Prinzen über Napoleon und die Notwendigkeit, gegen ihn in den Krieg zu ziehen.

In den kommenden Tagen flog ein Schwarm von Boten über die Treppen des Schlosses. Militärische Depeschen, aber auch Anfragen der Verwandtschaft und von beunruhigten Bürgen sowie Angebote der weitverzweigten Familie flatterten dem König auf den Tisch. Nicht alles, was er zu lesen bekam, gab Friedrich Wilhelm bekannt, sodass Minister und Offiziere in seinem Gesicht zu lesen versuchten, ob er eine gute oder eine schlechte oder nur eine nichtige Anfrage empfangen hatte.

An anderen Tagen gab er die Meldungen in der knappen Weise wieder, die ihm den Spottnamen »Prinz Infinitiv« eingebracht hatte. Seine Berater waren ihm dankbar, die Lage brauchte keine langen Worte.

»Ulm gefallen.«

»Österreichische Armee in Auflösung.«

»Französische Truppen vor München.«

»Gefechte zwischen russischen Einheiten und französischer Kavallerie.«

»Napoleons Truppen stoßen gegen Wien vor.«

»Rückzugsgefechte Kutusows.«

Eines Tages ging Friedrich Wilhelm vor dem Kaminsims auf und ab und betrachtete im Vorbeigehen die kleinen Figuren eines Porzellanorchesters aus Affenfiguren, die dort aufgereiht waren. Alle paar Schritte arrangierte er die Figuren neu. Es setzte einen Gitarristen neben einen Harfenspieler, schob einen Trompeter neben einen Flötisten und umgekehrt. Alle verfolgten Friedrich Wilhelms Schritte mit den Augen. Nur Louis Ferdinand wusste, was es mit diesem Orchester auf sich hatte: Es war Kriegsbeute Friedrichs des Großen. Er hatte das Meißner Porzellan-Orchester in Dresden gefunden, als er das Palais des Grafen Brühl plündern ließ. Die Figuren waren kostbar – siebentausend Taler das Stück – und genau genommen ein Affront des Künstlers Kändler gegen den Adel: Denn statt hoher Herren und hoher Damen steckten in den hübschen Kleidern kecke Äffchen, deren abschätziger Gesichtsausdruck das höfische Musizieren als Dilettantismus verhöhnte. Affen, die den Affenzirkus des Adels nachäfften – das war nach dem Geschmack des Alten Fritz, der ein vielgerühmter Virtuose auf seinem Instrument gewesen war und die Künste seiner Standesgenossen als laienhaft empfunden hatte. Er hatte dieses fragile Ensemble geliebt. Es war ihm ein Mahnmal dafür gewesen, dem Staat zu dienen und sich nicht durch Arroganz und Hoffärtigkeit beim Volke unbeliebt zu machen. Er hatte es dem dicken König vererbt, dieser wiederum seinem Sohn, dem König.

Als Louis Ferdinand nun sah, wie sein Neffe vor diesen Figuren Patrouille lief, und bemerkte, dass die Wut in ihm hochkochte wie Milch in einem Topf, da fürchtete er nicht nur um das kostbare Porzellan, sondern war sich gewiss, dass sie mit dem Schlimmsten zu rechnen hatten. Der Prinz, der sich immer so lässig gab, versteifte sich, seine Hände kneteten die Lehnen seines Armstuhls.

»Verdammt!«, brüllte Friedrich Wilhelm plötzlich.

Der Prinz, die Militärs und die Minister schreckten auf.

»Verdammt! Verdammt! Verdammt!«

Friedrich Wilhelm ergriff den Dirigenten des Orchesters und donnerte ihn mit aller Wucht auf den Boden.

Das wird teuer, dachte Louis Ferdinand. Sehr teuer.

Genauso war es: Der König drehte sich zu seinen Leuten und sagte in erregtem Tonfall: »Meine Herren! Bayern verbündet sich mit Napoleon. Er gibt ihnen Ansbach. Unser Ansbach. Preußisch-Ansbach.«

Er wiederholte die Botschaft mit lodernder Stimme und warf dem zerschellten Dirigenten eine Sängerin aus Porzellan hinterher. Die Generalität schwieg, niemand traute sich zu sprechen. Sie wagten es nicht einmal, Blicke zu tauschen. Dann donnerte der König:

»Ich befehle die allgemeine Mobilmachung, meine Herren! Durchzugsrecht für russische Truppen durch Schlesien. Koalitionsfrage bleibt offen.«

Ein Porzellan-Hornist zerbrach in Hunderte von Stücken auf dem Parkett.

Minuten verstrichen, bevor sich die Männer salutierend verabschiedeten.

So entschlossen Friedrich Wilhelm an diesem Nachmittag war, so zögerlich war er am Abend. Er besprach sich mit von Rüchel, dem er vertraute, da er schon unter Friedrich dem Großen und unter seinem Vater, dem dicken König, gedient hatte und bei der Belagerung von Mainz die Order gegeben hatte, die zum Sieg beim entscheidenden Gefecht geführt hatte. Er war trotz seiner bald sechzig Jahre ein wacher Geist geblieben, der das preußische Heer seit seiner Jugend kannte – ja, er hatte sein ganzes Leben in den Dienst des Vaterlandes und des Militärs gestellt. Sein Heim war die Garnison. Wenn er sprach, dann mit Nachdruck und Ernst.

Doch diesmal wartete er ab, bis ihn Friedrich Wilhelm aufforderte zu sprechen.

Der König sagte: »General … Mir ist die Stärke Napoleons durchaus bewusst. Seine Armee scheint unschlagbar. Er kann es mit mehreren Armeen aufnehmen. Ich bin informiert. Seine Soldaten sind jung und haben Übung. Nicht zuletzt verehren sie ihn wie einen Abgott. Und was die andere Sache betrifft … Ich bin Euch dankbar. Über den Zustand der preußischen Armee kommen mir stets nur Lügen ans Ohr. Alle Welt färbt schön … Dieses Gekrieche. Erbärmlich. Es führt zu nichts.« Mit sorgenvollem Gesicht wandte er sich von Rüchel zu. »Die Mannschaftsstärke ist das eine. Anzahl der Geschütze, der Fuhrwerke und Depots liegen klar auf der Hand. Die Moral und die Stimmung der Truppe hingegen ist das andere. Sprecht offen. Das ist ein Befehl!«

Von Rüchel räusperte sich leise. Sein Gesicht war errötet. Er fühlte sich wie ein Verräter, der auszuplaudern gedachte, was alle geheim zu halten versuchten. Eine Krähe hackt der anderen nicht die Augen aus, dachte er. Aber es war ihm Pflicht, dem König die Wahrheit über den Zustand der Armee zu sagen und ihn über die Unwilligkeit und Unfähigkeit der Offiziere aufzuklären, die lieber tranken und spielten und herumhurten, als ihre Truppen auf Trab zu bringen. Er sprach über Schiebungen und Korruption, und er sprach über die Brutalität der alten Garde um von Möllendorff, die die einfachen Soldaten hungern und frieren ließen und ihnen mit dem Stock so zusetzten, dass sie unfähig zum Kampf waren, und schloss mit den Worten:

»Den Gemeinen ist Preußen gleich. Sie werden sich nicht rühren, selbst wenn man sie mit Hand und Peitsche reitet.«

Von Rüchel wusste, dass er sich auf glattem Eis befand, aber angesichts des desolaten Zustandes, in dem sich die Truppen befanden, sah er sich genötigt, dem König ein Bündnis mit Napoleon anzuempfehlen.

»Was spricht dagegen? Die Württemberger haben es getan, Baden, Bayern. Und wie ich weiß, wird auch Sachsen diesem Beispiel folgen.«

Sachsen! Nun war es heraus. Doch von Friedrich Wilhelm kam nichts. Der stand auf und ging auf den Kamin zu, auf dem das durch seine Wut dezimierte Affenorchester stand. Mutlos nahm er eine Sängerin in die Hand und strich mit den Daumen über die fein gearbeitete Figur. Wie schön sie ist, dachte der König, wie zart sie doch ist. Welch kleiner Finger sie wohl geformt, welche zarte Hand sie wohl bemalt hat? Vor seinem inneren Auge erschien das Bildnis einer hübschen Brünetten mit blasser Haut und langen Gliedern.

Er ging zurück und hielt von Rüchel die Affenfigur hin.

»Wie gefällt sie Euch?«

»Sie ist schön.«

»Sie ist aus Sachsen.«

Das Gespräch war beendet.

Als von Rüchel ging, hörte er ein Klirren.

Friedrich Wilhelm blieb kein Augenblick zum Durchatmen. Unaufhörlich trafen weitere Meldungen ein, die eine Verschärfung der kritischen Kriegslage verrieten.

Großes Kopfzerbrechen bereiteten ihm die Meldungen aus Ansbach. Die preußischen Garnisonen innerhalb des französischen Aufmarschgebiets fragten nach Orders, wie sie sich zu verhalten hätten. Was sollte er seinen Offizieren nur sagen? Den Widerstand zu befehlen könnte den Untergang Preußens bedeuten.

Abzuwarten hingegen könnte das gleiche Schicksal bedeuten.

Er war unentschlossen, denn er wollte nur eins: Frieden. Er verstand seine Männer nicht, die sich nach dem Krieg verzehrten. Was trieb sie an, dass sie den Kampf so liebten? Seit den Schrecken von Mainz war ihm jegliches Kriegsgeschrei zuwider.

Der König starrte auf die ausgebreiteten Karten, die auf seinem Tisch lagen. Noch war kein Schuss zwischen Preußen und Frankreich gefallen. Doch er sah sich nicht in der Lage, eine Entscheidung zu treffen.

Da kündigte der Zar seinen Besuch in Berlin an.

Der König verfiel in eine Starre.

Nur eine Meldung heiterte den zerrissenen König auf: Die Kinder der Prinzessin Friederike waren nach langer, beschwerlicher Fahrt aus Ansbach im Schloss Paretz angekommen. Wohlbehalten, wenn auch ziemlich müde. Man hatte sie gleich zum Schlafen geschickt und die kleine Luise Auguste sogar im Zimmer der Eltern untergebracht. Friedrich Wilhelm freute sich, seine Nichte Friederike wiederzusehen, die erst drei Jahre alt gewesen war, als ihre Mutter mit ihr Berlin verlassen hatte.

Ob sie mich wiedererkennt?, fragte er sich. Er überlegte, ob er ihr eine Puppe mitbringen sollte. Wilhelm und Luise Auguste, die Kinder Solms', wollte er ebenfalls beschenken. Er liebte Kinder. Sie waren noch ohne Hinterlist.

57

Solms hatte sie rufen lassen. Als Friederike in sein Gemach trat, stand er mit dem Rücken zur Tür und sah über den Park von Paretz hinweg und zu dem kleinen Pavillon, wo sie sich im Sommer oft zum Tee getroffen und wie früher Karten gespielt oder einander vorgelesen hatten. Nun, Anfang November, war es zu kalt dafür. Man war jetzt mehr drinnen, was zur Folge hatte, dass Solms, dem die vielen Spaziergänge und die frische Luft gutgetan hatten, wieder verstärkt an Kopfschmerzen litt. Er drehte sich um, ging auf seine Frau zu und begrüßte sie mit einem Kuss.

»Danke, dass Sie gekommen sind.« In seinem Blick lagen Schuld und Scham.

»Was ist? Was haben Sie vor?« Friederike löste sich von ihrem Mann und nahm ohne Aufforderung Platz auf einem der gelben Armstühle, deren Blumenmuster das Dekor der Tapete aufgriff.

Solms knetete sein Kinn: »Ich bin Ihnen etwas schuldig, Friederike. Ich habe etwas gutzumachen.«

»Aber Sie haben die Kinder holen lassen. Es ist doch alles gut.«

»Ja, aber ich hätte Sie trösten müssen. Es tut mir leid.« Er sah auf seine Finger und prüfte seine Maniküre. »Sehen Sie! Ich bin nicht immer der, den Sie verdient haben.«

Friederike schwieg.

»Aber ich bin auch nur Gefangener meines Charakters und kann nicht immer so handeln, wie ich es möchte, obwohl ich weiß, was zu tun ist. Sie hatten recht, mir zu grollen.«

»Ich habe Ihnen nicht gegrollt.« Auch sie war eine Gefangene ihres Charakters. Nie hätte sie Solms, der sie vor der größten Schande ihres Lebens bewahrt hatte, seine Verfehlungen nachtragen können – auch wenn sie ihm zürnte. Aber das war eine Sache des Affektes, und sie hatte gelernt, sich zu beherrschen.

»Sie hätten allen Grund dazu gehabt. Ich habe Sie im Ungewissen über die Kinder gelassen …«

»Es war notwendig.«

»Aber es hat Sie traurig gemacht.«

Sie atmete tief ein. »Ja …«

»Nun denn. Wenn Sie erlauben, meine Schuld abzutragen: Dann seien Sie heute Abend um acht Uhr bei der Remise. Sorgen Sie dafür, dass Sie nicht gesehen werden.«

»Was haben Sie vor? Fahren wir zum Fest, das für den Zaren gegeben wird?« Friederike stand auf und stürmte auf Solms zu, so aufgeregt war sie. »Solms! Das wäre so wunderbar. Nichts wünsche ich mir mehr, als einmal den Zaren zu sehen!«

Seit drei Tagen weilte der Zar Alexander mit seinem Gefolge in der Stadt, und ganz Berlin war in höchstem Aufruhr. Déjeuners, Soupers, Bälle und Gesellschaften folgten einander ohne Atempause. Alle großen Familien drängten sich darum, dem Zaren einen Empfang auszurichten und somit auch die Königin Luise und den König Friedrich Wilhelm zu Gast zu wissen. Bei Quittels und Vibeau gab es ein Kommen und Gehen wie sonst nur in der Karnevalssaison, und der Graf Sparr musste heimlich Sekt von einem befreundeten Winzer ankaufen, weil sein ganzer Keller fast leer war – so groß war die Nachfrage.

Es war der sehnlichste Wunsch Friederikes gewesen, an einem dieser Feste teilnehmen zu dürfen. Aber Friedrich Wilhelm hatte sich nicht dazu durchringen können, das Verbot aufzuheben – im Gegenteil, gerade jetzt, wo die ganze Gesellschaft wieder so feierlich zusammenkam wie in der Zeit, als Friederike noch am preußischen Hof verkehrt hatte, hatte er es sogar erneuert. Er wollte Ruhe im Lande. Die Erinnerung an das Geschnatter, das nach Friederikes Abreise die Salons in Atem gehalten hatte, erfüllte ihn immer noch mit Schrecken. Nie würde er die Wochen nach dem Skandal vergessen, in denen Luise, seine Frau, nicht auf einen Empfang hatte gehen können, ohne einer Stichelei ausgesetzt zu sein – besonders den Kreis um die von Bellevue, mit der Prinzessin Louise, der Fürstin Radziwill, an der Spitze, hatte es mit großer Genugtuung erfüllt, seine Rivalin bei Hofe brüskieren zu können.

Zudem wollte der König die Aufmerksamkeit auf seinen hohen Gast aus Russland konzentriert wissen und die große Ehre, die ihm und Berlin, ja, dem ganzen Königreich Preußen, durch den Besuch des Zaren Alexander zuteilwurde, nicht durch eine gesellschaftliche Rückkehr seiner Schwägerin Friederike in den Schatten gestellt wissen. Er kannte die unbändige Gier des Adels nach Klatsch, und so gut er sie kannte, so sehr verabscheute er sie.

Da Friederikes Hoffnungen, den Zaren von Angesicht zu Angesicht zu sehen, durch das Verbot Friedrich Wilhelms zerschellt waren, hatte sie in den vergangenen Tagen jede Petitesse, die man ihr über den Mann, der ihre Schwester Luise in so sträfliche Unruhe versetzt hatte, aufgesogen wie ein Stück Kuchen den Tee.

»Er trägt so enge Hosen, dass er sich nicht einmal hinsetzen kann«, erzählte ihr die Zofe des Fräuleins von Berg, die Mitleid mit Friederike hatte und ihr diese Botin nach Paretz hinausgeschickt hatte, um diese über alles, was den Zaren betraf, auf dem Laufenden zu halten. »Aber das hat seine Wirkung auf die Frauen, denn er ist stattlich gebaut.«

Die Zofe berichtete des Weiteren, dass alle Frauen sich um den Zaren drängten und er jede mit gleicher Höflichkeit und Herzlichkeit behandelte, sodass er nach seiner Abreise wohl eine Reihe gebrochener Herzen zurücklassen würde. »Das Fräulein von Viereck ist schon ganz verrückt nach ihm. Es ist unglaublich!« Sie schlug die Hände über dem Kopf zusammen.

Nur von Luise und dem Zaren erzählte die Zofe nichts, und Friederike schloss daraus, dass die Sehnsüchte, die ihre Schwester in dieser Richtung gehegt hatte, wohl bitterlich enttäuscht worden waren. Als die Zofe am Tag darauf erzählte, dass die Königin bei einem Empfang, auf dem Alexander mit allen hohen Damen getanzt hatte, nur nicht mit ihr, zusammengebrochen war, fühlte sich Friederike bestätigt.

Er hat sie ausgenutzt, wie Louis Ferdinand es getan hat, sagte sie zu sich. Meine arme Luise.

Mit Solms, der ebenso wie Friederike die Ereignisse in Berlin verfolgte, hatte sie alles, was ihnen zu Ohren kam, besprochen. Auch er hatte seine Zuträger. Doch während sie sich vorrangig für die Wirkung des Zaren auf die Damenwelt interessierte, versuchte Solms die Umstände in Bezug auf ein Bündnis gegen oder mit Napoleon zu deuten.

»Er und der König waren gemeinsam am Grab Friedrichs des Großen! Welch eine Dummheit.«

»Solms, wovon sprechen Sie? Wie können Sie so etwas sagen?« Friederikes Rücken versteifte sich.

»Es ist ein Bekenntnis ohne Vertrag. Napoleon wird diese Geste einzuschätzen wissen. Aber der Zar kann sich jederzeit auf die andere Seite schlagen – und dann ist Preußen verloren.«

»Solms! Gut, dass der König Sie nicht hört.« Sie nahm ihm das Glas Wein aus der Hand.

Kurzum: Friederike und Solms hatten, während die Gesellschaft in Berlin feierte, oft über den Zaren Alexander gesprochen, und deshalb war Friederikes Hoffnung durchaus begründet, dass Solms sich doch noch einen Weg erschlichen hatte, der sie beide zu den Gesellschaften oder auch nur an ihren Rand führte, wo sie des Herrschers über die Russen einmal ansichtig werden konnte.

Doch Solms musste sie in dieser Sache enttäuschen. Er lächelte sie an. »Muss ich schon wieder mit Ihnen schimpfen? Sie wissen, dass wir nicht nach Berlin dürfen. Das ist Befehl des Königs … Und Schloss Bellevue würde ich auch ohne Verbot niemals betreten.«

Als sich ihre Blicke kreuzten, fanden beide eine seltsame Einigkeit.

Solms zog Friederike zu sich heran. Halblaut sagte er: »Vertrauen Sie mir. Es gibt etwas, was Sie sich noch tausendmal mehr wünschen, als den Zaren zu sehen. Kommen Sie um acht Uhr an die Remise.«

Friederike erschrak, als sie einen leisen Pfiff hörte, der von irgendwoher aus dem Dunkel kam. Wie ein Dieb in der Nacht schlich sie bei dem vereinbarten Signal durch den Nebeneingang hinaus ins Freie und an den Wirtschaftshäusern vorbei zur Remise. Paretz schlief. Es war eine friedliche Nacht mit einem Mond, der sich nur als schmale Sichel zeigte. Der

Wind stand still, sodass jedes Geräusch, das in anderen Nächten durch das Rauschen der Bäume übertönt worden wäre, nun weit in die Landschaft hinausgetragen wurde. Während Friederike sich zum vereinbarten Ort schlich, nahm sie vom Kirchturm her ein schmatzendes Fiepen wahr, das von den Fledermäusen kam, die sich dort eingenistet hatten. Friederike schauderte es.

Mit einem Mal stand Solms vor ihr und umarmte sie wortlos. Sie wollte schreien, aber er legte ihr den Zeigefinger auf den Mund. Sie starrte ihn aus großen Augen an. Er zog ihr den Schleier über das Gesicht, den er sie gebeten hatte anzuziehen und den sie sich, in aufgeregter Erwartung dessen, was Solms mit ihr plante, nur um den Hals gelegt hatte.

»So sagen Sie mir, Solms, was haben Sie vor?«

»Sie werden es schon rechtzeitig erfahren.«

»Nein, Solms. Sie machen mir Angst. Sie sagen mir, was Sie vorhaben, oder ich gehe sofort zurück.«

In dem Moment stolperte sie über einen Holzeimer, der auf dem Weg lag, und kam ins Wanken.

»Vorsicht!« Solms fing seine Frau auf. »Friederike … Seien Sie vorsichtig!« Er strich ihr dabei über ihre erhitzte Wange, und als er merkte, dass sie sich ihm zu entwinden drohte, änderte er seine Pläne und eröffnete ihr den Sinn der Unternehmung: »… Das Fritzchen wartet …«

»Sie scherzen. Oh, Solms, wie können Sie nur!« Friederike schossen die Tränen in die Augen. »Wie können Sie mich nur so quälen?« Sie trommelte auf seine Brust ein.

Aber er wehrte ihre Attacke ab, indem er sie umklammerte. Zärtlich küsste er sie auf das Haar. »Friederike, so beruhigen Sie sich doch! Ich mache keine Scherze. Schon als ich hörte, dass sich heute Nacht ganz Berlin auf Schloss Bellevue einfindet, habe ich mir gedacht, es ist die günstigste Gelegenheit …«

»Solms, das ist nicht wahr.« Friederike schniefte.

Er drückte sie noch einmal an sich und flüsterte: »Sehen Sie, es gibt keinen Grund zu weinen. Und nun kommen Sie!« Er half ihr in die Kutsche.

Auf dem Kutschbock saß der junge Adjutant von Schlee. Er war der einzige Vertraute, den Solms in der preußischen Armee hatte, und zudem wegen seiner Spielsucht bestechlich. Die hundert Taler, die er von Solms bekommen hatte, waren ihm weit lieber gewesen als jegliche Gesellschaft zu Ehren des Zaren, zumal er sich aus den Russen nichts machte. Er fand sie wetterwendisch und verlogen und neigte, wie Solms, eher zur Seite Napoleons. Das hatten wohl viele Adlige niederen Ranges gemeinsam, dachte Solms, aber darüber besprechen konnten sie sich nicht.

Auf der Fahrt nach Berlin drückte sich Friederike fest an Solms. Sie war aufgeregt wie ein Mädchen vor ihrem Geburtstag und so glücklich, dass sie vor Freude nicht wusste, ob weinen oder lachen oder tanzen. Stattdessen küsste sie alle paar Augenblicke Solms, der von ihrer Reaktion ganz gerührt war.

Ich habe es immer gewusst, sagte sie zu sich, er ist vom Herzen gut, auch wenn er nach außen rau wirkt. Sie fühlte sich in allem bestätigt, was sie jemals über ihn gesagt hatte. Denn auch wenn Luise oder der König sich niemals abfällig über Solms geäußert hatten, schwebte doch über allen die Ungewissheit darüber, ob er jemals voll und ganz in ihrem Kreise aufgenommen war – der abenteuerliche Anfang ihrer Ehe und der Skandal, den sie ausgelöst hatte, waren ein dauerhafter Makel.

Die Kutsche raste, und von Schlee zeigte ein erstaunliches Geschick darin, das Gefährt über die unbefestigten Straßen zu lenken, ohne einen Bruch zu riskieren.

Friederikes Gedanken taten einen Sprung, und sie war bei ihrem Fritzchen, mit dem sie seit mehr als sechs Jahren nur über Briefe verbunden war.

Ob er mich noch erkennt? Ob er mich noch als Mutter liebt, so wie ich ihn immer lieben werde? Was ist, wenn er mich vergessen hat? Was, wenn er nicht weiß, wer ich bin, und nun

Luise als seine natürliche Mutter anerkennt, mit deren Kindern er aufwächst? O Gott.

Mit einem Mal fiel ihr ein:

»Solms, nun komme ich zu ihm und habe noch nicht einmal ein Geschenk in der Hand.«

Ohne zu antworten, zog er eine quadratische Schatulle aus seiner Weste und übergab sie Friederike. Vorsichtig öffnete sie diese.

»Eine Taschenuhr! Das ist fantastisch. Danke, danke!«

Abermals überzog sie ihn mit Küssen.

In Berlin angekommen, hielten sie neben dem Zeughaus am Kanal. Die Linden hatten schon ihre Blätter verloren. Solms begleitete sie zum Eingang, den die Dienstboten benutzten. Dort empfing sie der treue Schulze. Trotz seines hohen Alters verbeugte er sich vor seiner ehemaligen Herrin so tief, wie es ihm möglich war. Er war gerührt und ergriffen darüber, sie so schön wiederzusehen.

Auch Friederike war berührt, hatte aber weder Zeit noch die Kraft für lange Worte. Ihre Nerven waren gereizt, ihre Gedanken wie im Nebel. Sie verabschiedete sich von Solms und folgte dem alten Mann durch die Flure, die ihr noch so vertraut waren.

Als sie außer Sicht gerieten, positionierte sich Solms vor der Tür. Seine Wache würde eine Stunde andauern. Innerhalb dieser Zeit musste Friederike zurück sein. Er suchte in seinem Beutel nach dem Geld, das er dem treuen Schulze zu geben vereinbart hatte. Eine Pfeife verkniff er sich, er fürchtete durch das Feuer auf sich aufmerksam zu machen.

Unterdessen ging Friederike die Seitentreppe zu der Galerie hoch. Der treue Schulze hielt eine Lampe in der Hand und wies ihr mit dem Schein den Weg über die Stufen.

»Eine Stufe, Hoheit.«

»Danke, Schulze, ich kenne mich doch aus.«

»Aber nicht in diesem Trakt.«

Die Dielen knarrten unter ihren Schritten. Oben angekommen, öffnete der treue Schulze eine Tür, und schon befanden sie sich auf der Galerie, von der die Türen zu den Zimmern abgingen, in denen die Kinder wohnten.

»Es ist die dritte Tür. Ich warte hier und halte Wache. Geht, Hoheit, geht nur.«

Aber Friederike zögerte. So lange hatte sie sich nach diesem Augenblick gesehnt, dass ihr jetzt, wo er gekommen war, die Beine zu versagen drohten. Sie hangelte nach Halt, und der treue Schulze, der es nie gewagt hätte, eine Person von Geblüt zu berühren – so hoch war seine Achtung vor dem Stand –, reichte ihr seinen Arm, wobei er dabei von einer Flut von Gefühlen hinweggeschwemmt wurde.

»Hoheit! Euch wiederzusehen … Es ist ein Wunder … Ihr wart so schön und so jung … Und das Schicksal hat Euch so übel mitgespielt. Erst der selige Prinz Ludwig … ach, man darf es nicht sagen … Er war auch mein Herr … Ihr aber hättet doch glücklich werden sollen, so hoch ist Euer Herz. Ihr wart immer gnädig gegen mich … Und dann der Tod des Prinzen Ludwig, ach je, und dann waren Eure Hoheit weg in Ansbach. Und all dieses Gerede. Ihr seid ein guter Mensch, Ihr seid ein guter Mensch.«

Friederike drückte den Arm des alten Mannes und sagte: »Er auch. Er ist auch ein guter Mensch.«

Dann holte sie tief Luft und ging mit furchtsamen Schritten auf die Tür zu, hinter der ihr Fritzchen schlief, in der Hand die Lampe, die ihr der treue Schulze übergeben hatte. Die Flamme zitterte. Kurz bevor sie die Tür öffnete, drehte sie sich noch einmal zu ihm um. Da stand der alte Mann und wischte sich die Tränen aus den Augen.

Drinnen war es dunkel. Ihre Augen mussten sich an die Verhältnisse gewöhnen. Das Mondlicht wurde von einem dicken samtenen Vorhang ausgesperrt. Friederike hielt die Lampe hoch. Im Halbdunkel entdeckte sie ein großes Schaukelpferd, wie sie es noch aus der Zeit kannte, als Georg, ihr kleiner Bruder, im gleichen Alter war wie das Fritzchen jetzt. Auf einer großen Platte, die auf dem Boden lag, waren Zinnsoldaten aufgebaut, mit denen ihr Sohn offenbar eine Schlacht Friedrichs des Großen nachgespielt hatte – was jeder in Preußen an der Aufstellung und an den Uniformen erkannt hätte. In der Ecke stand eine kleine Voliere, über die ein helles Baumwolltuch gelegt worden war. Jetzt erinnerte sie sich daran, dass das Fritzchen sich, kurz bevor er ihr durch die widrigen Umstände entrissen wurde, doch so sehr ein Rotkehlchen gewünscht hatte. Nun hat er eins, dachte Friederike und freute sich.

Sie hielt die Lampe hoch und suchte nach dem Alkoven. In der rechten Wand gegenüber den Fenstern sah sie die leichten Stores, die die Schlafnische vom Raum abtrennten. Sie erschrak. Dahinter liegt mein kleiner Prinz, dachte Friederike. Mein kleiner Prinz. Wie sehr sie sich doch nach ihm gesehnt hatte. Das Herz hämmerte ihr gegen den Brustkorb.

Während sie sich dem Bett langsam näherte, traute sie sich kaum zu atmen. Langsam schob sie den Vorhang zur Seite. Sie setzte sich vorsichtig auf die Kante des Bettes und hielt die Lampe ein wenig entfernt, damit sie ihr Kind noch eine Weile betrachten konnte. Er lag auf der Seite, sodass er ihr zugewandt war, und hatte seine gefalteten Hände unter das Köpfchen gelegt. Sein Leib war unter einem Plumeau versteckt, das so dick war, dass der sanfte Takt seines Atems es beinahe unmerklich auf und ab bewegte.

Wie friedlich er schläft, sagte Friederike zu sich und widerstand nur schwer dem Impuls, ihn sofort an sich zu reißen und nie wieder loszulassen. In all den Monaten und Jahren, in denen sie getrennt waren, hatte sie einen Schmerz angehäuft, den sie nun kaum kontrollieren konnte. Sie krallte sich mit ihrer Linken in ihr Kleid und versuchte durch den Schmerz, den sie ihrem Oberschenkel zufügte, sich selbst vom Leid ihres Herzens abzulenken.

Da sitze ich nun, dachte sie, und bin ohnmächtig. Was will ich ihm alles sagen? Was will ich ihn alles fragen? Wie es ihm geht, wie er den Tag verbringt? Wie er sich mit seinen Geschwistern versteht und, ach, ob er mich noch liebt, wie man sich wünscht, von einem Sohn geliebt zu werden, oder ob er mich schon vergessen hat? Er schläft so friedlich, als ob ihm nie ein Leid zugefügt wurde, dabei ist es doch das größte Leid der Welt, von seiner Mutter getrennt zu sein. Sie wollte ihm über die dunkelblonden Haare streicheln, aber sie hielt sich zurück.

Sein Anblick und seine Unschuld warfen sie in ihre eigene Kindheit zurück. Sie dachte daran, wie sie im Alter von nur vier Jahren durch den Tod ihrer eigenen Mutter von dieser getrennt worden war und wie sie nur drei Jahre später ihre Tante verloren hatte, die ihr Vater nach dem Tod der Mutter geheiratet hatte. Der Kummer, den sie damals gefühlt hatte, war ihr so deutlich wie damals. Stille Tränen schossen ihr in die Augen, sie schluckte schwer. Am liebsten wäre sie hinausgerannt und hätte sich dem treuen Schulze in die Arme geworfen.

Ich habe zwei Mütter verloren, dachte sie, und mich nur schwer von der Leere erholt, die ich gefühlt habe. Erst die Bücher haben mir Trost gebracht. Aber wie ist es, wenn man weiß, dass die Mutter lebt, und sie einem dennoch wie leblos erscheint, weil sie nicht da ist? Ist das nicht noch viel schmerzvoller? Es muss eine Sehnsucht sein, die nie geheilt werden kann, weil mit jeder Erinnerung die alte Wunde wieder aufreißt.

Friederike erschrak bei diesem Gedanken. Ich kann ihn nicht wecken! Ich kann ihn unmöglich wecken! Ich werde eine Sehnsucht bei ihm nähren, die ich doch nicht erfüllen kann. Ach, ich eigennützige Idiotin. Wie konnte ich nur so töricht sein hierherzufahren? In welche Lage habe ich ihn gebracht, und in welche Lage habe ich mich gebracht? Wie konnte ich die Liebe zu mir nur über meine Liebe als Mutter stellen! Wenn ich ihn jetzt wecke, dann versündige ich mich an ihm, weil ich sein Herz brechen werde.

Sie war so aufgeregt, dass sie fürchtete, ihn zu wecken. Dabei saß sie die ganze Zeit ohne Regung an der Bettkante.

Ich muss gehen. Ich muss ganz schnell gehen. Das ist das Einzige, was ich für ihn tun kann, sagte sie zu sich.

Noch einmal warf sie einen Blick auf ihren Sohn, dessen Geburt sie beinahe das Leben gekostet hätte und dessen Leben ihr die Liebe ihres Mannes gebracht hatte. Mit ihm hat sich mein Leben zum Guten gewandt, ich werde ihm ewig dafür danken, dachte sie.

Dann erhob sie sich mit all der ihr möglichen Umsicht und schlich im Schein der Lampe hinaus. Die Uhr, die sie als Geschenk mitgebracht hatte, steckte sie in ihren Beutel.

Auf halbem Wege hörte sie, wie ihr Sohn sich herumdrehte und einen kräftigen Seufzer ausstieß. Sie blieb stehen und ging erst weiter, als sie wieder seinen regelmäßigen Atem vernahm. Dennoch hatte sie das Gefühl, seine Blicke würden sich ihr in den Rücken senken, als sie sein Gemach verließ.

Kaum draußen angekommen, eilte sie zum treuen Schulze und in seiner Begleitung hinunter zu Solms, der im Schatten einer Säule auf sie gewartet hatte.

»Sie sind früh. Was ist passiert?«

»Nichts. Schnell weg hier!«

Solms nestelte in seinem Beutel und gab dem treuen Schulze seinen Lohn und darüber hinaus noch das Paar Handschuhe aus rostbraunem Ziegenleder, das er selbst getragen hatte.

Schulze nickte und sah den beiden zu, wie sie im Dunkel der Straße verschwanden. Seine Augen waren immer noch glasig von seinen Tränen.

In der Kutsche schmiegte sich Friederike ganz nah an ihren Mann heran. Sie weinte ohne Tränen. Als sie weit nach Mitternacht in Paretz ankamen, hörte man nur das befremdliche Zirpen der Fledermäuse.

In der Nacht träumte sie, dass das Fritzchen ihr sofort, nachdem sie in sein Kinderzimmer geschlichen war, entgegenstürzte, seine Ärmchen um ihren Hals schlang und sie mit Küssen übersäte. Das Glück des Wiedersehens war ihr so gegenwärtig, dass sie am kommenden Morgen Solms, der sie heimlich zu ihrem Sohn geführt hatte, mehr liebte als jemals zuvor.

An diesem Tag interessierte sie es beide nicht, was der Zar bei seinem Besuch in Berlin gemacht hatte.

58

Dezember 1805

Doch während Friederike und Solms sich in ihr kleines Glück zurückzogen, zogen Gewitterwolken über Europa auf. Napoleon besiegte die alten Reiche in der Schlacht bei Austerlitz vernichtend. Österreich und Russland waren geschlagen. Die Heere waren in Auflösung, das Schlachtfeld mit Gefallenen und Blessierten übersät. Der Schock der Niederlage riss den stolzen Häusern die Fratze der Arroganz vom Gesicht. Ratlos traf man sich, um zu beratschlagen, wo es doch nichts mehr zu beratschlagen gab. Nun diktierte Napoleon die Regeln, und während sich die Österreicher zurückzogen und überlegten, welche ihrer schönen Töchter sie ihrem Henker zur Braut anbieten sollten, spielte Zar Alexander immer noch sein doppeltes Spiel.

Diese Ereignisse schlugen auch dem Preußenkönig Friedrich Wilhelm das Heft aus der Hand. Napoleon, mit dem er verhandeln zu können glaubte, zeigte sich ihm plötzlich bedrohlich: Gerade noch wollte ihn der ungeheuerliche Korse friedlich umarmen, nun drohte er mit Krieg. Schlagartig war dem König klar, dass es um nichts weniger als um Leben und Tod Preußens ging, dessen Wohl zu sichern er gelobt hatte. Doch sein abwartender Charakter engte sein Handeln ein.

Ein Jahr lang hatten sich die verfeindeten Armeen auf die

Lauer gelegt. Nur Preußen glaubte noch, sich aus allem heraushalten zu können.

»Ich will Frieden, schlage mich nach keiner Seite«, verkündete Friedrich Wilhelm im kleinen Kreise und brachte nicht nur seine Minister, sondern auch seine Frau Luise gegen ihn auf, sodass – und das war ganz wörtlich zu nehmen – zwischen den beiden viel Porzellan zerbrach. Die berühmte Affenkapelle, die 22-teilig als Beute der siegreichen Züge Friedrichs des Großen nach Berlin gelangt war, wurde auf ein kümmerliches Sextett reduziert.

Doch sosehr sich Friedrich Wilhelm allen entziehen wollte, er konnte nichts am Lauf der Dinge ändern: Die Ereignisse verschärften sich mit jeder Regung Napoleons. Jeder Kommentar des Kaisers, jede Bewegung seiner Armee löste eine neuerliche Alarmstimmung im preußischen Generalstab und in der gesamten königlichen Familie aus.

Auch Friederike und Solms besprachen die Sache mit angespannten Nerven, was bei Solms höllische Kopfschmerzen provozierte. Er, der angefangen hatte, Napoleon zu verehren, war zwiegespalten ob des offenen Hasses, den man dem französischen Kaiser entgegenbrachte. Doch statt sich in Debatten zu ergehen, hatte er wieder angefangen zu trinken – was Friederike zusätzlich beunruhigte.

Eines Abends beim Pharo-Spiel mit dem Königspaar schüttelte ihn ein fürchterlicher Krampf, den er nur dadurch zu unterdrücken verstand, indem er auf die Zähne biss und alle halbe Stunde das Kartenspiel, das er und Friederike gerade gegen das Königspaar austrugen, unterbrach, um sich zu entschuldigen.

Friederike war alarmiert, und kaum hatten sie sich empfohlen und eine Gute Nacht gewünscht, fasste sie ihn so fest, wie sie es mit ihren zarten Armen vermochte, und zog ihn noch in der Galerie zur Seite. »Solms, bitte kommen Sie mit. Ich möchte Ihnen gerne etwas sagen.«

Sie waren in ihrem Zimmer angekommen, da setzte er sich

auf die gelbe Chaiselongue, die das einladende Zentrum ihres Gemachs war. Er streckte sich sofort darauf aus, nachdem er sich unter Friederikes lachender Hilfe seiner Stiefel entledigt hatte.

Sie nahm seine Hand und fragte freiheraus: »Solms, was quält Sie?«

Er hatte immer noch nicht den Mut gehabt, ihr von seinen Schmerzen zu erzählen, so sehr schämte er sich dafür, weil er nicht als weibisch gelten wollte. Auch jetzt winkte er ab: »Nichts, gar nichts. Es hat mich aufgeregt, dass ich verloren habe …«

»Solms, darüber regt sich keiner auf. Auch Sie nicht. Sie wissen: Das nächste Mal werden Sie so haushoch gewinnen, dass alle Niederlagen zu einem großen Sieg zusammengefasst werden und Ihre kleinen Niederlagen abgegolten sind.«

»Aber heute hat es mich gequält.«

»Nein, Solms, das glaube ich nicht. Sie quält etwas anderes. In Ansbach dachte ich noch … nun, da dachte ich, es sei der Wein.«

Solms räusperte sich.

»Nun aber denke ich, es ist nicht der Wein.«

»Sondern?« Seine Stimme war gefärbt von Hohn und Bitterkeit. Er mochte jetzt nicht reden, und schon gar nicht über sich und seine Krankheit, aber er spürte, dass dieses Gespräch darauf hinauslief. Er gab sich abwehrend. Seit er quittiert hatte, bestritt Friederike sein Auskommen – er war in einer erdenklich ungünstigen Lage, sich ihr zu verweigern, und so zog er das einzige Register, das er noch ziehen konnte. Und das war dieser leicht indignierte Tonfall, mit dem er ihre Bemühungen, mit ihm über seine Gesundheit zu sprechen, sonst stets ersticken konnte.

Doch diesmal war Friederike entschlossen.

»*Sondern*, fragen Sie?« Sie ergriff seine Hand. »Nun, ich denke, Sie sind krank.«

»Ich? Krank? Mit Verlaub, das ist doch lächerlich. Gänzlich lächerlich.«

Friederike strich ihr Kleid glatt, sah ihm dann aber direkt in die Augen: »Das habe ich auch erst gedacht, als die Königin zu mir davon sprach …«

»Die Königin – ach, die Königin, wenn sie nicht Ihre Schwester wäre …«

»Still … Sie tun ihr unrecht. Sie hat nie etwas gegen Sie gehabt.«

»Schon in Darmstadt hat sie gegen mich intrigiert.«

»Ach, das bilden Sie sich ein.«

»Ich bilde mir gar nichts ein. Alle blicken auf mich herab und glauben, ich sei es nicht wert, mit Ihnen verheiratet zu sein.«

»Solms! Fangen Sie schon wieder damit an! Ich kann Ihnen bald nicht mehr folgen. Neulich erst sagten Sie, wie gerne Sie mit dem König Bier trinken und eine Partie Karten spielen und wie sehr Sie das Gespräch mit ihm schätzen, ja, dass Sie froh sind, nicht nach Ansbach zurückkehren zu müssen … Was ist passiert, dass Sie das alles widerrufen und wieder in Ihren alten Wahn verfallen?«

Friederike ballte die linke Hand zur Faust, die Solms in seiner Lage nicht sehen konnte – so fest, dass die Finger rot und die Knöchel weiß wurden. Sie war wütend und hilflos zugleich. Sie wusste, dass er nicht ganz Unrecht hatte mit seinen Vermutungen, aber er war auch über alle Maßen empfindlich.

Es ist lange nicht so, wie er denkt. Weil er mich glücklich gemacht hat, haben die anderen ihm verziehen – aber er ist stolz und beharrlich in seinem Gefühl, erniedrigt zu sein, dachte sie. Sie seufzte, weil er sich weigerte, den guten Willen ihrer Schwester und des Königs zu erkennen. Wie oft hatte sie dieses immer gleiche Gespräch mit Solms schon führen müssen, und wie oft hatte sie ihm bewiesen, dass alles ganz anders war – und er sich in einen Wahn hineinsteigerte, dem sie nicht mehr folgen konnte. Gerade noch waren sie gemeinsam beim Spiel und hatten gelacht, und schon war er launisch und ohne den Willen, irgendetwas Gutes in der Welt zu erkennen.

Luise hat recht, dachte sie, er ist krank. Es gibt keine andere Erklärung, er muss krank sein. Sie sah ihn lange an und studierte dabei seine verhärmten Züge, in denen sie zu lesen versuchte, was ihm fehlte. Sie dachte wieder an die Worte ihrer Schwester Luise, die sie erstmals darauf hingewiesen hatte, dass etwas mit Solms nicht stimmte. Aber warum nur, warum vertraute er sich ihr nicht an? Gerade hier, gerade jetzt müsste es doch möglich sein, sich einander zu offenbaren, wo sie sich doch durch die Nacht beim Fritzchen nähergekommen waren.

Friederike schluckte ihre Wut über seine Verstocktheit hinunter und wählte den Weg, der ihr immer als der beste erschienen war: den Weg der Sanftheit.

»Solms …« Sie nestelte an dem Band, das ihr Kleid zusammenhielt.

Auch seine Stimmung wurde weicher. Er kannte seine Frau und wusste, dass sie, auch wenn sie im Begriff war, ihn in die Enge zu treiben, letztlich doch immer einer Aussprache auswich. Und er wusste, dass sie wusste, dass er es ablehnte, über sich und seine Gesundheit zu reden.

»Ja …« Er schob den Arm in den Nacken, um seinen Kopf zu stützen und seine Frau besser sehen zu können.

»Vertrauen Sie mir?«, fragte sie.

»Wieso zweifeln Sie daran?«

Sie wich seinem Blick aus, und Solms machte es sich bequem, indem er die Beine, die ihn schmerzten, übereinanderschlug.

Sie traut sich nicht, dachte er und spürte schon eine gewisse Erleichterung. Dann aber durchstieß ihn, nachdem er versucht hatte, sich ihr zuzuwenden, um sie durch ein Lächeln zu besänftigen, wieder jenes schmerzhafte Zucken, das ihm einen noch viel größeren Schmerz ankündigte. Er schluckte, weil er Übelkeit in sich aufsteigen fühlte, die er dachte unterdrücken zu können. Aber wieder durchfuhr ihn ein Zucken, und er wusste, dass es keine Umkehr gab und er dem Schmerz ausgeliefert war ohne Hoffnung.

»Solms! Was ist los?«, hörte er Friederike sagen.

Doch im nächsten Augenblick wurde er von einem so heftigen Anfall überwältigt, dass sich Arme, Beine, Hals und Rücken versteiften wie bei einem Hampelmann. Er rang nach Luft, konnte aber seinen Schal nicht lösen. Er glaubte zu ersticken, weil ihm alles Blut in den Kopf schoss und er keine Luft mehr bekam. Mehrere Male zappelte er mit den Beinen, während sich sein Körper völlig unkontrolliert hin und her drehte.

»Oh, Solms, Solms! Was ist nur los?« Friederike warf sich auf ihn, damit er nicht vom Polster fiel. Dabei war ihr Gesicht so angespannt und rot, dass sie für einen Moment alle Schönheit verloren hatte. »Solms, so sagen Sie doch, was los ist!«

Doch statt ihr zu antworten, gab er nur grunzende Laute von sich, die Friederike verängstigten. Seine Gesichtsfarbe wechselte ins Rote. Seine Beine begannen zu zappeln. Panisch, aber in ihrer Aufruhr zum Ungeschick verdammt, versuchte Friederike den Knoten von seinem Seidenschal zu lösen. Sie nestelte an dem Tuch herum, während seine Laute in immer kürzeren Abständen kamen und schließlich in ein Hecheln übergingen. In seinen Mundwinkeln hatte sich Speichel gesammelt.

Mit einem Mal war er ruhig. So schnell, wie der Schmerz aufgezogen war, so schnell hatte er sich verflüchtigt. Glasig sah er Friederike an, seine Stimme war lahm.

»Glauben Sie mir jetzt, dass es nicht der Wein ist?«

Doch Friederike, die schon einmal einen Ehemann hatte sterben sehen, war nicht in der Verfassung, sich mit Scherzen abspeisen zu lassen.

»Warum haben Sie mir das nie gesagt? O Gott, Sie armer, armer Mensch! Wie müssen Sie leiden! Und ich durfte Ihnen niemals helfen.« Sie fing an zu weinen, und Solms ergriff besorgt ihr Handgelenk. »Dabei ist es doch meine Pflicht als Ihre Frau, Ihnen beizustehen, wann immer ich kann. Das habe ich gelobt, und ich werde es tun. Das wissen Sie, und ich verstehe nicht, warum Sie nichts gesagt haben. Warum nur? Warum nur?« Sie war so ohnmächtig in ihrem Gemisch aus widersprüchlichen Gefühlen wie Angst, Mitleid und Wut, dass sie gleichzeitig auf Solms hätte einschlagen und ihn an sich drücken können. Stattdessen liefen ihr die Tränen offen über das Gesicht.

»Sie haben mich belogen«, sagte sie, und in ihren Worten schwang all die Enttäuschung mit über das Misstrauen, das ihr Solms entgegengebracht hatte.

Er schwieg. Sein Atem ging jetzt leicht. Er war froh, am Leben zu sein. So oft hatte er sich, wenn die Anfälle kamen, gewünscht, man möge ihm den Kopf abhacken und ihn so für immer und ewig von aller Pein befreien. Danach war immer alles gut. Auch jetzt. Voller Unschuld betrachtete er seine Frau. Wie schön sie doch ist, sagte er zu sich, ohne Bezug zu der Lage, in der er war und in die er sie gebracht hatte.

»Wie kann man das erklären?« Solms' Stimme war noch schwach. »Erst schmerzt der Kopf, dann der ganze Körper. Der ganze Körper kämpft und ringt mit sich. Ich bin völlig machtlos.«

»Haben Sie das oft?«

»Es war noch nie so schlimm wie heute.« Der Schweiß stand ihm noch auf der Stirn, und ein unangenehmer Geschmack auf der Zunge ließ ihn erneut das Gesicht verziehen.

»Wieso haben Sie mir das nie gesagt? Ich hätte doch alles getan, Ihnen zu helfen! Ich habe immer gedacht, es ist der Wein, und Sie haben *humeurs*, weil Sie zu viel getrunken haben, und ich konnte nicht verstehen, warum Sie so ungesellig sind und alle Franzosen und alle Gesellschaft so verachten. Ich hielt Sie für einen Feind der Menschen.«

»Vielleicht bin ich das. Ich bin nicht Herr meiner selbst.«

»Aber Solms, dagegen können wir doch etwas tun. Sie müssen zur Kur.«

»Ach, Friederike, Sie haben so ein gutes Herz. Aber wie stellen Sie sich das vor?« Er wagte es, sich aufzurichten, und schob sich ein Kissen in den Rücken, was ihm tatsächlich angenehmer war als das flache Liegen. Beschämt sah er zu seinem Schritt, um zu kontrollieren, ob er hatte an sich halten können. Ein kleiner Fleck nur, dachte er. Aber auch dieser ist verräterisch.

Er zog seine Frau zu sich und fixierte ihren Blick. »Das Kriegsgeschrei ist schon in ganz Europa zu hören, und Sie wollen zur Kur und Plaisir haben?«

»In Ihrem Fall ist die Kur kein Plaisir. Es ist eine Notwendigkeit.«

»Aber der König wird uns nicht gehen lassen.«

»Wenn Sie es erlauben, dann werde ich meine Schwester fragen, und sie wird es bewirken. Sie hat eine große Gabe dafür.«

»Das würde sie doch niemals für mich tun.«

»Doch, Solms. Sie hat nichts gegen Sie. All Ihr Misstrauen ist Wahn, nichts als Einbildung … Ich habe es Ihnen immer gesagt, ich werde es Ihnen beweisen. Sie müssen es mir erlauben! Sie müssen. Wenn nicht für mich, so doch den Kindern zuliebe.«

Solms nickte ermattet. Er streichelte mit dem Daumen ihre Hand und merkte, dass sie ganz kalt war.

»Aber wer soll dafür aufkommen? Sie wissen, dass ich keine Bezüge mehr habe.«

»Darum müssen Sie sich jetzt nicht kümmern. Sie müssen gesund werden, das ist alles, was Sie müssen.«

Friederike fuhr ihm sanft über das Gesicht. Grau sah er aus. Es erschreckte sie ein wenig. »Bleiben Sie liegen und erholen Sie sich. Ihr Blick ist müde und erschöpft. Ich kehre später zurück.«

Ohne Widerrede schloss er die Augen. Er war dankbar, schlafen zu können, genau danach war ihm. Einfach liegen bleiben, keine weiteren Erklärungen geben und schon gar kein Kartenspiel mit aufgesetzter Heiterkeit. Manchmal war ihm schon danach gewesen, nie mehr aufstehen zu wollen.

»Ich entschuldige Sie und sehe später erneut nach Ihrem Befinden.«

Als er eingeschlafen war, öffnete sie die Fenster, weil er um frische Luft gebeten hatte. Sie blieb stehen und sah in den Park. Sie rief sich die Szene in Erinnerung, die sich heute, kurz bevor sie sich zum Abendessen getroffen hatten, dort unten abgespielt hatte: Die Nounou hatte mit den Kindern Fangen und »Blinde Kuh« gespielt. Auguste hatte etwas abseits zugedeckt in einer hölzernen und mit Decken gepolsterten Schubkarre gelegen, wie sie sie erstmals für das Carlchen gebaut hatten. Es war eine Tradition geworden. Friederike und Wilhelm hatten sich um die Blumenbeete gejagt, die inmitten eines Englischen Rasens arrangiert worden waren, während die Nounou mit verbundenen Augen und rudernden Armen nach ihnen zu greifen versucht hatte. Ihr Lachen hatte ihren Tag erhellt, was im Widerspruch zum abgemilderten Licht der Sonne stand, die schon tief am Horizont hing. Die kleinen Körper der Kinder hatten lange Schatten geworfen, sodass es – da sie fortwährend liefen, sprangen, hüpften und Haken schlugen, also immer in Bewegung waren – so aussah, als ob sie ihre Schatten jagten.

Friederike seufzte. Ach, dachte sie, wie schön wäre es, wenn man die Gesetze, die der liebe Gott vorgibt, so einfach herumdrehen könnte. Aber sie hatte gelernt, sich in ihr Schicksal zu fügen. Sie lauschte dem klagenden Ruf eines Käuzchens.

Noch am selben Abend schrieb sie Luise einen Brief, in dem sie Solms' Leiden in flammenden Farben beschrieb und von ihrer Furcht sprach, wieder einen Mann sterben zu sehen. Sie beschrieb, wie fürchterlich sie sich geängstigt hatte, als sie Zeugin wurde, wie ihr Mann jegliche Kontrolle über seinen Körper verlor.

»Stell Dir vor, Luise, was gewesen wäre, hätte er nicht gelegen. Ich hätte ihn nicht halten können, und er wäre vielleicht aufgeschlagen und wäre jetzt …« Sie weigerte sich, diesen Gedanken zu Ende zu führen.

Aber Luise verstand. Auch sie scheute sich nicht lange, ihrem Mann zu schreiben, auch wenn er in Verhandlungen steckte, die von großer, bedeutender Art für Preußen waren. Kaum hatte Luise Friederikes Brief gelesen, zückte sie einen Bogen und schrieb:

> *… Meine Schwester, die Dir zu Füßen ist, hat mir einen traurigen Auftrag gegeben, nämlich über den Gesundheitszustand ihres Gatten zu reden. Es ist nicht zu leugnen, dass der arme Fürst Solms in der traurigsten Verfassung ist, die man sich denken kann. Sie sagt, andauernde Krämpfe lassen ihm Tag und Nacht keine Ruhe, und was das Schlimmste ist: Wenn die Krämpfe nicht in den Händen sind, ziehen sie sich nach dem Kopf, und der Kopf verwirrt sich dann und wird mehr oder weniger angegriffen. Der arme Teufel muss Höllenqualen leiden. Die Folge sind Tränen und Geschrei, oft kann er gar nicht sprechen. Alles Blut steigt ihm in den Kopf. Die Ärzte haben beschlossen, dass er ein Bad besuchen soll, das einzige Mittel, ihn wiederherzustellen.*

Dann verstärkte sie ihre Worte noch mit der dringlichen Bitte, dass dieser Kurbesuch jetzt geschehen müsse, auch wenn Preußen bedroht wurde.

Der König ließ sofort Geld genehmigen.

Niemand verlor mehr ein Wort darüber, dass Solms seinen Dienst quittiert hatte.

Pyrmont war vergessen. Das Bad, wo seit einer Saison alle hinstrebten, war Karlsbad – es lag im Nordosten Böhmens und außerhalb der Gebiete, die Napoleon unter seinen Einfluss zu bringen gedachte, und so weit entfernt das idyllische Städtchen vom Weltgeschehen war, so wenig waren die Gedanken der Menschen, die trotz des Kriegsgeschreis aus allen Regionen Europas – den besetzten und den unbesetzten – hier eintrafen, vom Weltgeschehen entfernt. Es war wie im Inneren einer Seifenblase: Abgeschirmt von allen Sorgen, genoss man die Welt durch einen schillernden Schleier. Baden, Anwendungen, Brunnengänge wechselten mit Tee- und Tanzgesellschaften, aufwendigen Dîners und – auch hier gab es eine Gold- und eine Silberbank – dem Spiel, und wen es nach Frischluft verlangte, der vergnügte sich beim Kurkonzert im Park, wo tatsächlich die private Bauernkapelle des böhmischen Grafen Neuhaus mit abenteuerlichen Vorträgen aufspielte. Das war insofern eine Sensation, weil die Kapelle eben keine Leute von Stand waren, die hier zum Musizieren antraten, sondern einfache, brave Menschen, die ihre Liebe zur Musik nach einem langen, beschwerlichen Tag auf dem Felde zu praktizieren pflegten. Das gehobene Publikum verzieh denn auch den einen oder anderen Misston, den sie ihren Instrumenten abrangen.

Friederike aber blieb stets an der Seite ihres Mannes und versicherte sich, dass er die verordneten Behandlungen streng befolgte. Und als er sich einmal weigerte, ein Schwefelwasser zu trinken, weil es, wie er fand, zu sehr nach faulen Eiern roch, ging sie ihm tapfer voran, verlangte von der Kurhelferin einen großen Becher aus diesem Brunnen und trank ihn in einem Zug aus, ohne eine Miene zu verziehen. Solms gab sich geschlagen. Er war angerührt von der Liebe seiner Frau.

Friederike aber verweigerte sich jedem Amüsement, auch wenn sie es genoss, dass sich die Herrschaften wie in Pyrmont nach ihr umsahen. Sie war sich bewusst, dass sie immer noch in der Blüte stand, auch wenn sie neun Kinder geboren hatte und schon zum zweiten Mal verheiratet war.

Es war in der dritten Woche ihres Aufenthaltes, und sie nahmen gerade eine Promenade zu den Bädern hin, als sie einen Mann erkannte, den sie schon seit – ja, sie musste nachrechnen – knapp anderthalb Jahrzehnten nicht mehr von Angesicht zu Angesicht zu sehen bekommen hatte, aber dessen Wirkung sie sofort wieder für ihn einnahm.

Und ihm ging es ebenso. Denn als er von seinem Begleiter auf Friederike aufmerksam gemacht wurde, löste er sich sofort von seiner Gesellschaft und ging zügigen Schrittes auf sie zu. Mit all der ihm zur Verfügung stehenden Courtoisie verneigte er sich und desgleichen – er wusste, was sich gehörte! – vor dem Prinzen Solms, obwohl sein Kreuz steif war und ihm die Verbeugung sichtlich Schwierigkeiten bereitete. Aber er überspielte diese Unzulänglichkeit mit großer Geste. Er schwenkte seinen Hut in die Höhe und setzte ihn mit Schwung wieder auf, was ein wenig einer einstudierten Zirkusnummer glich und alle drei zum Lachen brachte.

Goethe war in der Stadt! Und Friederike hatte es vor lauter Sorge um ihren Mann gar nicht mitbekommen.

Solms, der nie wirklich an die Nähe zwischen Goethe und seiner Frau geglaubt und es als Einbildung einer nachgeborenen Prinzessin abgetan hatte, staunte, als er feststellte, dass ihre Freundschaft tatsächlich fest und durch die Briefe, die sie einander schrieben, beständig war. Statt eifersüchtig zu sein, keimte ein Wohlwollen in ihm auf, das er so nicht kannte. Als früher die Briefe des Dichters bei ihnen in Ansbach angekommen waren und Friederike sie mit nur schwer unterdrückter Gier öffnete, hatte er sich zurückgesetzt gefühlt – er glaubte, in Goethe einen Rivalen des Geistes zu haben, dem er nichts entgegenzusetzen hatte. Aber die Liebe zu Friederike war durch den Besuch beim Fritzchen und durch ihre aufopfernde Rücksicht auf seine Krankheit wiederbelebt, und so war er es sogar, der den Dichter aufforderte, sie zum Tee oder bei anderen Gesellschaften zu beehren.

»Mit Vergnügen.« Goethes Verneigungen waren immer nur Andeutungen, aber nicht aus mangelndem Respekt, sondern weil er steif in der Hüfte war.

Bei diesen Zusammenkünften vermied man es, über den drohenden Krieg zu sprechen, und das nicht nur, weil diejenigen, die hierbei zusammenkamen, sich unterschiedlichen Interessen und Allianzen zurechneten, sondern auch, weil sie Achtung und Mitgefühl für Solms hatten. So verlegte man sich auf weniger verfängliche oder gar heitere Gesprächsstoffe und landete fast immer bei der Liebe.

Goethe hatte das Schicksal seiner hohen Gastgeber verfolgt, war aber so taktvoll, dass er nicht zu erkennen gab, alles, was darüber bei Hofe oder in den Salons gesprochen wurde, zu wissen. Er hielt seine Ausführungen eher allgemein, und doch wusste das hohe Paar, dass sie gemeint waren, wenn er sprach, was ihre Zuneigung für ihn und untereinander noch mehr festigte. Der Alltag ihrer Ehe, die in der Verbannung gelitten hatte, hatte ihnen jeglichen Blick für die romantische, abenteuerliche Note ihrer Liebe versperrt – und so war Solms nicht nur überrascht, sondern auch sehr geschmeichelt, als Goethe ihm persönlich eine Abschrift eines Gedichtes verehrte, das er lange vor Friederikes Geburt verfasst hatte, das ihm aber dennoch angemessen und auch sehr nah an der Gegenwart erschien.

Abends, als Solms Friederike in ihrem Zimmer besuchte, übernahm er ihre Rolle. Denn statt dass sie ihm aus den Werken des großen Meisters vorlas wie sonst, las Solms nun Friederike das Gedicht vor. Mit ungeübter Stimme sprach er:

»Es heißt *Rastlose Liebe.*«

»Und er hat es Ihnen geschenkt?«

»Er hat es *uns* geschenkt.«

Dann hob Solms an, während Friederike in seinen Armen ruhte.

»Dem Schnee …«

Er hielt inne, denn er merkte, dass er eine trockene Kehle hatte, und verlangte nach einem Schluck Wein, den ihm Friederike verweigerte. Sie reichte ihm stattdessen ein Glas des Heilwassers, das beruhigend auf die Nerven wirken sollte. Resigniert nahm Solms es entgegen – und trank.

Nachdem er das Glas in einem Zug leer getrunken hatte, ging es ihm besser. Er drehte das Gefäß in den Händen, sah es an und reichte es dann an Friederike zurück mit der Aufforderung, es noch einmal zu füllen. »Es ist nicht so schlecht …«

»Das Wasser oder der Vers?«

Solms drückte Friederike an sich und sagte: »Beides.« Er las weiter:

»Dem Schnee, dem Regen,
dem Wind entgegen,
im Dampf der Klüfte,
durch Nebeldüfte,
immer zu! Immer zu!
Ohne Rast und Ruh!

Lieber durch Leiden
möcht' ich mich schlagen,
als so viel Freuden
des Lebens ertragen.
Alle das Neigen
von Herzen zu Herzen,
ach, wie so eigen
schaffet das Schmerzen!

Wie – soll ich fliehen?
Wälderwärts ziehen?
Alles vergebens!
Krone des Lebens,

Glück ohne Ruh,
Liebe, bist du!«

An diesem Abend waren sie seit vielen Monaten zum ersten Mal wieder wie Mann und Frau beisammen.

Doch noch während die Ärzte Solms unter ihre gesonderte Beobachtung stellten – er hatte einen Rückfall gehabt, bei dem er beinahe mit dem Kopf auf eine Tischkante gefallen wäre –, kam die Bedrohung näher. Am 26. September 1806 verließ Napoleon Paris in Richtung Franken, am 2. Oktober 1806 stand er bereits mit seinen Truppen vor Würzburg, am 7. Oktober überschritt er mit 160 000 Mann in Thüringen die preußische Grenze.

Es herrschte Krieg.

59

Friederike und Solms saßen in der »Traumkutsche«, die sie zurück nach Neustrelitz führte. Dort sollte das Paar nach der Kur bei Friederikes Vater unterkommen, dem Herzog Carl zu Mecklenburg-Strelitz. Sie waren abgeschnitten von den großen politischen Ereignissen und sich selbst genug. Das Treffen mit Goethe hatte alle Spannungen, die ihre Ehe durch die Ansbacher Verbannung und durch Solms' Krankheit belastet hatten, aufgelöst.

Sie teilten sich eine schwere Pelzdecke. Beide waren müde, wie man auf einer großen Reise müde ist, aber ohne Sorge.

Doch das Land wirkte tot. Wo sonst um diese Jahreszeit Bauern die Ernte eintrieben, waren nun kaum Menschen auf den Feldern zu sehen. Wo waren sie nur geblieben? Solms und Friederike fanden dafür keine Erklärung.

Als sie im Sächsischen einen Weiler passierten, dessen Kirche heftiges Geläut über die Landschaft schickte, sahen sie sich mit einem Mal wieder in die Gegenwart zurückgeholt.

»Was bedeutet das?«, fragte Friederike.

»Ich weiß es nicht, aber lass uns anhalten und danach fragen. Irgendjemand muss es doch wissen.« Solms zeigte eine seltsame Entschlossenheit.

Er befahl, an der Kirche zu halten, doch da niemand zu sehen war, nahm er den steilen Aufstieg zum Glockenturm auf sich, ohne Rücksicht darauf, dass ihm die Ärzte Schonung angeraten hatten. Als er oben ankam, traf er auf einen Jungen von etwa dreizehn Jahren, der an den Füßen Schuhe aus Stroh trug und etwas zurückgeblieben schien. Seine Aussprache klang so, als ob sich seine Zunge wie ein nasser Lappen im Mund ausgebreitet hätte.

»Ich bin der Karl«, sagte er, ohne Solms' hohen Stand zu beachten, den er an dessen Rock unschwer erkennen musste.

»Warum läutet Er die Glocken?« Solms versuchte, sich nicht aufzuregen. Aber sein Ton war unwirsch, obwohl er sah, dass der Junge idiotisch war.

»Ich bin der Karl und läute die Glocken.«

»Das ist zu hören. Wer ist Sein Herr?«

»Ich bin der Karl.« Er hängte sich mit seinem ganzen Gewicht an das Glockenseil und wiederholte mit einem seligen Lachen auf den Lippen: »Ich bin der Karl, ich bin der Karl.«

Solms erkannte, dass es keinen Zweck hatte, den Jungen zu nötigen, und stieg die hölzerne Treppe hinunter, was weniger beschwerlich war als der Aufstieg. Dennoch kam er ins Schnaufen. Ihn überzog eine seltsame Vorahnung, und als er auf dem Weg zurück zur Kutsche eine Magd traf, die zwei Eimer Wasser schleppte, wurde er bestätigt.

»Hoher Herr, was macht Ihr hier? Die Franzosen sind in Thüringen.«

Er antwortete nicht, sondern befahl dem Kutscher: »Kutscher! Die Peitsche! Gebt die Peitsche! Es ist Krieg.«

Schnaubend rasten die Pferde los.

Die Landschaft, die zuvor noch jene weiche Melancholie des Herbstes ausgeströmt hatte, die sich harmonisch in den Zyklus der Jahreszeiten einreihte, erschien ihnen nun wie ein Vorzeichen des Untergangs. Statt Vogelschwärmen sahen sie überall nur Krähen; und die Vogelscheuchen, die auf den Feldern standen, schienen ihnen Grimassen zu schneiden. Die Wälder, einst idyllisch, kamen ihnen dunkel und grimmig vor, und selbst die versprengten Seelen, die ihnen in den Dörfern, durch die sie fuhren, zuwinkten, weil sie an dem Wappen Herrschaften von Stand erkannten, wirkten auf sie nicht freundlich, sondern wie Botschafter des Todes.

Friederike schmiegte sich an Solms. Die geselligen Abende mit Goethe in Karlsbad waren mit einem Mal so weit weg, als ob mehrere Wochen dazwischenlägen.

An einer Poststation wechselten sie die Pferde, damit sie ohne Rast weiterfahren konnten. Ein Gardist aus der Vorhut hatte auf den Bock gewechselt, während der Kutscher sich hinten unter der Bank ausstreckte und trotz der Unebenheiten auf der Straße, die die Kutsche ins Wanken brachten, in einen tiefen Schlaf fiel.

Friederike verweigerte jegliches Essen, hielt aber Solms an, sich zu stärken – sie fürchtete, dass die plötzliche Ungewissheit einen Anfall provozieren könnte, und wollte sicherstellen, dass er trotz aller Anspannung, die beide von hier auf jetzt verspürten, heil blieb.

Der Gardist trieb die frischen Pferde an.

Friederike schwieg. Ein Gefühl der Unsicherheit machte sie einverstanden mit allem, was eine räumliche Ferne zu diesem Scheusal von Napoleon und seinem furchtbaren Krieg versprach. Sie verweigerte Solms das Gespräch darüber, weil er schon öfter eine Sympathie für den Korsen angedeutet hatte, auch wenn es ihm immer nur darum gegangen war, die exilierten Franzosen zu ärgern. Doch jetzt wollte Friederike nur eins: Zusammenhalt gegen den Mann, der sie bedrohte.

Es wäre am besten, gleich weiterzureisen, dachte sie. Hoch in den Norden, wo er uns nicht gefährlich werden kann. So weit weg wie möglich von diesem Ungeheuer, fort, fort, fort.

Doch dann fiel ihr ein: Was ist mit den Kindern? Sie packte Solms, der erschöpft eingenickt war, und schüttelte ihn wach.

»Wir können nicht nach Neustrelitz.«

»Warum nicht?«

»Wir müssen zu den Kindern. Wir müssen sie abholen.«

»Aber wir dürfen nicht nach Berlin. Das wissen Sie.«

»Es ist Krieg. Da ist alles anders.«

»Wir wissen nicht, ob Krieg ist. Wir wissen nur, dass die Franzosen in Thüringen sind.«

»Solms!«

Friederike gab den Befehl, nach Berlin zu fahren.

Schon vor der Stadtgrenze kamen ihnen Kuriere entgegen, die an ihnen vorbeigaloppierten, ohne zu salutieren. Einen der Reiter konnten sie dennoch zum Anhalten bewegen. Seine Auskunft war knapp: »Die königliche Familie ist in Charlottenburg.«

»Charlottenburg ist nicht Berlin«, sagte Friederike.

Der Kutscher, der wieder auf seiner Bank saß, lenkte in Richtung Stadttor und gab die Peitsche. Er konnte sich vor Ermüdung kaum gerade halten, sein Kopf hing über den Zügeln. Aber die Pferde verstanden von allein und galoppierten drauflos.

Als die Kutsche endlich vor dem Palais in Charlottenburg zu stehen kam, verlor Friederike keine Zeit auszusteigen. Sie sprang aus dem Wagen, wobei sie leicht ins Straucheln geriet und sich an einem Rad festhalten musste, um nicht hinzufallen. Als sie aufblickte, sah sie, wie sich Luises Kutsche gerade entfernte.

»Luise!«, rief sie ohne Scham und Rücksicht auf die Etikette und wie sie es aus Darmstadt gewohnt war, und tatsächlich sah sie, wie sich der Kopf der Schwester aus dem Fenster lehnte und sie ihr heftig zuwinkte. Aber was sie ihr zurief, konnte Friederike wegen des Lärms nicht verstehen.

Die alte Voß, die auf Schloss Charlottenburg zurückgeblieben war, kam ihnen entgegen. Ihr Stock hämmerte in das Parkett, und es war das erste Mal, dass sie Erleichterung spürte, Friederike zu sehen, von der sie schon vor dem Skandal keine hohe Meinung gehabt hatte. Solms sah sie gar nicht erst an.

»Prinzessin Solms! Wir sind so froh, dass Ihr es hierhergeschafft habt.«

»Wie ist die Lage?« Solms stellte sich breitbeinig neben Friederike hin, doch die Voß blickte über seine Schulter hinweg ins Leere.

Sie sagte zu Friederike: »Wir wissen nichts. Napoleon steuert auf Jena zu, man sagt, er hat drei Kolonnen. Und wir haben noch nicht einmal den Zaren als Verbündeten. Ach, wie oft habe ich dem guten König geraten, dem Zaren zu vertrauen …«

»Wo ist der König? Wohin ist die Königin gefahren?« Solms' Stimme war brüchig, die Wut wallte in seinen Adern, und er nahm schon wieder eine ungesunde Gesichtsfarbe an, die Friederike sofort alarmierte.

»So antwortet doch!« Nun wurde auch Friederikes Tonfall fordernd, und die Voß, die die Gelegenheit gerne genutzt hätte, ihre Überlegenheit gegen Friederike auszuspielen, fürchtete, dass später, wenn Napoleon geschlagen war und sich alle wieder zusammenfänden, die Königin Luise, die ihre Herrin war, ihr es verübeln würde, dass sie Friederike in so einer ernsten Lage hingehalten hatte. Ihr Tonfall wechselte ins Freundliche.

»Nun kommt erst einmal an, liebe Prinzessin. Eure Reise wird beschwerlich gewesen sein. Ich lasse im Roten Salon Tee kommen, dann erzähle ich alles und sage, was der König befohlen hat.«

»Ich möchte nur wissen, wo die Kinder sind.«

»Sie sind in Schwedt, man hat sie weggeschickt.«
»Warum?«
»Es war ein Befehl des Königs.«
Friederike biss sich auf die Lippen.

Im Roten Salon hing das Gemälde von Georg Weitsch, das Luise und Friederike im Jugendalter zeigte, wie sie eine Büste des dicken Königs, Friedrich Wilhelm II., mit Lorbeer bekränzten. Wie lange es her ist, dachte Friederike, während sie das Bild ansah und auf die Voß wartete, und wie viel seit diesen Tagen passiert ist. Nur eines war gleich geblieben, auch wenn es ihnen lange nicht so erschienen war: Damals war Krieg, und nun war er wieder da.

Sie hörte am Pochen des Stockes, dass die Voß auf dem Weg zu ihr war.

Sie machte keine langen Umschweife: Der König hatte Mobilmachung befohlen, wobei er aus Unentschlossenheit oder Ratlosigkeit – aber immer in dem Wunsch, keinen Krieg zu wollen und nur zu drohen – mal gegen den Zaren Alexander, mal gegen Napoleon ziehen wollte, sodass beide irritiert und brüskiert waren – und der König letztlich auf keinen Verbündeten zählen konnte. Es sei ein heilloses Durcheinander gewesen, sagte die Voß, und nun würde man ohne Freunde gegen Napoleon ziehen, der auf Thüringen zusteuerte. Der König hätte befohlen, dass die Königin nach Naumburg zu den Truppen gehe, wo das Hauptquartier sei. Kurz vor deren Abfahrt aber hätte es dann geheißen, dass sie nach Blankenhain in Richtung Erfurt aufbrechen solle. Den Hauptbefehl habe der Herzog von Braunschweig erhalten, die Vorhut kommandiere der Prinz Louis Ferdinand.

Solms studierte Friederikes Profil, aber die nahm, ohne eine Regung zu zeigen, einen Schluck von ihrem Tee.

Die Voß fuhr unbeirrt fort: Alle Augenblicke kämen Meldereiter und brächten Depesche um Depesche, aber man wisse letztlich nichts, und es sei alles so widersprüchlich, dass man sich von den Vorgängen kein Bild machen könne.

»Meine arme Königin.« Tatsächlich glänzten die Augen der Voß vor Tränen.

»Meine arme Schwester.«

Die Voß tupfte sich die Nase.

Auch in den kommenden Tagen schwärmten Kuriere über die ausgetretenen Steintreppen des Schlosses, wobei nicht nur einer ins Rutschen kam. Alle im Schloss warteten auf einen Befehl des Königs, was zu tun sei. Auch aus Berlin kamen die widersprüchlichsten Meldungen. Der Gouverneur Graf von der Schulenburg wurde vorstellig und bat darum, eingeweiht zu werden. Aber weder die Voß noch Friederike, bei der in Abwesenheit der Königin alle Rat suchten, wussten, was zu tun sei.

Mittags erreichte sie zumindest ein Brief der Königin Luise, dessen Siegel Friederike so ungeschickt brach, dass er ihr in der Mitte zerriss. Sie hielt die beiden Teile zusammen, als sie Luises Zeilen vor den neugierigen Blicken der Voß zu schützen versuchte. Als sie fertig war, überreichte sie die Stücke ihrem Mann. Der überflog die Zeilen mit der gleichen Hast wie Friederike:

> *... der Schmerz, den ich empfunden habe, als ich Dich sah, um Dich im gleichen Augenblick zu verlieren, lässt sich nicht beschreiben. Mehr als zwei Stunden danach habe ich nicht ein Wort gesprochen. Erst als ich mich Brandenburg näherte, habe ich die Sprache wiedergefunden und mich von meiner Bestürzung ein wenig erholt. Nun fühle ich mich hundeelend ...*

»Sie war in Magdeburg, als sie den Brief geschrieben hat«, sagte Solms, während die Voß einen langen Hals machte. »Aber wo mag sie jetzt sein?«

Die Ungewissheit um den Zustand und den Aufenthaltsort

der Königin ließ Friederike verzweifeln. Sie machte sich große Sorgen um sie und konnte sich nicht der Rührung verschließen, die ihr die dürftigen Zeilen Luises bereiteten.

Trotz der Anspannung und Erschöpfung gelang es ihr nicht, in den Schlaf zu finden, bevor sich der nächste Morgen ankündigte. Sie hatte Solms weggeschickt, weil sie allein sein wollte. Es hatte ihr keine Linderung verschafft.

Denn mit dem ersten Morgenlicht waren schon die nächsten schlechten Nachrichten da. Schulenburg hatte einen Gesandten geschickt. Er selbst hatte zuerst durch seinen Späher von der ungeheuerlichen Niederlage bei Jena und Auerstedt erfahren. Noch während er zum Rest der königlichen Familie nach Schloss Charlottenburg galoppierte, ließ er durch seine Männer überall bekannt machen:

»Der König hat eine Bataille verloren. Jetzt ist Ruhe die erste Bürgerpflicht. Ich fordere alle Einwohner Berlins dazu auf. Der König und seine Brüder leben!«

Um die Aushänge scharten sich die aufgeregten Bürgersleute. Sie waren nicht mutig genug, dem Befehl zu trotzen.

Verloren! Die Schlacht war verloren! Jena und Auerstedt würden für Preußen eine neue Zeitrechnung einläuten: Es wurde zum Wendepunkt für »vor der Vernichtung« und »nach der Vernichtung«. Friederike, die Voß, die Prinzessin Mimi und sogar die Prinzessin Louise, die Fürstin Radziwill – die angesichts des Krieges alle Vorbehalte, die sie gegen Friederike gehegt hatte, aus ihrem hochmütigen Wesen verbannt hatte –, saßen in seltener Einheit im Roten Salon und weinten. Verloren! Die preußische Armee war vernichtend geschlagen. Solms, der gegen seine Erregung ankämpfen musste, ging auf und ab und las im Wechsel mit Graf von der Schulenburg die ankommenden Meldungen vor. Friederike war außer sich.

»Es war ohne Verantwortung, meine Schwester nach Erfurt zu beordern. Seit dem großen Kurfürsten ist keine Königin mehr in der Schlacht gewesen. Oh, was ist nur, wenn sie nicht zurückkommt? Was passiert mit den Kindern?« Ihre Stimme, die sonst zart war und liebenswürdig, schlug in einen ungeduldigen, vorwurfsvollen Ton um, der in den Ohren schmerzte.

Die anderen machten ihr keine Vorwürfe. Sie waren ratlos und ohne Worte. Ungewissheit lähmte ihre Gedanken. Wenn keine Nachricht kam, über die sie sprechen konnten, wussten sie nicht, worüber sich unterhalten. Doch das Schweigen erschwerte das Warten. Friederikes Gedanken waren wie im Nebel. Sie folgte in Gedanken den Tritten ihres Mannes, der den Raum durchschritt. Selbst die Voß, die ihn nicht leiden konnte, dachte nicht daran, ihn zu ermahnen. Auch sie war durch die Schritte abgelenkt. Dann endlich kam ein Kurier nach dem anderen an, und Solms und Schulenburg teilten sich die schreckliche Aufgabe, den Damen die Unglücksbotschaften vorzulesen.

»Die Franzosen hielten Vierzehnheiligen … Die Infanterie war anderthalb Stunden unter Feuer … Hohenlohe alleine hat die Stellung gehalten … Die Franzosen greifen aus vollen Rohren an … Fünftausend fallen in Minuten … dann …«, Solms versuchte der Trockenheit in seinem Munde Herr zu werden und schluckte. »Dann noch einmal fünftausend Tote … Alles in einer Viertelstunde.«

Friederike wiederholte: »Zehntausend in einer Viertelstunde. Es ist so schrecklich.«

»Ja, schrecklich!« Die Prinzessin Mimi brach in Tränen aus, und die Prinzessin Louise rückte an sie heran, um einen Arm um sie zu legen.

Nur die Voß konnte nicht an sich halten: »Ich verstehe nicht, warum Ihr von Gefechten erzählt. Was ist mit der Königin? Was mit dem König? Und wo ist der Herzog von Braunschweig? Der hätte doch Befehl geben müssen.«

»Mäßigt Euch.« Solms erhob das Wort, und die Voß erschrak über seine Autorität. »Wir bekommen die Meldungen nur so, wie wir sie bekommen.«

Aber Graf von der Schulenburg hatte in der Zwischenzeit nachgesehen und eine der Depeschen aus dem Stapel gefischt, die ihnen von dem Meldekurier übergeben worden waren.

»Hier«, er wedelte mit dem Papier in der Luft herum. Dann fasste er zusammen: »Der Herzog von Braunschweig wurde schwer getroffen … Gleich zu Beginn der Gefechte … Ihm hat eine Kartätsche das Augenlicht genommen … Man hat ihn unter einen Baum gelegt …«

»Wer hat den Befehl übernommen?«

»Der König.«

»Was ist mit dem König?« Friederike holte Luft. »Und was mit der Königin?«

Die Prinzessin Louise platzte dazwischen: »Was ist mit meinem Bruder? Was ist mit dem Prinzen Louis Ferdinand?«

Solms und der Graf von der Schulenburg sahen durch die Depeschen und lasen sie ungeachtet der Reihenfolge ihres Eingangs vor.

»Ich kann seinen Namen nicht finden – Ihr?«, fragte Solms.

»Nein, nichts.« Schulenburg war irritiert.

Sie wollten die Meldungen über das königliche Paar filtern, aber sie waren so eingenommen von dem, was sie lasen, dass sie, statt nach einer Antwort auf den Verbleib der Königin und des Königs zu suchen, sie vorlasen, ohne zu sortieren:

»O Gott. Möllendorff ist vermisst … Der Herzog von Weimar auch …«

Friederike entfuhr ein Schrei. Der Herzog von Weimar war der Herr des Herrn Rat Goethe.

Die Voß nahm ihre Hand.

Aber Solms fuhr fort: »Schimonsky ist tot … Schmettau gefallen … Schenk ebenso … Kleist tot … Quitzow tot … Krafft tot … Rüchel verletzt …« Er blätterte weiter in den Depeschen und kündete von Toten, Verletzten, Vermissten, derer es so viele gab, dass das Schweigen des Wartens, das zuvor alle geknebelt hatte, nun in ein Schweigen des Schreckens überging.

Was gibt es in dieser Lage auch zu sagen?, dachte Friederike. Sie hatte die Attacke auf Mainz erlebt, aber da war sie jung und ohne Ahnung gewesen. Nun war sie die Schwester der Königin, und die ganze Welt lag in Asche. Wo ist nur meine Luise?, dachte sie. Meine Schwester, mit der ich so viel Gutes erlebt habe. Luises Schwächen, unter denen insbesondere sie immer gelitten hatte, waren angesichts der Frage, wo sie sich aufhielt, vergessen.

Solms und Schulenburg lasen weiter vor.

»… zwanzigtausend Mann Verlust auf Preußischer Seite …«

»… Ebra tot …«

»… General Karmers tot …«

»… die Armee ist in Auflösung …«

»… ungeordneter Rückzug …«

»… in ganz Thüringen marodieren die Versprengten …«

Die Voß klopfte mit ihrem Stock auf den Boden: »Was ist mit dem König? Kann denn keiner sagen, was mit dem König ist?«

Solms und von der Schulenburg sprachen gleichzeitig: »Nein, wir haben keine Meldung von ihm.«

Die Prinzessin Louise war blass wie ein Leichnam, als sie noch einmal zu fragen wagte: »Und nichts von meinem Bruder?«

Solms und Schulenburg schüttelten den Kopf. »Nein, bislang nichts.«

Wieder kam ein Kurier mit Depeschen herein und übergab sie Solms. Wieder berichteten sie von Verlusten und Toten und Vermissten. Die Zeit verging wie im Sterbehaus, wo man sich selbst dem Himmel entgegensehnte, während man Abschied von einem geliebten Menschen zu nehmen gezwungen war. Die Zeit floss zäh.

Da endlich straffte sich Solms, weil er einen Namen unter

all den Meldungen wiedererkannte, der ihm vertrauter war als alle anderen.

»Hier! Die Königin. Sie ist in Braunschweig. Man hat sie in Braunschweig gesehen …« Solms brach ab.

Aber Friederike stand auf und warf sich ihm entgegen. Sie wollte ihm den Bogen entreißen, aber er hielt sie zurück.

»Was ist mit Luise? Was ist mit meiner Schwester? So sagen Sie es uns doch!«

»Bitte, beruhigen Sie sich. Ich will es ja sagen. Nur beruhigen Sie sich doch, bitte.«

»Wie kann ich mich beruhigen …«

»Bitte.« Die Prinzessin Mimi war aufgestanden, um Friederike beizustehen, und Solms sammelte sich einen Augenblick, um die Depesche vorzulesen.

»… Wir haben Befehl, den Kindern nach Schwedt zu folgen. Dort sollen wir auf weiteren Befehl warten.«

»Wieso? Wie kann das sein?«

»Es ist ein Befehl. Die Königin wird folgen.«

»Ja, aber warum kommt die Königin nicht nach Berlin? Warum sollen wir nach Schwedt? Ich verstehe das alles nicht. Und wo ist der König? Ist er nicht bei der Königin?«

Solms räusperte sich. »… Die Königin ist auf der Flucht vor Napoleon …«

»Nein!«

»… Er hat eine Belohnung ausgesetzt für den, der sie fängt …«

»O Gott.« Friederike sackte in sich zusammen.

Als der Leibarzt Hufeland sich von ihrem Bett abwandte und auf Solms zuging, der händeringend vor der Tür ihres Gemachs gewartet hatte, lachte der Arzt ihn herzlich an. Entsetzen überzog Solms' Gesicht, der diese Reaktion gänzlich unpassend fand.

Doch da hatte der gute Mann schon seine Hand genommen,

die er, obwohl er jünger war als der Prinz, tätschelte. »Gratuliere Euch, Prinz Solms.«

»Es ist nicht die Zeit für Späße.«

»Ihr werdet wieder Vater.«

60

Der Befehl, nach Schwedt weiterzureisen, wurde ohne Gegenrede zwei Tage später befolgt. Die Diener eilten, um die Reisekoffer, die Friederike und Solms gar nicht erst ausgepackt hatten, umzuladen. Friederike versuchte, zwei Flaschen Kölnisch Wasser zu besorgen, worum Luise sie in einem Brief gebeten hatte, der sie am Tag zuvor erreicht hatte – und aus dem jene unbefangene Heiterkeit sprach, für die Luise bekannt war. Wenn sie nach Waschwasser verlangt, dann kann die Lage so dramatisch nicht sein, sagte Friederike zu sich, obwohl ihr die eingehenden Kuriere und die Meldungen, die diese brachten, etwas anderes bedeuteten. Aber sie wollte einfach das Beste glauben.

Die Diener sahen ratlos hinterher, als Friederikes und Solms' voll bepackte Kutsche im Morgennebel verschwand. Sie hatten keine Anweisungen bezüglich der Rückkehr. Die frischen Pferde sorgten für neues Tempo, die Hüte der Eskorte wippten beschwingt.

Friederike war unwohl wegen ihrer Schwangerschaft, aber gleichzeitig war sie von einem Gefühl erfasst, das ihr das Herz beinahe zum Platzen brachte. Sie sah zu Solms, der sich die Langeweile der Fahrt mit einer Partie Patience vertrieb, wobei bei jedem Schlagloch die Karten durcheinandergemischt wurden.

»Was ist?« Sein Tonfall war angespannt.

»Ist es nicht ein schrecklicher Zufall, dass der Krieg und der

Verlust unserer Heimat mir bald eine Sehnsucht befriedigen werden, die der Frieden mir nicht vergönnt hat?«

Solms zog die Augenbrauen zusammen. »Wovon sprechen Sie?«

»In Schwedt wird die ganze Familie endlich wieder zusammen sein. Und ich werde mein Fritzchen wiedersehen.«

Solms küsste sie auf die Stirn.

Während die Kutsche ihre durch Vorreiter geschützte Fahrt nahm, erreichte die auf Schloss Charlottenburg zurückgelassene Dienerschaft die Nachricht vom Heldentod des Prinzen Louis Ferdinand.

Seine Schwester, die Prinzessin Louise, fiel in Ohnmacht. Die Viereck ließ nach dem Doktor Hufeland schicken, doch der war ebenfalls bereits nach Schwedt unterwegs, wo nicht nur Friederike und Solms erwartet wurden, sondern auch die Königin Luise, die sich von Berlin aus – wo sie am Abend zuvor und ohne Friederikes Wissen untergekommen war – dorthin bewegte.

Nun hatte der Major von Schlee die undankbare Aufgabe, der Königin und ihrer Schwester Friederike, die sich auf dem Weg nach Norden befanden, nachzureiten und ihnen vom Tod des Prinzen Louis Ferdinand zu berichten. Schlee lag einen halben Tag zurück, aber er würde sie sicher schnell einholen. Wie benebelt von der schrecklichen Todesnachricht, die unaufhörlich in ihm hämmerte, ritt er davon. Durst und Erschöpfung kannte er nicht.

Schlee war direkt von Saalfeld gekommen, wo der Prinz Louis Ferdinand mit der Avantgarde, die er befehligt hatte, gegen die Franzosen ins Gefecht gezogen war. Louis Ferdinand und sein Kavallerieregiment hatten sich bereits auf dem Rückzug befunden, als sie von Franzosen in einer Enge der Saale überrascht und überrannt wurden. Es bedurfte nur eines Stoßes mit dem Degen – Louis Ferdinand war sofort tot gewesen.

Die Bilder dieses Unglücks verschleierten von Schlees Blick mit Tränen. Die beschlagenen Hufe seines Rappen donnerten über das Pflaster.

Kaum in Schwedt angekommen – in dem Schloss, in dem sie die schönste Zeit ihrer ersten Ehe verbracht hatte –, eilte Friederike durch die bekannten Flure und Treppen, um ihren Erstgeborenen zu sehen. Sie ließ Solms ohne Rücksicht an der Kutsche stehen, und die Dienerschaft sah ihr verwundert nach, wie sie zwei Stufen statt einer nahm.

Oben in dem Flur, wo die Kinder untergebracht waren, kam ihr ihr Fritzchen entgegen. Er war mittlerweile ein hochgeschossener Elfjähriger, der ein wenig aus seiner Kleidung herausgewachsen zu sein schien. Die Ärmel wirkten zu kurz. Er hatte einen ernsthaften Ausdruck im Gesicht. Als er die Frau erblickte, die ihm so aufgeregt und zudem mit offenen Armen entgegenkam, zögerte er einige Momente, denn er erkannte sie nicht. Doch Friederike überging sein Befremden, ging in die Knie und drückte ihn an sich, wie nur eine Mutter, die ihr verlorenes Kind seit Jahren endlich wiedersehen darf, es an sich drücken konnte. Sie war so aufgeregt, dass sie nicht einmal weinen konnte, und überzog den überraschten Jungen mit Küssen und Umarmungen.

»Ach, mein Fritzchen. Mein kleines, liebes, schönes Fritzchen! Was habe ich mich danach gesehnt, dich wiederzusehen. Endlich, endlich … Ich bin so glücklich.«

Liebevoll strich sie ihm über das Haar und musterte ihn anerkennend.

»Du bist groß geworden.«

»Ja.« Was sollte er auch sagen? Seine Mutter war ihm fremd geworden, wie ihn überhaupt die ganzen Umstände – der Aufbruch nach Schwedt, die Eile, das Getuschel – befremdeten. Seine Gliedmaßen versteiften sich.

»Und was für schöne blaue Augen du hast.« Friederike übersah die Scheu ihres Sohnes, der ja nur eine vage Ahnung davon hatte, dass die Frau, die ihn da zu erdrücken drohte, seine Mutter war, von der er so viele Briefe bekommen hatte und mit der er doch nur Erinnerungen verband, die wie Schatten waren: ein Picknick an der Sonnenuhr von Schwedt, ein Ausflug zum Gasthof »Zu den drei Mohren« und eine Kutsche, die an einem Januarmorgen zum Stadttor von Berlin hinausgefahren war und der er mit einem weißen Taschentuch auch noch dann hinterhergewunken hatte, als sie schon längst um die Kurve und aus seinem Sichtfeld gefahren war und sein kleiner Arm schon sehr wehtat.

Doch beider Befangenheit wurde von einem gellenden Schrei erlöst.

»Die Königin! Die Königin kommt!«

Alle stürmten nach unten.

Die Kutsche mit dem majestätischen Preußenadler war kaum zum Stehen gekommen, da schnellte auf der von imposanten Eichen gesäumten Magistrale der – wie einer der Bediensteten einzuordnen wusste – Graf von Schlee auf seinem Rappen auf das Schloss zu. Er betrat fast gleichzeitig mit der Königin das Foyer.

Eilends versammelte man sich im großen Saal, und der Major erzählte von dem verlorenen Gefecht bei Saalfeld und davon, dass der Prinz Louis Ferdinand gefallen war.

Alle im Raum brachen ohne Scham in Tränen aus. Selbst die Dienerschaft war so ergriffen, dass ihre Haltung bequem wurde.

Als Friederike mit den Kindern eintraf, um ihre Schwester Luise zu begrüßen, stand die Königin mit leerem Gesichtsausdruck im Raum. Sie sagten kein Wort, umarmten einander stattdessen und weinten um den Prinzen. Sie nahmen wechselseitig den Kronprinzen Friedrich Wilhelm, seine Schwester Charlotte, Friederikes kleine Tochter Friederike und nach und nach alle anderen Kinder an sich und weinten und drückten sie, sodass auch diese sich nicht anders zu verhalten wussten, als ebenfalls zu weinen.

Nur das Fritzchen stand steif abseits. Er wusste nicht, was in sie gefahren war. Solms, der den Sohn seines Rivalen nie hatte leiden können, bewegte sich auf ihn zu und legte ihm wie einem Kameraden die Hand auf die Schulter. Der Junge blickte anerkennend zu dem hochgewachsenen Mann auf.

Am Abend bat Friederike darum, sich zurückziehen zu dürfen. Sie war hinweggespült von Trauer und Fassungslosigkeit. Louis Ferdinand war gefallen! In Gedanken war sie bei dem Prinzen, der ihr immer eine Idee zu großspurig gewesen war, aber dessen Aufmerksamkeit ihr so sehr geschmeichelt hatte. Sie rief sich die Worte des Majors von Schlee in Erinnerung und dachte: Der Prinz ist an seinem eigenen Furor gescheitert. Er hätte leben können, wäre er umsichtiger gewesen. Aber, ach … Louis Ferdinand wäre nicht Louis Ferdinand gewesen, hätte er nicht alles, was er tat, mit Leidenschaft und Inbrunst getan. Er war kein Mann von Mittelmaß gewesen, sondern hatte Größe in seiner uneingeschränkten Hingabe an das Leben.

Kaum hatte sie das Wort »Hingabe« gedacht, entfaltete sich in ihr die Erinnerung an jene Nacht mit ihm, die eigentlich eine Nacht und ein Tag gewesen waren und die ihrem Leben so eine ungeahnte Wendung gegeben hatte. Was wäre gewesen, wenn …? In diesem Gedankenspiel kam Solms nicht vor. Von einem Moment auf den anderen strömten Friederikes Tränen. Sie verspürte den Wunsch, sich jemandem anzuvertrauen, doch da sie sich von den Ihrigen verabschiedet hatte und nicht wankelmütig erscheinen wollte, entschloss sie sich, ihrem Bruder Georg zu schreiben. Sie griff zur Feder:

»… Der Tod des Prinzen Louis Ferdinand hat uns alle in Tränen gestürzt. Hätte er nicht so viel gewagt, er wäre noch am Leben …«

Als sie den Bogen versiegelte, war es kaum möglich, ihre Schrift zu lesen. Ihr Kummer hatte alles verwischt.

Doch während Friederike an Georg schrieb, ohne eigentlich zu wissen, wohin genau der Brief verschickt werden würde, hatte Luise ihre Söhne und auch das Fritzchen um sich versammelt. Ganz Königin, sprach sie zu ihnen Worte der Mahnung und der patriotischen Erbauung. Es war ihre Art, aus dem Kummer einen Nutzen zu ziehen. Die Kerzen flackerten wie Vorboten des Unglücks, als sie begann:

»Ach, meine Söhne …«

Sie hielt kurz inne und bedeutete dem Fritzchen mit einem Blick, dass sie ihn, der mit seinen Cousins zusammen bei ihr aufgewachsen und erzogen worden war, ohne einen Funken von Zweifel mit einbezog.

»… Ihr seid in einem Alter, in dem Euer Verstand die großen Ereignisse, die auf uns hereinbrechen, fassen und fühlen kann. Es gibt keine preußische Armee und kein preußisches Königreich mehr. Ruft eines Tages, wenn Eure Mutter nicht mehr lebt, diese unglückliche Stunde in Euer Gedächtnis zurück und weint meinem Andenken Tränen, wie ich sie jetzt angesichts des Umsturzes weine. Aber begnügt Euch nicht mit den Tränen allein! Handelt, entwickelt Eure Kräfte. Werdet Männer und strebt nach dem Ruhm großer Feldherren und Helden. Könnt Ihr aber mit aller Anstrengung den Staat nicht mehr aufrichten, so sucht den Tod, wie ihn der Prinz Louis Ferdinand gesucht hat.«

Solms war erschrocken über Luises Entschlossenheit, von der er immer das Bild des überschwänglichen, leicht herablassenden und auch ein wenig eitlen Mädchens in sich trug, das er in Darmstadt und Braunshardt kennengelernt hatte und das sich – wie er immer noch fest glaubte – seinem Werben um Friederike entgegengestellt hatte. Heute nahm er sie das erste Mal als Königin wahr, die mit Würde sprach.

Als er in sein Gemach ging, schämte er sich, dass er den Dienst quittiert hatte.

Schon am nächsten Morgen nahte der Aufbruch in verschiedene Richtungen. Nach dem Tod des Prinzen Louis Ferdinand war allen klar geworden, dass nicht nur Preußen in Gefahr war, sondern dass die königliche Familie nun selbst für ihre Sicherheit sorgen musste.

Luise jagte weiter nach Küstrin, der alten Garnisonsstadt, wo sie ihren Mann erstmals nach der verlorenen Schlacht von Jena und Auerstedt wiedersehen würde. Friederike wurde beauftragt, mit den Kindern über Danzig in Richtung Königsberg zu fahren, wo sie auf den König und die Königin warten sollte. Ihr wurde ein Gefährt mit den Hengsten Rapid und Forte zugewiesen, die an Schnelligkeit kaum zu überbieten waren. Alles war Karriere, Tempo und Raserei, und Friederike begriff, dass ihre Reise ohne Ziel blieb – denn es war keine Reise mehr, es war bereits eine Flucht. Sie hauchte an die Scheibe der Kutsche, die sofort beschlug, und malte ein Häuschen darauf, mit Wolken darüber und einer Sonne, von der Strahlen ausgingen, so als ob sie sagen wollte: Wo ist mein Zuhause? Wo ist die Reise zu Ende? Wo scheint uns endlich wieder die Sonne?

Solms' Gesicht erstarrte. Er ergriff ihre Hand.

Kaum in Danzig angekommen, wartete bereits eine berittene Abteilung, um sie weiter nach Königsberg zu bringen. In jedem Dorf, jedem Weiler, den sie passierten, kamen neue Meldungen über den Schlachtverlauf an. Die Armee sei aufgelöst, ungeordneter Rückzug, Napoleon reite mit seiner Armee auf Berlin zu. Andere sagten: Napoleon sei schon lange da, und von der Schulenburg habe die Stadt ohne Gegenwehr in die Hände des Ungeheuers gelegt. Die preußische Armee existiere nicht mehr, und die Versprengten seien in alle Richtungen ausgeschwärmt und würden marodierend übers Land ziehen. Der Hunger nähme ihnen jeden Anstand.

Friederike blickte besorgt nach draußen. Vom Kutschenfenster aus konnte sie in der Entfernung Reiter sehen. Waren es schon Franzosen? Sie bekam es mit der Angst zu tun, doch Solms beruhigte sie damit, dass es sich um eigene Reiter aus einem preußischen Husarenbataillon handeln würde.

Stimmte das? Sie behielt die fremde Kolonne im Auge und war erleichtert, als die Kutsche endlich in den Wald einfuhr, der trügerischen Schutz versprach.

Die Wege waren ungleich schlechter als rund um Berlin oder Ansbach. Das schnelle Tempo sorgte zudem für unkomfortables Reisen. Die Fahrt wurde ihr zum Albtraum. Das Kind aber, das sie unter dem Herzen trug, hielt ganz still.

Als die Kutsche endlich mit hohem Tempo auf die berühmte Königsberger Brücke zuhielt, fühlte sie sich gerettet. An den Pfeilern warteten bereits berittene Königsberger Dragoner, die die Begleitung verstärkten und meldeten, dass die Königin ebenfalls bereits in Königsberg weilte. Sie fuhren direkt zum Schloss und nicht zu dem Haus, das ihnen zugewiesen worden war.

Kaum standen die Koffer im Foyer, kamen wieder Meldungsreiter mit Depeschen über die vorrückenden Truppen Napoleons, denen Friederike mehr traute als dem unbesonnenen Geschwätz der Leute in den Dörfern: Magdeburg, Hameln, Stettin, Spandau hatten ohne Not kapituliert, von Hohenlohe war bei Prenzlau in einen Hinterhalt geraten und geschlagen worden, und Küstrin, wo sie gerade noch Zuflucht gefunden hatten, war von von Ingersleben kampflos übergeben worden. Napoleon war überall. Kaum wurde ihnen bekannt gegeben, dass ein Ort gefallen sei, wurde die Meldung erneuert und behauptet, dass die Franzosen bereits einige Meilen weiter in preußisches Gebiet vorgedrungen seien.

Trotz des dramatischen Ausgangs der Schlacht von Jena und Auerstedt lehnte Friedrich Wilhelm immer noch jegliche Verhandlung über den Frieden ab. Denn Napoleon hatte Luise aufs

Schändlichste bloßgestellt, und ohne einen Widerruf seiner Boshaftigkeiten war der König nicht bereit, mit ihm zu reden. Der Kaiser hatte nämlich, als er in Charlottenburg genächtigt hatte, Luises Briefe an Alexander gefunden und sie in seinen Propagandablättern als liebestolle Amazone verunglimpft, die den Russen mit ihren Reizen um den Verstand gebracht und ihrem Mann Hörner aufgesetzt habe. Friedrich Wilhelm war nicht nur als König, sondern auch als Mann tief getroffen.

»Mir fatal«, sagte er knapp und befehligte weiter, nach Memel auszuweichen.

Friederike aber blieb zurück in Königsberg. Der tapfere Doktor Hufeland, der die ganze Zeit seiner Königin, die er geradezu abgöttisch verehrte, beigestanden hatte und ihr gefolgt war, hatte Friederike untersucht und ihr nun aufs Dringlichste geraten, sich zu schonen. Es war Winter, sie bräuchte Ruhe, und das Kind, das sie erwartete, umso dringender. Auch Solms hatte sich der Doktor vorgenommen. Er war verwundert darüber, dass dieser, obwohl alle Anzeichen seiner Krankheit geradezu auf der Lauer lagen und er jederzeit von einem Anfall überwältigt werden konnte, doch bei robuster Gesundheit war. Er ist zäher, als man denkt, dachte der Arzt und empfahl dennoch beiden, in Königsberg zurückzubleiben.

Schon bald trennten sich also die Schwestern mit Küssen und Beschwichtigungen.

»Es wird gut werden.«

»Kein Mensch kann so schlecht sein wie das, was wir über Napoleon denken.«

Im Herzen wussten sowohl Friederike als auch Luise, dass es noch schlimmer kommen würde und dass sie keine Möglichkeit hatten, das Grauen, das über sie hereinzubrechen drohte, abzuwenden. Was blieb ihnen anderes übrig, als einander Mut zuzusprechen? Denn obwohl das Unglück über ihr Leben hinwegzog wie ein Gewitter, war es doch auch so, dass sie schon so manchen Schicksalsschlag gemeinsam gemeistert hatten.

Sie versprachen, einander zu schreiben – und das taten sie auch. Unentwegt flogen die Kuriere zwischen Memel und Königsberg hin und her, und manchmal waren die Depeschen mit getrockneten Blumen oder Malereien versehen. Sie spendeten wenig Trost.

Denn neben ihren Briefen gingen weitere Meldungen über die Bewegungen der französischen Truppen ein und über die hilflosen Versuche der dezimierten preußischen Armee, die von Siegen, Triumphen, patriotischen Reden und Bewunderung für ihren Feldherrn berauschten Franzosen aufzuhalten. Putulsk, Brieg, Preußisch-Eylau, Kolberg – alles war verloren.

Inmitten dieser Schreckensnachrichten konnte Friederike nur einen Moment des Glücks mit ihrer Schwester teilen: Im März 1807 war sie nach einer leichten Geburt von einem gesunden, rosigen Söhnchen entbunden worden, den sie nach dem Mann benannt hatte, der ihnen als letzter Trost und einziger Retter erschien: der russische Zar Alexander. Wer nur, wenn nicht der Kaiser über alle Russen konnte es sein, der eines Tages in Paris einmarschieren und den verhassten Napoleon zum Schafott führen würde. Vivat! So dachten und hofften alle.

Doch tatsächlich ließ der Zar mit seinen Hilfstruppen auf sich warten.

Napoleon marschierte weiter nach Nordosten, als ob es ein lustiger Spaziergang durch Europa sei, auf dem ihm keine Grenze und keine Zollschranke den Weg versperrten. Die Ereignisse gaben ihm Recht. Es gab kaum eine Stadt, die nicht kapitulierte. Selbst große Männer gingen angesichts des Ungeheuers aus Korsika dem preußischen König von der Fahne.

So steuerte Napoleon ohne Aufenthalt auf Königsberg zu und vernichtete den Rest der angeschlagenen preußisch-russischen Armee endgültig, nachhaltig und ohne Hoffnung bei Friedland.

Damit war der Krieg vorbei – und Preußen von der Landkarte verschwunden.

Friederike gelang es tatsächlich, das europäische Drama auszublenden und sich nur ihrem Mutterglück zu widmen, das stark genug war, um sich durchzusetzen. Sie schlief neben dem kleinen Alexander auf dem Canapé.

Auch Solms' Gesundheit blieb stabil.

Nur das ergebnislose Zusammentreffen Luises mit Napoleon, in dem sie den Usurpator vergeblich bekniete, Preußen mit seinen schrecklichen Sanktionen zu verschonen, erhitzte die Gemüter von Friederike und Solms über Wochen.

»Er hat meine Schwester erniedrigt bis aufs Blut. Er hat den König gedemütigt, er hat Preußen vernichtet. Es ist so entwürdigend. Er ist grausam. Er ist ein Ungeheuer! Dieser, dieser …« Friederike hatte nicht die Worte, das auszusprechen, was sie dachte – sie war zu gut erzogen.

»Er ist ein Satan! Und er hat eine hässliche Fratze.« Solms zog seinen Rock am Saum glatt. »Ich werde, sobald der Arzt es erlaubt, wieder in den Dienst eintreten und die Demütigung, die Ihre Schwester, die Königin, erfahren hat, vergelten – so weit, wie es mir meine bescheidenen Mittel erlauben. Aber das, was ich tun kann, verspreche ich zu tun. So wahr Gott mein Zeuge ist.« Solms knallte sogar mit den Hacken, um seiner Rachsucht und seiner Rage Ausdruck zu geben.

Friederike, noch schlaftrunken, starrte ihn an: »Oh, Solms, das hätte ich nie von Ihnen gedacht. Sie waren so entschlossen mit Ihrem Austritt. Was ist in Sie gefahren?«

»Das Schicksal, meine liebe Friederike. Das Schicksal.«

Friederike war ernsthaft erstaunt über die Tatkraft, die in Solms aufgeblüht war, und stellte fest, dass sein Leiden sichtlich abgenommen und er seit Monaten schon keinen Anfall mehr gehabt hatte. Oder waren es Jahre?

Mit dieser Frage erst begann sie nachzurechnen, wann sie das letzte Mal um Solms' Gesundheit und nicht um die Lage Preußens und das Leiden ihrer Schwester besorgt gewesen war. Sie nahm die Finger zu Hilfe, als sie nachrechnete.

Als beide Hände voll waren, schrak sie auf: Aus den vierzehn Tagen, die sie für die Rückreise von Karlsbad zurück in ihre neue Heimat, das Schloss Neustrelitz, geplant hatten, waren anderthalb Jahre geworden – und eine Heimat hatten sie nicht mehr.

61

März 1809

Lieber Georg,
nun gehen die Jahre dahin, und wir sind gefangen und können nichts tun, als zu warten, zu beten und zu hoffen, und so sind wir gezwungen, hier unser Leben zu leben, als ob dieses Monster niemals gewesen sei. Unsere geliebte Luise ist vor Monaten schon abgereist. Die Zeit im Schloss war ein Lichtblick – endlich waren wir wieder vereint wie früher. Wir haben uns sogar ein Zimmer geteilt und sind auch von so manch anderer Regel, die die Voß aufgestellt hat, abgewichen. Ich habe zwei Monate sehr viel Freude gehabt, und ich war mit der guten Luise vereint und habe das Glück genossen, wie man es zum jetzigen Zeitpunkt genießen kann. Was bleibt uns, als abzuwarten? Alles Irdische hat seine Dauer, und wo werden uns neue Wege offen stehen? Wir sind nun im Haus Schlieben untergekommen, was bescheidener ist als das Schloss, aber hübsch.
Solms hatte wieder sein Leiden, deshalb konnte ich nicht früher schreiben. Es ist eine Tücke des Schicksals, dass, wenn wir Langeweile haben, das Leiden kommt, und wenn das Schicksal uns durch die Welt jagt, es geht. So ist Solms sich selbst im Wege und immer derselbe, es bessert sich nichts.
Die Ärzte rieten zu Bädern, und wir waren in Teplitz. Die

Reise hat das Unmögliche gekostet und wird mich natürlich sehr zurücksetzen, allein auch dies habe ich zur gewünschten Besserung willig getan, wenn es nur hilft. Reich bin ich nur an der Freude an meinen Kindern. Wilhelm ist geistreich und von herrlichem Herzen, Luise Auguste hübsch und oft lieblich, Alexander prächtig und vielversprechend. Das Fritzchen und Friederike erfüllen, was sie versprachen, und ziehen mächtig mit an. Das Fritzchen – das man nun schon Friedrich nennen muss, so stattlich ist er – will schon gegen Napoleon ziehen.

In Teplitz hatte uns der Graf de Ligne eingeladen, in den Kavaliershäusern zu wohnen, was Solms erst willkommen war, als auch der Geheime Rat Goethe ihm vergewissert hatte, dass das Wasser dort wahre Wunder wirkt, ob man nun darin badet oder es trinkt. Goethe, der zur gleichen Zeit wie wir kurte, hat uns dort fast täglich beehrt, was meinem Mann Freude machte, denn sie schätzen einander doch sehr. Er begleitete uns zu den Brunnen oder zum Tee, wobei er nie vergisst, Dich und Luise zu grüßen, lieber Georg, denn er erinnert sich sehr wohl noch an die Tage, die wir bei seiner Mutter am Hirschgraben verbracht haben. Er hat mir ein Exemplar des »Prometheus« binden lassen, was ich nun besonders liebhaben werde. Ansonsten hatten wir gelebt wie in einem Kloster und nur den Fürsten de Ligne und die Familie Clary gesehen.

Nun sind wir zurück in Haus Schlieben und wissen nicht, wohin. Unsere Gedanken gehen nach Berlin, was aber nicht möglich ist, solange die Franzosen noch da sind. Auch der König verbietet es. Solms hat sich gut erholt, aber ich fürchte, dass hier, wenn er zur Untätigkeit verdammt ist, seine Leiden wiederkommen und ihm und auch uns das Leben unerträglich machen. Er wünscht sich Tätigkeit und kann doch nichts unternehmen …

Deine Dich liebende Friederike.

Friederikes Furcht um Solms, die sie ihrem Bruder anvertraute, bestätigte sich allzu schnell: Er wurde von einem Anfall heimgesucht, der bedrohlicher war als alle anderen zuvor. Sein Hals schwoll so sehr an, dass er meinte, ihm würde der Kragen platzen, und dass er zu ersticken drohte, und sein Kopf war rot wie ein Schalentier, sodass seine Augen aus den Höhlen traten; er rang nach Atem.

Einmal stand er an einem Stehpult, um Friederike aus einem neuen Buch von Jean Paul vorzulesen, das sie empfohlen bekommen hatte, da überwältigte ihn ein so schwerer Anfall, dass er hinfiel. Und wenn der Diener, der gerade den Tee serviert hatte, nicht noch im Raum gewesen wäre und ihn aufgefangen hätte, dann wäre er auf den blanken Boden gefallen. Solms' Mund war voller Schaum.

Friederike war in heller Aufregung, und doch hatte sie eine Ahnung, dass es die Untätigkeit war, die ihren Mann krank machte, und die Ungewissheit über ihre Zukunft. Knapp drei Jahre saßen sie nun schon am äußersten Ende des zerschlagenen Preußen fest. Fast drei Jahre, die auf beinahe sechs Jahre der Verbannung und anderthalb Jahre Flucht gefolgt waren. Ihr Dasein war eine einzige Aneinanderreihung von Ungewissheiten, die Sehnsüchte nach etwas anderem schürten. Wie sollte ihr Leben weitergehen? Würde es ihr jemals vergönnt sein, ein Zuhause zu finden, wo sie mit Mann und allen Kindern unter einem Dach vereint war und einfach nur glücklich sein und lieben konnte?

Solms hat ein gutes Herz, dachte sie, und es zeugt von einem hohen Charakter, dass er etwas bewirken und tätig sein möchte. Er ist glücklich, wenn er jagen kann, er ist glücklich, wenn er reitet und wenn er seine Exerzitien macht, wo er doch früher, als er noch im Dienst war, so viel Bewunderung bekam. Das viele Sitzen und Lesen macht einen Mann mürbe. Dafür sind Frauen geschaffen, aber Männer sind von anderem Temperament, sagte sie zu sich. Sie meinte nämlich bemerkt zu haben, dass Solms nicht nur unter den Anfällen litt, sondern dass die Krankheit darüber hinaus auch auf sein Gemüt abfärbte. Er hatte so viel Unmut in sich, dass es vorkam, dass er ohne Vorrede aus der Haut fuhr und geradezu gemein gegen andere wurde. Sein liebstes Opfer war das Fritzchen, an dem er nichts Gutes lassen konnte.

Einmal waren sie ausgeritten, und wie immer kam es dazu, dass sie über Napoleon stritten. Das Fritzchen, mit seinen bald fünfzehn Jahren schon mehr junger Mann als Knabe, hatte sich über die Ereignisse sehr wohl seine Meinung gebildet und fing an zu politisieren, wie es kennzeichnend war für sein Alter. Die Rede, die ihnen die Königin Luise im Schloss von Schwedt gehalten hatte, hatte sich unauslöschbar in sein Herz gebrannt. Auch er trachtete danach, dem alten Preußen seine Größe, Würde und Stärke wiederzugeben, und er tat dies bei jeder Gelegenheit flammend kund. Ritt er über einen Hügel, war das ein Gefecht, das er gegen General Davoût ausfocht. Nahm er eine Hürde, sah er sich an der Stelle des geschlagenen Hohenlohe und korrigierte in seiner Fantasie dessen Verfehlungen, sodass er, das Fritzchen, statt seiner den Sieg über eine haushoch überlegene Napoleonische Armee nach Hause trug und sich als Held feierte.

Seine imaginären Siege feierte er, indem er den Arm in den Himmel streckte und laut johlte: »Juchu, Juchu, Ho-hoho«, wobei er die Zügel zog und seine Stute zum Halten brachte.

Dabei gab er eine Flanke frei.

»Und Puff, Puff, Puff – Touché!« Solms vernichtete den jubelnden Jungen mit einem angedeuteten Degenhieb und stieß ihn vom Pferd. Lachend schickte er dem verdutzten Fritzchen eine Stichelei hinterher: »Wie wollt Ihr den größten Feldherrn der Geschichte besiegen, wenn Ihr nicht einmal einer Finte ausweichen könnt?« Er wusste, wie er seinen Stiefsohn provozieren konnte.

Das Fritzchen klopfte sich die Hosen ab und stieg wieder

auf. »Ihr nennt dieses Ungeheuer den größten Feldherrn der Geschichte? Das ist Verrat!«

»Ja, ist er das denn nicht?«

»Friedrich der Große hat viel größere Schlachten geschlagen.«

»Und wie weit ist er gekommen? Napoleon beherrscht Europa vom Atlantik bis an die Memel. Und Austerlitz war sein Meisterstück. Er hatte schon verloren, und dann hat er ...«

»Wie könnt Ihr so etwas sagen? Das ist Verrat! Wie könnt Ihr so ein Ungeheuer bewundern, das uns so gedemütigt hat? Ich werde es dem König melden. Ich werde es der Königin melden. Ich werde es meiner Mutter sagen, die ihn so hasst, wie ich ihn hasse.« Er schnaubte. »Ihr habt mich nie gemocht. Und ich sage Euch: Ich habe Euch auch nie gemocht.«

Aber Solms' Tonfall blieb verächtlich. Er blickte auf die Reitkünste des Fritzchens herab, die er erbärmlich fand. »Wenn Ihr das gute Pferd weiter so traktiert, dann reitet Ihr es noch zuschanden.«

Als das Fritzchen beleidigt davonritt, spuckte Solms aus.

Von alldem hatte Friederike nur eine Ahnung, denn ihr Ältester sah sich schon als Mann und hatte sich selbst den Codex auferlegt, diese Angelegenheit mit Solms selbst zu klären – ja, er forderte ihn geradezu heraus. Solms störte sich nicht daran, denn er blickte weiter auf den Jungen herab, in dem er keinen ernstzunehmenden Gegner sah, auch wenn er schon jetzt an seinen Vater erinnerte, der Solms' größter Rivale gewesen war.

Kaum war Solms in den Gemächern von Friederike, war alles, was das Kind betraf, vergessen, und es trat Ruhe in sein Leben ein. Doch kaum war Ruhe da, kamen die Schmerzen. Er wurde unleidlich und klagte über sein Unglück und über sein Dasein und verfluchte die ganze Welt, und fast war es ihm so, dass er nur dann, wenn er im Streit war, seinen Frieden fand.

Eines Abends fasste Friederike den Mut, Solms einen Plan

zu eröffnen. Sie hatte ihm gerade wieder das Gedicht von der »Rastlosen Liebe« vorgelesen, das ihnen der Herr Rat Goethe gewidmet hatte. Sie sprachen über ihr Leben und ob es Unglück sei oder Glück, und kamen zu dem Schluss, dass all das, was passiert war, doch auch als Quell dafür gedeutet werden könne, der für künftiges Unglück stärke.

Solms zuckte nervös. »Aber was kann uns jetzt noch widerfahren?«

Das war genau die Frage, auf die Friederike gehofft hatte und auf die sie gezielt mit ihren Bemerkungen zugesteuert war.

»Wir könnten auf ewig hier verdammt sein und ohne Ziel und Zukunft jeden Tag so erleben wie den andern.«

Solms stützte die Arme auf den Oberschenkeln ab und sah auf seine Stiefel. Sie hätten besser geputzt werden können, sagte er zu sich und überlegte, dass er sich morgen gleich den Knaben vornehmen würde, dessen Pflicht das war. Er war wieder auf Streit aus. »Ja, was wollen Sie damit sagen?«

»Geht es Ihnen nicht auch so? Es ist so ein Gleichmaß in unseren Tagen.«

»Gleichmaß, Gleichmaß. Pah.« Er stand auf und durchschritt in seinen Stiefeln den Raum von der Tür bis zum Fenster. Nach der dritten Runde blieb er mit dem Rücken zum Fenster stehen. Er reckte sich.

»Solms, bitte setzen Sie sich.« Sie klopfte auf das Polster des Canapés.

»Warum soll ich mich setzen?«

»Weil Sie sich aufregen und weil ich fürchte, dass dann Ihre Krankheit wiederkommt.«

Er folgte ihrer Bitte und war dennoch unentschlossen in seiner Haltung. Sie hatte ja durchaus recht, aber worauf wollte sie hinaus? Seufzend sagte er:

»Ach, Friederike, ich langweile mich so. Ich langweile mich so sehr, dass ich wünschte, es würde wieder etwas passieren, was uns hier herausreißt. Ein Krieg …«

»Solms!«

»Ja, ich langweile mich, weil es hier nichts für mich zu tun gibt und ich doch tätig sein möchte.«

Er ließ sich an die Lehne fallen und verschränkte die Arme hinter dem Kopf. Langsam atmete er ein und aus. Sein Blut floss ruhig, er war froh.

Friederike rückte näher an ihn heran.

»Ja?«

»Was wäre damit ...« Sie atmete noch einmal tief durch. »... was wäre damit, wenn Sie wieder in den Dienst träten?«

»Jetzt, wo alles vorbei ist? Der König will mich nicht haben, ich bin krank. Wo soll ich denn hin? Ach, ich bin ein nutzloser, kranker Mann, und das wissen Sie. Bitte, tun Sie mir das nicht an!«

»Ich habe schon mit ihm gesprochen ...«

»Sie haben es gewagt ...?«

Besänftigend legte sie seine Hand in die ihrige und zog mit ihren Fingern die Linien in seiner Handfläche nach.

»Ich sehe ein großes Verdienst.«

Er lächelte. Da war sie wieder, seine kleine Friederike, in die er sich vor fast zwei Jahrzehnten so verliebt hatte, dass er alles auf sich genommen hätte, um sie zu bekommen. Was war aus ihm geworden? Warum war er nur so gereizt gegen alle und manchmal auch gegen sie? War es die Krankheit, die ihn so eigennützig gemacht hatte? Er konnte es nicht sagen. Dennoch nahm er das Spiel auf, das sie begonnen hatte.

»Ein großes Verdienst, Madame Frédérique, so, so?«

»Nun.« Sie wiegte den Kopf hin und her. »Ein sehr großes Verdienst. Aber erst werden Sie wieder Rittmeister. Sie haben eine Stelle in Breslau, der König wird es Ihnen mit zwölfhundert Talern vergüten.«

Solms' Mund stand offen.

»Freuen Sie sich nicht?« Nun sah ihn Friederike schüchtern an und hoffte, dass er keinen Anfall bekam vor lauter Aufregung und Ärger. Denn nicht nur, dass sie seine Anfälle immer fürchtete – sie wusste nicht, wie sie ihn hätte stützen sollen. Es war spät in der Nacht, und die Dienerschaft war bereits entlassen. Sie waren zu eingeschränkt in ihren Mitteln, um wie in Berlin rund um die Uhr Gesinde zu beschäftigen.

Doch Solms, der immer so gequält und gepeinigt wirkte, strahlte und blühte mit einem Mal auf wie der junge Mann, der er einmal gewesen war und der zu so viel Hoffnung Anlass gegeben hätte, wenn er nicht so unglücklich gestürzt wäre. Seine Wangen wirkten augenblicklich frisch, und seine Züge wurden weich und gleichzeitig entschlossen, als ob er zu einem neuen Leben erweckt worden wäre.

»Ob ich mich freue? Ja, Friederike! Ja, ja, ja! Oh, meine kleine Friederike. Ich freue mich wie ein König.«

Schon einen Monat später ritt Solms gegen Breslau und trat als Oberstleutnant seine Stelle als Kommandeur des Zweiten Ulanenregiments an. Und so, wie Friederike es ihm in ihrer plötzlich aufwallenden Verspieltheit prophezeit hatte, indem sie ihm eine Wahrsagerin vorspielte, kam es: Solms wurde vom König mit dem »Pour le Merité« geehrt, dem Orden für große militärische Verdienste.

Solms war glücklich. Doch noch glücklicher war er, wenn er auf dem Pferd saß und seine Übungen absolvieren konnte und von sich selbst beeindruckt war, wie leicht er Hürden nahm, an denen andere scheiterten.

Das war das Leben, das er sich immer gewünscht hatte.

62

Berlin, Dezember 1809

»Gott sei Dank! Ihr seid in Berlin. Endlich seid Ihr wieder zurück!«

Die Prinzessin Schwarzburg-Rudolstadt sprach mit schriller Stimme, was verriet, dass sie ganz aufgeregt war – aber damit war sie nicht alleine. Allen, die hier auf dem Schlossplatz standen und warteten, hatte es die Röte auf die Wangen getrieben, und das lag nicht an der Kälte – in der vergangenen Woche hatte es in Berlin das erste Mal in diesem Jahr geschneit. Die Röte rührte von der Aufregung und der Freude her, dass die Prinzessin Friederike wieder unter ihnen weilte.

Die Viereck, die immer noch ein Fräulein war und darüber ganz verhärmt, hatte Tränen in den Augen. »Ach, Prinzessin. Nun wendet sich alles zum Guten. Alles wird gut.« Sie sprach damit nicht nur die Demütigung durch Napoleon an, sondern die glückliche Aussicht darauf, bald als Friederikes Begleitung wieder von einer Gesellschaft zur anderen zu gehen und vielleicht doch noch, wie sie hoffte, einen Mann zu finden. Denn ihre neue, alte Herrin war immer umschwärmt von eindrucksvollen Kavalieren.

Auch die Brühl stimmte in den Jubelchor mit ein.

»Es erträgt sich doch einfach alles besser hier.« Immer noch musste die Brühl das letzte Wort haben. »Viel besser, wenn Ihr da seid.«

»Ja, Gott sei Dank«, sagte Friederike. »Gott sei Dank.«

Friederike küsste die Schwarzburg-Rudolstadt, strich der Viereck über die Wangen und schüttelte der Brühl die Hand und gab dann mit einer winkenden Handbewegung allen Signal, weiter hinunter zur Lindenallee hin zu gehen, von wo aus sie die eintreffende Kutsche mit dem König und der Königin und ihren Kindern besser sehen konnten.

Die Leibgardisten bahnten ihnen den Weg durch die aufgewühlte Menge, die – obwohl es ein Samstag war und gearbeitet werden musste – mit jeder Minute, die man hier stand, weiter anschwoll. Fast alle Betriebe hatten diesen Tag zum Feiertag erklärt und einfach die Läden und Türen geschlossen, um hierherzueilen. Die Rückkehr des preußischen Königspaares! Es war ein Festtag, an dem ganz Berlin auf den Beinen war. Man sah muskulöse Maurergesellen mit Hut auf dem Kopf, Studienräte in schwarzem Gehrock und sogar eine Gruppe barmherziger Schwestern, die von der Hedwigskirche unweit des Schlosses kamen. Die Schützengilde stand stramm. Blumenmädchen mit Bauchläden boten in Ermangelung von frischer Ware getrocknete Sträuße an. Dennoch machten sie das Geschäft ihres Lebens.

Friederike atmete die schneeklare Winterluft ein und sah über die Lindenallee hinunter bis zum Brandenburger Tor. Ihr Blick streifte das Palais, in dem sie während der Ehe mit ihrem Mann Ludwig gewohnt hatte. Das Schloss, das Palais und die Kirchen waren mit weißen Flaggen geschmückt, die der erwarteten Königsfamilie zuzuwinken schienen. Auch Friederike fühlte sich begrüßt – wie damals, als sie im Alter von fünfzehn Jahren ebenfalls im Prunkwagen die Lindenallee hochgefahren und von ganz Berlin bejubelt worden war. Auch wenn der größte Teil des Jubels ihrer Schwester gegolten hatte, sie hatte sich dennoch eingeschlossen gefühlt, und so war es auch gemeint gewesen.

Friederike war ergriffen. Sie fühlte sich umarmt von einem Gefühl von Heimat.

Berlin! Vor elf Jahren hatte sie die Stadt im morgendlichen Nebel und heimlich wie eine Diebin verlassen müssen. Einzig ihr Fritzchen, damals ein Junge von knapp vier Jahren, war mit seiner Nounou aufgestanden und hatte ihr, seiner Mutter, so lange hinterhergewinkt, bis ihre Kutsche in eine Kurve einbiegen musste und er aus ihrem Blick verschwunden war. Der

Schmerz darüber war ihr immer geblieben, wie auch dieses Bild des Abschieds sich ihr unwiderruflich eingebrannt hatte: Ein kleiner Junge an der Hand seiner Nounou, der so eifrig winkt, dass ihm das Ärmchen müde werden muss, und der dennoch nicht aufgibt – in der Hoffnung, damit die Trennung ungeschehen machen zu können. Ein Junge mit ernsthaftem Blick, der sich tapfer vorgenommen hat, nicht zu weinen, weil er seiner Mutter nicht noch mehr Kummer zufügen will.

Sie atmete tief durch.

Seit elf Jahren hatte Friederike danach getrachtet, diese Wunde zu heilen. Es war der Quell ihrer Sehnsüchte und ihres Handelns gewesen. Alles hätte sie dafür getan, endlich wieder die ganze Familie, alle Kinder und alle Lieben an einem Ort vereint zu wissen – und endlich glücklich zu sein.

So stand sie jetzt an der gleichen Stelle, an der ihr Fritzchen damals gestanden hatte. Nun endlich war sie am Ziel ihrer Wünsche angelangt. Sie wusste: Alles würde wieder gut werden.

Ach, Berlin! Zum wiederholten Mal atmete sie diesen Namen aus. Sie war schon vor vier Tagen aus Königsberg hier angekommen und mit offenen Armen und Herzen empfangen worden. Nun wartete sie mit ihren Damen auf die Ankunft der königlichen Familie. Die Straßen waren gesäumt mit Menschen.

»Seht! Seht!« – »Da sind sie!« Eine Gruppe Mädchen, in weißen Kleidern und weißen Mänteln, die aussahen wie Schnee-Engelchen, rannte kreischend in Richtung Pferdemarkt. Die Gendarmen, die völlig überrascht waren von dem Ausbruch, hatten große Mühe, sie wieder einzufangen.

Doch es war ein Fehlalarm. Die königliche Familie war noch lange nicht in Sicht.

Über die Brücke galoppierte erst ein Batallion Postillione, die man an ihren weißen Lederhosen, den blauen Röcken und blauen Hüten erkannte. Ihre stolzen Füchse donnerten mit den

Hufen über das Pflaster, und der helle, scheppernde Klang ihrer Posthörner weckte auch den letzten müden Gesellen, den Berlin hatte, aus dem Schlaf. Kaum hatten sie die Spreebrücke passiert, ritt der Kommandeur nach vorne. Nach einem Abstand von vier Pferdelängen schloss die erste Reihe zu ihm auf, und dann folgte die dritte Reihe und dann die vierte. So ging es in einem fort, und als die ganze Kompanie so wieder einen Block bildete, ging das Ganze in die rückwärtige Richtung, sodass sich den Zuschauern der Eindruck vermittelte, durch die Straße würde eine große Welle fließen.

»Vivat!«

»Vivat!«

»Es lebe die Königin!«

»Hurra!«

Diejenigen in der Menge, die hochgewachsen waren, konnten schon die Prunkkutsche erkennen, die der Bürgermeister Büsching im Namen der Berliner Bürger der königlichen Familie zu ihrer Rückkehr geschenkt hatte.

Auch Friederike reckte den Hals, aber ein Rücken versperrte ihr die Sicht.

»Hoheit, darf ich?« Ein Gardist schob ihr ein hölzernes Bänkchen vor die Füße, das sie sofort erklomm. Er hielt neben ihr Wache für den Fall, dass sie stürzen sollte. Sie war ganz beseelt von dieser Geste und auch darüber, dass er sie mit »Hoheit« angesprochen hatte – denn diesen Titel hatte sie vor elf Jahren verloren und noch nicht offiziell wiederbekommen. Aber offenbar nahm man es doch nicht so streng, wie sie befürchtet hatte.

»Vivat! Vivat! Königin Luise!«

Endlich sah auch Friederike die Kutsche und stimmte in den Jubel mit ein. Die Viereck stand schüchtern daneben, und die Brühl tupfte sich pikiert die Nase. Nur die Schwarzburg-Rudolstadt schrie aus vollem Halse mit, wobei sie zu Friederike mit auf das Bänkchen stieg und sich mit einem Arm an der Schulter des kräftigen Gardisten abstützte. Er dankte es ihr mit einem milden Lächeln.

»Vivat!«

»Es lebe der König! Es lebe der König von Preußen!«

»Viva Borussia!«

Als die Postillione an Friederike und ihren Damen vorbeizogen, hielt sich die Viereck die Ohren zu. »O Gott, ist das laut.«

Die anderen Damen aber kannten nun, da sich nach den Postillionen bereits die Einheit der Schützengilde und dann die stolze Garde Du Corps näherte, keine Hemmungen mehr. Auch Friederike jubelte und winkte mit. Sie hielt sich an der Schwarzburg-Rudolstadt fest. In einem kurzen Moment sahen sie sich an wie zwei Freundinnen, die ein Geheimnis teilten.

Es ist wirklich wieder alles gut, dachte Friederike.

Und das war es auch.

»Vivat! Vivat!«

Die Eskorte rollte gerade über die Spreebrücke, da donnerten drüben vom Lustgarten her die Kanonen. Der Hauptmann gab mit einem Degen Befehl, und die zehn Geschosse entluden sich wie aus einem Rohr. Sie sahen aus wie Drachen, die Feuer spien. Dieses Spektakel wiederholte sich in kurzen Abständen mehrmals.

Das war das Signal, dass die Kutsche der königlichen Familie gleich eintreffen musste.

»Seht! Da, da sind sie!«

»Es lebe der König!«

»Es lebe die Königin!«

Friederikes Herz hämmerte gegen ihren Brustkorb. Sie drückte sich an ihrer Dame hoch und versuchte zu erkennen, auf welcher Höhe die Kutsche war. Aber wieder versperrte ihr ein Rücken die Sicht. Der Gardist, der ihr das letzte Mal geholfen hatte, reckte selbst seinen Kopf in die Höhe, sodass Friederike sich nur zu helfen wusste, indem sie sich auf dem Bänkchen auf die Zehenspitzen stellte. Es wackelte ein wenig, aber die Schwarzburg-Rudolstadt gab ihr Halt. Doch in dem Moment, wo sie sich sicher glaubte und tatsächlich einen Blick auf die herannahende königliche Eskorte erhaschen konnte, drehte sich der Gardist um, sodass sie von ihrem kleinen Plateau herunterrutschte. Erschrocken versuchte sie ihre Balance wiederzufinden, krallte sich an der Schwarzburg-Rudolstadt fest und ruderte mit dem anderen Arm. Glücklicherweise reagierte der Gardist geistesgegenwärtig und fing sie rechtzeitig auf, bevor sie auf dem Boden landen konnte.

Friederike lachte verlegen und drehte sich dann von dem hochgewachsenen Mann weg. Sie wollte keinen Anlass zu Gerede geben.

Aber die anderen sahen jubelnd und winkend zur Allee, wo gerade vor ihren Augen die acht festlich geschmückten Rappen vorbeizogen, die vor die Kutsche mit der Königsfamilie gespannt worden waren. Ihre Schweife wippten.

Dann rief einer: »Haaaaaaalt«, und der Fond der Kutsche kam direkt vor Friederikes Augen zum Stehen.

»Luise! Luise!«

Die Damen, die Gardisten, aber auch einfache Bürger, die sich neben und hinter Friederike aufgebaut hatten, drehten sich zu ihr herum und fragten sich, wer das denn sei, der die Königin so unverschämt duzte. Aber Friederike war ohne Anteilnahme an ihrer Umwelt und völlig konzentriert auf ihre Schwester, die jedoch auf der anderen Seite der Kutsche saß und den gegenüberstehenden Leuten winkte.

»Luise, Luise!« Friederike stieg wieder auf das Bänkchen, auch wenn das gefährlich war.

Ihre Schwester winkte immer noch zur anderen Straßenseite, aber Friederike konnte einen Blick in den Fond erheischen. O Gott, dachte sie. Sie sah, dass in der Kutsche nicht Charlotte, Carl und Alexandrine, die Kinder des Königspaares saßen, sondern – und sie konnte sich das beim besten Willen nicht erklären – ihre kleine Friederike und ihr Fritzchen.

Was für eine große Ehre, dachte Friederike und schluckte. Sie hielt sich an der Schwarzburg-Rudolstadt fest und ließ dann ihren Tränen ungehemmten Lauf.

Jetzt fehlte nur noch Solms, der zum Weihnachtsfest hier erwartet wurde.

Wenn die Straßen von Breslau gut sind, dann wird er morgen kommen, dachte Friederike. Wenn nicht, dann wird er spätestens in zwei Tagen hier sein. Dann sind wir alle wieder vereint.

Abends stand man am Balkon des Kronprinzenpalais auf den die Königin Luise und der König Friedrich Wilhelm immer wieder von einer anschwellenden und jubelnden Menge hinausgerufen wurden. Friederike stand hinter ihnen am Fenster, neben ihr ihre Kinder und auf der anderen Seite ihr Vater Carl von Mecklenburg-Strelitz, der trotz seines Alters von bereits achtundsechzig Jahren immer noch diesen verschmitzten, kindlichen Gesichtsausdruck hatte. Auch ihm sah man an, dass er sich freute über das Glück, die Familie endlich wieder vereint zu sehen und seine beiden jüngsten Töchter zu Hause. Er war eigens aus Neustrelitz angereist, wo der Stammsitz der Familie war, um die Rückkehr seiner Töchter aus dem Exil, in das sie Napoleon verbannt hatte, im Kreise der Familie mitzuerleben.

Während Luise und der König draußen standen und winkten und die Bürger, die sie so liebenswürdig willkommen hießen, mit Blumen bedachten, die sie vom Balkon hinabregnen ließen, sahen Friederike und ihr Vater sich von Rührung ergriffen an. Was hatte man alles zusammen erlebt und durchgemacht? Die Verbannung Friederikes, die Flucht nach Ostpreußen, die schreckliche Krankheit Solms' – Herzog Carl hatte seiner Tochter immer beigestanden und war nun ebenso ergriffen wie sie, dass alles vorüber und vergessen war.

Sie sahen hinaus über die Stadt und in die Lichter, die die Lindenstraße aussehen ließen wie ein Meer von Kerzen. Jedes

Fenster war mit Fackeln geschmückt worden, und auch oben auf den Dächern zwischen den weißen Flaggen waren Illuminationen aufgebaut. Im Zeughaus gegenüber flackerten dicke Feuer, die nach olympischer Art in Schalen entfacht worden waren.

Zwischen den monumentalen Feuersäulen hatte sich ein Orchester aufgebaut, das die mitreißende Oper über das Schicksal des Kaisers Montezuma aufspielte, welche einst der Große Friedrich komponiert hatte – sie erzählte die Geschichte des kaiserlichen Familienglücks, das von den Conquistadoren zerstört worden war. Luise, Friedrich Wilhelm, Friederike, ihr Vater, das Fritzchen und die vielen Kinder von Friederike und Luise, die oben auf dem Balkon oder am Eingang dahinter und an den Fenstern standen, durchlebten mit diesen feierlichen Tönen noch einmal die Demütigung, die ihnen durch Napoleon zugefügt worden war, aufs Deutlichste, wobei ihnen die Sicherheit ihres Daseins ein wohliges Gefühl der Rettung und der Erleichterung verschaffte. All diese Schmach war endgültig vorbei.

Friederike zog den Schal über ihren Schultern enger zusammen und sah gerührt zu den Musikern hinüber, die es trotz der Kälte bewerkstelligten, ihren Instrumenten eine Dramatik zu entlocken, die bei ihr jenes lustvolle Gefühl von Reinigung, Neuanfang und feierlichem Frieden entfachte.

Nach dem Konzert folgte ein Feuerwerk, welches die ganze Straße mit einem Glorienschein zu versehen schien. Von der Straße hörte man »Oh!« und »Ah!« und auch ein »Mein Gott!«. Eine zierliche Frau drückte sich an ihren Mann. Sie hatte Angst.

Als der letzte Feuerwerkskörper gezündet war, läuteten die Glocken bereits Mitternacht, und die Hunderten von Menschen, die tatsächlich bis jetzt hier ausgeharrt hatten, verabschiedeten sich mit letzten, vereinzelten »Vivat!«-Rufen. In Gruppen ging man zur nächsten Restauration, um dort bei Bier und Schnaps über den Tag und den freudigen Einzug des

Königs und der Königin zu sprechen und über alles, was man gesehen und gehört hatte. Am kommenden Tag war Sonntag und damit frei.

Friederike sah den Menschen noch eine Weile nach, bis Luise sie aus ihren Gedanken riss.

»Komm! Lass uns ein Glas Sekt vom Grafen Sparr trinken und auf die schönen neuen Zeiten anstoßen.«

»Ja«, sagte Friederike. Sie war beseelt von einer Art Erlösung und Befreiung, die von der Zuversicht herrührte, dass bald alle ihre Sehnsüchte erfüllt sein würden. Sie folgte ihrer Schwester und nahm auf einem Canapé neben ihrem Vater Platz.

Friedrich Wilhelm reichte die Gläser, und als Friederike einen Schluck nahm, erschien es ihr, als ob das das beste Glas Sekt sei, das sie jemals getrunken hatte. Sie stürzte es in einem Zug hinunter, und als sie es abstellen wollte, bemerkte sie, dass es ihr alle gleichgetan hatten – so erleichtert war man.

Dann gingen die Herren zum Billardzimmer, und die Damen blieben in den Gemächern zurück, die früher einmal Luises Räume gewesen waren.

»Komm, lass uns nachsehen, was noch da ist«, sagte Luise – und anstatt sich einzurichten und anzukommen, streifte man von einem Kabinett zum nächsten und machte Inventur in dem Haus, das man vor mehr als drei Jahren von einem Tag auf den anderen verlassen hatte.

»Meine geliebten Tapisserien sind noch da!« Luise zeigte auf zwei große, weinrot grundierte Wandteppiche, in die Szenen aus der griechischen Mythologie eingewoben waren. »Meine Möbel auch.« Dafür waren ein paar Vasen abhandengekommen, eine barocke Uhr, die noch vom dicken König stammte, der es geliebt hatte, Uhren zu verschenken, weil er sehr auf Pünktlichkeit achtete.

Die Prinzessin Mimi, die hier früher öfter zu Gast gewesen war, sagte: »Ja, aber seht … Die silbernen Leuchter sind weg.«

»Nein, nein.« Luise war erleichtert. »Die hatte Stein zum Altenstein mitgenommen. Er hatte eine Kutsche voll beladen lassen mit allem, was er und seine Diener in der Eile haben zusammenraffen können.«

»Er hat selbst eingepackt?« Friederike, die keine Berührungsängste mit gemeinen Tätigkeiten hatte und ja selbst großes Vergnügen darin gefunden hatte, kleine Backwaren zuzubereiten, kam dieses Zupackende aber doch sehr unstandesgemäß vor. »Ich kann mir das gar nicht vorstellen.«

»Ja, ja, doch, doch, das ist seine Art«, sagte Luise. Sie lachte. »Und genau deshalb kann ihn Hardenberg nicht leiden.«

Nun kicherten beide.

Die Prinzessin Louise von Radziwill, die als Tante des Königs an den Feierlichkeiten teilhaben durfte, dachte: Kaum sind wir alle in Berlin, geht das Geschnatter und Gespotte gleich wieder los, als ob nichts passiert sei. Wobei auch sie sofort in die Reden der beiden Mecklenburg-Schwestern einfiel. Sie wusste beizutragen, dass Hardenberg, der sich gerne über Stein zum Altenstein erhob, nun bei der Viereck sein Plaisir fand – und dass das wohl der Grund war, warum sie hier nicht zugegen war.

»Das ist nicht wahr!«

»Und ob das wahr ist. Sie hat es mir selbst gesagt, und sie hat mir auch zum Beweis einen Brief gezeigt, den er ihr geschrieben hat.«

»Wirklich?«

»Aber er ist doch verheiratet?«

»Na ja.«

Alle stimmten sofort darin überein, dass das arme Fräulein, das schon ein älteres Fräulein war, nicht nur fürchterliches Pech habe, weil sie immer noch keinen Ehemann gefunden hatte; sondern sie waren sich auch darin einig, dass sie sich reichlich ungeschickt anstellte, weil sie immer die Augen auf Kavaliere warf, die schon anderweitig gebunden seien.

So hatte man sich doch allerlei zu erzählen.

Als sie über die Galerie gingen und auf das Zimmer zusteuerten, in dem das Fritzchen früher gewohnt hatte, fühlte Friederike ein schauerliches Unbehagen. Sie dachte an jene Nacht, als es ihr noch auf Befehl des Königs verboten war, Berlin zu betreten, und sie sich heimlich zu ihrem Ältesten geschlichen hatte, nach dem sie so eine Sehnsucht geplagt hatte. Tränen stiegen ihr in die Augen. Denn sie hatte damals nicht gewusst, wie schnell ihr das Schicksal ihren Sohn wieder in die Arme spülen würde. Nur wenige Wochen nach diesem Besuch waren sie alle zur Flucht gezwungen und im Exil vereint gewesen.

In seinem Zimmer war es noch fast so, wie sie es damals vorgefunden hatte. Auf einem Brett standen Zinnsoldaten, mit denen er eine Schlacht des Großen Friedrich nachgestellt hatte, ein Schaukelpferd wippte in der Ecke. Nur der Käfig mit dem Rotkehlchen war verschwunden – jemand musste Erbarmen mit dem Tier gehabt haben.

Luise hatte keinen Sinn für diese Erinnerungen, sondern stürmte sofort auf den Sekretär zu, bei dem jede Lade aus ihrem Fach gerissen und ausgeschüttet worden war. Sie schob die Hand in ein leeres Fach und tastete nach etwas. Wütend zog sie die Hand wieder heraus.

»Der Schmuck! Sie haben den Schmuck mitgenommen, den das Fritzchen von der alten Königin geerbt hat! Es waren Stücke von der großen Landgräfin dabei und noch ein paar andere Kostbarkeiten. Warum haben sie ihm nicht wenigstens diese Erinnerung lassen können? Diese Teufel! Diese Ungeheuer! Diese impertinenten Burschen!«

»Beruhigt Euch!«, sagte die Prinzessin Mimi.

Aber Friederike war ganz erstaunt. »Die alte Königin hat meinem Fritzchen den Schmuck vererbt?«

»Aber sicher. Sie hat all ihren Schmuck für ihn und für deine Friederike gegeben.«

Friederike konnte es kaum fassen, dass die alte Königin,

von der sie immer dachte, dass sie von ihr verabscheut würde wegen ihres Umgangs, sich ihren Kindern gegenüber so großzügig erwiesen hatte. Sie haben mich verbannt, aber sich nicht für meine Verfehlung an den Kindern gerächt, dachte Friederike und war froh darüber.

Doch sie konnte sich diesen Überlegungen gar nicht hingeben. Denn kaum war der Name der kleinen Friederike gefallen, raffte Luise ihr Kleid und stürmte in das Gemach des Mädchens. Auch dort musste sie feststellen, dass die Franzosen alles stehen gelassen und bei ihren Plünderungen nur den Schmuck entwendet hatten. Entmutigt stand Luise vor dem entleerten Sekretär.

»So ärgert Euch doch nicht. Es ist alles vorbei, und wir sind gesund«, versuchte die Prinzessin Mimi sie zu beschwichtigen.

Aber jetzt war auch Friederike in Rage. »Gesund? Ja, das sind wir, und zwar so gesund, dass wir uns schon zu rächen wissen werden. Aber ich werde nicht ruhen, bis Napoleon seine Lektion bekommen hat. Das schwöre ich bei all meinen Kindern.« Sie beschloss, am kommenden Tag an ihre Schwester Therese zu schreiben, die die Umstände wieder nach Paris geführt hatten, wo sie die politische Elite in ihrem Salon versammelte und gegen Napoleon einschwor.

»Friederike!« Luise, die wusste, wie sehr ihre Schwester an ihren Kindern hing, die aber auch ihre Sanftmut kannte, erschrak über deren Heftigkeit.

So durchforstete man Gemach um Gemach und sah nach, was genommen worden war und was geblieben.

Irgendwann zeigte sich bei allen eine Erschöpfung, und man ging hinunter in den Salon, wo ein kleines Büfett aufgebaut war. Ein Büfett war eine von den begrüßenswerten Moden, die Napoleon in ganz Europa etabliert hatte. Man aß im Stehen oder nahm den Teller auf den Schoß, und alle Gänge wurden zur gleichen Zeit auf einer großen Tafel serviert, sodass man nicht über Stunden zu sitzen gezwungen war. Es gab Eier mit

Trüffeln *à la gelée*, Flusskrebse in Madeira, Morcheln und Erbsenschoten und *chou-fleur vert gratiné*. Dazu gab es Bachforellen *à la moulin* und ein Ragout von Fasanen.

Bei dieser Gelegenheit nahm die Prinzessin Louise, die Fürstin von Radziwill, neben Friederike Platz. Die nahm das zuerst gar nicht wahr, weil sie sich mit der Prinzessin Mimi, die mit zwei unbekannten neuen Damen – der jungen Waldeck und einer von Kleist – zu ihrer anderen Seite hin saß, darüber unterhielt, wie gut und prächtig sich das Fritzchen und auch die kleine Friederike entwickelt hatten. Mimi erinnerte daran, wie sie und Friederike damals auf Schloss Schönhausen dem Gärtner eine Schubkarre entwendet und die kleine Friederike beim Spazierengehen darin herumgefahren hatten.

»Ich bin so froh, Euch so fröhlich zu sehen.«

Friederike, die sich angeregt mit der Prinzessin Mimi und den Damen unterhalten hatte, war es, als ob sie mit diesem Satz der Prinzessin Louise in eine andere Welt hineingezogen wurde. In ihren Gedanken taten sich Bilder auf: von ihrer Hochzeitsnacht, als die Prinzessin Louise sie in ein so schauerliches Gefühl versetzt hatte. Die Abende auf Schloss Bellevue und die fürchterlichen Dinge, die die Prinzessin über sie erzählt hatte, nachdem Friederike Solms und nicht ihren Bruder Louis Ferdinand geheiratet hatte. Sie hat immer ein wenig auf mich herabgeblickt, dachte Friederike. Und doch spürte sie jetzt, in diesem Moment, ein Gefühl innigster Verbundenheit. Denn die Prinzessin Louise sah sie so freundlich und liebenswürdig an, als ob sie Friederike niemals als Rivalin, sondern immer nur als Freundin gesehen hätte.

Friederike ließ sich den Teller mit dem Ragout von einem livrierten Diener abnehmen und drehte sich zu der Prinzessin Louise hin. Auch die übergab dem Lakaien ihren Teller, von dem sie kaum etwas gegessen hatte.

»Ich freue mich wirklich, Euch wiederzusehen. Ich habe Eure Gesellschaft vermisst.«

Friederike blickte zu Boden. »Es ist so viel passiert.«

»Ja, das ist es. Und es hat alles anders gemacht.«

Sie dachten beide an den Prinzen Louis Ferdinand, der so eine wichtige Rolle in ihrem Leben gespielt hatte, und an seinen tragischen Heldentod in der Schlacht von Saalfeld.

Die Prinzessin Louise versuchte, sich bequemer hinzusetzen, und sah dann Friederike aus halboffenen Lidern an. »Ich habe ihn auch vermisst.« Ihre Stimme klang gebrochen.

»Es tut mir so leid, Prinzessin.« Friederike war geneigt, Prinzessin Louises Hand zu nehmen, schreckte aber vor so viel Vertrautheit zurück.

»Ich vermisse ihn immer noch, jeden Tag.«

Nun nahm sie doch ihre Hand, und die Prinzessin Louise griff danach wie eine Ertrinkende, und so war es ja auch. Der Kummer über den Tod ihres geliebten Bruders hatte ihr einen großen Teil ihrer Lebenslust geraubt. Oft fühlte sie sich stumpf und matt.

»Ich bin froh, dass Ihr mich versteht. Es gibt niemanden, mit dem ich diesen Kummer so offen teilen kann. Er hat Euch so sehr geliebt. Er hat immer nur von Euch gesprochen.« Von der Liebe ihres Bruders zu Friederike, über die sich die Prinzessin Louise jahrelang gegrämt hatte, sprach sie nun mit einer Selbstverständlichkeit, die keinen Vergleich kannte.

Friederike wich dem Blick der Prinzessin Louise aus. Sie war verlegen, und als die Prinzessin das bemerkte, wurde auch sie verlegen, sodass sie eine Weile nebeneinandersaßen und schwiegen. Die Damen neben Friederike lachten immer noch über alte Erlebnisse.

»Besucht uns doch auf Bellevue, Hoheit. Es wäre mir Ehre und Vergnügen zugleich.«

»Ja, gerne …«

»Ich habe schöne neue Bücher, die Euch bestimmt interessieren werden.«

»Ich danke Euch sehr.«

Sie sahen sich an, und es war so, als ob der Kummer um Louis Ferdinand sie zu Freundinnen gemacht hätte. Ja, Friederike würde sie auf Schloss Bellevue besuchen kommen, und alles wäre gut.

Als es drei Uhr am Morgen war, konnte selbst die Aufregung, alle an einem Flecken wiederzusehen und endlich wieder in Berlin zu sein, Friederike nicht mehr wach halten. Sie gab Luise, ihrem Vater und ihren Kindern einen Kuss und verabschiedete sich von Friedrich Wilhelm mit einem Knicks. Sie war ihm über alle Maßen dankbar, dass er das Verbot, Berlin nicht mehr betreten zu dürfen, aufgehoben hatte.

Sie legte sich in ihr altes Bett mit dem purpurnen Baldachin und fiel in einen tiefen, aber traumlosen Schlaf.

Währenddessen machte sich die Voß noch daran, ihre Tagebucheintragungen zu beenden. Sie erzählte, wie sie vom Fond der Wageneskorte aus die wogende Menge erlebt hatte, vom Feuerwerk, vom neuen Personal, das man noch einarbeiten müsse, und von den vertrauten Gesichtern. Auch Friederike sparte sie nicht aus:

»*… Die Solms ist wie ausgewechselt*«, schrieb sie mit der zackigen Schrift einer alten Frau, die ein wenig die Gicht in den Knochen hatte. »*Sie wirkt demütig und dankbar. Es tut ihr gut, wieder bei den Kindern zu sein, die sie sehr liebt. Bis drei Uhr auf den Beinen. Morgen ist Dankesgottesdienst. Sack hält die Predigt.*«

Für den Gottesdienst hatte man die Schlosskapelle herausgeputzt. Auch hier war alles – wie die ganze Lindenallee – mit weißen Tüchern geschmückt worden, die man um die Öffnungen zu den Logen drapiert hatte. Anhaltendes Glockengeläut hieß die Gäste, einzutreten und Platz zu nehmen – und das nicht nur hier, sondern überall in Berlin. Denn zur gleichen Zeit fanden in allen Kirchen Gottesdienste statt, in denen man dankte, dass die Sanktionen, die Napoleon und seine Franzosen den armen Preußen auferlegt hatten, endlich gelockert worden waren und dass man beginnen konnte, das gedemütigte Königreich wiederauferstehen zu lassen.

Friederike saß in der zweiten Reihe; hinter der, in der die königliche Familie Platz zu nehmen geruhte. Das Fritzchen und ihre kleine Friederike, die ja eigentlich – nur nicht in Friederikes mütterlichen Augen – schon eine heranwachsende Dame von dreizehn Jahren war, drängten sich neben die Kinder von Luise und Friedrich Wilhelm. Als Prinz und Prinzessin von Preußen hatten sie ein Anrecht darauf. Wilhelm und Luise Auguste, ihre Kinder mit Solms, waren bei ihr geblieben. Nur ihr Jüngster, Alexander, war bei der Nounou, da er noch zu klein war für einen Gottesdienst. Als sie ihre Schar überblickte, wärmte ihr der Stolz die kalten Finger. Sie konnte es kaum fassen, nach so langer Zeit wieder hier zu sein, und das auch noch mit ihren Kindern.

Kaum war das Glockengeläut abgeklungen, trat der Hofprediger Sack vor den Altar und faltete die Hände. Ein paar Nachzügler fanden noch ihren Weg. Dann trat Stille ein. Nun falteten auch die Mitglieder der königlichen Gemeinde ihre Hände und beteten mit Sack ein Vaterunser.

Danach stieg er auf die Kanzel, deren Silberschmuck von den Franzosen geraubt und eingeschmolzen worden war und um die nun weißer Brokat drapiert worden war. Er räusperte sich, bevor er zu seiner Predigt ansetzte. Die Gemeinde räusperte sich ebenfalls. Von hinten links, wo der Graf Medem saß, hörte man ein Husten.

Dann begann Sack mit der Predigt. Er sah so aus, als ob er zu jedem Einzelnen der Gemeinde persönlich spreche, und als sein Blick Friederike traf, schauderte es sie, weil das, was er sagte, nicht nur für Preußen galt, sondern für sie und das Schicksal, das ihr auferlegt worden war.

Er hatte für seine Predigt das Lied des Asafs gewählt, des

Sängers und Musikers, der das Wirken des Königs David und die Güte Gottes lobpreist. Er sprach von Dankbarkeit und Ergebenheit, Freude und Vertrauen, Elend und Zuversicht und der Allgegenwart Gottes auch in der Not. Er schloss mit den Worten:

»Rufe mich an am Tag der Bedrängnis: Ich will dich erretten, und du wirst mich verherrlichen!«

Wie aus einem Mund sprachen alle mit ihm das »Amen«.

Danach stimmte ein Terzett aus Cembalo, Laute und Gambe an, das in einer der Logen platziert worden war und nun eine Epistel spielte, die zwischen den dunklen Tönen des Basses in jubilierende Höhen aufstieg. Es erinnerte ein wenig an einen Schwarm weißer Brieftauben, die aus dem Käfig freigelassen wurden und ihre frohe Botschaft des Friedens in den Himmel und die Welt hinaustrugen, und jeder war erfasst von dem Gefühl, dass sich sein Herz direkt zu Gott, dem Allmächtigen hin öffnete.

Als der Gottesdienst beendet war, konnte man erkennen, dass nicht nur die Damen sich die Freudentränen aus den Augenwinkeln tupften. Auch hartgesottene Militärs schienen von der friedfertigen Stimmung ergriffen: Oberst Massenbach seufzte mehrmals tief – auch er hatte den Tod seines Freunds Louis Ferdinand noch nicht verwunden, und doch sah auch er, dass es ein Leuchten gab, an dem er mitwirken konnte, wenn er vertraute.

Er wartete am Ende der hölzernen Bankreihe, um Friederike seine Begleitung anzutragen. Als sie ihn sah, zögerte sie zuerst, stimmte dann aber zu, ein Stück gemeinsam zu gehen – ihre Kinder schützten sie vor unguten Vermutungen der Gesellschaft, die immer noch so klatschsüchtig war. Schweigend schritten sie nebeneinander her, und am Tor verneigte sich Massenbach zum Abschied. Beide verstanden einander in ihrem Schweigen.

Friederike war gerade dabei, in die Sänfte einzusteigen, die sie zum Palais bringen sollte, wo sie vorerst Unterkunft gefunden hatte, da hörte sie, wie Massenbach zu ihr sagte:

»Er ist ein guter Militär.«

»Wieso ›ist‹? Er *war*. Er ist nicht mehr.« Friederike verstand nicht.

Da klärte Massenbach sie auf: »Ich spreche vom Prinzen Solms.«

Als Friederike zum Palais hin schaukelte, konnte sie kaum fassen, was ihr widerfuhr: Nicht nur sie war wieder in der Familie aufgenommen, sondern auch ihr Mann, der sich immer von allen verabscheut gefühlt hatte. Alles war anders geworden.

Später, nach einem Déjeuner, das man an einer kleinen Tafel eingenommen hatte, bat Luise Friederike, noch mit in ihr Gemach zu kommen. Als Friederike die Schwelle überschritt, war sie abermals, wie so oft, bezaubert von dem luftigen Dekor, das einer Gartenlaube nachempfunden war, die nach allen Seiten hin offen war.

»Dein kleines Gartenpalais.«

Luise lachte. Sie warf sich auf ihre Chaiselongue, die die Franzosen ihr zwar aufgerissen hatten, aber die immer noch passabel war – bald würde man sich daranmachen, alles zu erneuern. Der Kammerherr hatte gestern schon Aufträge vergeben. Aber heute, am heiligen Sonntag, nahm man es, wie es war.

»Wir haben schon Pläne geschmiedet.« Luise reichte Friederike das Fässchen mit dem Zucker.

»Was für Pläne?«

»Wir werden diese Demütigung nicht hinnehmen. Friedrich Wilhelm hat mit Hardenberg und Stein zum Altenstein besprochen, dass wir das Militär stärken werden.«

»Du wolltest doch nie Politik machen.«

»Ich wollte nicht und bin doch dazu gezwungen. Napoleon, dieses Ungeheuer! Ich werde es ihm nie vergessen, wie sehr er mich an der Nase herumgeführt hat. Stell dir vor: Ich wollte mit ihm über Magdeburg reden, aber er hat mir nur ein Kompliment für mein Kleid gemacht!«

»Er hat dich nicht als ebenbürtig betrachtet.«

»Weil ich eine Frau bin. Er denkt, ich könne nur über Mode und Dekors reden.«

Friederike schwieg. Jeder, der Luise kannte, hatte das gedacht, aber sie war am Schicksal gewachsen. War sie früher in ihren Eitelkeiten gefangen gewesen, nahm sie nun ihre Aufgabe als schützende Landesmutter ernst. Reif war sie geworden, und das sah man ihr auch an. Vor der Flucht hatte sie, wenn sie zu zweit waren, versucht, sich mit Friederike zu messen und ihr ihren Platz anzuweisen, der ihrer Überzeugung nach einen Schritt hinter ihr lag. Sie war ein wenig überheblich und doch unsicher gewesen in ihrer Rolle als Königin, weil sie sich ihrer Schwächen bewusst war. Ihr Hochmut sollte das überspielen.

Aber nun war sie eine andere geworden: zugänglich und verbindlich. Sie sah Friederike nicht mehr als Rivalin in einem Wettkampf der Schönheit und der Bewunderung, sondern als Verbündete in einem Kampf, für den man jede Seele und jedes Herz mobilisieren musste.

»Und nun? Was hast du vor?«

»Es gibt viel zu tun. Therese ist in Paris …«

»Ja?«

»Ich erwarte Nachricht. Es gibt schon ein paar wackelige Kantonisten aus Napoleons Reihen, die zum Umsturz bereit sind. – Und was dich betrifft: Der König will die Armee neu aufstellen, der Oberst Massenbach hat kluge Pläne für eine Erneuerung.«

»Was hat das mit mir zu tun? Und seit wann machst du dir Gedanken über die Armee?«

»Seit ich höre, dass sich Solms gut macht.«

Friederike glaubte, nicht verstanden zu haben. Man will

Solms befördern?, fragte sie sich selbst. Konnte sie wirklich darauf hoffen? Sie wagte nicht nachzufragen, weil sie fürchtete, in ihren Hoffnungen enttäuscht zu werden.

Aber Luise kam ihr entgegen. »Im Kampf gegen Napoleon benötigen wir jeden tüchtigen Mann. Und das Beste ist: Massenbachs Pläne werden Solms zurück nach Berlin führen. Dann ist, solange die Armee nicht loszieht, die ganze Familie wieder vereint.«

Friederike umarmte ihre Schwester, küsste sie und sagte: »Luise, ich bin so froh.«

Als sie sich empfahl und in das Gemach ging, das ihr zugewiesen worden war, fand sie dort einen Stapel Briefe. Sie war gerührt, dass man schon jetzt, da sie noch nicht einmal eine Woche zurück war, an sie schrieb.

Ein Brief der Prinzessin Mimi erinnerte an vergangene Zeiten, und sie fragte, ob sie, da es ja Winter war, wieder Schlittschuh laufen gehen wollten – der Besitzer der Eisbahn, den sie seinerzeit dazu hatte bewegen können, zu Friederikes Geburtstag eine Eisbahn in der Nähe des Schlosses Schönhausen zu errichten, habe seinen Betrieb ursprünglich im Tiergarten, was vom Schloss mit der Kutsche in wenigen Minuten zu erreichen sei.

Friederike sagte sofort zu.

Dann sah sie einen Brief der Fürstin Louise von Radziwill und öffnete ihn ohne das Zögern, das sie sonst kannte, wenn dieser Name fiel. Die Zeilen waren in Eile hingeworfen, und man merkte dem Blatt an, dass die Schreiberin geweint hatte, denn einige Buchstaben waren von Tränen verwischt. Sie sprach noch einmal ihren Kummer über den unendlich schmerzvollen Verlust aus, den der Tod des Prinzen Louis Ferdinand für sie bedeutete, und versicherte Friederike erneut, wie sehr sie sich freue, hier in Berlin, in diesem Kummer endlich eine Vertraute zu finden. Noch einmal erneuerte sie ihre Einladung in das Schloss Bellevue und versprach, ihr den schönsten Willkommenssalon auszurichten, den man sich vorstellen konnte. »Mit einem Pianisten, dessen Künste Ihr niemals vergessen werdet. Und auch einen neuen Dichter habe ich als Überraschung für Euch eingeladen. Ihr versteht etwas von den Künsten, und es stimmt hier alle glücklich, eine so gebildete Person wieder hier zu haben, die sich als Förderin der Dichter versteht.«

Auch da sagte Friederike umgehend zu und fragte sich insgeheim, welcher Pianist und welcher Dichter es denn sein könne, den die Prinzessin eingeladen hatte. Ach, ich habe in Königsberg so viel verpasst, was ich aufholen muss, sagte sie zu sich. Es ist eine Schande, dass neben den Verwüstungen durch die Militärs im Kriege auch die Kultur so leiden muss.

Dann nahm sie den Stapel ein weiteres Mal an sich und sah nach, von wem da noch alles eine Nachricht eingegangen war.

Solms! Wie hatte sie das nur übersehen können? Friederike nestelte an dem Stapel herum und sah, dass das Kuvert sich mit einem anderen verhakt hatte und erst durch ihr Fächern freigegeben worden war. Wann würde er kommen? Morgen schon? Sie war gänzlich eingenommen vor Aufregung, weil es so viele Neuigkeiten auch ihn – oder gerade ihn – betreffend gab, die sie ihm umgehend mitteilen wollte. Sie ließ den Öffner fallen und brach dann voller Ungeduld den Brief mit den Händen auf. Dabei riss er ein. Zittrig hielt sie die beiden Teile zusammen, als sie anfing zu lesen.

Sosehr ihr Herz zuvor gerast hatte, so still war es jetzt. Sie ließ sich gegen die Stuhllehne fallen.

Solms würde nicht kommen.

Solms hatte quittiert.

Damit war Friederikes Traum, alle unter einem Dach zu vereinen, ausgeträumt. Wenn Solms sich nicht in den Dienst Preußens stellen würde, hieß das auch für sie, dass sie erneut Berlin nicht betreten dürfte. Wieder würde sie in der Verbannung leben müssen. Das Fritzchen und ihre Tochter Friederike aber würden in Berlin bleiben, denn sie waren Prinz und Prinzessin von Preußen, Friederike aber nicht.

63

Sie hatten sich nichts zu sagen, als sie sich das erste Mal, nachdem Solms quittiert hatte, wirklich sprachen.

Sie saßen auf Schloss Neustrelitz, wo Carl seine unglückliche Tochter aufgenommen hatte. Solms war von der Kur gekommen, die ihm keine Linderung verschaffen hatte können, und bat darum, da er wieder unter fürchterlichen Kopfschmerzen litt, das Zimmer abdunkeln zu lassen, gleichzeitig aber die Fenster zu öffnen. Friederike tat wie immer alles, um ihn gewogen zu machen, aber innerlich war sie ohnmächtig vor Wut – auf Solms, auf seine Krankheit und darauf, dass diese elendigen Krämpfe ihre Sehnsüchte und Hoffnungen so jäh zerstört hatten. Berlin war so nah gewesen und auf einmal wieder in so weite Ferne gerückt. Obwohl Carl, sofort nachdem der König und seine Minister die Verbannung erneuert hatten, Friederike und ihre Kinder bei sich aufgenommen hatte und sein Schloss nur knapp zwanzig Meilen von Berlin entfernt war, war es ein unerreichbares Ziel geworden. Sie zürnte Solms: Warum hatte er nicht den König um eine Unterredung ersucht? Warum hatte er, der unsichere Kantonist, der ohnehin durch den Skandal ihrer Heirat diskreditiert war, nicht Friedrich Wilhelm in aller Form um eine Entlassung gebeten?

Es war Solms eigenmächtiges Handeln, was ihr Schicksal nun besiegelt hatte. Er ließ dem König gar keine andere Wahl, als sich an alte Gesetze und Traditionen zu halten. Und die Minister, die Solms immer noch als Emporkömmling empfanden, trieben die Sache voran.

Somit war Friederike gesellschaftlich ruiniert. Seine Unfähigkeit, seine Schuldigkeit für Preußen zu tun, diskreditierte ihn in einer Zeit, in der alle sich heimlich gegen Napoleon formierten. Sein Posten wurde an andere fähige Männer vergeben, und er war nur ein kranker Mann, der ausgemustert war und Kosten verursachte. Die Tatsache, dass er ein nachgeborener Prinz aus einem unbedeutenden Hause war, kam der Gesellschaft und den Ministern wieder in Erinnerung, und was immer er auch gutgemacht hatte durch sein militärisches Geschick – es war vergessen.

»Was soll nun werden?«, fragte sie ihn, und diesmal hatte sie nicht einmal eine Handarbeit, an der sie sich festhalten konnte, so leid war ihr alles Leben. »Seit über elf Jahren reisen wir von einem Ort zum anderen. Ansbach, Triesdorf, Paretz, Berlin, Königsberg, und nun sind wir in Neustrelitz, und nirgendwo sind wir zu Hause, weil immer eins von uns getrennt ist von den anderen. Ich wünsche mir so, wir könnten alle zusammen sein.«

»Friederike, ich kenne Ihre Nöte. Und ich wäre der Letzte, der Ihnen diesen Wunsch nicht erfüllen würde …«

»Aber warum ist es denn nicht möglich? Warum darf ich nicht glücklich sein?«

Sie wollte sagen, dass sie den Tag verfluchte, der sie in die Lage gebracht hatte, ihn heiraten zu müssen, aber das war nicht wahr. Damals war sie glücklich gewesen – auch wenn ihre Hochzeitsreise nur vom Großen See zum Schloss Schönhausen gegangen war. Für sie war es damals eine Reise um die ganze Welt gewesen. Ihr Solms, den sie immer hatte haben wollen, hatte sich als der Mann erwiesen, der ihre Ehre wiederhergestellt hatte – ohne Bedingungen und ohne zu fragen. Er hatte die Verbannung nach Ansbach hingenommen und die Flucht nach Königsberg, und all die Unstimmigkeiten, die zwischen ihnen wegen seiner Ungeselligkeit, seines Missmutes und seiner Krankheit aufgekommen waren, waren marginal, wenn man sie daran maß, wie dankbar sie ihm war und wie sehr sie ihn geliebt hatte.

Vielleicht habe ich ihn nur geliebt, weil ich hoffte, alles würde wieder gut, sagte sie zu sich und biss sich auf die Unterlippe. Aber jetzt, wo es keine Aussicht mehr auf Erfüllung meiner Sehnsüchte gibt, schweigt mein Herz. Es ist aus, gestand sie sich ein, ich kann nicht mehr hoffen, ich kann nur noch weinen.

Und dann waren da noch diese offenen Eifersüchteleien zwischen ihm und ihrem Vater. So glücklich sie mit ihm war, sie sah keinen Schimmer mehr am Horizont. Und als ob Solms fähig war, ihre Gedanken zu lesen, beugte er sich zu ihr und nahm ihre Hand.

»Sie werden glücklich sein. Es muss schon mit unrechten Dingen zugehen, wenn ein Mensch wie Sie, der so viel Liebe in die Welt trägt, nicht glücklich werden würde. Gott hat Sie nicht vergessen.«

»Aber ich kann nicht mehr … Vielleicht will ich auch nicht mehr.«

Er streichelte ihr über die erhitzten Wangen. »Es tut mir so leid.«

Sie nahm allen Mut zusammen, den sie hatte, als sie ihn so zugewandt sah. »Es ist nicht, dass Sie quittiert haben. Dass Sie krank sind, dafür können Sie nichts. Das ist das Schicksal, das ich gelobt habe, mit Ihnen zu teilen.« Sie sah ihn an, wobei ihre Lider flackerten. »In guten wie in schlechten Zeiten. Das haben wir uns versprochen am Großen See.« Nun war ihr doch ein wenig bang, ehrlich zu sein und die Sache mit ihrem Vater zu besprechen. Sie nippte an dem Wasser, das sie neben sich auf dem Tisch stehen hatte.

Aber Solms' Bestreben, seiner Frau zu dienen, war echt.

»Es gibt also doch etwas, womit ich Sie glücklich machen könnte?« Seine Stimme klang unterdrückt, so als ob ihm ein Krampf die Luft abschnürte, und so war es auch. Er wollte sich gegenüber Friederike so kraftvoll zeigen, wie es ihm möglich war. Doch von draußen drang Lärm in das Zimmer, der ihn beinahe um den Verstand brachte. Er versuchte aufzustehen, doch als Friederike das merkte, sprang sie auf und schloss das Fenster. Tatsächlich wurde es still. Solms war erleichtert.

»Ich danke Ihnen«, sagte er, während er mit einer Hand seinen Kopf hielt und mit der anderen ihre Hand. »Wie ich Ihnen sowieso für alles danke, was Sie für mich getan haben. Aber nun sagen Sie mir bitte, was ist.«

Friederike atmete tief ein.

»Nun?«

»Es ist mein Vater.«

»Was ist mit ihm?« Solms setzte sich auf.

»Sie sind so undankbar gegen ihn.«

»Er ist respektlos gegen mich.«

»Nein – wie könnte er das sein? Sie sind mein Mann, und Sie dürfen hier unterkommen.«

»Er sieht, dass Sie unglücklich sind, und gibt mir die Schuld dafür. Er lässt mich mit allem, was er sagt, spüren, dass er sich für Sie etwas Besseres gewünscht hatte, als ich es bin. Oh, wie er von dem Prinzen Ludwig schwärmt, und er sieht dabei nicht, wie unglücklich Sie waren. Er sieht nur seine Reputation.«

»Er … Er … Er sieht …« Friederike stotterte, weil sie Solms' Rede nicht ganz von der Hand weisen konnte. »Es ist nicht so, wie Sie glauben mögen.«

Ihr Vater Carl hatte sich großzügig erwiesen, als er Friederike und die ganze Familie bei sich im Schloss Neustrelitz aufgenommen hatte. Aber er zeigte sich tatsächlich nicht so geduldig gegen Solms wie sie, Friederike. Es ist nicht so, dass er ihm unangenehm ist, dachte Friederike. Männer finden immer Gemeinsamkeiten, und wenn es die Jagd ist.

Aber Carls Metier war die Gesundheit – genau genommen, seine eingebildeten Krankheiten –, und da Solms' Krankheit nicht eingebildet, sondern sehr wirklich war und er auf echte

Hilfe und Anteilnahme angewiesen, fühlte sich Carl zurückgesetzt. Er hatte keinen Raum mehr, über seine Schmerzen zu klagen, solange Solms anwesend war.

Aber ist das alles, was Solms quält?, fragte sie sich.

»Er ist eben alt, und da wird man ein wenig sonderlich.«

»Sonderlich? Ja, so kann man es sagen.«

»Ach, Solms! Sie sehen überall Gespenster.«

»Aber sie sind für mich real. Ich spüre es doch! Nun sagen Sie mir doch nicht, dass ich mir das einbilde. Der König will mich nicht in Berlin haben, weil ich nicht von regierendem Hause bin, die Franzosen in Ansbach haben sich jeden Abend gefragt, was Sie, meine Liebe, an mir finden, und Ihr Vater, mit Verlaub, blickt auf mich herab. Die ganze Zeit redet er von Napoleon und sagt, dass man sich gegen ihn erheben muss – und dann sieht er zu mir herüber mit einem Blick voller Mitleid, der doch seine ganze Verachtung für mich birgt.«

Friederike starrte ihn regungslos an. Was sollte sie sagen? Sie war auf ihren Vater angewiesen.

»Friederike, Liebe. Ich möchte Sie nicht beleidigen und den Anschein erwecken, dass ich die Gastfreundschaft Ihres Vaters nicht zu schätzen wüsste, wenn ich so etwas sage. Das müssen Sie mir bei meiner Ehre glauben. Ich möchte niemandem zur Last fallen, und ich sehe, dass ich es doch tue.«

»Ich glaube Ihnen«, sagte sie. »Es ist nur … Ihre Krankheit macht Sie oft blind für die Dinge, wie sie sind. Aber wenn es für Sie Wirklichkeit ist, dann glaube ich Ihnen das.«

»Wirklich?«

»Sie haben mein Wort.«

»Ich danke Ihnen.« Er küsste ihre Hand.

»Doch was nun?«

Mit dieser Frage hatte Friederike das Gespräch eröffnet, und bei dieser Frage war es unterm Strich geblieben. Sie wussten beide, was zu tun war, und doch scheuten sie sich, es auszusprechen. Schweigend sahen sie sich an, und jeder der beiden wartete darauf, dass der andere das Wort ergriff. Aber beide waren ohne Mut.

Es brauchte tatsächlich noch drei Stunden, in denen sie alte Erinnerungen in sich wachriefen, die sie beide glücklich gemacht hatten: die Spaziergänge im Darmstädter Park; die Nachmittage auf der hohen Wiese in Braunshardt, wo sie ihn mit einem Strohhalm an der Nase gekitzelt hatte; die Ankunft in Ansbach, die zwar der Anfang der Verbannung, aber auch der Anfang des erhofften Lebens zu zweit war; die Lust, mit der sie ihr Heim eingerichtet hatten, und die Freude über ihr erstes gemeinsames Kind, das das Unterpfand ihrer Liebe darstellte; die vielen Abende, an denen sie gemeinsam gelesen und musiziert hatten; die Nacht, wie sie sich zum Fritzchen geschlichen hatten, als es ihnen noch verboten war, in Berlin zu verkehren – und es gab tatsächlich auch Momente im Exil, deren Erinnerung sie gerne miteinander teilten. Die gemeinsamen Ausritte und die Abende, in denen die ganze Kinderschar unter einem Dach vereint war. Er neckte sie sogar ein wenig mit ihrem Hang, zu lesen und dabei immer Gebäck zu naschen, und sie wusste, dass er es immer gut mit ihr gemeint hatte.

Indem sie sich so gegenseitig ihrer Liebe und Vertrautheit versicherten, steuerten sie langsam auf den Moment zu, an dem das Unaussprechliche ausgesprochen werden musste.

Es war Friederike, die sich ein Herz fasste. »Werden Sie gehen?«

»Es tut mir leid, dass ich es nicht verstanden habe, Sie glücklich zu machen, wie ich es mir gewünscht habe. Aber: Ja, ich werde gehen. Denn wenn ich damit dem Ziel, Sie glücklich zu machen, nur ein wenig näherkommen kann, dann werde ich es tun.«

Doch in dem Moment wussten beide, dass er – egal, was er auch tat – sie niemals mehr würde glücklich machen können.

64

Tatsächlich besserte sich die Stimmung auf Schloss Neustrelitz erheblich, nachdem Solms in das Jagdrevier im Schlesischen abgereist war, das ihm sein Bruder zur Verfügung gestellt hatte. Die Rivalität von Vater und Schwiegersohn, die unausgesprochenen Vorwürfe und Missverständnisse, verletzte Eitelkeiten, Rückzüge und Zerknirschungen waren mit Solms gegangen, obwohl nicht er die Ursache all dieser Dinge war. Es lag wohl eher zwischen ihm und Carl, der ebenso unschuldig an der Sache war wie Solms. Es war wie in der Alchemie: Manche Elemente waren für sich genommen harmlos, aber führten zu schwelenden Reaktionen, wenn man sie vermischte.

Solms schrieb Briefe, die Friederike dankbar beantwortete. Ansonsten kehrte wieder Leichtigkeit in Carls Haus ein. Er sprach von seinen eingebildeten Leiden, die Kinder tobten durch die Galerien und über den Rasen, und Luise kam, sooft es ihr möglich war, zu Besuch und brachte ihren Neffen Fritz und ihre Nichte Friederike mit – sodass tatsächlich Friederikes Sehnsucht, alle ihre Lieben, vor allem ihre Kinder, unter einem Dach zu vereinen, ein wenig Wirklichkeit wurde.

Im Sommer zog die ganze Familie auf das Sommerschloss des Herzogs Carl, Hohenzieritz, und man verbrachte die meisten Tage im Schatten der großen Libanonzeder, die er von seiner Schwester Ugly, der Königin von England, bekommen hatte, welche Pflanzen, die ihr die Admirale ihrer Flotte aus aller Herren Länder mitbrachten, in ihren berühmten Gärten zu Kew hegte.

Für ein paar Tage hatte sich sogar der König Friedrich Wilhelm angesagt, und so war wirklich die ganze Familie an einem Ort. Bruder, Schwester, Vater, Schwager, Töchter, Söhne, Cousins und Cousinen redeten und tobten und alberten unter dem

Baum herum, den die Brüder Fritz und Wilhelm »dicke Carla« tauften – frei nach dem Herrn des Hauses.

»Aber wie haben sie es hinbekommen, einen ausgewachsenen Baum zu verpflanzen?«, fragte Fritz, Friederikes ältester Sohn, den man in seinem Alter von fünfzehn Jahren nun endgültig nicht mehr Fritzchen nennen konnte. Er war ein hellwacher Junge mit einem neugierigen Geist, und besonders interessierte er sich für die Natur.

»Die Engländer können das«, antwortete Carl. »Ich kann es Ihnen nicht sagen, wie sie es genau machen.«

»Dann können wir sie doch fragen.« Luise trank von ihrem Quellwasser, das mit einer Zitrone gewürzt worden war. Sie klagte über einen trockenen Hals, und Elisa, die Hausdame, hatte ihr dieses Rezept empfohlen. »Wir brauchen doch nur unserer Tante zu schreiben, und dann wird sie es uns schon erklären.«

Friederike strich ihr Kleid glatt. Niemals würde sie ihre Tante Ugly etwas fragen, die sie so schlecht beleumundet hatte nach der Sache in Pyrmont und der Hochzeit mit Solms.

»Ich werde ihr schreiben«, sagte Carl. »Ich werde sie einfach in meinem nächsten Brief fragen, und dann werden wir eine Antwort auf dieses Rätsel bekommen. Sie ist so stolz auf ihre Gärten und ihre Sammlung, dass sie ohnehin gerne davon spricht, und ich verrate Euch bestimmt kein Geheimnis, wenn ich Euch erzähle: In jedem ihrer Briefe widmet sie diesem Metier eine Seite.«

Alle lachten, und Luise hustete leise.

Der König lobte die dicke Milch, die man ihm zusammen mit einer ordentlichen Portion frischer Erdbeeren serviert hatte. »Die einfachen Dinge sind doch die besten.« Und er erzählte, wie er, kurz nachdem er König geworden war, statt drei Schüsseln plötzlich sechs Schüsseln auf seiner Tafel vorgefunden hatte.

»Dann habe ich zu dem Wartensleben gesagt: ›Mit Verlaub,

Herr Schlosshauptmann, was soll das? Ich verspüre doch nicht mit einem Mal mehr Appetit, nur weil ich jetzt König bin.‹ Aber ich versichere euch, es hat noch einen ganzen Monat gedauert, bis der gute Mann einsichtig war, und das nur, weil ich ihm angedroht hatte, dass er alles, was ich übrig lasse, selbst und unter meiner Aufsicht essen würde müssen. Und als er mir nicht glauben wollte, habe ich ihn aufgefordert, sich hinzusetzen, und ihm Teller, Messer und Gabel bringen und ihm ordentlich auftragen lassen. Er hat Augen gemacht! Groß wie Teller.« Die Prinzen lachten. »Aber als ich ihm dann sagte: ›Nun lasse Er es sich schmecken, Er sei mein Gast. Aber ich möchte, dass Er nie wieder so viel auftun lässt, weil das Verschwendung ist‹, dann hat er endlich gehorcht.«

In diese Heiterkeit platzten mehrere Kurierreiter mit Stafetten, in denen die Minister Hardenberg und Stein zum Altenstein die sofortige Rückkehr des Königs anforderten. Noch einen Tag zögerte er die Abreise hinaus, dann riefen die Staatsgeschäfte. Aber Luise erlaubte er, noch weiter bei ihrer Familie zu bleiben – sie sollte sich für die baldige Huldigungsreise stärken. Er spürte, dass sie schwächlich und von einer grundlegenden Erschöpfung durch das Exil gezeichnet war, und gönnte ihr noch ein paar Tage Ruhe. Danach aber musste es unbedingt weitergehen. Es war viel wiedergutzumachen an Preußen nach der Besetzung durch die Franzosen. Man musste dem Volk Mut machen und präsent sein. Friedrich Wilhelm wusste, dass seine Frau Luise in dieser Disziplin die Bessere von beiden war, und zählte stark auf sie.

Als der König frühmorgens aufbrach, stand Friederike am Tor und winkte ihm. Luise hatte sich entschuldigen lassen.

Friederike bedankte sich. Denn der König hatte Solms eine Rente zugesagt und den Kindern ebenso. Das nahm ihr eine große Last. Denn wenn sie für Solms die Kur bezahlen musste, hätte sie nicht gewusst, wie sie ihr Leben gestalten sollte. Sie war verheiratet, sie war für ihren Mann in der Pflicht.

Sie zog den lila Schal mit den silbernen Fransen, den sie sich von Luise geliehen hatte, über ihren Schultern enger zusammen, der Morgen war noch frisch. Dann sah sie ihrem Schwager nach, bis die Kutsche mit dem preußischen Adler im nahegelegenen Wald verschwunden war. Fritz und Friederike hatte er hier bei ihr zurückgelassen.

Als Luise, obwohl sie immer von einem kräftigen Appetit gezeichnet war, sich zum Déjeuner immer noch nicht gezeigt hatte, sah Friederike nach ihr und war erschrocken, als sie sie fand: Sie lag mit durchnässtem Hemd in ihrem Bett und hustete beständig. Aber sie wiegelte ab.

»Es ist die Sonne. Wir haben so viel in der Sonne gesessen. Das bin ich gar nicht gewohnt.«

Aber Friederike war alarmiert.

»Unser Pap' hat schon den Hieronymi rufen lassen. Das ist sein Medizinalrat.«

»Ach, der wird mir von Krankheiten erzählen, die ich gar nicht habe.«

Die Schwestern lachten. Hieronymi war der Hausarzt des Herzogs Carl, und die Schwestern glaubten, dass es zum großen Teil dessen Schuld war, dass Carl sich ständig von neuen Krankheiten heimgesucht fühlte – damit der Arzt ordentlich etwas zu kurieren und Carl genauso ordentlich etwas zu erzählen habe.

Hieronymi hörte Luise nach allen Regeln seiner hohen ärztlichen Kunst ab, klopfte ihr auf den Rücken und mit einem Hämmerchen ans Knie, ließ sich die Zunge zeigen und sprach dann mit belegter Stimme:

»Nun, Majestät. Ihr müsst bleiben und Euch schonen. Es ist die Lunge. Morgen früh beginnen wir mit dem Aderlass.«

Als der König durch einen Boten davon erfuhr, schickte er sogleich seinen Leibarzt hinterher, den »alten Heim«, wie sie ihn alle nannten. Er war in dem neuen Feld der Chirurgie bewandert und hatte Hufeland abgelöst.

Dann wartete man ab. Schon in Königsberg, wo Luise unter dem feuchten Klima des Schlosses so gelitten hatte, dass sie es auf sich genommen hatte, in einem einfachen Bürgerhaus zu wohnen, hatte sie Anlass zur Sorge gegeben. Aber immer war alles wieder gutgegangen. Sie war geschwächt, aber eine Kämpferin. Und die Lunge war eben ihr schwaches Organ.

»Die anderen haben es im Rücken«, sagte sie immer, und wenn Carl nicht dabei war, legte sie ihre Linke ins Kreuz, so wie es ihr Vater tat, wenn er über sein krankes Kreuz stöhnte. »Ich aber habe es mit der Lunge. Ich kenne das schon.«

Die anderen auch.

Friederike gesellte sich oft zu ihr und las ihr aus den Büchern vor, die ihr die Prinzessin Louise Fürstin Radziwill geschickt hatte. Ein Gedicht des Poeten Heinrich von Kleist war dabei, der ein Cousin von Luises ehemaliger Kammerfrau Marie war.

»Oh, ich kann ihn nicht leiden. Er liegt allen auf der Tasche, und er hat immer schmutzige Schuhe.«

»Aber es ist sehr schön, was er schreibt.«

»Bitte verschone mich mit ihm. Aber er hat wohl einen Narren an mir gefressen. Sein Theaterstück ›Prinz Friedrich von Homburg‹ hat er mir auch widmen wollen – nun hat er es der Prinzessin Mimi angetragen. Und es ist dennoch nicht besser davon geworden.«

»Luise! Wenn noch so viel Spott in dir steckt, dann glaube ich wirklich, was der Hieronymi sagt, und du bist auf dem besten Wege der Besserung.«

Doch das war ein Trugschluss.

Am 17. Juli 1810 ließen Friederike und ihr Vater Carl nach dem königlichen Leibarzt Ernst Ludwig Heim schicken, welcher sogleich seinen Kollegen, den Chirurgen Johann Goercke, mitbrachte.

Als Vater und Tochter auf die beiden Ärzte warteten, konnte Friederike sehen, wie ihre Schwester vor ihren Augen verfiel. Die einst rosige Haut war fahl wie Asche, die strahlenden blauen Augen trüb und verwässert, die speckigen Wangen hohl. Ihre warme Stimme glich nur noch einem Röcheln. Luise lag brach.

Dann wurde sie ohne Warnung von so heftigen Krämpfen durchgeschüttelt, dass Friederike befürchtete, ihr geschwächter Leib würde auseinanderreißen. Luises Hemd musste stündlich gewechselt werden. Es war durchnässt vom Schweiß der Todesangst.

Manchmal, wenn Friederike an ihrem Bett saß, griff Luise ihre Hand und versicherte ihr: »Keine Sorge, meine liebe Friederike. Ich bleibe dir erhalten.«

Aber je länger Friederike sie beobachtete, desto weniger glaubte sie daran. Denn ihr Leiden wurde schlimmer, statt sich zu bessern. Luises Atem war heiß, sie traute sich kaum, nach Luft zu schnappen, weil ihr der Brustkorb eng wurde. Luise lag ruhig, dann schüttelte sie der Frost, und ihre Lippen zitterten. Dennoch verlangte sie nach kalter Limonade und Eis. Sie klagte über Schmerzen in der Seite.

Heim und Goercke waren sich einig darin, dass die Königin eine Lungenentzündung habe. Sie waren sich aber uneinig darin, was zu tun war: Der eine ließ sie zur Ader, und als er sah, dass das Blut dunkel war, fühlte er sich in seinem Glauben bestätigt. Der andere verabreichte eine Tinktur aus Opium und Schwarzem Bilsenkraut, sodass Luise den Schmerzen weniger ausgeliefert war, aber auch anfing zu fantasieren.

»Komm, Friederike …«, sagte sie in einem dieser Momente. »Ich möchte dir etwas sagen … Ich habe etwas gesehen. Ich habe gesehen, dass du sehr glücklich wirst mit einem Mann.«

»Aber was redest du denn da? So ruh dich doch aus und mach mir keine Scherze über mein Glück. Wie könnte ich glücklich sein, wenn du so leidest?«

Sie wagte es nicht, das auszusprechen, was sie wirklich dachte: Wie könnte ich glücklich sein, wenn du nicht mehr bist? Ach, geliebte Schwester! Friederike stiegen Tränen in die Augen.

Wie oft habe ich dich, als wir nach Berlin verheiratet wurden, zum Teufel gewünscht, dachte sie. Du warst so selbstgewiss. Immer nur Kleider und rauschende Bälle. Und wie lieb habe ich dich gewonnen durch die Zeit, durch die wir miteinander gegangen sind. Das Wiedersehen in Paretz, die Flucht nach Königsberg, die Rückkehr nach Berlin, deine Besuche in Neustrelitz. Auch wenn wir nicht Seite an Seite durchs Leben gegangen sind, waren wir doch immer Herzensschwestern. Und jetzt, was passiert jetzt?

Friederike ließ die Tränen laufen, ohne darauf zu achten, was die Ärzte und Luises Damen darauf gaben. Sie sagte sich: Wenn ich nicht einmal um meine Schwester weinen darf, was soll dann all die Etikette?

»So weine doch nicht, Friederike.« Luises Stimme war mit einem Mal so klar, dass sie die stickige Luft ihres Krankenlagers zu teilen schien. Sie wedelte mit der kraftlosen Hand: »Geht raus … Lasst uns alleine.«

Sofort setzte ein widerwilliges Schlurfen und Scharren ein.

Als alle, auch die Ärzte, draußen waren und die Gräfin Voß, die nicht wegen ihrer altersschwachen Beine, sondern aus Neugierde so lange geblieben war, die Tür endlich hinter sich schloss, sah Luise Friederike aus wässrigen Augen an.

»Ach, Ika. Meine geliebte Ika. Wenn du recht haben solltest mit deinen Tränen, dann will ich dir noch etwas sagen, was ich nicht mitnehmen möchte auf meine Reise. Und wenn du nicht recht haben solltest, dann habe ich endlich Frieden.«

»Wovon redest du?«

»Ich hätte mich mehr um dich kümmern müssen. Du warst so jung.«

»Aber das hast du doch.« Friederike war jeder Augenblick, den sie noch mit ihrer Schwester hatte, so wertvoll, dass sie nun keine langen Reden über vergangene Zeiten hören wollte. Sie wollte … Ja, was eigentlich …? Lachen? Spielen? Mit Luise die Eigenarten der Höflinge imitieren? Wieder brach sie in Tränen aus. Denn alles das erschien ihr so schrecklich falsch.

Da ergriff Luise wieder ihre Hand, und diesmal hielt sie sie fest umklammert. Friederike spürte die Kälte ihres malträtierten Körpers.

»Ich habe es nicht so getan, wie ich es hätte tun sollen. Ich habe dich zu sehr deinem Schicksal überlassen. Ich hätte dich vor so vielem bewahren können und habe es unterlassen einzuschreiten. Ludwig, Solms …«

»Solms ist im Grunde gut.«

»Ich werde nie den Nachmittag vergessen, als ich dich oben in unserer Kammer fand … Weißt du noch? Dort, wo die alten Möbel standen, die Großmutter nicht brauchte. Alles war mit Leinen überspannt, und es sah aus, als ob Gespenster darin wären. Auch damals hast du geweint …«

Friederike schluchzte auf und putzte sich die Nase. Sie konnte nicht tapfer sein. Und Luise, in deren Macht es nicht mehr stand, ihre Schwester zu trösten, sagte:

»Es war ein Brief gekommen, und Solms hatte dich verlassen, weil er wusste, was in dem Brief stehen würde … du weintest, und wir sprachen über unsere Zukunft. Ich wollte Königin werden, und du hattest nur eine bescheidene Sehnsucht: zu lieben und geliebt zu werden.« Luise drückte gegen ihre Brust, wo sie einen Schmerz spürte, und atmete langsam und flach. Sie setzte abermals an zu sprechen, aber Friederike sagte:

»Bitte, ruh dich aus. Schone dich. Das ist doch alles vorbei.«

Aber Luise, getrieben von dem Willen, ihr Gewissen zu erleichtern, fand noch einmal die Kraft auszusprechen, was sie aussprechen wollte. »Es tat mir leid, dass dir dein Glück nicht vergönnt war, weil du mir nach Berlin gefolgt bist. Ich hätte dich deine Wege gehen lassen sollen. Ich hätte auf Großmutter einwirken sollen, dass sie dich Solms gibt. Alles wäre anders gekommen. Aber ich war eigennützig, weil ich nicht ohne dich sein wollte.«

»Aber ich wollte doch auch bei dir sein …«

»Bitte verzeih mir.«

Friederike schwieg, und nach mehreren Augenblicken der Stille wiederholte Luise noch einmal ihre Bitte: »Verzeih mir.«

Friederike senkte die Lider.

Als sie das Krankenlager verließ, standen schon ihr Schwager, der König und seine beiden ältesten Söhne Friedrich Wilhelm und Wilhelm vor der Tür. Sie sahen einander an, ohne Worte zu verlieren.

Wenige Stunden später schloss Luise für immer ihre schönen blauen Augen.

Nun war Friederike allein.

Vor wenigen Monaten hatte sie alles erlangt, was sie sich gewünscht hatte. In der Zeit danach alles verloren, was ihr lieb war – ihr Heim, ihren Mann und ihre geliebte Schwester Luise.

65

Luises Tod führte Friederike und Solms wieder zusammen. Ein Jahr lang stand er ihr in ihrer Trauer bei, sodass selbst Friederikes Vater, Carl zu Mecklenburg-Strelitz, den die Eifersüchteleien seines Schwiegersohns sehr ermüdet hatten und der deshalb seine Abreise durchaus begrüßt hatte, mit einem Mal viel Gutes in Solms sah. Man war nicht Freund geworden, aber man war einander wohlwollend gestimmt, und so förderte Carl die Liebe zwischen Friederike und Solms, die morsch geworden war, weil er sah, dass Solms' Anwesenheit ihr wohltat.

Carl riet den beiden sogar, gemeinsam zur Kur nach Karlsbad zu fahren. Carl, der sich sämtliche Leiden der Welt einbildete, empfahl eigentlich jedem und immer eine Kur. In seinen Augen konnte man gar nicht genug Kuren machen – aber da er in diesem Falle nicht nur das körperliche Wohl von Friederike und Solms im Auge hatte, sondern das Wohl ihrer Ehe, lag er gar nicht so falsch mit seiner Annahme: Neun Monate nach ihrem zweimonatigen Aufenthalt im schönen Böhmen wurde dem eigentlich zerrütteten Paar ein Söhnchen geboren. Sie tauften es auf Bitten von Solms auf den Namen Carl, worüber Carl ganz gerührt war.

Es hätte durchaus so weitergehen können. Doch kaum war die lange Zeit der tiefen Trauer vorbei und Friederike hatte durch die Geburt des Kindes neuen Lebensmut geschöpft, kam es wieder zu Rivalitäten zwischen den beiden hohen Herren.

Erst waren es Kleinigkeiten, an denen sich ihre Gemüter entzündeten: Solms' Ungeselligkeit, die Carl als mangelnde Rücksicht gegen seine Gastfreundschaft auslegte. Oder Carls Hypochondrie, die Solms aufbrachte, weil er der Meinung war, dass Carl gar nicht wisse, was es bedeutete, wirklich krank zu sein. Ihre Sticheleien überzogen den Alltag auf Schloss Neustrelitz und auf Hohenzieritz mit einer explosiven Grundierung, sodass es nur eine Frage der Zeit war, bis es zum endgültigen Zerwürfnis kommen sollte.

Und dann geschah etwas, was Friederike dazu nötigte, Partei für einen der beiden Männer zu ergreifen, die ihr die Nächsten waren.

Es war nämlich so, dass sich an Carls Hof regelmäßig eine kleine Gruppe Leute versammelte, die es sich zum Ziel gemacht hatten, Napoleons Macht zu untergraben und, besser noch, sie zu brechen. Es waren Militärs aus den preußischen Salons wie Massenbach oder der junge Rüchel, die sich bei Carl oder vielmehr Friederike einfanden, aber auch Exilfranzosen, die dort untergekommen waren und gerne den Weg von Berlin nach Neustrelitz nahmen, um sich gegen ihren Unterdrücker zu formieren. Die Nachricht vom Überfall Napoleons auf Russland und seinen Marsch gen Moskau hatte ganz Europa erschüttert, und selbst bei den deutschen Bündnispartnern des französischen Kaisers war Unmut über dessen Eroberungswillen aufgekommen. Lesungen wurden gehalten, Debatten geführt, Pamphlete gedruckt, heimliche Treffen arrangiert, und immer wieder kamen Nachrichten von Therese aus Paris, die ihren Vater und ihre Schwester Friederike davon unterrichtete, wie sich die Dinge in Frankreich entwickelten.

Sie schrieb, dass sie es bereits geschafft hätte, einige Getreue Napoleons um sich zu scharen, und dass man sogar über die Zeit nach seiner Absetzung nachdachte. Sogar der große Charles-Maurice de Talleyrand-Périgord, Vertrauter Napoleons, hatte sich bei Therese schon mehrfach blicken lassen, was in Mecklenburg-Strelitz mit großem Wohlwollen aufgenommen wurde – bald würde man es dem dreckigen kleinen Korsen zeigen.

»Er hat meine Schwester in den Tod geschickt«, sagte Friederike, die fest davon überzeugt war, dass Luise an der Demütigung durch Napoleon zerbrochen und letztlich auch gestorben war.

Solms sah das anders. Aber da seiner Frau diese Rachegedanken Linderung in ihrem Kummer über Luises Tod verschafften, ließ er sie in Ruhe.

Es war zu der Zeit, da Nachrichten vom großen Brand in Moskau in Europa eintrafen und man hörte, dass Napoleon sich mit seiner Grande Armee auf dem Rückzug befand und nun von Kälte, Hunger, Läusen, Fleckfieber und dem Vergeltungswillen der zuvor überrannten Russen und Polen heimgesucht wurde, da sich die Dinge im Hause von Carl zuspitzten.

»In Vilnius sind über dreißigtausend Soldaten erfroren.«

Carl ließ den Brief mit der Nachricht sinken. Dann fasste er zusammen, was er gelesen hatte: Napoleon hatte in Vilnius Quartier gemacht und war dann sechsspännig nach Paris geeilt, um den Kräften, die sich ihm dort – auch auf Thereses

Betreiben hin – entgegenstellten, mit all seiner Macht entgegenzutreten. Seine Armee – genau genommen: das gebeutelte Häuflein, das von seiner Armee übrig geblieben war – hatte er im Stich gelassen. Vilnius war daraufhin von einer Flut todgeweihter Soldaten überschwemmt worden, die voller Hunger und Auszehrungen und gezeichnet von Blessuren an die Türen hämmerten, die ihnen aber verschlossen blieben. In der Nacht dann war der Winter mit einer so erbarmungslosen Wucht hereingebrochen, dass die sehr gläubigen Bürger von Vilnius dies als Zeichen Gottes gedeutet hatten. Am Morgen darauf fand man in jeder Straße, unter jedem Baum, an den Brunnen und in den Ecken gewesene Soldaten, die mit offenen Augen in die Ewigkeit blickten.

»Oh, dieses Ungeheuer reißt selbst seine eigenen Leute in den Tod.« Friederike war ergriffen von Mitleid. Denn wie man hörte, waren die Soldaten jung und noch nicht einmal zwanzig Jahre alt, und da ihr Ältester, Fritz, nun ein ähnliches Alter hatte, sprach aus ihr nicht die Unterdrückte, sondern die Mutter. »Es sind doch fast noch Kinder gewesen.«

Aber Massenbach bremste sie: »Mit Verlaub, Eure Durchlaucht. Es sind Kinder, die uns zuvor unsere Heimat geraubt haben und die keine Scheu hatten, Euch und Eure Schwester in die Flucht zu zwingen und Napoleons Ruf nach Moskau zu folgen. Sie haben gemordet, geraubt, gebrandschatzt. Es sind Kinder, aber Feindeskinder.«

Friederike blickte auf das Jäckchen, das sie für ihren jüngsten Sohn Carl häkelte, an dem sie viel Freude hatte, weil er kräftig und hübsch war – und den sie als Unterpfand ihrer wieder aufkeimenden, aber aufgrund unausgesprochener Vorwürfe brüchigen Liebe zu Solms betrachtete.

In der Weise vergingen viele Abende, an denen man die großen politischen Ereignisse besprach und verfolgte. Carl erwies sich dabei als großzügiger Gastgeber. Denn auch er, der sich nie auf eine Seite der Politik geschlagen hatte, hegte einen Groll gegen die Franzosen, denn auch er dachte wie Friederike, dass Napoleon ihm seine Tochter Luise geraubt hatte.

So kam es, dass zwischen Berlin, Potsdam, Paris, London, München, Moskau und auch Neustrelitz Briefe, Meldungen und manchmal auch Depeschen mit brisantem und aufrührerischem Inhalt hin und her geschickt wurden. Manches Mal wurden sie auch persönlich überbracht, denn im Kampf gegen Napoleon rückten alle näher zusammen, auch wenn man sich zuvor nicht gekannt hatte.

Eines Tages wurde im Foyer des Neustrelitzer Schlosses der Herzog von Bauffremont-Listenais gemeldet. Als Solms das hörte, fuhr er in die Höhe. Er ließ Pyrmonter Wasser bringen und auch – nachdem er sich versichert hatte, dass seine Frau aus dem Zimmer war – einen Krug des Hausweins. Friederike, die im Wein das Hauptübel seiner Attacken sah und stets aufpasste, dass er sich mäßigte, war bereits ins Foyer geeilt, um den Gast zu begrüßen, der sie in Ansbach aus ihrer lähmenden Langeweile befreit hatte.

Bauffremont-Listenais! Solms schwitzte und rang nach Atem. Er lockerte sein Halstuch und ließ sich das Wasser über den Kopf laufen, sodass auch Hemd und Rock nass wurden. Aber er kannte keine Scham.

Bauffremont-Listenais, dieser Hund, dieser elendige Schmarotzer. Er hat mich schon damals beleidigt, und das in meinem eigenen Hause. Und nun kommt er hierher, dachte Solms zwischen den Schmerzattacken, wenn er zu denken fähig war. Ausgerechnet hierher! Bauffremont-Listenais war für ihn der Ausbund des arroganten, selbstsüchtigen, verschwenderischen französischen Adels, der sich als Gottes Geschenk an die Menschheit betrachtete und doch nicht mehr wert war als der Dreck unter den langen Fingernägeln, die sie sich alle wachsen ließen, damit sie keinen Finger krumm machen mussten.

Er ist ein nichtsnutziger Schwätzer, der die alten Zeiten beklagt und das Gute an den neuen Zeiten leugnet. Ich hätte es wissen müssen, dass er hierherkommt, sagte Solms zu sich. Ich hätte es wissen müssen. Und nun wird er sich mit Carl verbünden und meine Frau umgarnen, und ich werde wieder verhöhnt werden, wie er mich damals in Ansbach verhöhnt hat. Warum nur bleibt mir das nicht erspart?

Solms steigerte sich so in seine Rage hinein, dass er froh war, es noch rechtzeitig in sein Bett geschafft zu haben, bevor er von einem heftigen Anfall geschüttelt wurde, der ihm beinahe den Verstand raubte. Sein Körper bäumte sich mehrere Male auf, sein Kopf schlug hin und her, und in den Winkeln seines Mundes sammelte sich Schaum. Es dauerte wie immer nur wenige Augenblicke, aber diese Anfälle waren so einschneidend, dass Solms danach geschwächt war wie nach einem heftigen Fieber.

Er atmete schwer, als er zum Wasser griff, und als ihm das nicht genug war, nahm er einen kräftigen Schluck vom Rotwein. Erstaunt drehte er das leere Glas in der Hand. Der Wein tat ihm gut, und so trank er noch ein weiteres Glas, bevor er sich fertig machte und seinen Pflichten als Gastgeber nachkam – die er, obwohl er nicht Herr des Hauses war, dennoch sehr ernst nahm.

Der Salon war schon reichlich voll, und die Gäste standen und saßen auf den Canapés und auf Stühlen, die sie nach Art der Bürger ungeordnet gruppiert hatten. Zwei Herren lehnten tatsächlich an der Wand. Unglaublich, dachte Solms und fasste sich an die Stirn, die wieder ganz kühl war, so ein Benehmen kannte er nur vom Hörensagen aus den Berliner Salons. Aber das muss wohl der neue Geist sein, sagte er zu sich. Die Front gegen Napoleon ließ diese ungewohnten Sitten zu.

Auf dem Canapé saß Friederike, die schon aufstehen und ihm entgegeneilen wollte, doch Solms bedeutete ihr, sitzen zu bleiben, und bewegte sich auf sie zu. Da erkannte er neben ihr das verhasste Gesicht von Bauffremont-Listenais, der Friederikes Blick gefolgt war.

Er ist korpulent geworden, dachte Solms. Das passt zu diesem Faulpelz und Nichtsnutz. Solms hatte so gehofft, diese französischen Plagegeister mit dem Verlassen von Ansbach hinter sich gelassen zu haben – doch nun tauchten sie in Gestalt dieser feisten Franzosenfratze wieder auf. Alles würde sich wiederholen, war er sich sicher. Alles! Solms war so voller Wut, dass er nicht anders konnte, als Attacke zu reiten:

»Aah, der Duc de Bauffremont-Lust…, ähm, Listenais, wenn ich mich recht erinnere?«

Bauffremont-Listenais spitzte den Mund, über dem sich ein säuberlich gestutztes Bärtchen im Stile des königlichen Herzogs von Anjou befand.

»Bien sûr, mon cher Prince Solms. Ihr erinnert Euch recht gut. Ich bin es wirklich. Der Duc de Bauffremont-Listenais. Leibhaftig!« Er klopfte sich auf den Bauch. »Und *actuellement* sogar noch etwas leibhaftiger.« Sein Lachen glich dem Meckern einer Ziege. »Ich wusste, ich würde Euch unvergessen bleiben, so wie mir Eure werte Gemahlin niemals vergessen sein wird.«

Solms zischte: »Wollt Ihr meiner Frau wieder den Hof machen? Oder lockt Euch nur die Aussicht auf Trüffel und Champagner? Gerade in Zeiten wie diesen muss man sehen, wo es was zu holen gibt, nicht wahr?«

Solms machte einen ungalanten Diener mit brüskierender Geste, und die anwesenden Gäste begannen, die Hälse zu recken, um die beiden Kombattanten zu sehen. In den Zirkeln gegen Napoleon hatte man sich so sehr an eine allgemeine Einigkeit gewöhnt, dass die Ehrenhändel, wie man sie noch aus der alten Zeit kannte, längst vergessen waren. Und nun das! Ein Spektakel! Selbst die Dienerschaft verrichtete ihre Dinge mit außerordentlicher Beflissenheit, um nur ja keinen Augenblick des sich anbahnenden Schauspiels zu verpassen.

Auch Friederike merkte, was sich da abzeichnete – sie war sofort an das Duell von Pyrmont erinnert und ganz beherrscht von dem Aufruhr, der sich bei ihr unvermittelt einstellte. Sie angelte nach Solms' Hand, um ihn zu beruhigen – auch um seiner Gesundheit willen, um die sie immer fürchtete. Aber da holte Bauffremont-Listenais bereits aus.

»Mein lieber Solms … Ja, ja, Ihre reizende Gattin hat mir sehr gefehlt, seit dieser verrückte Korse die Welt in den Abgrund zu werfen gedenkt. Aber Ihr …« Der Herzog lächelte verschwörerisch und tupfte sich mit einem seidenen Tuch, das er aus seinem Spitzenärmel zog, den Körper ab, so als wolle er andeuten, dass allein Solms' Nähe ihn beschmutzte.

Der verstand. »So! Meine Gattin fehlte Euch sehr, und mir fehlt auch etwas, Monsieur – und zwar die Geduld mit Euch und den Euren.«

Solms sah sich um, ob noch weitere seiner alten Bekannten aus Ansbach in der Gesellschaft aufzufinden waren – und tatsächlich erblickte er in dem Kreise um das Fritzchen, das den Oberst Massenbach aus Berlin hierherbegleitet hatte, Blacas d'Aulps, Turenne und die Rochefoucauld. Diese Schmarotzer, dachte Solms, dass ihnen Napoleon noch nicht den Hosenboden versohlt hat – ein Ärgernis ist das. Und dieses Balg von Preußenprinz muss auch noch mit ihnen fraternisieren.

Auch Solms holte aus, um seinen Worten größeres Gewicht zu verleihen. »Lieber Duc, Napoleon mag ein kleiner Korse niederer Herkunft sein und natürlich Eurer Durchlaucht nicht würdig. Aber wenn ich mir die Landkarte beschaue, dann sehe ich, dass dieser ›Parvenü‹, wie Ihr ihn nennt, von der Memel bis an den Atlantik herrscht …«

Ein Murmeln ging durch den Raum.

»… auch wenn er sich gerade auf dem Rückzug nach seinem Paris befindet, wo er alle Kostbarkeiten seines Reiches anhäuft.«

Das Murmeln ebbte ab.

»Aber Ihr, durchlauchtigste Durchlaucht Duc de Bauffremont-Lust…, ähm, Listenais, seid im Gegensatz zu ihm jedoch gezwungen, Euch hier beköstigen zu lassen. Wo ist Euer hoher Adel geblieben? Wo sind Eure Reichtümer? Was ist Eure hohe Geburt denn noch wert? Ich stelle mir, nein: Euch, Euch allen …«, Solms zeigte zu den anderen Exilfranzosen, »… die Frage, ob es bewundernswerter ist, sich von Schloss zu Schloss durchzuschmausen? Oder ob es bewundernswerter ist, eine Schlacht nach der anderen siegreich zu schlagen?«

»Siegreich? Die Russen haben ihn erledigt!« Massenbach hob die Faust.

»Eylau war unser.« Von Rüchel stimmte in das Geschrei ein.

Selbst Friederikes Sohn Fritz, der immer ruhig war, erhob die Stimme: »Siegreich gegen uns! Wie könnt Ihr das nur gutheißen, Solms!«

Auch Friederike entfuhr ein Schrei, und die anderen Anwesenden erhoben sich, drängten nach vorne.

Nur Carl, dessen Gesellschaften immer friedlich waren, ließ sich entsetzt in den ledernen Fauteuil fallen. »Solms!«, schrie er aus seiner Deckung.

Aber der war nicht mehr aufzuhalten.

»Ja, durchlauchtigste Durchlaucht Duc de Bauffremont-Listenais, Ihr mögt von hoher Geburt sein. Aber Napoleon ist der Kaiser über alle Franzosen und über ganz Europa. Ja, und er ist ein Genie. Austerlitz war ein Meisterwerk der Kriegskunst. Und was ist Eure Kunst?«

Friederike stand auf und ging auf ihren Mann zu. Sie sprach halblaut, aber voller Energie: »Solms, mein Lieber, bitte beruhigen Sie sich doch. Bitte, seien Sie still. Tun Sie sich diesen Gefallen. Bitte.«

Doch das war das Signal für Bauffremont-Listenais, fortzufahren mit seinen Sticheleien, denn er sah darin, was alle sahen: Solms und seine Frau waren sich nicht einig, und er konnte seinen Rivalen mit nur einem Hieb erledigen.

»Aber mein lieber Solms … Ihr sprecht von meiner Kunst? Was ist Eure Kunst? Ihr habt Euch Napoleon nicht angedient, obwohl Ihr ihn so verehrt. Aber auch nicht den Preußen – wo wart Ihr, als andere in Jena die Schlacht geschlagen haben? Wo wart Ihr bei Eylau, Kolberg, Friedland – wenn andere die Ehre Preußens zu retten versucht haben? Da habt Ihr Euch doch auch den Wein wohlschmecken lassen, statt in die Schlacht zu ziehen, nicht wahr? So wie jetzt. Was mundet Euch denn da? Lasst sehen. Einen Frankenwein, wie Ihr ihn in Ansbach allzu reichlich getrunken habt. Oder ist es der gute Sekt von Sparr, an dem Ihr Euren kranken Kopf kühlt?«

Solms holte tief Luft. Er wollte diesem aufgeblasenen, weibischen Schmarotzer sein Glas auf dem Schädel zerbrechen, doch rutschte es ihm in diesem Moment aus der Hand und zerbrach auf dem Boden.

Friederike nutzte Solms' Schreck aus, griff ihn mit aller Macht am Arm und versuchte ihn hinter sich herzuzerren. »Solms, Sie haben getrunken! So kommen Sie endlich! Kommen Sie, ich befehle es Ihnen.«

Noch während Solms und Friederike den Salon verließen, rief Solms in Richtung des Herzogs und der anderen Franzosen, die mit weit aufgerissenen Augen und offenen Mündern in schauriger Belustigung diese Szene beobachtet hatten: »Ihr werdet noch sehen, was Ihr davon habt, Ihr arrogantes, impertinentes, hochmütiges Pack! Zu nichts nutze seid Ihr, außer um die Keller Eurer Gastgeber leer zu trinken und ihre Frauen zu entehren. Napoleon wird Euch Eure seidenen Hosen schon versohlen. Er ist ein Genie! Ein Genie!«

Dann stimmte er zu aller Entsetzen ein Lied an, das der ganzen Gesellschaft das Blut in den Adern gefrieren ließ. Mit tönendem Tenor sang er:

»Allons enfants de la Patrie,
Le jour de gloire est arrivé!
Contre nous de la tyrannie,
L' étendard sanglant est levé …«

Als er mit Friederike alleine war, hatte sie nur einen Satz für ihn übrig:

»Gehen Sie, Solms!«

Solms hatte sie, den König von Preußen, ihren Vater und alle, die Napoleon ins Verderben und in den Tod gestürzt hatte, aufs Äußerste beleidigt und besonders ihre geliebte Schwester Luise, die an den Qualen, die ihr dieses gottlose Ungeheuer zugefügt hatte, so jung gestorben war. Mehr noch: Er hatte ihren Verbündeten seine wahre Gesinnung gezeigt – und damit, dass er nicht ihr Verbündeter und Freund war. Er war ein Verräter! Ein Hochverräter! Und er war ihr Mann.

Niemals mehr würde sie mit ihm leben können, mit ihm, der so roh auf ihrem Herzen herumtrampelte, das noch wund war vom Kummer über den Tod ihrer Schwester. Wie sollte sie ihm jemals noch trauen können? Wie ihm ihre Sehnsucht danach mitteilen, dass sie Vergeltung wollte, Rache, eine totale Vernichtung und Entehrung dieses Mannes, der ganz Europa auf dem Gewissen hatte – und ihre Schwester Luise? Solms war ein Deserteur, ein Abtrünniger, ein Überläufer, ein, ein … Sie trommelte auf seine Brust ein.

Und er, benommen von ihrem Furor, ließ sie gewähren. Er fühlte nichts außer Verachtung.

Solms muss weg, dachte sie, fort von hier, aus meinem Blick, aus meinen Gedanken, aus meinem Leben. Friederike sah keine andere Möglichkeit.

»Gehen Sie!«, wiederholte sie und eilte weinend in ihr Gemach.

Und Solms ging.

Als Friederikes Sohn Friedrich zurück in Berlin war und dem König von diesem Eklat erzählte, schrieb dieser umgehend einen Brief an Friederike, in dem er ihr riet, sich von diesem geltungssüchtigen Solms scheiden zu lassen.

… Damit niemand den Skandal bemerkt, sollte Solms noch ein paar Wochen auf Neustrelitz wohnen bleiben. Dann wird der Akt in aller Stille vollzogen werden, und niemand bekommt etwas davon mit. Ihr werdet dann wieder frei sein von allem Makel, der Euch an einer Rückkehr nach Berlin hindert, und hier in Berlin, das Euch zur zweiten Heimat geworden ist, werdet Ihr wieder mit offenen Armen in der Gesellschaft aufgenommen. Eure Kinder und Ihr werden im Palais wohnen, gleich neben dem meinigen, und es wird mir eine Freude sein, fortan als Euer Begleiter gelten zu dürfen.
Fridericus Guilelmus rex.

Und damit Solms aus den preußischen Kreisen verschwand und durch seinen Affront gegen Staat und Krone keinen weiteren Schaden anrichtete, gab ihm der König einen Posten in Schlesien und noch eine Pension obendrauf, damit er niemals mehr die Not hatte, wieder in Berlin, Potsdam oder einem anderen Ort in der Nähe von Friederike aufzutauchen.

Damit war für ihn das schändliche Kapitel mit Solms erledigt.

Und für Friederike?

66

Es dauerte danach nur wenige Wochen, bis auf Neustrelitz der Frieden eingekehrt war, den man sich wünschte.

Bei Carl ging es sogar noch schneller: Er war wieder alleine Herr in seinem Hause, und kein Rivale machte ihm das Leben schwer und die Liebe seiner Tochter streitig. Das stimmte den alten Herrn so selig und so heiter, dass er tatsächlich keine seiner eingebildeten Beschwerden mehr spürte. Er empfing weiterhin Mitstreiter in Kampfe gegen Napoleon, und manchmal kam auch der König Friedrich Wilhelm zu Besuch, der Friederikes Kinder Fritz und Friederike mitbrachte. Dann nahm man Abstand von der großen Politik und saß entweder im Salon, wo es zum Eklat mit Solms gekommen war, bei einem Würfelspiel zusammen, oder man stellte, wenn das Wetter es erlaubte, die Tafel unter der Libanonzeder auf und vergnügte sich mit Blindekuh oder Topfschlagen, wobei alle darauf bedacht waren, nicht über Luise zu sprechen.

Jeder vermisste sie und dachte daran, was sie wohl jetzt sagen würde, wenn sie das sehen könnte, oder fragte sich, wie sie wohl das Blatt, das man beim Paroli bekommen hatte, ausspielen würde, und malte sich aus, dass sie unter ihnen wäre und alle mit ihrem Lachen ansteckte. Sie war in aller Gedanken so präsent, dass Carl oder auch Friederike manchmal so sprachen, als ob Luise noch unter ihnen sei, und wenn das einem aus dem Kreise auffiel, fühlte er sich in seinem eigenen Schmerz bestätigt und dachte insgeheim: Ach, auch ihm geht es so, oder: Sie hat Luises Tod auch noch nicht verwunden. Aber niemand wechselte über seinen stillen Kummer ein Wort mit dem anderen, sodass diese Nachmittage zwar immer recht vergnügt, aber immer auch von der Anstrengung gezeichnet waren, bloß nicht zurückzublicken und Erinnerungen an Luise wachzurufen.

Während alle an Luise dachten, wurde Solms von niemandem vermisst.

Nur Friederikes Sohn Fritz, der es seinem Stiefvater übelnahm, dass er ihn so herablassend behandelt hatte, grollte ihm noch immer. Insgeheim fantasierte er sich zusammen, wie er sich rächen könnte. Er sah sich selbst, wie schon früher, hoch zu Ross Napoleon mit nur einem Dolchstoß besiegen, so wie der Prinz Louis Ferdinand besiegt worden war, und ihm dann die Orden vom Goldenen Vlies und den Elefanten-Orden abnehmen, um sie seiner Mutter als Entgelt für die Demütigung, die sie erlitten hatte, darzubringen.

Ich werde sie glücklich machen, dachte er. Ich werde ihr Genugtuung verschaffen. Nicht so, wie dieser widerwärtige Solms es getan hat, der ihr in ihre tiefste Wunde noch Salz hineingestreut hat.

An einem dieser Nachmittage, an dem der König Friederikes Kinder bei ihr zurückgelassen hatte, kam ein Lakai über den frisch gestutzten, duftenden Rasen geeilt und meldete Carl, dass ein Vorreiter des Herzogs von Cumberland gekommen sei, der hier bald, und das mit einer Ladung zahlreicher exotischer Pflanzen, einzutreffen gedenke.

»Der Herzog von Cumberland?« Friederike erstarrte. Der Angekündigte war der ältere Bruder des Herzogs von Cambridge, der ihr auf ewig mit dem Duell und dem Skandal von Pyrmont verbunden war und somit mit dem ersten Mal, dass ihr Ruf – wenn auch ohne ihr Verschulden – ramponiert worden war.

»Weiß er, dass ich hier bin?«, fragte sie erschrocken.

»Aber wieso fragt Ihr, Mama? Alle wissen doch, dass Ihr hier seid, und er ist Euer Cousin, er weiß es doch als einer der Ersten.« Fritz, der seit wenigen Wochen die Uniform des Garde-Kürassier-Regiments Nr. 1 trug, dem er beigetreten war – was ihn ganz stolz machte –, strich sich über die Jacke. Er wollte gut aussehen, wenn er sich seinem Verwandten, dem ein donnernder Ruf als Napoleon-Hasser vorauseilte, das erste Mal präsentierte.

»Wieso ich frage …?« Friederike unterbrach sich selbst. Sie wollte vor den Kindern nicht daran erinnern, in welche Dinge sie in ihrer unbedachten Jugend hineingeraten war.

Carl, der die Not seiner Tochter erkannte, stimmte einen versöhnlichen Tonfall an: »Ja, er wird es wohl wissen. Aber was ist schlimm daran?« Und zu den Kindern sagte er: »Gehen Sie hinein und sagen Sie, dass der Ostflügel gerichtet werden soll. Wir wollen ihm doch einen würdigen Empfang bereiten, nicht wahr?« Er drehte am Rad des rollenden Stuhls, in dem er seit Neuestem saß, und rollte ein wenig hin und her, was ihm zu gefallen schien. »Der Krüger soll den Keller sortieren. Und sagen Sie der Noack, dass sie mit ihren Mädchen das englische Leinen aus der Kammer holen soll. Und nun: marsch, marsch.«

Aber die kleine Friederike, die Tochter Friederikes, legte die Karte, die sie für ihre Patience in der Hand hielt, nur mit großer Verzögerung nieder: »Endlich lernen wir ihn kennen.« Sie war bereits siebzehn Jahre alt und sah nun alle Kavaliere, die hier ankamen, um Politik zu machen, ein wenig danach an, ob sie als mögliche Partie taugten. »Man hört so viel über ihn. Ein englischer Prinz.«

»Nun gehen Sie schon hinein, Friederike!« Friederike hatte den Unterton in der Stimme ihrer Tochter sehr wohl herausgehört und dachte: So weit ist es schon, dass mein Mädchen sich schon solche Fragen stellt, und dabei habe ich sie doch gerade erst auf die Welt gebracht. Sie schluckte.

»Ja, was erzählt man sich denn?« Auch Friedrich sah nun in Richtung seiner Mutter, aber diese schüttelte den Kopf.

»Was man sich erzählt?« Carl justierte seinen rollenden Stuhl und strich sich über das Haar, das zwar weiß, aber noch voll war. »Er ist der Sohn der Königin Charlotte von England, meiner Schwester.«

»Der Ugly?« Fritz lächelte.

»Friedrich!« Carl und Friederike sprachen wie aus einem Munde. »Wie können Sie nur?«

»Ja, aber alle nennen sie doch so!«

Friederike lächelte, verbarg das aber hinter ihrem Buch. Sie konnte ihrem ältesten Sohn einfach nichts verübeln.

»Wehe, wenn Sie irgendetwas sagen«, sagte Carl. »Ich werde … Sie werden … ich werde …«

Die kleine Friederike erlöste ihn. »Warum nennt man sie denn Ugly?«

»Nun fangen Sie nicht auch noch damit an, Friederike!« Carl

schwitzte. Diese jungen Dinger, dachte er. Keinen Anstand und keine Erziehung. Aber woher sollten sie diese denn auch haben, wenn die ganze Welt in Aufruhr war? Sein Ton wurde milde.

»Nun, ich will es Ihnen erzählen, aber versprechen Sie mir beide bitte, dass Sie dann sofort ins Haus gehen und die Vorbereitungen arrangieren. Der Prinz ist äußerst anspruchsvoll.«

Er sah zur kleinen Friederike, die nickte, dann sah er zu seinem Enkel Fritz. Der nickte auch.

»Es war so: Der König von England suchte nach einer Braut, und da hatte man ihm von meiner Schwester erzählt. Ein Brautwerber war hier und hat eine Miniatur anfertigen lassen. Aber Sie wissen ja, wie die Frauen sind?« Er sah seinen Enkel an wie einen Verbündeten, was Friedrich ganz stolz machte. Die Frauen hingegen räusperten sich. »Charlotte, meine Schwester, jedenfalls ist eitel. Sie ist sehr hübsch, aber sie fand, dass sie noch hübscher sein könnte – die Nase dies, der Mund das. Ach, es war ein ewiges Zaudern. Sie hat kein gutes Haar an dem armen Maler gelassen, der die Miniatur für den Brautwerber anfertigen sollte, und irgendwann hat er es leid gehabt, alles noch einmal zu ändern, und hat alles ein wenig hübscher gemacht, sodass eher ein Bild der schönen Helena daraus geworden ist als ein Bild meiner Schwester. Aber sie war zufrieden.«

»Aber *ugly* heißt doch hässlich, und Helena war schön.«

»Das Bild war *zu* schön. Als der König die Miniatur sah, war er wie vom Blitz getroffen und hat sofort um die Hand meiner Schwester angehalten. Wir haben sie nach Stade eskortiert, wo das königliche Schiff sie abgeholt und direkt nach London gebracht hat. Im St.-James-Palast ist sie dem König das erste Mal begegnet – und das Erste, was er sagte, war: ›*Heaven help,* man hat mich betrogen. Sie ist so hässlich.‹ Aber es war zu spät: Noch am Abend wurde geheiratet.«

Fritz lachte. »Na, so hässlich kann er sie nicht gefunden haben.«

»Wieso?«, fragte seine Schwester.

»Bei fünfzehn Kindern. Aber vielleicht hat ja wirklich der Himmel geholfen.«

»Friedrich!« Friederike versuchte, ihn streng anzusehen, aber insgeheim musste sie wieder lachen.

Ach, sagte sie zu sich. Er war ja schon als Kind so ein frecher, forscher Junge, und das ist er geblieben. Sie erinnerte sich daran, wie er ihre Spaziergänge mit Solms immer gestört hatte, und daran, wie er ihr einmal in aller Öffentlichkeit und als sie noch in Trauer war, an den Hintern gefasst und laut »Popo, Popo!« gerufen hatte. Alle waren entsetzt gewesen und Solms ganz besonders. Schon damals konnten sich die beiden nicht leiden.

Aber diese Sorge war ja nun auch vorbei. Es waren nur noch solche kurzen Momente, die sie an Solms dachte. Auch wenn sie ihm nicht gram war – aber sie war froh, seine *humeurs* und seine Krankheit nicht mehr ertragen zu müssen. Es war zu schwer geworden, er war zuletzt unleidlich und böse gegen jedermann.

Gegen meinen Vater, meinen Sohn und auch gegen mich, dachte Friederike. Niemals hätte ich gedacht, dass er ein Verehrer Napoleons ist. Ich bin zutiefst enttäuscht.

Sie sah auf, weil Carl wieder sprach.

»Nun gehen Sie endlich und kümmern Sie sich um die Vorbereitungen! Er ist der Sohn der Königin von England. Er hat Ansprüche. Das sollten Sie wissen. Sie müssen lernen, einen solch hohen Herrn bewirten zu können.«

Der alte Mann wies mit der Hand in Richtung Schloss, und die beiden Geschwister bedankten sich artig, indem Friederike knickste und Fritz sich verbeugte. Dann liefen sie kichernd und lachend davon, wobei die kleine Friederike sich bei ihrem Bruder unterhakte – für sie war es noch ungewohnt, in Pantoffeln mit Absatz zu laufen. Doch kaum waren sie von der Wiese herunter und hatten den Weg erreicht, fingen sie an zu hüpfen. Gemeinsam stimmten sie in ein improvisiertes Lied ein, das nicht sehr harmonisch, aber dafür sehr fröhlich war und von der Königin Ugly, der Überraschung ihres Gemahls, als er sie das erste Mal sah, und den vielen Söhnen und Töchtern handelte, die dem hohen englischen Königspaar geboren wurden:

»Ugly, Ugly, Königin Ugly …«

Ihre Stimmen holperten durch die Tonleitern, und ihre Mutter und ihr Großvater sahen dem heiteren Geschwisterpaar so lange nach, bis sie in der großen Tür verschwanden, die in den Salon führte.

Kaum waren Friederikes Kinder außer Hörweite, näherte sie sich ihrem Vater und fragte: »Sagt es mir: Was will er hier? Also, Ernst August, der Herzog von Cumberland?«

»Ich weiß es nicht, liebe Friederike. Warum regt Sie das so auf?«

»Weiß er von seinem Bruder … Also, von Pyrmont … dem Duell und …« In Friederikes Dekolleté sammelten sich rote Flecken, die zum Hals hochwanderten. »… ja, ähm, mir …«

»Ach, Ikalein.« Carl war so gerührt von seiner Tochter, dass er nicht anders konnte, als ihr über die Wange zu streicheln. »Das ist schon lange her, und Sie können doch nichts dafür. Dass Sie immer noch daran denken müssen!«

»Nicht immer. Aber immer, wenn ich den Namen *Ugly* höre …« Sie lachten, weil sie sich verplappert hatte.

Denn ihr Fritz hatte ja so recht. Keiner nannte die Königin von England Charlotte, sondern alle sagten nur Ugly. Aber niemand gab es zu. »Also, immer wenn ich an die Königin von England denke, muss ich auch an Pyrmont denken und an die Ereignisse dort. Sie hat mich noch monatelang mit ihren Briefen traktiert und mir vorgeworfen, ich hätte den Ruf ihres Sohnes beschmutzt.«

»Friederike, ich bitte Sie. Nehmen Sie es sich nicht so zu Herzen. Meine Schwester war schon immer ein wenig … na ja, wie soll ich es sagen? … verschlossen. Sie ist in diesen Dingen streng, geht nach der Sitte. In Wahrheit weiß sie ganz genau, dass ihre Söhne an Temperament das haben, was ihr selbst fehlt.« Friederike sah ihren Vater an, wobei sie ihre Augenbrauen ganz kurz zusammenzog. »Ach, sie ist prüde! Sie ist einfach eine prüde Gans! War sie schon immer. Unsere Familie war froh, als man sie endlich verheiraten konnte. Sie war zwar hübsch, aber so gottverdammt prüde – alle wussten das. Wir dachten, wir würden sie nie loswerden. Und so prüde sie ist, so wenig sind es ihre Söhne. Sie haben alle eine fürchterliche Weiberwirtschaft.«

»Ach, ich möchte es gar nicht wissen. Nur eins: Könnte der Prinz Ernst August schlecht über mich denken?«, fragte Friederike.

»Wieso sollte er?«

»Das Duell … Seine Mutter wird ihm bestimmt etwas eingeflüstert haben, als sie erfahren hat, dass er hierherkommen wird.«

»Aber Friederike. Pah!« Carl klatschte in die Hände, als ob er eine besonders amüsante Szene dargeboten bekommen hätte. »Wieso sollte er? Er hat ganz andere Nöte. Kein Mensch in London kann ihn leiden. Er ist mit Vater und Mutter über Kreuz, seinen Brüdern ist er verhasst, die Schwestern sprechen nicht mit ihm. Er ist hochfahrend, barsch, arrogant, jähzornig und soll ein Auftreten haben wie eine ungeschliffene Axt. Er hat vor lauter Zorn seinen Diener erschlagen …«

»O Gott.«

»… Ja, ja, das sagt man sich. Ich hätte es nicht geglaubt, aber auch Therese, die nach London korrespondiert, hat es gehört.«

»Und was will er hier?«

»Er sucht eine Betätigung, einen Posten. Nach der Sache mit dem Diener hat ihm das Parlament die Apanage gekürzt, und nun will er sich hier auf dem Kontinent nützlich machen. Er hat schon bei seinem Bruder in Hannover, dem Herzog von Cambridge, Sie kennen ihn aus Pyrmont …« – Friederike errötete wieder –, »… vorgesprochen. Aber der kann ihn auch nicht gebrauchen.«

»Und was will er hier?«

»Wie ich sagte: Ich denke, er sucht einen Posten. Ich habe ihm das schon ausreden können. Aber er hat wohl gehört, dass man sich hier gegen Napoleon versammelt, und da er ihm verhasst ist, wie uns allen hier, will er sich wohl zu unserem Kreis gesellen und seine Kräfte mit den unseren verbünden. Mehr kann ich nicht sagen.«

»Er ist gegen Napoleon? Daran kann ich nichts Böses erkennen.«

Nachdem Friederike noch ein wenig mit Carl über den angekündigten Besuch gesprochen hatte, stand sie auf und empfahl sich. »Ich muss mich richten«, sagte sie.

»Ja, tun Sie das. Tun Sie das. Und seien Sie bitte freundlich gegen ihn.«

Sie küsste ihren Vater auf die Stirn und sagte: »Ich verspreche es Euch.«

Dann ging sie über denselben unscheinbaren Pfad davon, den zuvor schon ihre beiden ältesten Kinder genommen hatten. Im Haus gab sie dem Diener Bescheid, ihrem Vater mit seinem rollenden Stuhl zu helfen, den er eigentlich gar nicht benötigte, da er trotz seines stolzen Alters noch gut gehen konnte. Aber so ein Stuhl war die allerneueste Mode in Sachen Gesundheit, und da wollte Carl *à jour* sein.

Friederike öffnete in ihrem Gemach das Fenster, das zu der Seite hinausging, an der sie die Ankunft ihres Cousins vermutete. Sie sah auf die Magistrale mit den Linden hinaus und lauschte dem Lärm, der aus den Fenstern im östlichen Stockwerk drang, wo man wohl gerade die Vorbereitungen für den hohen Besuch traf. Sie hörte, wie man Betten ausklopfte und schüttelte und dicke Vorhänge bewegte. Das Knarren des Parketts war zu vernehmen, das neu war und arbeitete, und ab und an ein Kichern der Mädchen.

Ich muss meine Tochter vor ihm schützen, dachte Friederike. Sie ist noch so jung und soll nicht die gleichen Fehler machen müssen, die ich gemacht habe.

Dabei war die kleine Friederike schon zwei Jahre älter, als ihre Mutter bei ihrer Hochzeit gewesen war, und sich durchaus bewusst, was im Leben auf sie zukommen würde. Aber Friederike hatte durch die Flucht und die unruhigen Zeiten so wenig Gelegenheit gehabt, ihre Fähigkeiten als Mutter bei Friederike wirken zu lassen, dass sie die Neigung hatte, übervorsichtig zu sein.

Sie ließ sich die Kleider bringen, die sie von ihrer Schwester geerbt hatte, und entschied sich für das in Bleu mourant aus feinem Seidencrêpe. Es war im Stil der antiken Griechen gehalten, den ihre Schwester so sehr geliebt hatte, und auch dieses besondere helle und blasse Blau war ihre Lieblingsfarbe gewesen. Der Stoff floss frei; nur ein Band, das man unter dem Busen zur Schleife band, hielt alles zusammen.

Sie nahm das Kleid und hielt es an ihr Gesicht. Es roch tatsächlich noch nach ihrer Schwester, obwohl Friederike vermutete, dass es noch ganz neu war, denn sie hatte noch ein paar Nadeln am Ärmel gefunden, die verhinderten, dass man frei hindurchschlüpfen konnte.

Ihr schossen immer noch die Tränen in die Augen, wenn sie an ihre Schwester dachte. Mir ist so viel widerfahren, sagte sie zu sich in Gedanken, aber ich hätte nie geglaubt, dass Gottes Hand es mir nicht erspart, mir meine geliebte Schwester zu nehmen. Sofort fing ihr Herz an zu schmerzen. Seit sie Luise in den Tod begleitet hatte, litt sie darunter – und oft waren die Anfälle so stechend, dass sie glaubte, sterben zu müssen, obwohl die Ärzte in Pyrmont ihr versicherten, dass ihr Herz gut und es nur der Kummer sei und man vom Kummer nicht sterben könne. Aber was wissen die schon, sagte Friederike zu sich.

Sie setzte sich einen Augenblick auf ihr Bett, um sich zu erholen, und sah auf die Tapete gegenüber, die eine Sommerlandschaft zeigte, in der eine lustige Gesellschaft picknickte. Wie von Zauberhand sah sie sich in diese Szenerie versetzt und saß mit einem Mal inmitten einer Familie, die sie so nie erlebt, aber sich doch so sehr gewünscht hatte: Solms zu der Zeit, als sie sich noch liebten und sich gemeinsam bei Musik und Büchern die Zeit vertrieben … Alle ihre Kinder waren um sie versammelt und verstanden sich ganz prächtig … Die Großmutter Scho'sch, ihr Vater Carl, ihre Mutter, die so früh gestorben war und deren Platz ihre Schwester Luise eingenommen hatte, und, ja: ihre Schwester Luise, deren gesellschaftlichen Ehrgeiz sie so oft verdammt hatte und die ihr durch die Flucht und die Verbannung doch so nahegekommen war … Sie lachten und alberten herum … Ihr Fritz wetterte mit Solms gegen Napoleon, die sich beide darin einig waren, ihn zu besiegen … Solms brachte ihrem Sohn ein paar Bravourstücke auf dem Pferde bei … Ihre Mutter strich ihr über das Haar, so wie es nur Mütter machen, auch wenn man selbst schon mehrfache Mutter ist … Und Luise und sie alberten herum und imitierten die eingebildeten Krankheiten ihres Vaters Carl und seine neueste Marotte, mit einem rollenden Stuhl umherzufahren.

Es war friedlich. Ein Storch nistete auf einem nahegelegenen Hof, und die Sonne umgab diese Szenerie mit einem hellen Lichtkranz …

»Elendiger, nichtsnutziger Esel, Er! Ich habe Ihm gesagt, dass er den Kübel dorthin stellen soll und nicht dahin. Ist Er denn taub? Oder will Er einen Tritt in seinen Arsch, verdammt noch mal?«

Friederike wachte auf. Vom Ehrenhof drang Geschrei in ihr Zimmer, dazu Gepolter und ein Peitschenknall, ein Knirschen und Scharren, und immer wieder eine bellende, grobe Stimme, die schimpfte, schrie, tobte und alles zur Hölle wünschte, was nicht nach dem Willen ihres Trägers geschah.

»Und Er? Auch taub? Auch ein Esel, nicht wahr? Habe ich

es mir doch gleich gedacht. Ein Mensch, der solche Ohren hat wie Er, kann nur ein Esel sein. Und wie macht ein Esel? I-A, I-A, I-Aaaaaa.«

»Auaaaaaaaa!«

»I-Aaaaa, I-Aaaaa heißt das. Hahaha!«

»O Gott. Mein Cousin.« Friederike sprach laut. Noch trunken von dem kurzen Schlaf, in den sie gefallen war, stand sie auf und sprang eher, als zu gehen, zum Fenster, von wo sie einen Blick auf das, was im Hofe geschah, zu erhaschen hoffte. Ihr Herz hatte aufgehört zu schmerzen, aber nun klopfte es vor lauter Aufregung.

Sie sah eine Reihe von eins, zwei, drei … ach, siebzehn Kutschen und Wagen, wobei die, von der das Geschrei herkam, zur Seite des Eingangs sein musste, der zur Orangerie führte. Sie erkannte nur, dass die Gärtnergesellen und -gehilfen mit ihren Strohhüten und dicken Stiefeln schwere, hölzerne Kübel mit Pflanzen abluden, deren ausladende Blätter durch die Bewegungen zu winken schienen.

»Nun mache Er doch endlich die Türe auf, meine Güte. Er ist doch wirklich ein Esel.«

Doch bevor das Gefecht, das da zwischen zwei ungleichen Gegnern ausgetragen wurde, zu eskalieren drohte, hörte Friederike schon die warme, aber vom Alter bereits raue Stimme ihres Vaters Carl.

»Herzlich willkommen, werter Neffe. Es ist mir eine Ehre, Euch in meinem Hause begrüßen zu dürfen.«

»Mein Onkel, mein verehrter, lieber Onkel! Wie schön, dass ich Eure Gastfreundschaft beanspruchen kann.« Auch wenn er freundliche Worte sprach, klang seine Stimme harsch und schneidend.

Ja, beanspruchen, dachte Carl, dem das großspurige Auftreten seines Neffen Unbehagen bereitete und der sich jetzt schon, wenige Augenblicke nach der ersten Begegnung, fragte, wie er die kommenden drei Wochen, die der Gast hier zu verbringen gedachte, ohne Streit überstehen sollte. Gerade war er Solms losgeworden, und nun kam das hier auf ihn zu.

Hat man denn in meinem Alter kein Recht auf Ruhe?, fragte sich Carl. Das kann ja lustig werden.

Aber er lächelte Ernst August mit zuvorkommender Miene an. »Ha, ich sehe, mir wurde nicht zu viel versprochen! Ihr seid ein Mann der Tat. Kräftig und gut gebaut. Mir gefällt es, dass Ihr die Dinge gleich anpackt. Ich höre, dass Ihr schon das Abladen beaufsichtigt habt.« In Wahrheit hatten alle, die im Schloss waren, das Spektakel, das der Neuankömmling veranstaltet hatte, gehört. »Gut so, Prinz. Sehr gut. Solche Leute braucht die Welt von heute.«

Eine Ansprache dieser Art war Ernst August nicht gewohnt. In London hätte man eher mit Kanonen nach ihm geschossen, als ihn so freundlich zu begrüßen. Dementsprechend hatte er Schwierigkeiten, die richtigen Worte zu finden.

»Ähm … ja. Onkel. Ähm.«

»Nun lasst schon, lieber Neffe. Lasst es gut sein. Und wenn Ihr Euch weiter nützlich machen wollt, so würde ich mich freuen, wenn Ihr einem alten Mann behilflich sein könntet.« Er zeigte auf seinen Rollstuhl und deutete Ernst August an, ihn nach drinnen zu schieben. »Dort entlang, dort entlang.«

Ernst August tat, wie ihm von seinem Gastgeber geheißen.

Im Foyer entfaltete sich der alte Glanz des kleinen Herzogtums, das unbehelligt zwischen dem aufstrebenden Preußen und den übermächtigen Russen lag und als siegreicher Dritter aus dem Kampf dieser beiden rivalisierenden Nachbarn hervorgegangen war. Die prachtvollen Stuckaturen ahmten, verstärkt durch eine naturgetreue Malerei, einen Aufstieg in den Himmel nach, der nur dadurch gebremst wurde, dass die Goldauflagen im Laufe der Jahrzehnte matt geworden und die Farben an einigen Stellen abgeblättert waren. Der Eindruck, den dieses Dekor hinterließ, war dennoch wesentlich freundlicher als die Atmosphäre in den dunklen Gemäuern des Palastes von

St. James, in dem Ernst August aufgewachsen war. Er verfolgte die vom Architekten vorgegebenen Blickachsen und war erstaunt, dass sie über die große Glastür hinaus im endlosen Grün eines Gartens endeten.

»Ihr habt einen Garten, Duke?«

»Und was für einen! Ich habe oben auf der Terrasse für uns decken lassen. Kommt mit hinauf, dann werde ich es Euch zeigen.«

In dem Moment kamen Fritz und Friederike die Treppe hinuntergestürmt, die ganz neugierig auf ihren königlichen Verwandten aus England waren – Fritz hatte seine Kürassier-Uniform aufbügeln lassen, und Friederike trug den lila Schal mit den silbernen Fransen, den sie von ihrer Tante Luise vererbt bekommen hatte. Es war das schönste Stück ihrer Garderobe.

Am Fuße der Treppe angekommen, verbeugte sich Fritz vor seinem königlichen Verwandten: »Prinz …«

»Meine Hochachtung.« Friederike bog ihren kleinen, schmalen Leib zu einem vollendeten Knicks.

Die Geschwister starrten diesen seltsamen Mann, der statt in einer Uniform in Zivil gekommen war – und neben Rock, Weste und Hose in hellem Grau einen seidenen Schal um den Hals gebunden hatte, der mit einem persischen Muster in den buntesten Farben gewoben war –, voller Erwartung an. Doch Ernst August sah über beide hinweg und führte sein Gespräch mit Carl fort.

»Ihr wolltet mir eine Attraktion zeigen«, sagte Ernst August, und Friederike, die gerade dabei war, ihre Wirkung zu erproben, sah nach unten auf ihre Pantoffeln, um zu verbergen, dass sie rot anlief. Sie war zutiefst getroffen von dieser Bemerkung, und als Ernst August sah, wie das Mädchen auf ihn reagierte, legte er nach. »Eine wirkliche Attraktion, meine ich … Euren Park.«

Fritz, den dieser Affront gegen seine Schwester ebenso erschütterte, war sprachlos angesichts der Ignoranz seines Cousins. Er wollte etwas sagen, aber da fiel ihm Carl schon ins Wort.

»Ah, eine Attraktion wollt Ihr sehen? Oh, da werden wir hier auf Neustrelitz genug haben, was Euren hohen Ansprüchen genügen mag. Ich will Euch gerne in alles einweisen, was hier von Bedeutung ist.« Er holte Luft und sagte mit seiner vom Alter rauen Stimme: »Wenn Ihr also die Güte hättet, mich an die Treppe heranzufahren? Ich bin Euch sehr verbunden.«

Fritz und Friederike blickten sich wortlos an, als sie zur Seite traten, um ihrem Großvater und dem Prinzen Ernst August Platz zu machen, der den rollenden Stuhl des Herzogs schob. Sie lächelten, als die beiden an ihnen vorüber waren, weil sie die Art, wie ihr Großvater die Arroganz des Gastes parierte, amüsierte. Fritz legte zur Beschwichtigung eine Hand auf den Arm seiner Schwester und flüsterte: »Hübsch siehst du aus.«

Aber auch Ernst August hatte verstanden, was Carl mit ihm vorhatte, und während er ihn zur großen weißen Treppe hinschob, war er schon in höchster Unruhe, weil er nicht wusste, wie es sich vermeiden ließ, den alten Mann und seinen rollenden Stuhl dort hinaufzutragen. Er sah sich hilfesuchend nach Personal um, das diese peinliche Arbeit übernehmen könnte – aber das Gesinde hatte den Auftritt des Gastes ganz genau beobachtet und hielt sich wohlweislich versteckt. Er überlegte und grübelte und wog ab und kam sogar schon etwas ins Schwitzen, da bedankte sich Carl recht herzlich bei ihm, zog sich aus dem Stuhl hoch und ging leichtfüßig und geschmeidig wie ein junger Garde-Offizier die Treppe hinauf.

»So, folgt mir doch, wenn Ihr Attraktionen sehen wollt.«

Friedrich und Friederike lachten sich voller Genugtuung an.

Auf der Terrasse hatten sie den allerbesten Blick über den Park, der nach den Gesetzen des Barock gestaltet war, weil der frühere Schlossherr, Adolf Friedrich, nach einem Besuch in Versailles so beeindruckt gewesen war von der Prachtentfaltung französischer Gärten, dass er mit seinen bescheidenen Mitteln den Stil von Ludwig XIV. nachzuahmen versuchte – und tatsächlich hatte er, gemessen an seinen Mitteln, Erstaunliches geschaffen in diesem Niemandsland ohne Bedeutung. Skulpturen und zu antiken Ruinen arrangierte Säulen zogen die Blicke inmitten von grünen Ebenen auf sich. Skulpturen säumten auch die mit Sorgfalt kupierten Blumenbeete. Der Höhepunkt aber war eine von imposanten, uralten Bäumen gesäumte Achse, die sich zu einem Brunnen hin verjüngte, sodass der Abstand von Schloss und Brunnen durch diesen raffinierten Effekt optisch verlängert wurde und der Park dadurch viel größer wirkte, als er in Wahrheit war. Es war barockes Gepräge in seiner Reinform.

»Das ist ganz hübsch«, sagte Ernst August, während er von seinem Tee kostete und über die Anlage sah. »Aber wäre es nicht besser, wenn man sich jetzt von diesen Beeten verabschieden würde und an ihrer Stelle zwischen Gebäude und Park einen *pleasure ground* nach englischem Vorbild arrangierte?« Er sprach dabei in die Luft und sah Carl nicht an.

Die beiden Geschwister nahm er immer noch nicht zur Kenntnis, sodass sie, blass und von dieser Ignoranz gekränkt, ihren Tee tranken, schwiegen und hofften, dass irgendein Spuk diesen Unverschämtheiten ihres königlichen Verwandten ein Ende machen werde.

Ernst August nahm, statt Augenkontakt zu suchen, ein Stück des Gebäcks, das er sich mit einem Bissen in den Mund schob. Er sprach zu Carl mit vollem Mund, als er sagte: »Wisst Ihr, ich stelle mir das etwas einfacher vor. So ein französischer Garten erfordert viel Pflege, und es mangelt ja meistens an Leuten, die diese Arbeit gut verrichten können.«

Carl sah ihn streng an. Er hatte mitbekommen, wie Ernst August den Gärtner und seine Gehilfen herumkommandiert hatte.

Doch sein Gast merkte nicht, dass er die Grenzen der Schicklichkeit übertrat, weil er ins Leere schwadronierte. Er fuhr fort: »Also, was ich meine, ist: Da muss schon jemand sehr viel Geschick haben. Die Pflanzen, die Ihr hier habt – ach, was ist es denn … ja, Buchsbaum, natürlich Buchsbaum. Das haben ja alle. Das ist ja nichts Besonderes mehr. Jeder Garten, den man sieht, hat Buchsbaum. So als ob es keine anderen Büsche gibt auf dieser Welt. Dabei gibt es so viele Büsche. Aber lassen wir das. Ich meine, die Blumen, die man hier – also, wenn man Ambitionen hat, und ich denke, dass Ihr die habt, denn sonst wäret Ihr ja nicht so stolz auf Eure Gärten, auf die man, also wenn man die Umstände betrachtet und dass es schwer ist, jemanden von Kenntnis hierherzulocken, also, ich meine … Alles, was ich sagen will: So ein Französischer Garten hat doch mittlerweile etwas recht Gewöhnliches, und man sollte doch eher auf die englische Kunst setzen. Sie ist grüner, sie ist natürlicher. Aber auch das ist eine hohe Kunst, und ich bin mir nicht sicher … Ach, vielleicht sollte ich Euch einfach ein paar von meinen Leuten aus London hierherbeordern, und dann sieht man ja weiter. Es ist ja nicht übel, das will ich nicht gesagt haben. Nicht, dass es hier ein Missverständnis gibt. Aber, seht!« Er zeigte mit dem Arm zu einem Tempel, der das Ende einer Achse krönte.

Alle folgten mit den Augen der vorgegebenen Richtung, wobei das Fritzchen den Blick von Carl suchte, aber der ließ sich nichts von dem Groll anmerken, der während der Einlassungen, die Ernst August von sich gab, in ihm aufgestiegen war.

»Seht doch diesen Tempel dort. Was will er bewirken? Welchen Zweck hat er? … Wenn Ihr mich fragt, nun: Ich würde sagen: gar keinen, außer …«

»… außer dass man sich dort ganz vortrefflich nach einer Promenade ausruhen und bis hinunter zum Zierker See blicken kann, und wenn es auf die Dämmerung zugeht, hat man manchmal das Glück, das ›Grüne Leuchten‹ zu sehen.«

»Das ›Grüne Leuchten‹? … Madame.« Prinz Ernst August

war aufgestanden, als Friederike die Terrasse betreten hatte, und verbeugte sich nun vorbildlich, wobei er ihre Hand nahm und einen Kuss der Ehrerbietung daraufhauchte.

Sie hatte sich verspätet, weil sie abgeschreckt war durch die Kommandos ihres Cousins und weil sie oben von der Balustrade des Foyers aus mitbekommen hatte, dass er ihre Kinder so unsanft ignoriert hatte. Sie war wütend darüber und hatte schon überlegt, sich entschuldigen zu lassen. Dann aber dachte sie, dass alles nur noch schlimmer werden würde, denn dieser Mann war offenbar absoluten Gehorsam gewohnt und würde ihnen die kommenden drei Wochen zur Hölle machen, wenn sie desertierte. Sie zog die Hand weg, er aber sah sie von unten an.

»Ihr glaubt also an das ›Grüne Leuchten‹? Es gibt wenige, die es kennen. Woher wisst Ihr davon?«

»Alle Frauen kennen es. Ich dachte, dass es eher die Männer seien, die sich seiner Magie verweigern.«

»Das mag sein, und es ist ein großer Fehler … Es wäre mir ein Vergnügen, wenn Ihr es mir bei nächster Gelegenheit zeigen könntet. Das ›Grüne Leuchten‹ – wer hätte das gedacht? Und das mitten hier in Neustrelitz.« Die letzten Sätze sprach er halblaut und nur zu sich selbst.

Carl, Friedrich und die junge Friederike wechselten fassungslose Blicke.

Aber Ernst August hielt Friederike den Stuhl hin, und sie setzte sich zu ihnen an den Tisch. Er sog jede ihrer Bewegungen mit flackerndem Blick auf, und als er bemerkte, dass kein Tee mehr in der Kanne war, winkte er einen der Diener herbei und bat ihn, doch noch bitte welchen herbeizuholen.

»Nun«, sagte Friederike. »Wo wart Ihr stehen geblieben? Ich hatte Euch unterbrochen.«

Bevor Carl antworten konnte, sagte Ernst August: »Ich habe gerade den Park gelobt.«

Friedrich blieb ein Stück Kuchen im Halse stecken. Er

musste husten, und Carl klopfte ihm auf die Schulter. »Ist schon gut«, sagte er und winkte ab. Er wollte das Gespräch auf keinen Fall unterbrechen. Aber man merkte, dass er noch immer husten musste, doch er versteckte sich hinter einer Serviette.

»Hab Ihr? Die Gärten gelobt. Ja, sie sind …«

Ernst August schnitt Friederike das Wort ab, so aufgeregt war er.

»Ja, seht nur, dort hinten der Hügel mit den Beeten und Büschen davor.« Er beschrieb Kreise in der Luft. »Und dort daneben das Wäldchen. Sehr hübsch ist das. Er hat etwas sehr Englisches, was ich durchaus mag.« Er lachte. »Es sieht so aus, als ob man nur wenig eingreift in die Natur und sie so gestaltet, als sei alles von Gottes Hand geschaffen, aber in Wahrheit steckt eine höllische Anstrengung dahinter, und die Gärtner, welche so etwas können, sind die großen Meister ihres Handwerks.«

»Ja, in der Tat. Ihr sagt es, Ihr sagt es!« Carl hatte seine Irritation abgeschüttelt und fand nun wieder zurück ins Gespräch. Er wollte seinen Neffen nicht darüber aufklären, dass an dem Teil des Parks, den dieser so ausdrücklich lobte, nichts, aber auch rein gar nichts arrangiert worden war und schon gar nicht zum Englischen Garten, weil dafür im Augenblick kein Geld da war. Es war also wirklich alles wie von Gottes Hand.

»Oh, das stimmt. Unsere Gärtner sind die besten, die man bekommen kann. Wir haben sie alle aus England geholt, weil mein Vater und mein Großvater schon …« – Friederike klopfte Carl auf die Hand, als wolle sie sich dessen Existenz vergewissern – »… die Gärten liebten. Meine Tante auch, die ja Eure Mutter ist. Daher kommt das. Es kommt von unserem Großvater.«

»Ach, das hätte ich mir gleich denken können.« Ernst August sah Friederike von der Seite an.

»Aber was reden wir über die Gärten! Die werden wir uns

in den kommenden Wochen genug ansehen. Reden wir doch über die großen Erfolge, die wir zu feiern haben.« Sie klatschte in die Hände. »Hat er Euch noch nicht davon erzählt?«

Sie sah zu ihrem Sohn und dann zu ihrem Cousin, aber beide verstanden nicht, worauf Friederike anspielte.

Sie aber zeigte mit der flachen Hand auf ihren Sohn und sagte: »Lieber Cousin, das ist mein Ältester, mein Friedrich, den wir alle hier nur Fritz nennen.«

Ernst August hielt sich die Hand an die Brust und verneigte sich.

»Und das ist meine Friederike, meine Älteste. Sie heißt Fils, aber das darf nur ich, ihre Mutter, sagen.«

Diesmal stand Ernst August auf, um sich zu verneigen.

Als er sich umständlich wieder hinsetzte, fragte er Friederike: »Aber wer hat denn nun was erzählt?«

»Mein Vater! Über meinen Sohn! Ihr müsst wissen, dass er jetzt bei den Kürassieren ist. Regiment Nr. 1. Ihr seht es an der Uniform: die roten Litzen. Es ist nicht mein Metier, aber ich habe mir sagen lassen, dass er seine Sache gut macht.«

»Danke, Mama.«

»Aber das ist kein Grund, bescheiden zu sein.«

Ernst August pflichtete ihr bei: »Im Gegenteil. Das sollten wir sogar feiern. Es ist eine vortreffliche Entscheidung, zu den Kürassieren zu gehen, und ich kann mir gut vorstellen, dass Ihr bei dem Manöver im Herbst eine fabelhafte Figur machen werdet, so ansehnlich und kräftig, wie Ihr gebaut seid. Wo geht es hin – Breslau oder Potsdam?«

»Die Manöver sind in Potsdam.«

»Gut, gut. Und wie alt seid Ihr denn?«

»Neunzehn«, sagte Carl, zeitgleich antwortete Fritz: »Bald zwanzig.«

Ernst August lachte. »Stolz seid Ihr. Erwachsen wollt Ihr sein. Das ist gut. Solche Männer braucht es in der Welt. Es gibt ja so viele in der jungen Generation, die es scheuen, sich ihrer

Verantwortung zu stellen. Immer Vergnügungen, immer das Glücksspiel. Die Nacht machen sie zum Tage, sodass sie so blass sind wie Porzellan. Aber Ihr scheint mir von anderem Holz zu sein. Das lobe ich mir. Gerade in so einer Zeit.«

Friedrich wusste gar nicht, wie ihm geschah, aber bevor er fragen konnte, wandte sich Ernst August wieder seiner Mutter zu.

Er senkte ein wenig die Stimme, als wolle er, dass die drei anderen nicht hörten, was er zu sagen hatte: »Ihr habt schon einen so großen Sohn? Das ist wider die Natur, denn so viele Jahre könnt Ihr unmöglich haben.« Er wagte, für eine Sekunde nur, ihren Blick zu erhaschen, aber Friederike senkte den Kopf.

Carl lenkte seinen Neffen ab, indem er sagte: »Friedrich ist fest entschlossen, gegen Napoleon zu ziehen.«

»Nun denn, junger Mann: Dann werden wir viel zu besprechen haben, solange ich hier bin. Aber ich möchte nicht unhöflich sein und mich nun ein wenig Eurer Schwester zuwenden. Ich bitte um Euer Verständnis.«

Friedrich nickte.

Die kleine Friederike sah erschrocken von ihrem Teller auf, auf dem sie, um die Langeweile, die das Gespräch für sie hatte, zu vertreiben, eine Tartelette hin und her geschoben und in die Sahne mit einer Gabel Kringel gemalt hatte.

»Ihr heißt also Friederike, wie Eure Mutter?«

Friederike blieb stumm. Sie war ohnehin von zurückhaltendem Charakter, und Ernst Augusts Affront im Foyer hatte sie noch mehr eingeschüchtert.

»Ja, was ist das auch für eine idiotische Frage, die ich stelle?« Er lachte. »Natürlich heißt Ihr nach Eurer Mutter, und Ihr habt, wie es mir scheint, noch anderes von ihr geerbt. Ihr Lächeln, ihre feinen Züge und ihren guten Geschmack.«

»Danke.«

»Das war mir doch sofort aufgefallen, als ich Euch das erste Mal im Foyer gesehen habe.«

»Ach …« Er hat mich gesehen, dachte die kleine Friederike bei sich. Das ist eine Lüge.

Unter niedergeschlagenen Lidern sah sie ihren Verwandten verstohlen an. Es war, als ob sie sich einen Schritt aus der Deckung heraustraute, um sich dann, wenn ihr ihr Gegenüber wieder unangenehm werden sollte, sofort zurückziehen zu können, indem sie die Lider wieder absenkte.

»Ja, dieser Schal: Er ist von gutem Geschmack, und er sieht sehr hübsch an Euch aus. Aber was könnte denn an so einer hübschen jungen Frau, wie Ihr es seid, nicht ganz wunderbar aussehen, nicht wahr?« Er lachte wieder.

Friedrich, dem auch schon aufgefallen war, dass Ernst August immer über seine eigenen Bemerkungen lachte, tat ihm, da er nun doch hoffte, sich ihm ein wenig annähern zu können, den Gefallen und stimmte in das Lachen mit ein.

»Ja, hübsch ist sie, meine Schwester, und ich bin schon jetzt eifersüchtig auf den Mann, der sie einmal bekommen wird.«

Nun lachten tatsächlich alle.

Carl lehnte sich zurück, und die Unterhaltung, die mit dem Hinzutreten von Friederike einen anderen Verlauf genommen hatte, schwebte und flatterte dahin wie zwei Schmetterlinge, die sich im Frühlingstaumel umkreisten.

Man vergaß darüber die Zeit, sodass, als sich die Sonne neigte, Friederike und Ernst August sich beeilen mussten, um zum Tempel zu gehen, bevor die Dämmerung einsetzte.

Carl blickte ihnen gedankenverloren so lange nach, bis seine Augen die beiden nur noch als verschwindend kleine Punkte wahrnehmen konnten.

Friedrich stand neben seinem Großvater, aber die kleine Friederike empfahl sich, so schnell es ihr möglich war, und stürmte zur Babette, die nicht mehr ihre Nounou, sondern ihre Leibdienerin war.

»Babette, Babette!«

»Ja, mein Mädchen, was ist denn?« Sie war gerade dabei, Friederikes Waschschüssel und den Krug für den Abend aufzufüllen.

»Was ist das ›Grüne Leuchten‹?«

»Das ›Grüne Leuchten‹, hach …« Babettes Blick wurde glasig, aber sie riss sich im gleichen Moment zusammen. »Aber das gibt es doch gar nicht.«

»Aber meine Mutter sagt, dass es das gibt.«

»Ja, tut sie das?« Babette setzte sich auf das Bett. »Nun, man sagt, dass es nur ganz selten vorkommt. Aber wenn eine Frau und ein Mann es gemeinsam sehen, dann ist ihnen ewige Liebe beschieden.«

Die kleine Friederike lag noch lange wach und ließ den Tag und die Begegnung mit dem Prinzen Ernst August in Gedanken an sich vorüberziehen – seine anfängliche Arroganz, dieses eigenartige bunte Tuch mit dem persischen Muster und dann sein Stimmungswechsel, der mit dem Erscheinen ihrer Mutter so plötzlich eingetreten war. Wie liebenswürdig er doch sein konnte …

Sie war schon weggedämmert, da weckte sie ein zweistimmiges Lachen, das vom Ostflügel herkam.

Auch Friedrich und Carl hörten die Stimmen, die, weil alles still war, weit in die Nacht getragen wurden. Auch sie dachten an das, dessen Zeugen sie heute geworden waren.

Aber niemand dachte an Solms.

67

In den nächsten Tagen überließ es Carl seiner Tochter, seinen königlichen Gast zu unterhalten, und tatsächlich machte Friederike allerlei Anstrengungen, damit sie und Ernst August ungestört waren.

Zuerst durchforsteten sie den herzoglichen Schlosspark, den Ernst August bei genauerer Betrachtung ganz vortrefflich arrangiert fand. Er gab hier und da Anregungen, aber nur sehr kleine, was man noch verbessern oder erneuern könnte, und wies dabei auf die vielen exotischen Pflanzen hin, die er auf Geheiß seiner Mutter, der englischen Königin Charlotte, mitgebracht hatte.

»Die Strelitzien, werte Cousine, werde ich extra für Euch und in Andenken an unseren ersten Spaziergang zum Tempel dort in der Nähe einpflanzen lassen, wenn Euer Vater es erlaubt.«

»Was sollte er dagegen haben?«

»Ja, aber man muss ihn doch fragen, bevor man eingreift in seine Anlage.« Seitdem er Friederike gesehen hatte, gab sich Ernst August Carl gegenüber ganz untertänig.

Nachdem sie jede Allee, jede Lichtung, jede Bank, jeden Brunnen und die Orangerie mit ihren herrlichen Bäumen durchwandert oder besehen hatten, fing Friederike an, kleine Ausflüge in die Umgebung zu planen. Ernst August wollte unbedingt das Schloss Hohenzieritz sehen, das der Sommersitz seines Onkels war, aber Friederike bat um Verständnis, wenn sie ihm diesen Wunsch nicht erfüllen könne – zu tief saß noch der Schmerz über ihre verstorbene Schwester, die dort ihre letzten Worte gesprochen und ihren letzten Atemzug getan hatte. Sie wollte die tieftraurigen Gefühle über Luises Tod, der sie für lange Zeit hatte schweigen lassen, nicht mit der flatternden, lebhaften, frühlingsgleichen Stimmung vermengen, die sich ihrer mehr und mehr bemächtigte. Stattdessen schlug sie vor, kleine Landpartien in die Nähe zu machen, da es zahlreiche Seen gab, an denen man Rast machen und die Sonne genießen konnte.

Ernst August willigte sofort ein. »Seen! Ich liebe es, in dem klaren Wasser von Seen zu schwimmen. Es ist so erfrischend, und wohl tut es auch.«

»Ihr könnt schwimmen?« Friederike sah an ihm hoch.

»Ja, es ist die neue Mode in England, dass man sich bei Ertüchtigungen vergnügt. Alle gehen baden.«

Friederike erinnerte sich daran, dass auch sein jüngerer Bruder, der Herzog von Cambridge, den sie in Pyrmont kennengelernt hatte, einen sichtlichen Hang zur sportlichen Betätigung hatte.

Es muss wohl eine Marotte dieser Engländer sein, dass sie sich so gerne ertüchtigen, sagte sie zu sich. Aber wenn es nur das ist, was sie an Marotten mit sich herumschleppen, dann soll es mir recht sein.

So fingen sie an, die Landschaft um das Schloss herum zu erkunden. Sie fuhren am Krebssee entlang, zum Langer See, machten Halt am Mittelsee, um sich dort bei einer Paté und einem Glas Sherry, den Ernst August aus England mitgebracht hatte, auszuruhen, und fuhren dann, weil es schon spät war, wieder zurück.

In den kommenden Tagen erkundeten sie den Mittelsee und den Müritzsee. Aber erst, als sie an einem kleinen abgelegenen Gewässer ankamen, das so klein war, dass es keinen eigenen Namen hatte, weshalb kein Ausflugslokal an seinem Ufer Erfrischungen anbot, hatte Ernst August den richtigen Ort gefunden, um schwimmen zu gehen.

Am Tage darauf kam ein warmer Sommerregen herunter, sodass man im Schloss mit den Kindern und Carl Karten spielte und sich Anekdoten erzählte.

Carl, der durchaus ein Empfinden dafür hatte, wie seine Wehleidigkeit auf andere wirkte, machte sich selbst zum Gespött, indem er Geschichten von seinen illustren Kuraufenthalten zum Besten gab. Am meisten Lacher erntete er, als er schilderte, wie er in Pyrmont von der Badnerin in einem Moorbad vergessen worden war, weil diese einem anderen hohen Gast zu Dienste sein musste, der sie so sehr beansprucht hatte, dass sie ganz konfus geworden war. Carl hatte nach vergeblichem Rufen, Klopfen, Klingeln und, ja, auch Schelten ein Einsehen in seine erbärmliche Lage gehabt und war alleine der marmornen Wanne entstiegen, was an sich schon eine große Anstrengung war. Ohne Kleidung und ohne Scham, aber vom Halse bis zur Sohle mit Schlamm bedeckt, hatte er daraufhin seine Fährte durch das Badehaus gezogen, in der Hoffnung, eine andere Badnerin zu finden, die ihn abspülen und ihm seine Kleidung anreichen konnte, und war ganz froh, als sich – endlich! – plötzlich eine Tür öffnete und er ein Mädchen erblickte. Doch statt ihm zu helfen, hatte diese ihn mit großen Augen angesehen und angefangen, ein fürchterliches Spektakel zu veranstalten: »Ein Mohr! Ein Mohr! In unserem Bad ist ein Mohr! Hilfe, so helft!«

Alle waren aus ihren Kabinen herausgekommen, und auch die Badnerin, die für Carl zuständig war, streckte ihren Kopf hinter einer der Holztüren hervor. Sie war nur mit einem Handtuch bekleidet gewesen.

»Wieso hat die Badnerin selbst ein Bad genommen?«, fragte die kleine Friederike, die jetzt jeden Tag den lila Schal mit den silberfarbenen Fransen trug.

Carl, Ernst August und auch ihr Bruder Friedrich schwiegen.

Dann ging man zurück und trank Tee und plauderte.

Es war insgesamt ein herrlicher Tag, dachten alle, und so viele der Sorgen, die man noch vor Monaten hatte, waren wie weggefegt. Als Ernst August sich für den Abend von Friederike verabschiedete, sagte er: »Euer Vater gefällt mir sehr. Er kann lachen. Das können nicht viele heutzutage.«

Am nächsten Tag machte man sich zu diesem entlegenen paradiesischen Weiher auf, der keinen Namen hatte. Ernst August selbst lenkte den Landauer, sodass beide auf der Fahrt dorthin ihren Gedanken nachhingen, anstatt, wie es ihre Gewohnheit geworden war, lange und viel miteinander zu reden und zu lachen. Als sie an einem Weiler vorbeifuhren, sahen sie, dass auf einer Scheune ein Storchenpaar nistete.

»Schaut, Cousine, Störche. Sie bringen Glück!«, rief Ernst August Friederike über die Schulter zu.

»Ja«, antwortete sie.

Kaum waren sie an ihrem Ziel angekommen, drängte es Ernst August zu schwimmen. Die Sonne stand hoch, der Weg über die unbefestigten Straßen hatte viel Staub aufgewirbelt, seine Kehle war trocken. Er ging zu dem Gewässer hin und schöpfte sich mit der Hand Wasser zum Mund.

»Ah, tut das gut. Es ist so klar, man kann bis zum Grund sehen. Wie schön … diese Farben … So stelle ich mir das Paradies vor.«

»Und Ihr wollt nun schwimmen?«

»Friederike, ich …«

»Ach, ich bin zum zweiten Mal verheiratet und habe Söhne. Und ich werde wegsehen.« Sie verschloss mit einer Hand ihre Augen. »So. Nun bin ich so blind wie eine blinde Kuh, und Ihr könnt tun und lassen, was Ihr wollt.«

Ernst August, der nach der Fahrt wirklich sehr erschöpft war, war hin- und hergerissen. »Meint Ihr wirklich?«

»Ja, los, nun macht schon. Ich werde mich hinter dem Landauer in den Schatten setzen, und Ihr tut so, als ob ich nicht da sei.«

»Wirklich?«

»Nun geht schon.«

Friederike hatte ihm schon den Rücken zugekehrt. Sie nahm auf einer weißen Baumwolldecke im Gras Platz, die sie sich mitgenommen hatte, und lehnte sich gegen das Rad. Als sie noch einmal kurz aufstand, um sich ein Kissen zu holen, das ihnen im Fond als Lehne diente, sah sie, dass Ernst August bereits dabei war, sich zu entkleiden.

Als er nur noch seine Wäsche am Körper hatte, stieg er anfangs zögerlich, aber dann, als er die Temperatur des Wassers für gut befunden hatte, voller Elan hinein und durchmaß den See sogleich mit kräftigen Zügen. Er tauchte unter, und sein Kopf kam erst nach einigen Augenblicken wieder zum Vorschein. Sein nasses Haar schleuderte er mit Schwung nach hinten. Dann ließ er sich zurückfallen und schlug, den Flügeln einer Windmühle gleich, mit den Armen ins Wasser.

Friederike hatte sich währenddessen wieder hinter den Landauer auf das Gras gesetzt und lehnte am Rad. Sie wollte in dem neuen Buch von von Arnim weiterlesen, dessen Ende sie schon entgegenfieberte. Es erzählte die Geschichte von der leidenschaftlichen, aber vergeblichen Liebe des Kaisers Karl zu einem einfachen Zigeunermädchen. Friederikes Augen verloren sich in den Zeilen, doch als sie merkte, dass sie den letzten Satz bereits mehrfach gelesen hatte und insgesamt nicht viel weitergekommen war als einen Abschnitt, klappte sie das Buch zu.

Er hat einen schönen Leib, sagte sie zu sich, und das erste Mal seit langen, langen Jahren fühlte sie sich wieder wie eine Frau.

Am Abend hatten alle wieder auf der Terrasse Platz genommen. Diesmal redeten sie über Napoleon. Therese hatte einen Brief aus Paris geschickt, wo man die Auflösung des Rheinbundes begrüßte, in dem alle deutschen Fürstentümer zu Vasallen Napoleons gemacht worden waren. Es gab auch Nachrichten aus Berlin und aus Württemberg und auch aus Sachsen von Herzog Karl August, der mit Carl in enger Verbindung stand. Diese wurden mit dem größten Aufruhr besprochen, denn Sachsen war bis vor wenigen Wochen noch an der Seite des französischen Kaisers marschiert und plante nun, so hieß es, sich mit den Österreichern zu verbünden.

»Dann sind wir endlich alle geeint«, sagte Friedrich. »Wir, Bayern, Württemberg, Hessen, Baden, Russen, Österreicher.«

Er meinte mit »wir« die Preußen, und wer genau hinsah, konnte erkennen, dass er an diesem Abend seine Kürassieruniform ein wenig stolzer trug.

»Die Uniform, die Ihr tragt, ist Euch nicht zu groß. Ihr seid von respektvoller Haltung gegen Euer Land. Das ist löblich. Ihr macht Preußen große Ehre. Und Ihr werdet Eurem Land große Ehre machen, wenn wir bald gemeinsam gegen Napoleon ziehen.«

»Geht es denn los?« Auch Friederike verfolgte die Geschehnisse mit Eifer.

Nie würde sie aufgeben, Revanche für den Tod ihrer Schwester zu fordern, an dem aus ihrer Sicht kein anderer als Napoleon schuldig war. Sie ballte ihre kleinen Hände zu Fäusten und ließ dann sofort wieder los, weil sie merkte, dass sie das unschön machte. Sie legte den Kopf ein wenig zur Seite, als sie Ernst August ansah.

»Ja, natürlich geht es los.« Es war Friedrich, ihr Sohn, der antwortete. »Die Zeichen stehen danach, dass sich der ganze Kontinent gegen ihn verbündet.«

»Nicht nur der Kontinent, junger Mann.«

Friedrich starrte Ernst August an. Es war das erste Mal seit seiner Ankunft hier in Neustrelitz, dass sein Ton gegen den Jungen scharf war.

»Keine Angst. Ich tue Euch nichts! Ich will Euch nur versichern, dass Ihr nicht alleine sein werdet. Denn nicht nur der Kontinent wird sich erheben. Nein, auch England wird gegen diesen Emporkömmling ziehen.«

Friedrich atmete auf, sodass das Tuch seiner Jacke leicht spannte.

»Und Ihr werdet mitreiten gegen Napoleon?«

»Deshalb bin ich auf dem Kontinent. Das war meine Absicht, als ich London verlassen habe. Denn jetzt wird jeder gebraucht, um diesem Franzosen-Geschmeiß endgültig ein Ende zu bereiten, und es wird fürchterlich sein. Ich reite nicht nur als Engländer, was ich meinem Land, der Krone und meiner Familie schuldig bin. Ich reite auch als Hannoveraner, denn ich bin Deutscher, wie Ihr es seid, und ich reite, weil ich es Eurer Mutter, meiner verehrten Cousine, schuldig bin.« Ernst August sah Friederike kurz an, wandte sich aber dann sofort Carl zu. »Und ich bin es Euch schuldig, mein hochgeschätzter Carl. Es ist nicht nur Euer hohes Herz und Eure Gastfreundschaft, weswegen ich in Eurer Schuld stehe, sondern ich bin es Euch schuldig, weil Napoleon Euch den schlimmsten Schmerz zugefügt hat, den man einem Vater zufügen kann. Er hat Euch Eure Tochter vor ihrer Zeit genommen. Das ist nicht natürlich. Erst gehen die Eltern, dann gehen die Kinder … Alles, was anders ist, ist wider die Ordnung, und dies hat dieses Monster verschuldet. Ich werde gegen Napoleon reiten, um Eure Tochter, die vielgeliebte Königin Luise, zu rächen.«

Carl, der angesprochen war, hob die Hand von den Rädern seines rollenden Stuhls und rieb sich die tränenden Augen.

»Und ich werde nicht alleine reiten. Ich werde mit Eurem Enkel reiten.« Und wie zur Versicherung seiner Absichten reichte er Friedrich die Hand. »Mann an Mann, Seite an Seite.«

Und Friedrich strahlte.

Am kommenden Tag hatten sich alle im Foyer versammelt, um Ernst August zu verabschieden, während sein Reisegepäck von mehreren Packern aufgeladen wurde. Er schüttelte Carl kräftig die Hand, klopfte Friedrich anerkennend auf die Schulter, gab der kleinen Friederike eine kleine Kette zum Geschenk mit geschliffenen Amethysten, die in Silber gefasst waren und die ganz hervorragend zu ihrem Schal passte. Und dann stand er vor Friederike und wusste nicht, was tun. Er sah ihr lange in die Augen und wagte dann nur, ihr die Hand zu küssen.

»Liebste Cousine, du hast mich sehr glücklich gemacht in diesen letzten Wochen. Und ich bin mir sicher, dass ich bald

Gelegenheit haben werde, mich bei dir zu revanchieren. Leb wohl, auf ein baldiges Wiedersehen.«

Als sie ihm hinterherwinkten, dachte Carl: Sie sind schon beim Du.

68

Es dauerte nicht einmal einen Tag, und schon bat Carl seine Tochter zu einem vertraulichen Gespräch.

Er hatte sich aus seinem rollenden Stuhl erhoben und seine Hofuniform angezogen, in der er selbst als Mann, der schon auf die siebzig Jahre zuging, noch eine beeindruckende Figur machte. Er hatte sogar seinen Schmuckdegen angelegt, und seinen Dreispitz mit der Feder hielt er in der Hand. Der rote Rock hob sich gut von den grünen Fauteuils ab. Dennoch überlegte Carl, ob er sich seiner Tochter nicht lieber stehend präsentieren sollte. Er wollte einen Befehl geben, den er als Wunsch zu tarnen gedachte. Da musste er schon durch seine Erscheinung ehrfurchtgebietend wirken.

Er durchmaß den Salon, wo sie zusammen mit Ernst August und den Kindern so viele angenehme Abende verbracht hatten, mit unsicheren Schritten und posierte einmal vor dem Kamin, einmal vor dem Fenster, was ihn aus Friederikes Blickwinkel als Schattenriss zeigen würde, und das andere Mal stand er mit wippenden Knien in der Nähe des Tisches und tat so, als ob er die Vossische Zeitung, die auch er abonniert hatte, studierte.

Er hatte sich noch gar nicht entschieden, welche der drei einstudierten Haltungen er annehmen wollte, da trat Friederike ein, und sein Vorhaben war zunichtegemacht.

»Vater, warum lest Ihr denn Eure Zeitung im Stehen?«

»Ähm, ja. Ach, das Kreuz, liebe Friederike. Es ist wieder das Kreuz. Also, dieser Schmerz, der zieht sich von der Schulter …«

»… bis in die Hüfte, und von dort aus strahlt er über den ganzen unteren Rücken.« Friederike konnte schon mitsprechen, woran ihr Vater litt, denn seine vermeintlichen Kreuzschmerzen waren seine Lieblingsschmerzen. An ihnen litt er schon, solange sie ihn kannte, und nichts hatte sich verbessert – aber es hatte sich auch nichts verschlimmert.

Carl räusperte sich und wies auf die Sitze.

»So nehmen Sie doch Platz, bitte. Ich habe Ihnen etwas zu sagen.«

»Wie Ihr wünscht, Papa.«

Er schob den Tisch mit den drei Beinen zur Seite und setzte sich auf das große Canapé, wobei er ein Bein über die ganze Länge hin ausstreckte. »Ach, so ist es gut.«

»Was ist? Darf ich Euch etwas kommen lassen? Etwas Eis für den Rücken? Oder Hitze? Eine Wärmpfanne?«

»Nein, danke. Wir sollten ungestört bleiben. Oder wollen Sie etwas? Oh, ich hatte ganz vergessen, danach zu fragen.« Carl wollte sich erheben, bekam aber dabei tatsächlich seinen Rücken zu spüren und legte sich wieder hin.

»Nein, danke. Mir geht es gut.«

Friederike sah sich um und bemerkte erst jetzt, dass die Dienstboten weggeschickt worden waren.

»Vater, was ist? Ist es etwas Ernstes? War ich nicht freundlich genug gegen meinen Cousin?«

»Nein, meine Liebe. Es ist alles bestens. Aber …« Er suchte nach einem Ankerpunkt, sein Anliegen vorzutragen, und da er keinen fand, rückte er noch ein wenig die Kissen zurecht, mit denen er seinen Rücken abstützen wollte, sodass er etwas Zeit gewinnen konnte. Doch genau dadurch kam ihm der entscheidende Gedanke.

»… wissen Sie: Ich werde alt.«

»Aber Vater, Ihr seid doch noch so quicklebendig. Euer Gemüt ist heiter, und Eure Physis – ach, Ihr habt ihr so viele Kuren angedeihen lassen und habt damit vorgesorgt, wo andere sich haben gehen lassen. Was ich sagen will: Ich kann es nicht glauben, dass Ihr das Alter schon spürt.«

»Lassen Sie mich bitte reden.«

»Entschuldigt. Gerne.«

Friederike nahm eines der Bänder in die Hand, die ihr Kleid zusammenrafften, und spielte daran.

»Ich mache mir Gedanken. Über mich, über Sie, über die ganze Familie. Die Kinder sind gut geraten. Friedrich hat einen Feuereifer, der mir gut gefällt, und die kleine Friederike … ach, ich bin ganz verliebt. Sie hat Ihre Sanftmut geerbt, aber ich hoffe, nicht Ihre Naivität. Womit wir bei dem angelangt sind, was ich Ihnen sagen will.«

Friederike räusperte sich. »Wollt Ihr sie verheiraten? An wen? An Ernst August?« Auf ihrem Hals sammelten sich rote Flecken.

»Lassen Sie mich bitte ausreden.«

»Bitte entschuldigt, Papa. Entschuldigt!«

Carl drehte sich zu ihr hin und verschob das Kissen mehr zu seiner Hüfte hin, sodass er besser abgestützt war.

»Ja, ich kann mich noch sehr gut an Ihre Leichtgläubigkeit erinnern. Es war auch meine Schuld, ich gebe es zu. Und ich bitte Sie deswegen innig um Verzeihung. Ich hatte Sie nur unzureichend auf das Leben vorbereitet, und Sie waren so jung, dass Ihr Charakter noch nicht gefestigt war.«

Carl merkte, dass er sich verrannt hatte, und machte eine Pause. In der Stille konnte man nur die Uhr hören, die mechanisch tickte. Friederike seufzte still.

»Nun, war ich Ihnen ein guter Vater?«

Friederike sah ihn erschrocken an: »Ja, natürlich. Immer, liebster Papa. Ihr seid der liebste und beste Papa der Welt. Habe ich es Euch gegenüber jemals an Respekt vermissen lassen?«

»Ja …«

»Ja? O Gott.« Friederike war voller Aufruhr, sodass nun nicht nur ihr Hals, sondern das ganze Dekolleté von roten Flecken übersät wurde. »Was meint Ihr? Wie … Ich … Oh, es tut mir so leid …«

»So beruhigen Sie sich doch!«

»Aber …«

»Nun, ich … Ach, nein … So kann man es auch nicht sagen. Wissen Sie? Ach … Mir geht immer wieder die Sache mit Solms durch den Kopf. Ihre Hochzeit, diese Heimlichkeiten …«

Nun wurde Friederike bleich: »Ich weiß, dass ich mich da gegen Euch, Vater, versündigt hatte. Ich war eigennützig und … Ich hätte es Euch sagen sollen. Aber ich habe mich so geschämt. Ich hatte Trost gesucht und gefunden, und dann … Es war nicht möglich zurückzugehen, weil wir schon unwiderruflich verbunden waren …«

Sie wusste nicht, wie sie anders ausdrücken sollte, dass sie damals guter Hoffnung war und deshalb froh, dass Solms sie geheiratet hatte.

Aber Carl verstand.

»Ich habe verstanden. Aber es gab in der vergangenen Zeit Momente, in denen ich an Ihrer Entscheidung gezweifelt habe. Nun, wer ist Solms?«

»Was wollt Ihr damit sagen? Ihr mochtet ihn nie leiden.«

»Er hat mir meine Tochter weggenommen!«

»Vater! Nicht schon wieder!«

Carl war von hier auf jetzt so aufgebracht, dass seine Aussprache feucht wurde. »Nun, ich will es kurz machen, denn ich finde nicht die Worte, es Ihnen sanft zu sagen.«

»Was ist?«

»Ich will, dass Sie sich scheiden lassen!«

»Scheiden lassen? Ich, mich? Von Solms?«

»Genau davon spreche ich.«

Nun war es so ruhig in Friederike, dass sie nicht einmal mehr die Uhr hörte. Ihr Kopf war leer, ihr Herz stand fast still.

Er will die Scheidung. O Gott. Die Scheidung. Was soll ich nur machen? Sie sah schüchtern zu ihrem Vater hinüber.

»Mein Kind – ich hätte nicht gedacht, dass es Ihnen so schwerfällt, darüber nachzudenken … Sehen Sie: Solms und Sie – Sie sind entzweit. Er ist in Schlesien und jagt, und Sie sitzen hier, und die Jahre verstreichen. Sie aber sind noch jung, Sie können noch einmal von vorne anfangen, und vielleicht können Sie auch glücklich werden. Nichts anderes hatte ich im Sinn, als ich von Scheidung sprach.«

»Ihr meint … Ernst August?«

»Ja. Was wäre mit ihm nicht alles gewonnen? Er ist von Stand, er hat Manieren, Sie dürften wieder in Berlin leben, und Friedrich und Friederike wären nicht nur für ein paar Wochen und mit der Erlaubnis des Königs bei Ihnen – sondern immer. Er hat Achtung vor Ihrem Fritzchen, und er ist ganz verzaubert von Ihrer Friederike, und was Sie beide betrifft, nun … Sie schienen mir sehr glücklich an seiner Seite. Ich habe Sie noch nie in Ihrem Leben so heiter gesehen …«

Außer damals in Braunshardt, als sie mit Solms barfuß über die Wiese gelaufen war. Aber da war ihr Vater in Hannover gewesen.

Er sprach weiter: »Meine liebe Friederike. Es wäre alles so, wie Sie es sich immer gewünscht haben. Und wie ich … ja, wie *wir alle* es uns immer für Sie gewünscht haben. Wir, die wir immer daran gedacht haben, dass es doch auch einmal Gerechtigkeit in Ihrem Leben geben soll. Ach, zwei Ehen …«

»Solms ist ein guter Mann.«

»Es fällt mir schwer, das zu glauben, wo er Sie entehrt und sich für Napoleon ausgesprochen hat.«

»Er hat mich nicht entehrt.«

»Was wollen Sie damit sagen?«

»Dass es keine Scheidung geben wird.«

»Das kann nicht sein.«

»Ich habe ihm vor dem Altar versprochen, dass ich ihm treu sein werde in guten und in schlechten Zeiten. Ich werde dieses Gelöbnis nicht brechen, auch wenn die schlechten Zeiten jetzt eingetroffen sind. Aber was wäre ich für ein Mensch, wenn ich genau in solchen Zeiten die Hand von ihm wegzöge und ihm dadurch das letzte Stück Würde nähme? Solms ist krank, Vater! Er ist gut, aber er ist krank, und einem kranken Menschen gebührt Barmherzigkeit. Auch wenn er ungeduldig ist im Ton und nicht immer freundlich gegen Euch war, ist er im Herzen rein.«

Carls Gesicht versteinerte.

»Und ich, ich wäre ohne Charakter, würde ich ihn jetzt in dieser Lage verstoßen. Lieber Vater …« Sie straffte sich, sodass sie ganz gerade saß, und sah Carl direkt in die Augen. »… Ich habe mich unehrenhaft verhalten in meinem Leben. Bitte lasst mir in dieser Sache meine Ehre.«

Sie gingen wortlos auseinander.

Es wurde Juni, und Friedrich und Friederike wurden wieder nach Berlin beordert. Es wurde Sommer, und Friederike beschloss, Carl zur Kur nach Karlsbad zu begleiten. Es wurde September, und die Ernte wurde eingefahren. Immer wieder setzte Carl an, Friederike zu einer Scheidung zu überreden. Immer wieder lehnte sie ab.

Er holte sich sogar im König, Friedrich Wilhelm, einen weiteren Fürsprecher, der Friederike sogar wieder zur Königlichen Hoheit ernennen wollte, wenn sie Ernst August heiratete.

Aber sie blieb bei ihrer Entscheidung.

Auch als im Oktober die ganze Nation jubelte, weil man mit vereinten europäischen Kräften Napoleon bei Leipzig besiegt hatte, blieb sich Friederike treu. Ernst August hatte ihr einen Brief geschrieben, in dem er das Geringfügige (»Es gab bessere und ruhmvollere Männer«), was er zum Siege beigetragen hatte, Friederike als Vergeltung für die Demütigung antrug, die der Herrscher über alle Franzosen ihrer Schwester, der vielgeliebten Königin Luise, angetan hatte. *»Das war ich Dir, geliebte Cousine, Deiner Schwester und Deinem Vater schuldig.«*

Friederike weinte vor Rührung, Genugtuung und Ohnmacht – niemand würde ihr Luise zurückbringen.

Aber Carl brachte noch einmal sein Anliegen zur Sprache. »Sie könnten so glücklich sein, meine liebe Friederike.«

»Ach, Vater. Ich kann nicht glücklich sein, wenn mein Glück auf dem Unglück eines anderen Menschen gebaut ist.«

Ernst August schrieb Friederike in der Folge weiterhin Briefe, und sie antwortete mit wohlgesetzten Worten, denn sie wollte ihm keine Hoffnung machen, wo keine war.

Was sollte sie nur tun? Carl, der König und auch ihre kleine Friederike, die sie immer mit Ernst August neckte, lagen richtig. Sie war glücklich gewesen mit Ernst August, und was man auch immer in London und anderswo über seinen Charakter sagte, konnte sie nicht bestätigen. Galt er da als laut, arrogant und jähzornig, war er zu ihr liebenswürdig, zärtlich und aufmerksam. Oft lag sie nachts wach, weil sie nicht einschlafen konnte – so präsent waren ihr die Wochen, in denen sie sich kennengelernt hatten.

Sie dachte an ihre Spaziergänge, ihre Ausflüge, seine klugen Worte und seine Freude an ihren Kindern und auch an den Tag, als sie am Weiher schwimmen waren. Und je öfter sie so nachdachte und sich diese Bilder der Glückseligkeit wachrief, desto mehr wurden die Bilder von Braunshardt und von Solms und der hohen Wiese in ihrem kindlichen Traum vom Glück nach hinten gedrängt. Das wiederholte sich schleichend und so lange, bis diese Momente von Braunshardt ganz aus ihrem Gedächtnis verschwunden waren und als Maßstab für ihr Streben und Sein nun diese neuen Momente gültig wurden.

Diese Wandlung geschah ganz sanft, aber sie geschah, und mit einem Mal sah Friederike, was alle anderen um sie herum schon an dem Tag gesehen hatten, als sie und Ernst August sich das erste Mal auf der Terrasse des Schlosses begegnet waren: Mit ihm konnte ihre Sehnsucht, zu lieben und geliebt zu werden, Wirklichkeit werden. Das Glück, ihr Glück, war zum Greifen nah.

Doch so nah es war, so viel stand dazwischen. Sie hatte ein Gelöbnis vor Gott abgelegt, und nur er würde sie daraus entlassen können. Es war ihr nicht vergönnt, auf diese Weise glücklich zu werden – und so, sagte sie sich, würde sie ihr Glück eben woanders suchen.

So wurde es Winter, und man feierte Weihnachten, und als Friederike mit allen Kindern und auch mit dem König die Schlittschuhbahn im Tiergarten besuchte, war die Wehmut weg. Sie freute sich, als die ersten Knospen aus der Erde brachen, und sie freute sich über die ersten Worte ihres jüngsten Sohns Carl, und sie genoss die Stunden mit ihrem Vater auf Schloss Neustrelitz, denn sie wusste, es würden auch ihnen beiden nur noch ein paar gemeinsame Jahre vergönnt sein.

Es wurde März, und Ostern kam, und im Gottesdienst dankte sie, dass sie all den Schrecken und das Leid, das ihr widerfahren war, überlebt hatte und nicht daran zerbrochen war.

Meine Entscheidung ist richtig, sagte sie zu sich. Und es war ihr ernst damit.

Und dann kam der April und mit ihm die Schreckensnachricht, die all die Gefühle, die Friederike sich unter so großen Anstrengungen zugelegt hatte, Lügen strafte: Solms war tot. Er hatte auf seinem Gut im schlesischen Slawentzitz beim Jagen einen Schlaganfall erlitten.

Die Nachricht war für die königliche Familie eher Überraschung denn großes Unglück, obwohl sie sich alle in seiner Schuld fühlten: Der König dachte, dass er Solms weniger schwer hätte strafen sollen, als er betrunken von Napoleon gesprochen hatte. Der kleine Friedrich erinnerte sich, dass ihrer beider Feindseligkeit gegeneinander doch eigentlich nur der Aufforderung Louis Ferdinands entsprungen war, seinen Rivalen durch ihn, als man ihn noch Fritzchen nannte, zu ärgern, und dass Solms von seinen Anlagen her gut gewesen war und nur in seine Rolle gedrängt wurde.

Friederike rief sich die Bilder von der Bootspartie in Erinnerung, mit der ihr Glück seinen Anfang nehmen sollte. Sie wurde wehmütig, aber sie merkte, dass es zu einem tiefen Schmerz nicht reichte – sie hatte Solms schon vor Jahren verloren. Er war als Fremder gegangen, als der er sich in der königlichen Familie immer selber gesehen hatte, und diese letzte ihrer vielen Trennungen war von auslöschender Deutlichkeit. Sie hatten beide ihr feierliches Gelübde bis zuletzt erfüllt. Nun war es der Tod, der sie schied.

Friederike war nun zum zweiten Mal in ihrem Leben Witwe.

Im Mai fuhr Carl mit Friederike nach Karlsbad, was ihr helfen sollte, ihren Kummer hinter sich zu lassen. Und so, wie die Lebenskräfte aus der Natur herausbrachen, so blühte auch Friederike wieder auf.

Aber dann wurde es Juni, und es kam ein Brief von Ernst August.

Friederike war ganz ruhig, als sie das Siegel mit der englischen Krone brach und langsam las, als ob jedes Wort eine Erlösung sei. Ihr Herz aber schlug ihr bis zur Kehle.

Meine teure und geliebte Cousine,
seit dem Augenblick, von dem an ich Dich als frei betrachten durfte, haben sich all die Achtung und Freundschaft, die ich für Dich empfinde, in ein zärtlicheres Gefühl verwandelt. Erlaube mir daher, liebe Cousine, Dir meine Hand anzutragen, was ich mit umso größerer Zuversicht zu tun wage, als wir schon über ein Jahr miteinander bekannt sind und Du daher meinen Charakter und meine Denkungsart genügend kennen solltest. Wenn ich mit diesem Schritt Erfolg haben sollte und Du meinen Antrag annähmest, kann

ich nur sagen, dass ich der glücklichste aller Menschen wäre und immer danach streben würde, Dich glücklich zu machen. Aus Anstand würde ich es nicht gewagt haben, Dir so bald hiervon zu sprechen, und würde es auch jetzt nicht wagen, müsste ich nicht Deine Antwort sofort meinem Bruder schicken, damit dieser dem Parlament davon Mitteilung macht, dem die Regelung der Formalien zusteht. Daher beschwöre ich Dich, mir möglichst bald eine Antwort zu senden. Du weißt, die Entscheidung liegt bei Dir. Deine Antwort, liebe Cousine, wird über mein Schicksal entscheiden, denn entweder werde ich der glücklichste Mensch der Erde – oder der unglücklichste Mensch.
Dein Ernst August.

Und Friederike machte Ernst August zum glücklichsten Menschen der Erde – und sich selbst auch.

Epilog

Ein Jahr später heirateten Ernst August und Friederike in einer prachtvollen Zeremonie, und tatsächlich führten sie bis zu Friederikes Tod am 29. Juni 1841 über sechsundzwanzig Jahre lang eine glückliche Ehe voller Achtung, Respekt und Liebe. Noch an ihrem Sterbebett bezeichnete Ernst August den Tag, an dem sich beide das erste Mal begegnet waren, als den glücklichsten in seinem Leben. Und auch Johann Wolfgang von Goethe, mit dem Friederike zeit ihres Lebens eine Brieffreundschaft verband, pries die strahlende Liebe des Paares in einem Gedicht, nachdem er den Hoheiten bei einer Kur im böhmischen Karlsbad begegnet war:

»Den 15. August 1815
Wohlerleuchtet, glühend-milde
Zog der Fluß im Abendschein,
Über Brück- und Stadtgebilde
Finsternisse sanken ein.

Den 16. August
Doch am Morgen ward es klar,
Neu beganns umher zu grünen
Nach der Nacht, wo jenes Paar
Sternengleich uns angeschienen.«

Im Mai 1819 wurde dem Paar ihr erstes Kind und einziger Sohn, Georg, geboren – da war Friederike bereits einundvierzig Jahre alt.

Im Jahr 1837 erfüllte sich auch, was die vielgepriesene Gräfin Vengersky Friederike aus den Karten prophezeit hatte: Friederike wurde Königin. Aufgrund einer Erbfolgereglung wurde ihr Mann Ernst August zum König des neues Königreichs von Hannover ernannt, und Friederike wurde an seiner Seite Königin.

Und ihr Sohn Georg wurde damit Stammhalter eines mächtigen Herrscherhauses.

Tatsächlich ist Friederike die Ur-Ur-Urgroßmutter des Prinzen Ernst August von Hannover, Oberhaupt des Hauses Hannover.

Postscriptum und Danksagung

An meine Leserinnen und Leser!

Mein Roman erzählt eine Geschichte, obwohl er auf wahren Begebenheiten beruht.

Man kann sich den Ereignissen nähern, man kann sie nachempfinden, man kann ihnen nachspüren. Ich war in Archiven, habe zahlreiche Originalschauplätze besucht, bin in dicken Bibliotheksfolianten versunken und habe mit Historikern und Kollegen gesprochen, die sich um die Geschichte Preußens verdient gemacht haben.

Dennoch habe ich einige Geschehnisse verdichten und verkürzen müssen. An anderen Stellen war es geboten, die Ereignisse ausführlicher zu gestalten. Das geben die Gesetze des Erzählens vor. Ich möchte Sie, liebe Leserinnen und Leser, bitten, mir das nachzusehen.

Meiner Sorgfalt dem historischen Stoff gegenüber bin ich durch intensive Recherchen nachgekommen. Ich möchte Ihnen gerne die Bücher auflisten, die mir geholfen haben, in das bewegte und an Schicksalsschlägen nicht arme Leben der Prinzessin Friederike von Mecklenburg-Strelitz einzutauchen – aus zwei Gründen.

Zum einen, weil Sie sehen werden: In fast jedem Buch steht eine andere Version ihres Lebens, und man muss sich – gerade als Autorin – entscheiden, welcher Version man nun glaubt oder welche man erzählen will.

Zum anderen, weil Sie, liebes Publikum, nachdem Sie dieses Buch beendet haben, vielleicht Lust verspüren, sich weiter mit dieser außergewöhnlichen Persönlichkeit zu beschäftigen. Ich wünsche Ihnen so viel Vergnügen dabei, wie ich es hatte.

Zuerst ist ein Werk meiner Kollegin Carolin Philipps zu nennen: Ihre Biografie *Friederike von Preußen – Die leidenschaftliche Schwester der Königin Luise* (Piper) hat mir oft als Bezugspunkt gedient. Sie ist lebendig und faktenreich geschrieben. Ebenso hilfreich war mir ihre Biografie-Sammlung *Luise – Die Königin und ihre Geschwister* (Piper), in der sie ein Porträt der Prinzessin Friederike widmet.

Wer immer sich mit Prinzessin Friederike beschäftigt, kommt nicht vorbei an Klaus Kühnels materialreicher Biografie *Die galanteste Löwin des Jahrhunderts oder Mein verlorenes Gesicht. Prinzessin Friederike von Mecklenburg-Strelitz (1778–1841)* (Trafo) – es ist ein schier unerschöpflicher Fundus, in dem zahlreiche Originaldokumente zitiert und aufgeführt werden. Von Bedeutung waren darüber hinaus die Darstellungen *Frauen vom Hof der Welfen* (Piper) von Elisabeth E. Kwan und Anna E. Röhrig; *Friederike von Preußen. Im Glanz und Schatten der Höfe* (Droste) von Merete van Taack; *Jeder will sie haben. Friederike von Mecklenburg-Strelitz* (Pustet) von Uta Ditsche sowie *Friederike, Königin von Hannover* (Edition Rieger) von Jens-Uwe Brinkmann.

Auch Zeitzeugen kamen zu Wort. Die Gepflogenheiten am preußischen Hof schilderte niemand kenntnisreicher als Sophie Marie Gräfin von Voß, die Oberhofmeisterin am preußischen Hof war. Aus ihren posthum veröffentlichten Tagebüchern *Neunundsechzig Jahre am preußischen Hofe* (Berlin Story) habe ich gerne zitiert und sie dabei dem heutigen Sprachgebrauch angepasst. Schauen Sie gerne in das Original hinein – Sie werden lachen, Sie werden weinen, und Sie werden überrascht sein, wie offen man am preußischen Hofe die Dinge beim Namen nannte.

Erhellend und lebendig sind auch die Briefe der Königin Luise. Wenn man sie liest, hat man den Eindruck, in eine Zeitmaschine zu steigen – so lebendig konnte Luise schreiben. Malve Gräfin Rothkirch hat die Korrespondenz editiert: *Königin Luise von Preußen: Briefe und Aufzeichnungen 1786–1810* wurde vom Deutschen Kunstverlag im Jahr 2010, in dem sich der Todestag Luises zum 200. Mal jährte, neu herausgegeben.

Sie sehen schon: Das Leben der Prinzessin Friederike ist ohne das Wirken und Sein ihrer Schwester Luise, Königin von Preußen, nur unzulänglich zu beschreiben. Zahlreiche Details zum ambivalenten, aber letztlich liebevollen Verhältnis der Schwestern habe ich entdeckt in: Heinz Ohff, *Königin Luise von Preußen. Ein Stern in Wetterwolken* (Piper) und dem Klassiker aller Luise-Darstellungen, *Königin Luise. Ein Lebensbild* von Paul Bailleu (Hafen), ferner in Günter de Bruyns *Preußens Luise* (Berliner Taschenbuch) sowie in den Darstellungen von Karin Feuerstein-Praßer (Piper), Marlies Schnaibel (Edition Rieger) und Merete van Taack (DVA). Ebenso hilfreich war mir der Bildband von Carl Röchling, Richard Knötel und Woldemar Friedrich, die in ihrer szenischen Darstellung von Luises Leben besonders die Flucht nach Ostpreußen eindrücklich veranschaulicht haben.

Einzelheiten zum Leben und Lieben des Prinzen Louis Ferdinand von Preußen, der um Friederike geworben, sie dann aber sitzen gelassen hat, wurden entlehnt den Louis-Ferdinand-Monografien von Burkhard Nadolny (Piper) und Eckart Kleßmann (List).

Als Grundlagenwerk für preußische Geschichte diente mir Christopher Clarks Mammutwerk *Preußen. Aufstieg und Niedergang. 1600–1947* (DVA), ebenso kommt kein Preußenbuch ohne den Klassiker *Preußen-Ploetz* (Ploetz) aus, der von Manfred Schlenke herausgegeben wurde.

Erhellend, besonders wegen der zahlreichen Bilddokumente, war Sebastian Haffners *Preußen ohne Legende* (Gruner +

Jahr). Preußisches Couleur findet man in *Unter den Linden* (btb) von Günter de Bruyn.

Wunderbar sind die detailreichen Schilderungen in Johann Christian Gädickes historischem Lexikon *Berlin 1806*, das von Michael Bienert (Berlin Story) neu herausgegeben wurde – dort bekommt man unter mehr als 100 Stichworten wie beispielsweise »Abgaben«, »Brauereyen, Biere und Bierschenken«, »Restaurateurs« und »Zeitungen« einen Einblick in den Alltag und die Gepflogenheiten im historischen Berlin.

Kaiser Napoleon und die Besatzung Preußens durch die Franzosen bilden die historische Folie dieses Romans. Ein Bild von dieser Zeit haben mir verschafft: *Napoleon* (Pustet) von Franz Herre, *Napoleon* (Lübbe) von Eckart Kleßmann und Karl-Heinz Jürgens sowie der Sammelband *Die Franzosen in Berlin. 1806–1808* (Berlin Story), der von Wieland Giebel herausgegeben wurde.

Adlige Kultur und adliger Lebensstil unterschieden sich nicht nur von unserem Leben heute, sondern auch vom Lebensstil des Bürgertums zu Friederikes Lebzeiten. Die Unterschiede hat mir besonders Heinz Reif verdeutlicht mit seinen beiden Bänden *Überblick Adel im 19. und 20. Jahrhundert* (Oldenbourg) und *Adel und Bürgertum in Deutschland. Entwicklungslinien und Wendepunkte im 19. und 20. Jahrhundert* (Akademie).

Die zitierten Werke von Goethe sind in zahlreichen Ausgaben erschienen und hinlänglich bekannt. Das Gedicht, das er zu Ehren von Prinz Ernst August und Prinzessin Friederike geschrieben hat, habe ich dem Friederike-Band von Jens-Uwe Brinkmann, *Friederike – Königin von Hannover* (Edition Rieger) entnommen, ebenso den anrührenden schriftlichen Heiratsantrag, der als Schlusswort dieses Romans dient. Ich habe ihn weitestgehend im originalen Wortlaut wiedergegeben.

All diesen Autorinnen und Autoren, die mir es ermöglicht haben, mich durch ihre Recherchen dem Leben der Prinzessin Friederike anzunähern, sei hiermit mein innigster Dank ausgesprochen – ihre Arbeit hat mein Interesse an dieser facettenreichen Person geweckt und schließlich bewirkt, dass ich diesen Roman verwirklicht habe.

Preußische Schlösser und Gärten habe ich, wie schon für meinen Roman *Luise – Königin aus Liebe*, auch für dieses Buch gerne und oft besucht. Ein besonderer Fokus lag dabei auf dem Schloss Schönhausen im Nordosten Berlins und dem Palais, das sie während ihrer Ehe mit Prinz Ludwig bewohnt hat. Später nannte man es das Prinzessinnenpalais, heute ist es das Opernpalais. Aber auch die Stätten Paretz, Neustrelitz, Hohenzieritz und Hannover habe ich mehrfach besucht.

Mein Dank gilt auch meinem Partner Andreas, der mit mir fast ein Jahr lang Friederikes Leben durchlebt und durchlitten und mich oftmals getröstet hat – etwa, als sie in die lieblose Ehe mit Ludwig gezwungen oder als sie von Louis Ferdinand sitzen gelassen wurde oder als ihre Schwester Luise starb. Umso froher war auch er, dass sich alles in einem glücklichen Ende auflöst und Friederike endlich geliebt wird und lieben kann – so, wie sie es sich immer gewünscht hat.

Danke auch an meine Freundin Steffi, die mir mit Details aus ihrer Familiengeschichte geholfen hat, den Roman anschaulich zu gestalten. Meiner Agentin Bettina, die mich darin unterstützt hat, diesen Roman zu verwirklichen, und an meine Freundin Delia, die immer da ist – in guten und in schlechten Zeiten; und Friederike hatte ja, wie wir nun alle wissen, viele schlechte Zeiten.

Ein besonderer Dank aber gilt meiner Oma Olga, deren Familie ihren Adel ablegen musste und die mir dennoch das Gefühl gegeben hat, eine echte Prinzessin zu sein. Sie hat in mir die Lust auf Geschichte und Geschichten gefördert. Ihr ist dieser Roman gewidmet.

Danke, Oma, wo immer Du auch gerade bist.

Bettina Hennig

stammt aus der preußischen Residenzstadt Bad Homburg und ist promovierte Kommunikationswissenschaftlerin, Dozentin und Journalistin. Sie schreibt für verschiedene Boulevardzeitungen und Illustrierte und führte bereits zahlreiche Interviews mit internationalen Stars wie z. B. Madonna. Nach ihrem viel beachteten Debüt »Luise. Königin aus Liebe« ist »Friederike. Prinzessin der Herzen« ihr zweiter Roman. Bettina Hennig lebt in Hamburg und Berlin. Weitere Informationen zu Bettina Hennig finden Sie unter www.bettina-hennig.de

Mehr von Bettina Hennig:

Luise. Königin aus Liebe. Roman

GOLDMANN
Lesen erleben